Pat McCraw
Duocarns – die fantastischen Sternenkrieger
Collection 1-3

I0615184

Pat McCraw

DUOCARNS -
die fantastischen Sternenkrieger
Collection 1-3

Pat McCraw

DUOCARNS -
die fantastischen Sternenkrieger
Collection 1-3

ISBN: 978-3-9437-6452-9

Covergestaltung und Porträts: Norbert Nagy
Korrektorat: Brigitte Mel

Alle Rechte bei:
2014 Elicit Dreams Verlag
Lieselotte Heinrich
Schieferweg 19
56727 Mayen

verlag@elicitdreams.de

Mehr über die Duocarns auf
http://www.duocarns.com

Eine genaue Personenliste findest du am
Ende des Buches.

Pat McCraw

DUOCARNS
Die Ankunft

Roman

Covergestaltung: Norbert Nagy

Alle Rechte bei:
2012 Elicit Dreams Verlag
Lieselotte Heinrich
Schieferweg 19
56727 Mayen

Sie waren auf Weltraum-Patrouille.

Gelangweilt drehte Solutosan eine seiner langen Haarsträhnen um den Finger und ließ den Blick über den Hauptschirm des Raumkreuzers schweifen.

Die eintönigen Kontrollflüge nervten ihn, und wenn Solutosan in die Gesichter seiner Krieger sah, wusste er, dass
es den vier Duocarns und dem Navigator, Chrom, ebenso
erging wie ihm.

Chrom flegelte sich auf dem Pilotensitz und kratzte mit
seiner ausgefahrenen Kralle ein kleines Schild in Duonalisch von seiner Konsole. »So ein Schwachsinn«, grummelte
er. »Wie kann man nur auf die Haupt-Steuerung An/Aus
schreiben? Wer hat sich das nur ausgedacht?« Nebenbei
navigierte er so, dass sie möglichst viele Teile des Planetensystems und des Weltalls im Blick behalten konnten.

»Warum nagst du es nicht mit den Fangzähnen ab? Geht
vielleicht schneller.« Meodern streckte seine beiden Zeigefinger rechts und links an seinen frech verzogenen Mund.

»Nur kein Neid«, grunzte Chrom.

Kleine Wortgeplänkel waren an der Tagesordnung, denn,
wie alle Beobachtungsflüge zuvor, war auch dieser ungeheuer öde und die Zeit schien sich endlos zu dehnen. Solutosan sah sich im Kontrollraum um.

Tervenarius hatte einen Arbeitstisch über seine Konsole
geklappt und einige kleinere Behälter dort aufgebaut. Er
tunkte zwei Finger in den Salbentopf mit seiner Anti-Säure
Hautpflegecreme, strich sich testweise ein wenig auf den
Arm und rührte wieder in dem Tiegel. Beide Arme waren
bereits komplett beschmiert. Er kratzte sich am Kopf und
kleckerte unabsichtlich auch noch etwas Creme auf seinen
silbern-weißen Haarschopf.

Die langen Beine auf die Gefechtsstation gelegt, zog
Xanmeran ein Stück seiner Dermastrien ab und platzierte
es dann möglichst genau auf seinen Arm zurück. Eigentlich
konnte er das mit Willenskraft, aber er wusste augenscheinlich nicht wohin mit seinen Händen während der Wartezeit.
Er hob den kahlen, roten Schädel und blickte zu Patallia,
der in aller Ruhe seine medizinischen Berichte las – wie

immer, wenn es nichts zu tun gab.

Solutosan seufzte und wandte sich erneut dem Hauptschirm zu. Das duonalische Planetensystem war schön und es aus dem Weltall zu sehen, tröstete ihn ein wenig über die langweiligen Phasen seiner Bacani-Jagd hinweg. Die vier Monde und Duonalia schwebten im All, umgeben von ihren zartbunten Energieschleiern, beleuchtet von der fahlgelben Sonne, wie kosmische Spielzeuge einer mächtigen Gottheit. Ein friedlicher Planet, den es zu beschützen galt.

Was hätte er in diesem Moment für einen Hinweis gegeben, wann und wo die Bacanis wieder zuschlagen wollten. Die Duocarns wären dann sofort in Aktion getreten. Jedoch nicht mit einem weiteren Abschuss im Weltall, sondern in einem Kampf von Angesicht zu Angesicht. Es juckte ihn in den Fingern, einen der bacanischen Parasiten mit seinem Sternenstaub ausmerzen zu können. Wenn es nur nicht so verdammt schwer gewesen wäre, die Bacanis auf frischer Tat zu ertappen – sie zu schnappen, wenn sie sich zu schlafenden Duonaliern schlichen und ihre Spiralvenen gierig in die Leiber bohrten, um deren Energien zu saugen. Sie konnten die Angreifer ihres Volkes nur erwischen, während sie mit ihren kleinen, wendigen Raumschiffen von den Tatorten flohen. Die von den Duocarns so begehrten Nahkämpfe fanden in den seltensten Fällen statt.

Ha! Da bewegte sich etwas! Solutosan kniff die Augen zusammen. Da waren sie! Ein Bacani-Schiff versuchte den östlichen Mond als Deckung zu benutzen, um sich ungesehen aus dem Staub zu machen.

Er sprang auf. »Chrom! Siehst du sie?«

»Nein!« Chroms Blick irrte auf dem Schirm umher.

»Verdammt! Links!«

Solutosan machte einen riesigen Satz zum Bildschirm und tippte auf die linke Ecke. In diesem Moment verschwand der kleine, schwarze Punkt für einige Sekunden in den bunten Schleiern zwischen den Monden, tauchte aber wieder auf.

»Jetzt?«

Chrom nickte, er hatte sie erfasst und seine Finger flogen

über die vier Tastaturen auf der Hauptkonsole.

Zufrieden registrierte Solutosan, dass seine Männer augenblicklich aufmerksam in den Startlöchern standen. Von Schläfrigkeit keine Spur mehr. Alle aktualisierten ihre Stationen, um sie auf die bevorstehende Attacke vorzubereiten. Die schleppende Langeweile hatte sich schlagartig in eine knisternd geladene Spannung verwandelt.

»Die schießen wir nicht ab. Wir kapern, Leute«, befahl Solutosan. Er wollte versuchen, den Duocarns doch einmal wieder einen Nahkampf zu verschaffen. »Ich will deren Bordcomputer. Vielleicht finden wir auf ihm ein paar brauchbare Daten über neue Angriffe! Meo, mach die Waffen klar. Ein Schuss in den Antrieb sollte sie stoppen.« Er schwang sich in seinen Drehsessel. Er hasste es, wenn ihm in solchen Momenten sein Raumanzug zu eng wurde. Er wusste, dass er sich das nur einbildete, weshalb er das Gefühl noch weniger leiden konnte.

»Die haben aber dieses Mal einen guten Steuermann!« Tervenarius sah dem gekonnten Hakenschlagen des Bacani-Schiffs mit Bewunderung zu.

Chrom hob den Kopf. »Bacanis sind eben Spitzen-Piloten«, knurrte er. »Deshalb habt ihr ja auch mich.«

Solutosan musste trotz seiner Anspannung grinsen. Ja, in der Tat, Chrom war der beste Navigator, den die Crew je besessen hatte. Ein Bacani, der ein loyaler Weggefährte der Duocarns geworden war, und der nun mit ihnen zusammen seine eigene Rasse jagte.

»Wo die wohl hin wollen?« Xanmeran war hinter seinen Stuhl getreten, um einen besseren Blick auf den Bildschirm zu haben.

»Das werden wir sehn. Chrom, halte Abstand! Die haben uns vielleicht noch nicht entdeckt!«

»Verdammter Zickzack-Kurs!« Chroms Klauen rasten über die Tastaturen in einem Tempo, zu dem normalerweise nur Meodern fähig war.

»Xan, sind die Andockklammern bereit? Wir schießen ihnen den Antrieb weg, ziehen sie in die Atmosphäre und knacken sie auf.« Solutosan blickte zu dem Duocarn mit dem roten Glatzkopf. »Die denken wohl sie wären clever – aber wir sind schneller **und** schlauer!«

Aiden schüttelte wutentbrannt ihr langes, rotes Haar und starrte den Junkie Ben an, der ihr in dem Streetworker-Bus gegenübersaß. »Wie kannst du nur so eine Scheiße machen, Ben? Seit Jahren kämpfen wir mit der Stadtverwaltung und jetzt das!«

Während sie das sagte, wusste sie, dass es völlig sinnlos war und sie sich ihre Worte sparen konnte, denn Ben hatte offensichtlich einen solchen Vollrausch, dass er sie wohl ansah, aber nichts von alldem in seinem Gehirn ankam. Die winzigen Pupillen waren das sichere Zeichen für die frisch gespritzte Menge Heroin, die in seinen Adern rauschte.

»Ich glaube, diese Predigt ist sinnlos, Aiden.« Doris Bohlen, die älteste der Calgary-Helpers, kletterte, eingemummt in einen roten Parka zu ihnen in den Bus.

Aber Aiden war in keiner Weise bereit sich jetzt schon abzuregen. »Doris, dieser Typ ist ein hoffnungsloser Fall. Die Leute haben ihn gesehen und eindeutig identifiziert! Die Fixerstube ist in der Harper Street und er lässt seinen Müll direkt daneben auf dem Kinderspielplatz liegen!«

Doris seufzte. Sie wandte sich zu Ben. »Willst du einen Tee?« Ben starrte sie nur an.

Jetzt reichte es ihr! »Ach, verdammt!« Aiden schwang sich aus dem VW-Bus. Nun brauchte sie erst einmal frische Luft – und das nicht nur, weil Bens scharfer Gestank die Atmosphäre im Bus unerträglich machte. Sie hatte für ihren gemeinnützigen Verein lange mit den Behörden gekämpft, um den Obdachlosen, den Trinkern und den Junkies einen Platz zu verschaffen. Sie und ihr Team hatten eine Teeküche eingerichtet, in der es etwas zu essen gab und die Leute duschen konnten. Außerdem bot ein kleiner, sauberer Raum den hiesigen Abhängigen die Möglichkeit, ihre Drogen zu konsumieren. Das alles war nun in Gefahr.

Sie stapfte um den Bus herum, hilflos und wütend. Es musste doch zu schaffen sein, ihm begreiflich zu machen, was er da angestellt hatte!

»Ich sag euch was.« Aiden steckte den Kopf zur Seitentür des Busses hinein. »Wir räumen den Müll weg! Ben? Wir gehen jetzt zusammen da hin und du hilfst mir. Danach ruf ich Mister Martin von der Stadtverwaltung an und versuche ihn zu beruhigen. Los, komm!« Aiden streckte Ben die Hand hin.

Er rappelte sich auf, ohne ihr Beachtung zu schenken. Sie riss die Fahrertür auf, schnappte sich einige Latexhandschuhe sowie eine Mülltüte und ging mit Ben los, der hölzern und wie aufgezogen neben ihr her schlurfte. Sie betrachtete ihn mit einem Gefühl von Frustration. Seine Nase lief. Der Kerl war ein Wrack.

Sie schob die Fäuste tief in die Taschen ihres Anoraks. Seit Jahren hatte sie nur mit Trunkenbolden und Kaputten zu tun – lernte so gut wie nie normale Männer kennen, außer vielleicht Bürohengste, mit denen sie sich wegen der Gelder stritt. Manchmal hatte sie das ganz schön satt.

Der Kinderspielplatz lag verlassen und nur schwach beleuchtet da, als Aiden und Ben ihn betraten. Der kalte Wind wehte braune Blätter raschelnd im Kreis. Aiden zog ihre Mütze tiefer über die Ohren.

»Nun sag schon, wo das Zeug ist!«, fuhr sie ihn an. Der Junkie versuchte sich zu orientieren. Wahllos deutete er zuerst auf eine Bank, dann auf den Sandkasten und schließlich in die Nähe der Schaukel.

»Ach du Scheiße!« Eine eisige Windböe wirbelte ihr die Verpackung einer Spritze entgegen. »Du machst mich wirklich fertig«, blaffte sie.

Psal tippte ungeduldig mit den Fingern auf den Rand ihrer Tastatur. Am liebsten hätte sie die Klauen ausgefahren, so sehr ging ihr dieser Pok auf die Nerven. Jetzt stand er schon

11

wieder mit blutunterlaufenen Augen vor ihrer Steuerungskonsole und starrte sie an. »Geh zur Seite!«, fuhr sie ihn an. »Du verdeckst den Bildschirm!«

Die einzige Frau auf einem Raumschiff mit einer ungehobelten Bande von Bacanis zu sein, war wirklich ein harter Job. Aber sie hatte den Auftrag angenommen und saß nun mit den Kerlen fest.

Psal aktivierte die Rundumsicht, da Pok sich immer noch nicht in Bewegung setzte. Sie wollte sehen, was sich außerhalb des Schiffs tat.

»Pok! Behindere Psal nicht bei der Arbeit!« Endlich schritt Bar, der Anführer der Bande, ein. Er hatte sich hinter ihr gelangweilt auf einem der Rundstühle gedreht.

Pok machte zähnefletschend Platz.

Psal blickte wieder auf den Bildschirm. Da war etwas! Sie zoomte näher. »Wir werden verfolgt!«

Bar sprang in die Höhe und baute sich breitbeinig neben ihr auf. »Ich seh's! Verdammt! Einhundert prozentig die Duocarns!« Krran, sein zweiter Offizier, stand sofort an seiner Seite.

»Wohin nun?«, keuchte Psal. »Wenn die uns einholen, sind wir tot! Ich habe gehört, dass diese Krieger keine Gefangenen machen!« Ihr Herz schlug bis zum Hals, als sie die Sternenkarten auf dem Computer aufrief.

»Du bist die Navigatorin!«, zischte Bar und wandte sich ihr zu. Seine Fangzähne waren vollständig ausgefahren.

Psal durchsuchte mit zitternden Händen die Karten. »Zentaurensystem! Das ist nah genug! Da finden sie uns nicht!«

»Worauf wartest du dann noch?«, knarrte Bar. »Kurs setzen!«

Psals Finger flogen über die Konsole. Sie brachte das Schiff auf Höchstgeschwindigkeit. Zu ihrem großen Glück hatten die Monde Duonalias sich vor kurzer Zeit gedreht, und drückten die Schleier in ihre Richtung. Psal versuchte, in sie einzutauchen, um mehr Deckung zu bekommen. Sie wusste nicht, wie stark die Duocarns bewaffnet waren. Vielleicht würden sie ja feuern. Sie blickte auf ihre zitternden

Hände und zwang sie zur Ruhe, denn Bar hatte sie fest im Blick. Ich darf mir auf keinen Fall eine Blöße geben, dachte sie.

Nun stand Bar neben ihr. »Geht das nicht schneller?«

»Nein! Wir sind auf Höchstgeschwindigkeit!« Sein selbstherrliches Gehabe steigerte ihre Gereiztheit zusätzlich. »Kannst ja aussteigen und schieben!«, grollte sie.

Bar fletschte die Zähne. »Was ist das?« Er deutete mit der Kralle auf einen tiefschwarzen, langsam größer werdenden Bereich.

Psal suchte hastig in den Karten. »Keine Ahnung, nichts verzeichnet!« Das Raumschiff der Duocarns war näher gekommen. Der Kreuzer übertraf ihr Schiff eindeutig an Stärke und Geschwindigkeit.

»Ich will hier nicht krepieren! Flieg da hin!«, brüllte Bar.

»Was?«, erwiderte sie fassungslos. Ihre Nerven vibrierten. »Wer weiß, was das ist? Oder was dahinter ist? Das ist total gefährlich!«

»Mir egal!«, schrie Bar. »Glaubst du, die Duocarns sind harmlos?«

Tervenarius schob schnell die Cremetöpfchen in einen Behälter an seiner Konsole, schloss ihn und rieb sich in Vorfreude die Hände. Er war schlagartig wieder fit. Solutosan hatte Kaperung statt Abschuss befohlen. Also war es nur noch eine Frage der Zeit, bis er einen Bacani in die Finger bekam.

Er war für diesen Flug der Kommunikator zwischen dem Schiff und dem interstellaren Raumhafen auf Duonalia, was ihn jetzt nur am Rande interessierte. »Duocarns Koordinaten 1/6.4.90.13bz – Verfolgung aufgenommen.« Dieser Funkspruch musste der Basis reichen, bis sie das Bacani Raumschiff besetzt und sich die Parasiten geschnappt hatten.

Tervenarius lächelte grimmig und dachte an den bevorstehenden Kampf. Wieder einmal würde sich zeigen, wer schneller und stärker war: die Bacanis mit ihren Waffen, Klauen und Fangzähnen oder die Duocarns mit ihren Gaben. Er war im Nahkampf ausgebildet und erfahren – seinen giftigen Pilzsporen hatten seine Gegner nichts entgegenzusetzen.

Tervenarius runzelte die Brauen. Was war denn das für eine tiefschwarze Materie, auf die das Bacani-Schiff zusteuerte? Die dunkle Fläche vergrößerte sich in Sekundenschnelle.

Ihr Kreuzer schlingerte und schaukelte, während sie dem Zickzackkurs der Flüchtenden folgten.

Entsetzt sah er, wie das schwarze Loch sich näherte. Die Bacanis hatten es erreicht und waren vor der tiefschwarzen Masse kaum noch zu erkennen.

»Jetzt reicht's!«, brüllte Solutosan. »Schieß auf den Antrieb, Meo! Die sind sonst weg!«

»Eine Anomalie!«, keuchte Chrom. »Zu spät! Die sind schon zu nah dran! Viel zu gefährlich!«

Tervenarius' Magen machte sich unangenehm bemerkbar. Er klammerte sich an seine Konsole. »Chrom, du wirst denen doch wohl nicht da rein folgen?!«

Er blickte zu dem Navigator, der gebannt auf den Schirm stierte und dessen Hände auf der Steuerung hin – und herflogen, so schnell, dass Terv sie kaum noch erkennen konnte. »Chrom?«

»Wenn ich jetzt gegenlenke, knallen wir auf den Mond!«, brüllte der.

Ihr Götter! Das waren die Bacanis nun wirklich nicht wert!

»Egal! Dreh ab!«, donnerte Solutosan.

In diesem Moment erfasste der monströse Sog ihr Schiff mit aller Macht.

Ihr Raumkreuzer taumelte und torkelte führungslos, der

gigantischen, schwarzen Kraft ausgeliefert. Solutosans Organe schienen sich zu verknoten. Er sah, wie der Hauptschirm flackernd erlosch. Die massive Schockwelle riss ihn aus seinem Sessel, den er noch im letzten Moment mit beiden Armen umfassen konnte. Er versuchte, einen klaren Gedanken zu fassen, aber sein Verstand verweigerte den Dienst. Das ungeheure Dröhnen raubte ihm die Sinne. Krampfhaft umklammerte er seinen Sitz und drehte mühsam den Kopf. Chrom hatte die Beine um die Steuerungskonsole geschlungen und navigierte. Wie schafft der das?, dachte er unendlich langsam, als die Vibration stoppte und sein Gehirn mit einem schmerzhaften Ruck im Schädel zur Ruhe kam. Es schien, als würde ihr Schiff schräg in eine Atmosphäre eintauchen. Das tosende Geräusch wandelte sich in ein wildes Rauschen. Er spürte es mit jeder Faser. Ein Aufschlag stand unmittelbar bevor! Solutosan versuchte den Mund zu öffnen, um die anderen zu warnen, aber er brachte keinen Laut heraus. Chrom bewegte sich immer noch an der Konsole. Krachend schlug der Raumkreuzer auf, grub eine Schneise in einen unbekannten Untergrund, der knirschend nachgab.

Das schrille Kreischen des Metalls bohrte sich in den Schädel, der zu explodieren schien. Er konnte und durfte den Sessel nicht loslassen, obwohl sämtliche Instinkte schrien, er solle sich die Ohren zuhalten. Das durchdringende Geräusch wollte nicht enden. Wir verlieren das untere Deck und den Maschinenraum, schoss es ihm durch den Kopf. Sie wurden langsamer. Hatte Chrom es geschafft, die Bremsdüsen zu zünden? Der Lärm nahm ab und zu seiner großen Erleichterung blieb das Schiff zitternd stehen.

Solutosan fiel hart zu Boden. Mit Mühe kroch er zum Drehstuhl zurück, zwang seinen Magen zur Ruhe und sah sich um. Die Navigationszentrale war verlassen. »Bei den Göttern!«, brüllte Solutosan. »Chrom! Statusbericht!« Der kleine Steuermann war nicht zu sehen und antwortete nicht.

Meodern, eingeklemmt zwischen Kommunikationskonsole und Wand, würgte. Nicht nur die Augen blitzten jetzt in einem giftigen Grün, auch sein Gesicht hatte sich grünlich verfärbt. »Chrom, du Warrantz! Bist du wahnsinnig?!«

Erlöst sah Solutosan, wie Chrom aus der Versenkung auftauchte. Den Göttern sei Dank! Solutosan stöhnte. Der Mann war zäh.

»Das war eine verfluchte Anomalie!«, verteidigte sich der kleine Navigator.

»Ruhe! Statusbericht! Wir sind abgestürzt und mit irgendwas kollidiert!« Im Grunde schrie Solutosan Chrom aus Erleichterung an. Um seine unverwüstlichen Kameraden machte er sich keine Sorgen. Den sterblichen Bacani zu verlieren wäre einer Katastrophe gleichgekommen, denn niemand außer ihm konnte das Schiff derartig versiert steuern.

»Wo sind die Bacanis?« Tervenarius federte hoch und stützte sich auf die Konsole, an der sich Patallia weiterhin festklammerte.

Die Haut auf dem Kopf und den Händen des Mediziners in seinem Raumanzug war durchsichtig geworden, zeigte die darunterliegenden, pulsierenden Organe. Ein Zeichen seiner Aufregung. Er starrte Terv an: »Hast du es nicht kapiert, du hirnloser Flusch? Die Bacanis sind unser kleinstes Problem! Wir haben die Kiste auf irgendeinem Stern zerschossen!« Er ächzte und tastete seine Glatze ab. Nach und nach veränderte sich seine Hautschicht in das gewohnte Milchweiß.

»Was denn für ein Planet?«, tönte vom Fußboden an der Hauptsteuerung eine voluminöse Bass-Stimme. Xanmerans Monsterhände umfassten die Hauptkonsole, dann erschien sein roter Glatzkopf mit grimmiger Miene. Er hievte seinen mehr als zwei Meter großen, muskelbepackten Körper in die Höhe und wechselte zu der auf Duonalia üblichen, telepathischen Verständigung. »*Ihr Götter! Wo sind wir?*«

Solutosan stöhnte erlöst auf. Seine Leute schienen unverletzt, nur entsetzlich durchgerüttelt. Er betastete vorsorglich doch noch einmal seinen Kopf. Ja, es war alles in Ordnung. Langsam erhob er sich. Stehen konnte er schon mal. Vorsichtig trat er zur Navigationszentrale.

Chrom krabbelte unter ihr herum, fummelte grummelnd, aber hatte Erfolg. An einigen der erloschenen Computer flammten erneut Kontrolllampen auf. Mit einem Schwung sprang er zurück auf seinen Sitz und tippte in Windeseile eine Vielzahl von Befehlen in den Rechner.

»Ruhe jetzt!«, fauchte Solutosan. »Chrom!« Die Jäger, nun alle wieder auf den Beinen, umringten sie. Patallia verharrte an seiner Station.

Chrom bleckte die Zähne. Er blieb bei der Telepathie. *»Sieht schlecht aus! Notenergie läuft, Lebenserhaltung okay, Kühlsystem auf 50 Prozent, Antrieb und Schilde auf null.«*

»Tarnung?«, fragte er eindringlich. Er begann, im Kontrollraum auf und ab zu laufen. Das tat gut und ordnete endgültig seinen durchgeschüttelten Leib.

Chrom tippte auf den Tasten herum. *»Könnte noch gehen.«*

»Ortung?« Das Ortungsgerät hatte sich schief über der Konsole in den Armaturen verkeilt. *»Meo!«* Er gab dem goldhäutigen Krieger ein Zeichen. Vorsichtig bugsierte Meodern das Gerät wieder an seinen angestammten Platz. Er achtete sorgfältig darauf, keine Kabel zu beschädigen.

Chrom beobachtete Meo besorgt und kratzte sich mit einer ausgefahrenen Klaue an seinem Haarbüschel an der Stirn. *»Ich habe schon beim Abflug gesagt, dass das Ding veraltet ist!«* Mit zwei Krallen knipste er an dem Gerät herum, das sich stotternd einschaltete. *»Chef, Ortung soweit auch okay.«*

Solutosan ließ sich mit dem Rücken gegen die Wand des Kontrollraums sinken. *»Na dann fangen wir da mal an«*, seufzte er. *»Chrom, wo sind wir?«*

Die Anspannung bei Meodern, Xanmeran, Patallia und Tervenarius stieg merklich. Chroms wieselflinkes Tippen wurde zum einzigen Geräusch in dem gestrandeten Schiff.

»Ich befürchte«, er wandte sich ihm zu. *»Ich befürchte«*, hob Chrom erneut an, *»wir sind 50048 Lichtjahre, 312,8 Äonen und drei Terzien vom Kurs abgekommen«*, stammelte er.

»Und was heißt das?«, brüllte Xanmeran.

»Das bedeutet«, kommentierte Solutosan tonlos, *»dass wir in einem gänzlich fremden System festhängen!«*

Er fragte weiter: *»Wie stehen die Chancen, den Kreuzer wieder* flottzumachen?«

Chrom schüttelte langsam den Kopf. »Null, Chef! Schadensbericht sagt: Maschinenraum nicht mehr verfügbar! Der wird abgerissen sein.« Ein Stöhnen ging durch die Reihen der Männer. Sie waren gestrandet!

Jetzt hieß es ruhig bleiben und nach und nach die wichtigsten Punkte abzuarbeiten. Er spürte einen kleinen Lufthauch dort, wo sein metallischer Raumanzug an der Schulter zerfetzt war, und sich einer seiner Muskelstränge durch das Loch drückte. Dieser Luftzug verhieß nichts Gutes. Solutosan hob den Kopf und witterte. War da Brandgeruch? Nein! Was war es also? Allmählich nahm sein Verstand alarmiert wahr, dass der ungewohnte Luftstrom nur die Atmosphäre des fremden Planeten sein konnte, die bereits in die Kommandozentrale strömte.

»Schnell!«, befahl Solutosan. »Messung der Außenluft: Sauerstoff, Stickstoff, Temperatur!«

»Sauerstoff 21 Prozent, Stickstoff 78 Prozent und andere. Temperatur 234 Gran.«

»In Ordnung!« Er stöhnte erleichtert auf. Chrom, der als einziger Sterblicher an Bord unbedingt atembare Luft brauchte, drohte keine Gefahr.

Patallia keuchte. »Das ist ein Eisplanet, Leute!«

Chrom orgelte an seinen Geräten herum, tippte weiterhin. »Ich habe hier was. Der Planet hat Strahlungen. Sieht aus wie Satelliten.«

»Kannst du dich einklinken, Chrom?«, fragte er gespannt.

Der kleine Bacani nickte. »Massig Informationen.« Der Hilfsbildschirm zeigte eine Vielzahl von blinkenden Linien und Zeichen. Das bedeutete, dass der Planet bewohnt und weit entwickelt war.

Solutosan war zufrieden. »Na, das ist ja schon mal was!

Außenteam: Xanmeran!« Der rote Krieger bestätigte mit Handzeichen.

»Meodern!« Meo hob die Hand. »Ihr zwei schaut euch draußen um! Handmessgeräte mitnehmen! Wir sehen uns zwischenzeitlich die Daten an«, Solutosan deutete auf den Bildschirm, »und versuchen in den Tarnmodus zu gehen!«

Die beiden stapften zur Tür. Tervenarius schob sich ebenfalls langsam Richtung Ausgang.

»*Terv, du bleibst hier!*«, befahl Solutosan. »*Erst mal prüfen, ob deine Haut die planetaren Gegebenheiten aushält.*«

Terv kniff die Lippen zusammen, aber er nickte. »*Ich geh die Vorräte kontrollieren.*«

»*Gute Idee!*« Solutosan blickte über Chroms Schulter auf den Bildschirm mit den vielen Informationen – lehnte sich zu Patallia, der immer noch zur Salzsäule erstarrt an seiner medizinischen Konsole hockte. »*Übersetzermikroben, Pat!*« Solutosan streckte fordernd die Hand aus.

Patallias Gesicht entspannte sich langsam. Der Höllenritt durch die Anomalie hatte ihm sichtlich zugesetzt. Er öffnete ein Fach unter seinem Bedienpult, entnahm zwei kleine Druckpistolen und reichte sie ihm. Solutosan drückte sich die Mikroben in den Hals und setzte die andere Pistole an Chroms knochiges Genick. Beim Abdrücken fauchte der Bacani unwillig.

»*Na, dann mal los!*«, sagte er zu Chrom.

Das Vibrieren ließ nach, und vor allem das Kreischen wurde allmählich leiser. Bar hatte das Gefühl, sein Schädel wolle platzen. Er drehte langsam den Kopf, um zu testen, ob sein empfindliches Gehör überhaupt noch funktionierte, und öffnete die Augen. Die Hälfte des Raumschiffs war fort – einfach abgeschnitten. Stattdessen blickte er in eine Art Behausung, in der ein weißhäutiges Lebewesen saß und ihn anstarrte.

Er runzelte die Stirn. Das weiße Wesen besaß nur ein Bein. Das andere hatte sich in eine pulsierend blutende Wunde verwandelt. Der Schnitt war sauber und gerade wie mit einem Schwert abgeschlagen. Bar stierte kurz auf das Fleisch und den Knochen. Wo waren seine Leute? Er zog die Beine unter einem Haufen zerborstener Metallteile hervor und überprüfte seinen Körper. Keinerlei Verletzungen,

Wahnsinn! Im Gegensatz zu drei der Bacanis, die in der Kommandozentrale gedient hatten. Sie hingen zerfleischt in einer Menge Kabel verwickelt an den Wänden der Zentrale.

Psal ächzte und richtete sich auf. Auch sein erster Offizier Krran kroch unter der zertrümmerten Konsole hervor, unter die es ihn verschlagen hatte.

»Verletzungen?«, fragte Bar heiser. Beide verneinten.

Jemand riss die demolierte Tür der Kommandozentrale endgültig aus den verbeulten Angeln. Einer der Unteroffiziere, Pok, drückte seinen Körper in den Raum.

»Pok! Sonst noch irgendjemand am Leben?«, erkundigte sich Bar.

Der Bacani, dessen Arm leicht blutete, schüttelte mit zusammengepressten Lippen den Kopf.

Bar gab sich einen Ruck. Der blutende, einbeinige Einheimische starrte mit leerem Blick – er war tot.

»Wir müssen hier heraus!«, krächzte Bar. Psal wimmerte. Die Situation überforderte sie sichtlich. »Reiß dich zusammen, Frau! Hol dir einen Behälter und sammle alle Milch-Phiolen ein! Krran, du kümmerst dich um die Waffen. Nimm mit, was du finden kannst! Pok! Hilf Krran das Zeug zu schleppen!« Die verbliebenen Schiffbrüchigen nickten. »Ich versuche herauszufinden, wo wir sind. Atmen können wir ja schon mal!« Er sah zu dem einheimischen Wesen mit den toten Augen.

Bar kroch unter die Kommunikationskonsole. Er hatte Glück. Der kleine Hilfscomputer, den er immer auf die Außenmissionen mitnahm, schien intakt. Nur wo war das verdammte Zuleitungskabel? Bar riss ungeduldig einige Funken stiebende Kabelenden der Konsole ab. Bleckte die Zähne, als ein schmerzhafter Energiestoß in seine klauenbewehrte Hand stieß. Kabel? Kabel? Da war es! Eilig rappelte er sich hoch. Er wollte unbedingt die Schiffsdaten retten! Und dann mussten sie weg – so schnell wie möglich!

Mit bebenden Fingern stöpselte Bar die Leitungen der Rechner ineinander. Die Tastatur war am Rand abgebrochen, aber schien noch zu funktionieren. Der Hauptrechner hatte Notenergie.

Psal kam mit einem Sack auf dem Rücken in die Zentrale gehinkt. »Nahrung gerettet!« Bar nickte ihr kurz zu. Sie war zuverlässig, so hatte er sie eingeschätzt. Die Daten des Schiffcomputers rannen auf den Datenspeicher. Schneller!, dachte Bar. Zum Vraan, ging das nicht schneller?

»Wo sind Pok und Krran?« Die Frage erübrigte sich, denn beide Bacanis kamen beladen in die Kommandozentrale. Krran hatte sich in seine vierbeinige Form transformiert. Mit gewaltigen Schultern unter rötlichem Pelz und mächtigen Tatzen mit langen Krallen, blitzten seine blanken Augen über der spitzen Schnauze und der Spiralschwanz schlug nervös. Da er verwandelt um ein Vielfaches stärker war, hatte Pok ihm den Rücken mit einem Waffenarsenal beladen.

»Haut schon mal ab! Nehmt den Weg durch die Behausung und versteckt euch. Ich bringe das hier zu Ende. Geht in Deckung, gleich knallt es!« Die Drei zogen ab, tappten an der Leiche des einheimischen Wesens vorbei zu dessen Tür hinaus.

Schnaufend blickte Bar auf die Datenübertragung. Er musste weg! Er fühlte es mit jeder Faser! Fertig! Er riss das Kabel aus den Computern und gab den Code für die Selbstzerstörung ein. Jetzt hatte er vier Bian Zeit zu flüchten. Er klemmte sich den Rechner unter den Arm und rannte um sein Leben.

Die Tür zum Kontrollraum schwang mit einem Zischen auf. Das Außenteam kam zurück. Hoffentlich mit guten Nachrichten. Solutosan hatte sich mit Chrom in die Informationen des Planeten vertieft, und unterbrach die Arbeit.

Xanmeran spazierte herein, am ausgestreckten Arm ein um sich schnappendes, pelziges Wesen. *Hab einen Bacani erwischt*«, knurrte er.

Chrom neben ihm begann zu beben. Dann ging das Zittern seiner schmalen Brust in ein brüllendes Lachen über. »Das ist keiner von uns!« Er konnte kaum noch sprechen und seine Stimme überschlug sich. »Das ist eins der hiesigen Lebewesen!« Er wäre fast vom Stuhl gefallen vor Belustigung.

Was zum Vraan? Solutosan war fassungslos. »Was schleppst du uns denn hier herein?«, donnerte er. »Bist du völlig von Sinnen?«

Xanmeran hielt sich das immer noch um sich beißende Geschöpf vor die Nase, schwenkte es ein wenig, was der Kreatur überhaupt nicht gefiel. »Oh! Ähm, tut mir leid!«

»Bring es wieder raus!«, herrschte Solutosan.

»Warte!« Chrom glitt zu Xanmeran. Er hatte in Windeseile aus den Informationen des Planeten ein Bild des Lebewesens gefiltert. »Die Spezies nennt sich Wolf.« Mit schräg gelegtem Kopf sah er dem Wesen unter den Bauch. »Eine Wölfin!« Er sah der Wölfin ruhig in die gelben Augen, die sofort aufhörte, mit ihrem knackenden Gebiss um sich zu schnappen. »Setz sie mal auf den Boden!«

Xanmeran ließ das Tier auf die Füße fallen. Augenblicklich lief die Wölfin auf den dünnen Bacani zu, der sich zu ihr hinunterbeugte. Die anderen Krieger blickten gebannt, wie das Tier den schweren Schädel an seine Seite drückte und ihm die Hand leckte.

»Meinetwegen darf sie bleiben«, verkündete Chrom, zuckte mit den Schultern und tigerte wieder zu seinem Sitz, das Wesen auf den Fersen. Die Wölfin schien sich sofort an Chrom zu binden. Außergewöhnlich. Und Chrom mochte sie offensichtlich. Solutosan runzelte die Stirn und beobachtete, wie der große, graue Wolf sich zu Chroms Füßen legte, den Kopf auf den Pfoten.

Er seufzte. »Wir werden uns wohl oder übel mit den Bewohnern der ,Erde' anfreunden müssen. Fangen wir bei dem hier an.«

Meodern brachte beunruhigende Nachrichten mit. »Die Bahn, die wir in den Untergrund geschlagen haben, ist wie ein Pfeil, der direkt auf uns deutet. Angenommen die Erdlinge haben eine Art Flugabwehr ...«

»Sie haben«, bemerkte Chrom.

»... dann werden sie uns, durch einen derart deutlichen Hinweis, sofort entdecken.«

Die Schneise! Er hatte sie nicht vergessen! Sie stellte eine Gefahr dar! Solutosan rieb sich das Kinn. »Das ist mir klar! Ich habe auch schon eine Idee.«

Er winkte Meodern und beide schwangen sich aus der Kommandozentrale direkt auf den felsigen Untergrund, tauchten an der demolierten Schiffsseite auf. Die Atmosphäre war kristallklar und kalt. Er füllte die Lungen mit Luft und stieß sie wieder aus. Sein Atem bildete kleine weiße Wölkchen, seine Nüstern blähten sich. Er musterte die Gegend, die im fahlgelben Licht der aufgehenden Sonne glänzte. Sie reflektierte auf dem spiegelnden Metall des verbeulten Raumkreuzers und beleuchtete den sie umgebenden, dunklen Wald, kroch langsam an den zerklüfteten Gebirgswänden des entfernt liegenden Steinmassivs mit den weißen Gipfeln empor. »Was sind wir doch für verdammte Glückspilze, Meo!«

Er drehte sich in Richtung der geschlagenen Schneise und wandte sich dann zu dem Krieger, der auf dem Boden hockte und den Untergrund untersuchte. »Die Bahn sieht man nur, weil sie in den Fels gefräst ist, und viel heller und neuer als die übrige Gegend ist. Wie wäre es, wenn du dir Zugang zur heimischen Fauna verschaffst und sie einfach ...«

»... zuwachsen lässt?«, beendete Meodern seinen Satz.

Solutosan blinzelte. Meos athletische Gestalt mit den grünen Augen und der zart-goldenen Haut strahlte unwirklich in dem ungewohnten Licht. Er nickte und sandte seinen telepathischen Befehl an Chrom im Inneren, um die Tarnung zu aktivieren. Augenblicklich verschwand das große Raumschiff, wie von Geisterhand wegradiert. Solutosan war zufrieden.

Er wollte sich zum Einstieg wenden, da fiel ihm im dichten Wald etwas auf. »Ich geh mal was prüfen.«

Meodern, der sich abseits der Schneise in Gräser gekniet hatte, nickte zur Bestätigung. Solutosan nahm Meos ureigenes zartes Vibrieren wahr.

Er hatte sich nicht getäuscht. Zwischen den hohen Tannen hatte jemand eine Blockhütte gebaut. Solutosan stieß die Tür mit einem Fußtritt auf und sog den Geruch ein. Dort hatte seit langer Zeit kein Lebewesen mehr seinen Fuß hineingesetzt. Er überprüfte den Kamin, drei grob gezimmerte Betten mit zwei zerschlissenen Decken und öffnete den morschen Schrank, in dem ein altes Holzfäller-Hemd hing.

»Habe eine Art Behausung gefunden. Xanmeran und Patallia, ich brauche euch!«

Wenig später beugte der rote Krieger den kahlen Schädel, um durch die niedrige Tür das Blockhaus zu betreten. Patallia folgte ihm.

»Das wird unsere vorläufige Außen-Station. Es ist klug, wenn immer zwei von uns in der Hütte aufhalten«, befahl Solutosan.

Die beiden schauten sich um.

»Patallia, du kannst von hier aus nach Wirkstoffen suchen, die uns vielleicht nützlich sind. Nehmt aus dem Schiff mit, was ihr braucht.«

Solutosan wusste von seiner Leidenschaft neuartige Substanzen zu erforschen. Patallia war ausgesprochen wichtig für die Crew. Er war fähig, alle von den Kriegern benötigten Heilmittel und Medikamente in seinem Körper herzustellen, und sie über seine Handflächen wieder in die Haut seiner Patienten abzusondern.

Ein Lächeln erhellte das bleiche Gesicht des Mediziners. Die beiden nickten einträchtig.

Als Solutosan aus dem Wald trat, nahm er Meodern wahr, der nun offensichtlich mit den heimischen Pflanzen in Kontakt gekommen war. Er kniete, wie zuvor, auf dem kargen Boden, den Körper von einer zart vibrierenden grüngoldenen Aura umgeben. Gras und junge Pflänzchen ringelten sich bereits, um die blanke Schneise zu bedecken.

Mit einem Satz war Solutosan wieder im Schiff. Er musste handeln und die Zeit drängte!

»Psal, du hast den Einheimischen gesehen.« Bar sah sie an.

Ihre kleine Gruppe kauerte weiterhin in dem Gebüsch, während nicht weit davon letzte Funken der Explosion stoben, die Raumschiff und Haus in Atome zerlegt hatte.

Psal nickte. »Dicker, weißer Körper, zweibeinig, scheinbar eine Art Säugetier, rotes Blut. Wir können damit rechnen, dass der Rest von denen genauso aussieht – weiches Fleisch, schnell zu verletzen.«

Krran und Pok fletschten die Zähne. »Kein Problem«, knurrte Pok. Der vierfüßige, beladene Krran schlug lediglich mit dem Schwanz.

»Ihr hirnlosen Fluschs!«, bellte Psal. »Was haben wir davon, wenn wir hier die Bevölkerung niedermetzeln? Wir haben andere Sorgen!«

Bar kratzte sich mit der Kralle hinterm Ohr. »Wir brauchen einen Stützpunkt, von dem aus wir agieren können. Wir müssen uns erst einmal eine der Behausungen aneignen.«

Psal wiegte nachdenklich den Kopf. »Schau dich doch mal um. Die Häuser stehen dicht aneinander. Würden wir uns hier niederlassen, blieben wir nicht lange unentdeckt.«

Krran und Pok blickten hilflos zu Bar.

»Ich nehme an, der Planet hat einen Tag/Nacht Rhythmus. «Er sah zum Himmel. »Wir sind zu auffällig. Verwandelt können wir nur in der Dunkelheit raus, und tagsüber müssen wir uns wie diese Säugetiere tarnen. Wir brauchen Kleidung wie sie.« Bar hörte in der Ferne ein jaulendes, warnendes Geräusch, das sich langsam näherte. »Los, wir hauen hier ab, in den Wald. In der Nacht werden wir uns eine der Behausungen näher anschauen«, er machte eine Pause. »Das heißt, Psal und ich gehen!«

Pok und Krran knurrten wieder.

»Ruhe! Psal, du legst mir den restlichen Vorrat auf den Rücken. Pok, du nimmst die Phiolen.« Bar verwandelte sich, schüttelte kurz sein zotteliges, graublaues Fell von der langen, spitzen Schnauze bis hin zu der peitschenden Schwanzspitze.

Psal lud Bar zwei Säcke auf, verteilte das Gewicht gleichmäßig und schob sich den kleinen Bordcomputer unter den

Arm. Sie schubste Pok, der in seinem silbrigen Raumanzug mit einem Rucksack auf dem Rücken neben ihr stand. »Na dann mal los!«

Sie hatten den Tag zusammengerollt, eng aneinander gedrückt in einem Graben im Wald, mit trockenem Laub bedeckt, verschlafen. Poks lautes Gähnen drang durch die Dämmerung und weckte alle. Psal knuffte ihn missmutig in die Rippen und wollte weiter dösen, bis ihr allmählich ins Gedächtnis sickerte, wo sie sich befand.

Oh nein, dachte sie, nun schlagartig wach. Sie war keine Heldin. Sie hatte lediglich den Auftrag als Navigatorin erhalten, die Truppe von einer Siedlung der Duonalier auf den nächsten Mond zu bringen. Ihr war völlig klar, was diese Bacanis in dem Dorf getrieben hatten. Sie hatten ihre Lieblingsdroge zu sich genommen: Duonalier-Energie – und davon möglichst die Fortpflanzungskraft.

Sie erinnerte sich an eine eigene Drogenerfahrung – wie sie ihre Spiralvene unter der Zunge lang ausgefahren, in das Ohr einer Duonalierfrau gezwängt und deren Gehirnströme gesaugt hatte. Das Opfer war offensichtlich nicht ganz gesund gewesen, und Psal vergaß niemals, wie grauenvoll schlecht es ihr danach war. Nie wieder würde sie solche Drogen zu sich nehmen.

Das, was die männlichen Bacanis mit Vorliebe trieben – erst die weichen Unterbäuche der Frauen mit den Fangzähnen zu schlitzen, um dann mit der Vene die Reproduktionsenergie zu saugen, fand sie unerträglich. Kein Wunder, dass sich die Duonalier gegen diese Attacken zur Wehr setzten, und ihnen die Duocarns auf den Hals hetzten. Ob sie wohl die Wesen des neuen Planeten auch so aussaugen konnten?

Psal blieb keine weitere Zeit zum Überlegen, denn Bar drängte zum Aufbruch. Sie verwandelten sich. In ihren dunklen Pelzen streiften sie an den Hauswänden entlang, immer den Schatten suchend, glitten flach und geduckt über Gartenzäune, bis Bar sich für eins der Häuser entschied, das dunkel war und verlassen schien.

Vorsichtig betastete Psal die Eingangstür des Gebäudes. Sie wusste nicht, woraus diese bestand. Bar drückte sie ungeduldig mit der Schulter beiseite, schlitzte kurzerhand mit der scharfen Kralle in das milchige, harte Material, das ihnen den Weg versperrte, und hieb dagegen. Es fiel klirrend zu Boden. Psal fuhr vor Schreck zusammen und blickte hektisch um sich, doch die umliegenden Behausungen blieben still. Niemand hatte sie gehört. Als Nachtjäger konnten sie sich in den dunklen Innenräumen gut orientieren. Psal sah, dass Bar sich wieder in seine zweibeinige Form verwandelte, und tat es ihm gleich. Sie durchstreiften das Haus auf der Suche nach den Kleidungsstücken der Bewohner, entdeckten einen Raum mit einer großen Lagerstatt und einer weißen Tür, die Psal vorsichtig aufzog. Sie hatte die Kleidung gefunden. Bar deutete ihr die Dinge einzusammeln, während er weiter durch die Zimmer glitt.

Sie riss rasch etliche Textilien wahllos von den gebogenen Metalldrähten, an denen sie aufgehängt waren, knotete einen bunten Schal um das Ganze und band sich das Bündel auf den Rücken.

Sie hörte Bar im Nebenzimmer ein überraschtes, kurzes Bellen ausstoßen und schlich zu ihm. Bar hatte ein Art Computer gefunden und aufgeklappt. Er prüfte den Apparat. Eindeutig, er enthielt eine Fülle von Informationen. Als er das Gerät unter den Arm klemmen und gehen wollte, bemerkte er, dass es mit einem Kabel versehen war, das in einer runden, geschlitzten Öffnung in der Wand mündete. Vorsichtig steckte der Chef der Bacani eine seiner langen Krallen in die Schlitze der Dose, blickte Psal zufrieden an und nickte. »Energie«, flüsterte er. Er trennte den Computer von der Energiedose. Sie glitten lautlos mit ihrer Beute ungesehen aus der Behausung und verschwanden im Schutz der Dunkelheit.

Bar wollte den Rest der Nacht nicht sinnlos verstreichen lassen, also setzte sich der kleine Trupp in Bewegung. Sie hatten sich die unauffälligsten Kleidungsstücke herausgesucht und verstaut – die bunten ließen sie liegen. Pok und Krran, in vierbeiniger Form, trugen den größten Teil der Lasten. Lautlos liefen sie durch das nunmehr ganz dunkle, schlafende Dorf. Einige Wesen in den Häusern waren auf sie aufmerksam geworden, gaben eine kurze Zeit bellende Laute von sich, beruhigten sich jedoch schnell.

Bar hatte begriffen, dass die ausgebauten Straßen die Verbindungswege zwischen den einzelnen Siedlungen darstellten. Um sich nicht in den umgebenden, weitläufigen Waldgebieten zu verirren, orientierte Bar sich an ihnen und führte die Gruppe in den Nächten in deren Nähe. Sobald es dämmerte, schlugen sie sich eine Bresche in den Wald, um zu ruhen.

Sie waren nun schon vier Tageszyklen unterwegs. Bar machte sich Sorgen. Mit gesenktem Kopf lief er neben den anderen her. Sie brauchten dringend einen Unterschlupf. Jeder weitere Zyklus brachte die Gefahr mit sich, dass sie vielleicht von den Wesen entdeckt würden. Außerdem war ihr Nahrungsvorrat begrenzt. Die Milch der Nahrungsmutter ihres Rudels, die sie auf Duonalia zurückgelassen hatten, reichte nur noch wenige Zyklen. Dieses Laktat war so nahrhaft, dass für einen erwachsenen Bacani eine kleine Phiole pro Tag genügte, um zu überleben. Psal war zu jung, um Nahrungsmutter zu werden. Wenn sie weiterhin herumirrten, würde die Vorratsmilch bald verbraucht sein, und im Moment war keine Alternative in Sicht. Sie mussten dringend zur Ruhe kommen! Bar versuchte es am nächsten Abend mit einer anderen Taktik und folgte statt der Straße einem ausgefahrenen Waldweg.

Der Kurswechsel schien sich auszuzahlen. Sie stießen auf einen weitläufigen, kräftigen Metallzaun mit fünffacher Stacheldrahtbewehrung und zwängten sich darunter hindurch. Es dämmerte, als sie einige verfallene Schuppen erreichten. Krran kickte die Verschlüsse an der Tür des ersten Gebäudes einfach mit einem Tritt ab und sie traten ein. Bar pfiff leise durch die Zähne.

Die Baracke war offensichtlich Teil eines größeren Komplexes, denn in ihm befand sich eine weitere mit massiven Schlössern verrammelte Stahltür.

»Pok, Sprengstoff!«, kommandierte Bar.

Psal zog Pok den Vorratssack vom Rücken und der Bacani verwandelte sich zurück. Seinen nackten, mageren Körper über den Sack gebeugt, zog er nach einer Weile Zünder und einen kleinen Kasten hervor, den er an die Tür klebte. Lautlos schmolz das Türschloss und mit ihr die Hälfte des metallischen Türblattes.

Bar steckte den Kopf in das Loch. Auf der anderen Seite war es stockdunkel. Mit seinen scharfblickenden Augen konnte er jedoch den dahinter liegenden, abwärts führenden Gang gut erkennen. Neugierig drängten sich alle durch die Öffnung.

Der sich unter der Erde befindende Komplex schien bereits vor einiger Zeit verlassen. Furchtlos erkundeten sie die Lage. Sie luden ihre Lasten in dem erstbesten Zimmer ab, verwandelten sich und Bar teilte zwei Erkundungstrupps ein. Psal, die mit ihrem weichen, grau-violetten Pelz und schlagendem Spiralschwanz vor ihm stand, weigerte sich zunächst mit Pok zu gehen, der schon nachtschwarz mit gebleckten Fangzähnen neben ihr kauerte. Ungehorsam konnte Bar in diesem Moment überhaupt nicht gebrauchen. Er knurrte autoritär und sträubte das Rückenfell.

Kleinlaut zogen die beiden in den linken Teil ab, während er und der kräftige Krran sich die rechte Seite des Komplexes vornahmen. Sie liefen schnüffelnd und horchend durch sämtliche Winkel.

Der nächstliegende Raum musste als eine Art Computerraum gedient haben, denn Bar fand in ihm einen wackligen Stahltisch mit drei alten, verschmutzten Bildschirmen. Zwischen zwei Tischen in einer Ecke klemmte ein verstaubtes Gerät, das offensichtlich vergessen worden war. Es hing an einer der Energiedosen in den Wänden, die Bar in Augenschein nahm. Die Dosen schienen aktiv zu sein, denn seine eingeführte Kralle kribbelte verheißungsvoll. Das war alles mehr als günstig. Krran hatte unterdessen weiter geforscht und führte ihn zu einem Raum in dem Metallteile aus den Wänden ragten. Bar betastete vorsichtig einen der Hebel und aktivierte einen dicken Wasserstrahl, der vor ihre Füße platschte. Bar nickte zufrieden.

Gemeinsam durchstreiften sie den Rest der kahlen Gänge und öffneten sämtliche Türen. Die unterirdische Station hatte offensichtlich früher einmal etliche Wesen beherbergt. Eine triste Schlafzelle folgte der nächsten. Alle in einheitlichem Grau gehalten, wiesen sie nur jeweils ein Bett, einen Stuhl und einen Metallschrank auf. Krran zog neugierig mit der Kralle an einem der Schränke. Erschreckt fuhren sie zusammen, als dessen Tür schrill quietschte. Lediglich das zerfledderte Bild eines einheimischen, lächelnden Weibchens hing darin. Staunend blieben sie eine Weile davor stehen, betrachteten beeindruckt die riesigen Brüste des Wesens. Dann wurde Bar ungeduldig. Er schubste Krran mit der Schnauze auffordernd an, gemeinsam rannten sie den Weg zurück zum ersten Raum und verwandelten sich. Psal und Pok waren bereits von ihrer Erkundungstour gekommen.

»Alles still und leer«, berichtete Pok. »Einige Zimmer mit Resten von medizinischem Equipment, manche mit Ruhelagern.«

Bar nickte. »Auf unserer Seite ist es ähnlich, allerdings ist da eine Art Computerraum, wo noch ein paar alte Bildschirme stehen. Das wird die neue Zentrale und dort werden wir schlafen.«

Gemeinsam schleppten sie ihre Habe in besagtes Zimmer und stellten alles auf den grauen, glatten Fußboden. Bars Bestandsaufnahme verlief einigermaßen zufriedenstellend. Sie hatten Waffen und Munition, Nahkampfwaffen wie Messer und Dolche, besaßen den Computer mit den Schiffsdaten und den gestohlenen Mobilrechner, dazu etwa zwanzig Phiolen mit Nahrung.

Er platzierte den Schiffscomputer und den Laptop auf einen wackligen Stahltisch, verband den Apparat mit der Wand-Energie. Psal, die neugierig umherschlenderte, knipste an diversen Wanddosen. Geblendet fuhren sie zusammen, denn schlagartig durchflutete kaltes, weißes Licht den Raum.

»Genial!« Bar hatte sich schnell von dem Schreck erholt und fletschte die Fangzähne. »Wir haben hier Energie, Wasser und – vor allen Dingen – unsere Ruhe!«

Er schwang sich auf einen alten, quietschenden Drehstuhl. Der gestohlene Rechner interessierte ihn brennend. Das Gerät verband sich automatisch und lieferte neue Daten. Bar kniff die Augen zusammen. Ärgerlich – er verstand die Sprachen nicht, konnte lediglich die Bilder betrachten. Nur am Rande nahm er wahr, dass Psal und Pok aus den Räumen Decken und Polster geschleppt hatten und sich, wie im Rudel üblich, gemeinsam schlafen legten.

Nach und nach begriff er, wie er sich innerhalb der Informationen bewegen musste. Er fand Daten, die ihm einfach erschienen. Waren sie für die Kinder der Wesen? Er wollte unbedingt mehr erfahren. Wissbegierig betrachtete er die Bilder und formte ungewöhnliche Laute. War das ein Sprachkurs?

Er lernte noch, als Psal als Erste aufwachte, sich die Augen rieb und gähnte. Sie drehte sich und drückte so den an sie geschmiegten Pok zur Seite. Der döste mit einem riesigen Ständer zwischen den Beinen.

Bar, der das herannahende Unheil beobachtet hatte, fauchte scharf und stoppte damit Psal, die bereits die Krallen ausgefahren hatte. Die beiden Streithähne blickten zu ihm hoch. »Guten Morgen«, begrüßte er sie in der Erdensprache.

Solutosan lief nachdenklich den kurzen Weg zur Außenstation. Er betrachtete die mit jungen Pflanzen zugewucherte Einflugschneise. Sie waren jetzt zehn Sonnenzyklen auf der Erde und hatten erste Maßnahmen ergriffen. Als dringendes, offenes Problem war die Ernährung geblieben und die

Beschaffung des Zahlungsmittels, das in diesem Landstrich benutzt wurde: kanadische Dollar.

Die Stimmung der Duocarns befand sich auf dem Nullpunkt. Die Tatsache, nicht mehr nach Duonalia zurückkehren zu können und die Heimat für immer verloren zu haben, war niederschmetternd. Allerdings wusste Solutosan, dass keiner seiner Männer offen seine Gefühle zeigen oder über sie sprechen würde. Er versuchte, Zuversicht zu verbreiten, was ihm selbst ebenfalls schwerfiel. Jeder Krieger tat seine Pflicht, jedoch im Grunde beherrschte alle Duocarns der Gedanke an die unsichere Zukunft und die Sehnsucht nach Duonalia. Nein, dachte Solutosan, während er weiter durch den Wald zur Blockhütte lief, niemals hätte jemand das Wort Heimweh in den Mund genommen – aber es war in ihren Herzen. Versonnen blieb er einen Moment stehen und blickte zu den von dicken Nebelschwaden verhüllten Gebirgszügen.

Die neue Welt war so schwer zu verstehen. Solutosan war froh, die Daten zur Verfügung zu haben, die sie über die Satelliten des Planeten abrufen konnten. Sie mussten lernen diesen Informationsfluss zu filtern, das Nützliche vom Unwichtigen zu trennen, um die fremde Umgebung zu begreifen. Das Internet hatte sie in etlichen Fragen aufgeklärt. Allerdings waren auch Informationen dabei gewesen, die sie unvorbereitet trafen: Scheinbar kopulierten die Menschen völlig unkontrolliert. Chrom hatte ihm etwas schockiert die Bilder vorgeführt: von Mann und Frau, Frau und Frau, Mann und Mann, vielen Männern und Frauen, Frauen mit diversen Lebewesen.

Solutosan wusste nicht so recht, was er davon zu halten hatte. Für die Fortpflanzung wurde auf Duonalia die künstliche Befruchtung bevorzugt und, wenn ein Paar einmal eine körperliche Vereinigung anstrebte, geschah dies nach einem strengen Ritual. Die Aufnahmen der Erdlinge wirkten deshalb auf ihn und seine Duocarns verstörend.

Anhand der Informationen versuchte Solutosan sich ein Bild der Menschen zu machen. Sie erschienen aggressiv und zerstörerisch. Er entdeckte Abbildungen von den verschiedensten Kriegsherden über den ganzen Planeten verstreut. Die Einheimischen schienen sich gegenseitig zu hassen. Reichtum und Armut wohnten eng zusammen. Er fand Ablichtungen von Erdbewohnern, die in Essen badeten und welche von verhungerten Geschöpfen. Das war ihm unerklärlich. Er hatte seinen Männern einiges davon gezeigt, aber niemand konnte sich die Zusammenhänge erklären.

Auf Duonalia gab es keinen Krieg und Hunger. Die Mehrzahl der Bewohner bestand aus weißhäutigen, schlanken Wissenschaftlern mit extrem ruhigem Gemüt. Weiterbildung und geistige Entwicklung wurden als wertvoll betrachtet. Die duonalischen Gaben lagen auf dem Gebiet der Mathematik, Physik, Sprachen oder anderem Schöngeistigen. Er und seine Duocarns galten auf seinem Planeten als Ausnahmewesen, denn Hybriden wie sie waren selten. Ihre Talente empfand man auf ihrem Heimatplaneten als kriegerisch und roh, wenngleich erwünscht, wenn es um die Protektion der Bevölkerung ging. Sie hatten geschworen, Duonalia zu beschützen, ohne jedoch dafür respektiert zu werden. Sie wurden als eine Art Kammerjäger, vom Duonat auf die Bacanis angesetzt – die einzigen Feinde der friedvollen Duonalier.

Aber das war einmal. Nun waren sie außerirdische Eindringlinge in einer fremden Welt. Er seufzte und lief das kurze Stück durch den Wald zur Hütte.

Solutosan betrat das Blockhaus und staunte nicht schlecht. Xanmeran und Patallia hatten es gut und sinnvoll eingerichtet. Das Haus war gesäubert, Patallias mobile Chemiestation stand auf dem Tisch, die instandgesetzten Betten wurden von den Kriegern belagert.

Xanmeran und Tervenarius hockten auf einem von ihnen und unterhielten sich über Gifte. Meodern saß auf dem alten Holzstuhl und schärfte seine Dolche, die er als einziger benutzte. Patallia und Chrom hatten die Nasen in einem Bordcomputer. Das Verhalten seiner Freunde war normal und tröstlich. Solutosan gewann bei ihrem Anblick an Zuversicht.

Er setzte sich auf das andere Bett und stützte die Ellenbogen auf die Knie. »*Wir haben noch zwei Dinge zu klären, die überlebenswichtig sind*«, begann er. »*Zum einen brauchen wir dringend diese kanadische Währung, um uns frei bewegen und Equipment erstehen zu können. Die Frage ist, wie wir an diese Zahlungsmittel kommen. Das Zweite ist unser Ernährungsproblem. Fangen wir mit dem Ersten an.*«

»*Wie beschaffen sich die Erdlinge Dollars?*«, fragte Meodern.

»*Sie verrichten Tätigkeiten für andere und bekommen dafür dieses Geld*«, erklärte Chrom.

Solutosan schüttelte unzufrieden den Kopf. »Ich habe mich in den Datenströmen informiert. Arbeiten für Menschen können wir ausschließen. Wir sind hier in Kanada. Ohne von der Regierung ausgestellte Papiere wird niemand in ein Arbeitsverhältnis gestellt. Dazu kommt, dass sie wohl vor Schreck umfallen, wenn sie einen von uns sehen.«

»*Nicht, wenn wir uns kleiden wie sie*«, stellte Patallia fest.

»*Beim Vraan*«, stöhnte Solutosan. »*Wo wir wieder beim Thema Geld sind.*« Alle grübelten.

»*Auf legale Art zu den Dollars kommen fällt also flach – wie wäre es dann auf illegale Art? Wir sind stark genug uns einfach zu nehmen, was wir benötigen*«, meinte Xanmeran.

»*Ein neues Leben auf einem fremden Planeten mit Raub und Mord beginnen?*«, fragte Patallia stirnrunzelnd.

»*Nein!*« Solutosan wickelte nachdenklich eine seiner goldenen Haarsträhnen um den Finger. Er hatte ethische Grundsätze. Dazu gehörte, Schwache und Unschuldige zu schützen.

»*Wir müssten unsere Fähigkeiten verkaufen können*«, warf Meodern ein.

»*Super Idee!*« Xanmeran vibrierte grinsend mit den großen, roten Händen, um ihn zu imitieren. »*Weißt du was passiert, wenn die Erdbewohner von unseren Gaben erfahren? Ich habe mir im Internet Bilder von Aliens angesehen. Die Vorstellungen der Menschen von Lebewesen anderer Planeten sind bizarr. Außerdem sehen sie Außerirdische als Bedrohung. Hast du Lust von denen seziert oder ausgestopft zu werden?*«

Solutosan überdachte die zur Verfügung stehenden Fähigkeiten der Duocarns. So wie alle Duonalier besaß jeder von ihnen zwei Gaben: Da waren sein Organisationstalent und der mächtige Sternenstaub. Meodern hatte seine vibrierende Schnelligkeit bis zur Lichtgeschwindigkeit sowie die Pflanzenkommunikation. Xanmeran verfügte über seine Dermastrien und war ein wandelnder Chemie-Baukasten. Tervenarius, der fungide Hybride, rekonstruierte sämtliche Pilzsporen und war Nahkampfspezialist. Patallia, das Sprachtalent, hatte sein fast grenzenloses, medizinisches Wissen.

Er stützte den Kopf in die Hand und sah seine Männer an. Phantastische Möglichkeiten. Sollte ihr Fortbestehen wirklich an elementaren Dingen wie Geld und Nahrung scheitern?

»Was die Ernährung angeht«, meldete sich Patallia zu Wort, *»habe ich bisher in den Informationen noch keine Alternative zu Dona entdecken können. Ich muss weiter suchen. Vielleicht lässt sich ja etwas mit ähnlichen Eigenschaften finden.«*

Solutosan nickte nachdenklich. *»Mach das, Pat. Ich gehe in den Ruhemodus!«* Er stand auf. *»Ich kann momentan wirklich nur auf eine Eingebung hoffen!«* Er bemühte sich, nicht allzu mutlos zu klingen.

Tervenarius begleitete ihn zurück zum Schiff. Sie ließen sich im Kommandoraum auf die Sitze sinken. Wie immer war sein bester Freund an seiner Seite, wenn es kritisch wurde.

»Ich habe eben überlegt, was hier auf der Erde als wertvoll angesehen wird«, hob Terv an. *»Sind es nicht die ganzen Rohstoffe?«*

Solutosan sah ihn in Gedanken verloren an. *»Ja, sicher. Ich denke Erdöl ist bei den Menschen ein vorrangiges Problem, da es begrenzt ist.«*

»Ich dachte da eher an Metalle«, meinte Tervenarius.

Solutosan blickte ihn zweifelnd an.

»Sollen wir den Kreuzer in Einzelteile zerlegen und das Metall verkaufen? Das wird nicht gehen, denn das Phatallan ist hier unbekannt.«

»Nein.« Tervenarius musterte ihn mit seinen goldenen Augen. *»Ich meine deinen Sternenstaub.«*

Solutosan überlegte kurz und seine Stimmung erhellte sich augenblicklich. In der Tat hatte sein Sternenstaub eine metallische Komponente: Platin. Dieses Element besaß doch bestimmt auf der Erde einen Wert.

Solutosan stürzte sich auf den Hauptrechner und suchte in den Erdinformationen nach Angaben über Platin. Er strahlte Tervenarius an. *»Ich glaube, du hast eben unser Dollar-Problem gelöst!«*

Der alte Ford stotterte schon wieder, als Aiden auf den Hof ihrer Großmutter im Norden von Calgary einbog.

»Wehe du machst schlapp, Schrottmühle!«, zischte sie durch die zusammengepressten Zähne. Sie hatte ihrer Oma versprochen, ihr eine antike Kommode aus der Stadt zu holen. Nun war sie gekommen, um ihr Auto gegen Omas Minivan auszutauschen. In den Ford ging so ein Schrank beim besten Willen nicht hinein.

Sie schwang die Beine aus dem Wagen, strich sich das Haar zurück und blickte kurz in den Innenspiegel. Oma legte immer Wert auf ein ordentliches Erscheinungsbild. Dann erst lief sie zum Haus. »Oma! Bin da!«

»Hallo Schneckchen!« Die Stimme der Großmutter kam aus dem Wohnzimmer. Aha, Oma schaute wieder ihre Talkshows. Sie umarmte die alte, zerbrechliche Dame, die in ihrem roten Ohrensessel fast verschwand.

»Wie kannst du dir nur immer diesen Quatsch anschauen?« Aiden lachte kopfschüttelnd.

Oma zog eine Schnute. »Das ist das reale Leben – lass mich das ruhig gucken.«

Aiden kicherte. »Oma, das, was ich täglich auf den Straßen erlebe – das ist das wirkliche Leben! In den Shows sitzen nur Schauspieler.« Sie wollte keine Diskussion entfachen. Sie wusste, dass ihre Oma der Meinung war, dass sie sich bei ihrem Streetworker Job in Gefahr brachte, und wechselte schnell das Thema.

»Ich hole jetzt mal den Schrank mit dem Minivan ab.«

Ihre Großmutter strahlte. »Das ist so lieb von dir! Hast du jemanden, der dir tragen hilft?«

»Ach, ich regele das – mach dir keine Sorgen.« Aiden winkte ab.

»Ich sage schon so lange, dass du dir einen Freund zulegen solltest«, dozierte die alte Frau, »dann hättest du immer einen Mann, der dich unterstützt!«

Aiden verdrehte die Augen wegen des nervigen, ständig wiederkehrenden Themas. »Ich finde garantiert bald den Supermann, Omi.« Sie küsste die Großmutter auf die Wange, schnappte sich den Autoschlüssel vom Brett und sprang in Omas Auto. Das war wenigstens etwas zuverlässiger als der alte Ford.

Der Antiquitätenhändler in Calgary begrüßte sie freundlich, als sie den Minivan rückwärts vor seinen Laden fuhr. Sie öffnete die Heckklappe und folgte ihm in das Geschäft, um den Empfang des Schranks zu quittieren.

Der Händler half ihr, die schöne, alte Kommode bis auf die Straße zu tragen und auf die Ladefläche zu stellen.

Das war in den Rücken gegangen. Aiden brauchte dringend eine Pause. »Zu schwer«, keuchte sie.

Was war denn da los? Irgendetwas stimmte nicht im Laden nebenan. Sie hörte erregte Stimmen aus dem Juweliergeschäft. »Ich hole sofort die Polizei! Ich unterstütze kein Diebesgesindel!« Aiden wartete neugierig, aber nichts passierte. Achselzuckend wandte sie sich wieder dem Schrank zu. Der faule Antiquitätenhändler hatte sich einfach verdrückt. »Na vielen Dank auch«, grunzte Aiden, stemmte sich gegen die Kommode, bis sie völlig im Auto verschwunden war, und warf die Heckklappe zu. Erleichtert schwang sie sich auf den Fahrersitz. Wie gut, dass sie für diese Aktion eine bequeme Jeans und Turnschuhe angezogen hatte. Das war ja bisher ganz gut gelaufen. Zufrieden ließ sie den Motor an und fuhr los.

Auf dem Rückweg zur Oma dachte sie daran, was diese wegen eines potentiellen Freundes gesagt hatte. Aiden schob die Unterlippe vor. Oma hatte ja recht, aber für eine Frau wie sie, so hübsch sie auch war, war es eben nicht so einfach den passenden Mann zu finden. Vielleicht hatte sie schlichtweg den falschen Job. Der von Spenden unterstützte Hilfsdienst bescherte ihr kaum das Geld zum Leben.

Irgendetwas stimmte nicht mit dem Auto. Hatte sie die hintere Tür nicht richtig zugemacht oder klapperte der Schrank?

Aiden hielt an, stieg aus und überprüfte die Tür. Nein, die war eingerastet. Sie wollte wieder zum Fahrersitz zurückkehren, da fuhr ihr der Schreck in die Knochen. Da war einer mit ihr im Wagen. Oh Gott! Jemand klemmte zwischen den Rück- und den Vordersitzen. Ein Kerl! Panik durchfuhr sie. Aiden überlegte fieberhaft. Sie befand sich auf der langen Straße durch den Wald. Ihre kleine Tasche lag vorne vor dem Beifahrersitz. In der hatte sie kein Tränengas. Sie besaß keinerlei Waffen! Sie musste den Kerl irgendwie aus dem Auto kriegen!

Aiden riss die hintere, linke Tür auf und sprang einige Schritte zurück. »Raus aus meiner Karre!«, schrie sie laut.

Der Mann bewegte sich. Er hatte scheinbar echte Probleme seinen massigen Körper aus der kleinen Lücke zu zerren. Endlich kam er vor dem Wagen auf die Beine.

Aiden erstarrte. Sie blickte fassungslos auf den muskulösen Mann, dem sie, trotz ihrer Größe, nur bis zum Hals ging. Er trug ein verschlissenes, kariertes Holzfällerhemd zu einer enganliegenden Hose, die wirkte, als wäre sie aus flüssigem Metall. Die grauen Schuhe schienen weich zu sein und aus biegsamem Material. Das scharf geschnittene Gesicht mit den kantigen Wangenknochen, der geraden Nase und einem verlegen lächelnden Mund wurde durch eine riesige, schwarze Sonnenbrille jäh unterbrochen. Was ihr den Atem stocken ließ, war das goldene Haar, das sein Gesicht umfloss und hüftlang über dem roten Hemd endete. Solch eine Haarpracht hatte sie noch nie gesehen. Er sieht aus wie ein König aus einem Märchen, dachte sie verwirrt.

Aber mit dem alten Hemd? Mit dieser Brille? Sein Anblick hatte sie völlig verblüfft.

Er ließ sich in Ruhe von ihr betrachten. Dann räusperte er sich. »Entschuldigung, wenn ich dich erschreckt habe.«

Was war denn das für ein Akzent? Ein Deutscher? Ein Russe?

Sie fand ihre Sprache wieder. »Wieso verstecken Sie sich in meinem Auto?«

Die Situation schien ihm sichtlich unangenehm zu sein. Er setzte den Metallkoffer ab, den er die ganze Zeit in der Hand gehalten hatte.

»Nicht näher kommen!«, warnte sie ihn.

Er schüttelte langsam den Kopf. »Entschuldigung«, sagte er erneut. »Es gab da ein Problem bei dem Händler, diesem Juwelier«, bekannte er beschämt. »Eine Schwierigkeit, die ich nicht verstanden habe.«

Verdammt! Mann mit Problem. Irgendwoher kannte sie das ... »Und deshalb haben Sie sich versteckt?«

»Es war wohl ein Missverständnis und ich wollte schnell dort fort – und dann stand da dein Fahrzeug«, antwortete er, ganz offensichtlich peinlich berührt.

Jetzt tat der Fremde ihr doch leid. Im Gegensatz zu seiner wuchtigen Gestalt machte er einen wirklich niedergeschlagenen, leicht orientierungslosen Eindruck. Wahrscheinlich war er ein Einwanderer und hatte dem Juwelier etwas zum Kauf angeboten – vielleicht ein Erbstück – und man hatte ihn hinausgeworfen.

»Ich weiß nicht, wo ich bin. Wo liegt Calgary?«

Aiden deutete die Straße zurück, die sie eben gefahren waren.

»Vielen Dank!« Mit diesen Worten verbeugte sich der attraktive, ungewöhnliche Mann und wandte sich zum Gehen.

Er verneigte sich? Aiden wusste nicht, welcher Teufel sie ritt, aber sie hatte immer noch die schwere Kommode im Wagen, die sie ja allein bewältigen musste. Oma konnte ihr beim Transport nicht helfen.

»Bleiben Sie doch stehen!«, rief sie. »Ich kann Sie nachher wieder mit zurücknehmen nach Calgary. Ich muss nur den Schrank bei meiner Großmutter ausladen.«

Der Mann blickte auf das Möbelstück in dem Minivan. »Soll ich dir dabei helfen?«

Aiden zögerte nun keinen Moment mehr. Sie strahlte. »Ach ja, bitte!«

Sie deutete ihm auf dem Beifahrersitz Platz zu nehmen.

Mit langen Schritten ging er um den Minivan herum und stieg ein. »Ein Verbrennungsmotor?«, fragte er.

Aiden saß stocksteif neben ihm. Ein Mann, der sich nicht mit Autos auskannte? Aus welcher Ecke der Welt kam er wohl? Sie vermutete Russland. Die Russen hatten ja so etwas wie eine Taiga. Vielleicht gab es da keine Autos. Sie startete und fuhr los. »Es ist nicht weit«, sagte sie fröhlich.

Solutosan betrachtete sie von der Seite. Was er sah, gefiel ihm. Ihre milchweiße Haut, die vollen Lippen und das lange, rote Haar. Wie ihre grünen Augen ihn vorhin angeblitzt hatten. Wahrscheinlich war sie so etwas wie eine Kriegerin.

»Was machst du für eine Arbeit?«, fragte er, unsicher, wie er sich ausdrücken sollte.

»Oh! Ich bin Streetworkerin. Ich helfe den Armen und Schwachen in unserer Gesellschaft. Ich heiße Aiden. Und was machen Sie so?«

Leicht verlegen schob er sein Haar auf den Rücken. Aiden musterte ihn mit einem Seitenblick. Tja, was machte er? Er versuchte das Problem mit den Dollars zu lösen.

»Ich wollte bei dem Juwelier Platin verkaufen, aber wurde abgewiesen.«

Aiden bog in einen mit Steinen gepflasterten Hof ein. Das daran anschließende, kleine Haus mit den blau gestrichenen Fensterläden sah gepflegt aus.

»Platin?«, fragte sie irritiert. »Bitte lassen Sie uns den Schrank ausladen. Meine Oma wird sich freuen.«

Solutosan nickte. Natürlich würde er der hübschen Erdlingsfrau gerne helfen. Sie war sein erster Kontakt zu den

Einheimischen. Den musste er pflegen!

Eine alte, weißhaarige Frau erschien neugierig an der Küchentür. Vermutlich die Großmutter. Staunend, mit offenen Mündern, betrachteten ihn die beiden Frauen, wie er mühelos den Schrank hochnahm und mit fragendem Gesicht vor ihnen stand.

»Ins Wohnzimmer!« Aiden ging mit steifen Schritten voran. »Hier hin, bitte.«

Gehorsam setzte er die Kommode ab und sah sich interessiert in dem mit zierlichen Möbelstücken vollgestellten Zimmer um. Etwas wie diesen Raum hatte er noch nie gesehen. Kunterbunte Textilien dekorierten die Fenster und baumelten auf den Möbeln. Figuren von kleinen Lebewesen mit lachenden Gesichtern bevölkerten Schränke und Konsolen. Das Ganze wurde komplettiert mit einer Vielzahl von Bildern in vergoldeten Rahmen und einer großen Menge Grünpflanzen. So also wohnten die Menschen.

»Eine schöne Behausung«, bemerkte er höflich.

Aiden lachte. »Das nennt man Haus.«

»Entschuldigung.« Er verbeugte sich wieder.

Oma stand mit strahlendem Gesicht neben ihrer Enkelin. »Wollen Sie nicht auf einen Kaffee bleiben?«, lächelte sie.

Das Wort Kaffee sagte ihm nichts, also entschied er sich das Angebot auszuschlagen.

»Es tut mir leid, aber ich glaube, das ist mit mir nicht kompatibel.«

Aiden wurde es nun zu viel. »Lassen Sie uns fahren, okay?«

Solutosan nickte. »Auf Wiedersehn, Oma!«

Die Großmutter strahlte. »Kommen Sie mal wieder, junger Mann!«

Aiden führte die alte Dame ins Haus, kam dann zurück und fragte: »Was haben Sie da vorhin von Platin erzählt?«

Solutosan holte den Metallkoffer aus dem Auto. Er legte ihn auf die Kühlerhaube und öffnete ihn. Er hatte das Platin mit Leichtigkeit extrahieren können, und es lag nun in vielen, kleinen, silbernen Platten im Koffer.

Aiden zog scharf die Luft an. »Das ist wirklich echtes Pla-

41

tin?«

»Natürlich.« Solutosan nickte, schloss den Behälter wieder, setzte ihn auf dem Boden ab und blickte fragend.

»Und das schleppen Sie hier einfach durch die Gegend?« Sie hatte Panik in der Stimme.

»Ich möchte es verkaufen«, betonte Solutosan nochmals. Der Wind hatte einen Halm in Aidens Haar geweht. Er trat einen Schritt auf sie zu und hob die Hand um ihn zu entfernen.

Aiden wich ängstlich zurück. »Bleiben Sie mir vom Hals!«

»Aber ich wollte doch ...« er hob wieder die Hand, neigte sich zu ihr hinab.

Plötzlich ging alles ganz schnell. Erstaunt sah er, wie sie mit Panik im Blick seinen Koffer schnappte und ihn hoch herumschwang. Sie knallte Solutosan den Metallkoffer an den Schädel. Reflexartig hob er die Hände um sich zu verteidigen – entfesselte seinen Sternenstaub. Der Staub streifte ihr Gesicht, puderte über ihr Haar. Aiden nieste.

Solutosan stand starr und sah fassungslos auf seine Handflächen. Er hatte die Frau angegriffen. Der Schlag hatte ihn einen Moment aus der Bahn geworfen. Er hatte den Staub auf Töten, blitzschnell auf Betäuben und dann ..., er schluckte – hatte er im Bruchteil einer Sekunde die aphrodisierende Variante gewählt, um sie nicht zu verletzen.

Aiden nieste noch einmal. Als sie die Augen wieder öffnete, war ihr grüner Blick umflort.

»Bei den Göttern!«, stieß Solutosan auf duonalisch hervor, wechselte bei ihrer irritierten Miene sofort ins Englische. »Sag mir, wie man das Ding fährt! Wir müssen hier weg!«

Aiden nickte betäubt. »Starten, Gang, Kupplung, fahren!«

Solutosan rollte mit den Augen, drückte ihr den Koffer in die Arme, schob sie auf den Beifahrersitz, schlug die Tür zu und hechtete auf die Fahrerseite. Er startete, der Motor ruckelte ein bisschen, aber er begriff schnell.

»Das ist Omas Auto«, kommentierte Aiden benommen.

»Wir bringen es später wieder«, beeilte sich Solutosan zu sagen. Er fuhr den Weg nach Calgary zurück. Was sollte er tun? In diesem Zustand konnte er sie nicht allein lassen. Augenscheinlich war sie nach seinem Angriff nicht Herrin ihrer Sinne. Er passierte die Stadt und schlug den Weg zur Absturzstelle ein. Vielleicht war Patallia ja fähig zu helfen – konnte irgendeinen Mix brauen, der die Wirkung des Sternenstaubs ungeschehen machte. Aiden saß neben ihm und lächelte ihn ununterbrochen an. Ihr Götter, hier war etwas wirklich schief gelaufen!

Als er sich dem Lager näherte, trat er sofort in telepathischen Kontakt mit Xanmeran. *»Xan, du und Patallia, ihr müsst aus der Außenstation verschwinden. Ich bringe ein Problem mit! Euch darf niemand sehen!«*

»Jemand krank?«, erkundigte sich Patallia.

»Ich habe eine Einheimische versehentlich mit Sternenstaub gepudert.«

»Ist sie tot?«

»Ähm, nein – es war die erotisierende Variante.« In dem Moment, als er das sagte, wurde ihm klar, dass die gesamte Kriegerschaft diese Mitteilung hörte. Er verdrehte die Augen, als er einige unterdrückte Laute wahrnahm. *»Ja, macht euch nur lustig!«*, grollte er. *»Pat, kannst du etwas dagegen unternehmen?«*

Patallia antwortete mit bebender Stimme. *»Tut mir leid. Ich habe noch nie von einem Gegenmittel für erotisierenden Sternenstaub gehört. Wie lang hält die Wirkung denn an?«*

Solutosan überlegte. *»Ich vermute für die Dauer eines halben Sonnen-Zyklus.«*

»Na dann viel Spaß mit deiner Alien-Dame.« Nun musste der Mediziner doch lachen.

Seufzend bog Solutosan in die fast völlig zugewachsene Schneise ein und hielt an. »Wir sind da«, verkündete er.

Die schlang die Arme um seinen Hals. »Wo sind wir, Schatz?«

Solutosan wickelte geduldig ihre Arme von sich. »Hier ist meine Behausung.«

»Ah!« Aiden sprang aus dem Auto und lief auf die Blockhütte zu. »Wie romantisch!«

Solutosan konnte nicht umhin ihr knackiges Hinterteil in

der engen Hose zu bewundern, jedoch verdrängte dieses Gefühl sofort. Auf irgendeine Art musste er die Erdenfrau zur Ruhe bekommen. »Am besten legst du dich eine Weile hin – du wirst müde sein.«

»Überhaupt nicht, Schätzchen!« Aiden holte Anlauf und sprang ihm an den Hals – umschlang seinen Körper mit ihren langen Beinen.

Er trug sie in die Hütte und wollte sie auf dem Bett ablegen, aber sie ließ ihn nicht los. Also musste er sich setzen, Aiden auf dem Schoß.

»Was hast du eigentlich für Augen?«, flötete sie, und bevor er sich wehren konnte, hatte sie ihm die Brille von der Nase gezogen. »Oh!« Sie sah ihn überrascht an. »Oh!«, sagte sie noch einmal und betastete sein Gesicht.

Solutosan wich zurück. Er war seit Äonen nicht mehr auf so eine Art angefasst worden. Diese leichte Frau auf seinem Schoß schien das alles nicht zu stören. Ihre grünen Augen strahlten, die Lippen feucht und geöffnet. Sie kam ihm immer näher. Nun konnte er nicht weiter zurückweichen, ohne vom Bett zu kippen. Also fügte er sich in das Unvermeidliche.

Ihre Münder berührten sich. Ihr Atem roch verlockend süß. Sie rieb ihre vollen Lippen ganz sacht an seinen. Ihre weiche Zunge fuhr zärtlich über seinen Mund. Er wich erneut zurück.

Solutosan schluckte. Er fühlte sexuelle Erregung. Und das durch die Berührung einer Erdenfrau! Langsam neigte er den Kopf wieder zu ihr. Er spürte ihre Finger im Nacken, die sie unter sein Haar geschoben hatten, und die nun liebevoll seinen Haaransatz kraulten. Er ließ es zu. Er nahm ihr Gesicht in beide Hände, blickte ihr tief in die Augen und drückte sanft seinen Mund auf ihren.

Sie bemerkte nicht, dass er erneut Sternenstaub über sie senkte. Der Staub des betäubenden Schlafs.

Aiden erwachte, langsam und träge. Was war passiert? Sie richtete sich auf. Im Kamin der Hütte brannte ein helles Feuer und beleuchtete den Tisch, an dem der goldhaarige Mann vor einem kleinen Gerät saß. Sie erinnerte sich an die Berührung seiner Lippen und ein leichter Schauer lief ihr über den Rücken.

»Hallo«, grüßte er liebenswürdig.

»Was ist passiert?« Aiden blickte an sich herunter. Sie war komplett bekleidet, stellte sie erleichtert fest.

»Dir ist schlecht gewesen«, antwortete der Mann. »Gestern ging alles sehr schnell. Ich habe versäumt, mich vorzustellen.« Er stand auf und verbeugte sich höflich. »Ich bin Solutosan.«

Aiden schluckte. Nun war die Erinnerung wieder voll da. »Ich bin Aiden McGallahan. Soluto San?«, fragte sie. Er nickte.

»Du hast mich geküsst«, stammelte sie.

Er drehte sich erneut zu seinem Rechner und schwieg.

»Ist das ein Computer? Das Modell habe ich noch nie gesehen? Ist das schon etwas älter?« Sie musterte stirnrunzelnd auf den kleinen, grauen Kasten mit dem Bildschirm in der Mitte.

»Ja«, bestätigte er – seine Mundwinkel zuckten.

»Ist hier irgendwo eine Toilette?«

Das angedeutete Lächeln verschwand. Er blickte besorgt. »Ich habe leider keine.«

»Oh! - Und ein Bad?«

Er schüttelte betrübt den Kopf.

»Nun gut«, sie schwang die Beine über den Bettrand. »Wie spät ist es?«

»Sechs Uhr früh.«

Okay, das ging ja noch. Sie hatte genügend Zeit nach Calgary zurückzufahren, bei Oma zu duschen und dann zur Teestube zu düsen.

»Ich muss mit dir sprechen«, bat er, »dringend! Entschuldige, wenn ich dazu den Computer zu Hilfe nehme.«

Neugierig schielte sie auf den kleinen Bildschirm. Er hatte die Seite dict.org offen. Er brauchte ein Wörterbuch. »Das ist okay.« Aiden erhob sich und zog ihren Parka an, der am Fußende des Betts gelegen hatte. »Ich gehe nur kurz um die Ecke.« Sie spürte, wie sie rot wurde.

Solutosan wandte sich wieder seinem Computer zu und nickte.

Aiden holte die Taschenlampe aus dem Seitenfach der Fahrertür von Omas Auto und leuchtete in den Wald hinter dem Haus. Der kanadische Herbst hatte die Gegend bereits in Griff. Es war immer noch dunkel und die Kälte hüllte sie ein. Sie war froh den Parka zu tragen. Sie lief ein Stück. Was tat sie da nur? Ob er ein Lüstling war, der ihr nun folgen würde? Nein, er hatte ihr auch in der Nacht nichts getan. Sie horchte zur Hütte. Alles blieb still. Sie ging nicht weit, denn sie wollte sich nicht verirren. Sie kannte die primitiven Verhältnisse in den kanadischen Wäldern. Ihr Onkel hatte eine Jagdhütte besessen und sie als Kind öfters zu Jagdausflügen mitgenommen. Nachdem sie sich erleichtert hatte, wischte sie sich die Hände an einem großen, feuchten Blatt ab. Wo war nur ihr Telefon? Sie lief zum Blockhaus zurück und öffnete die Tür: »Soluto, wo ist meine Handtasche?«

»Im Wagen«, kam die prompte Antwort – »und ich heiße Solutosan.«

»Okay!« Der Name gefiel ihr ebenfalls. Aiden ging zum Minivan und holte ihre Tasche mit dem Handy. Sie wollte später unbedingt Oma anrufen und sie beruhigen wegen des Autos.

»Was gibt's?« Sie trat wieder in die Hütte und setzte sich auf den zweiten Stuhl neben ihn. Er hatte das Holzfällerhemd ausgezogen, und Aiden konnte ihn nun in seinem metallischen Overall betrachten, der derartig hauteng saß, dass er seine ausgeformten Muskeln genau nachzeichnete. Bei jeder Bewegung passte sich der Anzug an und schillerte. An der Schulter klaffte ein Loch, durch das sich seine zart getönte Haut drückte. Ihr Blick huschte ungewollt kurz in seinen Schritt. Sie schluckte trocken.

»Es geht um das Platin«, hob er an. »Ich möchte dir einen Vorschlag machen: Du hilfst mir das Metall zu verkaufen, dafür wirst du am Gewinn beteiligt.«

Aiden hatte sich wieder gefasst. Sie lachte. »Ich bin Streetworkerin und betreue Obdachlose. Du glaubst doch nicht im Ernst, dass einer meiner armen Teufel Platin kaufen würde! Woher hast du das ganze Zeug überhaupt?« Er sah wohl nicht aus wie der übliche Kriminelle, aber wer tat das schon?

Er ignorierte ihre Frage. »Wo handeln denn die Menschen mit Metallen?«, fragte er leicht enttäuscht.

Aiden zuckte die Achseln. »An der Börse vielleicht. Sicherlich gibt es da Händler für ...«, in diesem Moment fiel ihr ein, dass sie sogar einen Börsenhändler kannte. Doris Bohlens Bruder Bill handelte an einer Börse – an welcher wusste sie nicht. Aiden hatte ihn auch schon ein paarmal auf Doris' Geburtstagspartys getroffen.

Sie zupfte an ihrer Unterlippe und überlegte: Wenn er ein Krimineller war, von der russischen Mafia zum Beispiel, dann würde sie sich mit der Vermittlung in die Nesseln setzen. Sie blickte in sein erwartungsvolles Gesicht und ihr verfluchtes Helfersyndrom meldete sich augenblicklich. »Na ja, eventuell kann ich dir sogar helfen. Ich kenne da jemanden ...« Er strahlte. »Wie viel von dem Zeug hast du denn?«

»So viel, wie ich brauche.«

Mit dieser Antwort hatte sie nicht gerechnet. Vielleicht steckte wirklich die russische Mafia hinter dem Ganzen. Das wäre dann gefährlich.

»Wir beteiligen dich mit – sagen wir mal zehn Prozent – pro Verkauf.«

»Wir?« Das wurde ja immer mysteriöser!

»Ja, meine, ähm, Freunde und ich.«

Aiden starrte ihn an. Es war ihm absolut ernst damit. Hier erschloss sich eine unerwartete Geldquelle. Sofort dachte sie an ihr soziales Engagement und an all die armen Menschen. Sie hätte Geld! Sie wäre fähig zum Beispiel den Bürohengsten in der Stadtverwaltung eine lange Nase zu drehen. Oder vielleicht würde sie noch eine zweite Teeküche im Norden eröffnen. Ihre Gedanken überschlugen sich bei all den neuen Chancen. Aber konnte sie das alles mit dem Geld eines Kriminellen finanzieren?

Aiden rang mit sich. »Solange ich nicht weiß, wo das Platin herkommt, muss ich das leider ablehnen.«

Solutosan senkte betrübt den Kopf. »Ich habe es nicht gestohlen, das kann ich dir versichern. Es ist nichts Schlechtes an dem Metall!«

Sie blickte ihm ins Gesicht. Warum trug er in dem dämmrigen Raum wieder die Sonnenbrille? »Bitte nimm die Brille ab«, bat sie ihn. Er zögerte.

»Ich würde dir gern vertrauen, Solutosan. Bitte nimm sie ab.« Langsam zog er die Brille von der Nase.

Sie sog die Luft an. Sie hatte sich am Tag zuvor doch nicht getäuscht. Seine Augen schimmerten dunkelblau wie die blauesten Saphire. In ihrer Iris glitzerten kleine, silberne Funken um die Wette. Ein Sternenhimmel! Fast wartete sie darauf, in ihnen eine Sternschnuppe zu entdecken. Gebannt verlor sie sich in seinem Blick.

Solutosan senkte die Lider mit den langen, goldenen Wimpern auf seinen Computer.

Aiden dachte nach, betrachtete seine starken Hände, die nun geübt über die Tastatur fuhren.

»Ich bin einverstanden«, beschloss sie. »Ich werde euch helfen. Aber ich möchte deine Freunde ebenfalls kennenlernen.«

Sein anfängliches Strahlen wich. Er runzelte die Stirn.

»Aiden«, begann er, »wir sind etwas anders, als du es gewöhnt bist.«

»Ach, wirklich?« Es klang ironischer, als sie es beabsichtigt hatte. Vor ihr saß ein Traum von einem Mann mit dem ungewöhnlichsten Anzug, den wahnsinnigsten Haaren und den umwerfendsten Augen, die sie je gesehen hatte.

»Können wir das später machen?«, bat er.

»Ich kann dir nicht versprechen, dass ich Erfolg haben werde. Ich rufe Doris an.«

Entschlossen schnappte sie ihr Handy, stand auf und verließ das Blockhaus. Der Wind blies eisig um die Ecke der Hütte. Sie drückte sich an die grob gezimmerte Wand in eine windstille Nische neben dem einzigen Fenster, durch das der rötliche Schein des Hüttenfeuers drang. Sie wählte Doris' Kurzwahl und ließ es lange klingeln.

Die verschlafene Stimme ihrer Kollegin meldete sich.

»Hallo, ich bin's!«

Doris war sofort hellwach. »Ist was passiert?«

»Nein, es ist alles okay. Na ja, es ist was los, aber das muss ich dir ein anderes Mal erzählen. Ich möchte jemandem helfen. Dafür brauche ich deinen Bruder. An welcher Börse ist er?«

»Bill?« Sie klang irritiert. »Der arbeitet an der englischen Metallbörse. – Warum?«

»Oh! Das ist natürlich gut! Später, Doris, später! Wie kann ich ihn am Besten erreichen?«

Doris raschelte in ihrem Bett. »Ich gebe dir seine Telefonnummer.«

»Moment, sag sie ganz langsam. Ich tippe sie ins Handy ein.«

Doris gab ihr gähnend die Nummer. »Danke Doris!« Sie hörte, wie ihre Kollegin wieder in den Kissen sank. »Wir sehen uns um zehn. Bye!«

Nachdenklich stieß sie die Tür zur Hütte auf. Sollte sie wirklich mit ihrem Vorhaben fortfahren? Solutosan saß unverändert an dem kleinen Computer und blickte ihr entgegen. Ihr Herz schlug augenblicklich bis zur Kehle. Ja, sie würde wohl weitermachen, ihm zu helfen. Und irgendwie war es nicht nur ihr Helfersyndrom, das sie leitete. Sie spürte etwas im Bauch, wenn sie ihn sah. Es war Frühstückszeit, aber sie fühlte sich, als könne sie einen Drink vertragen. Sie war dabei, sich Hals über Kopf zu verlieben!

»Alles bestens. Ich kann den Makler ab neun Uhr anrufen. Ich muss jetzt los.« Sie blickte ihren Traummann an, der nun breit lächelte und eine Reihe ebenmäßiger, weißer Zähne entblößte. Sie bekam weiche Knie und hielt sich an der Tür fest. Mit einem Satz stand er neben ihr.

»Bist du in Ordnung?«

»Ja.« Sie blickte zu ihm hoch, bemüht ihre Gesichtszüge in den Griff zu bekommen. Ach, es war bestimmt nur das fehlende Frühstück, das ihr flaues Gefühl verursachte. Obwohl – seine Nähe allein war schon umwerfend. Sie riss sich zusammen. »Ich rufe dich an, wenn ich den Makler gesprochen habe.«

»Anrufen? Wie? Aiden, ich habe leider keinen solchen Apparat.«

Aiden stutzte. Er schien wirklich so gut wie nichts zu besitzen. Die Hütte war fast völlig leer.

Intuitiv fragte sie: »Hast du denn etwas zu essen?«

Er schüttelte den Kopf. »Meine Freunde und ich sind unvorbereitet hier in Kanada eingetroffen.«

»Wo sind deine Freunde jetzt?«

Er blickte sie an. »Unterwegs, sie wollen jagen.«

Okay, das war nicht ungewöhnlich.

»Ich komme heute Nachmittag wieder, dann weiß ich mehr. Ich werde dir helfen. In Ordnung?« Sie wandte sich um und ging zu ihrem Auto. Solutosan begleitete sie. Es dämmerte, der Wind hatte nachgelassen und leichte Nebelschwaden erhoben sich aus der kalten Erde. Er musste vermutlich frieren in dem dünnen Anzug.

»Frierst du nicht?«

»Nein.« Er lächelte. »Ich freue mich, wenn du wiederkommst. Wir haben keine Freunde hier.« Er beugte sich zu ihr hinunter und berührte sanft mit den Lippen ihren Mund. Aidens Herz tat einen harten Schlag. Sie schloss die Augen. Sie wollte das Gefühl genießen. Aber er hatte sich schon wieder aufgerichtet und die Autotür geöffnet. Sie schob sich auf den Sitz und ließ mit zitternden Händen den Motor an.

»Bist du sicher, dass es dir gutgeht, Aiden?«

Sie nickte mit zusammengepressten Lippen, zog die Tür zu und fuhr los.

Bar bestand darauf – sein Team musste lernen. Er nagelte sie in dem neuen Kommandoraum fest, und zwang sie, die

Sprache der Menschen zu üben, die sich Englisch nannte. »Hört mal zu, ihr Fluschs«, hatte er gedonnert. »Wir sind jetzt auf dem Planeten Erde und um hier leben zu können, müssen wir verstehen, was die Erdlinge sagen! Also werde ich euch das in eure hohlen Schädel hämmern!« Bar wusste genau, dass der Erfolg seiner Spezies in der neuen Umgebung zum großen Teil von der Überwindung der Sprachbarriere abhing.

Psal sah das sofort ein und behandelte Krran und Pok wie kleine, dumme Schüler, was die beiden ungeheuer nervte. Jedes Wort, das sie sich neu gemerkt hatte, mussten sie ebenfalls lernen. Bar grinste.

Die Ernährung war noch eine Zeit lang gesichert. Bar schaute zu Psal, die Pok gerade eine Kopfnuss gab, weil er wieder etwas vergessen hatte. Es war ein Jammer, dass sie zu jung war, um Nahrungsmutter zu werden. Es war auch nicht anzunehmen, dass ihr in den nächsten Dekaden die Drüsen wachsen würden. Bar war besorgt. In der folgenden Nacht plante er mit Krran auf Nahrungssuche zu gehen. Die beiden anderen bekamen den Auftrag weiter am Computer zu lernen.

Kaum hatte sich die Dunkelheit über ihre neue Heimat gelegt, schlichen Bar und Krran in vierfüßiger Gestalt aus der Tür der Basis. Sie trabten nach Westen, da er auf einer Landkarte im Internet dort die nächste Ortschaft ausgemacht hatte.

Sie konnten die Behausungen schon aus der Ferne riechen und hören. Die Dorfbewohner schienen eine Art Fest zu feiern. Überall am Straßenrand standen beleuchtete Behälter, mit eingeschnittenen Gesichtern. Das Dorf war stimmungsvoll mit Fackeln erleuchtet, Musik spielte an einem erhöhten Podium am Rand der Siedlung. Die Menschen waren guter Dinge, tanzten und tranken.

Bar und Krran kauerten sich ins hohe Gras in der Nähe

des Festplatzes. Bar gab Krran ein Zeichen zu warten. Er hatte wohl keine Erfahrung mit den Erdenbewohnern, aber wenn ihn sein Gefühl nicht trog, dann würden sie zu vorgerückter Stunde unaufmerksamer werden und waren somit einfacher anzugreifen.

Er behielt recht. Je länger der Abend fortschritt, umso mehr Menschlinge liefen paarweise, hielten sich an den Händen oder klebten mit den Köpfen zusammen. Bar hatte bereits im Internet gesehen, wie die Erdlinge kopulierten – so ein Fest schien diese Paarungen zu forcieren. Einige Gestalten wankten nun auch alleine im Dorf umher. Es war an der Zeit, ein Opfer auszusuchen. Lautlos schlichen sie um den Festplatz. Bar witterte. Ein Mensch war in der Nähe – lag bewegungslos im Gras und gab seltsame, monotone Geräusche von sich. Offensichtlich schlief er. Angespannt deutete Bar auf den Schlafenden und Krran nickte.

Vorsichtig pirschten sie sich an den Menschling heran, legten sich neben ihm beidseitig flach auf dem Boden. Bar fuhr seine Spiralvene aus. Er musste nicht lange suchen, um an das Ohr des Mannes zu kommen und führte die Vene behutsam ein. Als er das Trommelfell durchstieß, zuckte der Mensch nur kurz – dann hatte Bar dessen Gehirn erreicht. Das Gehirn des Erdlings war anders, als das der Duonalier. Er saugte die Energie des Opfers, spürte gleichzeitig, dass er eine Gehirnblutung ausgelöst hatte.

Bar war das gleichgültig. Berauscht lag er neben dem Erdenmann und sog gierig. Krran zischte neidisch. Die menschliche Beute erbebte und war tot. Bar zog die Spiralvene aus dessen Ohr und wollte sie wieder unter seine Zunge einfahren, als er den Geschmack und das Aroma wahrnahm. Das Gehirn des Mannes schmeckte gut. Er probierte noch einmal, sog den Geruch durch die Nüstern ein. Bar knurrte kurz um den sich angespannt bewegenden Krran zur Ruhe zu bringen. Zielsicher bohrte er die Klaue in das linke Auge des Toten, holte es hervor und gab es ihm, damit er sich endlich ruhig und unauffällig verhielt.

Der steckte es ins Maul und kaute, grunzte zustimmend. Das schien zu schmecken. Er nickte, die Fangzähne gebleckt.

Bar zog den anderen Augapfel ebenfalls aus der Höhle und reichte ihn Krran, der ihn sofort verspeiste. Nun konnte er mit der Kralle das Gehirn des Mannes durch die Augenhöhle herausholen. Es war grau und blutete leicht. Bar schnupperte daran. Er hatte sich nicht getäuscht. Das war essbar. Mit einem Schnitt seiner Klaue zerteilte er die triefende Masse in zwei Hälften. Zufrieden saßen sie schmatzend im Gras und ließen es sich schmecken.

Der Festplatz hatte sich inzwischen geleert, bis auf ein Paar, das weiterhin auf der Tanzfläche zu unhörbarer Musik tanzte. Bar und Krran zogen sich langsam schleichend zurück und verschwanden lautlos in der Dunkelheit.

Bar trug noch ein kleines Stück des Gehirns in den Fängen, als sie an der Basis ankamen. Er wollte Psal und Pok genau erklären, wie er dazu gekommen war. Er war guter Dinge. Sollten Krran und er die Nacht ohne große Bauchschmerzen überstehen, was er vermutete, war das Problem mit der Nahrungsbeschaffung Vergangenheit. Sie hatten ihre Schlachtschweine gefunden – und zwar eine ganze Menge davon.

Psal hörte sich Bars Bericht an und drehte währenddessen das Stück Gehirn in den Händen. »Wisst ihr was, Jungs«, meinte sie, »ich bin ja nicht dumm. Ich warte erst mal bis zum Sonnenaufgang. Wenn euch das Zeug bis dahin nicht oben und unten herausgekommen ist, werde ich es testen.«

Krran runzelte die Stirn, nun wieder in der zweibeinigen Gestalt. »Denk daran, bis morgen ist es Aas. Es kann sein, dass es nur frisch genießbar ist.«

Bar nickte bestätigend. »Möglich.«

Neugierig schnupperte Psal an ihrem Gehirnpartikel und biss dann doch ein Stückchen ab. Ihr dünnes Gesicht erhellte sich und die violetten Augen leuchteten. »Das ist ja vorzüglich!« Sie leckte sich die Lippen, strich mit der Zunge über ihre vor Gier ausgefahrenen Fangzähne.

Sie blickte zu Pok, der keine Sekunde gefackelt und sein Stück sofort verschlungen hatte.

»Trotzdem ist es ganz schön riskant, was wir hier machen. Wir fressen Lebewesen, die wir nicht kennen, nur weil sie gut schmecken.« Psal war nicht mundtot zu kriegen. Bar musterte sie. Ob sie wohl die Nacht ohne Probleme überstehen würden?

Sie hatte Doris nicht alles erzählt. Nicht von ihren Gefühlen und auch nicht von den Ungereimtheiten, was Solutosan anging. Nein, Aiden hatte ihn als Mitglied einer russischen Einwanderer-Gruppe geschildert, die einige Rohstoffe verkaufen wollten. Doris hatte sie prüfend gemustert. Sie arbeiteten nun schon fünf Jahre zusammen. Bisher hatte sie nie eine Vorliebe für einen ihrer Schützlinge gezeigt. Ob ihre Kollegin wohl fühlte, dass es hier anders war?

Aiden hatte ohne Probleme mit Bill Bohlen Kontakt aufnehmen können und ihm das nicht ganz legale Geschäft angeboten. Bill hatte sofort verstanden und sie unterbrochen. Er wollte offensichtlich gewisse Dinge nicht am Telefon besprechen und bat sie zwei Tage später mit dem Kunden in sein Büro nach Vancouver zu kommen. Obwohl diese Flugkosten eigentlich ihre finanziellen Mittel überstiegen, hatte Aiden zugesagt. Heldenhaft beschloss sie ihr Gespartes vom Konto zu holen und zu investieren. Das Platin war da und es war wertvoll. Sie spürte, dass ihr Geld sicher war. Solutosan machte keineswegs den Eindruck eines Betrügers.

Aiden fuhr den Highway nach Norden und träumte. Er hatte etwas, dass sie ihre Vernunft über Bord werfen ließ. Er war mittellos und heimatlos, und trotzdem fühlte sie sich bei ihm auf eine eigentümliche Art geborgen. Nein, er würde sie nicht enttäuschen. Ihr Gefühl konnte sie nicht so trügen. Sie hatte einige Lebensmittel eingekauft, die in zwei Papiertüten neben ihr auf dem Sitz standen.

Sie klopfte an das raue Holz der Hütten-Tür. »Solutosan?« Niemand antwortete. Wo war er nur? Sie betrat das Blockhaus. Es drang nur wenig Licht durch das verschmutzte Fenster. Solutosan lag auf einem der Betten und schlief. Ob sie ihn einfach so wecken durfte? Und wie? Aiden trat neben ihn. Er atmete nicht. Der Schreck fuhr ihr in die Glieder. Sie wartete einige Sekunden. Nein, seine breite Brust hob und senkte sich nicht. Es konnte doch nicht sein, dass er tot war! Sie legte ihm die Hand auf die Wange. Er war warm – seine Haut weich und haarlos. Er holte Luft und schlug gleichzeitig die Augen auf.

Aiden! Die rothaarige Schönheit kniete neben ihm und betastete ihn. Wie gern hätte er die Augen wieder geschlossen und diese Berührung genossen. Aber sie nahm die Hand fort.

»Entschuldige!«, stieß sie hervor. »Ich dachte, du wärst ...« Sie stockte.

»Tot?« Er legte seinen Arm unter den Kopf und lächelte sie an. »Wenn ich in meinem Ruhemodus bin, atme ich nicht so oft. Tut mir leid, wenn dich das erschreckt hat.« Er richtet sich auf und sah sie erwartungsvoll an. Hatte sie etwas erreichen können? Aiden setzte sich zu ihm auf die Bettkante.

»Ich habe Lebensmittel im Auto. Könntest du sie bitte holen?« Er nickte, erhob sich und lief zur Tür. Ihr Blick folgte ihm. Als er mit den Einkäufen zurückkam, musterte sie ihn immer noch auf diese Art. Das machte ihn verlegen.

Er stellte die braunen Papiertüten auf den Holztisch. Aiden trat zu ihm und packte einige bunte Tüten, Früchte und Flaschen aus. Solutosan schluckte.

»Das ist wirklich sehr nett von dir, Aiden.« Wie sollte er das jetzt erklären? Als Duonalier nahm er ausschließlich den Extrakt der Donapflanze zu sich, die überall auf Duonalia wuchs – teilweise sogar wild. Aus ihren unterirdischen Mandeln wurde eine Art Milch extrahiert, die so nahrhaft war, dass sie die Einwohner alleinig ernährte. Sie hatten noch getrocknetes Dona für einige Zyklen – nein, Tage, korrigierte Solutosan seine Gedanken. Er musste dringend versuchen, geeignete Nahrung zu finden.

Er blickte die neugierige Aiden an, und entschloss sich das Thema zu übergehen. »Konntest du den Makler erreichen?«

Aiden nickte leicht enttäuscht. »Ja, wir haben einen Termin in Vancouver in zwei Tagen.«

»Wo ist Vancouver?« Solutosan drehte den kleinen Computer zu sich.

»Etwa tausend Kilometer von hier.« Sie sah mit ihm auf den Bildschirm, denn er hatte Google Earth geöffnet.

»Wie kommen wir da hin?« Aiden betrachtete ihn wieder mit diesem eigentümlichen Blick.

»Wir fliegen.«

»Womit?« Sein Kreuzer lag für immer am Boden.

»Mit einem Flugzeug? Du stellst wirklich seltsame Fragen. Seid ihr nicht mit einem Flieger hergekommen?« Aiden starrte ihn an.

»Ja, sicher.« Solutosan beschloss, auch die Diskussion über die Reise zu verschieben und sich erst einmal alleine schlauzumachen. Verlegen fummelte er an einer der Tüten.

»Das sind süße Milchschnitten.« Aiden lächelte. »Möchtest du eine probieren?« Milch! Ihr Götter! Von welcher Pflanze? Oder welchem Tier? Was konnte ihm passieren? Ihm konnte schlecht werden. Er nickte tapfer.

Aiden hatte einen Riegel aus der großen Packung gelöst und hielt ihm die Süßigkeit hin. Versichtig nahm er sie entgegen und wollte hineinbeißen.

»Nein!« Aidens Stimme klang entsetzt. »Erst auspacken! Gibt es in Russland keine Milchriegel?« Wieso Russland? Er sah zu, wie sie das Testobjekt auswickelte. Sie dachte, er wäre aus Russland. Er wusste wohl nicht, was das für ein Land war, aber es schien für sie in Ordnung zu sein. Er biss ein Stück von dem weichen Riegel ab. Beim Vraan! So etwas hatte er noch nie geschmeckt! Das war unglaublich! Jetzt war ihm gleichgültig, ob ihm schlecht werden konnte. Er stopfte die Süßigkeit in den Mund.

»Das ist phantastisch, Aiden! Vielen Dank!« Er improvisierte. »Solche Leckereien gibt es in Russland nicht.«

Aiden lachte. Sie sah sehr schön aus, wenn sie lachte. Solutosan betrachtete sie entzückt. Es war, als würde eine kleine Sonne in dem dämmrigen Haus aufgehen. Sie warf das lange, rote Haar zurück und ihre grünen Augen blitzten.

»Ich habe ja schon viele echte Notfälle betreut, aber so etwas wie du ist mir wirklich noch nie untergekommen!«

Er lächelte auf sie hinab und konnte nicht an sich halten. Sacht streichelte er ihre Wange. Die milchweiße Haut fühlte sich ganz weich an. Erstaunt sah er auf das, was er tat. Es war lange her, seit er das letzte Mal das Bedürfnis gehabt hatte ein anderes Wesen zu berühren, geschweige denn zu streicheln. Er ließ die Hand verunsichert sinken. Aiden räusperte sich.

»Hast du frische Kleider? So kannst du nicht nach Vancouver fliegen.« Er schüttelte betrübt den Kopf.

Sie dachte eine Weile nach und holte daraufhin tief Luft: »Ich sag dir jetzt was wir tun: Ich habe etwas für ein neues Auto gespart. Das werden wir von der Bank holen und dir davon besorgen, was du dringend benötigst. Du kannst mir das Geld dann vom ersten Verkauf wiedergeben.«

Er überlegte. »Eigentlich brauche ich sechs Telefone, sechs Mal Kleidung und fünf Autos«, sagte er. Meodern war ohne so ein Vehikel mit Verbrennungsmotor wesentlich schneller.

Aiden schluckte. »So viel habe ich nicht.«

»Entschuldige.« Er neigte den Kopf und sein Haar fiel nach vorne über die Schultern.

Sie widerstand dem Drang, sein Haar zurückzustreichen. Er hatte an seine Freunde gedacht und das ehrte ihn. Aber er hatte offensichtlich keinen Sinn für die Realität. Sie überschlug ihre finanziellen Möglichkeiten. Ja, er brauchte unbedingt ein Handy. Sie konnte ihm erst einmal ihren Wagen geben und sich selbst den von Oma leihen. Oma hatte bestimmt nichts dagegen, zumal das Auto ja für ihren „neuen Freund" war. Aiden rollte die Augen. Also würde sie jetzt mit ihm in einen preiswerten Supermarkt gehen und auch ein Telefon für ihn kaufen – am besten prepaid. Solutosan streifte sich das Holzfällerhemd über und sie fuhren los.

Es war bereits dunkel geworden, als Aiden ihn auf den hell erleuchteten Parkplatz des Shopping-Centers dirigierte. Er hatte unbedingt wieder fahren wollen und machte das wirklich gut. Solutosan blickte interessiert um sich. Es schien in Russland auch keine so großen Supermärkte zu geben.

Aiden lotste ihn in den nächsten Jeansladen. »Hi! Wir brauchen alles für ihn in XXL oder XXXL, Hose, Shirt, Pullover und Jacke. Am besten in Schwarz! Du magst doch schwarz?« Sie wandte sich zu Solutosan.

Der nickte. »Und ich mag blau.«

»Okay, dann den Pulli in Blau!«

Die Verkäuferin brachte einige Sachen und sah Solutosan interessiert an. Ihr Blick blieb an den silbernen Hosenbeinen hängen.

»Ja, er war auf einem Kostümfest«, erklärte Aiden sofort und schob ihn in eine Umkleidekabine. »Zieh das mal an!« Sie drückte ihm den Haufen Textilien in den Arm und zog den Vorhang zu.

Aiden strahlte, als er aus der Kabine trat. Genau so hatte sie sich das vorgestellt! Schwarz stand ihm ausgezeichnet. Sie gab ihm eine dunkle Wollmütze in die Hand, um das auffällige Haar zu bedecken. Sie musste auch noch Haargummis und eine Bürste kaufen und notierte sich das im Geiste. Die Verkäuferin neben ihr starrte ihn mit offenem Mund an. Was für eine Frechheit!

»Wo kann ich bezahlen?«, fragte Aiden scharf, um die dumme Frau aus ihrer Verzückung zu wecken.

Als Nächstes hatte sie einen Besuch im Supermarkt geplant. Sie suchte eine Bürste und schwarze Haargummis in den Regalen und packte sie in den Einkaufswagen. Einer Eingebung folgend fragte sie: »Kann es sein, dass die Lebensmittel, die ich gekauft habe, dir nicht schmecken?«

Solutosan blieb im Gang mit den Waschpulvern stehen. »So ist das nicht, Aiden. Ich vertrage einfach nicht alles.«
»Was bekommt dir denn?« Das machte sie ratlos.
Er überlegte. »Milch.«
Aha, deshalb hatte er sich als Erstes den Milchriegeln zugewandt.
»Milch?« Aiden lachte erleichtert. Das war mach- und vor allen Dingen finanzierbar. »Okay, gehen wir Milch kaufen.«
Sie stapelten Milchprodukte in ihren Einkaufswagen: Milch, Quark, Joghurt, Kefir, Sahne, eine andere Sorte Milchriegel für Kinder. Dann war Aiden mit ihrem Wissen über Molkereiprodukte am Ende. Sie packten die Einkäufe in zwei Papiertüten.

Eine Bank im Einkaufszentrum lud zum Hinsetzen ein. Aiden erklärte ihm das Telefon, das sie erstanden hatten. Er begriff schnell, wie es funktionierte. Während er noch darauf herumtippte, suchte sie in der Tüte Bürste und Gummis, erhob sich und bürstete ohne zu zögern sein langes Haar am Hinterkopf zusammen, um einen Pferdeschwanz zu machen. Sie wollte, dass er perfekt gestylt war. Außerdem machte es Spaß sein seidiges Haar anzufassen.

Solutosans Körper straffte sich bei ihrer Aktion schlagartig, seine Hände umkrampften das Handy. Sie ignorierte es einfach, zog das goldene Haarbüschel durch ein Gummi, kam um ihn herum und betrachtete ihn strahlend. »Fertig!«

Sie konnte seine Miene nicht deuten. Er hatte ein Problem mit Berührung. Das war offensichtlich. Aber sie wollte bei ihm sein und ihn anfassen, dachte sie trotzig.

Mit unbewegtem Gesicht schob er das Telefon in die Jackentasche, stand auf und verbeugte sich höflich. »Vielen Dank, Aiden.«

Bisher hatten sie kein Aufsehen erregt – nun taten sie es. Die Leute blieben stehen und glotzten. Schnell zog sie ihn an der Hand aus dem Einkaufszentrum. Er konnte gerade noch mit der anderen die Einkaufstüten schnappen. Vor der Tür stoppten sie und lachten. Er blickte hinunter auf seine Hand, die sie umklammert hielt.

Aiden wurde rot und ließ los. »So«, verkündete sie rasch, »jetzt die Tickets kaufen und zu Oma mein Auto holen. – Oh, und, verdammt, ich muss Doris anrufen und ihr sagen, dass ich am Montag, und wahrscheinlich Dienstag, ausfalle.«

Hach! Das war alles so wahnsinnig aufregend!

Oma hatte sie und Solutosan überhaupt nicht mehr fortlassen wollen, aber es war schon spät und Aiden merkte, wie die alte Dame müde wurde. »Wir sind ja bald zurück«, tröstete sie die liebe Frau, führte sie in das kleine Schlafzimmer und half ihr beim Auskleiden.

»Das ist ein guter Mann«, flüsterte Oma, als Aiden ihr die Bettdecke bis zum Hals zog. »Lass ihn nicht wieder gehen.«

»Ach, Oma, so weit sind wir ja noch gar nicht. Er ist ziemlich scheu, musst du wissen. Und er braucht jetzt erstrangig Hilfe.«

Oma nickte. »Vertrau deinem Gefühl, Schneckchen, dann wird alles gut.«

Aiden schloss leise die Tür und schaute nach Solutosan, der wie angewurzelt vor dem laufenden Fernseher stand. Er hatte die Fernbedienung in der Hand und sah sich einen Boxkampf an.

»Warum schlagen die beiden sich?«

Aiden grinste. »Weil der Gewinner Geld bekommt?«

Solutosan schaltete das Gerät aus. »Das hat sehr wenig mit Ehre zu tun.«

»Ehre?« Aiden lachte. »Ein veralteter Begriff. Kaum jemand tut noch etwas für die Ehre.«

»Außer dir, Aiden.«

Sie starrte ihn an. Er hatte recht. Sie machte ihren Job nicht für Geld, und sie half ihm auch nicht, um sich persönlich zu bereichern.

Ach ja, das Platin. »Das Platin ist ein Problem, Solutosan.«

Er schloss sorgfältig Omas Haustür und wandte sich zu

ihr um. »Wieso?«

»Ich habe im Internet nachgelesen, dass Edelmetalle nur in Barrenform oder Nuggets gehandelt werden. Dein Platin ist in Platten. Das könnte problematisch werden.«

Solutosan runzelte kurz die Stirn. »Dann ändere ich die Form.«

»Das kannst du?«

Er nickte, nahm sie an die Hand und brachte sie zu ihrem Auto. »Ich möchte mich bei dir bedanken, Aiden. Ich erstatte dir deine Auslagen, sobald ich Dollars habe.«

»Das weiß ich.« Sie lächelte vertrauensvoll zu ihm hoch. Würde er sie wieder küssen? Sie hoffte es so sehr.

»Ich komme Montag um neun Uhr morgens an den Flughafen.« Er ließ ihre Hand los, die sie am liebsten weiter umklammert hätte.

Aiden nickte tapfer und schwang sich in Omas Minivan. »Sei bitte pünktlich!«

Als Aiden abgefahren war, stieg Solutosan nachdenklich in den Ford und fuhr zum Raumkreuzer. Erstaunlich, wie sich dieser Tag entwickelt hatte. Von den Kriegern war nur noch Meodern wach. Die anderen befanden sich im Ruhemodus – nun alle im Raumschiff, denn das Blockhaus war ja „Alien-Zone".

»Gut, dass ich dich sehe, Meo. Ich brauche deine Hilfe.« Solutosan setzte sich an den Hauptrechner des Schiffs und ließ sich Informationen über Platinbarren anzeigen. »Unser Platin sollte diese Form haben. Ist das für dich machbar?«

Meo grinste. »Na klar, kein Problem. Reicht das, wenn du die Barren morgen hast?«

Solutosan nickte. »Ich fliege Montag früh mit Aiden nach Vancouver zu einem Makler. Ich hoffe sehr, dass er uns nicht vor die Tür setzt, wenn er das Platin sieht. Die Menschen empfinden es als illegal, weil seine Herkunft für sie nicht nachvollziehbar ist.«

Meo legte den Kopf schief. »Aber diese Aiden glaubt dir?«

»*Ich denke schon.*«

»*Ist sie attraktiv?*« Meos grüne Augen schimmerten.

Solutosan seufzte. »*Meodern, ja sie ist eine hübsche Frau – was nicht unbedingt gleich heißt, dass ich mit ihr kopulieren will.*« Meo schluckte seine ablehnende Antwort und ließ sich nicht entmutigen. »*Und was möchte sie?*«

Er sah Meodern mit gerunzelten Augenbrauen an. Das war eine gute Frage. Was geschah da überhaupt zwischen ihnen? Er empfand das Bedürfnis, sie zu streicheln. Sie hatte sich an seine Hand geklammert. Er genoss es nach Menschenart ihre Lippen zu berühren und das erregte ihn sogar. In den vielen Äonen, die er auf Duonalia verbracht hatte, war Sexualität für ihn nie ein wichtiges Thema gewesen. Die duonalischen Frauen fürchteten sich vor ihm und seinen kriegerischen Genen. Nun war da eine Menschenfrau, die keine Angst hatte. Er fand das alles verwirrend. Meo wartete immer noch auf eine Antwort. »*Ich bin ihr sehr dankbar, dass sie uns hilft, Meo. Mehr weiß ich im Moment nicht.*«

Meodern erhob sich. »*Nun denn, das wird sich ja bestimmt klären, wenn du mit ihr in Vancouver bist. Ich gehe jetzt in den Ruhemodus.*« Solutosan nickte gedankenverloren.

Nach wie vor hatte das Ernährungsproblem Priorität. Deshalb rief Solutosan seine Männer am nächsten Morgen in den Kommandoraum, um weitere Lebensmitteltests zu machen. Patallia hatte die von Aiden und ihm gekauften Dinge auf eventuelle Schadstoffe untersucht. Nein, Gifte waren keine darin – dafür jede Menge Enzyme und Vitamine, von denen niemand wusste, wie diese auf die Krieger wirken konnten. Patallia wandte sich ihm etwas ratlos zu.

»*Ich denke, wir sollten einen Mann als Testperson auswählen. Wer meldet sich freiwillig?*«

Xanmeran stapfte auf den Tisch mit den Milchprodukten zu. »*Ich mach das! Ich bin im Moment sowieso zu nichts nutze. Es ist völlig offen, ob ich überhaupt noch einmal zum Kämpfen kom-*

me. Hier sind keine Bacanis und die Menschen sind wahrlich keine Gegner.«

»*Niemand weiß genau, wo das Bacani-Schiff abgeblieben ist, Xan*«, bemerkte Patallia.

»*Du vergisst, dass sie ebenfalls in der Anomalie herumgeflogen sind.*« Xan betrachtete einen Becher Joghurt.

»*Was nicht automatisch heißt*«, schaltete sich Chrom ein, »*dass sie zum gleichen Zeitpunkt herauskatapultiert wurden wie wir. Die können überall gelandet sein.*«

Solutosan schüttelte bedächtig den Kopf. »*Erklärt mich für verrückt, aber mein Bauch sagt mir, dass sie auch auf der Erde sind. Sobald wir die Möglichkeit haben, werden wir das weltweit überwachen. Ihr Götter, nicht vorzustellen, was die hier anrichten könnten. Sollten beide Geschlechter überlebt haben, wären sie fähig neue Rudel zu gründen!*«

Xanmeran, der eben einen Schluck Milch getrunken hatte, verzog den Mund. Dann stürzte er, das Gesicht leicht grün verfärbt, Richtung Hygieneraum.

»*Das war es schon mal nicht*«, bemerkte Patallia lakonisch.

Solutosan spendierte großzügig eine Runde Milchriegel. »*Die habe ich bereits überlebt*«, grinste er. »*Probiert mal!*« Er freute sich über die Begeisterung der anderen Männer, die fasziniert kauten. »*Wenn ich aus Vancouver komme, haben wir hoffentlich genügend Dollar, um mehr zu kaufen*«.

Solutosan hatte sich weitergebildet. Er kannte die Namen der Monate und Wochentage und wusste über die primitiven Flugzeuge der Menschen Bescheid. Ganz wohl war ihm ja nicht dabei mit so etwas zu fliegen. Aber hier ging es schließlich um die Existenz der Duocarns, also gab er sich keine Blöße.

Pünktlich stand er in der dunklen Kleidung, das auffällige Haar im Nacken zusammengebunden, mit seinem Metallkoffer am verabredeten Treffpunkt am Flughafen.

Aiden sah ihn schon von weitem. Er überragte die Menschenmenge in der Abflughalle. Ihr Herz schlug heftig. Dumme Kuh, schalt sie sich. Das ist hier kein Date, sondern ein Geschäftstermin. Trotzdem hatte sie sich so sorgfältig fertiggemacht, wie für ein Date. Das enganliegende, taubenblaue Kleid konnte man leider unter dem warmen Wintermantel nicht so richtig sehen. Deshalb hatte sie den Mantel offen gelassen.

Solutosan lächelte ihr entgegen. »Du bist gewachsen«, sagte er zur Begrüßung.

Aiden lief knallrot an. »Nein«, stammelte sie. »Das sind nur die Schuhe.«

Er beäugte ihre glänzenden Highheels neugierig, ließ den Blick über ihre schlanken Beine wandern. Sie hatte es einfach nicht seinlassen können, sich für die Tour nach Vancouver neue Schuhe zu kaufen. Und zwar hohe, denn er war so wunderbar groß neben ihr! Stolz hob sie einen Fuß.

»Und das ist bequem?«, staunte er.

»Aber natürlich!« Sie hätte sich lieber die Zunge abgebissen, als ihm zu gestehen, dass die Dinger ganz schön an den Zehen drückten. Nun, die Schuhe waren jetzt nicht so wichtig – sie hatte noch eine echte Sorge wegen des Platins: Wie sollten sie es durch den Flughafen-Check bekommen? Der Koffer würde durchleuchtet werden. Die Tickets auf Mister und Mrs. McGallahan zu kaufen war kein Problem gewesen.

»Warte Solutosan.« Aiden hielt ihn zurück, als er zum Check-In gehen wollte. »Der Metalldetektor des Flughafens wird das Platin nicht durchlassen!« Sie blickte ihn besorgt an.

Solutosan stutzte. Dann lächelte er. »In diesem Koffer schon, Aiden. Keine Sorge.«

Mit bangem Herzen beobachtete sie Solutosan, wie er den Metallkoffer auf das Laufband legte. Nichts. Es geschah nichts. Der befürchtete Alarm blieb aus. Der Behälter musste eine erstaunliche Beschaffenheit haben. Aiden atmete auf und Solutosan blinzelte ihr aufmunternd zu. Sie hatte nicht damit gerechnet, dass das Problem mit dem Koffer im Flugzeug erst anfing, denn Solutosan saß auf dem Flugzeugsitz und umklammerte ihn fest.

»Solutosan, du musst ihn oben in die Fächer tun.«
Er schüttelte den Kopf.
»Aber da ist er absolut sicher!«
Er schaute gequält zu ihr hinüber.
»Jetzt sag bitte nicht, dass du Flugangst hast.«
Er schluckte.
»Flugzeuge sind doch heutzutage supersicher!«
»Mit der Technik?« Seine Augen wirkten tiefschwarz.
»Natürlich!«, tröstete sie ihn, nahm ihm den Koffer ab und hievte ihn mit aller Kraft in das Gepäckfach.
Er faltete die Hände über seinem flachen Bauch und lächelte sie tapfer an.
Aiden schlug das Herz bis zum Hals. Oh, Gott! Er war so süß! Niemals hätte sie gedacht, dass er Angst haben könnte, so selbstsicher, wie er bisher auftrat. Sie überlegte, ob sie seine Hand halten solle, aber entschied sich dagegen. Sie wollte ihn nicht bloßstellen.

Aiden war schon öfter in Vancouver gewesen, jedoch noch nie in der vornehmen Gegend, in der sich Bill Bohlen als Makler etabliert hatte. Laut Doris handelte er im Auftrag von kanadischen Kunden an der englischen Metallbörse mit Stoffen wie Cadmium und Antimon und anderen Metallen. Sie nahmen ein Taxi zur Point Grey Road an der English Bay.
Bill Bohlen, ein schlanker, dunkelhaariger Mann, lächelte ihnen in seinem perfekt sitzenden Anzug mit blauer Krawatte entgegen. Verflixt, hätte sie für Solutosan für diesen Anlass auch einen Anzug besorgen sollen? Jetzt war es zu spät. Immerhin trug er neutrales Schwarz.
Bill schüttelte beiden die Hand und musterte Solutosan nur kurz. Er interessierte sich augenscheinlich mehr für sie in ihrem engen Kleid. Sein Blick schweifte unauffällig zu den Heels, aber sie bemerkte ihn trotzdem. Das war ein guter Anfang. Hier konnte sie vielleicht mit ihren Reizen

punkten.

Bill führte sie in sein geschmackvoll eingerichtetes Besprechungszimmer. Er hatte es mit einem ausladenden Schreibtisch, einer edlen Wurzelholzplatte, einem dicken, grauen Teppichboden und schwarzen, eleganten Büromöbeln ausgestattet. Die Wände zierten schwarzweiße, moderne Grafiken.

Sie setzten sich und Bill bot ihnen Kaffee an, den beide annahmen. Aiden musterte Solutosan erstaunt, sah aber dann, dass er die Tasse nicht anrührte.

»Danke für den kurzfristigen Termin«, hob Aiden an und schlug die Beine übereinander. »Du weißt ja, dass ich anderen Menschen gerne helfe. So ist das auch bei Herrn Soluto San. Er ist im Besitz von Platin, das er verkaufen möchte. Deshalb hatte ich die Idee, mich an dich zu wenden.« Sie strahlte Bill an und legte ihren ganzen Charme in ihr Lächeln.

»Na, dann lasst mich die Ware einmal sehen.« Bill lächelte zurück.

Solutosan nickte, stellte den Koffer auf den Tisch und öffnete ihn. Aiden starrte verblüfft auf das Metall. Das Platin hatte plötzlich Barrenform und sah professionell aus.

Bill nahm einen Barren in die Hand und prüfte ihn. »Ohne Stempel. Darf ich fragen, woher es stammt?«

»Über die Herkunft des Metalls kann ich leider keine Auskunft geben«, antwortete Solutosan sanft. »Ich versichere Ihnen, dass es legale Ware ist, die niemals irgendwelche Probleme verursachen wird.«

Bill sah ihn prüfend an. »Ihnen ist klar, dass ich meine Lizenz als Händler verlieren kann, sollte sich das Platin als Diebesgut herausstellen?« Aiden schluckte trocken.

»Da ich über eine unbegrenzte Menge verfüge«, informierte ihn Solutosan mit ruhiger Stimme, »wird es sich bei den dreißig Pfund, die jetzt vor Ihnen liegen, ebenfalls nicht um illegale Ware handeln. Ich bin gekommen, um eine längerfristige Geschäftsbeziehung aufzubauen, die weitere Verkäufe beinhaltet.«

Aiden blickte ihn erstaunt von der Seite an. Das hatte er

nicht mit ihr besprochen. Sie war von einem einmaligen Handel ausgegangen. Gleichzeitig merkte sie, dass dieser Aspekt bei dem Makler ein Pluspunkt zu sein schien. Sie lächelte gefasst.

Bills Hände umkrampften den Barren, er bemerkte es und legte ihn zur Seite. Sein Gesicht war angespannt. »Zwanzig Prozent«, stieß er hervor.

Aiden hielt die Luft an. Sie hatte keine Ahnung von handelsüblichen Makler-Provisionen, aber das erschien ihr hoch.

Solutosan blickte ihn einen Moment an. »In Ordnung. Allerdings brauche ich Bargeld.«

»Unmöglich!« Bill Bohlen sprang auf, besann sich dann aber und setzte sich wieder.

»Von wie viel Geld sprechen wir hier eigentlich?«, fragte Aiden betont freundlich. Bill blickte sie mit steinernem Gesicht an.

»Der Inhalt des Koffers ist in etwa eine Million Dollar wert«, beantwortete Solutosan ihre Frage.

Aiden ließ sich in den Sessel zurückfallen. Das überstieg ihre Dimensionen. Wie blauäugig war sie gewesen?

Bill Bohlen trank einen Schluck Kaffee und blickte ihren Begleiter an. Aiden sah sein Gehirn regelrecht arbeiten.

»Wie oft dachten Sie die Verkäufe stattfinden zu lassen?«

»Wenn es Ihnen Recht ist, alle zwei Wochen«, antwortete Solutosan.

Aiden rechnete kurz im Kopf. Bei einer Provision von zwanzig Prozent konnte Bill Bohlen in drei Monaten Millionär sein. Und sie selbst? Lieber Himmel! Wo war sie da hineingeraten? Sie dachte an die enorme Summe. Damit würde sie so viel ausrichten können! Ob das für Bill Bohlen ein Aspekt war?

Sie räusperte sich. »Ich könnte von meiner Provision im Norden von Calgary noch eine zweite Teeküche für Bedürftige einrichten, und würde auch sonst sehr viel Gutes damit tun. Ein Verkauf käme der Allgemeinheit zugute. Ich würde das Geld als Spendengeld annehmen.« Sie schmunzelte und wippte mit dem Fuß.

Bill entspannte sich und lächelte ebenfalls. Hatten sie gewonnen?

»In Ordnung!«

Aiden hätte aufspringen und ihn umarmen mögen, aber zügelte sich. Sie blickte zu Solutosan, der ans Fenster getreten war und auf die English Bay schaute.

»Hast du gehört, Solutosan?«

»Ja, entschuldige, ich war abgelenkt.« Er drehte sich um.

»Wann kann ich das Geld haben?«

»Ich benötige für die Analyse und die Beschaffung in etwa sieben Tage.« Bill war ebenfalls aufgestanden. Eine Woche. Das war lang für jemanden, dem es am Notwendigsten fehlte.

»Bill, wir brauchen das erste Geld schneller. Ist das nicht irgendwie machbar?« Aiden stand auf und legte ihm die Hand auf den Arm.

Der seufzte, nahm einen Barren, schloss den Koffer und ging zu seiner Sprechanlage, besann sich dann aber. »Entschuldigt mich einen Moment.« Er verließ das Zimmer und Aiden hörte ihn mit seiner Sekretärin sprechen. Er lächelte sie an, als er zurückkam.

»Martha hat euch ins Rosewood gebucht. Kommt morgen Mittag wieder, dann wickeln wir den ersten Deal ab.« Er blickte kurz zu Solutosan, der erneut am Fenster stand.

»Hast du Lust heute Abend mit mir Essen zu gehen?«, fragte er leise. Aiden trat nah zu ihm.

»Es tut mir wirklich leid, aber Solutosan ist völlig fremd in Vancouver. Ich möchte ihn ungern allein lassen.« Ihr Blick schweifte zu dem Platinkoffer.

Bill folgte ihm und grinste. »Das verstehe ich, Aiden, dann ein anderes Mal.«

Solutosan trat zu ihnen. »Ich freue mich, dass wir uns so gut einigen konnten. Wir sehen uns morgen.«

Bill Bohlen streckte ihm die Hand hin, um den Deal zu besiegeln und er ergriff sie. Scheinbar hatte er einen mehr als festen Händedruck, denn Aiden sah Bill zusammenzucken. Solutosan nahm den Koffer in die linke und Aiden demonstrativ an die rechte Hand.

Verzerrt lächelnd massierte Bill seine schmerzende Hand und brachte sie zur Tür.

Sie fuhren mit dem Fahrstuhl nach unten.

Aiden strahlte wie ein Honigkuchenpferd! »Yeah!«, jauchzte sie. »Das ist spitze gelaufen!« Sie hüpfte auf die Straße, vergaß die neuen Heels und schlingerte.

Blitzschnell stand Solutosan hinter ihr und stützte ihren Ellenbogen. »Du bist dir wirklich sicher, dass diese Schuhe bequem sind?«, fragte er noch einmal besorgt.

»Lass uns ins Hotel fahren«, bat sie fröstelnd und wollte einem Taxi winken.

»Nein, Aiden, ich muss zum Wasser.«

»Du willst zum Strand? Aber da ist es so kalt«, gab Aiden zu bedenken.

»Wir kaufen einen wärmeren Mantel für dich«, meinte er nur. Na toll, noch hatten sie das Geld für das Platin nicht bekommen – und da gab er es schon aus. Trotzdem musste sie lachen. Mit ihm unterwegs zu sein, versetzte sie einfach in Hochstimmung! Frohen Herzens hängte sie sich bei ihm ein.

Sie suchten einen Pfad zwischen den Häusern bis zum Strand. Der salzige Wind blies und Aiden fror, denn er fuhr durch die Kleidung bis auf die Haut. Solutosan zog seine Jacke aus und zwang sie, diese ebenfalls anzuziehen. Dann stülpte er ihr die schwarze Wollmütze über den Kopf, die er aus der Tasche zog. Er schien überhaupt nicht zu frieren.

Am Strand blieb er gebannt stehen.

»Sag mal, hast du noch nie das Meer gesehen?«, fragte sie instinktiv.

»Nein.« Er atmete tief ein und strahlte. »Ich will irgendwann einmal am Wasser wohnen«, erklärte er. Achtlos stellte er den Platinkoffer in den Sand, streifte seine weichen, grauen Schuhe ab, zog den Pullover und das T-Shirt aus, und rannte, nur in Jeans, Richtung Meer. Er sprang durch die Brandung und warf sich in die eisigen Wellen.

Aiden stand am Strand – völlig sprachlos und überrascht. Gab es Poseidon? Es musste ihn geben. Und er war eben in den Ozean gestiegen! Sie ließ sich neben seiner Kleidung auf den Sand sinken und beobachtete, wie er im Wasser mit den Wellen tobte, ein Stück hinausschwamm und abtauchte. Fasziniert betrachtete sie ihn, als er den Strand wieder hochkam – tropfnass und glücklich lächelnd. Der lange, nun tiefgoldene, Pferdeschwanz klebte an seinem Leib. Sein starker Oberkörper reflektierte auf eigentümliche Art. Er glitzerte. Das wird das Salzwasser sein, dachte Aiden.

»Du wirst dich erkälten, Solutosan.« Er schüttelte weiterhin lächelnd den Kopf, zog seine Sachen wieder an. Schützend den Arm um sie gelegt, führte er sie zur Straße zurück. Aiden winkte ein Taxi herbei, um zum Rosewood zu fahren.

»Tut mir leid, Miss McGallahan«, lispelte die Empfangsdame, »Herr Bohlen hat für sie ein Doppelzimmer gebucht.«

»Wir möchten aber zwei Einzelzimmer«, beharrte Aiden.

Die Angestellte schüttelte bedauernd den Kopf. »Wir haben im Moment den Kongress der Kürbiszüchter – es ist alles belegt.« Aiden fügte sich und nahm die Zimmerkarte. Sie hatte bei ihm in der Hütte geschlafen und lebte noch.

Das Zimmer war groß und geräumig, das Bett riesig.

»Meinst du, wir kommen hier so klar?«, fragte sie Solutosan, der sich seine nasse Jeans vom Körper zerrte. Sie schluckte. Er stand nackt vor ihr und nickte. Sie konnte nicht anders – sie musste ihn anschauen.

Geduldig lächelnd hielt er inne. Er war ein Bild von einem Mann. So musste einer der griechischen Götter ausgesehen haben – Apollo oder Herakles. Aiden spürte, wie ihr heiß wurde.

Er drehte sich um und ging ins Bad, kam in einem der Rosewood Hotel-Bademäntel wieder heraus.

»Du kannst das Bett alleine haben«, meinte er. »Ich halte meinen Ruhemodus oft im Stehen.« Sie war ja schon viel von ihm gewöhnt – aber im Stehen schlafen?

Aiden griff zum Telefon und wählte den Zimmerservice. »Einen doppelten Cognac bitte!« Den brauchte sie jetzt.

Aiden saß wieder mit ihm im Flugzeug nach Calgary. Sie hatten doch tatsächlich das Geld bekommen – ohne Probleme. Die Nacht im Hotel war äußerst unromantisch verlaufen, denn er hatte, wie angekündigt, im Stehen geschlafen – an die Wand gelehnt. Aber nach dem dritten doppelten Cognac war es ihr egal gewesen. Sie war einfach eingeschlafen.

Sie schaute ihn von der Seite an. Auf diesem Flug wirkte er schon entspannter. Sie betrachtete sein Profil mit den langen Wimpern, dem sinnlichen Mund. Ihr Hals wurde plötzlich trocken. Das war bestimmt die Nachwirkung des Cognacs. Sie schloss die Augen und dachte darüber nach, was sie nun mit dem Geld machen würde. Ein neues Auto. Aber welches? Sie konnte sich nicht konzentrieren. Immer wieder stieg das Bild in ihr auf, wie er sich ins Meer gestürzt hatte und wie unendlich sexy er aussah, als er herauskam. Mist, dachte sie, ich verfalle ihm langsam richtig und im Grunde tut er überhaupt nichts – außer er selbst zu sein. Sie seufzte und spürte seine warme Hand tröstend auf der ihren.

Bar saß in der Kommandozentrale und kratzte sich unzufrieden mit der Kralle am Kopf. Die anderen lernten wohl fleißig englisch und die Ernährungsfrage war vorläufig geklärt. Ihm passte nicht, wie die letzten Attacken gelaufen waren. Sie hatten bereits drei Humanoide getötet und einfach liegengelassen. Das war ein Fehler! Die Menschen waren nicht blöd – irgendwann würden sie ihnen auf die Schliche kommen. Sie mussten unbedingt ihren Jagd-Radius erweitern. Dazu brauchten sie ein Transportmittel. Zu diesem Problem kam, dass die Temperatur stark gefallen war und sie dringend wärmere Kleidung benötigten. Sie brauchten das, was die Erdlinge Geld nannten.

Dummerweise hatten sie in ihrer Gier darauf verzichtet, die ausgesaugten Menschen daraufhin zu durchsuchen – ein Fehler, der Bar nie wieder unterlaufen würde. Er erfuhr auf einer Webpage, dass es Geldinstitute gab, die sich Banken nannten. Er erinnerte sich auch, dieses Wort in einem der Dörfer, die sie besucht hatten, gelesen zu haben. Also beschloss er, sich mit Psal in der darauffolgenden Nacht in der Nähe einer dieser Geldquellen auf die Lauer zu legen.

Ihre dicken Pelze schützten sie gut gegen die Kälte, als sie am Abend verwandelt aus der Basis liefen, und den Weg in das Dorf mit der Bank suchten. Psal hatte als Navigatorin eine sehr gute Orientierung und fand den Ort sofort. Das Geldinstitut war geschlossen und nur schwach beleuchtet. Sie warteten im Hausschatten der Bank, eng an den Boden gedrückt. Der eisige Wind jagte die Landstraße entlang und fegte immer wieder Eiskristalle von den starren Bäumen, die die Straße säumten. Ab und zu huschte ein Fahrzeug vorbei. Sie mussten lange warten. Aber unnachgiebiges Verfolgen seiner Ziele gehörte zu Bars Stärken. Ihre Geduld wurde belohnt.

Gegen Mitternacht hielt ein Auto, aus dem hämmernde Musik dröhnte, vor der Bank. Die drei Insassen unterhielten sich lautstark über die bevorstehende Nacht. Einer der Männer stieg aus und brüllte in den Wagen: »Im Puff nehmen sie vielleicht keine Kreditkarten! Ich hol mal lieber Geld!« Ein zustimmendes Grölen der Beifahrer antwortete ihm.

Bar deutete Psal an, dass er die Kerle im Auto übernehmen würde. Die Navigatorin nickte. Sie waren den Menschen mit ihrer Schnelligkeit weit überlegen – die hatten keine Chance.

Der Mann näherte sich der Bank, suchte umständlich nach einer Karte, schob sie in einen Schlitz an der Tür und verschwand in dem Gebäude. Bar stürzte los, riss die Autotür auf, schlug erst dem Mann vorne auf dem Beifahrersitz und dann dem verblüfften Menschen hinten die Krallen in die Kehlen. Beide fassten sich gurgelnd an die Hälse, versuchten verzweifelt, mit aufgerissenen Augen, die spritzende Blutung zu stoppen. Das Radio plärrte nervig weiter. Bar gab ihm einen heftigen Fußtritt, der es sofort zum Verstummen brachte.

Er hatte blitzschnell und präzise gemordet, beobachtete die Geschehnisse draußen und hoffte, dass Psal ebenso reibungslos arbeiten würde. Der Mann kam aus der Bank. Psal hatte bereits neben der Tür gelauert und sprang ihn an. Sie zog ihm eine Klaue über den Kehlkopf, der sofort aufplatzte. Das Opfer kam nicht dazu zu schreien. Psal zog ihm geistesgegenwärtig die pelzgefütterte Kapuze seines Parkas über den Kopf, um ein weiteres Blutspritzen zu vermeiden, und schubste ihn, solange er noch stand, in Richtung der offenen Autotür. Sie schaute in den Wagen. Bar nahm, bereits verwandelt, nackt und blutüberströmt auf dem Fahrersitz sitzend, den Körper in Empfang – zerrte ihn mit den Krallen auf die Rückbank. Eilig schoben sie auch den zuckenden Kadaver des dritten Mannes vom Beifahrersitz und stießen ihn auf die Leichen seiner Freunde. Die Beine eines Opfers ragten nach vorn in den Fahrerraum, was bei der Enge unvermeidlich war.

Psal verwandelte sich. »Lass uns abhauen. Kannst du mit dem Ding umgehen?«

Bar nickte. »Theoretisch.« Er schwang sich auf den blutigen Fahrersitz und Psal schob sich neben ihn. Sie schlossen schnell die Türen und Bar ließ den Motor an. Es war ein Automatikwagen – er hatte Glück. Er drückte den Hebel auf D – so wie er es im Internet gesehen hatte, und gab Gas. Er fand es gar nicht so schwer. Einer der Männer röchelte noch, aber sie beachteten es nicht.

»Zurück zur Basis?«, fragte Psal.

»Nein.« Er steuerte Richtung Glenn Highway, bog die Eagle River Road ab und fuhr höher in einige niedrige Gebirgszüge. Er prüfte den Benzinstand. Der Tank war voll. Sie hatten Glück. Auf einem kleinen Rastplatz hielt er den Wagen an. Bar verwandelte sich erneut und überprüfte die Gegend. Hinter dem Parkplatz ging es steil den Berg hinab. Dorthin schleppten sie die toten Körper. Sie durchsuchten deren Taschen. Einige Ausweispapiere, zirka dreihundert Dollar. Die Gehirne der Männer verschmähten sie als zu alt. Deshalb rollten sie die Leichen ohne ihre Köpfe angetastet zu haben den Abhang hinunter.

Dreihundert Dollar erschienen Bar nicht gerade viel – aber würden sicherlich für warme Kleidung reichen. Immerhin waren sie nun mobil. Er steuerte den gestohlenen Wagen konzentriert durch die Nacht. Psal schwieg erschöpft, wofür er dankbar war.

Sie kamen an der Basis an und Psal öffnete die hohe Tür des zweiten Schuppens um ihn einzulassen. Das Auto passte ohne Probleme hinein. »Nicht schlecht.« Bar nickte zufrieden. Er brauchte dringend Erfolge.

Psal stand blutig und bibbernd vor Kälte neben ihm. »Los, wir gehen das abwaschen!«, fuhr er sie an. Gemeinsam rannten sie in den gefliesten Hygieneraum. Sie ließen sich das eiskalte Wasser über ihre Körper strömen, während Bar der zitternden Psal das Blut mit den Händen abrieb. Zähneklappernd half sie ihm sich ebenfalls zu reinigen. Auch Bar bebte vor Kälte. Egal, Hauptsache er war das klebrige Blut los.

Noch tropfnass zogen sie Kleidung über. Nun war das Geld wichtig. Bar fand einen alten Eimer und begann die blutigen Scheine zu waschen.

Pok und Krran hatten neugierig den Hygieneraum betreten. Ein Fehler, wie sich herausstellte, denn Bar benutzte ihre Anwesenheit sofort dazu, Arbeiten zu verteilen. Er beschloss, Pok die Reinigung des Wagens zu überlassen, der den Auftrag mit wenig Begeisterung entgegennahm.

»Dann lass dir von Krran helfen!« Der schob die Unterlippe vor. Bar fauchte. »Ich dulde keinen Widerspruch, Krran!« Es war äußerst unklug in einem mit Blut besudelten Wagen durch die Gegend zu fahren.

Während er noch seine Autorität demonstrierte, hängte Psal das nasse Geld auf eine Schnur zum Trocknen auf. Sie trug nun wieder das schwarze Kleid.

Bar betrachtete sie nachdenklich, nachdem Pok und Krran sich unwillig verzogen hatten. Sie war wohl keine Nahrungsmutter, aber immerhin ein fruchtbares Weibchen. Es war nur eine Frage der Zeit, bis unter ihnen Kämpfe um sie ausbrechen würden. Ihm war noch nicht klar, wie er das verhindern sollte. Er zog sich ebenfalls ein Kleidungsstück über, das Psal gestohlen hatte – es war ein blauer Bademantel – und ging in den Computerraum.

Psal folgte ihm. Nachdenklich schwang Bar sich auf den wackligen Stuhl. »Was hältst du davon, in Zukunft Englisch zu sprechen? Ich glaube, Pok wird es nur lernen, wenn wir es immer wieder üben.«

»Alles klar«, antwortete Psal auf Englisch.

Bar blickte sie dankbar an. Sie war fähiger als Krran, intelligenter, und hatte eine schnelle Auffassungsgabe. Eigentlich hätte sie der erste Offizier sein müssen. Er verwarf dieses Problem aber sofort wieder. Die Rangordnung jetzt zu klären, würde Unruhe im Rudel entfachen und das war das, was er in diesem Moment am wenigsten brauchte.

Aiden hockte vor einer Kaffeetasse in Omas Küche und erzählte von der Reise nach Vancouver, als ihr Handy klingelte. »Ja?«

»Hallo, Aiden!« Solutosans Stimme ließ ihr Herz springen. »Ich möchte dich um einen Rat bitten. Hättest du vielleicht Zeit mich zu besuchen? Außerdem wollte ich dich fragen, wo ich deinen Ford hinbringen soll. Ich habe jetzt einen anderen Wagen – na ja – eigentlich sind es drei. Die

Anmeldungen haben mit deiner Vollmacht prima geklappt. Vielen Dank dafür.«

Aiden kicherte. »Das steht dir zu«, meinte sie leichthin. »Ich besitze auch ein neues Auto – einen BMW!« Sie platzte fast vor Stolz. »Ich würde sagen, der Ford hat es hinter sich.«

»Und das heißt?«

»Bring ihn auf den Schrottplatz, jage ihn in die Luft oder stürze ihn von der nächsten Klippe«, empfahl sie übermütig lachend.

»Okay! Kommst du?«

»Ja, ich trinke nur noch meinen Kaffee aus. Ich bin bei Oma.«

Solutosan beendete das Gespräch.

Oma schmunzelte. »Dich hat es ganz schön erwischt, Schneckchen.«

Aiden lächelte verträumt. »Ach, Oma, es ist nur alles etwas kompliziert. Er ist anders als andere Männer.«

»Das ist mir nicht entgangen«, meine die alte Dame. »Aber war es nicht das, was du gesucht hast?«

Aiden nahm Oma in die Arme. »Ja, Omi«, flüsterte sie.

Solutosan stand vor ihr, als sie aus dem Wagen stieg, nur mit Jeans und Shirt bekleidet, ohne Brille mit offenem Haar. Er nahm ihre Hand. »Aiden.« Sein Gesicht war ernst. In Aidens Magen drückte augenblicklich ein dicker Klumpen. »Ich brauche deine Hilfe.« Er korrigierte sich. »**Wir** benötigen deinen Rat.«

Sie blickte ihn gespannt an. Was kam denn jetzt?

»Ich möchte dir nun meine Freunde vorstellen. Bitte höre dir alles in Ruhe an, ja?«

Nun wurde sie nervös. Sie zupfte an dem Pelzbesatz ihres Parkas. »In Ordnung.«

Sie betraten das Blockhaus. Im Kamin brannte ein knisterndes Feuer. Einige Männer lümmelten sich in dessen

Schein auf den Betten und Stühlen. Als sie eintrat, erhoben sie sich. Männer? Sie blickte von einem zum anderen. Ihr Herz schlug bis zum Hals. Das waren keine normalen Männer. Sie spürte, wie Solutosan ihre Hand nahm.

»Ich möchte dir gern jeden meiner Freunde einzeln vorstellen: Chrom!«

Ein kleiner, schmächtiger Mann kam auf sie zu. Er war schwarz gekleidet wie Solutosan, hatte ein exzentrisches Gesicht, das sie an einen Faun oder Satyr erinnerte und einen Irokesen-Haarschnitt. An seiner Seite stand – Aidens Herz machte einen Satz – ein grauer Wolf mit gelben Augen.

»Das ist unser Navigator, Chrom.«

Chrom verneigte sich. Als er den Kopf senkte, sah sie, dass das Irokesenhaar in seinem Shirt verschwand, als würde es den Rücken hinunterlaufen. Navigator?, dachte Aiden verwirrt.

Der nächste Mann trat zu ihnen.

»Hier unser Mediziner, Patallia.«

Aiden blieb der Mund offen stehen, merkte, dass es unhöflich war, und schloss ihn. Patallia war ein eleganter, gutaussehender, schlanker Mann mit außergewöhnlichen grau-violetten Augen und einer Glatze. Das Auffällige an ihm war seine weiße, fast transparente Haut. Er lächelte sie an und verbeugte sich ebenfalls. Das Lächeln verzauberte sein Gesicht.

Der Dritte im Bunde war wieder so ein Typ männliches Model.

»Tervenarius«, stellte Solutosan ihn vor.

Dieser war ebenso weiß wie der Arzt, aber auf ganz andere Art. Aiden hatte das Gefühl ihn streicheln zu müssen – seine Haut berühren zu müssen. Ihr stockte der Atem, denn niemals hatte sie derartige, goldene Augen gesehen. Er musterte sie unaufdringlich, senkte dann höflich grüßend den Kopf mit seiner weiß-silbernen Löwenmähne.

»Sehr erfreut«, sagte er.

Der nächste Mann schlenderte heran und baute sich grinsend vor ihr auf.

»Meodern.«

Aiden blickte in zwei blitzende, grüne Augen, betrachtete seine zart-goldene Haut und seinen sportlichen, durchtrainierten Körper, der durch den silbernen Anzug verboten gut betont wurde. Sie war sprachlos. Er verneigte sich mit einem spöttischen Lächeln.

Die Tür hinter ihnen knallte auf und jemand sagte etwas in einer fremden, melodischen Sprache.

Solutosan stöhnte kurz. Er antwortete nicht, aber Aiden hatte das Gefühl, dass er mit dem monströsen Mann kommunizierte, der sich gebeugt durch die Tür quetschte. Der Kerl war rot. Anders konnte man ihn nicht beschreiben. Dunkle Augen musterten sie kritisch, aber nicht unfreundlich. Er war noch größer als Solutosan und muskelbepackt wie ein hochtrainierter Bodybuilder. Seine rote Glatze glänzte.

»Xanmeran«, stellte Solutosan ihn vor.

Aiden bekam weiche Knie. Diese sechs Männer sahen alle wie Menschen aus, jedoch irgendwie auch nicht.

»Du siehst unser Problem«, sagte Solutosan leise. »Wir möchten uns gerne auf der Erde anpassen, aber wissen nicht wie. Ich brauche dich, um uns menschlicher wirken zu lassen.«

Chrom schob Aiden einen Stuhl hin und sie ließ sich darauf sinken. »Ihr seid keine Menschen?«, bemerkte sie matt und eigentlich unnötig.

»Nein«, antwortete Solutosan. »Wir sind Duonalier. – Unsere Kaste nennt sich Duocarns.«

»Wie, zum Teufel, seid ihr denn hierher gekommen?« Solutosan ergriff ihre Hand, zog sie hoch und ging mit ihr bis vor die Tür der Hütte und ein Stückchen durch den Wald. »Ich zeige es dir. - Chrom?«

Der kleine Navigator nickte und spurtete los. Der Wolf lief mit ihm. Beide verloren sich im Nichts.

Solutosan packte ihre Hand fester. Urplötzlich erschien ein riesiges, metallisch glänzendes Raumschiff vor ihrer Nase. Aiden starrte es an. Es war demoliert, ein Schrotthaufen, so viel konnte selbst sie sehen.

»Ich muss es wieder tarnen, das verstehst du bestimmt.«
Schlagartig verschwand das Raumschiff.

Aiden lief wie in Trance ins Blockhaus zurück und setzte sich auf eins der Betten. Das war ein völlig neuer Aspekt. Sie war total überrumpelt. Jedoch passten nun ein paar Puzzleteile zusammen. Sie hatte es süß gefunden, dass er Angst vorm Fliegen mit der Airline hatte! Sie hatte seinen Computer als altmodisch bezeichnet! Sie hatte …

»Unfassbar! Ihr seid hier gestrandet. Aus dem Weltraum auf die Erde gekracht«, presste sie hervor. Ihre Gedanken fuhren Karussell. Sie dachte an ihre gemeinsame Zeit. Was hatte sie bereits alles mit ihm erlebt. Oh mein Gott! Ihr fielen ihre Küsse ein. Sie hatte sich eingebildet ihn zu kennen. Er war anders als normale Männer, das ja – aber gleich **so** außergewöhnlich?

»Aber, aber«, stotterte Aiden – sie erinnerte sich an seine Bitte, »wie soll **ich** euch denn helfen?«

Die Freunde hatten sich alle wieder in der Blockhütte versammelt. Solutosan tigerte auf und ab, die hüftlangen Haare wehten. »Ich kann niemanden so losschicken Platin verkaufen oder etwas besorgen. Ich brauche … «, er suchte nach den richtigen Worten,

»… eine Maskenbildnerin«, vervollständigte Aiden seinen Satz.

Solutosan ging kurz zu seinem kleinen Computer und ließ sich den Ausdruck erklären. »Genau!«, nickte er.

»Ein extra Service«, witzelte Aiden, »zusätzlich zu meinen zehn Prozent?«

»Sag, was du haben möchtest.«

Aiden schoss sofort der Preis durch den Kopf, sprach ihn jedoch nicht aus. Am liebsten hätte sie sagen wollen: »Für einen richtigen Kuss von dir würde ich alles tun.« Aber sie kniff die Lippen zusammen. »Ich helfe euch – ohne Bezahlung.« Sie spürte, wie die Männer sich unterhielten – »nur eine Bedingung: Wenn ich im Raum bin, werdet ihr in Zukunft laut sprechen!«

»Einverstanden«, bestätigte Solutosan und strahlte sie an.

Sie beschlossen, mit dem Umstylen der Männer möglichst bald zu beginnen und die nötigen Sachen sofort einzukaufen. Der kanadische Winter hatte endgültig Einzug gehalten und der Wind fegte Eiskristalle von den schwarzen Tannen, als sie die Hütte verließen.

»Wo sind eigentlich deine Autos?«, wollte sie von Solutosan wissen, der eingemummt neben ihr herstapfte, das lange Haar unter einer Mütze versteckt. Er sah so menschlich aus in seiner Kleidung – wie ein echter Kanadier. Das war einfach bizarr.

Er blinzelte mit seinen goldenen Wimpern und deutete ein Stückchen weiter die Schneise hinauf. Aidens Blick folgte seinem Finger und sah, was er gekauft hatte: Einen schwarzen Volvo Allrad, einen grauen Nissan Pick-Up und – Aiden stockte der Atem – einen metallicblauen Porsche Carrera. Sie lachte laut. Wieso waren eigentlich alle Männer gleich? Auch wenn er nicht von dieser Welt war – sein Geschmack, was Autos anging, hatte sich bereits vermenschlicht. Nach Calgary-City fuhren sie allerdings mit ihrem neuen BMW, auf den sie so stolz war. Die Einkaufsliste war lang.

Auf dem Weg in die Stadt konnte sie den Blick nicht von ihm wenden. Sie half Außerirdischen. Was hätte die menschliche Wissenschaft darum gegeben einen der Duocarns in die Finger zu bekommen! Und ausgerechnet sie sorgte nun dafür, dass dies niemals geschehen würde. Nein, das verursachte bei ihr überhaupt kein schlechtes Gefühl. Nie zuvor hatte sie derartig höfliche und distinguierte Männer getroffen. Sie erschienen ihr fast wie eine Gentlemen-Rasse. Dazu kam – sie seufzte leise, dass diese Aliens umwerfend attraktiv waren, maskulin und ... Sie unterbrach ihre Gedanken, als sie Solutosans Seitenblick bemerkte.

»Alles in Ordnung?«, fragte er besorgt. Sie nickte. Diesen Mann würde sie beschützen. Und seine Freunde ebenfalls.

Sie fasste ihre Handtasche auf dem Schoß fester.

Sie enterten nochmals das Diamond Einkaufszentrum und kauften Unmengen Schminke, Perücken, Hüte, Brillen, farbige Kontaktlinsen, Mützen, Kleidung. Aiden besaß ziemlich genaue Vorstellungen davon, was sie für die Veränderungen brauchte, die passieren mussten, um die Duocarns an ihre Umgebung anzupassen. Es machte ihr enormen Spaß, die Verwandlungen der Männer zu planen. Ihr Problemfall war Xanmeran. Seine rote Haut und seine monströse Größe zu verstecken war nicht möglich.

Zurück in der Hütte begann sie mit Chrom. Sie wollte dem kleinen Navigator zeigen, wie er sich den Nacken rasieren sollte.

Der schüttelte bedauernd den Kopf. »Das geht leider nicht, Aiden«, erklärte er.

»Warum?« Rasieren war doch keine Kunst.

»Weil das mein Fell ist«, gestand er. »So wie du es jetzt siehst, ist es auf die kleinste Größe zusammengezogen.«

»Und wenn du es vergrößerst?«, fragte sie neugierig.

Meo mischte sich ein. »Aiden, Chrom ist ein Bacani. Er gehört zu einer anderen Spezies als wir.«

Chrom nickte. Das mit dem Fell hatte Aiden trotzdem nicht verstanden. Chrom wand sich verlegen.

»Du darfst dich nicht erschrecken«, meinte Meo. »Er sieht gleich völlig verändert aus.«

Chrom entkleidete sich, bis er dünn und nackt vor ihr stand. Sie wollte den Blick diskret abwenden, aber seine Verwandlung war zu faszinierend. Mit offenem Mund sah Aiden zu. Das Haar des Irokesen auf seinem Kopf und Rücken verbreiterte sich plötzlich und zog sich immer weiter über seinen Körper, bis es ihn ganz bedeckte. Es war struppig und gelb-braun gestromt. Sein Gesicht hatte sich zu einer spitzen Schnauze verlängert, in der sie blitzende

Fangzähne wahrnahm. Die Verwandlung bescherte ihm außerdem einen kräftigen Körper und einen langen, dünnen, pelzigen Schwanz, der wie eine große Spirale geschwungen auf den Boden peitschte.

Die Wölfin winselte, drückte sich an Chrom. Sie schien begeistert von seiner neuen Gestalt. Er kraulte sie mit seiner krallenbewehrten Hand.

»Ein Werwolf!«, stammelte Aiden entsetzt.

»Nein«, dozierte Meodern, »ein Bacani. Du brauchst keine Angst zu haben. Das ist nur Chrom.«

Der Navigator verwandelte sich zurück und zog schweigend seine Hose und das Shirt an.

»Danke für dein Vertrauen«, presste Aiden hervor. Sie kam sich vor wie im Märchenland mit lauter Prinzen und Monstern. Sie fasste sich schnell wieder. Schließlich war sie durch ihren Job an allerhand Bizarres gewöhnt.

»Tja, also kommt rasieren nicht in Frage.« Sie blickte kurz in seine violetten Augen. Ohne zu zögern setzte sie Chrom eine schwarze Perücke auf, die einen typischen Herren-Haarschnitt hatte und hinten lang bis in den Kragen ging. Sie zeigte ihm, wie er Kontaktlinsen in die Augen einfügen konnte. Außerdem bekam er eine Brille verpasst, falls er keine Lust hatte, die Linsen zu tragen. Sie suchte ihm unauffällige Kleidung heraus und drückte ihm alles in die Hand. »Kommst du so klar?«

Chrom strahlte und ließ vor Aufregung seine Fangzähne blitzen. Aiden schüttelte den Kopf und lachte. Was sie da tat, war mehr als verrückt.

»Ich bin der Nächste.« Mit einem frechen Grinsen baute Meodern sich vor ihr auf.

»Du kannst fast so bleiben. Nur deine Haut müssen wir abdecken.« Sie erklärte ihm, wie er ein Make-up auf seinem zart-goldenen Gesicht verteilen musste, und war verblüfft. Meo sah wirklich menschlich aus. Die gleißenden, grünen Augen konnten als Kontaktlinsen durchgehen und sein stacheliger Blondkopf wirkte richtig modisch. Sie suchte ihm sportliche Kleidung heraus und gab ihm zur Sicherheit braune Kontaktlinsen. Meodern verneigte sich mit einem charmanten Lächeln.

Für Patallia holte sie ebenfalls Schminke hervor, um die fast durchsichtige Haut zu verdecken. Das hautfarbene Fluid musste er natürlich auch über seine Glatze streichen. Aiden blickte zufrieden auf das Ergebnis. Die grau-violetten Augen bekamen Kontaktlinsen in einem hübschen Blau-Ton. Er sah edel aus, mit seinen feingeschnittenen Gesichtszügen. Sie verpasste ihm einen weißen Mediziner-Kittel, eine dunkle Stoffhose, ein weißes Hemd sowie einen schwarzen Parka mit Pelzbesatz für draußen.

Mit Tervenarius gab Aiden sich richtig Mühe. Für sie war er der elegante Typ. Sie suchte ihm dementsprechende Kleidung heraus. Die goldenen Augen konnte er unmöglich in der Öffentlichkeit zeigen. Sie drückte ihm braune Kontaktlinsen in die weißen Hände.

Als sie mit dem Make-up anfangen wollte, wehrte Terv ab. »Tut mir leid, so etwas verträgt meine Haut nicht.«

»Er kann gelegentlich ganz schön toxisch sein«, grinste Meo in seinem Jogginganzug. »Unser kleiner Giftpilz«.

Terv trat nach Meo, der geschickt auswich. »Ich bin normalerweise nicht giftig.« Er legte Aidens Hand auf seinen Arm. Er fühlte sich wunderbar weich an! »Das kann sich aber ändern, wenn ich verärgert bin. Keine Sorgen, ich ärgere mich selten.« Er blickte mahnend zu Meodern.

»Wahnsinn!«, staunte Aiden und streichelte ihn noch ein bisschen. Er fühlte sich unglaublich an. Sie spürte einen Seitenblick von Solutosan, der an seinem Rechner am Tisch der Hütte saß.

Nun gut, also musste sie sich mit dem bereits Erreichten zufriedengeben. Für die silbern-weiße Mähne gab sie ihm Hut und Mütze – für draußen bekam er einen schwarzen, dicken Mantel, der glücklicherweise auch passte. Alle konnten sich ja weitere Sachen nach ihrem Geschmack kaufen, wenn sie menschlicher aussahen.

Blieb nur noch Xanmeran. Der große, rote Krieger hatte die ganze Zeit missmutig in der Ecke gesessen. Er näherte sich ihr etwas widerwillig. Er hatte offensichtlich keine Lust auf Make-up und Kontaktlinsen. Sie wandte sich an Solutosan. »Bitte suche mal bei Google Bilder von „Indianern". Ich denke, bei Xanmeran kann man nur die Flucht nach vorne antreten.«

»Und das heißt?«, fragte Xan.

»Wir betonen deine Fremdartigkeit und stylen dich wie einen Indianer oder Inuit.« Kurz gab sie den Kriegern eine kleine Lektion zum Thema Ureinwohner Amerikas und Kanadas.

Aiden hatte bereits Sachen für ihn besorgt. Eine hellbraune Wildlederhose, Wildlederjacke mit Fransen, Hemden mit Indianer-Mustern und eine Art Cowboyhut um die rote Glatze zu bedecken. Außerdem ein Lammfellmantel gegen die Kälte.

Xanmeran war glücklich! Die Sachen gefielen ihm ungemein. Vor ihren Augen schlüpfte er aus seinem metallischen Anzug – mit geröteten Wangen blickte sie konzentriert zu Boden – und zog die Wildledersachen an. Super! Sie hatte es genau getroffen und war sehr stolz auf sich. Er sah aus wie ein Indianer – oder zumindest so, wie sich jedermann eine Rothaut vorstellte. Sie gab ihm noch ein kariertes Hemd und etwas Perlenschmuck für die Handgelenke.

»So, fertig.« Sie musterte die ganze Truppe. So konnten sie als Menschen durchgehen! Zusammen wirkten sie wohl ein bisschen wie die Village People, aber sie fand das charmant. Sie machte ein Gruppenfoto mit dem Handy, das dann bei allen herumgereicht wurde. Die Begeisterung war riesig! Die großen Männer freuten sich wie die kleinen Jungen.

»Mir fällt gerade ein ...«, ließ sich nun Xanmeran vernehmen. »Ich habe übrigens etwas von dem Milchzeug getrunken und das ist drin geblieben.«

»Welches war es denn?« Xan verschwand vor die Tür und kam mit der Kefirtüte wieder.

»Kefir! Den produziert meine Oma selbst!«, strahlte Aiden. »Sie hat so einen Kefirpilz.«

Solutosan rief Infos über Kefir im Internet auf und studierte sie. »Meinst du, deine Oma würde uns einen Pilz abgeben?«

»Nicht nur einen«, lachte Aiden vergnügt. »Die vermehren sich bei ihr wie wild.«

Solutosan brachte ebenfalls gute Neuigkeiten: Er hatte im Internet in Calgary ein passendes Haus für sie alle gefunden. Ausreichend groß, mit zehn Zimmern und zwei Bädern. Er zeigte die Fotos.

»Was soll es kosten?«, erkundigte sich Aiden.

»Siebenhunderttausend Dollar«, meinte Solutosan. »Das könnten wir in einigen Wochen kaufen.« Er hatte vor, Chrom und Meodern damit zu beauftragen nach Vancouver zu fliegen, um einen weiteren Platindeal zu machen. Chrom allein zu schicken war ihm bei diesen Summen zu riskant. Meo würde ihn beschützen. »Aber das nächste Haus, das ich kaufe, liegt am Meer«, sagte Solutosan verträumt.

Aiden schubste ihn an. »Du meinst wohl „Das Aiden kauft“. Ohne Ausweispapiere kann man in Kanada kein Eigenheim erstehen. Vergesst nicht, dass ihr hier als illegale Einwanderer geltet und eventuell auch so behandelt werdet.«

»Ist es möglich solche Papiere irgendwo zu kaufen?«, fragte Solutosan.

»Das ist ungesetzlich, mein Lieber.«

Er runzelte nachdenklich die Stirn.

Aiden überlegte. »Ich habe keine Erfahrungen mit so etwas. Aber ich kann mich ja einmal umhören.«

Der Tag war lang und anstrengend gewesen. Aiden war rechtschaffen müde, als Solutosan sie durch den peitschenden Wind zu ihrem BMW brachte, der ein Stück von der Hütte entfernt parkte. Er legte den Arm um sie und sie kuschelte sich im Gehen an ihn. Wie gern hätte sie mehr von ihm gehabt, aber nach den heutigen Erkenntnissen war Aiden, entgegen ihrem offensiven Wesen, eingeschüchtert. Er und seine Duocarns gehörten einer fremden Spezies an. Das musste sie erst einmal verarbeiten.

Das gefrorene Gras knirschte unter ihren Stiefeln und ihr Atem bildete weiße Wolken. »Ich stehe tief in deiner Schuld, Aiden«, sagte er leise. »Du hast sogar wegen mir deine Arbeit mit den Leuten, die dich dringend brauchen, vernachlässigt.« Aiden schüttelte verneinend den Kopf.

»Dank der ganzen Aktion habe ich nun die Mittel, den Armen besser zu helfen. Außerdem – bist du mir wichtig.« Er schob seine Hand unter ihre pelzbesetzte Kapuze und streichelte ihr Haar.

Mir ist egal, was er nun von mir denkt, sagte sich Aiden und zog mit beiden Händen seinen Kopf zu sich hinunter. Er hatte die Augen geschlossen, also begann sie bei seinen Augenlidern. Sie küsste sie zart, wanderte über seine Wange zu seinem Mund. Sie wollte ihn so stark, dass sie fast geschrien hätte. Aber er löste seine Lippen von ihren. »Warum bist du nur so scheu?«, flüsterte sie.

»Ich bin Berührungen nicht gewöhnt.«

»Gibt es auf eurem Planeten keine Frauen?« Sie versuchte, nicht verärgert zu klingen und zupfte an ihrer Kapuze.

»Doch, aber sie mögen die Duocarns nicht.«

»Also bist du noch Jungfrau«, stellte Aiden fest.

Er senkte den Kopf. Sie fühlte, dass ihm das Thema unangenehm war, jedoch hatte sie sich schon so weit vorgewagt.

»Ich weiß nicht was Jungfrau bedeutet, Aiden. Müssen wir jetzt darüber sprechen?« Er klang gequält.

»Nein«, sie berührte kurz seine Wange. »Nein, natürlich nicht.«

Solutosan war mit Aiden verschwunden und die Krieger lösten die Runde in der Hütte auf. Bei einigen stand der Ruhemodus an. Chrom hatte nicht vor zu schlafen.

Sie hatten für jeden der Männer einen eigenen Laptop gekauft. Chrom zappelte ungeduldig. Er wollte schnell zum Schiff, um den Rechner in seiner Koje in Betrieb nehmen zu können. Er plante, einige Filme über die terranische Tierwelt anzusehen. Eilig sprintete er mit Lady zum Kreuzer. Er hatte sich endlich entschlossen, der Wölfin einen Namen zu geben.

Chrom, der als Einziger im Schiff einen eigenen Ruheraum hatte – aufgrund seines oftmals strengen Geruchs wollte niemand mit ihm diesen Raum teilen – warf sich auf die Unterlage, die er aus der Koje gezerrt hatte. Die dünne Matratze auf dem Boden bot ihm und der großen Wölfin genügend Platz, um darauf eng aneinander gekuschelt zu schlafen.

Er hatte zwei tolle Filme über Wildschweine und Elefanten gesehen, als er seinen Laptop herunterfuhr. Er witterte. Irgendwas war anders. Er schaute zu Lady, die ihn mit bittenden Augen ansah. Er schnüffelte an ihr. Sie rieb ihren Hinterleib an ihm. Sie duftete. Chrom wich erst zurück, aber wurde dann von dem Duft magnetisch angezogen. Die Wölfin war heiß. Wieso war ihm das nicht früher aufgefallen? Sie presste sich eng an ihn und wimmerte. Kurzerhand verwandelte sich Chrom in seine vierbeinige Gestalt.

Solutosan saß in Aidens Auto und überlegte. Sie waren nun einige Wochen auf dem neuen Planeten und konnten zufrieden sein. Aiden und er hatten Oma besucht und ihr drei Kefirpilze abgeschwatzt, die nun in Plastikdosen hinten auf dem Rücksitz schwappten. Solutosan fand, dass sie wie kleine Gehirne aussahen.

Nun waren sie auf dem Weg zu dem Haus, das Aiden für die Duocarns kaufen sollte. Sie wollten den Makler treffen. Chrom hatte sich als sehr guter Abgesandter erwiesen, als es galt den Platindeal abzuschließen. Ein Bodyguard wie Meodern hatte offensichtlich den Respekt bei Bill Bohlen für sie noch verstärkt. Der Geldstrom war fürs Erste gesichert.

Nachdenklich betrachtete er Aiden von der Seite. Sie hatte die Kapuze ihres Parkas auf die Schultern gezogen und so das rote, hochgesteckte Haar entblößt. Konzentriert blickte sie auf die Straße. Er verdankte ihr viel. Er stand in ihrer Schuld, denn sie hatte wirklich wesentlich mehr getan, als nur beim Platinverkauf zu helfen. Er empfand sie bereits als zur Duocarns-Familie zugehörig. Sie spürte seine Aufmerksamkeit und warf ihm einen fragenden Blick zu. Sie hatte so viele verschiedene Ausdrücke in den Augen, was ihn immer wieder faszinierte. Sie wirkte so viel lebendiger als die duonalischen Frauen und hatte eine Art rauchigen Charme. Ob sie wohl bei ihm bleiben würde, wenn er sie darum bat?

Sie bogen von der Straße ab und fuhren einen schmalen Weg zu dem etwas abgelegenen Haus. Er konzentrierte sich auf das bevorstehende Treffen. Der Makler stand bereits fröstelnd, vor der Tür – ein kleiner, grauhaariger Mann. Er lächelte und begrüßte sie mit Handschlag. »Mrs. McGallahan, Mr. McGallahan!«

Aiden wollte ihn korrigieren, aber Solutosan legte ihr die Hand auf den Arm. Der Mann öffnete die Eingangstür und ließ sie eintreten. Die Wände des Hauses waren komplett cremeweiß gestrichen. Vor ihnen erstreckte sich eine hohe Eingangshalle mit einer breiten Freitreppe in den zweiten Stock. Die untere Etage bestand aus einer monströsen, fertig eingerichteten Küche, einem großen Esszimmer mit einem langen Tisch für zwölf Personen sowie einem riesigen Wohnraum mit Terrasse in den Garten. Das Wohnzimmer war ebenfalls schon mit Möbeln bestückt.

Solutosan betrachtete die braunen, hochwertigen Leder-Polstermöbel. Sie gefielen ihm. Auch das restliche Anwesen war für ihn akzeptabel. Er begutachtete mit Aiden die anschließenden drei unmöblierten Zimmer. Das neben der Küche liegende Bad besaß edle, weiße Marmorfliesen. Das ganze Haus war, recht unüblich für die Gegend, voll unterkellert. Die obere Etage hatte fünf große, lichtdurchflutete Räume und ebenfalls ein Marmorbad – dieses jedoch in grau.

»Wie steht es mit der Sicherheit?«, fragte Solutosan. Er trug blaue Kontaktlinsen und blickte den Makler an.

»Alles auf dem neusten Stand!« Der Mann deutete auf die

Fenster mit den fast unsichtbaren Kabeln, die kleinen Kameras in den Decken und zeigte ihnen die Steuerung in den beiden Etagen.

Solutosans Mundwinkel zuckten amüsiert. – Aiden legte ihm die Hand auf den Arm. Er lächelte. Sie kannte ihn inzwischen schon recht gut, so dass sie ohne Worte kommunizieren konnten. »Gefällt dir das Haus?«, fragte sie ihn.

Er nickte. »Für sechshunderttausend nehmen wir es und bezahlen sofort bar.«

Der Makler schluckte trocken. »Sechshundertachtzig!« stieß er hervor. Sie handelten noch eine Weile hin und her, einigten sich auf sechshundertsechzigtausend Dollar.

Solutosan überlegte, was er mit den vierzigtausend machen würde, die er nun gespart hatte. Er sah auf Aidens schlanke Beine, die unter dem schwarzen Mantel hervorlugten, besah sich lächelnd die Heels, die ihr ausgezeichnet standen. Schuhe würde er ihr keine kaufen – aber Juwelen. Er wollte ihr ein Schmuckstück anfertigen lassen.

Aiden verlangte den Vertrag zu sehen und zog sich mit dem Makler für die Unterzeichnung ins Wohnzimmer zurück. Währenddessen holte Solutosan das Geld und die Kefirpilze aus dem Auto. Oma hatte ihm eine genaue Pflegeanleitung gegeben.

Als das Dona verbraucht war, mussten die Duocarns sich eine kurze Zeit von Milchriegeln ernähren. Das hatte Mangelerscheinungen ausgelöst, die besonders bei Tervenarius, schnell sichtbar geworden waren. Nun trank dieser Kefir und seine Haut war wieder in Ordnung.

Der Makler nahm das Geld und ging. Aiden strahlte über das ganze Gesicht. Ihre Augen funkelten. Solutosan strich sanft eine lange Strähne ihres Haares nach hinten, die sich aus der Frisur gelöst hatte. Er merkte, wie die Luft zwischen ihnen erneut knisterte, und betrachtete seine Hände. Sternenstaub-Partikel begannen sich zu lösen. Er rief sie schnell zurück. Sie hatte es bemerkt.

»Was war denn das?«

Solutosan sah verlegen zur Seite. Es war alles schon schwer und ungewohnt genug für sie. Er wollte ihr nicht noch die Wahrheit über seinen Sternenstaub zumuten.

Sie nahm sein Kinn mit der Hand und drehte den Kopf zurück, so dass er sie ansehen musste. »Das hat nichts zu bedeuten«, sagte er leichthin. »Manchmal löst sich bei mir nur etwas Haut.«

Sie runzelte die Brauen, aber fragte nicht weiter. »Die Pilze!« Die standen immer noch in ihren Dosen auf dem Wohnzimmertisch. »Wir müssen sie versorgen!«

Sie trug die Pilze in die Küche, während er den großen Karton Milch aus dem Auto holte, die voluminösen Plastikschüsseln und einige Baumwolltücher. Aiden ließ in jede Schüssel einen kleinen Kefirpilz gleiten und begann dann die Behälter bis zum Rand mit Milch zu füllen. Sie nahm Solutosan die Geschirrtücher aus der Hand und legte sie sorgfältig über die Pilzbehälter.

»So«, bemerkte sie zufrieden. »Die werden jetzt wachsen und euch Kefir liefern so viel ihr wollt.«

Solutosan hob eins der Tücher und tupfte den Zeigefinger in die Milch.

»Nein, so schnell geht das nicht. Das dauert ein paar Tage.« Sie nahm seine Hand und schaute ihm in die Augen. Lächelnd schob sie seinen Finger zwischen ihre Lippen und leckte ihn ab.

Solutosan wurde der Mund augenblicklich trocken. Die Erregung stieg wieder in ihm hoch. Was war das mit ihr? Jetzt wollte er doch mehr wissen. Ohne Mühe fasste er sie um die schlanke Taille und hob sie neben die Pilzschüsseln auf die Küchenanrichte. Zärtlich nahm er ihr Gesicht in seine Hände und senkte den Mund auf ihren. Er war weich und heiß.

Sie strich mit der Zungenspitze leicht über seinen Mund. Er zuckte kurz. Ganz behutsam teilte sie mit der Zunge seine Lippen – streichelte sie von innen. Das ging weiter als alles Vorherige. Er schloss die Augen. Er genoss ihre Berührung, als ihre Zungen sich trafen und umschlangen. Er gab sich ihr hin – erwiderte ihren Kuss. Sie versanken ineinander.

Mit einer Hand löste er die Metallnadeln aus ihrer Hochsteckfrisur und ließ das Haar auf die Schultern gleiten. Die Nadeln fielen klirrend auf die Anrichte. Solutosan streichelte sanft ihren Kopf. Das Haar in seinen Händen fühlte sich so weich an, die Lippen so feucht und warm.

Erst als Aidens Verstand ein wenig zurückkehrte, spürte sie die Veränderung bei ihm. Er reagierte wie ein völlig normaler Menschenmann, nahm sie am Rande wahr. Seine schwarze Jeans war im Schritt geschwollen. Sie öffnete die Lider, um sich zu fassen. Sie durfte ihn auf keinen Fall mit zu heftiger Berührung überfordern, sonst würde er sich wieder zurückziehen. Also streichelte sie sein Gesicht mit den geschlossenen Augen, bewunderte die goldenen Wimpern, die sanft auf seiner ebenmäßigen Haut lagen. »Nimm bitte die Kontaktlinsen heraus.« Sie mochte diesen künstlichen Blick an ihm nicht.

Er tupfte mit einem angefeuchteten Finger in seine Augen und hatte die Linsen sofort in der Hand. Er blinzelte und schon ging sein Sternenhimmel wieder auf.

»Ich, ich«, stammelte sie. Jetzt oder nie, dachte sie. »Ich glaube, ich liebe dich, Solutosan.«

Er sah sie ungläubig an und schluckte.

Verdammt, sie fühlte, dass sie einen Fehler gemacht hatte, aber nun war er geschehen.

»Du sagst nichts?«

»Du weißt zu wenig über mich«, erwiderte er ausweichend.

»Das, was ich weiß und fühle, reicht mir.«

»Ich weiß nicht, was ich empfinde, Aiden«, bekannte er. »Das ist mir alles so fremd.«

Sie sprang von der Anrichte, nahm ihn bei der Hand und zog ihn mit ins Wohnzimmer auf die breite Ledercouch. »Ich möchte mehr über Duonalia erfahren.«

Er nickte und streckte die langen Beine aus. »Was willst du wissen?« Sie blickte unauffällig auf seinen Schritt. Sein

Glied hatte sich wieder beruhigt. Sie hatte offensichtlich mit ihrer Liebeserklärung genau das Gegenteil erreicht, dachte sie und seufzte lautlos. Nun gut, dann ging sie eben zur Tagesordnung über.

»Wie vermehren sich die Duonalier?«, fragte sie neugierig.

»Künstliche Befruchtung.«

Oh! Na, das fing ja gut an.

»Na ja«, gestand er. »Es gibt auch kopulierende Paare, aber die halten sich an strenge Rituale.« Er beschrieb ein solches Ritual, das scheinbar mit Gesängen, Tanz und Musik zu tun hatte, jedoch nicht wirklich viel mit Sex.

Aiden staunte. Sie musste jetzt direkt sein. »Ich habe doch eben bei dir etwas gefühlt – da.« Sie zeigte mit dem Finger auf seine Jeans.

»Natürlich muss das Glied steif sein während des Rituals«, erklärte er.

Hm! Das war nicht zufriedenstellend. »Und hast du schon mal so einen Ritus vollzogen?«

»Nein. Die duonalischen Frauen haben Angst vor den Duocarns und halten sie für gefährlich und roh. Es hat wenig Sinn, mich einem weiblichen Wesen zu nähern, das bereits bei meinem Anblick davonläuft.«

Interview beendet, dachte sie. Sie lächelte ihn entschuldigend an. »Es tut mir leid. Ich wollte dich nicht bedrängen.«

»Das ist in Ordnung. Ich bin gerne mit dir zusammen. Deswegen möchte ich dich auch noch etwas fragen.« – Er zögerte kurz. »Was hältst du davon, eins der Zimmer hier zu beziehen? Selbstverständlich nur, wenn du das Haus magst«.

Er fragte, ob sie zu ihm ziehen wollte! Das hatte sie nicht erwartet! Ihr Herz schlug bis zum Hals. Natürlich wollte sie! Am liebsten wäre sie aufgesprungen und hätte auf dem Sofa getanzt!

»Ja, gerne«, strahlte sie. »Selbstverständlich behalte ich meine Wohnung in Calgary auch noch.« So voll und ganz würde sie sich ihm nicht ausliefern.

Er nickte, streckte die Arme aus und zog sie an seine Brust. Sein Brustkorb hob und senkte sich langsam und regelmäßig.

Sie hörte sein Herz schlagen. Haben Aliens so etwas überhaupt? »Hast du ein Herz?«, fragte sie, den Kopf immer noch an ihn geschmiegt.

»Drei«, antwortete er und lächelte.

Er hatte Aiden in Calgary abgesetzt und fuhr die lange Waldstraße in Richtung der Absturzstelle. Er überlegte, was sie mit ihrer Befragung wohl hatte erreichen wollen. Er mochte ihre Nähe, hatte sie gern um sich mit ihrer Lebendigkeit. Aber sollte er wirklich Äonen eines für sie fremden Lebens vor ihr ausbreiten? Nein. Dazu kam, dass es zu seiner Sexualität definitiv nicht viel zu sagen gab. Und seine Besuche auf dem westlichen Mond gingen sie schlichtweg nichts an.

Am Kreuzer angekommen beschrieb er den anderen Kriegern den Weg zum neuen Haus, die sich sofort in die Autos schwangen und fuhren, um es in Beschlag zu nehmen. Nur Chrom blieb noch im Schiff. Solutosan hatte ihn mit der kompletten Datensicherung beauftragt. Die Daten würden dann in den Computerraum im Keller des neuen Hauses eingespeist. Solutosan hatte bereits hochkarätige Rechner für den Raum bestellt.

Er sah Chrom eine Weile zu. Da war etwas mit seinem Navigator, das fühlte er. Solutosan wartete geduldig.

Der kleine Bacani hob schließlich den Kopf. »*Ich muss mit dir sprechen.*«

»*Das war mir schon klar.*«

»*Ich glaube, ich habe einen Fehler gemacht.*«

Solutosan blickte ihn mit unbewegtem Gesicht an.

»*Es geht um Lady.*«

Prüfend schaute Solutosan zu der Wölfin, die ruhig am Boden zu ihren Füßen lag. Er konnte an ihr nichts Ungewöhnliches feststellen.

»Sie ist trächtig.«

Solutosan stutze einen Moment und begriff dann sofort.

»Du warst das!«

Chrom nickte betreten. *»Sie war läufig und ich weiß nicht, was in mich gefahren ist.«*

»Chrom!« Solutosan sprang auf. *»Wie lange tragen Wölfe?«*

»Laut Internet neun Wochen.

»Und wie lange ist sie schon so?« Chroms Antwort schmetterte ihn nieder.

»Acht Wochen!«

»Bei den Göttern! Gibt es irgendwelche Erfahrungen, wenn sich Bacanis mit Hunden oder Wölfen paaren?«

»Natürlich nicht, denn wir haben ja keine Wölfe auf Duonalia.«

»Chrom, was hast du dir dabei gedacht?« Solutosan überlegte, was bei dieser Paarung entstanden sein konnte. Wolfswelpen? Oder irgendetwas anderes? *»Dir ist klar, dass wir das was hier herauskommt, töten müssen?«*

Chrom nickte betreten.

Solutosan hatte gesehen, wie Aiden in solchen Momenten Cognac trank. Das schien zu helfen. Er wünschte nun zum ersten Mal, sein Magen wäre mit so einem Getränk ebenfalls kompatibel. *»Lass sie nicht mehr aus den Augen. Sollte die Geburt losgehen, rufst du mich sofort an. Egal wo ich bin, ich komme dann und erledige das. Verstanden?«*

»Es tut mir leid, sie hat so gut gerochen und ...«

Solutosan brachte ihn mit einer Handbewegung zum Schweigen. *»Mach deine Arbeit hier fertig. Ich aktiviere dann den Selbstzerstörungsmodus. Die Hütte kann Xan abfackeln.«* Er raufte sich durch das Haar. *»Wann soll ich dich abholen?«*

»Morgen. – Ach so, und könntest du uns noch eine Dose Katzenfutter mitbringen?«

Jetzt musste Solutosan doch grinsen. In Ermangelung von frischem Fleisch für die Wölfin hatte Patallia Katzenfutter aus dem Supermarkt mitgebracht. Ihm waren die Tierfotos auf der Dosen gleich erschienen. Als Lady dann das Dosenfutter verschlang, rührte sich bei Chrom der Hunger darauf. Erstaunlicherweise hatte sich sein Metabolismus als mit

„Kitekat" kompatibel erwiesen. Das brachte ihm natürlich den Spott der Krieger ein, aber das war Chrom gleichgültig. Er war nun unabhängig versorgt, und nur das zählte.

Der Kontrollraum war leer bis auf Bar und seine beiden Computer. Er wollte sich auf seine Arbeit konzentrieren, aber konnte es nicht. »Beim Vraan! Das ist ja nicht auszuhalten!«, stöhnte er. Eine wilde Hundemeute hatte sich offensichtlich Zugang zum Gelände verschafft. Die Biester kläfften, knurrten und rauften sich. Bar vermutete, dass der Blutgeruch, der an ihnen und den Fahrzeugen hing, sie angelockt hatte.

Er brüllte nach Krran, der missmutig erschien. »Sag mal, bekommt das außer mir eigentlich niemand mit? Wir sind hier unter der Erde, aber trotzdem sind diese Viecher noch derartig laut zu hören!«

Krran horchte. »Ach, das sind diese Hunde.«

»Ja, ach, ach«, äffte Bar ihn nach. »Nimm dir Pok und mach denen den Garaus! Die lenken noch alle Aufmerksamkeit auf uns!«

Krran nickte und grinste mordlüstern.

Als er verschwunden war, wandte Bar sich wieder seinen Computern zu. Er liebte dieses Google Earth, zeigte es ihm doch sein ganzes Jagdgebiet im Detail. Er hatte von den dreihundert erbeuteten Dollar nicht nur Jacken für alle gekauft, sondern auch einen Drucker. Nun ließ er sich die Karte um Vancouver ausdrucken und steckte die Nadeln, die er in dem Kontrollraum gefunden hatte, an die Orte, an denen sie bereits gewildert hatten. Das Kläffen draußen hatte endlich aufgehört. Er horchte. Sein Gefühl verriet ihm, dass etwas nicht stimmte.

Grunzend erhob er sich in dem blauen Bademantel, lief leichtfüßig den langen Gang hinauf bis zur Stahltür. Es war noch hell. Er spähte aus dem Schuppen. Das Grundstück war völlig zugewachsen, aber in dem hohen, steif gefrorenen Gras bewegte sich etwas. Blitzschnell duckte er sich und pirschte sich heran. Er konnte kaum glauben, was er sah. Überall in der Wiese verstreut lagen blutende, zuckende Hundekörper. Einige Hunde liefen aufgeschreckt und orientierungslos durch die Gegend. Krran und Pok waren eben dabei mit zwei der größeren Hündinnen zu kopulieren – vielmehr Krran war fertig und hing mit dümmlichem Gesichtsausdruck und gefletschten Fangzähnen noch an der Hündin fest.

Bar fiel die Kinnlade herunter. Er richtete sich auf. »Bei den Göttern! Ihr Fluschs! Was treibt ihr da?« Obwohl er eigentlich sah, was sie trieben und sie verwandelt sowieso nicht antworten konnten.

Krran grinste mit seiner spitzen Schnauze. Endlich glitt er aus der Hündin. Er sah nicht so aus, als würde er etwas bereuen.

Fröstelnd zog Bar den Bademantel über der Brust zusammen. Er schüttelte den Kopf. Irgendwie verstand er das ja. Wie lange waren sie nun schon ohne Weibchen? Er wusste es nicht mehr. Psal verweigerte sich ja konsequent. Man konnte es ihnen nicht verübeln.

»Räumt auf jeden Fall die Schweinerei hier weg. Vergrabt sie möglichst tief. Ist mir egal, ob der Boden gefroren ist. Wer Spaß hat, kann auch Arbeiten!« Mit diesen Worten drehte er sich um und ging wieder in den Kontrollraum.

Er fühlte, dass die Basis nicht ewig sicher sein würde. Seine Instinkte zogen ihn in die Innenstadt von Vancouver. Sich einfach zwischen vielen Menschen zu verstecken erschien ihm am klügsten. Vielleicht fanden sie ein leeres Haus, eine Fabrikhalle oder einen alten U-Bahn-Tunnel. Sie brauchten mehr Geld, weitere Fahrzeuge und eine größere Auswahl an Kleidung. Aber zuerst, Bar steckte blaue Fähnchen in diverse Gebiete um Vancouver, würden sie sich ihr Futter in diesen Regionen holen.

Solutosan fuhr mit dem Porsche in die Einfahrt von Omas Haus, als sein Handy klingelte. Er hatte einen riesigen Blumenstrauß im Auto, mit dem er sich bei der alten Dame für die Kefirpilze bedanken wollte. Die Pilze hatten ihn und seine Männer gerettet. Die Körper der Duocarns sprangen auf den Kefir genauso gut an wie auf Dona. Er selbst mochte Kefir auch sehr und Tervenarius war verrückt danach. Er sah auf das Display: Chrom.

»Ausgerechnet jetzt!« Fluchend blickte er auf den Blumenstrauß. Er würde einen neuen kaufen müssen.

Sofort wendete er den Wagen und fuhr zum Raumkreuzer. Lady lag in den Wehen auf einer Decke in der Kommandozentrale. Chrom umkreiste sie händeringend.

»*Mach, das du raus kommst, Chrom*«, herrschte er ihn an.

Chrom schaute verzweifelt, aber gehorchte. Solutosan kniete sich neben die Wölfin und streichelte ihren schweren Kopf. »Das wird schon wieder, mein Mädchen«, tröstete er sie, und hoffte, dass die Geburt nicht zu lange dauerte. Er stand auf, suchte im Hygieneraum einen Metall-Behälter mit Deckel und kam zurück. Lady war eben dabei, eine Art Blutklumpen zu gebären. Er sah keinem Lebewesen ähnlich – es waren einfach nur Fleisch und Blut.

Solutosan schmiss das Stück in den Eimer und schloss den Deckel. Die Wölfin starrte mit ihren gelben Augen zu ihm auf. »Ja, Chrom kommt gleich wieder«, tröstete er sie, nicht wissend, ob sie ihn verstand. Sie presste erneut. Noch ein Fleischklumpen. Seufzend entsorgte Solutosan ihn. Das Tier zitterte und er ging, um eine Zudecke für sie zu suchen.

Als er mit einem Tuch zurückkam und sie damit zugedeckt hatte, drückte sie wieder. Der Fleischbrocken war dieses Mal größer und auf seltsame Art zusammengeringelt.

Beherzt packte Solutosan ihn mit beiden Händen. Der Klumpen flocht sich auf. Fast hätte er das Ding fallengelassen. Das Wesen entrollte sich ganz in seinen Händen. Ein zierlicher Leib richtete sich auf. Dünne Ärmchen falteten sich auseinander. Ein langer, geringelter Schwanz entwickelte sich um sich streckende Beinchen, zum Schluss kam das Köpfchen hoch. Die Äugelchen gingen unverzüglich auf und blickten ihn an.

Solutosan stockte der Atem. Die Augen des Kleinen schimmerten violett. Er hatte eine winzige Ausgabe von Chrom in den Händen. Es unterschied sich dadurch von einem Bacani, dass bei diesem Wesen nicht ausschließlich der Irokese vom Kopf bis zum Steiß lief, sondern es zusätzlich ab Körpermitte bis zu den Füßchen behaart war. Es war ein Männchen. Sein dünner Spiralschwanz schlug, berührte Solutosans Finger. Seine Hände zitterten.

»Ich muss das tun«, rechtfertigte er sich und blickte dem Kleinen in die Äugelchen. Täuschte er sich oder hatte das Kerlchen Tränen in den Augen? Es fuhr mit den Ärmchen um sich, schlug immer wieder auf Solutosans Handrücken.

Solutosan packte ihn mit der rechten Hand und entfesselte mit der linken seinen tödlichen Sternenstaub. Das Baby öffnete das Mäulchen mit den winzigen Fangzähnen als wolle es schreien, es kam jedoch kein Laut.

Wesen wie ihn durfte es nicht geben. Aber wer sagte das eigentlich? Nur die duonalische Moral! War er nicht selbst ein Hybride?

Mit bebenden Händen zog Solutosan seinen Staub zurück. Er konnte den kleinen Chrom so nicht umbringen, ihn einfach ersticken, als wäre er nie da gewesen, und ihn dann zu dem Blut in den Eimer schmeißen. Ganz sacht hob er die Decke, mit der die Wölfin bedeckt war, und legte den Winzling an eine ihrer dick mit Milch gefüllten Zitzen.

Lady hatte zwischenzeitlich noch einen Fleischklumpen geboren. Solutosan entsorgte ihn ebenfalls. Der Deckel des Behälters zitterte in seinen Händen, so dass er ihn kaum schließen konnte. Fassungslos kniete er neben dem starken Tier, das ihn mit gelbem Blick dankbar ansah. Er fühlte hinter sich die Tür aufgehen und Chrom lautlos in den Raum schleichen. Er hatte es offensichtlich nicht mehr ausgehalten zu warten.

»*Ist es vorbei?*«, flüsterte er.

»*Ja!*«, presste er hervor und nickte, immer noch beeindruckt von dem Geschehen.

Chrom kniete sich neben Lady und streichelte sie. »*Es tut*

mir so leid!«

Solutosan hatte den Bacani niemals weinen gesehen. Jetzt fielen riesige, schwarze Tränen auf den dicken Pelz der Wölfin.

»Nein!« Er packte Chrom am Arm. *»Nein! - Ich konnte es nicht!«*

Chrom erstarrte, hob langsam den Kopf.

»Du bist eben Vater geworden.«

Er lupfte vorsichtig die Decke. Der Kleine hatte sich satt getrunken und war nun am Bauch seiner Mutter eingeschlafen, seine Krällchen hielten noch ihre Zitze umfasst.

»Darf ich vorstellen«, sagte Solutosan bewegt. *»Das ist Pan.«*

Chrom bebte am ganzen Körper. Die Tränen liefen in Strömen aus seinen Augen. Er beugte sich zu dem Baby hinunter und eine der dicken, schwarzen Tränen tropfte auf dessen dünnes Ärmchen. Der Kleine murrte, schlief aber weiter. Noch nie hatte Solutosan Chrom so strahlen gesehen. Er lachte mit tränenüberströmtem Gesicht.

»Das ist ein winziger Bacani! Wie ist das möglich?«

»Er ist ja kein reiner Bacani mehr«, belehrte ihn Solutosan. *»Du siehst, er ist ein Säuger.«*

»Das ist mir egal!« Chrom umfasste den großen Schädel der Wölfin. *»Lady du bist einfach wundervoll!«*

Solutosan erhob sich. Er kratzte sich am Kopf. Wie sollte er Aiden das erklären? Noch ein Wesen in ihrem bizarren Zoo. Er hoffte, sie würde tierlieb genug sein.

Er sah auf sein Handy und bemerkte, dass seine Hände blutverschmiert waren. Es war Zeit für den Termin beim Juwelier. Er eilte in den Hygieneraum und wusch sich unter die Ultraschalldusche. Eilig kontrollierte er seine Kontaktlinsen. Dieses Mal hatte er braune gewählt. Er legte den Kopf schief. Was für ein Tag!

Der Juwelier war entzückt, als er verstand, das Solutosan vorhatte, für das Schmuckstück ein kleines Vermögen auszugeben. Gemeinsam zeichneten sie einen Entwurf.

»Leider werde ich dafür einige Wochen brauchen«, sagte der Juwelier mit Bedauern.

»Das ist in Ordnung!« Er gab ihm seine Handynummer. »Bitte rufen Sie mich an, wenn es fertig ist. Ich komme es dann abholen und begleiche den Rest.« Er legte zwanzigtausend Dollar auf den Ladentisch. Das war dem Juwelier recht. Er strahlte über das ganze Gesicht und machte eine Verbeugung, als er Solutosan die Ladentür aufhielt.

Solutosan fuhr zum Schiff zurück, um Chrom und Lady abzuholen und sie zum neuen Haus zu bringen. Da die Datensicherung erledigt war, brauchten sie das Wrack nicht mehr. Das letzte Stückchen, das sie an Duonalia band, musste nun zerstört werden, aber er ließ sich keinen Spielraum für Sentimentalitäten. Sie würden spurlos verschwinden. Es war bereits ein ungeheures Glück, dass die Menschen sie noch nicht entdeckt hatten.

Chrom erwartete ihn, Pan in eine Decke gewickelt und an die Brust gedrückt. Lady stand schon wieder auf den Beinen und wedelte freudig, als sie ihn sah.

»So, dann wollen wir mal.« Er blickte Chrom kurz nach, der mit seiner kleinen Familie in der Tür verschwand. Es war Zeit. Solutosan gab den Code für die Selbstzerstörung ein. Der Kreuzer würde nicht explodieren, sondern schmelzen, bis nur noch ein Klumpen Metall davon übrig war. Er wählte Meoderns Nummer auf der Kurzwahltaste.

»Du kannst dich auf den Weg machen. Bring Xan mit. Ihr habt hier Arbeit.« Meodern bestätigte und legte auf. Er würde seine Vibrationen stark beschleunigen, und so den Metallklumpen des Wracks in seine Atome spalten. Xanmeran konnte in der Zeit die Hütte abbrennen. Nichts wies dann mehr darauf hin, dass sie einmal dort gewesen waren.

Er schlenderte gemächlich zum Porsche zurück und wartete auf die beiden Krieger. Chrom saß hinten im Wagen mit

Lady und sprach leise auf den Kleinen in seiner Decke ein. Bedauerte er irgendetwas? Nein. Er konnte zufrieden sein. Seinen Duocarns ging es bestens, Pan war dazu gekommen und er hatte Aiden gefunden.

Meo und Xan kamen im Geländewagen an und er gab den beiden weitere Anweisungen. Die beiden nickten und witterten – blickten zum Porsche. *»Das erzählen wir euch später«*, meinte Solutosan. *»Sonst wird es dem Kind noch kalt.«*

»Was für ein Kind?«, fragte Meo neugierig.

Solutosan machte ein geheimnisvolles Gesicht und stieg grinsend in den Porsche. Er winkte den verblüfften Männern, als er losfuhr.

Solutosan lief grübelnd in seinem neuen Zimmer umher. Ihm ging so vieles durch den Kopf. Er musste dringend über die ganze Sache mit Chrom und der Zeugung des kleinen Pan nachdenken. Fast hätte er das Kind umgebracht! Auf Duonalia wäre der Tod eines solchen Wesens selbstverständlich gewesen. Vermischung der Rassen war verpönt, außer man wurde, wie die Duocarns, aus duonalischen Genen bewusst im Labor gezeugt.

Er hatte Chrom erst für seine Paarung mit der Wölfin verurteilt, aber dachte nun an Aiden und sich selbst. Er war kein Deut besser als Chrom. Es zog ihn zu Aiden hin und sie war ein Mensch. Er fühlte ihren steigenden Druck, der auf eine Vereinigung mit ihm zielte. Er würde mit ihr kopulieren müssen, um sie nicht zu verlieren – nein, er wollte es auch.

Seine Verbindung zu Frauen war schon immer ein kompliziertes Thema gewesen. Und jetzt war er auf der Erde. Er hatte der Erdenfrauen offensive Sexualität bereits zu spüren bekommen. Gleichgültig, wo er auftauchte, lächelten einige ihn einladend an oder starrten ganz unverhohlen. Er hatte sogar schon Telefonnummern an der Windschutzscheibe des Porsches vorgefunden. Was fanden sie an ihm, dass sie so reagierten? Aiden war ebenfalls so offen und direkt. Er fühlte sich verunsichert. Auf der anderen Seite konnte er ja froh über diese Aktivität sein – die Frauen machten es ihm leicht. Seine Scheu war dumm. Das ging so nicht weiter!

Er warf sich auf das breite Bett, verschränkte die Arme hinter dem Kopf und starrte an die weiße Zimmerdecke. Tatsache war, er wollte keine der sich anbietenden Frauen, sondern Aiden, aber er hatte Angst ihr eventuell etwas anzutun. Sein Sternenstaub war überall auf ihm und in ihm, auch auf seinem Glied, in seinem Sperma. Er konnte alles gefährlich Kristalline aus dem Staub nehmen, ihn neutral halten oder wieder die erotische Variante wählen. Seinen gelegentlichen Partnern auf Duonalia hatte er bisher nicht geschadet. Aber eine Erdenfrau war völlig anders. Konnte er mit einer solchen kopulieren, ohne ihr weh zu tun? Diese hauchdünnen Gummis, die die Menschen benutzten, zog er erst gar nicht in Erwägung.

Entschlossen streifte er seine weiche Jogginghose bis über seine Lenden und betrachtete sein Glied. Er hatte ein funktionierendes Werkzeug, von dem er so gut wie nichts wusste. Er würde es überprüfen müssen. Er nahm seinen Penis in die Hand. Was genau gab er von sich?

Solutosan fing an sich selbst zu streicheln und schloss die Augen. Er dachte an Aiden, wie schön sie war und wie erotisch. Ihre ellenlangen, schlanken Beine bedeckte sie jetzt immer mit Hosen wegen der Kälte. Als sie sich kennenlernten, war es Herbst und sie trug noch Röcke. Was sie wohl für Höschen anhatte? Hatte sie rotes Haar zwischen ihren Schenkeln? Er wusste, dass die Menschen dort zur Behaarung neigten. Sie war lebendig und temperamentvoll, und so würde sie vermutlich auch während eines Geschlechtsakts reagieren. Sein Glied war nun völlig steif und pulsierte. In Gedanken fühlte er ihren weichen Mund auf seinem und ihr heißes Geschlecht, das sich an seinem Schenkel rieb. Sein Unterleib bog sich und er hielt eine Hand vor seinen Schwanz. Der Rausch verflog. Wie lange war es her, dass er das mit sich gemacht hatte? Er erinnerte sich nicht mehr.

Da er das Ejakulat nicht zur Überprüfung zu Patallia bringen wollte, begann er es selbst zu analysieren. Es besaß natürlich einen Sternenstaub-Anteil, aber nur wenig. Er witterte die erotische Komponente und testete die Beweglichkeit und vor allem die Konsistenz. Nein, das würde ihr nicht schaden. Es erschien fast wie der Kefir. Spermien in einer Milch. Beruhigt stand er auf und lief ins Bad um sich die Hand an dem ungewohnten Wasserstrahl abzuwaschen. Er legte sich wieder auf das Bett. Sein Körper war bereit für sie. Und sein Geist?

Aiden staunte nicht schlecht, als Solutosan ihr von der Geburt berichtete. Sie betrachtete den kleinen Pan, der zusammengeringelt schlief und fand ihn absolut süß. Ungewöhnlich wohl, aber niedlich. Sie konnte verstehen, dass er nicht fähig gewesen war, den Kleinen zu töten.

Chroms neues Zimmer im Haus war natürlich nicht auf so einen Zuwachs eingestellt. »Man braucht ihn nicht behandeln wie ein Menschenkind«, hatte Solutosan gesagt. »Er ist eher ein Welpe.« Trotzdem organisierte Aiden sofort von einer Freundin eine Wiege und schwatzte Oma ein paar Puppenkleider ab.

Chrom schritt ständig mit vor Stolz geschwellter Brust im Haus umher – Pan immer an sich gedrückt und Lady an seiner Seite. Solutosan sagte, er hätte ihn noch nie so glücklich gesehen.

Aiden lümmelte mit Solutosan auf der Wohnzimmercouch und schaute sich Star Wars an. Er amüsierte sich königlich.

Als der Abspann lief, beugte sie sich zu ihm und fragte harmlos: «Sag mal, kannst du dir hier ein paar Tage freinehmen? Ich habe ein bisschen Ferienzeit und möchte mit dir einen Badeurlaub machen. Irgendwo wo es schön warm ist. Auf den Bahamas zum Beispiel.« Sie hatte ewig keinen Urlaub gemacht, aber das sagte sie ihm nicht.

Solutosan überlegte:»Das würde ich liebend gerne. Jedoch wird es schwierig für mich, ohne Pass in tropische Gefilde zu fliegen, Aiden. Wir werden einen Privatjet chartern müssen, um die Kontrollen zu umgehen.« Er hatte recht. Das hatte sie nicht bedacht. Ohne Ausweis würden diese Ferien nicht nur problematisch, sondern auch sehr teuer. Sie nickte betrübt.

»Ich habe noch nie Urlaub gemacht«, bekannte er.»Und fehlende Papiere werden mich nicht davon abhalten. Wo sind denn die Bahamas?« Er sprang auf und holte seinen kleinen Computer, der jetzt immer in der Küche stand. Aiden zeigte ihm die Inselgruppe.

»Ich bin sicher, über das Internet lässt sich auch solch ein Flug buchen, Aiden«, meinte er lächelnd.»Das ist alles eine Frage des Geldes. Überlass das mir ...«

»Wirklich?«, strahlte sie. Im Winter aus Kanada abzuhauen und die Wärme auf den Bahamas zu genießen, war ihr absoluter Wunschtraum. Dass sie mit ihm dahin fliegen würde, toppte natürlich alles. Er hatte jetzt genügend Geld. Also ignorierte sie die elitären Reiseumstände einfach. Sie wollte diese Reise!»Okay!« Sie klatschte in die Hände.»Nimm eine Badehose mit!« Das mit der Badehose war selbstverständlich Spaß – sie wusste, er hatte keine.

Nassau empfing sie, nach einem kurzen Tankstop, mit strahlend blauem Himmel und wunderbar warmem Klima. Solutosan verstaute ihre kanadischen, wattierten Jacken im Handgepäck. Er hatte einen Flug über eine Agentur namens „Diskrete Dienste" buchen können. Die Reise hatte ein Vermögen gekostet, aber das war ihm völlig gleichgültig. Der Flugbegleiter lotste sie unauffällig von dem großen Jet zu der kleinen Maschine, die sie weiter nach San Salvador bringen sollte.

Auf dem kurzen Weg über das Flugfeld erklärte Aiden ihm, was es mit der Insel San Salvador auf sich hatte. Ein berühmter Seefahrer war dort gelandet, auf der Suche nach einem neuen Kontinent. Solutosan hörte interessiert zu, während sie begeistert erzählte und gestikulierte.

Ihre Aufregung steckte ihn an, als er verstand, wo sie sich befanden. Die kleine Maschine trug sie über hunderte, grüne Inselchen, die wie Saphire in der kristallklaren, türkisfarbenen karibischen See unter ihnen auftauchten. Solutosan presste die Nase an das Fenster. Am liebsten hätte er sich aus dem Flugzeug ins Wasser gestürzt!

Aiden hatte auf San Salvador ein kleines, von Palmen gesäumtes, Gästehaus direkt am Meer gefunden und online buchen können. Einige paradiesische Tage lagen vor ihnen. Solutosan musterte das winzige, rosafarben gestrichene Häuschen mit den hellblauen Fensterläden, wandte sich dann der See zu. Der Sand war hier viel weicher als in Vancouver, der Wind wärmer und der Ozean rauschte in türkisblauen, weiß gekrönten Wellen an den Strand, nicht dunkelblau bis grau wie der Pazifik, den er gewöhnt war. Wie angewurzelt stand er am Sandstrand. Einige Albatrosse fegten kreischend über ihn hinweg Richtung Hafen. Er war fasziniert. So hatte er sich das immer erträumt.

Aiden kam zu ihm, nachdem sie seinen Vorrat an Kefir im Kühlschrank des kleinen Häuschens verstaut hatte.

Solutosan nahm sie kaum richtig wahr, riss sich die Kleider vom Leib und rannte los. »Ich muss gehen! Sorry, Aiden!«, schrie er. Ungestüm stürzte er sich nackt ins Wasser. Bei dieser Wassertemperatur brauchte er seinen schützenden Sternenstaub auf der Haut nur minimal einstellen. Er warf sich in die Brandungswellen, schwamm weit hinaus bis zu den Stellen, an denen das Meer von türkisblau zu einem tiefen, dunklen Blau wechselte. Er tauchte durch die Riffs, bewunderte die vielfarbigen Fische, deren Leiber bei ihrer Flucht vor ihm silbern aufblitzten. Er stupste gegen die farbigen Korallenfächer, nahm eine Riesenmuschel staunend in die Hände. Sein langes Haar wehte wie eine Woge von der Wasserströmung getrieben und streichelte wohlig seinen Körper. Wieso war er eigentlich auf einem Planeten ohne Meer geboren worden? Das war sein Element!

Er schwamm zurück, legte sich in die Dünung und blickte auf, als er sie näher kommen sah.

Es verschlug ihm den Atem. Sie war nackt. Das lange, rote Haar im Wind wehend, die weiße Haut strahlend in der Sonne, die schönen Brüste leicht wogend, kam sie ihm durch die kleinen Brandungswellen entgegen. Er blickte kurz auf ihren unbehaarten Schoß und fühlte, wie ihm das Blut in die Lenden schnellte. Nun gab es kein Zurück mehr. Keine Ausreden. Wozu auch? Es war der ideale Moment. Er streckte ihr die Arme entgegen und sie ließ sich hineinsinken. Er küsste sie zärtlich. Das warme Wasser umspielte ihre Körper.

Verträumt streichelte sie seinen gleißenden Arm. »Du glitzerst. Wie kommt das?« Er hatte nicht vor zu antworten. Sie lag nackt in seinem Arm und er wollte seinen Verstand abschalten – sich seinen Instinkten überlassen.

Deshalb ließ er nicht zu, dass sie weiter fragte, und verschloss ihr die Lippen mit einem erneuten, langen Kuss. Er setzte sich auf und begann ihren Körper zu erforschen. Fing bei ihren Wangen an, die er sacht berührte, ging langsam mit den Fingerspitzen den Hals tiefer bis zu ihren Brüsten. Fasziniert nahm er eine Brust in die Hand und strich liebevoll über die Brustwarze, reizte sie mit dem Fingernagel. Aiden stöhnte. Er sah ihr prüfend ins Gesicht. Das schien ihr zu gefallen. Er streichelte weiter ihren flachen, weißen Bauch hinunter, ließ den Schoß aus und fuhr ihr zart über die Beine. Trotz des warmen Wassers bekam Aiden eine Gänsehaut, die Solutosan fasziniert betastete.

Er entschloss sich, die ganze Reise noch einmal mit dem Mund zu machen. Aidens Körper vibrierte. Dieses Mal ließ er ihren Schoß nicht aus, sondern küsste behutsam ihre Scham. Er strich sich das feuchte, lange Haar auf den Rücken, drückte ihr zart die Beine auseinander, um sich besser ihrem Geschlecht widmen zu können. Aiden wimmerte und kam zuckend nass in seinen Mund. Er stockte kurz, witterte und tauchte die Zunge in ihre feuchte Frucht. Ein gewaltiges Stöhnen entrang sich seiner Brust. Sein glitzerndes

Glied war nun voll aufgerichtet.

Ihr Orgasmus hatte ihn überrascht, und offensichtlich hatte er ihre Gier nach ihm noch gesteigert. Sie zwang ihn mit Leichtigkeit dazu, sich auf den Rücken in das niedrige Wasser zu legen. Flink kniete sie sich über ihn – eine lüsterne Reiterin – und ließ sich mit einem begierigen Lächeln auf seinen harten Schwanz hinab. Fassungslos blickte er auf die Stelle, an der sie sich vereinigten. Das ungewohnte Gefühl raubte ihm fast den Atem. Gleichzeitig nahm er den Sand wahr, der von ihren Körpern rieselte. Das konnte unangenehm werden.

Sein Oberkörper fuhr hoch und seine starken Arme umfassten sie – pressten ihren bebenden Leib an ihn.

»Hier ist einfach zu viel Sand«, sagte er mit belegter Stimme und stand auf, ohne aus ihr zu gleiten. Er hielt sie mit den Händen fest um ihre straffen Pobacken - wäre lieber gestorben, als diesen weichen Ort in ihrer Mitte wieder zu verlassen.

Solutosan trug sie ins Haus, stieß mit dem Fuß die Badezimmertür auf und trat mit ihr in die Dusche. Träge lächelnd drehte sie das Wasser an. Es rieselte über ihre Körper und spülte den Sand mit sich fort. Langsam nahm er seine Bewegungen wieder auf, füllte sie ganz aus, dehnte sie. Ihr Blick verschwamm. Bedachtsam stieg er aus der Dusche und platzierte sie vorsichtig auf dem weiß bezogenen, großen Bett. Er hatte sich so bewegt, als wäre sie nicht mit seinem Leib verbunden – nicht aufgespießt wie ein Schmetterling.

Aiden lag unter ihm, und er stützte sich mit den Armen ab, um sie nicht mit seinem massiven Körper zu erdrücken. Lustvoll dehnte er sie, während er an ihren Brüsten saugte, und registrierte zufrieden, wie sie sich verkrampfte und sein Glied mit einer heißen Flut übergoss. Nein, er war noch nicht am Ende. Er bewegte sich sacht weiter, flüsterte liebevolle Worte in duonalisch. Sein Instinkt leitete und führte ihn. Er überließ sich ihm, gab seinen Verstand endlich völlig auf und ließ los.

Er öffnete die Lider und begegnete ihrem grünen, berauschten Blick. Diese Augen und ihre halb geöffneten, vom Küssen geschwollenen, Lippen entfesselten ihn endgültig. Seine Bewegungen in ihr nahmen an Schnelligkeit zu. Seinem gesamten Körper entströmte erotischer Sternenstaub. Die Luft um sie herum flimmerte und strahlte. Er puderte ihren heißen Leib flirrend ein. Ihr Schoß kochte. Sie erwiderte seine Stöße, umklammerte ihn, flog in den Himmel der Leidenschaft und nahm ihn mit. Er wusste nicht, wer von ihnen beiden den wollüstigen Schrei ausstieß –oder waren es zwei Schreie? – als er sich zitternd lange in sie ergoss... .

Gemächlich setzten sie auf der Erde auf – spürten wieder das weiche Bett, auf dem sie lagen. Die Schicht auf seiner Haut glitzerte und glänzte. Er lag erschöpft und benommen da. Sie strampelte unter ihm, um ihn zu zwingen aus ihr zu gleiten. Warum war sie plötzlich so wild? Er drehte sich auf den Rücken.

Sie kam ihm mit dem Gesicht ganz nahe, drückte ihre Fäuste auf seine Brust. »Jetzt weiß ich es! Du bist das mit dem Platin – es kommt von dir!«, stieß sie hervor. Er nickte mit geschlossenen Augen.

»Meine Güte!«, schrie sie. »Du bist ja ein Vermögen wert!«

Er lag erst still da und platzte dann heraus mit schallendem Gelächter, das durch seine breite Brust bebte. »Endlich weißt du, was du an mir hast!«, lachte er – wurde ernst, stützte sich auf seinen Ellenbogen und blickte sie an. »Ich glaube, ich liebe dich auch, Aiden.«

Warum raste die Zeit so? Aiden schienen die nächsten Tage wie im Zeitraffer zu vergehen. Kaum waren sie angekommen, mussten sie auch schon wieder fort. Sie lehnte im Flugzeug den Kopf an seine Schulter und sah aus dem schmalen Fenster auf die weißen Wolken unter ihr. Ihr Verhältnis hatte sich verändert. Sie waren innig zusammengeschmolzen. Sie blickte ihn an. Er war im Ruhemodus. Sie war jetzt seine Partnerin und konnte ihr Glück kaum fassen!

Das Einzige, das ihr Kopfzerbrechen bereitete, war sein Geständnis über seine Lebensspanne. Nachdenklich nagte Aiden an ihrer Unterlippe. Er war schon steinalt und würde noch viel, viel älter werden. Solutosan hatte ihr von dem Ritual erzählt, das alle Duocarns durchliefen und das die Unsterblichkeit zur Folge hatte. So ein bisschen war sie wütend auf die Duonalier. Wie praktisch, sich die stärksten Männer dauerhaft als Schutz zu verpflichten, indem man sie ewig leben ließ.

Sie war irgendwann so alt wie Oma. Ob er sie dann immer noch lieben würde?

Er regte sich, verließ den Ruhemodus und blickte sie an. Er trug erneut die blauen Kontaktlinsen.

»Du grübelst? Warum?«

»Ich möchte auch durch das Sternentor gehen und so sein wie du«, erklärte sie trotzig.

»Überleg dir das gut«, meinte er. »Schau genau hin, was mit der Erde passiert! Mir ist nicht ganz wohl bei dem Gedanken, dass ich weiterhin hier herumlaufen werde, wenn die Leute alle längst gestorben sind und der Planet endgültig verstrahlt und vergiftet ist.«

Aus dieser Perspektive hatte sie es noch nicht betrachtet.

»Besteht für dich denn wirklich überhaupt keine Möglichkeit nach Duonalia zurückzukehren?«

»Nein, Aiden. Wir wissen nicht, was das für eine Anomalie war und wie sie entstanden ist. Wir besitzen wohl die Daten aus dem Schiffscomputer, aber die Duocarns haben keinen Wissenschaftler, der darin ausgebildet ist so etwas auszuwerten.« Er küsste sie.

Sie sah auf die tuffigen Wolkenbänke unter dem Flugzeug. Da das Sternentor auf einem völlig anderen Planeten war, den sie garantiert niemals betreten würde, war es eigentlich müßig darüber nachzudenken.

»Ich war schon immer ein Mensch, der im Hier und Jetzt lebt«, bekannte sie. »Ich mag nicht über die Vergangenheit oder die Zukunft nachdenken, sondern ich schätze den Augenblick. Du hast recht. Ein ewiges Leben wäre wohl nichts für mich.«

»Es ist richtig, das so zu sehen«, sagte er und streichelte ihre Wange.

Aufmerksam betrachtete sie ihn und nahm sämtliche Details seines Gesichts auf. Dabei hatte sie bereits jetzt schon das Gefühl, dass sie jede Pore von ihm kannte – und liebte. Wie stark verband sie der gemeinsame Urlaub letztendlich? Sie war so verliebt, dass sie nie wieder auch nur eine Sekunde von seiner Seite weichen wollte und sie das dringende Bedürfnis verspürte ständig an seinem Leben teilzunehmen – alles mit ihm zusammen zu erleben. Er hielt den ganzen Rückflug über ihre Hand.

Die von Solutosan gebuchte Agentur funktionierte reibungslos. Sie wollte überhaupt nicht darüber nachdenken, was dieses komplette Arrangement letztendlich gekostet hatte, und fragte ihn auch nicht danach. Die Reise war ohne Schwierigkeiten und Passkontrollen überstanden, und ehe sie sich versah, saß sie bereits im Taxi vom Flughafen nach Hause.

Im Calgary regnete es in Strömen, die Stadt erschien ihr grau und öde. Sie rückte näher an Solutosan heran, um von ihm etwas Wärme zu bekommen. Der Wagen musste an einer roten Ampel halten. Direkt daneben stand eine Zeitungsbox.

Solutosan sah aus dem Fenster und befahl dem Fahrer kurz zu warten. »Komme sofort wieder!« Eilig sprang er aus dem Fahrzeug, kaufte eine Zeitung und kam ebenso schnell zurück.

Aiden wunderte sich über seinen Gesichtsausdruck. Er überflog den Leitartikel, der lautstark Gerechtigkeit forderte für die vielen Morde, die in Vancouver geschahen. Das Blatt berichtete, dass etliche Männer und Frauen brutal abgeschlachtet worden wären – bei allen hätten Augen und Gehirn gefehlt.

»Wie gruselig«, kommentierte sie schaudernd.

Stirnrunzelnd steckte Solutosan die Zeitung ein.

»Was hast du?« Aiden sah ihn prüfend an. Sie fühlte, wie sich eine dunkle Wolke im Auto zusammenbraute.

»Nichts – beziehungsweise ich bin mir nicht sicher. Ich muss mit meinen Kameraden sprechen. Diese Morde sind auffällig.« Sie merkte, dass er nicht mehr dazu sagen wollte und ihr Herz wurde plötzlich tonnenschwer. Er schien nicht bereit zu sein, die erworbene Nähe aufrecht zu halten und sie an seinen Dingen teilnehmen zu lassen. Oder redete er nicht wegen dem Taxifahrer und sie bildete sich das nur ein? Sie blickte auf sein steinernes Profil. Die alte Distanz zwischen ihnen hatte sich wieder aufgebaut.

Bar war mit Psal auf dem Weg zurück zur Basis. Er blickte nachdenklich aus dem Fenster, während sie am Lenkrad saß. Bei den Bacanis hatte eine Veränderung stattgefunden. Die fleischliche Nahrung machte ihre Seelen stärker, aber auch wütender und aggressiver. Die Milch der Nahrungsmütter wirkte ausgleichend auf das Gemüt, wie ein leichter Tranquilizer. Das fehlte nun. Bar spürte es an sich selbst. Im Gegensatz zu früher kochte er manchmal regelrecht vor Wut und wurde gewalttätig.

Sie besaßen inzwischen zwei Autos. Nun konnten sie ihre Nahrungsaufnahme besser planen. Bar fuhr gern mit Psal, auch wenn er sich vor ihr verbergen musste, während er die Fortpflanzungsenergie bei den Menschen genoss. Er wusste, das stieß sie ab. Aber er war darauf so gierig geworden – besonders bei dicken und hellhaarigen Opfern. Die saugte er einfach unersättlich tot.

Psal bog mit dem Auto in den Schuppen ein, als ihnen Krran aufgeregt entgegen eilte. »Das müsst ihr euch ansehen!« Er sprach bacanisch und hatte vor lauter Aufregung vergessen, dass es eigentlich längst Gesetz für die Bacanis war, Englisch zu sprechen.

Krran führte sie in einen abgelegenen Teil der Basis in einen Vorratsraum. Dort lag eine der Hündinnen in den

Wehen, die er und Pok gedeckt hatten. Neben ihr auf dem blanken Fußboden lag ein kleines Wesen, nackt und fauchend.

Bar kniete sich daneben und betrachtete es erstaunt. Das winzige Tier, das aussah wie ein halb verwandelter Bacani, fauchte kratzbürstig. Sein langer Schwanz schlug peitschend um sich. Bar hob es auf und studierte es näher. Es versuchte sofort, ihn in den Finger zu beißen. Bar lachte heiser und fuhr die Kralle aus, in die es sich festbiss. Die Hündin gebar in diesem Moment winselnd das zweite Wesen der gleichen Art. Psal nahm es hoch. Es war ebenfalls männlich.

Instinktiv beugte sich Bar zu der Hündin, löste das Junge von seiner Kralle und legte es dem Tier ans Gesäuge. Sofort klammerte sich das Geschöpf mit den Krällchen fest und begann zu trinken. Psal schob das andere Wesen daneben.

Bar stand still und starrte einen Moment ins Halbdunkel des Raumes. Nach einer Weile stieß er scharf die Luft aus.

»Heute ist ein denkwürdiger Tag für die Bacanis«, begann er. »Wir vermehren uns wieder. Auf eine Weise, die ich niemals erwartet hätte! Wir werden diese Jungen als Kämpfer ausbilden, die dem Rudel bis in den Tod ergeben sein werden! Ich gebe ihnen den Namen Bacanars.«

Psal und Krran sahen sich mit bewegten Gesichtern an. Was hier geschah, war für ihre Spezies elementar!

Bis sie im Computerraum angekommen waren, hatte Bar bereits eine Strategie ausgearbeitet. »Ich will keine allzu intelligenten Bacanars. Sie sollen sich gut handhaben lassen.« Er zeigte auf Pok, der eben den Raum betrat. »Deshalb bist du, Pok, für die Befruchtung der Hündinnen zuständig.« Pok grinste breit. Na, das war doch mal ein Job, den er gerne übernahm.

»Psal, du wirst für das körperliche Wohl der Kleinen sorgen, sobald sie dem Säuglingsalter entwachsen sind. Da sie Mischlinge sind, werden sie sich vielleicht mit Fleisch ernähren lassen und brauchen keine Gehirne.« Er wandte sich an seinen zweiten Offizier. »Krran, du bist der beste Kämpfer unter uns. Du wirst sie streng ausbilden und an das Rudel binden. Wir haben jetzt eine wichtige Aufgabe vor uns. Wir werden unsere Macht und unseren Einfluss aufbauen. Wir vier sind die Stammväter einer ganz neuen Spezies! Wir können stolz sein!«

Es war bereits Abend, als er mit Aiden am Heim der Duocarns ankam. Sofort bemerkte Solutosan, dass die Sicherheitsvorkehrungen rund um das Haus verstärkt worden waren – allerdings mit duonalischer Technologie. Er nickte zufrieden, und nahm mit Chrom telepathischen Kontakt auf. Zügig tippte er einen Code in die Anlage neben der Tür der Garage ein, die sich lautlos öffnete.

»Kann ich das auch?«, fragte Aiden gespannt.

»Ja, du brauchst nur den Zahlencode und Sternenstaub«, er grinste. »Aber du bist ja voll damit!«

Sie lief dunkelrot an. Das stand ihr gut, fand Solutosan. Hand in Hand betraten sie das Haus.

Aiden konnte es nicht fassen, Pan schon krabbeln zu sehen. Er hatte enorm an Größe und Gewicht zugelegt und saß im Wohnzimmer auf dem Teppich, bewacht von Lady. Die Wölfin stürzte sich winselnd zur Begrüßung auf Solutosan. Er wehrte sie lachend ab. Pan war hinter Lady hergekrabbelt und versuchte ihren wedelnden Schwanz zu erhaschen.

Meodern und Xanmeran belagerten die braune Ledercouch. Sie lachten ebenfalls – ganz die stolzen Onkel.

»Ihr könnte euch nicht vorstellen, was er gemacht hat!« Meo kicherte. »Er hat versucht, Chrom in den Fuß zu beißen! Er wetzt seine Zähnchen überall!«

In der Tat hatten die Holzfüße der Couch bereits Nagestellen. Lady wurde es nun zu viel. Sie packte Pan einfach an seinem Schwanz und trug ihn die Treppe hinauf. Alle lachten.

Solutosan warf sich auf einen der Sessel und zog die willige Aiden auf seinen Schoß.

Meo hob vielsagend die Augenbrauen und sprach laut, damit auch Aiden ihrem Gespräch folgen konnte. »Gut, dass ihr wieder da seid. Wie ich sehe, hat euch die Reise gut getan. Du solltest dir den Keller ansehen.« Solutosan stellte Aiden auf den Fußboden und gemeinsam gingen sie die Treppen hinab.

Der Computerraum war inzwischen mit Rechnern, Druckern und anderem Equipment übersät. Chrom hockte mittendrin auf einem rollbaren Drehstuhl und fuhr zwischen den Geräten hin und her – wie er es auch schon als Navigator auf dem Raumkreuzer gemacht hatte. Er grinste, als er Solutosan sah.

»Na, zurück aus den Flitterwochen?« Ein neues Wort.

Solutosan ging an einen der Rechner und ließ sich den Ausdruck erklären.

»Noch haben wir nicht geheiratet«, erklärte er. »Das kann ich ja auch gar nicht als illegaler Einwanderer.« Er liebte Aiden, aber so eine dauerhafte Bindung lag für ihn in weiter Ferne. Es gab Wichtigeres zu tun. Da sie jedoch neben ihm stand, tat er betroffen, als würde ihm diese Tatsache etwas ausmachen. Die Krieger lachten. Aiden hingegen kniff die Lippen zusammen.

Solutosan blickte fragend zu Xanmeran. »Wo sind Patallia und Terv?«

»Nebenan.«

Sie betraten den nächsten Raum in dem Patallia ein größeres Labor etabliert hatte. Etliche Pflanzen in Gläsern und technisches Gerät standen in den Regalen, dessen Bedeutung wohl nur er kannte. Tervenarius saß am Laborrechner und berechnete Formeln für neue Gifte. Beide strahlten Solutosan an – sie waren in ihrem Element.

»Kommt ihr in den Computerraum?«, fragte er.

»Selbstverständlich!«

Dort verteilten sich die sechs Männer auf die Sitzplätze. Aiden wollte keinen Stuhl und lehnte sich an die Wand. Sie machte einen etwas missmutigen Eindruck, aber Solutosan beachtete es nicht. Seine Duocarns hatten Priorität vor allem. Er zog die Zeitung hervor, die er gekauft hatte.

»Wir haben versäumt, Nachrichten zu lesen. Eventuell kommt uns und den Menschen dieses Versäumnis teuer zu stehen«, hob er an. »Terv, du bist ab heute für diese Art von Information zuständig. Kaufe sämtliche Zeitungen, oder, besser noch, abonniere die wichtigsten, und prüfe alle Nachrichten, auch die kleinen. Wenn mich nicht alles täuscht, sind die Bacanis hier.« Die Krieger raunten überrascht.

»Wie kommst du darauf?«, fragte Xanmeran.

»Ganz einfach. Wir wissen ja, dass die Bacanis normalerweise von der Milch der Nahrungsmütter leben, die aus reinem Eiweiß mit bestimmten Stoffen besteht. Ich gehe davon aus, dass die Bacanis ebenfalls von der Anomalie auf die Erde geschleudert wurden. Es ist nicht anzunehmen, dass ihnen im Moment eine funktionierende Nahrungsmutter zur Verfügung steht. Wir wissen nicht einmal, wie viele Parasiten überlebt haben. Nahrungsmütter befinden sich nie auf Raumschiffen. Es ist zu befürchten, dass auch die Bacanis großen Hunger auf der Erde bekommen haben ... «

»... und nun eiweißhaltige Gehirne und Augen fressen«, komplettierte Meodern Solutosans Satz.

»Das ist noch nicht alles. Das mit den Gehirnen könnte Zufall sein – vielleicht irgendein Psychopath, der seine Artgenossen ausweidet – aber hier diese Aussage hat mir die Bacanis bestätigt.« Er las vor: «Unerklärlich ist es der Polizei von Vancouver, dass die meisten der weiblichen Opfer kleine Schnitte im Unterleib hatten, obwohl dort keine Organe entnommen wurden.« Die Krieger hielten die Luft an.

»Es sind Bacanis auf der Erde«, sagte Patallia tonlos.

Fast hätte er das Schiff verpasst. Die duonalischen Windschiffe fuhren wohl in schöner Regelmäßigkeit, aber Ulquiorra wollte so schnell wie möglich nach Hause zu seiner Mutter. Der Ausbilder hatte ihn so lange mit Fragen aufgehalten. Nun musste er den ganzen Weg zum Hafen rennen und huschte in seinem leichten Gewand aus Donafaser rasch noch auf das Schiff, als es dabei war abzulegen. Erst im letzten Moment nahm er wahr, dass sein Erzfeind Tamaran auch an Bord war. Ulquiorra drückte sich in eine Ecke und hoffte, von dem Quälgeist übersehen zu werden.

»Ha! Der kleine Ulqui!«, kreischte Tamaran so laut, dass sich die anderen Passagiere nach ihm umdrehten. »Hat das Mamasöhnchen wieder mit Puppen gespielt?«

Ulquiorra presste die Lippen zusammen. Er würde sich nicht provozieren lassen. Mit starrem Blick sah er nach vorne, wo sich die vielfarbigen Wolken vor dem Windschiff zusammenballten und betete, dass es bald bei ihm zu Hause anhalten möge.

»Puppen, Puppen!«, hänselte Tamaran laut.

»Mit dir Flusch redet ich nicht.« Ulquiorra drehte ihm den Rücken zu.

»Du kannst ja überhaupt nicht reden«, krähte Tamaran nun gehässig. »Das hat dir dein Vater ja gar nicht beigebracht! Und warum nicht? Weil das Mamasöhnchen gar keinen Vater hat!«

Ulquiorra wollte gerade zu einer Antwort ausholen, als das Windschiff am Hafen des östlichen Mondes anlegte. Schnell sprang er von Bord, streckte Tamaran die Zunge heraus und schritt den weißen, erdigen Weg entlang bis zum Haus seiner Mutter. »Dieser Flusch!« Er kickte einige Steine, die ihm im Weg lagen, mit dem Fuß zur Seite.

Das helle, schlichte Gebäude lag still und wirkte verlassen – zu still! Ulquiorra stieg die Angst in die Brust, schnürte ihm die Kehle zusammen. Da war etwas mit seiner Mutter – das fühlte er.

Er stieß die Tür auf. »*Maman?*« Niemand antwortete. Beunruhigt durchquerte er das Wohnzimmer, drückte den dicken Stoff von der Türöffnung und trat in das Zimmer seiner Mutter. Diese lag schwer atmend, mit ihren Schleiern bedeckt, auf dem Bett.

»*Mutter!*«

»*Mein Liebling*«, stöhnte Tarania unter Schmerzen. »*Ich glaube, meine Zeit ist gekommen.*« Sie streckte ihre vernarbte

Hand nach ihm aus.

Ulquiorra nahm sie und presste sie an seine Wange. »*Sag bitte so etwas nicht!*«

»*Hör mir jetzt gut zu: Du wirst zu deinem Onkel ziehen. Er hat mir schon vor langem zugesagt, dass du dann bei ihm im Silentium wohnen darfst und auch dort studieren kannst.*«

Ulquiorra schluchzte. »*Ich will nicht ohne dich! Sie quälen mich alle im Fundamentum wegen meines Vaters!*«

»*Das ist noch ein Grund mehr ins Silentium zu gehen*«, flüsterte Tarania. »*Dein Vater war ein guter Mann – lass dir bitte niemals etwas anderes erzählen.*«

»*Aber er hat dir so weh getan*«, schluchzte er.

»*Du weißt doch, dass das ein Unfall war. Wir haben uns sehr geliebt. Er war entfesselt und konnte es nicht aufhalten. Du musst ihm verzeihen. Ich habe das schon lange!*«

Ulquiorra nickte unter Tränen. Sie war verstummt. »Maman?« – »Maman!«

Er erkannte, dass sie nie wieder mit ihm sprechen würde. Weinend zog er seiner toten Mutter die Schleier vom Kopf, um ihr die starren Augen zu schließen. Lange blickte er in ihr von Säure zerstörtes Gesicht, hielt ihre vernarbte Hand. Jetzt hatte er nur noch seinen Vater – und der war vor einem Äon verschollen. Es gab Gerüchte von einer Anomalie, die an diesem Tag zwischen den Monden lag, als sein Schiff mit den ganzen Duocarns verschwand.

Schwerfällig wie ein alter Mann stand Ulquiorra auf, um seinem Onkel die traurige Nachricht zu bringen. Seine Mutter hatte recht, er wollte fleißig studieren und Astrophysiker werden. Der beste aller Astrophysiker von Duonalia! Und dann würde er seinen Vater suchen. Er war fest entschlossen ihn zu finden – gleichgültig, wie unendlich das Weltall auch war. Seinen Vater, den großen Krieger Xanmeran.

Die Herstellung des Schmuckstücks hatte wesentlich mehr

Zeit in Anspruch genommen als geplant, da der Juwelier den schwarzen Diamanten, auf den Solutosan bestanden hatte, erst besorgen musste. Er wollte keinen gefärbten Stein, sondern einen echten.

Solutosan war eben dabei, mit Chrom über Pans Erziehung zu diskutieren, denn der Kleine hatte einen Autoreifen angeknabbert, als sein Handy klingelte. Der Juwelier teilte ihm außerordentlich stolz mit, das Schmuckstück fertiggestellt zu haben – gab allerdings zu bedenken, dass sich der Preis auf fünfzigtausend Dollar erhöht hatte. Solutosan war das gleichgültig. Er machte sich auf den Weg.

Der Winter war über Calgary gekommen. Hohe Schneeschichten bedeckten bereits monatelang die Stadt und die majestätischen Berge. Solutosan überlegte oftmals, warum er sich dieses klirrende, kanadische Klima überhaupt antat. Er hätte mit den Duocarns überall auf der Welt leben können. Aber dann betrachtete er Aiden und wie sie sich liebevoll um ihre Obdachlosen und um Oma kümmerte. Er würde sie nicht verlassen wollen. Allerdings plante er sein nächstes Hauptquartier in Vancouver, denn das war eine Stadt nach seinem Geschmack. Sein Bauchgefühl sagte ihm, dass er in Vancouver den Bacanis am ehesten nah war – auch wenn die Morde seit Neustem eher Richtung Seattle stattfanden.

Aiden gehörte jetzt zu ihm. Er hatte sogar an sich ein neues Gefühl entdeckt – nämlich brandheiße Eifersucht. Besonders auf Meo, der immer wieder versuchte, mit Aiden zu flirten. Es war Zeit, dass sich der Krieger eine eigene Gefährtin suchte, dachte Solutosan. Ihm war es egal, ob es ein Mensch oder Warrantz war – Hauptsache Meodern ließ endlich den Quatsch mit Aiden sein! Das neue Haus würde größer werden, um mehr Abstand zu bekommen – das war ihm völlig klar. Außerdem musste jede Wohneinheit ein eigenes Bad haben. Solutosan seufzte und betrat das Juweliergeschäft.

Der Goldschmied platzte fast vor Stolz, als er eine schwarze, mit rotem Samt ausgeschlagene Dose öffnete und ihm den Anhänger präsentierte. Solutosan betrachtete das

Schmuckstück, nahm es in die Hand. Ja, es war gelungen. Zufrieden gab er dem Juwelier einunddreißigtausend Dollar, der vor Demut fast im spiegelnden Fußboden seines Ladens versank.

Solutosan stapfte zurück zum Porsche. Glücklicherweise besaß das Ding Allrad. Bisher war er überall mit dem Wagen hingekommen, ohne irgendwo im Schnee steckenzubleiben. Kurz dachte er an die Windschiffe seiner Heimat, an deren lautlose Eleganz. Er zuckte die Schultern – es war sinnlos der Vergangenheit hinterherzutrauern. Nun würde er sich eine gute Gelegenheit ausdenken, um Aiden das Schmuckstück zu geben.

Er saß im Wagen und betrachtete die kleine Schmuckdose, drehte sie in den Händen. Wenn er ehrlich zu sich selbst war, wollte er ihr den Schmuck nicht als Liebeserklärung schenken, sondern zum Trost. Der gemeinsame Urlaub auf den Bahamas hatte ihn gelehrt, wie Frauen funktionierten. Das war, zu gegebener Zeit, erregend gewesen und angenehm. Aber Aiden erwartete offensichtlich von ihm, dass es genauso romantisch und erotisch zu Hause weiter ging. Diese Art von Druck mochte er nicht. Er war der Chef der Duocarns und ihnen verpflichtet. Deshalb hatte er sich von ihr zurückgezogen – reagierte oftmals unterkühlt. Er hatte es sogar vermieden, wieder mit ihr zu kopulieren, was sie nicht verstand. Auf der anderen Seite liebte er sie. Er war eifersüchtig. Er wollte ihr ja gerecht werden, und wenn Aiden ihn zu sehr bedrängte, befriedigte er sie mit dem Mund oder der Hand. Ihm war seine Lustlosigkeit selbst unerklärlich. Vielleicht brauche ich Salzwasser, um richtig auf Touren zu kommen, dachte er. Das neue Haus in Vancouver musste am Meer liegen – so viel war sicher.

Solutosan öffnete die Haustüre und wurde mit Geschrei aus der Küche begrüßt. Pan saß auf seinem Kinderstühlchen, hatte keine Lust auf Katzenfutter und auf Kefir schon mal gar nicht, was er lautstark zum Ausdruck brachte. Sein Vater stand mit verzweifeltem Gesicht vor dem widerspenstigen Kind.

»Und wovon willst du dich ernähren?«, fragte Chrom immer wieder. Pan strampelte mit seinen behaarten Beinen. Er trug eine kleine Unterhose mit Häschen darauf und war enorm gewachsen.

»Milchriegel!«, forderte er. Lady hatte dem Ganzen geduldig zugesehen, knurrte nun und ging bedrohlich auf Pan zu. Der zog sofort den Kopf ein, schaute Chrom an und öffnete den Mund mit den Fangzähnen, um sich doch mit einem Löffel Kitekat für Katzenkinder füttern zu lassen.

Jetzt erst wurde Solutosan bemerkt. Lady stürmte auf ihn zu und warf ihn fast um. Sie leckte sein Gesicht.

»Ja, ja«, kommentierte Chrom lakonisch. »Beim Chef darfst du das.« Er grinste breit. Sofort gab er Solutosan den heimischen Statusbericht. Aiden war zur Arbeit gefahren, Patallia arbeitete im Labor. Er hatte einen neuen Pilz entdeckt. Die anderen Krieger trainierten im Fitnessraum.

Solutosan machte sich auf den Weg in den Keller. Inzwischen war der Kraftraum äußerst wichtig für Xanmeran, Meodern und Tervenarius geworden. Sie trainierten ständig. Solutosan wurde mit Nicken begrüßt.

Sie hatten für Xan eine Holzpuppe anfertigen lassen, der in einiger Entfernung davor stand und seine Dermastrien auf die Puppe zuschweben ließ. Einen Streifen schlang er um den Hals und einen um die Stirn der Übungspuppe. Augenblicklich riss er sie mit einem Ruck zu Boden. Ärgerlich zog er die Dermastrien wieder ein und stellte die Holzpuppe auf. *»Gehe mal Werkzeug holen, um das Ding festzumachen.«*

Meodern warf Messer und Dolche in eine Platte. *»Wolltest du nicht ein Haus in Vancouver kaufen?«*, fragte er zur Begrüßung.

»Ja, Meo, das werde ich.« Solutosan begutachtete, wo die Waffen in der Zielscheibe der Spanplatte steckengeblieben waren.

»Das sollte dann auch einen Schießstand haben. Die Bude hier wird uns langsam zu klein!« Ohne weitere Verzögerung warf

er das Messer an Solutosans Ohr vorbei. Es blieb hinter ihm in Xans Holzpuppe stecken.

Solutosan ballte die Fäuste und ging auf Meo zu. Der wich grinsend aus.

»*Hey, hey, Frieden!*«, war Tervs Stimme zu vernehmen, – »*sonst …*« Eine Wolke Pilzsporen hüllte die beiden ein.

»*Bist du wahnsinnig?*« Solutosan keuchte. Dann schnupperte er – die Sporen dufteten.

»*Champignons*«, grinste Tervenarius.

Meo und ihn hatte es abgekühlt. »*Das ist noch nicht erledigt*«, grunzte Solutosan.

»*Jederzeit!*« Meos grüne Augen blitzten.

Er wusste genau, worum es ging. Es ging um die Spannung, die Meo durch seine Flirts mit Aiden aufbaute. Natürlich würden sie das nicht mit Messern regeln – aber dem anderen Duocarn gelegentlich zu drohen oder ihn auch mal zu verprügeln, war ja nicht verkehrt. Solutosan grinste.

Er winkte Terv zu sich in eine Ecke und lehnte sich mit dem Rücken an einen Boxsack. »*Was sagen die Nachrichten?*«

»*Seltsamerweise ruhig – keine Ahnung, ob die plötzlich auf Diät sind. – Oder vielleicht sind diese Vielfraße endlich in einen Supermarkt gegangen und haben kapiert, dass es Katzenfutter für sie auch tut, statt hier reihenweise die Menschen zu sezieren.*«

Solutosan nickte. »*Die werden auf ihre Lieblingsdroge aber bestimmt nicht lang verzichten. Da bin ich mir sicher. Schlecht nur, dass wir die Frauen nicht vor ihnen warnen können.*«

Tervenarius kratzte sich ein Stück seiner Pilzhaut ab und schnupperte daran. »*Wirklich genial. Habe jetzt außer Champignons auch Shiitake und Morcheln.*«

Solutosan grinste breit. »*Dann pass auf, dass nicht irgendwann noch jemand in dich hineinbeißt!*«

Aiden lief durch die Teestube und schenkte Tee an die Gäste aus. Die Obdachlosen hatten es bei dieser Witterung wirklich nicht leicht. Aiden fragte sich, wie sie die Übernachtungen unter den Brücken und in den Hausfluren überlebten.

Die Tür tat sich auf. Begleitet von einem Schwall Schneeflocken, marschierte Nasty in den Raum.

»Aha, ein seltener Gast«, begrüßte Aiden ihn. Nasty war einer der zwielichtigsten Gestalten unter den Besuchern der Teestube. Es gab Phasen, da hatte er absolut nichts und war heruntergekommen, aber sie hatte ihn auch schon im teuren Anzug mit einer Rolex am Handgelenk gesehen. Der Winter war wohl eher eine schlechte Zeit für ihn. Er zog sich die alte Wollmütze von den fettigen Haaren und setzte sich an einen der Holztische. Seine Hände zitterten.

Der könnte etwas wissen, dachte Aiden, nahm ihre Teekanne und eine große Tasse und ging zu seinem Tisch. Sie schenkte ihm ein und schob sich neben ihn auf die Bank.

»Hör mal, Nasty, ich muss dich mal was fragen.« Er hob den trüben Blick. Sein Gesicht war eingefallen. Entzug, dachte Aiden, ganz klar. Wahrscheinlich Koks.

»Was hast du denn?«, brummte er, nahm die Tasse mit der zitternden Hand und blickte hinein, als könne er aus ihr wahrsagen.

»Weißt du, wo man Papiere für Einwanderer bekommt?«, flüsterte Aiden. Nastys Augenbrauen fuhren in die Höhe.

»Gewagte Frage, Mädel«, grunzte er leise. Er trank einen Schluck Tee und verzog das faltige Gesicht, kratzte sich dann in den schmierigen Haaren.

»Kenne da einen, aber das ist ein schräger Hund. Bei dem musst du aufpassen.«

»Wie heißt er und wo finde ich ihn?« Aiden blickte sich um, jedoch interessierte sich niemand für ihr Gespräch.

»Er heißt Sam Fox und er ist um die Mittagszeit meistens im „Corso". Kennst du das?« Er stellte die leere Tasse auf den Tisch. Aiden nickte.

»Du weißt nicht durch Zufall jemanden, der ein bisschen Pulver hat?«

Aiden sah ihn fest an. »Zu uns kommen die Leute nur, wenn sie auf dem Nullpunkt sind. Das müsstest du doch eigentlich wissen.«

Nasty nickte betrübt. »Pass auf bei Sam, okay? Wäre schade um so ein nettes Mädel wie dich.«

Aiden erhob sich und klopfte ihm auf die Schulter. »Keine Sorge.«

Sie hatte Solutosan nichts von ihren Plänen gesagt. Der durchforstete zusammen mit Tervenarius alle Zeitungen nach Hinweisen auf die Bacanis, als sie ihm einen Kuss gab und zur Arbeit fuhr. Sie hatte einige Bündel Geld in ihre Handtasche gesteckt und eines ihrer teuren Designerkleider eingepackt, die Solutosan ihr geschenkt hatte. Doris wusste, dass sie einen freien Tag brauchte, und würde sie nicht vermissen.

Mutig fuhr sie zuerst ins Einkaufszentrum, um sich auf der Toilette umzuziehen. Fast kam sie sich so cool vor wie eine Geheimagentin in einem Film. Sie schlenderte bis zur Mittagsstunde in den Läden umher und testete in der Parfümerie ausgiebig neue Produkte. Letztendlich entschied sie sich dann doch erneut für ihr altes „Roma", weil Solutosan den Duft an ihr mochte.

Seufzend steckte sie das bezahlte Päckchen an der Kasse in ihre Tasche. Sie hätte ihn so gern wieder verführt, aber scheiterte ständig. Das brachte sie manchmal fast zur Verzweiflung. Sogar wenn er sie oral befriedigte, hatte sie das Gefühl, er tat es nur für sie, ohne selbst gefühlsmäßig beteiligt zu sein. Sie hatte gedacht, nach den Erlebnissen auf den Bahamas, das Eis für immer gebrochen zu haben, aber dem war nicht so. Er konnte manchmal so eisig kristallin sein wie sein Sternenstaub. Vielleicht würde es ihn aufrütteln, wenn sie etwas für seine Duocarns tat – etwas Gewagtes.

Gegen Mittag ließ sie den BMW im Parkhaus und nahm sich ein Taxi ins Corso. Sie fühlte sich innerlich aufgewühlt. Der Typ, dieser Sam Fox, schien ein echter Gangster zu sein. Sie hatte einen leichten Kloß im Hals, als sie das Restaurant betrat. Im Corso konnte man nur bei Reservierung speisen, also erhielt Aiden einen Platz an der Bar und bestellte einen Fruchtcocktail. Sie wollte einen klaren Kopf behalten. Diskret schaute sie sich um. Wie sollte sie diesen Sam Fox nur finden?

Sie winkte den Barkeeper heran und drückte ihm einen Zehn-Dollar-Schein in die Hand. »Bitte sagen Sie mir, wenn Sam Fox eintrifft.« Der Barmann nickte.

Aiden wartete und bestellte einen Kaffee.

Der Angestellte hinter der Bar neigte sich ihr zu und raunte: »Herr Fox ist jetzt da. Tisch drei.« Er deutete mit dem Kopf auf einen rotgesichtigen Mann, der mit zwei Kerlen, groß wie Kleiderschränke, am Tisch saß und lautstark die Speisekarte kommentierte.

Der Typ war Aiden auf Anhieb unsympathisch. Aber nun war sie einmal da und würde ihren Plan durchziehen. Mit einem eleganten Hüftschwung näherte sie sich dem Tisch.

Fox sah auf und grinste breit. »Na, wer beehrt uns denn da?«

»Herr Fox ich möchte gern mit Ihnen sprechen – geschäftlich«, fügte sie hinzu. Fox deutete seinen Kleiderschränken, sich zu entfernen.

»Was gibt es, Süße?« Er musterte ihr teures Designerkleid. »Setz dich!«

Aiden schob sich auf die gepolsterte Bank und winkte dankend ab, als der Kellner vor ihr stand. »Ich habe Ihren Namen von einem Bekannten erfahren. Ich will direkt zur Sache kommen. Es geht um Papiere für eine ausländische Familie.«

Sie sah, wie das Gesicht des Mannes zu Eis gefror. »Mit so etwas habe ich nichts zu tun«, raunte er.

Ungeduldig öffnete sie ihre Handtasche und ließ ihn die Geldbündel darin sehen. »Ich besitze genügend Mittel und bezahle, was Sie möchten.«

Sam Fox stierte auf das Geld. Er räusperte sich: »Nichts zu machen, Süße. Aber auf einen Drink würde ich dich gerne einladen.«

Aiden erhob sich. »Ich glaube nicht, dass ich mit Ihnen etwas trinken möchte, Herr Fox«, verkündete sie hoheitsvoll und rauschte zur Garderobe, um sich ihren Mantel geben zu lassen. Sie spürte seinen verblüfften Blick im Rücken.

Aiden war schrecklich frustriert, als sie im Parkhaus in ihr Auto stieg und losfuhr. Sie blickte aus dem Autofenster. Sie war einfach keine Kriminelle. Das musste man wohl sein, um an solche Papiere zu kommen.

Sie wollte zunächst zu Oma, um zu sehen, wie es der alten Dame ging. Oma hatte neue Medikamente und seitdem über Unwohlsein geklagt. Aiden überlegte bereits, ob sie Patallia bitten sollte, nach ihr zu schauen.

»Hallo Schneckchen!«, rief ihre Oma aus der Küche. Es war früher Abend. Sie kochte Orangenmarmelade und strahlte Aiden an. »Mir geht es schon viel besser!«

Sam hatte ausgiebig diniert und war mit einem der Bodyguards in seine Lieblingsbar auf einen Absacker eingekehrt. Den anderen, Ken, hatte er auf Aiden angesetzt, der sie verfolgte. Er würde doch keine Frau mit so einem Vermögen einfach laufenlassen. Auf Ken konnte er sich verlassen.

Sein Handy vibrierte und er zog es hervor.

»Ja?«

»Chef? Habe die Lady verfolgt. Stehe jetzt vor ihrem Haus. Soll ich rein und abkassieren?«

»Komm zurück, bin im Beggars. Wir kümmern uns morgen früh darum.« Er klappte das Handy zu. Die kleine Fotze hatte bestimmt einhunderttausend in ihrer Handtasche. Er war auf die Schnelle kaum fähig gewesen die Bündel zu erfassen – aber es waren viele. Was für ein dummes Stück, ihm das ganze Geld zu zeigen!

Er hatte vor es sich zu holen – komme, was da wolle! Wenn ich einmal eine Spur verfolge, dann bin ich wie ein Fuchs, dachte Sam Fox. Er würde der Dame richtig frech am helllichten Tag einen Besuch abstatten. Nur Idioten brechen nachts ein, überlegte Sam und grinste breit.

Zu Hause angekommen und froh bei der Kälte ins Warme zu kommen, gab Aiden ihren Türcode ein. Das Display blinkte „Code abgelehnt". Sie versuchte es noch einmal – mit dem gleichen Ergebnis. Was hatte Solutosan zu ihr gesagt: Code plus Sternenstaub. Plötzlich drückte sie ein dicker Kloß im Hals. Sie hatte keinen Sternenstaub mehr an sich, keine Spur davon in sich. Sie schluckte – hätte weinen mögen. Sie versuchte sich zu fassen. Sie wollte ihn nicht weinend anrufen. Er ging sofort an sein Handy.

»Solutosan? Bitte öffne die Tür. Der Code wird nicht angenommen.«

Sekunden später stand er vor ihr, sah ihr Gesicht und zog sie an seine Brust. »Es tut mir so leid«, flüsterte er und küsste ihre Tränen ab. Er half ihr aus dem Mantel, nahm sie auf die Arme und trug sie hoch in sein Zimmer – legte sie auf sein Bett.

»Ich habe keinen Sternenstaub an mir, Solutosan. Liebst du mich nicht mehr?«

Er setzte sich neben sie auf das Bett. »Aiden, du bist mein Glück. Wie soll ich dich nicht mehr lieben?«

»Aber der Staub«, flüsterte sie.

Wortlos küsste er sie und hielt sie einige Zeit fest umschlungen. »Ich hoffe, ich kann dich hiermit trösten.« Er nahm eine kleine Schachtel vom Tisch, kam zurück und setzte sich eng neben sie. »Aiden, ich liebe dich. Ich weiß nicht, warum ich manchmal diese Distanz brauche. Du bist mein Herz.« Er gab ihr die Dose, die sie langsam entgegennahm.

Ein Schmuckstück! Etwa ein Ring? Sie war sprachlos. Sie schien ihm wirklich wichtig zu sein.

Gespannt, die Tränen noch auf den Wangen, öffnete sie die schwarze Schachtel und hielt erstaunt die Luft an. Vor ihr auf rotem Samt lag ein Anhänger an einer Goldkette. Er war einem seiner Augen nachempfunden. Ein runder

Korpus aus Platin war mit dunkelblauem Saphirstaub belegt, in dem in unregelmäßigen Abständen wunderschöne Diamanten funkelten. In der Mitte des Anhängers befand sich ein größerer, schwarzer Diamant. Umsäumt wurde das Schmuckstück mit kleinen Klümpchen aus Gold. Sie starrte sprachlos. Das hatte er für sie anfertigen lassen. Sie blickte in sein fragendes Gesicht und Tränen sprangen ihr regelrecht aus den Augen. Sie konnte es nicht verhindern.

Unter dem Tränenschleier sah sie seine betroffene Miene. Wahrscheinlich dachte er, der Schmuck gefiele ihr nicht. Er sagte etwas zu ihr in seiner melodischen Sprache.

»Oh nein! Er gefällt mir!« Sie strahlte unter Tränen, drückte die Schachtel an ihre Brust. Sie umarmte ihn stürmisch, küsste ihn wie wild.

Er saß steif da. Aber allmählich begriff er, dass sie auf ihn nicht böse war, und ließ sich mit ihr auf das Bett sinken.

Sie lag mit dem Kopf auf seiner Schulter und holte den Anhänger aus der Schachtel – hielt ihn neben seine Augen und lächelte. Ihre Brust erfüllte sich mit einer ungeheuren Wärme. Liebe, die sie ihm gerne gezeigt hätte, aber die viel stärker war, als er im Moment vermutlich vertragen konnte. Damit durfte sie ihn nicht überschwemmen.

»Für das Türschloss finden wir eine Lösung, Aiden«, sagte er leise.

Sam Fox traf Ken am nächsten Morgen vor dessen Hotel. Ken nippte missmutig an einem Plastikbecher mit Kaffee. Ihm war diese Uhrzeit eindeutig zu früh. Sie nahmen ein Taxi bis circa eine halbe Meile vor die Adresse, die Ken ausgespäht hatte. Den Rest des Weges stapften sie durch den Schnee.

»Die Bude sieht aber nicht nach viel Geld aus«, meinte Sam und betrachtete das Haus mit den blauen Fensterläden. »Bist du sicher, dass sie gestern Abend hier verschwunden ist?«

»Ganz bestimmt!«, bestätigte Ken. »Du weißt doch, die Reichen tun nach außen immer so als ob, und drinnen ist dann alles mit Blattgold.« Sam nickte und tastete nach seiner Waffe hinten im Hosenbund. Die Haustür war nicht verriegelt und ließ sich einfach aufstoßen.

»Bist du das, Schneckchen?«, fragte eine ältliche, brüchige Stimme aus dem Inneren des Hauses.

»Hier sind ZWEI süße Schnecken«, sagte Sam kalt und machte einen Sprung in das Wohnzimmer, in dem eine alte Frau vor dem Fernseher saß.

Solutosan hatte endlich einen Milchmann gefunden, der ins Haus kommen wollte, denn so langsam war ihnen die Schlepperei der vielen Milch lästig. Allein Tervenarius trank so große Mengen Kefir, dessen Herstellung vermutlich die Milchproduktion eines ganzen Bauernhofs umfasste. Er verabschiedete sich von dem Mann in dessen Laden und nahm den Porsche. Aiden hatte ihn gebeten, noch bei Oma vorbeizuschauen, um ihre geliebte Orangenmarmelade abzuholen, die nur die alte Frau so vorzüglich herzustellen wusste.

Solutosan fuhr in den Hof ein und stieg aus. Er witterte und horchte. Irgendetwas war anders. Er konnte allerdings nicht feststellen, was es genau war. Aber sein Bauchgefühl irrte sich nie. Langsam schritt er voran und drückte lautlos die Haustür auf. Er hörte aufgeregte Männerstimmen. Dazu Omas Stimme, die völlig außer sich schien. Wieso hatte die Großmutter Männerbesuch?

Langsam schlich er durch den Flur vorwärts Richtung Wohnzimmer und schob den Kopf vorsichtig so weit vor, bis er in die Türöffnung blicken konnte – zog sich sofort wieder zurück. Die Männer standen rechts und links – Oma in der Mitte. In diesem Moment hörte er ein klatschendes Geräusch und einen dumpfen Aufprall. Die Stimme der alten Frau war verstummt.

Solutosan fühlte, wie ihm wilder Zorn die Wirbelsäule hinaufkletterte. Blitzschnell trat er in der Tür des Wohnzimmers und musterte die Eindringlinge. Oma lag verrenkt auf dem Boden zwischen ihnen.

Er stellte keine Fragen. Solutosan entfesselte seinen tödlichen Sternenstaub, sandte ihn mit der rechten Hand in zwei dünnen Fahnen direkt in die Nasen der Angreifer, durchdrang deren Nasenscheidewände und fräste sich in die Gehirne. Bevor die beiden Männer etwas begriffen, gingen sie zu Boden. Eine alte Frau zu schlagen – das war den Tod wert. Sie röchelten einige Sekunden, zuckten und blickten dann starr zur Decke.

Solutosan kniete sich neben Oma.

Sie lebte noch. Erkannte ihn. »Mein Junge«, flüsterte sie – fasste blind nach seinem Gesicht. Blut rann ihr aus der Nase.

Solutosan griff sein Handy und wählte Patallias Kurzwahl. »Bitte komm sofort zu Omas Haus!« Ein kurzes Okay war die Antwort. »Es kommt Hilfe, Oma«, sagte Solutosan. Er wusste nicht, wie stark die alte Frau verletzt war, deshalb berührte er sie nicht.

»Sag Aiden, ich habe sie lieb – und du pass gut auf sie auf, versprichst du das?« Omas Atem ging rasselnd.

»Ich verspreche es!« Er schlug die Faust auf seine Brust.

Oma nickte zufrieden.

Als Patallia mit der aufgelösten Aiden ankam, war sie bereits tot.

»Bei den Göttern, Aiden«, sagte er. »Ich kam zu spät!« Er tigerte in Omas Wohnzimmer auf und ab, die eine Faust in die andere schlagend. Er machte sich Vorwürfe, nicht sofort in das Geschehen gesprungen zu sein.

Patallia kniete neben der alten Frau und erhob sich dann. »Sie hat den Schlag nicht überlebt«, diagnostizierte er. »Gehirnblutung.«

Aiden starrte immer wieder auf die toten Männer.
»Ich bin schuld!«, stammelte sie eins über das andere Mal.

»Nein, Aiden.« Wie kam sie denn nur darauf?

»Doch! Ich habe sie hierher geführt! Ich kenne die Kerle. Ich wollte von ihnen für euch Papiere kaufen!« Solutosan starrte sie an. »Hast du den Männern Geld gezeigt?« Aiden brach in die Knie und nickte. Solutosan ging rasch zu ihr, half ihr hoch und drückte sie an seine Brust. Sie schluchzte und war nicht mehr zu beruhigen.

»Pat! Ruf Meo an und Terv – nicht Xan – der ist zu auffällig. Sie sollen den Pick-Up mitbringen und Planen. Meo soll die Leichen an der Absturzstelle pulverisieren.

»Aber nicht Oma!«, schrie Aiden außer sich.

»Nein! Aiden, du musst dich jetzt zusammenreißen! Wir müssen die örtlichen Behörden wegen Oma einschalten. Du musst ihnen erzählen, dass du sie besuchen wolltest und sie lag dann schon so da. Hast du mich verstanden?« Aiden sah ihn mit verschwommenen Augen an. Das hatte so keinen Zweck. »Patallia, sie muss klarer werden. Kannst du ihr etwas gegen den Schock geben?« Solutosan benutzte Telepathie, damit Aiden ihn nicht hören konnte.

Patallia erhob sich und kam lächelnd auf Aiden zu, die zurückweichen wollte, jedoch hielt Solutosan sie eisern umschlungen. »Patallia, du willst doch nicht«, stotterte sie, aber der hatte bereits beruhigend seine weiße Hand auf ihren Handrücken gelegt. Solutosan nahm sie in den Arm und wartete einen Moment.

Aiden hob den Kopf. »Danke, jetzt geht es mir besser, Patallia.«

»Okay«, Solutosan neigte sich zu ihr, um sie eindringlich anzuschauen. »Nun erzähl mir die Version, die du der Polizei berichten wirst. Was ist genau passiert? Um wie viel Uhr warst du hier?« Aus den Augenwinkeln sah er, wie Meo und Terv die Leichen der beiden Männer in Planen wickelten und hinaustrugen. Aiden erzählte ihm die Geschichte, die sie für die Beamten parat hatte, sie sprach gefasst und klar.

»Gut.« Er gab ihr ein Handy. »Ruf sie jetzt an und melde

den Fall. Dann fahre bitte unverzüglich nach Hause, hörst du, Aiden? Dein Auto lassen wir hier.« Aiden nickte tapfer und wählte die Nummer der Polizei.

Es dauerte zwei Stunden bis Aiden endlich im Haus der Duocarns ankam. Solutosan sah sofort, dass die Wirkung von Patallias Medikament langsam schwand.

Ihr Blick war wieder verschwommen. »Es ist alles in Ordnung«, flüsterte sie. »Die Polizeiärzte sagen, dass ein Sturz mit nachfolgendem Gehirnbluten in ihrem Alter möglich wäre.« Dann gaben ihre Knie nach und Solutosan fing sie auf.

Er trug sie die Treppe hinauf in ihr Zimmer und legte sie auf das Bett. Sie hatte selbst die Wände himmelblau gestrichen. Dazu ein zartblauer Betthimmel, ein großes weißes Bett und andere kleine Möbel. Sie, die sonst so fit und patent war, wirkte nun schwach und zerbrechlich.

Vorsichtig zog Solutosan sie aus und deckte sie zu.

»Bitte geh nicht weg«, murmelte sie.

»Nein.« Er entkleidete sich bis auf Jeans und Shirt und schlüpfte zu ihr unter die Decke. Er streichelte sie zart. Sie schöpfte tief Luft und der Sternenstaub des betäubenden Schlafs vermischte sich mit ihrem Atem.

David stand vor dem Spiegel im Badezimmer und bürstete sein blauschwarzes Haar. Er hatte es länger wachsen lassen, weil das seinem Freund John besser gefiel. Auch trug er fast nur noch Weißtöne. John hatte ihn angelächelt und etwas von „Unschuld" gemurmelt, als er einmal mit einer weißen Jeans und einem hellen Hemd in sein Etablissement kam.

Johns Club in Vancouver war im Moment das absolute Highlight in der kanadischen Schwulenszene. Die Gäste kamen tatsächlich nur für einen Abend aus dem ganzen Land dort hin. Es war ein Nachtclub und keiner dieser wilden Rammel-Schuppen. Die Besucher bestanden meist aus höheren Angestellten oder Chefs und Diskretion war für sie erstrangig. John hütete deren Geheimnisse sogar vor ihm. David verzog den Mund im Spiegel. Als ob er jemals indiskret irgendetwas ausplaudern würde. Ihm war völlig klar, was in den Séparées des Clubs geschah. Und Namen waren Schall und Rauch.

Natürlich war es ein zweischneidiges Schwert, mit so einem berühmten Clubbesitzer befreundet zu sein. Auf der einen Seite wurde er von vielen Männern beneidet, andererseits zerfraß ihn manchmal die Eifersucht wie Säure. Er zog die Brauen über den stahlblauen Augen zusammen und überlegte, ob er sich für diesen Abend Kajal auflegen sollte. Ach nein, das kam zu affig rüber. Nachher dachten die anderen noch, er hätte es nötig.

David verließ das Bad und stolperte dabei über Johns Hemd. Verdammt! Der Kerl ließ aber auch wirklich alles liegen! Als er ins Wohnzimmer trat, verschlug es ihm den Atem. Da hatte John doch tatsächlich seine Hose auf das Aquarium mit den Piranhas gehängt! David hatte große Lust sie zu nehmen und aus dem Fenster zu werfen. Sein Freund respektierte sein Hobby einfach nicht! Vorsichtig nahm er das Kleidungsstück von der Glasplatte und betrachtete seine Lieblinge, lief zum nächsten Behälter, der seinen Steinfisch beherbergte. Auf den war er besonders stolz. Er liebte alles, was im Tier- und Pflanzenreich giftig war.

John meckerte über die Kosten, die die ganzen Aquarien verursachten – dabei bezahlte er sie noch nicht einmal! Das machte David von seinen Provisionen selbst. Er seufzte. Ob das mit John eine Zukunft hatte, war wirklich unklar. Er würde in den Club fahren und nach ihm sehen. Entschlossen schnappte er den weißen Fellmantel und lief die Treppe hinunter.

Niemals hätte Bar gedacht, dass dieser verdammte kanadische Winter einmal gehen würde – aber er verschwand. Mit ihm gingen die weißen, eisigen Schneemassen, die sich erst in nässende, braune Haufen verwandelten und dann die Straßen hinunter rutschten.

Bar erwartete bereits den Aufschrei der Presse, denn sie hatten die kalte Jahreszeit über alle ihre Opfer unter die Eisschichten diverser Seen und Flüsse gedrückt oder im Eis des Gebirges verschwinden lassen. Nun würden die Leichenberge langsam auftauchen. Ihr winterlicher Nahrungsbedarf war enorm gewesen. Die Bacanars begnügten sich glücklicherweise mit Fleisch. Für sie kaufte er in den Schlachthöfen billige Fleischabfälle. Zu diesem Zweck hatten sie extra einen Pick-Up gestohlen.

Die Basis war bisher unentdeckt geblieben, dank Bars unaufhörlicher Aufmerksamkeit. Er wäre gern endlich dort abgehauen, aber dem Rudel fehlten schlichtweg die Mittel. Sie hatten ihren Todesradius nun weiter gesteckt, was sie jedoch Unmengen Sprit kostete.

Ansonsten war Bar im Großen und Ganzen zufrieden. Sie besaßen neun frische Welpen, die sich prächtig entwickelten. Jetzt kam die Frühjahrshitze, und sie hatten dafür bereits eine Menge kräftige Hündinnen aus den Tierheimen ausgesucht und zur Basis gebracht. Krran brachte ihnen als Erstes bei, mit dem dummen Gekläff aufzuhören. Sie brauchten nicht die Aufmerksamkeit der Menschen – alles musste schön leise vonstatten gehen.

Bar, der inzwischen seine Vorliebe für Lederklamotten entdeckt hatte, schlenderte in dunkler Nappalederhose, Shirt und schwarzer Lederjacke in die Welpenstation. Krran hatte mit den Halbwüchsigen alle Hände voll zu tun. Aber er machte es gut - Zuckerbrot und Peitsche.

Als Bar die Station betrat, brüllte Krran: »Respekt!« Die Jungen warfen sich auf den Boden, Köpfe nach unten, Ärsche nach oben.

Bar nickte und grinste zu Krran. »Das hast du wirklich drauf«, lobte er auf bacanisch, damit die Bacanars ihn nicht verstehen konnten. Die Hybriden wurden grundsätzlich in Englisch erzogen. Bacanisch blieb den Stammvätern vorbehalten. Die langen, behaarten Spiralschwänze der neun

Welpen schlugen auf den Boden.

Es war den Bacanar-Hybriden nicht möglich sich zu verwandeln, was ein Problem darstellte. Die Schwänze und die behaarten Beine konnte man unter Kleidung verbergen, für die Fangzähne jedoch hatte er noch keine Lösung gefunden.

»Und wie machen sie sich?« Bar kniff die Augen zusammen.

»Ich muss sie ständig ermüden, aber mit einem ordentlichen militärischen Training wird das schon. Saugen durften sie bisher noch nicht.«

Bar nickte. In dem Moment, wo die Welpen die Droge bekamen, wurden sie schwerer zu kontrollieren. Das sollte auf keinen Fall sein.

»Wo ist Psal?«

»Die besorgt mit Pok noch einige Ketten. Es fehlen uns welche, um die Welpen nachts anzuketten.«

»Du wirst sehen, die Mühe wird sich irgendwann auszahlen, Krran. Ich habe da so etwas im Hinterkopf – eine neue Geldquelle.«

»Beim Vraan«, knurrte Krran. »Geld könnten wir dringend gebrauchen. Es fehlt an allem.«

»Lass dich überraschen.« Er schlug seinem ersten Offizier auf die Schulter und ging zurück in den Kontrollraum.

Er legte die Beine auf den Tisch. Fangzähne. Die Bacanis konnten diese je nach Bedarf einziehen – ebenso wie die Klauen. Das blieb den Hybriden versagt. Er musste die Krallen der Bacanars irgendwie tarnen. Sie zu kürzen war unklug, denn sie waren gute, natürliche Waffen. Und die Zähne?

Bar bohrte mit einer Klaue in der Nase. Wie konnte er die Bacanars mit Fangzähnen unter die Menschen schicken? Sie verdecken, aber wie? Gelangweilt scrollte er die Nachrichten auf seinem Rechner weiter. In Asien war schon wieder so eine Grippe ausgebrochen. Er stutzte. Starrte auf einige Fotos von Japanern mit Mundschutz. Es war offensichtlich dort ganz normal einen Schutz zu tragen, wenn man krank war. Bar schlug sich vor die Stirn. Was für eine simple und effektive Lösung! Und preiswert zudem!

Dessen ungeachtet – sein Geldproblem löste sich nicht so einfach. Alles kostete Geld. Angefangen von dem Abfallfleisch der Schlachthöfe bis hin zu Psals Anziehsachen. Er stöhnte.

Es war klar, dass er nicht auf legalem Weg Geld verdienen konnte. Womit machten die Menschen illegal ihre Vermögen? Die Antwort war natürlich wie immer online zu finden: Waffen, Drogen, Prostitution. Bar rückte sein Glied in der Lederhose zurecht. Scheiße, wer würde schon dafür bezahlen eine Bacanar zu ficken? Nur echte Freaks. Waffen hatten sie außer ihren Krallen und den paar Snidern und Dolchen aus dem Schiff keine. Und Drogen? Na ja, die Energie-Drogen waren nur etwas für Bacanis. Wenn man die irgendwie herstellen könnte und den Menschen einfach erneut verkaufen. Bar grinste. Den Weibern die Fortpflanzungsenergie heraussaugen und dann wieder verticken – das war ein Geschäftsmodell nach seinem Geschmack.

Er fühlte, dass er, was das anbelangte, Hilfe brauchte. Aber von wem? Von seinen Leuten war niemand in Chemie ausgebildet. Das hieß, er musste einen Menschen finden, der korrupt genug war, sich mit den Bacanis zusammenzutun, um diese Sache zu erforschen. Wenn ich hier herumsitze, wird das nie etwas, dachte sich Bar. Er würde sich mal in den einschlägigen Kneipen von Vancouver herumtreiben. Vielleicht tat sich ja eine Möglichkeit auf.

Bar setzte eine Herrenperücke auf, die seinen Irokesen verdeckte, fuhr säuberlich die Krallen ein und grinste sich im Spiegel des Kontrollraums an. Er hatte wohl ein faunisches Gesicht, aber hübsch waren die Menschen ja ebenfalls nicht. Er schnappte sich den Schlüssel des alten Fords und machte sich auf den Weg.

Seit Omas Bestattung war die Stimmung bei den Duocarns gedrückt. Anders konnte Solutosan es nicht bezeichnen. Das lag nicht nur an dem Tod der Großmutter, sondern auch daran, dass der Winter in Kanada ewig dauerte und sich an der Bacani-Front nichts tat.

Solutosan schnupperte in die Luft. Es würde bald wärmer werden – er fühlte es. Und er spürte, dass es dringend Zeit war, die Zelte in Calgary abzubrechen. Aiden kam aus ihrer Depression sonst überhaupt nicht heraus. Er hatte ihr schon zu oft den betäubenden Staub verabreichen müssen, damit sie zur Ruhe kam. Ihre Selbstvorwürfe wollten nicht abreißen. Sie war auch nicht mehr zur Arbeit gegangen.

Solutosan war hilflos. Er hasste es. Am liebsten wäre er in irgendeinen blutigen Kampf gezogen. Alles war besser, als gegen diesen unsichtbaren Feind ankämpfen zu müssen. Ausgerechnet er, der Krieger, hatte nun als einzige Waffe Liebe und Geduld. Seine Freunde waren auch keine wirkliche Hilfe.

Lediglich Pan heiterte sie mit seiner drolligen Art auf. Er konnte sich nicht mehr vorstellen, ohne den kleinen Bacani zu leben. Dass er jemals daran gedacht hatte ihn umzubringen! Der Junge war jetzt fast so groß wie Chrom, halbwüchsig und schlaksig, quicklebendig und auf Abenteuer aus. Das wurde oftmals zum Problem, denn sie mussten ihn vor den Menschen schützen. Da er sich nicht verwandeln konnte, lief er ständig wie ein kleiner Faun durchs Haus. Es war selbst für Aiden unmöglich ihn zu tarnen.

Solutosan wusste, dass Pan unter seiner Isolation litt. Am liebsten wäre er mit den Menschenkindern herumgetollt und in deren Schule gegangen. Aber so musste Chrom ihn unterrichten und Lady passte ununterbrochen auf ihn auf. Immerhin hatte er sich zum kleinen Computergenie entwickelt – der Apfel fiel eben nicht weit vom Stamm – wie die Menschen sagten.

Chrom war unglaublich stolz auf Pan, mochte allerdings dessen Hacking-Ambitionen überhaupt nicht. Für Pan war es ein Sport, sich auf stark geschützte Seiten zu hacken. Chrom meinte, er würde die Duocarns damit noch irgendwann in Teufels Küche bringen. Jedoch Pan war nicht dumm und verschleierte seine Wege im Netz geschickt. Solutosan hatte ihn schon etliche Male gewarnt, die Gesetze der Menschen zu beachten, aber der Kleine nahm alles auf die leichte Schulter.

Solutosan klopfte an Tervs Zimmertür. »Terv?« Tervenarius saß auf seinem Bett und las zwei Bücher gleichzeitig. »*Muss mit dir reden*«, begann er wie gewohnt telepathisch.

»*Okay.*« Terv legte die Bände zur Seite. »*Was Neues von den Bacanis?*«

»*Nein, bloß wenn mich mein Bauchgefühl nicht trügt, passiert da bald etwas.*«

Terv nickte.

»*Aiden trauert immer noch. Sie kommt aus diesem Tief nicht heraus. Ich will sie in dem Zustand aber nicht allein lassen. Auf der anderen Seite finde ich, dass es Zeit ist hier zu verschwinden. Calgary geht allen auf die Nerven. Der Winter war lang genug. Wir hauen ab nach Vancouver. Ich wollte dich beauftragen, dort ein geeignetes Haus zu suchen. Wenn du rüber fliegst, kannst du auch direkt den nächsten Platindeal mit Bill machen.*«

»*Okay, kein Problem.*« Terv fand die Idee mit der Ortsveränderung prima. »*Warum schickst du nicht Meo?*«

Solutosan überlegte kurz. »*Nein, du bist der Beste dafür.*« Das hatte er im Gespür.

»*Alles klar, wie du meinst.*« Terv schmunzelte und erhob sich. »*Ich kaufe in Vancouver als Erstes ein weiteres Auto.*«

Solutosan grinste breit. »*Ich lass mich überraschen.*«

Aiden wurde benommen wach. Wo war Solutosan? Sie blinzelte. Er hatte sie wieder betäubt. Sie fühlte sich elend und desorientiert. Sie versuchte, nicht an Oma zu denken, denn das trieb ihr sofort die Tränen in die Augen. Wie hatte sie nur so agieren können? Sich einfach völlig blauäugig an so einen Kerl zu wenden. Wieso hatte sie Nasty nur blindlings vertraut? Sie packte eines der großen, weißen Kissen und warf den Kopf hinein. Warum konnte sie diese Gedanken nicht loswerden? Zumal sie sah, wie auch Solutosan litt. Er stand ihrem Zustand hilflos gegenüber und hasste es. Das spürte sie.

Doris hatte sie ein paarmal angerufen und versucht, sie wieder in den Job zu locken, aber sie fühlte sich dazu außerstande. Wie sollte sie jemandem in diesem Zustand helfen? Um auf der Straße zu arbeiten, braucht man seelische Stabilität, dachte sie, knuffte das Kissen und drehte es.

Aber war es wirklich die Lösung von Selbstvorwürfen geplagt im Bett liegenzubleiben? Solutosan wollte weg aus Calgary und den Bacanis hinterher. Selbst wenn sich seine Ahnungen als Hirngespinste herausstellen sollten: Das war seine ursprüngliche Aufgabe. Und sie? Sie hatte auf einmal keine Funktion mehr. Sie fühlte sich so leer. So lange hatte sie sich um Oma gekümmert. Oma! Wieder der Gedanke an sie.

Aiden wühlte nach ihrem Taschentuch unter dem Kissen. Vermutlich hatte Solutosan mit seinem Ortswechsel recht. Sie putzte sich die Nase. Sie sah hässlich aus. Ewig verheult. Dass Solutosan sie so überhaupt noch mochte, war ein Wunder. Aber er war sowieso nicht nach menschlichen Maßstäben zu messen. Er hatte andere Werte.

Die Tür öffnete sich. Da stand er. Ihr Herz machte einen fast schmerzhaften Satz. Sie versteckte schnell das Taschentuch und lächelte ihn an. Sie würde versuchen sich zusammenzureißen!

Tervenarius atmete auf, als er aus dem Flugzeug stieg. Ob die Menschen wohl irgendwann einmal von dieser primitiven Verbrennungstechnologie ablassen würden? Er checkte im Rosewood ein und bekam eine schöne Suite mit Blick über Vancouver. Sofort packte er seinen Laptop aus und ging online. Makler – er wollte etliche Häusermakler für sich arbeiten lassen. Die nächsten Stunden verbrachte er mit Telefonieren. Die Termine in seinem Handy häuften sich. Er musste jedoch zuerst mit dem Platinkoffer zu Bill fahren. Inzwischen wurden dort nur noch Koffer getauscht und Kaffee beziehungsweise Kefir getrunken. Die Geschäftsbeziehung war stabil und für alle Seiten befriedigend.

Er zog sich um, denn er liebte es, Geschäftstermine in der offiziellen Menschenkleidung zu erledigen. Von den beiden Anzügen aus seinem Koffer wählte er den schwarzen Armani-Anzug mit weißem Hemd und braune Kontaktlinsen. Einen Moment musste er an die Gewänder aus Donafaser denken, die er zeit seines Lebens getragen hatte, wenn sie nicht im Weltraum waren. Den Kopf zur Seite geneigt befestigte er die Manschettenknöpfe, fuhr sich durchs Haar, das er mit einem Lederband zu einem Pferdeschwanz band. Um seine Haut zu aromatisieren, wählte er aus dem gigantischen Sortiment seiner Pilzsporen den Erdenpilz Lepista Irina – einen Geruch, den er seit einiger Zeit am meisten mochte. Er hatte sich gut an das Leben auf der Erde angepasst, fand er. Nicht schlecht für einen Alien. Er lächelte sich kurz im Spiegel zu.

Bill Bohlen begrüßte ihn wie immer freundlich, musterte seinen Anzug aufmerksam und reichte ihm den Koffer mit dem Geld. Inzwischen wurden die Behälter nicht einmal mehr geöffnet und überprüft. Sie waren alle Ehrenmänner. Für Bill war Tervs geplanter Autokauf wesentlich interessanter. Er wollte ihn sofort unterstützen und mit ihm fachsimpeln. Begeistert klappte Bill seinen Laptop auf und gemeinsam surften sie durch die Autohäuser der Stadt. Wahnsinn! Da stand sein Traumwagen, ein BMW Coupé M6 bei einem Händler in der SW Marine Drive. Bill strahlte und riet ihm unbedingt zum Kauf. Sie verabschiedeten sich wie Freunde.

Tervenarius nahm ein Taxi zum Autohaus und schaute sich das Fahrzeug an. Der Wagen war auch noch schwarz – schön unauffällig. Er bezahlte bar und meldete den BMW mit ihrer Vollmacht bei Aidens Versicherung an.

Jetzt war er mobil und konnte die ganzen Termine mit den Maklern absolvieren. Er genoss den starken, schnurrenden Motor, aber hielt sich an die Geschwindigkeitsregeln. Solutosan hatte allen Duocarns eingeschärft, niemals aufzufallen. Das war ihr oberstes Gebot.

Der erste Makler hatte etliche Häuser im Angebot. Allesamt zu klein und nicht am Meer gelegen. Tervenarius war enttäuscht. Er beschloss, zunächst in einen Supermarkt zu fahren und einige Liter Kefir zu kaufen. Seine Haut war ja schon immer weich gewesen, aber seit er Kefir statt Dona zu sich nahm, war sie so zart geworden, dass er auf die sonst nötige Anti-Säure Creme verzichten konnte.

Es war schwierig einen Supermarkt in der Innenstadt zu finden. Terv surfte mit seinem Handy und fand einen in der vierzehnten Straße. Er fluchte, als er an dem Parkplatz vorbeifuhr – den hatte er verpasst. Aber er konnte einige hundert Meter weiter in einer Seitenstraße parken. Gemächlich schlenderte er in das Geschäft. Phantastisch! – Der Laden hatte sogar mehrere Sorten Kefir mit verschiedenen Aromen.

Die Sonne ging unter und tauchte das Häusermeer in flammend rotes Licht, als Terv, die Papiertüte an seine Brust gedrückt, den Supermarkt verließ. Er würde es sich im Rosewood mit dem Kefir gemütlich machen und durch die Pay-TV Kanäle zappen.

»Ich hasse dich, John!«, brüllte David. Er suchte verzweifelt einen Gegenstand, den er seinem Freund nachwerfen konnte, aber der war schon zur Tür hinaus. Wahrscheinlich auf Nimmerwiedersehen. Garantiert für immer, denn David würde ihn **nie** mehr zurücknehmen. Dafür war er zu tief verletzt. Der miese Typ hatte ihn in seinem Club ununterbrochen betrogen! Das wusste er jetzt genau. »Scheißkerl! Scheißkerl!« brüllte er noch, wohl wissend, dass John ihn nicht mehr hörte. Er ließ sich auf einen gelben Ledersessel zwischen seinen Farnen fallen, aber hatte keine Ruhe, um dort sitzenzubleiben. Er musste etwas tun – sich beschäftigen, um nur nicht zu grübeln.

David sprang auf, holte die Gießkanne mit dem abgestandenen Wasser, das seine Gewächse so mochten, und goss die Farne. Wo er schon dabei war, lief er mit seiner Kanne durch alle Pflanzen: Kirschlorbeer, Oleander und Engelstrompeten.

Seine Vorliebe für giftige Fauna und Flora hatte seine Wohnung in einen Dschungel verwandelt. Ebenso liebevoll kümmerte er sich um seine exotischen Giftfische. Seine heißgeliebten Pflanzen und die Fische!

Allmählich entspannte sich sein verkrampfter Magen. Es sah so aus, als würden die Tiere sich an den Scheiben versammeln und ihn anschauen. Als spürten sie, dass mit mir etwas nicht in Ordnung ist, dachte er. Ach was, das war gewiss Einbildung. Aber der Steinfisch stand wirklich an der Glasscheibe und sah ihn an.

Er ließ sich wieder in seinen Sessel fallen und starrte zurück. Ja, Junge, den blöden John sind wir los. Der Kerl, der immer seine Klamotten über die Aquarien geschmissen hat und dessen Slips ich vom Boden aufheben musste. Er konnte es drehen und wenden wie er wollte: Er war frustriert. Glücklicherweise war er in dem halben Beziehungsjahr weiterhin unabhängig geblieben und hatte seine Wohnung nie gekündigt oder gar seinen Job aufgegeben. Auch wenn John etliche Male darauf gedrängt hatte, ihn in seinem Club hinter die Bar zu stellen. Pah, er war doch nicht sein Dekohäschen. Hübscher Boy an Bar, Eigentum des Chefs. Nein danke. Er hatte seinen Maklerjob.

Sein Blick fiel auf den Peyote, der auf dem Tischchen neben dem Steinfisch-Aquarium stand. Jetzt ist der richtige Moment, David, sagte er sich. Heute wirst du es versuchen. Die Zeit ist reif! Er eilte zu seinem Schreibtisch und suchte das Set mit den chirurgischen Instrumenten aus der Schublade. Mit einem Skalpell bewaffnet machte er sich auf den Weg zu seinem Kaktus. Jetzt bist du dran, mein Schatz. Nur ein kleines Stückchen. Vorsichtig stach er in die Haut der Pflanze und schnippelte eine Ecke heraus. Das grüne Fleisch sah gut aus und saftig. Er löste drei weitere Scheibchen.

Na denn! Nun wollen wir mal sehen, ob es stimmt, was

die Leute erzählen. Mal versuchen, ob es wirklich so toll wirkt, das Meskalin.

David schob eine kleine Scheibe zwischen die Lippen. Nicht übel. Wie Gurke. Er kaute das Stück langsam und bedächtig. Dann das nächste und noch eins. Er lehnte sich erwartungsvoll in seinem Sessel zurück. Die Wirkung würde bestimmt eine Weile auf sich warten lassen.

Ja, John und seine Unabhängigkeit. Die hatte John immer ein bisschen gewurmt. Aber er mochte seinen Job, denn er hatte ein Faible für erstklassige Häuser. Für SEHR exklusive Domizile. Er hatte sich bereits recht gut auf dem Immobilienmarkt durchgesetzt, allerdings bei durchweg schwuler Kundschaft. Okay, er wusste ja, wie man mit Äußerlichkeiten punktet, war ja nicht so. Mit der Zeit war die Qualität der Immobilien, die er zur Vermittlung anvertraut bekam, immer hochwertiger. Er hatte ein Auge für gute Objekte und sah sofort, wo Schrott verarbeitet war. Höchstwahrscheinlich lag das daran, dass er als Kind schon mit seinem Vater auf Baustellen herumgelaufen war und von ihm wie ein Lehrling behandelt wurde. „David, man sieht doch auf den ersten Blick, dass die Fliesen nicht ordentlich verfugt sind. Siehst du die feinen Haar-Risse?" oder „Schau genau hin. Was stimmt mit dem Haus nicht? Na? - Richtig, die Balkone sind alle nach Norden!"

Norden, dachte er. Norden, Süden, Osten, Westen. Westen hat John auch getragen, oder waren es Vogelkäfige? Hä? Vogelkäfige? War sein Gehirn verstrickt? Er sah seinen Steinfisch an. Der zwitscherte in seinem Becken wie eine Nachtigall. Hahaha! Wie lustig! Er stand auf. Nein, er stand nicht auf, sondern er schnellte hoch! Sein Körper fühlte sich an wie eine Stahlfeder – bereit zum Sprung. Mit einem Satz war er vor dem großen Standspiegel in der Ecke. Er sah aus wie immer – hatte nur ein dümmliches Grinsen im Gesicht. Ein strammes Gefühl in den Kieferknochen. Einen metallischen Geschmack im Mund. Er spitzte die Lippen, um sie zu entspannen. Flapp! Mit einem trockenen Klappgeräusch federte hinter seinem Rücken etwas auf. Ein Flügel! Flack! Auf der anderen Seite ebenso! Schwarze Flügel!

Wenn das mal nicht total cool war! Er bewegte die Schultern, um sie vollends zu spüren. Ja, sie waren fest an seinen Schulterblättern verwachsen. So was hatte ja nun wirklich nicht jeder! David breitete sie ganz aus und ließ sie durch die Luft gleiten. Sie rauschten leise. Also schwang er sie stärker. Das Rauschen verstärkte sich und er fühlte, wie ihn der Schwung ein kleines Stückchen vom Boden abhob. Wahnsinn! Er konnte fliegen! Ein uralter Traum von ihm. Er hatte Vancouver ein Mal von oben gesehen, aber nur bei einem Hubschrauber-Rundflug. Das war ein beeindruckendes, jedoch ein sehr lautes Erlebnis gewesen. Die Schwingen ermöglichten es ihm bestimmt lautlos zu gleiten.

David ging schnurstracks zum Fenster, machte es auf und spähte auf die Straße hinab, die von der roten Abendsonne stimmungsvoll beleuchtet wurde. Ob er aus dem zweiten Stock genügend Auftrieb bekäme, um über die Dächer zu fliegen? Er bewegte nochmals die Schultern. Ein sattes Rauschen antwortete ihm. Garantiert! Er stieg auf das Fensterbrett, ließ den Fensterrahmen los und stieß sich ab! Er hörte noch, wie sich das Zwitschern des Steinfischs in ein Kichern verwandelte, aber da war er schon ...

Ein Schatten bewegte sich über ihm. Etwas Schweres fiel auf ihn herab! Ein Körper krachte ihm unvermittelt schmerzhaft auf die Schulter und auf den rechten Arm. Terv ließ seine Kefirtüte fallen. Der Schlag warf ihn um ein Haar von den Füßen. Nur seinem ständigen Training hatte er es zu verdanken, dass er noch stand. Ein schwarzhaariger Mann lag mit verrenktem Bein vor ihm auf dem Boden und stöhnte. Ein Wahnsinniger! Ein Selbstmörder?

Tervenarius beugte sich vor. »Bist du verrückt?« Zuerst sprach er vor Verblüffung duonalisch, aber wiederholte sich schnell auf Englisch. Die Situation war so absurd, dass er seinen eigenen Schmerz sofort vergaß.

Der Mann keuchte und stöhnte. Terv half ihm auf die

Beine.

»Ich bin geflogen!«

»Ja, das habe ich gesehen!«

»Wo sind meine Flügel?«

Terv schaute auf seinen Rücken. »Du hast keine.« Die geflügelten Aarns von Manturnaa waren weit weg – er konnte keiner davon sein.

»Scheiße!« Der Mann versuchte zu laufen.

»Der Knöchel ist hin«, bemerkte Terv sachlich.

Der Mann ächzte vor Schmerzen.

»Wohnst du da oben?« Er sah zu dem offenen Fenster im zweiten Stock. »Ich helfe dir hoch und dann rufst du am besten einen Arzt.« Der ungeflügelte Mann nickte.

Ohne zu Zögern packte Terv ihn, nahm ihn auf die Arme und lief zur Haustür. Sie war verschlossen. »Schlüssel?«

»Ist oben.« Der verletzte Mann starrte ihn an. »Wie ... wie kannst du mich so einfach tragen?«, stammelte er.

Terv trat mit dem Fuß hart gegen die Tür. Sie sprang auf. Er trug ihn bis in den zweiten Stock.

»Schlüssel ist unter der Zeitung.« Die lag neben der Tür. Tervenarius beugte sich hinab und holte darunter den Hausschlüssel hervor. Dabei kam er dem Mann auf seinen Armen mit dem Gesicht recht nahe. Der schnupperte und sog seinen Geruch ein. So überprüft zu werden fand er etwas befremdlich, aber er würde ihn hoffentlich gleich loslassen können.

Er vergaß sein Unbehagen sofort, als er über die Türschwelle schritt. Die Wohnung besaß eine außerordentlich schwüle und angenehme Atmosphäre, die offensichtlich durch eine enorme Menge Pflanzen und Wasserbecken verursacht wurde. Das war ein Klima, in dem er sich als Pilz extrem wohl fühlte. Erstaunt blickte Terv sich um, nachdem er ihn auf einem Ledersessel mitten im Raum abgesetzt hatte. So ein exotisches Heim hatte er nicht erwartet. Beeindruckt ging er durch den Dschungel und stand fasziniert vor den Aquarien.

»Gefallen sie dir?« Der Mann hatte ihn beobachtet und versuchte zwischenzeitlich seinen linken Schuh auszuziehen. Ihm entwich ein Schmerzenslaut.

Terv kam zurück und kniete sich vor ihn. »Gib her!« Vorsichtig löste er den Schuh von dessen Fuß. Dann zog er die Socke ab.

»Ach du meine Güte!« Der ungeflügelte Mann betrachtete den Fuß.

»Kannst du ihn bewegen?«

Mit schmerzverzerrtem Gesicht wackelte er mit den Zehen. Terv umfasste den Fuß vorsichtig und bewegte ihn langsam.

»Bist du Arzt?«

»Nein! - Ich verstehe lediglich ein wenig von Medizin – aber hauptsächlich von Giften.«

Der Mann blickte ihn, trotz der offensichtlichen Schmerzen, begeistert an. »Wirklich? Hast du gesehen, dass ich einen Steinfisch habe? Das ist der giftigste Fisch auf dem ganzen Planeten!«

Tervenarius erhob sich und lief nochmals zu den Aquarien. Er spürte den Blick des anderen im Rücken. Er kam zurück. »Der Steinfisch versteckt sich aber gut«, lächelte er.

Was war nur mit dem Mann? Er konnte dessen Miene nicht deuten, denn er starrte ihn mit riesigen, blauen Augen und halb geöffneten Lippen an. Terv sah auf dessen Hände. Sie zitterten.

»Geht es dir nicht gut?«, fragte er besorgt. Er hatte ja nicht viel Erfahrung mit der Spezies Mensch, aber dieser hier erschien ihm irgendwie gestört.

»Doch, doch! Ich werde jetzt einen Freund anrufen, der Medizin studiert hat. Der wird mir bestimmt helfen.«

Terv nickte. »Ich bin übrigens Tervenarius. Es war schön dich kennengelernt zu haben.« Er verneigte sich.

»Okay! Ähm ja, ich bin David. Vielen Dank für deine Hilfe!«

Eine seltsame Begegnung. Er sprang die Treppen hinab und versuchte die eingetretene Eingangstür ein wenig zu richten. Ob sein Kefir noch an seinem Platz war? Die Tüte stand auf dem Bürgersteig, er hatte Glück. Er sah zu dem Fenster im zweiten Stock. Menschen waren wirklich seltsame Wesen. Er stieg in den BMW und fuhr ins Rosewood. Er wollte etwas über Steinfische lesen. Pay-TV war uninteressant geworden.

David fluchte, als er am nächsten Morgen aus dem Bett aufstehen wollte. Seinem Fuß ging es nicht viel besser, obwohl ein alter Freund von ihm, Dave, der Medizinstudent, ihn sich noch am Abend angesehen und als verstaucht erklärt hatte. Die kühlende Salbe starrte fingerdick auf der Haut als David den Verband vorsichtig löste. Auto fahren konnte er mit der Verletzung vergessen. Ärgerlich, denn er hatte eine Verabredung mit einem neuen Kunden. Wayne, ein befreundeter Häusermakler, hatte ihm diesen zugeschoben, da er selbst in Urlaub war. Der Mann suchte dringend ein größeres Objekt und David hatte noch drei geeignete Häuser auf Lager. Er sah auf die Uhr. Wenn er pünktlich um zehn Uhr dort sein wollte, musste er sich sputen.

Das Taxi lud am vereinbarten Treffpunkt in Kitsilano ab. Er bezahlte den Fahrer und stieg etwas schwerfällig aus. Dieser blöde Fuß. Sein Kunde war nicht da. David stellte den Kragen seines Mantels hoch, denn der Wind war morgendlich frisch. Er sah zum Himmel. Immerhin versuchte die Sonne, sich einen Weg durch die graue Himmelssuppe zu bahnen.

Ein schwarzer BMW hielt am Straßenrand. Er verstand nicht viel von Autos, aber sah sofort, dass dieser ein größeres Kaliber war. Das war ja schon einmal ein guter Anfang. Obwohl – sein Vater hatte ihm beigebracht, dass dicke Limousinen auch geleast werden können, und man nicht den Geldbeutel des Fahrers daran messen sollte.

Ein Mann stieg aus und David stockte bei seinem Anblick der Atem. Sein Herz setzte ein paar Schläge lang aus. Wahnsinn! Sein Kunde war ER!

Tervenarius trug einen hellgrauen Armanianzug, der mit ihm zu verschmelzen schien, hatte das silbrige Haar mit einem schwarzen Lederband zurückgebunden. Er zog sich rasch einen dunklen Wollmantel über, drehte sich um und blickte ihn an. Seine weiße Haut wirkte in dem fahlen Morgenlicht wie von innen beleuchtet. Er lächelte. Grün. Er hatte grüne Augen.

Aber Moment mal. Wieso denn grün? Waren sie nicht am Tag zuvor blau gewesen? Davids Herz kletterte in den Hals und blieb dort laut klopfend stehen. Wie sollte er sich nach dieser verrückten Vorgeschichte verhalten? Professionell, dachte er – am besten fachmännisch und cool.

Er riss sich zusammen und hinkte auf Tervenarius zu. »Guten Morgen! Ich bin David Martinal.« Er reichte ihm die Hand und verdrängte den Gedanken daran, dass die gleiche Hand am Tag zuvor seinen Knöchel berührt hatte. »Wenn Sie wollen, können wir sofort mit der ersten Besichtigung anfangen. Wir haben hier eine Villa, die leider noch bewohnt ist, aber bald frei wird. Zwölf elegante Zimmer.«

Tervenarius lächelte höflich. »Hat sie einen Keller und wie groß ist die Gesamtfläche?« Mit keinem Wort erwähnte einer von ihnen das Erlebnis vom Vortag. Jetzt ging es ums Geschäft. Das schien sein Gegenüber ebenfalls so zu sehen. Also schloss David die Tür der 1976 erbauten, weißen Villa auf und gab ihm die ersten Informationen.

Tervenarius hörte ihm aufmerksam zu. Nun war David mal nicht der dumme August und konnte mit Fachwissen punkten. Er erklärte das Anwesen und lobte die Villa über den grünen Klee.

Sein Kunde schüttelte den Kopf. »Ich befürchte, das Objekt ist zu klein für meine Zwecke.« Hm, schlecht.

»Okay, kein Problem – ich habe noch zwei weitere Häuser zur Auswahl. Eine schöne Villa und – tja, da ist so eine Art alte Schule. Die hat wohl kaum Wohnqualitäten, aber das kann man ja einrichten. Dafür ist sie riesig und voll unterkellert. Sie liegt sogar nah am Meer.«

»Die möchte ich sehen.«

Sie verließen die Villa und stiegen in den BMW. Der Wagen war wahrlich ein echtes Prachtstück, innen mit Wurzelholz-Armatur und einem beeindruckenden Bordcomputer. »Ein Traumauto.« David lächelte ihn an und blickte auf seine kräftigen, weiße Hände auf dem Lenkrad. Eigentlich hätte er ja lieber gesagt: „Ein Traummann in einem Traumauto." Aber er war zu wohlerzogen um einen potentiellen Käufer so unverhohlen anzuflirten. Also legte er den Kopf an die Kopflehne und schloss eine Sekunde lang die Lider. Am liebsten hätte er in diesem Moment eine Weile in wohligen Gedanken verhaart, aber riss schnell die Augen wieder auf. Der Mann war ein Kunde – er musste sich dringend zusammennehmen.

Wie er versprochen hatte, lag das Haus nah am Meer, im Seafair Drive. Tervenarius parkte und sie stiegen aus. Die Luft war angenehm frisch und salzig. Aus seinem Pferdeschwanz löste sich eine silberweiße Strähne. Sie flatterte im Morgenwind. Sofort begann David erneut zu träumen. Ob er noch einmal die Gelegenheit haben würde, sein Engelshaar zu berühren? Tervenarius strich sich die Haarsträhne hinters Ohr. Urplötzlich fühlte David sich frustriert und leer. Er schloss auf, ließ Tervenarius den Vortritt und folgte ihm hinkend ins Haus.

Die Schule war ein langgestrecktes, weißes, einstöckiges Gebäude. Von einem langen Flur gingen viele Zimmer in alle Richtungen. Das Ganze war, wie David angepriesen hatte, voll unterkellert, der Kellerboden hell gefliest. Sie liefen gemächlich durch das Anwesen, da Davids Fuß weiterhin schmerzte. Jetzt geht es um Geld, dachte er. Ich muss, verdammt noch mal, mit der Träumerei aufhören!

Endlich nickte Tervenarius. »Das sollte umgebaut werden. Was soll das Ganze kosten?«

»Da das Areal sehr groß ist und in der besten Lage 2,2 Millionen.« Dazu kam dann noch seine Vermittlungs-Provision.

Tervenarius überlegte und lief dabei Richtung Eingangstür. David wartete nervös auf seine Antwort. Die alte Schule war ein problematisches Objekt. Sie loszuwerden hätte ihn um einige Kopfschmerzen erleichtert. Er wollte den schönen Mann nicht über den Tisch ziehen, aber Geschäft war Geschäft.

»Da ich sehr hohe Umbaukosten haben werde, würde ich die Schule für zwei Millionen nehmen«, sagte er schließlich.

David schluckte. »2,1.«

Tervenarius lächelte ihn an. »Okay, aber unter einer Bedingung: Sie helfen mir einen fähigen Bauunternehmer zu finden und beaufsichtigen die Umbauarbeiten, wenn ich nicht hier sein kann.«

Was für eine Chance! Jetzt hatte er die Möglichkeit, diesen traumhaften Mann näher kennenzulernen! Doch dann siegte seine Unsicherheit. Er hatte von Innenarchitektur keine Ahnung. David kannte seinen Familiennamen nicht, deshalb sagte er: »Tut mir leid, Tervenarius. Ich weiß leider nichts über Umbauten.« Er hasste sich in diesem Moment für diese Antwort.

Aber sein Kunde blieb hartnäckig. »Sie haben Ihre Wohnung wunderschön hinbekommen – das schaffen Sie bei meinem Haus unter Garantie auch!« Er streckte David die Hand hin.

Der gab sich einen Ruck: »Abgemacht! 2,1 plus Umbau-Beaufsichtigung.« Sie lächelten sich an.

»Das sollten wir zumindest mit einem Kaffee begießen«, grinste David. Es war zu früh für Drinks.

»Kennen Sie eine Milchbar in Vancouver? – Ich bin Milch-Fan.« Tervenarius machte eine Pause. »Wir waren auch schon einmal beim Du.«

David spürte, wie er errötete. Das Erlebnis am Abend vorher war ihm jetzt sehr peinlich. Er kam sich vor wie ein Trottel. »Milchbar? Ja, natürlich.« Er hinkte zu Tervs Auto.

Die Miura Waffle Milk Bar, Downtown, hatte bereits geöffnet. David bestellte sich einen Kaffee und einige Waffeln.

Tervenarius wollte Kefir. Lange saßen sie sich schweigend gegenüber und nippten an ihren Getränken.

Er musste irgendetwas sagen. Versuchen zu erklären. »Ich möchte mich noch einmal für gestern Abend bedanken. Ich hätte dich bei meinem „Flug" auch schwer verletzen können. Nicht jeder hätte so freundlich reagiert. Ich war etwas neben der Spur.«

Tervenarius schaute ihn an. »Helfen die Menschen sich denn nicht gegenseitig?«, fragte er.

Was für eine seltsame Frage, dachte David. »Doch natürlich. Manche sind hilfsbereit, aber, besonders in den Großstädten, sind das nicht alle.«

»Warum sind die Menschen in den Städten anders?«

Wieder so eine komische Äußerung. David überlegte. »Ich denke hier ist es die Anonymität, in der sich viele verstecken. Jeder denkt nur an sich, und da bleibt die Menschlichkeit schon mal auf der Strecke.«

»Das ist schade«, bemerkte Tervenarius nur. Das Thema hatte sich offensichtlich schnell für ihn erledigt, was David erleichtert zur Kenntnis nahm. »Ich habe mich übrigens über deinen Exoten schlaugemacht. Wie schafft man es eigentlich Salzwasser künstlich herzustellen?«

David strahlte – sein Lieblingsthema. Sie begannen ein Gespräch über Fische, Pflanzen, Gifte. Er fand in Tervenarius einen gebildeten Gesprächspartner – der schien Fachmann für Pilze zu sein.

Die Zeit verrann und Tervenarius war bereits bei seinem dritten Kefir. Sie mussten zum Geschäftlichen zurückkommen.

»Wann machen wir die Vertragsunterzeichnung?«, fragte David.

»Wenn es dir recht ist, gebe ich dir schon einmal die Hälfte und du quittierst sie mir. Miss Aiden McGallahan wird aus Calgary kommen und das Haus kaufen.«

Verdammt, dachte David, er ist gebunden. Das hätte ich mir ja denken können. Sein Mut sank. »Deine Freundin oder Ehefrau?«

»Nein.« Tervenarius schmunzelte. »Die Frau meines besten Freundes. Sie werden auch mit in Vancouver wohnen.« Er umklammerte mit seinen weißen Händen das Kefirglas. Es sah so aus, als würden beide verschmelzen. David betrachtete ihn fasziniert.

»Aiden wird morgen herkommen. Wo sollen wir uns treffen?«

»Ich kann gern zu euch ins Hotel kommen. Wo wohnst du?«

»Im Rosewood.«

Das war ja eigentlich klar, dachte David. Er nahm seinen Mut zusammen. »Was machst du heute Abend?« Außer Pay-TV zu schauen hatte Tervenarius nichts vor. »Hast du Lust mit in eine Show zu gehen?«

»Sicher. Warum nicht.«

David strahlte. Seine Freunde würden staunen, wenn er dieses Prachtstück von Mann mitbrachte. »Fein, dann hole ich dich um acht Uhr im Hotel ab. Ich lade dich ein.«

Wie betäubt und aufregt bezahlte David die Rechnung und gemeinsam verließen sie die Milchbar. Er hatte ein Date mit Tervenarius! Er vergaß seinen Knöchel und ging wie in Trance zum Auto. Terv fuhr ihn nach Hause. David betrachtete sein maskulines Profil. Sein Herz klopfte laut bis zum Hals.

Der bemerkte den Blick und lächelte, sah David aber nicht an. »Bis heute Abend.«

Tervenarius war pünktlich. In dunkler Jeans, weißem Hemd und schwarzem Sakko lehnte er an der Wand des Rosewood Hotels. Er trug das Haar offen. Es floss in einem silberweißen Strom über seine Schultern, was ausgesprochen aufregend aussah.

David hatte wieder ein Taxi genommen, denn er war sich nicht sicher, ob der Abend nicht vielleicht doch feuchtfröhlich enden würde.

Sie begrüßten sich mit Handschlag. David hatte sich nervös drei Mal umgezogen. Dann endlich war seine Entscheidung auf eine weiße Hose und ein helles, weiches Versace-Hemd gefallen. Um dem Ganzen einen offiziellen Anstrich zu geben, trug er dazu eine schwarze Krawatte. Es war immer noch recht kühl. Deshalb hatte er seine nachtschwarze Lammfelljacke darüber gezogen. Tervenarius musterte ihn, aber David konnte den Blick nicht deuten. Gefiel ihm, was er sah?

»Wo gehen wir denn hin?«, erkundigte sich Tervenarius.

»Ich dachte, du hättest vielleicht Spaß, dir einmal eine Travestie-Show anzuschauen.«

»Was ist das?«

»Eine Art Cabaret, aber nur mit Männern.«

Tervenarius nickte zustimmend. David war sich nach wie vor nicht klar über seine sexuelle Ausrichtung. Na ja, zumindest schien er tolerant zu sein, denn sonst würde er sich wahrscheinlich nicht bereit erklärt haben, eine reine Männershow zu besuchen. Das ist schon einmal gut, dachte David, als sie aus dem Taxi stiegen und sich dem Eingang näherten.

Madame Ricarda zwinkerte, als sie Terv und ihn durch das kleine Klappfensterchen der Eingangstür betrachtete, und ließ sie ein. Sie lächelte vielsagend.

Sie bekamen einen Platz mit einem guten Blick auf die Bühne. Die Show hatte noch nicht begonnen und die an den runden, schwarzen Lack-Tischchen verteilten Gäste unterhielten sich angeregt. Das rötliche Licht der Wandlampen und der hübschen Glas-Öllampen auf den Tischen schmeichelte dem Aussehen der Besucher. Die gedämpfte Hintergrundmusik ermöglichte leise Gespräche. Ein angenehmes Ambiente. Hoffentlich empfand Terv das auch so.

David blickte sich um. Ausgerechnet an diesem Abend hatte keiner seiner Freunde und Bekannten den Weg ins Cabaret gefunden. Na ja, so schlimm war das nicht. Er konnte nun wohl nicht mit Tervenarius angeben, aber lief auch nicht in Gefahr, seinen Begleiter vielleicht ausgespannt zu bekommen.

Tervenarius musterte die Getränkekarte und bestellte einen Florida-Keeper, den er jedoch nicht anrührte. Er schien wirklich Milchtrinker zu sein. Das war natürlich blöd. So würde er den ganzen Abend auf dem Trocknen sitzen.

»Du trinkst nur Kefir?«

Terv nickte und in diesem Moment begann die Show. Die Wandlampen verdunkelten sich und Scheinwerfer erhellten die mit roten Samtvorhängen eingerahmte Bühne. Die Transe Tatjana imitierte Madonna sehr gekonnt und sang dazu nach einem eigenen Text. Es war klar, dass dieser das Alter des Stars und dessen Bemühungen wie eine junge Sexbombe zu erscheinen, auf die Schippe nahm. Davids Blick huschte zu Tervenarius. Er schien sich nicht zu amüsieren, denn seine Miene blieb unbeteiligt. Vielleicht mochte er Madonna und konnte es nicht leiden, wenn sie durch den Kakao gezogen wurde. David nahm betreten einen Schluck aus seinem Glas. Das war ungünstig.

Danach folgte ein lustiger Auftritt von fünf Can-Can-Tänzerinnen zu lauter Musik. Sie machten ihre Sache wirklich gut, kreischten, warfen die Beine in die Höhe und sangen ein anzügliches Lied. Die Gäste lachten. Ein Seitenblick auf Tervenarius zeigte ihm, dass auch diese Darbietung bei ihm nicht so recht ankam. Verflixt, David hatte den falschen Laden gewählt. Er musste das Desaster schnell beenden.

»Sollen wir lieber irgendwo hingehen, wo es leiser ist?«, fragte er.

Tervenarius sah ihn an und nickte dankbar. »Ja, bitte.«

David winkte dem Crossdresser, der sie bediente hatte und zahlte. Madame Ricarda öffnete ihnen mit erstauntem Gesicht die Tür um sie hinauszulassen. Es half nichts. Er hatte Terv falsch eingeschätzt. Er schien ein ernster Mann zu sein, kein Partygänger. Hoffentlich hat ihm das nicht den ganzen Abend vermiest, dachte David bedrückt.

Erleichtert atmete Terv die kühle Nachtluft vor der Tür. Sein Gesicht wirkte nun viel entspannter. Und was jetzt? Terv beantwortete seine unausgesprochene Frage. »Ich würde mir lieber noch einmal deine Fische anschauen – oder vielleicht ein großes Aquarium besuchen.«

»Das Vancouver Aquarium hat nicht mehr geöffnet«, antwortete David bedauernd. Er wollte den Abend keinesfalls abrupt enden lassen. »Aber wenn du willst, erkläre ich dir gern alle meine Fische.« Sie würden in seine Wohnung zurückkehren.

David winkte einem vorbeifahrenden Taxi, das sofort anhielt und sie mitnahm. Er gab dem Fahrer die Adresse. Vor Aufregung kribbelten seine Fingerspitzen. David bemühte sich, die Finger ruhig zu halten – sie nicht aneinander zu reiben. Nun würde der Abend spannend. Er blickte zu Tervenarius, der interessiert die hell erleuchteten, vorbeihuschenden Straßenzüge betrachtete. Er war David ein Rätsel. Das verunsicherte ihn auf der einen Seite, aber machte ihn auf der anderen aufgeregt und erwartungsfroh. David bemühte sich, nicht unruhig mit den Knien zu zappeln und war froh, als das Taxi endlich anhielt.

Seine Wohnung empfing sie mit ihrer heimeligen Dschungel-Atmosphäre. Schlagartig erlosch seine Nervosität. Tervenarius fühlte sich offensichtlich auch sofort wieder wohl und legte sein Sakko ab. Er trug ein weißes Hemd, das eng an seinem Körper anlag. An seiner Muskulatur war klar zu sehen, dass er viel Sport machte. David fixierte seinen flachen Bauch und das Sixpack, die ihm natürlich ausnehmend gut gefielen. David wusste, dass es ungezogen war ihn anzustarren, aber konnte den Blick nicht abwenden. Er riss sich am Riemen und tat unbeteiligt.

Fische und Gifte. War das nicht ihr Thema? Daran würde er anknüpfen.

»Komm, wir setzen uns hierher und ich erzähle dir etwas über meine Fische. Sie sind eine Seltenheit, musst du wissen.« Damit konnte er punkten. David lächelte.

Sie ließen sich vor dem Kugelfisch-Aquarium auf den weichen Teppichboden nieder. David begann zu erzählen, was er über Kugelfische wusste: Er berichtete von den japanischen Köchen, deren Kunst darin bestand, die Tiere so zuzubereiten, dass nur so viel Gift auf den Teller kam, damit die Zunge prickelte.

Terv lauschte interessiert und betrachtete die aufgeblasenen Fische. Er tupfte mit dem Finger an das Glas und vollführte kleine Lemniskaten. Die Kugelfische folgten seinen Bewegungen.

War das ein Zufall? Es war faszinierend. David nahm seinen Mut zusammen: »Was ich dich die ganze Zeit schon fragen wollte ...«

Terv sah ihn mit seinen blauen Augen an. Ja, nun waren sie wieder blau.

»Warum trägst du Kontaktlinsen?«

Tervenarius legte den Kopf schief. »Weil es mir gefällt.«

Diese Antwort reichte David nicht. »Und was hast du für eine Augenfarbe?«, fragte er neugierig.

»Golden«

David lachte ungläubig. »Na klar.«

Tervenarius senkte den Kopf und tupfte sich mit dem angefeuchteten Finger in die Pupillen. Die blauen Linsen lagen in seiner Hand. Daraufhin hob er den Blick.

Es traf David wie ein Blitz. Solche Augen hatte er noch nie gesehen. Plötzlich war Tervs Aussehen vollkommen: die weiße Haut, das silbrige Haar, die Augenfarbe. Nun passte alles harmonisch. David starrte ihn an. Das flatternde Gefühl in seiner Brust wanderte in seine Mitte. Er schluckte trocken. Auf einmal verstand er, was die Leute mit dem Ausdruck „Schmetterlinge im Bauch" meinten.

»Unglaublich!«, keuchte er. Terv wollte die Linsen wieder einsetzen, aber David hielt ihn davon ab. »Bitte lass sie für heute Abend draußen – für mich«, bat er leise. Er warf alles in eine Waagschale. »Ich möchte gern noch mehr von dir sehen.«

Terv betrachtete ihn nachdenklich und kritisch. Eine Prüfung, die Davids Herz aufgeregt klopfen ließ. Würde er nun einfach aufstehen und gehen? Das war eine eindeutige Anmache gewesen. War er zu weit gegangen? Er hätte alles darum gegeben zu erfahren, was Terv in diesem Augenblick dachte.

Endlich antwortete der sanft:»Ich zeige dir gern mehr, David, aber ich will nicht angefasst werden.«

Was für ein Abenteuer! Er würde sich ihm präsentieren? Sich ausziehen? Für ihn?

»Das ist okay«, flüsterte David.

Terv blieb auf dem Boden sitzen. Ruhig knöpfte er sein Hemd auf, zog es von den Schultern. Sein Oberkörper war milchweiß und strahlte von innen wie eine Marmorstatue.

David war unfähig sich zu rühren. Es war ihn nun auch gleichgültig, dass er ihn unverhohlen anglotzte.

Tervenarius erhob sich und zog gemächlich seine Schuhe, Strümpfe und Jeans aus. Er trug keinen Slip.

Er hatte sich tatsächlich entkleidet. Als wäre es nichts. David konnte die Augen nicht von ihm abwenden, fühlte, wie es ihm heiß und kalt den Rücken hinablief und er anfing zu schwitzen. Tervenarius stand mitten in seinem Wohnzimmer, nackt, als ob es selbstverständlich wäre, und blickte mit unbewegtem Gesicht auf ihn hinab.

So etwas war ihm noch nie passiert. Er durfte schauen, aber nicht berühren. David lehnte sich an das Aquarium und versuchte seine Stirn an dem Glas zu kühlen.

»Alles in Ordnung mit dir?«, fragte Terv besorgt.

»Ja«, flüsterte David und richtete seinen Blick wieder auf ihn.

Terv hatte sich bereits umgedreht und war zum Aquarium des Steinfischs gegangen – präsentierte ihm so auch seine Kehrseite. Sein Körper war perfekt. Gebannt betrachtete David die beiden Grübchen über seinem sanft gerundeten Po. Sein Schwanz reagierte augenblicklich.

»Du hast mir noch nichts von dem Steinfisch erzählt«, stellte Tervenarius lächelnd fest und blickte über die Schulter.

Er würde es in dieser Situation unmöglich schaffen, sich auf einen Aquaristik-Vortrag zu konzentrieren. »Entschuldige, das möchte ich lieber machen, wenn wir uns das nächste Mal sehen«, krächzte David. Sein Hals war entsetzlich trocken.

Tervenarius kam wieder zurück und kniete sich vor ihn auf den Boden. Er blickte ihm forschend ins Gesicht.

»Weißt du eigentlich, wie schön du bist?«, stieß David hervor.

»Du findest mich schön?« Dieser Gedanke schien Terv fremd zu sein.

Wie konnte es sein, dass ein Mann wie er zum einen nicht wusste, wie gut er aussah und es zum anderen nicht ausnutzte?

Plötzlich begriff er offensichtlich, dass David ihm ein Kompliment gemacht hatte, denn er lächelte. Instinktiv streckte David, entgegen ihrer Abmachung, die Hände nach ihm aus. Terv wich zurück.

David ließ die Hände sinken. Wie gelähmt sah er zu, wie das Objekt seiner Begierde das Hemd und die Jeans wieder anzog. Dann Strümpfe und Schuhe. Ja, er hatte sich auf seine Bitte hin ausgezogen. Einfach so. Mehr nicht.

Seine Miene musste Bände gesprochen haben, denn Tervenarius kniete sich vor ihn und nahm sein schweißnasses Gesicht in die Hände. Endlich küsste Terv ihn sanft. Davids Herz setzte einen Schlag lang aus. Seine Lippen waren weich und warm. Sein Duft von Marzipan und Veilchen hüllte ihn sekundenlang ein. Dann war es vorüber.

Tervenarius erhob sich und ging, das Sakko über die Schulter gehängt. »Wir sehen uns morgen um elf Uhr zur Unterzeichnung im Rosewood«, sagte er. David saß da wie hypnotisiert und war nicht einmal mehr fähig ihm zu antworten.

Am nächsten Morgen stand Tervenarius mit Aiden und Solutosan in der Halle des Rosewood und wartete auf den Makler. Er war froh, dass sein auffälliger Chef sich mit blauen Kontaktlinsen und einem Hut getarnt hatte. Solutosan hielt Aiden fest an seiner Seite, als erwarte er einen Anschlag der Bacanis. David erschien nur minimal unpünktlich und entschuldigte sich. Tervenarius stellte ihm die beiden vor. Überrascht musterte David die große, rothaarige Schönheit an Solutosans Seite.

Tervenarius grinste. Er war es gewöhnt, dass das Paar überall Eindruck machte.

Sie hatten eins von Rosewoods Besprechungszimmern gebucht und nahmen in den bequemen Sesseln um den runden Mahagonitisch Platz.

»Möchten Sie das Anwesen erst besichtigen?«, fragte David.

Solutosan lächelte freundlich. »Nicht nötig, ich habe Handyfotos gesehen. Außerdem weiß mein Freund genau, was ich haben will. Wenn die Substanz des Gebäudes in Ordnung ist, kaufen wir es.«

»Danke für dein Vertrauen«, sagte Tervenarius telepathisch zu Solutosan. »Ich denke, dir wird das Haus wirklich gefallen. Endlich eins, das groß genug ist. Nach dem Ausbau haben wir dort alles, was wir brauchen.«

»Wirst du den Umbau überwachen, Terv?«

»Wenn du mich nicht woanders eingeplant hast, ja.«

»Okay«, antwortete Solutosan. »Was ist mit dem Makler?«

»Was soll mit dem sein?«, fragte er ablehnend.

»Planst du etwas mit dem? Ich wittere solche Dinge.«

»Ich bin mir nicht sicher, Solutosan. Es ist alles ein wenig verwirrend. Du weißt, wie kompliziert das mit den Menschen werden kann.«

»Oh ja« ... Der Duocarn Chef nickte.

»Du solltest noch etwas wissen, Solutosan. Ich weiß jetzt, warum es die letzten Monate um die Bacanis so ruhig war. Besorge dir die Vancouver Sun für Details. Die ausgefressenen Leichen sind alle aufgetaucht. Sie waren aktiv.«

Aiden wollte die entstandene Stille überbrücken und runzelte unzufrieden die Stirn. »Sie haben das Geld schon erhalten, Herr Martinal?«, fragte sie freundlich.

»Eine Anzahlung.« Sie wandte sich zu Solutosan. »Ich für meinen Teil würde jetzt erst gern zum Haus fahren und es besichtigen. Wir können die Abwicklung ja dort fertigmachen.«

»Selbstverständlich«, antwortete David beflissen.

Solutosan bekam einen Heiterkeitsausbruch, als er den BMW sah, den Tervenarius gekauft hatte.

Aiden schüttelte nur den Kopf. »Männer und ihre Spielsachen!« Aber auch sie musste lachen. Solutosan blickte sie von der Seite an. Sie lachte wieder! Er hatte mit seinem Wechsel nach Vancouver richtig gelegen.

Seafair gefiel ihm und begeistert sah er, dass das Gebäude nur durch eine schmale Straße vom Strand getrennt war. Der Rest war ihm schon fast gleichgültig.

Aiden lief neugierig in den vielen Räumen umher, und machte in Gedanken einen Plan. »Ich glaube, ich werde mit Tervenarius hierbleiben und das Haus umbauen.«

Solutosan hob erstaunt den Kopf. Sie hatte gelacht und konnte sich wieder für etwas begeistern. Das war ein guter Anfang. »Richte es ein, wie du es haben willst, Aiden.« Er zog sie ungeniert in den Arm und küsste sie.

Mit einem Seitenblick nahm er wahr, wie der Makler ihn anstarrte und dann zu Tervenarius lächelte. Er hatte also recht gehabt. Da war etwas zwischen den beiden.

»Ich brauche keinen Architekten«, tat Aiden in diesem Moment kund. »Die kosten nur unnötig Geld – außerdem sind Tervenarius und Herrn Martinal ja hier. Wie ich gehört habe, helfen Sie uns den Bau zusätzlich zu überwachen?«

»Das war so abgemacht«, antwortete der dunkelhaarige Mann.

»Fein!« Sie ließ ihn los, drückte den Kaufvertrag gegen die Wand und setzte schwungvoll ihre Unterschrift darunter.

»Gratuliere zum neuen Haus«, lächelte der junge Makler und blickte Tervenarius dabei an.

Bar fuhr ins Westend, streunte erst ein wenig im Hafenviertel von Vancouver umher, und klapperte dann nach und nach die ganzen Clubs ab. Jetzt machte sich seine Lederkleidung bezahlt, denn in die meisten Clubs und Kneipen wurde er eingelassen.

Er nahm sich vor, sich später noch weiter im Hafen umzuschauen, um vielleicht eine verlassene, abgelegene Lagerhalle zu finden. So etwas erschien ihm für seine Pläne erstrebenswert. Er hatte die ewige Fahrerei von seiner Basis im Norden Vancouvers satt. Er wollte näher am Geschehen sein. Im Westend waren die ganzen Touristen. So viele fette Schlachtschweine auf einem Haufen!

Die Kneipe, in der er im Moment stand, war besonders abgetakelt und dreckig. Bar lehnte sich neben die Klotür an die fleckige Wand und betrachtete die zerfetzten Poster, mit denen jemand die Kneipenwände dekoriert hatte. Die Menschen darauf kannte er nicht. Vielleicht Verstorbene, an die so erinnert werden sollte. Er widerstand der Versuchung, sich mit der Kralle am Kopf zu kratzen, als ein dicker Mann völlig betrunken an ihm vorbei auf die Toilette schwankte. Bar überlegte ihn anzusprechen. Er brauchte Kontakt – musste mit jemandem kommunizieren. Aber er bezweifelte, dass das besoffene Schwein überhaupt fähig war, ein vernünftiges Wort hervorzubringen.

Während er noch nachdachte, stellte sich eine hagere, dürre Frau neben ihn. Mit rauchiger Stimme hauchte sie ihm ins Ohr: »Na Süßer! Nur fünf Dollar!«

»Wofür?«

»Fünf für Blasen, zehn Verkehr, fünfzehn ohne Gummi, zwanzig anal. Küsse auch.«

Bar runzelte die Stirn. Dass die Menschen wie die Warrantz kopulierten, war ihm bekannt – aber, dass Frauen ihn so direkt darauf ansprachen, - das war neu.

»Ich will Informationen kaufen.« Er sah, wie sie gierig das leichte Geld witterte.

»Komm mit raus«, flüsterte sie heiser.

Zusammen verließen sie die Bar. Er wollte sie so weit wie

möglich von der Menschenmenge fortlocken und ging zügig Richtung Hafen.

»Hey! Ich hab keinen Bock auf 'ne ganze Wanderung! Was willste wissen und was zahlste?«

»Ich suche einen Mann, der für Geld alles macht. Einen der studiert hat, wenn du weißt, was ich meine.«

Sie dachte nach. »Ich kenn' da einen – den Professor. Weiß nicht, ob das ein Gelehrter ist, aber jeder nennt ihn so.«

»Wo finde ich den?«

»Erst fünf Dollar!«

»Okay, ich gebe dir zehn, wenn du noch bläst.« Sie streckte die Hand aus. Er sah sich um. In der Nähe war ein Seitenarm des Hafens. Die schmutzigen, kleinen Häuser standen dicht gedrängt und die Gassen dazwischen waren nur schummrig beleuchtet. Ein guter Platz, entschied er.

Zögernd holte er zehn Dollar aus der Hosentasche, die sie gierig griff.

Bar hob den Schein aus ihrer Reichweite. »Erst der Professor!«

»Das war der, der in der Kneipe eben kotzen ging.«

Aha, der Alkoholiker. Den hatte er registriert. Bar öffnete seine Hose und zog sein Glied heraus.

»Hey, was bist du denn für einer? So 'ne Form hab ich ja noch nie gesehn!«

»Halts Maul und mach!«, stieß er hervor. Die Frau kniete sich hin und zog ihm umständlich eine Gummihülle über das Glied. Sie gab sich redlich Mühe, aber ihre zitternden Finger schafften es nicht.

»Au Scheiße, ich brauche einen Schuss! Egal, jetzt lassen wir's runter.« Sie nahm seinen Schwanz in den Mund und begann zu saugen.

Nun verstand er, was die Menschen an dieser Art sexuellen Technik fanden. Bar stöhnte und wand sich. Sie versuchte ihn möglichst schnell abzufertigen, was nicht gelang.

Sie gab sich redlich Mühe, aber er kam nicht zum Ende.

»Mensch, du kannst wohl nix mit deinem Scheiß-Ding! So,

das war genug für den Fünfer!«

Dieses Miststück! Sie brach einfach ab! Er schloss seine Hose. »Warte mal! Ich wollte dir noch etwas schenken.« Unvermittelt trat er näher an sie heran. Mit einem Hieb seiner Kralle schlitzte er ihr die Halsschlagader auf. Voller Panik fasste sie sich an den Hals. Da war er wieder – der Blick, den er schon so oft gesehen hatte: Ungläubigkeit, Entsetzen und Angst standen darin. Bar fletschte verächtlich die Zähne, wartete, bis sie zu Boden gesunken war, holte sich seine zehn Dollar aus ihrer Tasche und fuhr dann die Spiralvene aus. Er wollte sie nicht mit den Fangzähnen berühren, deshalb riss er mit der Kralle ihre Hose auf, nahm den Weg zwischen ihren Beinen, perforierte die Gebärmutter. Er lehnte an der Wand und sog gierig. Fortpflanzungsfähig war die verkommene Frau sogar noch gewesen.

Nachdem er die Vene wieder unter die Zunge gezogen hatte, rollte er den Leichnam mit dem Fuß in den nächsten Kanal, in dem er platschend verschwand. Er verschwendete keinen weiteren Gedanken an sie.

Bar schlenderte langsam zur Kneipe zurück. Seltsam, bei dem dicken Mann in der Bar hatte er schon vorher das Gefühl gehabt, dass der interessant für ihn werden könnte. Er sah sich in der dämmrigen Spelunke um – ging auch ins Klo. Nein, der Kerl war weg. Er würde morgen wiederkommen und nach ihm schauen. Alkoholiker kamen immer zur Tränke, wie Vieh – so viel hatte er verstanden.

Er hatte keine Lust in die Basis zurückzukehren, deshalb fuhr er erneut im Hafenviertel herum und suchte nach verlassenen Ecken und Winkeln. Bar entfernte sich dabei immer weiter vom Westend. Harbourview Park gefiel ihm. Er parkte und streunte zwischen den Industriehallen umher. Bingo! Da standen Hallen, die scheinbar lange nicht benutzt worden waren. Durch die fehlenden Fensterscheiben pfiff der Wind, die alten Türen schlugen und klapperten. Bar nahm eines der Gebäude genauer in Augenschein. Es hatte eine Art Maschinenpark beherbergt. Den Maschinenfragmenten konnte Bar keine Funktion zuordnen. Was ihm gefiel, waren etliche, miteinander verbundene Bodenbecken, die wie einzelne Zimmer in den Untergrund eingelassen waren. Wenn diese eine Abdeckung hätten, wären sie ideale Verstecke. Er überschlug im Kopf, wie viele Bretter er benötigen würde, um die Becken abzudecken. Das war eine Menge – er schätzte die Summe auf einige tausend Dollar. Neugierig inspizierte er das Objekt weiter. Metallplatten stapelten sich auf einem Haufen in einer Ecke des Gebäudes. Für seine Zwecke noch besser geeignet als Holzbretter – und schon vor Ort. Er beschloss, das Projekt im Auge zu behalten. Die Halle war ideal, um seine Pläne fortzuführen.

Er parkte den alten Ford in der Nähe des Geländes und machte es sich bequem, um zu schlafen. Am nächsten Tag würde er sich den Tagesbetrieb in der Gegend betrachten und am Abend nach dem dicken Säufer Ausschau halten. Professor, was bedeutete das? Er nahm sein Handy und ging online, googlete nach dem Wort. Ah, okay – nicht schlecht. Vielleicht war der Mann wirklich geeignet. Er brauchte einen korrupten Chemiker. Bar würde suchen, bis er ihn gefunden hatte.

Mit dem Hausverkauf plus seiner Zusage beim Umbau mitzuhelfen begann sein Desaster. Ja, dachte David und blickte zu Terv, der an einem improvisierten Schreibtisch aus zwei Blöcken und einer Platte saß und an seinem Laptop arbeitete. Das habe ich mir selbst zuzuschreiben. Er will nichts von mir und ich sitze nun hier und himmele ihn an. Warum habe ich mir das angetan?

David betrachtete Terv und nahm jedes Detail in sich auf: die eng sitzende Jeans und den eierschalfarbenen Strickpulli. Das zu einem Pferdeschwanz gebundene Haar hatte sich wie kleine silberweiße Schlangen auf dem Rücken in die groben Maschen des Pullovers verschlungen. Die sehnigen Hände auf der Tastatur, das konzentrierte, vorgeneigte Profil. Tervenarius bemerkte seinen Blick und wandte den Kopf. Er trug Kontaktlinsen, wie immer wenn sie auf der Baustelle waren. An diesem Tag waren sie braun. Nein, er lächelte nicht, sondern sah wieder zum Bildschirm. Ja, selbst dran schuld. David traute sich nicht zu seufzen. „Ich gehe mal nachsehen, wie weit der Fliesenleger im Keller ist", sagte er zu Terv, der lediglich nickte. Er erhob sich und verließ das Zimmer.

Nein, er wollte nicht in den Keller, sondern erst einmal nur fort. Er benahm sich peinlich – er wollte nicht schon wieder so nervig sein, sich unreif verhalten. David lehnte sich an die Wand im Flur. Wie werde ich diese rosarote Brille nur los?, fragte er sich. Er hatte sich derartig rettungslos in Tervenarius verliebt, dass ihm beim jedem seiner Blicke das Herz in die Hose rutschte. Ich muss cool bleiben. Ich muss mich wie ein Mann verhalten und nicht wie ein kleiner, dummer Junge. Das wird die einzige Möglichkeit sein, um ihn von mir zu überzeugen. Ich werde Kompetenz zeigen. Er nickte. Ja genau, Fachwissen wäre gut. Er beschloss, sich über Innenarchitektur gründlich schlau zu machen. Außerdem würde er versuchen Tervenarius zu Freizeit-Aktivitäten zu überreden. Was gab es denn in Vancouver in diese Richtung? Er hatte keine Ahnung, was die Touristen in seiner Heimatstadt gerne besichtigten. Er selbst kannte nur das Aquarium. Genau, das wollte er machen. Vom Aquarium wusste er, dass es um siebzehn Uhr schloss, also würde er Terv für den Nachmittag einladen mit ihm dorthin zu gehen. Da konnte er auf jeden Fall mit interessanten Informationen aufwarten.

Nun setzte er sich doch in Richtung Keller in Bewegung und warf einen Blick auf den Fußboden. Die Fliesenleger waren fleißig gewesen und hatten die Hälfte geschafft. Zufrieden stieg er die Treppen hinauf.

„Die Hälfte ist fertig", verkündete er im Wohnzimmer angekommen. Terv drehte sich zu ihm und nickte. „Gut. Haben sie auch die Wände des Umkleideraums gemacht?"

Verdammt, da war er natürlich nicht gewesen. Das fing ja gut an mit seiner Kompetenz.

„Da war ich nicht", antwortete er wahrheitsgemäß und setzte sich an den großen Tisch mit den Hausplänen. „Aber wenn du willst, gehe ich nachschauen."

Tervenarius schüttelte den Kopf. „Nicht nötig. Das werden wir ja am Abend sehen."

David nahm seinen Mut zusammen. „Terv?"

„Hm?" Er sah nicht auf.

„Hast du nicht Lust? Ich meine, heute Nachmittag haben wir nicht so viel auf dem Plan." Er stockte. „Möchtest du mit mir ins Aquarium gehen?" Er konnte nicht verhindern, dass er rot wurde.

Tervenarius musterte ihn durchdringend, was seine Röte noch verstärkte. Er hasste sich dafür.

„Warum nicht? Ja, das könnte ganz interessant werden", antwortete Terv und lächelte.

Das war vieldeutig. Oder bildete er sich das ein? Bestimmt hatte Terv nur die Fische gemeint und nicht ihn. Verdammt.

„Prima." Trotz seiner Röte gab er sich Mühe ein unbeteiligtes Gesicht zu machen. „Dann lass uns nach dem Essen losfahren, okay?"

Es war bereits hell als David aufwachte. Samstag. Die Arbeiter würden an diesem Tag später kommen – wenn überhaupt. Aiden war mit Solutosan nach Calgary geflogen. Also hatte er an diesem Tag auf jeden Fall frei.

Er kuschelte sich ins Kissen. Terv ins Aquarium einzuladen war eine prima Idee. Sie hatten es nötig gehabt einmal aus der Baustelle herauszukommen, um ein paar gemeinsame Stunden zu verbringen, ohne die Probleme des Umbaus zu wälzen. Dementsprechend entspannt waren sie beide durch das riesige Gebäude mit der feucht-warmen Luft von Becken und Becken geschlendert. Ein Mal hatten sich sogar ihre Hände zufällig berührt, als sie vor dem Aquarium mit den Haifischen standen. Ob Terv das bemerkt hatte? Nein, gewiss nicht.

Er konnte Tervs Verhalten nicht deuten, was ihn nach wie vor verunsicherte. Tervenarius hatte ihn geküsst. Machen Hetero-Männer so etwas? Eigentlich nicht. Vielleicht war er schwul aber David war einfach nicht sein Typ? War es eher ein väterlicher Kuss gewesen? Das musste es sein.

Ich gebe nicht so schnell auf, dachte er. Ich werde meinen Plan weiter verfolgen und versuchen mit ihm auszugehen. Irgendwann wird er sicher weich. Oder er sagt mir auf den Kopf zu, dass er nicht will. Das muss ich riskieren. David seufzte. Ach, es wäre so schön, wenn er nachgäbe. Wenn er mich in den Arm nehmen und küssen würde. Ob er wohl ein aktiver Mann war? Ein Top? Oh je, so weit mochte er überhaupt nicht denken. Aber die daunenweichen Kissen verführten ihn zum Träumen. Er liebte es, dass Tervenarius so weich war – Haut und Haar wie Seide. Alle seine bisherigen Liebhaber hatten glatte Haut gehabt, stramm über den Muskeln, und nicht derartig streichelzart. Dazu diese Augen. David seufzte erneut.

Er selbst war in der Männerwelt beliebt. Aber er schien nicht gut und reizvoll genug für Tervenarius. Ob der überhaupt schwul war?

Meine Gedanken drehen sich im Kreis, dachte David frustriert. Ich stehe mal besser auf und informiere mich gründlich über Vancouver und dessen Attraktionen. Ich werde ihn so lange belagern, bis er mir eine Antwort auf meine unausgesprochene Frage gibt!

Tervenarius beobachtete David, wie er sich mit Eifer über die Hauspläne beugte. Er beglückwünschte sich zu der Idee, den Makler für den Umbau verpflichtet zu haben. Der hatte ganze Arbeit geleistet und einen fähigen Bauunternehmer aufgetan, der Lust, und vor allen Dingen Zeit, hatte, die

Änderungen am Haus vorzunehmen. Verwundert hatte dieser Aidens Wünsche vernommen, die ihm mit ernstem Gesicht von einem geplanten Trainingszentrum für Sportler erzählte. Tervenarius, der an dem Gespräch mit dem Bauunternehmer teilnahm, musste ein Grinsen unterdrücken und bewunderte ihren Einfallsreichtum. So erklärten sich die vielen Wohneinheiten mit den separaten Bädern. Auch die Trainingsräume wurden somit selbstverständlich. Den Schießstand wollten sie von einem anderen Unternehmer einfügen lassen. Zusätzlich war eine große Garage für die vielen Fahrzeuge neu angebaut worden.

David und er halfen Aiden jeden Tag. Sie planten mit ihr und unterstützen sie, wo es ging. Tervenarius bemerkte, wie diese Arbeit ihn mit dem jungen Mann verband. Aber nicht nur der Umbau schweißte sie zusammen. Auf Grund ihrer vielen gemeinsamen Interessen unternahmen sie öfter etwas miteinander.

David hatte nie wieder versucht, ihn zu einem dieser typischen Männer-Vergnügungen mitzunehmen. Dafür waren sie staunend durch die Museen von Vancouver gelaufen, hatten das Aquarium besucht, das Maritim Museum und den Chinesischen Garten. David kannte seine Heimatstadt wohl selbst nicht so richtig und entdeckte sie jetzt mit ihm zusammen. Oftmals, wenn sie sich näher kamen, bemerkte Tervenarius Davids verliebten und manchmal flehenden Blick, überspielte diese Situationen jedoch mit belanglosen Worten. Er mochte den hübschen David, aber, so wie auch in den Äonen zuvor, fand er sich für ein festes Liebesverhältnis ungeeignet. Deshalb wünschte er, dass David die Annäherungsversuche seinließe. Gelegentlich spürte er sogar deswegen einen leichten Groll, den er jedoch stets unterdrückte.

David bemerkte seinen Blick, hob den Kopf und sah ihn an. Wieder lag diese hoffnungsvolle Erwartung in seinen Augen. So allmählich wurde David zum Problem. Und das drängte auf eine Erledigung. Er musste deswegen dringend mit ihm sprechen.

Es hatte tagelang geregnet. Das Meer schäumte grau und unfreundlich und Sturzfluten von braunem Wasser liefen die Straßen herunter – so viel, dass die Gullis die riesigen Mengen kaum noch aufnehmen konnten. Tervenarius war schlagskaputt und wollte sich in den Ruhemodus in seiner Suite im Rosewood begeben, da klingelte sein Handy. David!

»Hör zu Terv, ich bin am Haus. Ich glaube, uns schwimmt hier gerade die neu gemauerte Garagenwand weg. Wir müssen etwas unternehmen.«

»Ich komme!« Leicht genervt warf Terv sich in eine alte Jeans und eine blaue Jeansjacke, band sich das Haar zusammen und nahm den BMW zum Haus.

Es stimmte, was David gesagt hatte. Die Mauer wurde so unterspült, dass eine neue Wand der Garage einzustürzen drohte. Glücklicherweise hatte David mitgedacht, bereits Material zusammengesucht und Regenkleidung bereitgelegt, die sie sofort anzogen. Mit vereinten Kräften schleppten sie Sandsäcke herbei und stützten die Wand mit Holzbalken ab. In dem Moment, in dem sie dachten, sie hätten es geschafft, gab die Mauer nach und sank regelrecht in sich zusammen. Es war ein aussichtsloser Kampf gewesen. Frustriert und hilflos standen sie davor. Der Regen rauschte immer noch wie aus Kübeln hernieder. Sie würden bis zum Morgengrauen warten müssen, um den Schaden zu beheben.

Terv stapfte auf duonalisch fluchend in die Garage und zerrte an seiner klatschnassen Jacke. Das Wasser war durch den dicken Stoff gedrungen. Er bemerkte David, der sich bereits aus den nassen Kleidungsstücken geschält hatte, und gerade dabei war, seinen völlig durchnässten Slip über die Schenkel nach unten zu ziehen. David lächelte schief. Dann flammte sein stahlblauer Blick. Das war eine solch eindeutige Einladung – Tervenarius konnte sie nicht mehr übergehen. Wütend wie er war, wollte er es auch nicht mehr. Er hatte das Limit der so offensichtlichen Aufforderungen erreicht und wünschte sich, verdammt noch mal, endlich seine Ruhe!

Terv starrte ihn zornig mit zusammengekniffenen Augen an. Ein Knurren drang tief aus seiner Brust, als er sich David näherte. Das würde er nun endgültig regeln. »Jetzt ist Schluss!«, grollte er. Er wollte es? Dann bekam er es!

Er packte David am Nacken, drehte ihn nach vorne über ein altes Ölfass. Mit der rechten Hand drückte er ihn kräftig auf das Fass nieder und riss sich mit der linken die gummiartige Hose herunter. Unter dem brutalen Griff drang er unnachgiebig in David ein. Er verlor die Beherrschung. Haut-Sporen lösten sich. Die Luft um sie herum wurde zum Schneiden dick. David röchelte. Er wehrte sich nicht.

Terv ließ Davids Nacken los und umklammerte stattdessen seine Lenden. Er stieß wie ein Wilder – unbarmherzig und entfesselt. Laut keuchend ergoss er sich in ihn, zog mit den Nägeln tiefe Kratzer über seinen Po. Schmerz und Lust lösten aus Davids Kehle einen heiseren Schrei. Das Ganze hatte nur wenige Minuten gedauert.

Terv stand schwer atmend hinter ihm, die regennasse Jacke noch am Leib, die Hose heruntergelassen. Er fühlte sich völlig überrumpelt. Jetzt erst kehrte sein klarer Verstand wieder. Er hatte die Fassung verloren und David Gewalt angetan. Und ihm waren unabsichtlich Pilzsporen entwichen. Wären sie giftig gewesen ... Entsetzt stierte er auf Davids zerkratzte Lenden – auf sein eigenes, blutbeflecktes Glied. Er hatte ihn verletzt. Wie konnte das passieren? Der Schock drückte ihm die Kehle zusammen.

David drehte sein Gesicht zu ihm. »Ich liebe dich«, keuchte er.

Das konnte ja wohl nicht sein. Hatte er denn nicht verstanden, was eben geschehen war? Er musste doch den Schmerz gespürt haben. Wieso sagte er jetzt so etwas?

»Du weißt nicht, was du sagst!« Der Hass auf sich selbst ließ ihn wütend brüllen. »Liebe? Was hatte das mit Liebe zu tun? Ich verliere die Kontrolle und bin gefährlich. Ein Wunder, dass ich dich nicht umgebracht habe! Ich bin ... ich bin ... ein Monster! Mich kann man nicht lieben ... .« Seine

Stimme erstarb.

David hört ihn nicht. »Endlich!«, stieß er hervor. »Endlich bist du bei mir!« Er musste reden, aber er wollte ihn gleichzeitig auch küssen, tief und hungrig. »Du bist da! Ich liebe dich!« Er steckte Tervenarius die Zunge in den Hals, biss ihn, biss in seiner Hektik sich selbst, klammerte sich an ihn, so dass er das beklemmende Gefühl bekam, er wolle ihn verschlingen.

Terv schob ihn verwirrt von sich. Er verstand nicht, wieso David nach dem, was eben geschehen war, nicht mit Abscheu reagierte. Der junge Mann hatte sich wochenlang um ihn bemüht, war freundlich und liebevoll, und er? Er ließ sich einfach gehen und schändete ihn, weil er mit seiner Art von Zuneigung nicht klarkam. Er war verachtungswürdig. Terv stand erschüttert da, konnte nicht verhindern, dass ein Schluchzen in seiner Brust aufstieg.

Entschlossen zog David seinen Kopf auf seine Schulter und schlang die Arme um ihn, streichelte ihn und sprach sanfte, beruhigende Worte.

Der Mann war so warm – so lieb! Er, den er misshandelt hatte, wollte ihn jetzt trösten. So etwas hatte er noch nie erlebt. Er spürte Tränen aus seinen Augen dringen. Einige kugelten Davids nackten Rücken hinunter, klickten mit einem kleinen, metallischen Geräusch auf den Deckel des Ölfasses.

Wie konnte er das nur wieder in Ordnung bringen? Terv entzog sich Davids Umklammerung, streifte endgültig die nassen Sachen ab und rannte splitterfasernackt zum Auto um eine Decke zu holen. Die Wolldecke war da, und auch ein altes Handtuch.

David stand fassungslos, nackt, vor Kälte zitternd, im Schein der einzigen Glühbirne und starrte auf die goldenen, erstarrten Tränen in seiner Handfläche, die er von dem Fass genommen hatte.

Er würde sich den Tod holen. Energisch schloss Tervenarius Davids Hand um die Tränen, zog ihn mit sich und drückte ihn auf einen Haufen Zementsäcke, die in der Garage auf einer Holzpalette gestapelt waren. Sorgfältig wickelte er die Decke um Davids bebenden Leib. Nachdem er seine Pilzschicht verstärkt hatte, schlang er sich das Handtuch um die Lenden. Wortlos setzte Terv sich neben ihn und legte den Arm um seine Schulter. Beide versanken in Gedanken.

Aus der Garage konnten sie auf den Ozean schauen. Es hatte aufgehört zu regnen und das Meer wellte sich nun mit kleinen Schaumkrönchen, die ans Ufer schwappten. Er hatte mit David kopuliert und ihm weh getan. Wie war ihm derartig die Kontrolle über sich entglitten? Das schockierte ihn. Aber David hatte mit Liebe reagiert – ihn sogar getröstet. Wieso? Er war noch nie einem Wesen wie ihm begegnet – so sanft und gleichzeitig so stark. Etwas rührte sich in ihm. Ein warmes Gefühl breitete sich in seiner Brust aus, wenn er den Mann neben sich betrachtete.

David legte sacht die Hand auf seinen Arm. »Frierst du nicht?«

»Nein.«

»Du bist kein Mensch, stimmt's?« Er schloss die Faust fest um die goldenen Tränen.

»Ich bin Duonalier. Es ist eine lange Geschichte.« David schien nicht einmal schockiert. Er hockte eine Weile schweigend neben ihm.

»Ist es in deiner Welt normal so einen heftigen Sex zu machen?«, stieß er dann hervor.

Tervenarius spürte, wie er erbleichte.

»Nein«, Terv senkte beschämt den Kopf. »Ich war wütend und habe mich gehenlassen. Das ist unverzeihlich. Ich hatte gehofft, dass mir so eine Entgleisung nie wieder passiert. Ich ...«, er verstummte.

»Du warst zu wild, das ist wahr. Aber ich verzeihe dir.« David blickte ihm ernst in die Augen. »Geschehen ist geschehen.«

»So etwas wird nicht mehr passieren«, bestätigte Tervenarius reumütig.

Ruckartig richtete sich David auf. Die Decke rutschte von seinen nackten Schultern. »Oh doch! Wir werden es wieder machen! Nur wirst du verstehen, dass es Regeln gibt, die man beachten muss. Man kann sich nicht einfach nehmen, was man will!«

Terv blickte ihn prüfend an. Das schien sein Ernst zu sein. Er wollte ihn weiterhin, obwohl er sich als solcher Warrantz erwiesen hatte. Er lächelte ungläubig. »Ihr Menschen seid schwer zu begreifen. Ich habe noch nie jemanden wie dich getroffen. Du bist, wie soll ich das sagen ...«, er zögerte, »... großherzig, außergewöhnlich, sensibel und dazu – sehr begehrenswert.«

David schoss die Röte ins Gesicht. »Ich finde mich ganz normal«, stotterte er. Komplimente waren ihm offensichtlich unangenehm. Er zupfte einen Fussel von der Decke und wechselte eilig das Thema. »Erzähle mir lieber, wo du herkommst. Warum willst du dich ausgerechnet in Vancouver niederlassen?«

Terv nahm seine Hand und strich sacht nacheinander über jeden seiner Finger. David war bewunderungswürdig, ungewöhnlich und – liebenswert.

»Wir kommen von einer Welt namens Duonalia. Auf einer Weltraumpatrouille sind wir in eine Raumverzerrung geraten, wahrscheinlich eine Anomalie oder ein schwarzes Loch. Dadurch kamen wir vom Kurs ab und sind mit einem Raumkreuzer in Calgary gestrandet. Unser Führer hat kürzlich beschlossen, nach Vancouver umzuziehen.«

»Raumschiff?« David riss die Augen erstaunt auf.

»Ja.«

»Kann ich das mal sehen?«, fragte er aufgeregt.

»Der Kreuzer wurde bei der Notlandung beschädigt und wir haben ihn danach zerstört. Einer meiner Freunde hat ihn in Atome zerteilt.«

Davids Lächeln erlosch. »Ich kenne nur Solutosan und Aiden, Terv. Wer sind denn die anderen? Kommen sie alle nach Vancouver? Ist das Haus deshalb so ausgebaut worden?«

Tervenarius nickte und streichelte ihm sanft die Wange. »Du brauchst nicht so besorgt schauen, David. Wir sind keine Menschenfresser. Wir wollen eigentlich nur in Ruhe untertauchen und hoffen auf eine Chance irgendwann zurückzufliegen. Unsere Kaste nennt sich Duocarns, bestehend aus fünf Kriegern und einem Navigator. Solutosan ist der Chef. Er hat Aiden in Calgary kennengelernt. Sie hat uns viel geholfen.«

»Fand sie es nicht außergewöhnlich echten Aliens zu begegnen?«, staunte David.

»Doch, natürlich. Sie hat sich jedoch Hals über Kopf in Solutosan verliebt. Und du? Findest du es nicht befremdlich neben einem Duonalier zu sitzen?«

David antwortete nicht, sondern schloss einen Moment die Augen, denn Tervs streichelnde Hand glitt über seine Nase, berührte seinen Mund, das Kinn. Sie fuhr seinen Hals hinab, umfasste das Genick und zog ihn zu sich heran. Keine Antwort ist auch eine Antwort, dachte Terv.

Jetzt wollte er es wissen. Ihm waren Davids weiche Lippen noch in Erinnerung an dem Tag, als sie gemeinsam in seiner Wohnung vor dem Aquarium saßen. Aber das war kein richtiger Menschenkuss gewesen, wie er ihn im Fernsehn und im Internet gesehen hatte. Vorsichtig öffnete Terv seine Lippen und umschlang Davids Zunge mit seiner. Der erwiderte die Bewegung leidenschaftlich. Sie liebkosten sich und Terv merkte, dass sein Schwanz schlagartig hart wurde und sein Verstand völlig versank. Der Kuss war heiß, erregend, zärtlich und berauschend. Benommen löste er seinen Mund.

Zufrieden kuschelte David sich an seine nackte, Schulter. Terv verstärkte dort sofort die Pilzschicht, um ihn weicher zu betten. David blickte zu ihm auf. »Ich finde, dass du sehr menschenähnlich bist. Ich hätte nie gedacht, dass sich Außerirdische küssen.«

Tervenarius lachte leise. »Das tun sie auch nicht. Das mit dem Küssen habe ich im Internet gesehen. Ihr habt da solche Filme ... . Es fasziniert mich, dass diese Art sich gegenseitig zu penetrieren, derartig anregend ist.«

David schluckte trocken.

»Ihr küsst nicht, aber es gibt doch bei euch bestimmt zwei Geschlechter, oder?«, fragte er vorsichtig.

Tervenarius nickte. »Ja, und wie du an mir siehst, ähneln

wir den Humanoiden. Wir sind ebenfalls lebendgebärend und die Frauen säugen die Kinder.«

»Und Mann und Frau haben Sex wie die Menschen?«, erkundigte sich David gespannt.

»Nein, meist bitten die Frauen den Mann ihrer Wahl um eine Samenspende für eine künstliche Befruchtung. Kopulationen laufen nach einem strengend Ritual.«

»Oh!« David senkte nachdenklich den Kopf. Dann blickte er ihn verwirrt an. »Es gibt also auf Duonalia keine Männer, die Männer lieben?«

Terv lachte. »Offiziell nicht. Aber du kannst dir vorstellen, dass bei dieser Art von steriler oder ritualisierter Sexualität eine homosexuelle Gemeinschaft existiert. Nur würde niemals jemand offen darüber sprechen.«

David erbleichte und blickte verlegen auf die Decke, spielte mit Tervs Fingern.

Tervenarius griff unter sein Kinn und hob sein Gesicht zu sich empor. »Was ist, David?«

»Ist noch ein weiterer Homosexueller bei den Duocarns?«, fragte er. Er senkte den Blick und nagte nervös an der Unterlippe.

Tervenarius lachte wieder. »Du bist köstlich. Willst du mich für dich alleine?« Er ließ ihn los.

David nickte verlegen.

»Ja, ich glaube, dass sich Patallia, der Mediziner der Duocarns, ebenfalls nur für Männer interessiert. Aber, halt, bevor du dir deswegen Sorgen machst, ich käme nie auf die Idee, mit ihm etwas anzufangen. Wir sind nur Kameraden. Eigentlich sind alle Duocarns Einzelgänger. Patallia ist Sexualität gleichgültig. Er kennt nur seine Forschung.«

Diese Auskunft schien David zufriedenzustellen. Er lächelte zu Terv hoch. Sein Lächeln wurde zu einem Strahlen. In diesem Moment blinzelte die Abendsonne einen letzten Schein durch die Wolken, bevor sie endgültig hinter dem Horizont versank. Sie erleuchtete sein Gesicht und ließ ihn wesentlich jünger erscheinen. Er hat etwas, dachte Terv. Eine Faszination, der ich auf den Grund gehen werde. Er vereint so viele Gegensätze in sich, denn er ist ein Mann und gleichzeitig ein Kind, er ist sanft und doch hartnäckig, erscheint schwach, aber ist dann wieder von einer erstaunlichen Stärke. Ich versuche es und nehme ihn zum Partner. Ihr Götter! Einen Menschen – und meine erste feste Bindung nach Äonen des Alleinseins. Wenn das mal gutgeht.

David ließ ihm keine lange Zeit zu sinnieren, denn er zog seinen Kopf unerbittlich zu sich und küsste ihn leidenschaftlich. Wieder und wieder.

Bar ärgerte sich über die drei Dollar, die er am nächsten Abend zum X-ten Mal in der Kneipe für ein sinnloses Getränk ausgeben musste, nur um sich dort aufhalten zu können. Ohne diesen Obolus hätte der Barkeeper ihn an die Luft gesetzt. Er schaute sich um. Tatsächlich, in einer Ecke saß der dicke Säufer wieder, den Kopf in einer Bierlache. Bar wollte eben von seinem Barhocker gleiten und zu ihm gehen, als die Tür der Spelunke aufgestoßen wurde. Ein rothaariger Mann mit Brille stampfte mit missmutigem Gesicht in die Kneipe. Er schaute sich suchend um - erspähte den dicken Kerl.

»Verdammte Scheiße!«, presste er zwischen den Zähnen hervor. »Dieses versoffene Schwein! – Hey, Tiger, ich nehm den Alten jetzt mit!«, brüllte er zu dem Barkeeper.

»Nix da, Ron! Zehn Dollar!«

Der Mann wurde hochrot. »Das kannste dir abschminken – ich zahl doch nicht dem seine Zeche! Hol's dir von ihm, wenn er wieder nüchtern ist!« Er packte den Dicken und hob ihn auf seine Schulter. »Los, Paps, Zeit zu gehen!« Er schlug dem Betrunkenen rechts und links auf die Wangen, um ihn zum Laufen zu bringen.

Bar schlich hinter den beiden her, nahm sich aber dann den Mut und sprach den Rothaarigen direkt an. »Soll ich dir helfen?« Der wollte eben etwas Unfreundliches erwidern, als ihm der Dicke von der Schulter rutschte.

»Scheiße!« Der Alte war zu schwer. »Es ist nicht weit«,

erklärte er Bar, der sich den anderen Arm griff. Der besoffene Mann stank nach Kloake, und Bar verschloss die Nüstern. Er hatte ein Ziel. Davon würden ihn schlechte Gerüche garantiert nicht abbringen.

Gemeinsam schleppten sie ihn drei Straßen weiter in eine stille Gasse mit winzigen, heruntergekommenen Steinhäusern. Ron stieß mit dem Fuß die eingetretene Haustür auf, sie zerrten den Dicken eine Treppe hoch ins Haus und ließen ihn dort auf eine zerfetzte Couch gleiten. Uff! Beide Männer wischten sich den Schweiß von der Stirn. »Ich hab noch 'n Bier – willste eins?« Bar nickte, nahm die beschlagene, kalte Flasche entgegen und tat als würde er trinken.

Neugierig schaute er sich in dem halbdunklen Raum um. Alle Wände waren mit Bücherregalen bedeckt, in denen sich verstaubte Bücher und Zeitschriften stapelten. In der Mitte auf dem wackligen Tisch flackerte ein Laptop in den letzten Zügen. »Gemütlich hast du es hier«, kommentierte Bar gedehnt. »Erinnert mich an zu Hause.«

Ron bleckte die Zähne.

»Sind die ganzen Bücher vom Professor?«

Der Mann lachte meckernd. »Der? Der hat sich doch schon vor ewigen Zeiten das Gehirn totgesoffen! Die sind von mir.«

Bar erhob sich gemächlich. Eine Wand nur Chemiebücher. Sein Herz schlug schneller. »Du bist Chemiker?«

»Was geht dich das an?« Der Mann kniff die Augen zusammen und betrachtete ihn.

»Weil mich Chemie interessiert.«

Ron zuckte die Achseln. »Das ist doch alles Scheiße. Da studiert man und was hat man davon? Man passt nicht in deren Uni-Schema und schon sitzt man auf der Straße!«

Bar hörte zu, konnte aber diese Problematik nicht nachvollziehen.

»Du bist wohl nicht von hier«, grunzte Ron.

»Bin aus Russland«, antwortete Bar. Das war das Land, das ihm am entferntesten schien.

»Aha! Na, da wird's auch nicht besser sein.«

»Stimmt, deshalb bin ich ja in Kanada!«

Ron stieß ein freundloses Lachen aus.

»Wieso hast du denn die Uni verlassen?« Er wusste wohl nicht genau, was eine Uni war, aber musste das Gespräch am Laufen halten, um mehr zu erfahren.

Diese Frage machte Ron misstrauisch. »Sag mal, bist du hier um mich auszuhorchen? Vielleicht für den alten Scheiß-Professor? Ich habe dessen Kram nicht genommen. Das kannst du ihm von mir ausrichten!«

»Nein«, sagte Bar. »Ich kenne hier keinen. Aber ich habe eine Geschäftsidee und suche einen Chemiker.«

Ron horchte auf. »Was denn für eine Geschäftsidee?«

Bar blickte ihm ins Gesicht. »Die Entwicklung einer neuen Droge.«

Ron fiel die Kinnlade herunter. »Im Ernst?«

»Ja.«

Der Rothaarige nuckelte an seiner Bierflasche. »Und wie wird das Zeug wirken?«

»So was wie Speed!«

Ron legte die Füße auf einen schäbigen Sessel und pfiff leise durch die Zähne. »Ich will dir nicht deine Geschäftsidee abluchsen, aber kannst du nicht ein bisschen mehr erzählen?«

Bar überlegte. Noch hatte er keinen Plan, wie man die Energie aus den Bacanars herauskristallisieren konnte, wenn sie erst einmal damit abgefüllt waren. Die Bacanars waren leicht herzustellen und zu ersetzen. Wo war denn die Droge, nachdem sie durch die Spiralvene gesogen war? Sie ging ins Blut und dann ins Gehirn. Man müsste sie aus dem Blut filtern können.

Bar tat erneut so, als würde er Bier trinken. »Es geht darum, jemandem, der Rauschgift genommen hat, diese wieder herauszufiltern.«

Ron lachte schallend. »Wiederverwertbare Drogen?«

Bar kniff die Augen zusammen. Sollte er diesen Menschen einweihen? Aber was riskierte er? Der Kerl war tot, bevor er nur den falschen Finger krumm machen konnte. »Muss ich dir zeigen.«

Ron überlegte. »Hör mal – wie heißt du überhaupt?«

»Ich heiße Bar.«

»Was ist denn das für ein Name? Na egal, hör zu, Bar, ich kümmere mich jetzt mal um meinen Alten, sonst erstickt er vielleicht endgültig an seiner Kotze. Komm morgen um diese Zeit wieder. Wo müssen wir denn hin?«

»In den Norden.«

»Hast du eine Karre?«

Bar nickte.

»Okay, abgemacht.« Er erhob sich und stellte die Bierflasche auf den klebrigen Tisch. »Morgen!« Er tippte sich an die Stirn.

Er würde Krran mitbringen, falls es Probleme gab. Entweder hatte er jetzt den Chemiker, den er gesucht hatte oder er hatte einfach eine Leiche mehr.

Ron stieg in Bars alten Ford und schaute sich nach dem Kerl um, der auf dem Rücksitz hockte und ihn mit seinen dunklen Augen verächtlich musterte. »Wer ist denn das?«, fragte er zu Bar gewandt. Bar in Lederklamotten auf dem Fahrersitz zögerte nur einen Moment.

»Das ist ein Kumpel von mir, Krran.«

»Noch ein Russe? Na soll mir recht sein. Los geht's!« Ron kurbelte das Fenster herunter, um die Nachtluft in den Wagen zu lassen. Irgendwie rochen die beiden streng.

»Ich hoffe, du hast für unsere kleine Vorsichtsmaßnahme Verständnis.« Ron konnte kaum so schnell reagieren, da hatte Krran ihm schon von hinten eine braune Papiertüte über den Kopf gestülpt. »Es ist empfehlenswert, die aufzulassen«, hörte er Bar sagen. Das hätte er sich ja denken können. Die beiden wollten ihren Schlupfwinkel vor ihm geheim halten.

Sie fuhren in der Stadt herum, bis die Geräusche leiser wurden. Sie schienen außerhalb im Wald angekommen zu sein. Krran half Ron dabei auszusteigen und führte ihn durch mehrere Räume. Ron hatte innerhalb kürzester Zeit die Orientierung verloren.

»Setz dich!« Bar zog ihm die Tüte vom Kopf und deutete auf einen alten Stapelstuhl. Da von dem keine Gefahr auszugehen schien, ließ Ron sich nieder. Er hatte allerdings nicht bemerkt, wie nah der Stuhl an einem Eisenrohr stand, das aus der Wand ragte. Kaum hatte er Platz genommen, war Krran über ihm, klappte eine Seite einer stabilen Handschelle um sein Handgelenk und ließ die andere Schelle um das Wandrohr einrasten.

»Hey!« Ron zerrte an der Handfessel. »Was soll denn die Scheiße?«

»Kleine Sicherheitsmaßnahme«, knurrte Bar und Krran pfiff kurz. Eine Seitentür schlug auf. Einige Wesen stürzten in den Raum und stellten sich in eine Reihe.

Ron quollen fast die Augen aus den Höhlen. »Was zum ...! Was soll denn die Maskerade?«

»Das ist keine Verkleidung«, sagte Bar eisig. »Das sind Bacanars.«

Ron betrachtete die halb-menschlich wirkenden Lebewesen. Einigermaßen humanoide Gesichter und Körperformen hatten sie ja, so wie die beiden Russen neben ihm – auch wenn diese sehr dürr und drahtig waren. Aber da hörte die Ähnlichkeit mit den Menschen bereits auf. Die nackten Wesen besaßen ab Körpermitte eine dicke Behaarung, in der ihre Geschlechter fast verschwanden. Alle hatten Fangzähne und Krallen an Händen und Füßen. Angeekelt betrachtete Ron die schlagenden, behaarten Schwänze, die wie Spiralen gebogen, auf den schmutzigen Betonboden schlugen.

»Respekt!«, fauchte Krran. Die Kreaturen warfen sich auf den Boden in demütiger Haltung.

»Ach, du Scheiße«, stieß Ron hervor. Er sah zu Bar.

»Das sind unsere Drogenlieferanten.«

Meine Fresse, dachte Ron, es geht hier um außerirdische Drogen! Er schluckte trocken – hätte gern ein Bier gehabt.

»Ich erkläre es dir genau«, fuhr Bar fort und Krran pfiff einen der Mutanten heran. »Spiralvene!«, kommandierte Krran. Die Kreatur öffnete den Mund und zu seinem Entsetzen sah Ron, wie sich eine Art Tentakel löste und ganz langsam unter der hochgeklappten Zunge hervor schob. Das verfluchte Ding war garantiert fast zwei Meter lang.

»Damit werden die Drogen gesaugt«, erklärte Bar. »Sie holen sie aus den Gehirnen der Menschen, besonders gern aber aus den Unterleibern der Frauen.«

Ron merkte, wie sein Magen rebellierte. Er unterdrückte ein Würgen. »Was soll das für eine Droge sein?« Er hatte es nicht kapiert.

»Es ist Energie. Pure Energie aus dem Gehirn und die Kraft, die zur Fortpflanzung benutzt wird.«

Ron wurde blass. Sein Verstand arbeitete fieberhaft. »Sag mal, kann es sein, dass ihr mit den vielen Morden in Vancouver etwas zu tun habt?« Bar grinste vielsagend. Ron begriff augenblicklich, in welch tödlicher Gefahr er sich befand. »Ach, du Scheiße!«, krächzte er nur lahm. Seine Kehle war endgültig ausgedörrt.

»Da haben wir also die Energie in dem Blut der Bacanars. Die ist so wahnsinnig stark, dass sie den dümmsten Penner wieder zum Supermann macht.«

Ron horchte auf. »Du suchst jemanden, der dir hilft das Verfahren zu entwickeln, die Droge aus dem Blut zu filtern und verkaufsfähig zu machen, stimmts?«

Bar nickte. »Das wird ein Geschäft - da können die ganzen Heroin- und Kokaindealer ihren armseligen Stoff wegschmeißen oder verschenken.«

Ron dachte nach. Was hier von ihm verlangt wurde, war, seiner gesamten Spezies zu schaden. »Sterben die Menschen, wenn man sie der Energie beraubt?«

»Nur wenn man die Gehirne anzapft. Bei der Fortpflanzungsenergie nicht. Da behalten die Frauen nur kleine Schnitte im Unterleib zurück. Meist sind sie danach unfruchtbar.«

Das wäre noch zu verkraften, dachte Ron. Er hatte wohl nur wenige Sympathien für seine Mitmenschen, aber Mörder wollte er keiner sein. Die Erdbevölkerung vermehrte sich sowieso viel zu stark. Würde er die Russen unterstützen, hätte er der Menschheit sogar noch einen Gefallen getan. Von der Seite ging das also in Ordnung. Er musste Bar dann nur darauf fest nageln, nur die Fortpflanzungsenergie zu nutzen.

»Kann es sein deine Baca...«

»Bacanars«, half Bar ihm.

»Genau! Ist es möglich, dass die sterben, wenn man ihnen das Blut abzapft?«

»Kommt natürlich darauf an, wie viel man nimmt.«

Bar nickte. »Die Bacanars sind zu ersetzen. Wir können sie züchten.«

Ron staunte nicht schlecht. »Was ist das denn für eine Art von Genetik?« So langsam interessierte ihn die Sache.

Bars Gesicht wurde zu einem Pokerface. »Wir haben eine Art sie durch künstliche Befruchtung zu erzeugen.«

»Ich denke mal, es ist sinnlos zu fragen, wie ihr das genau macht«, bemerkte Ron ironisch.

»So ist es. – Und was meinst du? Machbar?«

»Ich werde eine Menge Blut brauchen«, überlegte Ron laut und sah zu den immer noch knienden Bacanars. Krran schloss die Handschelle an seinem Handgelenk auf.

Bar nickte zufrieden. »Ich besitze eine Halle in Vancouver, in der du arbeiten kannst. Ich brauche eine Liste, was du alles an Equipment haben musst. Halte dich zurück. Nur das Notwendigste. Wenn der Verkauf läuft, können wir aufstocken. Ich dachte daran, dass du auf prozentualer Basis arbeitest.«

»Fünfzig Prozent?«

Bar brach in höhnisches Gelächter aus. »Wir sind vier Leute – du bist der Fünfte. – Also zwanzig Prozent oder du darfst wieder gehen.«

Ron blickte Bar an. Das war ihm alles ernst. Die Kerle waren Massenmörder. Sie würden ihn niemals einfach so gehenlassen. Und hier winkte für relativ simple Arbeit gutes Geld. »In Ordnung, zwanzig. Aber ich habe noch eine Bedingung: keine Gehirnenergie mehr! Nur die von den Weibern.«

Bar starrte ihn an. »Okay, nur die Weiberenergie.« Er reichte Ron die Hand.

Ron nahm sie, ohne zu zögern.

Ulquiorra, auf dem Weg ins Silentium, blickte vor dem majestätischen, weißen Gebäude den Weg zurück, ehe er die schweren Flügeltüren aufdrückte. Ihn plagte jetzt bereits pochender Kopfschmerz, bevor er überhaupt mit der Tagesarbeit begonnen hatte. Er atmete noch einmal tief durch und betrachtete die Sphärenschleier in der Ferne, die sich zart bunt zwischen dem westlichen und nördlichen Mond von Duonalia wanden. Als Kind hatte er sich gewünscht mit einem der Windschiffe einfach in die Schleier zu fliegen, um dann für alle Zeit dazubleiben.

Die Duonalier glaubten, dass sich die Seelen ihrer Verstorbenen in den Schleiern aufhielten. Vermutlich wäre seine sanfte Mutter dort, die ihn in den Arm nehmen würde. Er hatte sich immer vorgestellt, dass auch sein starker Vater in den Spähren stünde. Aber nein, das konnte nicht sein. Er wusste aus Erzählungen, dass Xanmeran durch das unsterblich machende Sternentor gegangen war. Damals, als er selbst noch in der Wiege lag. So hatte sein Vater sich verdammt, für ewig mit seinem Körper vereint zu sein.

Ulquiorra seufzte, drückte die schweren Türen auf und lief langsam in sein Labor. So lange Zeit hatte er nun geforscht. Niemand unterstützte ihn mehr. Er besaß nur noch geringe Mittel. Sein Onkel, der immer an ihn geglaubt hatte, war zwischenzeitlich gestorben.

Er war dabei seinen Arbeitskittel anzulegen, als es leise an die Tür klopfte. Trianoras bleiches Gesicht erschien im Türspalt.

»*Darf ich dich stören?*«, fragte sie telepathisch.

»*Du störst nicht, Triasan.*« So hatte er sie stets in ihrer Kindheit genannt. Sie war damals die Einzige im Fundamentum gewesen, die ihm freundlich entgegen gekommen war.

Trianora trat ein. Wie immer trug sie ihr weites, strahlend weißes Gewand aus Dona-Faser. Allerdings hatte sie nun ein hellblaues Nichts von Schleier darüber gezogen. Langes, glattes, blondes Haar wallte ihr über den ganzen Rücken – nicht, wie sonst, der geflochtene Zopf.

Er runzelte die Stirn. »*Ein Festgewand? Wozu das?*« Trianora lächelte ihn an. Ihre großen, silbernen Augen strahlten. »*Weil wir zwei gleich weg müssen*«, sagte sie und schmunzelte spitzbübisch. »*Ich habe eine sehr gute Nachricht: Marschall Folderan möchte uns sehen!*«

»*Aber doch bestimmt nicht jetzt!*«

Sie nickte. »*In drei Pax.*«

»*Ich muss mich umziehen!*« Er blickte an sich herunter. Sein Dona-Gewand, das er unter dem Arbeitskittel trug, war verschmutzt. Er hatte an diesem Morgen kein Sauberes mehr gefunden. Lächelnd deutete Trianora auf eine geflochtene, weiche Umhängetasche neben der Tür.

Ulquiorra seufzte. »*Ohne dich wäre ich verloren, Triasan.*« Er ging, um die Tasche zu holen, und entkleidete sich auf dem Weg.

»*Warte, ich helfe dir!*« Trianora zog ihm das Gewand über den Kopf. Er stand nun nackt vor ihr, aber er schämte sich nicht. Sie waren schon immer wie Bruder und Schwester gewesen. Zufrieden nahm er das Festtagsgewand von ihr entgegen, das seinen Leib mit weißen Wogen bedeckte. Sein Überkleid war ebenfalls blau, aber in einem dunkleren Farbton. Sie strich ihm durch das fast hüftlange, nachtschwarze Haar, um es zu ordnen.

Er war sehr froh über ihre Betreuung und lächelte dankbar. Sie kannte seine Stärken und Schwächen. Trianora war ihm bei Beginn seiner Untersuchungen als Assistentin zugeteilt worden, als sein Onkel noch lebte. Seitdem widmeten sie sich zusammen der Forschung, sammelten Daten über die Raumverzerrung, in der sein Vater und die anderen Duocarns vor so langer Zeit verschwunden waren. Sie hatten kleine, nur minimale, Fortschritte gemacht – besaßen nun eine leise Ahnung, wie die Anomalie entstanden war. Aber, nach Ulquiorras Ansicht, gab es noch keinen wirklichen Durchbruch. Was konnte Marschall Folderan also von ihnen wollen?

Sie eilten die weißen Wege des Silentiums entlang und nahmen dann ein Transportband zum Regierungsviertel. Trianora schob heimlich in der Fülle ihrer Gewänder ihre kleine Hand in seine. Sie war offensichtlich nervös. Er drückte beruhigend ihre Finger. Marschall Folderan war der höchste Duonalier, gewählt vom Duonat. Die Regierung aus Rat und Marschall hatte sich als optimal und leistungsfähig für Duonalia erwiesen – seit Jahren standen sie an der Spitze zum Wohle aller.

Da sie angemeldet waren, schwangen die Türen zum Domizil des Marschalls lautlos auf. Dieser eilte mit besorgtem Gesicht vor der Fensterfront, die sich über eine komplette Wand seines Büros erstreckte, auf und ab und bemerkte sie zunächst nicht. Nach einer Weile blickte er auf, und kam, um sie zu begrüßen. Ulquiorra betrachtete kurz den faszinierenden Blick auf die Monde Duonalias, konzentrierte sich jedoch sofort auf ihren Gastgeber.

Sie verbeugten sich respektvoll voreinander. Folderan war ein kräftiger Mann mit grauem, kurzgeschnittenem Haar und hellblauen Augen. Aufgrund seines hohen Standes trug er ein violettes Übergewand. Der Marschall deutete auf die weiße Sitzgruppe in einer Ecke des Raumes. Nachdem sie Platz genommen hatten, räusperte er sich:

»Sie wundern sich gewiss über meine kurzfristige Einladung.« Ulquiorra und Trianora senkten zustimmend die Häupter. »Sie sind Wissenschaftler und leben ständig im Silentium?« Wieder neigten sie die Köpfe. »Das dachte ich mir.« Er pausierte. »Dann werde ich Sie etwas weitreichender informieren müssen.« Seine Hände spielten nervös mit seinem Gewand.

»Unserer Bevölkerung geht es nicht gut. Der größte Teil lebt inzwischen in Angst und Schrecken vor den Bacanis. Sie haben sich ungeheuer vermehrt. Wir haben ihrer heimtückischen Gier kaum etwas entgegenzusetzen.«

»Ihre Jäger sind ja auch fort«, warf Ulquiorra ein.

»*So ist es*«, knüpfte der Marschall an. »*Ich denke, wir haben dieses Problem weit unterschätzt. Die Parasiten haben sich völlig mit unserem Volk verwoben und saugen es aus. Wir wissen ja um deren Verlangen nach den Fortpflanzungskräften. Mit Besorgnis beobachten wir den ständigen Geburtenrückgang. Die Zahlen sind nun an einem so kritischen Punkt angekommen, dass ich befürchte, wir werden bald aussterben und den Planeten freimachen für die Bacanis.*«

Ulquiorra und Trianora erstarrten. »*Das war uns nicht bewusst.*« Trianora standen Tränen in den Augen.

»*Natürlich nicht – Sie wohnen und arbeiten ja auch im geschützten Silentium.*« Er fuhr fort. »*Die Bevölkerung hat sich weitgehend mit Sicherheitsmaßnahmen abgeschottet – besonders die Frauen. Das ganze soziale Leben leidet darunter.*«

»*Eine Katastrophe*«, knirschte Ulquiorra.

»*Ich bin noch nicht am Ende. Tatsache ist, dass wir keine Möglichkeit haben, uns gegen die Bacanis zu wehren. Unsere einzige Waffe waren die Duocarns.*« Er seufzte. »*Mit Solutosan, Meodern, Tervenarius, Patallia und auch Ihrem Vater sind uns alle kämpferischen, offensiven Gene abhandengekommen.*«

Ulquiorra stand auf: »*Das sehen Sie so falsch, Marschall Folderan! **Ich** bin noch da! Und ich bin Xanmerans Sohn!*« Er ballte die Fäuste. »*Wir wissen bereits, dass das Raumschiff der Krieger durch eine Anomalie aus dem normalen Raum geschleudert wurde. Ich werde forschen, bis ich das Phänomen rekonstruiere und so die Duocarns wieder zurückholen kann. Ein Staubkorn davon ist uns schon gelungen.*«

»*Genau das ist der Grund, warum ich Sie rufen ließ, Ulquiorra. Ich wollte Ihnen mitteilen, dass ich Sie nach Kräften in Zukunft bei Ihrer Forschung unterstützen werde – mit welchen Mitteln auch immer. So wie ich das im Moment sehe, sind Sie unsere einzige Hoffnung!*«

Der Besuch war vorüber – sie waren entlassen. Wie betäubt stand Ulquiorra auf dem Transportband und fühlte erneut Trianoras Hand in seiner. Sie wanderten über die weißen Wege des Silentiums, als er endlich einen klaren Gedanken fassen konnte.

»*Triasan, wir müssen dringend überlegen, wie wir die For-*

schungen ausweiten und vergößern können. Jetzt ist unsere
Chance! Ich werde arbeiten bis zum Umfallen.«
 Trianora nickte und umklammerte seine Hand fester.
»Wir finden die Duocarns, du wirst sehen. Wir müssen! Ohne die
Alpha-Männer ist unser Schicksal besiegelt.«
 »Auch ich kann kämpfen, Triasan, vergiss das nicht. Ich werde
meinem Vater Ehre machen!«

Das Handy in Aidens Handtasche hörte nicht auf zu klin-
geln. Sie legte den Pinsel weg, mit dem sie dabei war ihre
hellblaue Kommode wieder weiß zu streichen und nahm
das Gespräch an.
 »Hallo?«
 »Aiden?« Eine krächzende Stimme, die ihr irgendwie be-
kannt vorkam.
 »Ja?«, fragte sie misstrauisch.
 »Hier ist Nasty.«
 Ach du meine Güte! Eine Gestalt aus der Vergangenheit!
Was konnte er wollen? Woher hatte er ihre Nummer?
 »Also«, er wirkte verlegen. »Ich habe gehört, was dir da-
mals aufgrund meines blöden Tipps passiert ist.«
 »Was?« Wieso wusste er davon? Vielleicht war ihm der
Polizeibericht in die Finger geraten und er hatte sich seinen
Teil dazu gereimt.
 »Ich will jetzt am Telefon nicht ins Detail gehen, Aiden.
Nur so viel: Ich würde das gern wieder gut machen. Könn-
test du nach Calgary kommen? Es wäre wirklich wichtig.
Und bring doch bitte Fotos deiner Kinder mit!« Das Letzte
kam mit beschwörender Stimme aus dem Handy.
 »Meiner Kinder?« Sie überlegte. Sprach er etwa von Pass-
Fotos für die falschen Ausweispapiere?
 »Ach, du meinst bestimmt die Kinder, die ich damals in
der Teestube erwähnte«, mutmaßte sie.
 »Genau die!« Sie fühlte, wie er lächelte.
 Hatte er wirklich vor, sich selbst um die Papiere zu

kümmern?

»Deine Kinder kosten ja sehr viel Geld«, fuhr er fort.

»In der Tat«, antwortete Aiden geistesgegenwärtig. »Was glaubst du, wie hoch die Ausgaben sein werden?«

»Oh, ich würde sagen, dass Erziehung und Schulgeld sicherlich so um die zehntausend pro Kind verschlingen!« Sie hörte ihn regelrecht grinsen.

»Wenn du damit mal hinkommst, mein Freund«, entgegnete sie. »Vergiss nicht, dass ich sechs Kinder habe!«

»In Ordnung«, sagte Nasty. »Wir treffen uns übermorgen Mittag in der neuen Teestube im Norden. Wird sowieso Zeit, dass du mal siehst, was Doris da auf die Beine gestellt hat. Schönen Gruß von ihr übrigens.«

»Danke, Nasty, ich werde da sein.« Sie legte auf.

Wahnsinn! Er hatte ein schlechtes Gewissen. Hoffentlich war er der Einzige, der begriffen hatte, dass Sam Fox und sein ekelhafter Bodyguard diesen Planeten für immer verlassen hatten – und dass sie etwas damit zu tun hatte. Ihr Gefühl sagte ihr, dass er ihr nicht schaden würde.

Einer Eingebung folgend rief sie Doris an. Die überraschte Doris freute sich so ihre Stimme zu hören, dass Aiden fast ein schlechtes Gewissen bekam. Sie hatte so lange Funkstille gehalten. Ja, Doris hatte Nasty ihre Telefonnummer gegeben, denn er wollte seinen unheilvollen Ratschlag wiedergutmachen. Ihre ehemalige Kollegin gestand ihr, sich in den abgetakelten Obdachlosen verliebt zu haben. Sie freue sich wahnsinnig Aiden wiederzusehen!

Aiden legte auf. Doris und Nasty ein Paar? Auf alles wäre sie gekommen, nur darauf nicht. In dem Moment verstand sie, dass ihr Geheimnis sicher war. Doris war ihre beste Freundin und hatte immer zu ihr gestanden. Jetzt freute sie sich richtig auf Calgary. Es würde kein Besuch der bösen Erinnerungen werden.

Xanmeran langweilte sich. Er saß auf dem braunen Ledersofa im Wohnzimmer des Hauptquartiers in Calgary und zog seine Dermastrien am Arm in kleinen Streifen ab und legte sie zurück. Mit einem Seitenblick betrachtete er den Fernseher. Die Menschen waren hohl und oberflächlich – der Inhalt dieser Fernsehsendungen verdeutlichte es ihm immer wieder. Er schaltete um – Sportkanal, Wrestling. Okay, das entsprach schon eher seinem Geschmack.

Warum meldeten sich die anderen eigentlich nicht? Er blickte auf das Display seines Handys. An diesem Tag sollte der Umzug beginnen. Der Computerraum würde ebenfalls auf die Reise gehen. Chrom war deswegen regelrecht am Ausflippen. Dass Pan noch seelenruhig an seinem Rechner saß und einen Shooter spielte, brachte ihn fast an den Rand der Verzweiflung. Deshalb hatte Xan sich nach oben verdrückt. Wie alle Duonalier hasste er Unruhe.

Er fühlte ihn eher, als dass er ihn hörte. Meodern war mit dem Truck angekommen! Xan machte einen erleichterten Satz zur Tür und blickte in das grinsende Gesicht seines Kameraden.

»Na, alles schon in den Startlöchern?«

Xanmeran hob den Daumen.

»Ich muss jetzt nur unten denen den Saft abdrehen, sonst fahren die ihre Rechner nie herunter.«

Meo und Xan krempelten die Ärmel hoch und machten sich ans Werk.

Das Haus auszuräumen war eine gute Übung. Sie freuten sich auf die neuen Möglichkeiten in Vancouver. Alle hatten Calgary satt.

Chrom kam die Kellertreppe hinauf. Mit feierlicher Miene trug er den Schatz der Duocarns an die schmale Brust gedrückt: den Laptop mit den Daten des Raumkreuzers. Er hielt im Flur vor der Küche an, als würde er auf den Mediziner warten.

In Patallias Gesicht lag der gleiche andächtige Ausdruck wie bei Chrom – nur mit dem Unterschied, dass er die große Schüssel mit den Kefirpilzen umklammerte. Wie eine kleine Prozession schritten beide zum LKW und setzten sich vorsichtig in die Fahrerkabine. Pan kletterte dazu, hampelte noch ein paar Meilen herum, ärgerte Lady und schlief dann ein. Die eintausend Kilometer mit dem Truck ging Xanmeran in den Ruhemodus.

Aiden wartete mit Solutosan, Tervenarius und David vor dem Anwesen in Seafair, als Meodern den Truck rückwärts vor die Garage setzte.

»Pan, sofort ins Haus!«, kommandierte Chrom. Mit gesenktem Kopf und schleifendem Schwanz, kleine Steinchen vor sich her kickend, verschwand Pan mit Lady im Hauseingang. Aiden tat der Junge richtig leid, aber auch sie wusste, dass die neue Nachbarschaft, die glücklicherweise durch das weitläufige Grundstück um einiges entfernt war, auf Pans Anblick panisch reagieren würde.

Als die Abendsonne in das rotgoldene Meer eintauchte, war der LKW leer und die Duocarns hatten ein neues zu Hause.

Müde und erschöpft lagerten alle in dem großen Wohnzimmer.

Nun endlich konnte sie mit ihren Neuigkeiten aufwarten. Aiden strahlte die Männer an: »Meine Lieben, nehmt euch morgen nichts vor. Ich brauche jeden um Porträtfotos zu machen. Denkt euch Namen aus – menschliche Vor- und Familiennamen – denn«, sie holte tief Luft, »wenn alles klappt, werdet ihr kanadische Staatsbürger!« Totenstille! Noch mehr Stille!

»Seid nicht so unhöflich«, blaffte Solutosan. »Freut euch gefälligst laut!«

Die Krieger stürzten zu Aiden.

Meo hob sie an der Taille hoch und schwenkte sie herum. »Freiheit!« Er war begeistert. »Ich will John Miller heißen!«

»Bitte nicht John«, bemerkte David aus seiner Ecke.

»Okay, dann James!«

Sie redeten durcheinander, auf Englisch und auf duonalisch, Gelächter.

»Das hast du wirklich gut gemacht«, lächelte Solutosan zu Aiden und nahm zärtlich ihre Hand. Ja, sie hatte es geschafft.

»Ich muss übermorgen nach Calgary. Ich hoffe, es klappt alles wie geplant«, strahlte sie.

Sein erster Abend im neuen Haus in Vancouver. Die Sterne schienen besonders hell in dieser Nacht. Der Vollmond glühte wie eine riesige Orange am Himmel. Solutosan wurde von dem Rauschen des Meeres vor seinem Hauptquartier regelrecht gerufen. Da nicht anzunehmen war, dass ihn jemand sah, verließ er unbekleidet das Haus, einen schwarzen Schatten an seiner Seite. Die Wölfin Lady schloss sich ihm wie selbstverständlich an, als hörte auch sie die Stimme des vollen Mondes.

Gemeinsam überquerten sie die schmale Straße zum Strand, der seinen feinkörnigen Sand zwischen seine Zehen drückte und ihnen befahl, bis zu den sich aufbäumenden Schaumkronen der Wellen zu rennen, die kräuselnd in der Brandung verebbten. Solutosan lief mit wehendem, langen Haar den Strand entlang, bewegte die Muskeln in einem harmonischen Zusammenspiel. Seine Füße flogen. Die Wölfin sprang begeistert mit ihm. Er genoss den stürmischen Lauf. Er hatte sich auf der Erde angepasst, das ja, aber die Wildheit in seinem Inneren war geblieben, so wie auch bei dem Tier an seiner Seite.

Sein Körper entfesselte aus jeder Pore kleine Mengen Sternenstaub. Er zog eine schmale, leuchtende Spur hinter sich her. Wo seine Füße den Sandboden berührten, hinterließ er ein Glitzern auf den feinen Körnern, als hätte eine Fee sie mit ihrem Zauberstab dort angetippt.

Er blieb stehen und schaute in den Sternenhimmel und zum ersten Mal, seit er auf der Erde war, spürte er heftiges Heimweh. Seine Brust war hart wie Stein und er meinte seine Herzen wollten herausspringen in Richtung der Sterne. Sie suchten sich einen Weg durch die unendlichen Sternensysteme, nach Hause, nach Duonalia. Sein Sternenstaub dehnte sich aus. Stieg in den Nachthimmel auf, verdünnte sich zu einem feinen Schleier, hob sich weiter hinauf, verließ die Galaxie und verteilte sich suchend im All. Lady winselte leise an seiner Seite.

Deutlich kam die Stimme in seinen Geist. Er hörte sie, als stünde jemand neben ihm: *Beo menucans!* Rein und klar. Solutosan bebte. Er warf sich ins Wasser. Das Meer fing ihn mit aufschäumenden Gischt-Armen auf. *Beo menucans!* Er schwamm weit hinaus. Lady war nur noch ein dunkler Punkt am weißen Ufer. Er tauchte tief ab. Geschmeidig bewegte er sich – passte sich den Wogen an, die ihn langsam Richtung Strand trugen. Auch hier unten war die Stimme zu hören. *Beo menucans!*

Das Meer spie ihn ans Ufer. Regungslos lag er im Sand, von der Wölfin umkreist. Sie bellte – ganz ungewöhnlich für sie. Aufgeregt kläffte sie einen unsichtbaren Geist an, der sich über ihn gebeugt hatte. *Beo menucans! - Komm nach Hause!*

Solutosan grub seine Hand in das Fell der Wölfin, die augenblicklich verstummte. Einen Moment lang war er versucht der Verzweiflung nachzugeben – seinen Kopf in Ladys Hals zu vergraben und zu weinen. Aber er war ein Krieger und kein Kind. Er würde der Stimme folgen – wenn nicht jetzt, dann später. Er hatte alle Zeit der Welt.

Langsam schritt er zum Haus zurück. Ging die Treppe hinauf in sein Zimmer – hinterließ eine Sternenstaub-Spur. Nass und nackt legte er sich auf sein Bett, starrte zur Decke und beschloss, diese aufbrechen zu lassen, um ein großes Fenster zum Himmel einzufügen. Vielleicht würde er irgendwann gefunden.

Aiden kam aus der Küche. Sie sah den Sternenstaub auf dem Boden, der die Treppe hinauf lief und dort aus ihrem Blickfeld verschwand. Sie ließ das Glas Milch, das sie in der Hand gehalten hatte, fallen und eilte der Spur hinterher. Solutosan lag nackt auf dem Bett, die Zeichen führten zu ihm. Er lag in einem glitzernden Licht, die Augen geschlossen. Aiden befiel panische Angst. Sie stürzte zu ihm. Kniete neben ihm und nahm ihn an den Schultern. Sie zuckte zurück. Der Staub war kristallin und schnitt leicht in die Haut ihrer Hände. Er öffnete die Lider. Diesen Ausdruck hatte sie noch nie an ihm gesehen. »Beo menucans«, flüsterte er rau. Dann erkannte er sie.

Er bemerkte ihren Schrecken, als sie auf ihre mit Sternenstaub bestäubten Hände blickte. Er blinzelte. Der Schmerz ließ sofort nach.

»Entschuldige«, stieß er heiser hervor. »Habe ich dir weh getan?«

»Nein.« Sie sah nach der Sternenstaubspur.

Er zog die Spur in seinen Körper zurück.

Bedächtig, wie hypnotisiert, erfasste Solutosan den Kragen ihres Morgenrocks und löste ihn von ihren Schultern – streifte ihr das Nachthemd über den Kopf. Nackt nahm er sie in die Arme. Er roch nach Salz und Meer, nach frischer, klarer Luft. Sie schmiegte sich an ihn.

Langsam löste sich der Schmerz in seiner Brust auf und wich einem sanften Gefühl. Aiden war da. Sie lag bei ihm, warm und weich. Er atmete den Duft ihres Haares. Sie war sein Trost auf der Erde. Er fuhr mit der Hand ihren schlanken Rücken hinunter, bis zu ihren weißen Schenkeln. Er durfte nicht undankbar sein. Er hatte viel verloren – war jedoch auch reich beschenkt worden.

Aiden knabberte an seinem Hals und verursachte ein Prickeln, das über seinen ganzen Leib schauerte. Sie wollte ihn, sie brauchte ihn. Er hatte sich so weit von ihr entfernt. Sie benötigte seine Stärke, genauso wie er die ihre. Er nahm ihre weichen Brüste sacht in seine großen Hände und brachte ihre Brustwarzen zum Erblühen und ihre Beine dazu, sich zu spreizen. Sie erinnerte ihn an die Ismeranien im Garten des Silentiums. Diese Blüten öffneten sich ebenfalls bei sanfter Reibung und Wärme – so wie sich ihre Schenkel jetzt spreizten um ihn zu empfangen. Wogen der Erregung fluteten durch seinen Körper, wie die Wellen draußen am Strand. Sie schwemmten über seinen Kopf und seinen Verstand hinweg.

Er ließ es zu. Badete Aiden in seinem wollüstigen Staub. Verteilte ihn genussvoll auf ihrem schlanken, weißen Leib. Bestäubte ihren Schoß damit, der sich wie eine Blüte öffnete. Er kostete den Nektar. Herbsüß und sinnlich. Sie zerfloss zwischen seinen Händen, in seinem Mund.

Er knabberte sanft an den Innenseiten ihrer Schenkel, umrundete die Scham, bis sie vor Verlangen schrie. Das Versenken in ihr kam einer Erlösung gleich. Sie nahm ihn auf, umfasste ihn tief, ließ ihn vergessen. Er ertrank in einem endlosen Abgrund – fühlte sich zerfließen – und strömte, bis er sich selbst schreien hörte, fest an sie geklammert – dankbar, dass sie ihn führte.

Aiden bäumte sich ihm entgegen, verschlang und empfing ihn ganz, bis sich ein nachtschwarzer Himmel über sie versenkte – mit unzähligen sie verzehrenden Sternen.

Der Morgen schickte seine goldenen Sonnenstrahlen in ihr Schlafzimmer und badete sie und Solutosan in ihrem Bett. Sein Kopf lag auf ihrer Brust, das lange Haar bedeckte ihren Körper in Wellen bis zu ihren Schenkeln. Es kitzelte. Sie wachte davon auf und betrachtete ihn. Er war im Ruhemodus, tief versunken. Sie strich die weichen Haarsträhnen von ihrem Leib. Er erwachte, blickte verschwommen zu ihr hoch. Wo er wohl gewesen war? Der Blick wurde klarer. Er schaute auf ihre rosige Brustwarze vor seinen Augen. Kuschelte sich wieder mit geschlossenen Lidern an ihre weiche Brust – weigerte sich vollends aufzuwachen.

»Was hast du gestern zu mir gesagt?«, wollte sie leise wissen. »Du hast es ein paarmal wiederholt – es war duonalisch.«

Er öffnete die Augen wieder, dachte nach. »Ich weiß es nicht mehr. Ich war mit Lady baden – und mir war, als hätte mich jemand gerufen.« Er zuckte mit den Schultern und blickte zur Zimmerdecke. »Jetzt erinnere ich mich!«, strahlte er. »Ich will die Decke aufreißen und über unserem Bett ein großes Fenster einbauen lassen!«

»Oh ja!« Sie fand die Idee großartig. »Und jedes Mal wenn wir eine Sternschnuppe sehen, musst du mit mir schlafen.« Das war ihr ohne nachzudenken entwichen. Sie wurde rot.

Er lachte. »Woher weißt du, dass ich die Sternschnuppen nicht beeinflussen kann?« Sie spürte, wie ihr Rot sich noch vertiefte. Dieser Satz war vieldeutig. Solutosan zog sie in seine Arme.

»Wie spät ist es?« Aiden richtete sich hektisch auf und angelte nach ihrem Handy. »Mein Flug! Lass mich los, Solutosan! Ich muss weg! Sonst wird das nichts mit den Papieren!« Er ließ sie sofort los und beobachtete sie beim Anziehen. Sie schnappte sich den Umschlag mit den Fotos der Duocarns und die Tüte mit dem Geld, stopfte beides in ihre große Umhängetasche. Sie küsste ihn flüchtig und hastete die Treppen hinunter, hüpfte über Pan, der am Treppenabsatz spielte, und brauste in ihrem BMW zum Flughafen.

David schlief selig in seinen Armen. Tervenarius verstärkte seine Pilzschicht, um ihn noch weicher zu betten. Er hatte ihm nicht mehr weh getan. Zwischen ihnen war mittlerweile eine angenehme, ruhige Vertrautheit, die gelegentlich einem wilden und erregenden Spiel wich.

Terv sah David prüfend an. Seine langen, dunklen Wimpern zuckten im Schlaf. Sein Geliebter war weder dumm noch schwach. Ja, David hatte ihn gewonnen. Er hatte ihn auf seine unnachahmlich hartnäckige und doch sanfte Weise überzeugt, sein Leben als Einzelwesen aufzugeben. Fühlte er sich unwohl? Nein, er war glücklich mit David. Er war froh, so einen starken Partner gefunden zu haben – und liebte es, wenn dieser in den Momenten der Lust weich und nachgiebig war.

Im Alltag stand er neben ihm, selbstbewusst und mit erhobenem Haupt. Tervenarius ahnte, dass diese Festigkeit bald wichtig werden würde. Es war zu lange ruhig gewesen. Es braute sich etwas zusammen. Ihre Feinde waren in Vancouver. Es konnte nicht sein, dass sie nach ihren Schandtaten immer spurlos verschwanden! Alle Krieger verfügten über außergewöhnliche Gaben. Außerdem hatten sie noch Lady. Es wurde Zeit, auf Streife zu gehen, und die Parasiten zu suchen. Die Bacanis waren eine Gefahr für die Erde.

Terv küsste David sanft auf die zuckenden Lider. Der Schießstand war bald fertig. Er wollte, dass sein Freund sich bewaffnete. Er selbst war im Nahkampf geübt und musste David nicht nur beibringen sich zu verteidigen, sondern auch anzugreifen.

Er fühlte, wie Davids Glied sich an seinen Schenkel drängte. Das mit dem Training hatte aber noch ein paar Stunden Zeit, dachte er lüstern. Zuerst würde er mit ihm eine andere Art Nahkampf trainieren.

Vorsichtig, um seinen Geliebten nicht zu wecken, rutschte er an dessen warmem Körper tiefer. David gefiel es sehr, dass Tervenarius' Leib völlig haarlos war, und hatte sich ebenfalls enthaart. Terv nahm sein Glied, sonderte ein wenig Sporenflüssigkeit in die Handflächen ab und ließ beide Hände streichelnd mit behutsamem Druck über den Schaft gleiten. Bei jeder Abwärtsbewegung küsste er sanft die glatte Eichel, benetzte sie mit seinem Speichel. War David wach geworden? Er hob den Kopf. Nein, scheinbar nicht. Sein Atem ging nach wie vor regelmäßig. Tervenarius setzte seine wollüstige Aktion fort, verwöhnte Davids Penis nun vollends mit den Lippen. Erregung schoss in sein eigenes Genital. Er drückte es gegen die Matratze – rieb es daran. Er reizte Davids Frenulum intensiv und stark, bemerkte mit Entzücken, dass Davids Glied sehnsüchtige, kristallklare

Tropfen von sich gab. Gleichzeitig veränderte sich die Atmung seines Geliebten. Sie kam unregelmäßig und stoßweise. Tervenarius lächelte. So mochte er es. Wann würde David wohl aufwachen? Nun wollte er es wissen. Hart umfasste er das Glied an der Wurzel und nahm es in den Mund, trieb es rhythmisch in seinen Schlund und beschleunigte das Tempo. Er genoss diese Aktion in vollen Zügen. Jetzt war David wach! Kurz vor seinem Orgasmus stieß er ein klares Stöhnen aus, packte Tervs Kopf mit beiden Händen, hielt ihn fest und strömte zuckend in seinen Mund. Tervenarius schloss wohlig die Augen, genoss den wollüstigen Moment. Er schmeckte den salzig-warmen Saft seines Geliebten, der ihm die Kehle hinunterlief. Dieser triebhafte Geruch und Geschmack löste in ihm eine heiße, ziehende Welle, die jegliche Gedanken auslöschte und als flammende Woge in seinen Unterleib stieß. Die erlösende Ejakulation befeuchtete seinen Leib und das Tuch unter ihm. Keuchend hielt er die Lenden seines Geliebten umklammert. Er schmiegte den Kopf in seinen Schoß, gab dem langsam weicher werdenden Glied zarte Küsse auf die Spitze. Erst allmählich kam er wieder zu Bewusstsein. Benommen glitt er an Davids Körper hoch und ließ sich schwer neben ihn sinken.

»Guten Morgen!« David strahlte ihn an, schlang die Arme fest um ihn und bedeckte sein Gesicht mit Küssen. »Du hast ja sogar schon gefrühstückt!« Er versuchte ernst und tadelnd auszusehen. »War es besser als Dona oder Kefir?«

Tervenarius lächelte sinnlich. »Probier es selbst«, antwortete er und küsste David tief.

Nach einer gefühlten Ewigkeit löste der sich von ihm. Seine Augen schimmerten. »Apropos Essen: Ich hatte eine Idee und möchte wissen, was du davon hältst.« Er setzte sich im Bett auf und Terv bemerkte, dass er sich auf eine kleine Ansprache vorbereitete, da er die Bettdecke ordentlich zurechtzog und seine Hände nebeneinander darauflegte. Was kam denn nun? »Also ich habe mir überlegt, dass ich auch gerne nützlich für die Duocarns sein möchte – so wie Aiden. Deswegen will ich kochen lernen.«

Terv blickte ihn überrascht an. Dann lachte er: »Aber David, du weißt doch, dass wir nur Kefir und Wasser trinken, und vielleicht mal eine Milchschnitte essen.«

Mit geduldiger Miene schüttelte David den Kopf. »Aiden und ich brauchen ja Nahrung, und wäre das nicht eine tolle Gelegenheit für die Duocarns die Aromen und Gerüche der menschlichen Lebensmittel besser kennenzulernen?«

Terv blickte ihn verblüfft an. »Da hast du recht. Das ist eine phantastische Idee! Das würdest du für uns tun?« David nickte und errötete, was er unglaublich hübsch fand.

Er rutschte näher und zog seinen Freund in die Arme, küsste zärtlich seine Stirn, wanderte mit den Lippen zu seinen Wangen, blieb auf seinem Mund. Das war wirklich ein ausgezeichneter Plan, zumal David auf diesem Weg die anderen Bewohner besser kennenlernen würde. Die Duocarns mit ihren bizarren Eigenarten, sowie auch Chrom und Pan, waren definitiv gewöhnungsbedürftig und einen Schritt auf seine Freunde zuzugehen, war mutig und zeigte, dass es David wirklich ernst mit ihm war.

Aiden hatte nicht erwartet abgeholt zu werden, aber Doris stand winkend in einem roten Mantel in der Ankunftshalle. Ihre blonden Haare umgaben ihren Kopf wie ein wildes Storchennest.

Sie strahlte und umarmte Aiden. »Ach, ist das schön dich zu sehn!« Sie erzählte und plapperte, bis sie im Norden der Stadt in der neuen Teestube ankamen, die Doris mit dem Geld der Duocarns aus dem Boden gestampft hatte. Aiden staunte nicht schlecht. Ihre Freundin hatte ein altes, griechisches Restaurant umgebaut. Es besaß einen hellen und freundlichen Gastraum mit einer breiten, mit vielen Grünpflanzen zugewucherten, Fensterfront. Alles war blitzsauber. Im hinteren Bereich befanden sich drei Ruheräume und zwei große Bäder mit Duschen. Die Junkies hatten keinen Druckraum bekommen, aber Doris berichtete, dass es ihnen erlaubt war, unter Aufsicht in den Ruheräumen zu konsumieren. Wie Aiden aus ihren Worten entnehmen konnte, hatte Nasty sich offenbar sehr für die Drogenabhängigen eingesetzt. Zwei ältere Damen halfen, und kümmerten sich zusätzlich um die Bedürftigen.

Aiden setzte sich zufrieden und stolz an einen Tisch im Gastraum. So hatte sie sich das vorgestellt. Fast alle Plätze waren besetzt. Die Leute erhielten warmes Essen und Tee.

Doris stellte ihr eine dampfende Tasse vor die Nase, als sich die Tür öffnete und ein Mann eintrat. Aiden blinzelte. Nasty war kaum wiederzuerkennen.

Er trug eine saubere Bluejeans und eine Jeansjacke, die halblangen Haare zu einer frechen Gel-Frisur gestylt, was verwegen aussah, und ihm richtig gut stand. Die grauen, klaren Augen lächelten sie an.

»Wow!«, stieß Aiden hervor. Nasty nahm Doris schwungvoll in die Arme. Die beiden strahlten sich an. Potzblitz! Was hatte Doris aus dem heruntergekommenen Kerl gezaubert!

»Na, Aiden, das hättest du nicht gedacht, was?«, grinste Nasty und setzte sich falsch herum auf einen Stuhl neben sie. Scheinbar hatte Doris ihn zum Zahnarzt geschleppt, denn seine Zähne blitzen. »Ja, ich habe auch meine High-Times«, lächelte er. »Lass uns mal in einen der Ruheräume verschwinden, okay?« Er legte den Kopf schief.

Aiden nickte und erhob sich.

»Nehmt den linken«, empfahl Doris und zwinkerte.

Nasty schloss die Tür von innen. »Soso, sechs Kinder hast du. Na, dann lass mal sehen!«

Aiden öffnete die Tasche, zog die Fotos der Duocarns heraus und breitete sie auf dem Bett aus. Nasty betrachtete sie lange. »Was für eine Truppe! Die sind ja fast zu schön für diese Welt!«

Aiden schluckte. »Na ja, nicht alle.« Sie nahm Chroms Foto in die Hand.

Nasty grinste. »Lass mal überlegen, welcher deiner ist.«

»Was?« Aiden schnaufte empört.

»Beruhige dich, war ja nur Spaß«, meinte Nasty und

nahm Solutosans Foto in die Hand. »Der hier!«

»Verdammt, das spielt jetzt wirklich keine Rolle! Ich habe das Geld dabei. Vor- und Zunamen kannst du dir ausdenken und Alter auch. Meine „Kinder" haben keine Extrawünsche.« Aiden hielt kurz inne. »Doch warte. Nur bitte nicht den Namen John.«

Bar hatte zu guter Letzt den Besitzer der verrotteten Industriehalle in Harbourview Park ausfindig machen können. Zähe Verhandlungen per Telefon folgten. Nachdem Bar mit dem eilig erfundenen Plan aufwartete, dort ein Zentrum für arbeitslose Jugendliche aufbauen zu wollen, hatte sich der Eigentümer endlich bereit erklärt, die Halle zu verpachten. Er war sogar damit einverstanden, dass Bar die verbliebenen Maschinenteile unentgeltlich nutzte. Auf diese Art hatte er für kleines Geld eine neue, zentrale Basis mitten in Vancouver. Da der Besitzer in New York saß, war kaum anzunehmen, dass er nach der Halle schauen würde, solange er ihm pünktlich die Pacht überwies. Dass er kein Bankkonto besaß, ärgerte Bar schon seit längerem. Bar legte das Handy auf die Mittelkonsole seines alten Fords, schob den Finger unter die Perücke und kratzte sich mit der Kralle den Haaransatz. Nachdenklich schaute er aus dem Autofenster auf die triste Front der Halle. So langsam formte sich in seinem Kopf eine Lösung des Bank-Problems.

Die alte Halle instand zu setzen war eine irrsinnige Schufterei. Ron war nicht wirklich hilfreich. Deshalb hatte er sich in seiner Verzweiflung entschieden, den Van mit Bacanars vollzuladen und diese zur Hilfe heranzuziehen. Die Idee erwies sich als ausgezeichnet, denn auf ein Mal ging die Arbeit zügig vonstatten. Sie hatten in den Nächten die zerstörten Fenster mit Spanplatten ersetzt und die Türen wieder zum Schließen gebracht. Alle unterirdischen Räume waren mit Metallplatten abgedeckt und auf den ersten Blick nicht zu erkennen. Sie schoben noch einige Maschinenteile über die Platten, hüteten sich jedoch, die Abdeckung zu überlasten. Den Strom hatte Bar wieder anmelden können. In seinem Büro in der Basis stapelten sich die Rechnungen. Er achtete peinlich genau darauf, sein Budget nicht zu überziehen und alles pünktlich zu bezahlen. Die ständige Rennerei wegen der Barzahlungen nervte ihn allerdings gehörig.

Die Bacanars waren für diesen Tag von Krran fortgeschafft worden. Bar stand in der fertigen Halle und schaute sich um. Der große Innenraum wirkte völlig unauffällig. Staub würde sich von selbst wieder absetzen und die ganzen Fußstapfen und die Spuren der Bacanar Schwanz-Schläge bedecken. Es dämmerte und er schaltete in den unteren Räumen das Licht an – kontrollierte, ob im Fußboden noch ein Lichtschein zu sehen war, und stellte alle leuchtenden Lücken mit alten Kisten zu.

Bar hatte in einem Seitenraum ein paar alte Scheinwerfer gefunden, die ihn auf eine Idee brachten. Er ließ sie von einem Bacanar auf Hochglanz putzen und besorgte sich zwei klappbare Regiestühle. Menschen waren ja so dumm – das würde er ausnutzen!

Am nächsten Morgen fuhr er mit dem alten Ford zur Geschäftsstelle der Vancouver Sun. Er hatte glücklicherweise noch einige Dollar und betrat das Büro der Anzeigenannahme. Er legte das Geld auf den Tisch und bestellte eine Anzeige. »Ausländische Filmproduktion sucht für lukrative Rolle einen 30-40 Jahre alten Mann. Kleiner, schlanker Körperbau bevorzugt. Vorstellung Dienstag 10-14 Uhr.« Die dickliche Angestellte tippte seine Annonce und gab ihm noch zwei Dollar wieder. Er fluchte innerlich. Aber manche Dinge kosteten eben Geld, wie zum Beispiel auch das

Equipment, das er für Ron gekauft hatte, und das nun in den Produktions-Räumen darauf wartete, in Betrieb genommen zu werden. Für das Geld war er eine lange Strecke gefahren. Dann endlich fand er eine Tankstelle, die sich auszurauben lohnte. Fünf Menschen mussten ihr Leben lassen. Nach dem Raubzug war er so satt gewesen, dass er sich fast übergab. Er grinste zuversichtlich. Es nahm alles seinen Lauf.

Er rief Krran zu Hilfe und orderte Psal in die Halle, der er befahl, eine für eine Sekretärin passende Kleidung anzuziehen. Er gab ihr einen Block und einen Stift. Dann postierte er sich in seinen schwarzen Lederklamotten auf einem der Regiestühle in der Mitte der Halle und wartete. Und er brauchte nicht lange zu warten. Der Raum füllte sich mit Bewerbern. Alle waren gekommen, um für eine Rolle interviewt zu werden. Bar grinste Krran an und winkte den ersten Mann heran. Er war so groß wie er selbst, schmächtig und hässlich. Sie wechselte ein paar belanglose Worte und Bar ließ ihn einige Sätze vorsprechen. Er wies ihn an, seinen Namen, Anschrift und Telefonnummer bei seiner „Sekretärin" zu lassen. Man würde sich dann melden.

Psal notierte gewissenhaft die Angaben und der Mann verschwand. Bar nahm ihr den Block aus der Hand und machte neben seinem Namen ein Kreuz. Und so ging es voran. Bis vierzehn Uhr hatte Bar fünfunddreißig angebliche Schauspieler interviewt und fünf potentielle Opfer herausgesucht, die ihm und Krran ähnlich sahen. Zufrieden betrachtete er seinen Block.

Ron stiefelte in die Halle, setzte seine Brille auf die Stirn und kratzte sich den roten Schopf. »Wo ist denn der ganze Labor-Kram?« Er musterte Psal eindringlich und zog verächtlich auf einer Seite die Oberlippe hoch. »Ihr habt Weiber dabei?«

Bar nickte. »Ich habe dir gesagt, dass wir zu viert sind. Ja, Psal gehört dazu. Sie ist für die Aufzucht der Bacanars zuständig und wird meist im Norden bleiben.«

»Das ist auch gut so«, grunzte Ron. »Weiber und Geschäfte sind scheiße zusammen.« Psal ignorierte ihn und wandte sich ab.

Bar zeigte ihm den versteckten Eingang zu den unterirdischen Räumen, die die Bacanars mit verdeckten Lüftungsrohren ausgestattet hatten. Ron pfiff durch die Zähne, als er das Labor-Equipment sah. Er war in seinem Element und nahm sofort die Arbeit auf. Bar musterte ihn kritisch. Ron hantierte professionell und sicher. Er wusste augenscheinlich, was er tat. Er erklärte Bar, dass er vorhatte, zuerst Blutmehl herzustellen, um dann an diesem die ersten Versuche zu machen. Ron wollte natürlich so viel Drogenanteil wie möglich aus dem Blut filtern.

»Wann kannst du das erste Blut liefern?«, fragte er Bar, der lässig an der Wand lehnte.

Er überlegte. »Wie wäre es, wenn du die anfänglichen Versuche mit Schlachthausblut machst? Das mit dem Bacanar-Blut muss ich erstmal organisieren.«

Ron nickte. Das war ihm recht. Sie verabredeten die erste Blutlieferung drei Tage später. Bis dahin würde Ron alles aufgebaut haben. Diese Zeit wollte Bar nutzen, um die Adressen der fünf Kerle abzuklappern, die er ausgewählt hatte.

Er fuhr mit Krran und Psal zur Basis zurück.

»Pok hat bald überhaupt nichts mehr im Kopf, Bar«, meckerte Psal. »Der hat sich auch den letzten Funken Verstand weggefickt!«

»Das ist sein Job«, grunzte Bar. »Wie viele junge Bacanars haben wir denn?«

Psal runzelte die Stirn. »Im Moment haben wir die neun Ausgewachsenen, drei Halbwüchsige und einige Welpen – schätze mal sechs. Ich sag dir, das ist von mir allein kaum noch zu bewältigen. Ich muss dir gleich mal eines der Weibchen zeigen. Die würde ich gern zur Helferin ausbilden und nicht ganz so dumm halten. Ich habe ihr sogar schon einen Namen gegeben – Frran.«

»Was?«, Bar war außer sich. »Über meinen Kopf hinweg?«

»Beruhige dich«, zischte Psal kalt. »Ein Name allein macht noch kein intelligentes Geschöpf.« Das war ein schlagendes Argument und Bar ließ es dabei. In der Basis angekommen, ging er mit Psal zur Aufzucht-Station. Die erwachsenen Bacanars lagerten in Ketten auf dem Betonboden.

Psal deutete auf ein Geschöpf mit hellem Irokesen und braunem Pelz. Das Fell hatte ebenfalls weiße Spitzen, was hübsch aussah. Bar bemerkte es sofort. Psal holte das Weibchen heran, das sich vor Bar auf den Boden werfen wollte.

»Nein!«, befahl er.

Sie blickte ihn überrascht an. Sie hatte, wie alle Bacanars, schwarze Augen, aber in ihnen einen violetten Schimmer. Bar schaute genau hin. Ja, das war violett. Es gab nur wenige Bacanis mit violetten Augen. Er selbst kannte nur Psal.

Wieso hatten die des Weibchens diese Farbe? Frran betrachtete ihn ebenso aufmerksam, wie er sie. Ihr Spiralschwanz schlug nicht auf den Boden, was auf Selbstbeherrschung deutete.

»Du heißt ab heute Frran«, teilte er ihr mit. »Du wirst alles tun, was Psal dir sagt.«

Die Bacanar senkte den Kopf.

»Ich denke, dass sie die Tochter Krrans ist, aus der ersten Kopulation«, informierte ihn Psal.

Bar nickte. Das würde die aufkeimende Intelligenz erklären.

»Wann fährst du wieder zum Schlachthof?«, fragte Psal.

»Fahr dieses Mal selbst, Psal – ich habe zu tun«, antwortete er barsch. Und das stimmte ja auch.

Der erste Kerl wohnte nicht weit vom Westend. Hafengegend, nicht weit von Rons Bleibe entfernt. Bar, der sich den Ausweis einer Vancouver Telefongesellschaft ausgedruckt hatte, klopfte an die schmutzige Tür. Schlurfende Schritte näherten sich. Eine fette Frau in einem bunten Kittel mit schrill gefärbtem, blondem Haar, öffnete ihm. Bar lief das Wasser im Mund zusammen. Das war genau der Weibertyp, dem er so gern im Unterleib herumsaugte.

»Guten Tag, ich bin von der Vancouver Telefon-Gesellschaft. Darf ich bitte Herrn Brad Butler sprechen?«

»Worum geht's denn?« Sie musterte ihn von oben bis unten. Er trug einen billigen, grauen Anzug, hatte die Lederhose und Lederjacke in einen preiswerten Aktenkoffer verstaut, den er mit ernster Miene unter dem Arm geklemmt hielt.

»Hat seine Rechnung nicht bezahlt!«

Die Frau lachte schrill. »Das Arschloch! Nee, der is nich zu Hause!«

Sie wollte die Tür schon schließen, da stellte Bar den Fuß dazwischen. »Tut mir leid, unter diesen Umständen muss ich den Apparat mitnehmen!« Er hatte keine Ahnung, ob das so einfach möglich war, aber riskierte es.

»Mir egal! Na dann komm mal rein!«

Die Blonde führte ihn in ein mit Müll übersätes Zimmer.

»Wo ist denn das Telefon?«

»Scheiße«, blaffte sie, »suchs doch selbst! Ich hab auch noch was anderes zu tun!« Sie ließ ihn einfach stehen.

Bar begann die Wohnung zu durchwühlen. Er hatte schon fast aufgegeben, da entdeckte er unter einem Tisch voller gestapelter Pizzadeckel einen Aktenordner. Er grinste und nahm alle Papiere des Mannes an sich, samt Sozialversicherungs-Ausweis.

»Habe kein Telefon gefunden, M'am!«, meinte er im Hinausgehen. Er wartete ihre Antwort nicht ab.

Er legte sich neben dem Haus auf die Lauer. In der Dämmerung kam der Brad Butler leicht schwankend die Straße entlang und hielt vor der Haustür.

»Pst!«, flüsterte Bar. »Die Frau hier hat gesagt, dass sie verdammt scharf auf dich ist«

Der Mann stand mit offenem Mund da und starrte ihn an. »Welche Frau?«, fragte er und schaute um die Hausecke.

»Scheiße. Wo ist sie?«, fluchte Bar scheinheilig. »Die ist sicher schon vorausgegangen, die Drinks kaltstellen. Sie wohnt da hinten.«

Er deutete auf Rons leeres Haus, davon ausgehend, dass

Ron in der Halle und sein Vater in der Kneipe war.

Der Mann wurde neugierig. »Und die wartet echt auf mich?«

»Klar«, erwiderte Bar, »und die hat Monstertitten!« Jetzt war der Kerl endgültig angespitzt. Er stapfte zu Rons Haus und stieß die Eingangstür auf.

»Wo ist sie?«

Bar folgte ihm. »In der Küche!«

Der Kerl blickte suchend um sich, während Bar einen Plastikeimer unter Rons Spüle hervorzog. Ohne zu zögern, sprang er den Mann jäh an und schlitzte ihm mit einer seiner scharfen Krallen die Kehle auf. Die Hände an den Hals gepresst sank sein Opfer röchelnd neben dem Küchentisch zusammen. Bevor er den Boden erreicht hatte zerrte Bar ihn mit dem Oberkörper auf den Stuhl, schlug die Arme fort und stellte den Eimer unter die pulsierende Vene. Er wusste genau, was er tat.

»Schön still halten«, grunzte er. »Gleich kommen jede Menge Engelchen mit dicken Titten«. Und er lachte schallend mit gebleckten Fangzähnen über seinen eigenen Witz.

Er hockte sich an Rons Küchentisch, kratzte sich ausgiebig mit der Kralle unter der Perücke und betrachtete den sterbenden Menschen. Der sah ihm wirklich ähnlich. Vielleicht sollte er an seiner Haartracht etwas herum schneiden. Brad Butler, der Name war überhaupt nicht übel. Daran konnte er sich gewöhnen. Er würde das Blut zu Ron bringen. Menschenblut war ja wohl genauso gut wie Schweineblut. Die Leiche wollte er zur Basis transportieren, als Futter für die Hündinnen. Ich lasse eben nichts verkommen und arbeite wiederverwertend, dachte er und grinste. Brad hatte endlich aufgehört zu zucken. Also machte Bar sich auf den Weg.

Ron sah den Eimer an. »Sag mal, bist du schon mal auf die Idee gekommen, dass wir die Suppe kühlen müssen?« Beim Vraan, er hatte recht. Das hatte Bar nicht kalkuliert. Er durchwühlte seine Taschen. Er besaß noch ein paar Dollar. Im Hauptquartier lagen zweihundert. Er würde den größten, gebrauchten Kühlschrank kaufen, den er auftreiben konnte. Aber zuerst musste er einen weiteren Mann finden.

Es war Nacht geworden, als Bar endlich zur Basis zurückkam. Er war erschöpft und hatte zwei Leichen im Van. Eine von Wesley Trum und die von Brad Butler. Krran entsorgte die Körper sofort zu den Hündinnen.

»Na, Wesley!« Bar grinste breit und reichte ihm seine neuen Papiere. Die beiden Kerle würde niemand vermissen. Er hatte sie gut ausgewählt. Am nächsten Tag wollte er endlich ein Bankkonto eröffnen.

David zielte und drückte ab. Es gelang ihm inzwischen ganz gut, den Rückschlag der Baretta abzufedern. Terv, der mit Kopfhörern aufmerksam neben ihm stand, hob zufrieden den Daumen.

David nahm seinen Gehörschutz ab.

»Lass uns etwas essen, und dann machen wir noch ein wenig Nahkampf-Training!« Tervenarius strich ihm eine Strähne seines rabenschwarzen Haares zärtlich zurück. »Ich hoffe, du kannst ein paar blaue Flecke vertragen.«

David nickte. Terv hatte ihm erklärt, wofür sie das alles machen mussten. Was Bacanis waren, hatte er ja an Chrom gesehen. Er hatte ihn sogar gebeten, sich für ihn zu verwandeln. Was er daraufhin erblickt hatte, ließ ihn immer noch schlecht träumen! Wenn diese Viecher die Menschen bedrohten, was sie ja augenscheinlich taten, und Terv seine Hilfe im Kampf gegen sie brauchte, dann würde er da sein.

Sie betraten die leere, sonnendurchflutete Küche. Die anderen waren offensichtlich alle unterwegs. Rasch holte Terv Kefir aus dem Kühlschrank, schenkte sich ein Glas ein und setzte sich an den Küchentisch. »Auch Kefir?«

»Nein, lass mal.« David nahm sich einen grünen Apfel aus der Obstschale. Seit er angefangen hatte kleinere Gerichte nach Anweisungen aus dem Internet zuzubereiten, befand sich in der Duocarns-Küche ein ständiges Sortiment an Lebensmitteln wie Obst, Kräutern und Grundnahrungsmitteln. Er hatte recht behalten mit seiner Idee kochen zu lernen. Die Aromen von Basilikum, Oregano, den Mangos und Pfirsichen kamen bei den Bewohnern gut an, auch wenn alles nur beschnuppert, zerkaut und ausgespuckt wurde. Er hatte hauptsächlich Solutosan, Meodern und Pan dadurch besser kennengelernt. Der große Xanmeran und Patallia waren ihm nach wie vor etwas unheimlich, denn der eine trainierte ununterbrochen im Fitnessraum und der andere verbrachte seine Zeit im Labor. Aiden und er hatten sich durch die gemeinsamen Mahlzeiten sogar schon angefreundet.

Seine Wohnung besaß weiterhin, aber fuhr nur noch hinüber, um die Fische zu füttern und die Pflanzen zu gießen. Ansonsten wohnte er mit Terv in dessen Zimmer.

»Sag mal, was ist das eigentlich für ein Geruch an dir?« Er sah seinen Geliebten über seinen Apfel hinweg an.

Dieser Duft war ihm bereits bei ihrer ersten Begegnung an Tervenarius aufgefallen. Er empfand ihn als äußerst verführerisch.

»Du meinst den Veilchenduft? Das ist Lepista Irina.«

»Ein Pilz?«

»Ja, David!«

»Du simulierst all diese Pilzarten?«

Terv nahm einen großen Schluck Kefir. »Simulation würde ich das nicht nennen. Ich kann Pilzsporen in meinem Körper herstellen und durch die Körperöffnungen und die Haut absondern. Ich bin fähig, auch mikrofeine Pilze wahrzunehmen.«

»Oh!« David überlegte, wo Pilze denn überall vorkamen. Terv hatte andere Planeten besucht. Da gab es sicher ebenfalls solche Gewächse. »Das Pilzreich ist riesig. Ich kann mir kaum vorstellen, was du für Möglichkeiten hast.«

Terv nickte. »Allein auf der Erde sind es 100000 Arten.«

Nachdenklich ging David zum Mülleimer und warf das Kerngehäuse des Apfels hinein. Die menschliche Haut ist ebenfalls mit Pilzen bewachsen, überlegte er.

»Kannst du die Mikroorganismen, die auf mir wachsen

auch wahrnehmen? Ist das nicht fies?«

»Nein.« Terv lachte. »Ich studiere bereits seit langer Zeit Mykologie und Mikrobiologie. Die Pilzbesiedlung deines Körpers ist inzwischen zu meinem Lieblings-Studienobjekt geworden. Außerdem hast du mir mit den Aromen der Lebensmittel eine völlig neue Welt eröffnet.«

David spürte, wie ihm die Röte ins Gesicht schoss.

Tervenarius amüsierte sich. »Du bist wirklich köstlich, David. In jeder Beziehung.« Er wurde ernst. »Na komm, wir gehen wieder trainieren. Ich zeige dir ein bisschen Selbstverteidigung!«

Solutosan starrte fassungslos auf die vielen Fähnchen auf der Kanada-Karte, die Chrom im Computerraum an die Wand gepinnt hatte. Damit waren alle Fundorte von mysteriösen Leichenfunden gekennzeichnet.

»Bei den Göttern! Chrom, das ist eine Epidemie!«

Der Bacani nickte.

Solutosan blickte auf der Karte umher. »Wo könnten diese Parasiten stecken? Pan, hast du den Polizeifunk abgehört?«

»Mach ich doch ständig«, antwortete Pan, der an seinem Rechner saß. »Die tappen völlig im Dunkeln. Erzählen etwas von „Der Schlachter"«. Er rümpfte die Nase, um seiner Verachtung Ausdruck zu verleihen.

»Hm ...«. Solutosan tigerte vor der Karte auf und ab. »Das Einzige, das mir zu dem Thema einfällt, ist, dass wir in besonders gefährdeten Gebieten wie Westend und Hafen Streife laufen könnten. Aber das Areal ist riesig und unübersichtlich. Es wäre schon ein verdammter Zufall, wenn wir sie auf diese Art fänden.«

»Besser als hier nur rumzuhängen«, maulte Xanmeran in seiner Ecke. Er surfte im Netz und betrachtete die neusten Handfeuerwaffen in den Onlineshops.

Chrom zoomte das Gebiet um Westend in Google Earth

heran. »Wenn du willst, mache ich mal ein paar Einsatzpläne für – sagen wir mal – zwei Wochen.«

Solutosan nickte. Sie hatten sich inzwischen vollständig an die Zeitmessung der Menschen gewöhnt. Manchmal überlegte er, wie sie denn auf Duonalia damit umgegangen waren.

Aiden betrat die Zentrale. Seit sie nicht mehr in Calgary als Streetworkerin arbeitete, half sie in Vancouver gelegentlich bei einer Hilfsorganisation aus. Dort trug sie meist ein graues, unauffälliges Kostüm und eine weiße Bluse. Das rote Haar hatte sie auf dem Kopf zu einer kunstvollen Frisur getürmt.

»Komm mal schnell gucken!« Sie schnappte seine Hand und wollte ihn mit sich ziehen.

Nein, auf diese Art konnte man ihn nicht einfach aus seiner Besprechung reißen – auch sie nicht. Er blieb wie angewurzelt stehen, um seine Mundwinkel zuckte es amüsiert. »Wie sagt man denn, holdes Weib?«

Aiden streckte sich, salutierte militärisch und blaffte: »Darf ich den Chef der Duocarns zu einer Besichtigung bitten?« Alle lachten.

Hand in Hand eilten sie die Treppe hinauf in ihr inzwischen gemeinsames Zimmer. Das neue Fenster über dem Bett war riesig! Begeistert warfen sie sich in die Kissen und blickten in den blauen Himmel mit den schnell ziehenden, feinen Wölkchen.

»Merkst du wie der Planet sich dreht?«, fragte sie leise.

Er antwortete nicht. Das Firmament war wohl hellblau aber dahinter befand sich das Weltall. Und irgendwo dort war Duonalia.

»Nicht traurig sein«, flüsterte Aiden.

»Wer ist denn hier betrübt?« Er lachte leise, zog sie über sich und küsste sie. Erst zart, dann immer härter und fordernder. Sie begann ihm die schwarze Sporthose von den Lenden zu streifen und rutschte abwärts, um sein Geschlecht mit ihren Lippen zu verwöhnen. Er räkelte sich, genoss die feuchten Küsse auf seine Männlichkeit und dehnte die Muskeln. Sein Glied war unter ihren Zärtlichkei-

ten zu einem lustvollen, geäderten Marmorstab ange-
schwollen. Sein Werkzeug funktionierte, aber, wie so oft,
wollte die Lust nicht so recht in seinem Gehirn ankommen.
Aiden hielt inne und hob den Kopf. Sie fühlte offensichtlich, dass er gefühlsmäßig kalt blieb.
»Ich verstehe euch Männer manchmal nicht.« Sie sah
ihm ins Gesicht und er richtete sich auf.
»Aiden«, sagte er zärtlich. »Männer sind nicht dazu da
verstanden – sondern geliebt zu werden.«
Aiden starrte ihn sprachlos an. »Oscar Wilde!«, stieß sie
hervor. »In einer außerirdischen Version!« Ihre Mundwinkel zuckten – dann brach sie in schallendes Gelächter aus,
streckte die Arme nach ihm aus und zog seinen goldenen
Schopf auf ihre Brust, die immer noch vor Lachen bebte.

Er grinste spitzbübisch. Ihre Fröhlichkeit animierte ihn
zu einem weiteren Versuch. Behutsam entkleidete er sie,
öffnete die Knöpfe ihres Kostüms und zog ihr die Jacke von
den Schultern. Die helle Seidenbluse entrollte sich von
selbst über ihren Leib. Die Brüste in dem weißen Spitzen-BH
hoben und senkten sich langsam. Er sah ihnen zu – zog in
einer quälenden Geduld den Stoff von den Brustwarzen.
Aber er ließ sie unberührt, widmete sich dem engen Rock,
der seitlich einen Reißverschluss hatte. Dieser verschwand,
von ihm über ihre langen, schlanken Beine gezogen. Sie
trug eine weiße Strumpfhose, unter der er ihren duftigen
Spitzenslip ahnen konnte. Für die Strumpfhose hatte er
keine Verwendung. Er zerriss sie mit einem einzigen Ruck.
Er löste die Haarnadeln aus ihrer Frisur, verteilte in kunstvollen Wellen ihr rotes, langes Haar auf dem Kissen. Zufrieden betrachtete er sein Werk. Aiden, nur noch in einem
Hauch aus weißer Spitze. Bereit für ihn.

Er schob seinen massigen Körper zwischen ihre Beine
und hob ihr Becken mit den Händen an. Küsste ihre Mitte
durch den zarten Spitzenstoff und benetzte ihn mit seiner
Zungenspitze. Sie seufzte und bog sich ihm entgegen. Er
hielt inne. Schnupperte. Noch hatte er keinen Sternenstaub
benutzt. Sanft zog er den Slip von ihrer Scham – tauchte
konzentriert seine Zunge in ihr Geschlecht. Witterte erneut.

Wann waren sie zusammen gewesen nach seinem letzten Besuch am Strand? Es schien ihm drei Wochen her zu sein. Er leckte sie wieder tief, langsam und genussvoll. Sie schmeckte nach Sternenstaub. Das konnte eigentlich nicht sein.

Aiden bemerkte sein Zögern.

»Du schmeckst und duftest nach Sternenstaub«, teilte er ihr nachdenklich mit.

Aiden, noch völlig betäubt von seinen Zärtlichkeiten, lachte leise. »Wen wundert das?«

»Es ist schon länger her – und dein Geruch ist frisch. Zart aber neu.«

Jetzt wurde Aiden doch aufmerksam. Sie richtete sich auf. »Was willst du damit sagen?«

»Nichts«, er streichelte sanft ihre Brustwarzen. »Ich bin etwas verwirrt. Ist bei dir alles in Ordnung?«

Aiden überlegte. »Meine Periode ist ein paar Tage überfällig, aber das ist bei mir normal. Sag mir, was du denkst«, bat sie und nahm seinen Kopf in ihre Hände. Er war ein wenig verlegen.

»Ich weiß nichts über die Kompatibilität von Menschen und Duonaliern. Doch da ist ein Hauch neuer Sternenstaub in dir. Da ich das einzige Wesen auf diesem Planeten bin, das frischen Staub produzieren kann, muss etwas in dir sein, das ebenfalls dazu fähig ist.« Er schluckte.

»Was willst du damit sagen?«, fragte sie, die Augen aufgerissen.

»Ich will damit sagen, dass ich eventuell bald nicht mehr das einzige Wesen auf der Erde bin, das Sternenstaub von sich gibt. Das Geschöpf in deinem Schoß kann das wohl auch.«

Er ließ ihr keine Zeit für eine Antwort. Wortlos wickelte er sie in eine Decke und trug sie durch das Haus in den Keller zu Patallia. Der Mediziner war versunken in seine Arbeit und nahm ihren Besuch anfangs überhaupt nicht wahr.

Erst als Solutosan Aiden auf seinen Labortisch setzte, blickte er auf. Seine grau-violetten Augen wirkten müde. Seine Haut war fast transparent, so dass man seine sich langsam bewegenden Organe unter der durchsichtigen Hülle ahnen konnte. Solutosan betrachtete ihn und hatte kurz den Anflug eines schlechten Gewissens. Patallia ging es nicht gut. Er arbeitete zu viel und war wahrscheinlich einsam. Man sah ihn kaum. Aber das musste er später klären. Jetzt war Aiden wichtig.

»*Was gibt's?*« Patallia hatte seinen Gesichtsausdruck richtig gedeutet.

»Bitte laut sprechen«, bat Aiden.

»Pat, könntest du ihren Unterleib überprüfen? Ich vermute – ich vermute ...«, Solutosan stockte. Ihm wurde plötzlich bewusst, was da vielleicht auf ihn zukam.

»Du befürchtest eine Schwangerschaft«, half Patallia ihm. Solutosan nickte.

»Darf ich?« Pat blickte Aiden bittend an.

»Wird es weh tun?«

Patallia lächelte und sein Gesicht wurde wunderschön erhellte. »Nein.« Er legte seine weißen Hände auf ihren Bauch und schloss die Augen.

Solutosan blickte ehrfürchtig auf die bleichen Finger, die fast mit Aidens Körper verschmolzen. Patallia strahlte. Er löste sich von ihrem Leib, ergriff behutsam ihre Hand, drehte sie mit der Handfläche nach oben und streute ein wenig Sternenstaub hinein. »Ich soll dich von deiner Tochter grüßen«, sagte er leise.

Sich ständig in der Aufzucht-Station aufzuhalten, war entsetzlich öde. Psal hatte schon alles Mögliche ausprobiert, um ihre Langeweile zu vertreiben. Bar war ewig unterwegs, Krran brüllte mit den Bacanars herum und der ohnehin tumbe Pok gab kein gescheites Wort mehr von sich.

Psal saß im Kommandoraum und surfte im Internet. Sie hatte jede Menge gelernt. Ihr Englisch war inzwischen nahezu perfekt. Sie öffnete eine Seite mit einem Modeforum und wurde von einem PopUp gestört. »Partnersuche im

Internet«, pries es an. Psal seufzte. Sie hatte die drei Bacani Urväter um sich. Einer gefiel ihr weniger als der andere. Sie hatte wirklich bereits daran gedacht, sich einen Menschenpartner zu suchen. Sie starrte auf das PopUp. Was riskierte sie? Das Internet war anonym. Sie würde jetzt einfach einmal frech ausprobieren, wie ihre Chancen standen, in Kanada einen netten Mann zu finden. Sie könnte ihren Haarwuchs ja mit einer Gen-Anomalie erklären. Die Fangzähne und Krallen blieben schön brav eingefahren – dann musste das doch klappen – auch mit einem Menschen!

Okay, Profil erstellen. Psal überlegte. Sweet_Lady wäre ein guter Nick, sie war 34 Jahre alt und schlank, dunkelhaarig und aus Vancouver. Das stimmte ja fast. Wie alt sie exakt war, wusste Psal nicht. Beruf? Navigatorin konnte sie ja schlecht schreiben. Aber irgendetwas mit fliegen. Pilotin. Genau. Sie füllte ihr Profil aus. Ein Bild lud sie nicht hoch – sie war ja nicht blöde. So, nun abschicken.

Sie sah sich ihr fertiges Profil an. Sehr gut. Ein kleines Fenster poppte auf. Eine automatische Willkommensnachricht. Sie hatte nichts anderes erwartet. Wer sollte ihr denn schreiben?

Noch ein PopUp. Eine weitere Nachricht.

„Crazy Boy" schrieb ihr. Was für ein witziger Name!

»Hallo, schöne Frau!« Wie konnte er etwas über ihr Äußeres wissen?

Sie tippte zurück.»Woher weißt du, wie ich aussehe?«

»Ich denke bei Pilotinnen immer an taffe, attraktive Frauen in Uniformen«, kam die flotte Erwiderung. Sie hatte nie eine Dienstkleidung getragen. Taten das die Menschen-Pilotinnen? Egal.

»Ich habe auch eine tolle Uniform«, log Psal.

Sofort kam die Antwort. »Bei welcher Airline bist du beschäftigt?« Aha, neugierig war er ja.

»Ganz schön vorwitzig!«

»Entschuldige, ich wollte nicht aufdringlich sein!«

Psal freute sich. Höflich war er. Sie hatte vor, eigene Fragen zu stellen:»Warum heißt du denn Crazy Boy?«

»Der Name gefiel mir. Ich denke mal, ich bin nicht so

ganz normal.«

Psal surfte zu seinem Profil: Crazy Boy, Alter: 43, wohnhaft: Vancouver, Beruf: Netzwerk Administrator. Aha, ein Computerfreak. Nett!

»Wie siehst du denn aus, Crazy Boy?« Sie merkte intuitiv, dass die Frage ihn verlegen machte, jedoch er antwortete tapfer.

»Ich bin nicht so supergroß, aber dafür habe ich Köpfchen.« Das glaubte sie ihm sogar.

»Ich bin ganz erstaunt, jemanden wie dich in so einem Chat zu treffen. Hatte mich einfach mal zum Spaß eingeloggt, ohne große Erwartungen«, schrieb er weiter.

Ja, so ging es ihr auch.

»Ich habe mich aus Langeweile hier angemeldet und das Profil erstellt.« Sie wollte so ehrlich wie möglich sein.

»Dann sollten wir uns gegenseitig die Langeweile vertreiben!«

Psal chattete die ganze Nacht mit Crazy Boy. Es war so schön, sich mal mit jemandem zu unterhalten, der kein Bacani war und ständig an den Ausbau seiner Macht dachte, oder irgendwelche Leute umbrachte. Endlich konnte sie ein bisschen normal sein.

Sie hörte Bar den Gang entlang kommen.

Sie tippte schnell: »Du hör mal, ich muss jetzt Schluss machen, mein Chef kommt.«

»Schade! Schreibst du mir wieder? Morgen? Ich würde mich so freuen! Meine E-Mail-Adresse ist in meinem Profil.«

»Ja, morgen«, schrieb sie und loggte sich aus.

Immerhin war Bar guter Dinge. Seine Geschäfte schienen zu laufen. Er hatte ihr sogar ein frisches, blutiges Gehirn mitgebracht, das sie gierig verschlang.

»Sag mal«, meinte er, während er ihr beim Essen zusah, »kannst du eigentlich Spritzen setzen?«

»Nein, warum?« Psal sah ihn forschend an.

»Wir müssen den Bacanars, nachdem sie bei den Menschen gesaugt haben, Blut ablassen. Ich dachte da an eine Art Dauer-Kanüle.«

»Ich kann mich mal im Netz schlaumachen!«

Bar nickte. »Mach das. Mit einer Dauerkanüle wäre das Abzapfen wesentlich leichter – zumindest bei denen, die wir leben lassen.«

»Hat Ron schon Fortschritte gemacht?«

»Nein, erst braucht er das Blut.« Bar setzte sich an den Rechner. »Ich suche eine Art Volksfest, um die Bacanars richtig volltanken zu können. Ach so, du musst unbedingt dahin mitkommen, Krran und Pok auch. Frran muss dann in der Basis die Stellung halten. Die Bacanars haben noch nie gesaugt. Ich will nicht, dass sie danach außer Kontrolle geraten.« Er scrollte etliche Seiten durch. »Ah, hier ist etwas. Ein Volksmusik-Fest in Nord-Vancouver. Das trifft sich ja gut! Da werden wir die Bacanars um zwei Uhr nachts loslassen. Am besten erst einmal vier Stück. Jeder von uns begleitet einen von ihnen. Ich sage Ron Bescheid, dass wir zwei Stunden später bei ihm sind zum Abzapfen.« Bar rieb sich die Hände. »Psal, wenn meine Rechnung aufgeht, haben wir die längste Zeit hier in Armut gelebt. Mit dem Verkauf von Bax werden uns alle Türen offen stehen.« Er verzog den Mund zu einem seiner seltenen Lächeln.

Er konnte auch ganz anders sein, überlegte Psal. Nicht nur der harte Chef und Planer. Einen Augenblick lang dachte sie daran sich mit ihm einzulassen. – Aber nein, er würde sich nie ändern – egal wie hübsch er jetzt lächelte.

Psal grinste zurück. »Meinst du, ich kann mir dann ein Appartement nehmen?« Eine eigene Wohnung war ihr Traum. Im Moment schlief sie in einem hässlichen Zimmer in der Basis direkt neben den Bacanars. Vom alten Rudel-Verhalten war nicht mehr viel übrig. Sie hatte immer wieder rivalisierende Blicke bei den drei Stammvätern wahrgenommen und wollte dieses Feuer nicht weiter schüren. Nur Pok fehlte offensichtlich das Schlafen mit dem Rudel, denn er nächtigte bei den Hündinnen.

»Na klar! Das und noch viel mehr, Psal! Ich will, dass die Urväter sich hier richtig etablieren, zu Geld und Freiheit kommen.«

Das hörte sich gut an. Aber sie traute ihm nicht. Er benutzte alle Lebewesen wie Spielzeuge, zu dem einen Zweck,

sich selbst Geld und Freiheit zu verschaffen! Er brauchte nicht versuchen, ihr etwas vorzumachen. Psal beschloss, sich ihren Anteil an den Bax-Einnahmen zu sichern – falls es überhaupt floss.

Terv hatte die Pilzhaut seiner Faust um das Doppelte verstärkt, um seine Schläge abzumildern. Er erwischte David an der Schläfe, der sich nicht rechtzeitig geduckt hatte.

»Du konzentrierst dich nicht!«, fuhr Tervenarius ihn an. David hieb zurück. Terv tauchte unter seinem Schlag ab, federte herum und trat ihm die Beine weg. Krachend fiel David auf die Matte, rang nach Atem. »Denk nicht, dass ich das nur beherrsche, weil ich Duonalier bin. Du kannst das auch lernen. Das ist eine Frage von Training! Komm, noch einmal!«

David schlug sich tapfer. Sie hatten jetzt schon drei Stunden Kampfsport hinter sich. Nach einem weiteren Treffer blieb David einfach auf der Matte liegen.

»Genug für heute. Ich bin völlig fertig!«

Terv warf sich neben ihn. »Du hast nur diese einzige Möglichkeit, David. Du bist ein schwacher Mensch ohne wirkliche Gaben.« Obwohl – David hatte Begabungen, aber anderer Art. Er hatte ja auch die Fähigkeit gehabt, ihn zu zähmen – na, zumindest halbwegs. Terv tupfte ihm die schweißnasse Stirn mit einem Handtuch ab und lächelte verführerisch. »Komm, wir gehen duschen.«

Er half ihm hoch und sie verließen den Trainingsraum. Sie gingen an Patallias Labor vorbei. Dort stimmte etwas nicht. Aiden saß in eine Decke gewickelt, zur Salzsäule erstarrt, auf einem der Labortische. Solutosan stand stocksteif und bleich daneben. Nur die Sterne in seinen Augen bewegten sich – blitzten ununterbrochen.

»Probleme?«, fragte Terv.

Solutosan schüttelte langsam den Kopf.

»Stören wir?«

Aiden verneinte.

»Was, zum Vraan, ist denn sonst los?«

»Wir sind nicht mehr allein«, war die verstörende Antwort. Terv und David sahen sich erstaunt an. Natürlich waren sie nicht allein. Es wohnten doch Leute im Haus.

»Wir bekommen eine Tochter«, erklärte Solutosan leise. »Ein Sternenkind«, fügte er hinzu.

Tervenarius fiel vor Schreck das Handtuch aus der Hand. »Jetzt?« Er fand den Zeitpunkt mehr als ungünstig. Es würden Kämpfe kommen und Solutosan brauchte dann keine Ablenkung.

»Ja, jetzt!«, blaffte der Duocarns-Chef. »Aiden ist schwanger und niemand weiß, wie lang die Tragzeit dauern wird!«

Bei den Göttern! »Ich werde euch unterstützen«, sagte Terv entschlossen. »Ich gratuliere! Möge dieses Kind gesund und stark sein!«

David an seiner Seite nickte bestätigend.

Jetzt erst sah Solutosan ihn direkt an. »Ich danke dir.«

»Komm David.« Terv zog seinen Freund kurz am Arm, der neben ihm stand und nach Worten suchte.

In ihrem Zimmer angekommen fragte David: »Wie kann es sein, dass aus dieser Verbindung ein Kind kommt?«

»Na ja«, Terv zog Sporthose und Shirt aus. »Solutosan ist ja nicht steril. Auf Duonalia wollten sich einige Frauen seine Gene sichern, und baten ihn um eine Samenspende für eine künstliche Befruchtung – aber er lehnte das ab. Keine hätte sich mit ihm im Ritus vereinigt – dafür hatten sie vor ihm zu viel Angst.«

»Wollten die duonalischen Frauen dich denn nicht auch?« David war irritiert.

»Wer möchte ein Kind, das wie ein Giftpilz ist?«, lachte er. »Nein, meine Genetik ist auf Duonalia nicht sonderlich beliebt.«

»Das verstehe ich überhaupt nicht«, lächelte David, schlang sein Handtuch um Tervs Hals und zog ihn damit zu sich heran.

Am nächsten Morgen suchte Tervenarius in seinem Schrank nach geeigneter Kleidung. Für die Platindeals – er war dieses Mal an der Reihe Bill den Koffer zu bringen – wollte er wie immer gut angezogen sein. Er wählte einen dunkelblauen Anzug von Hugo Boss mit feinen Streifen und ein weißes, weiches Hemd. Krawatten konnte er nicht leiden, also nahm er ein dezentes Halstuch und band seine Chopard Uhr um.

David beobachtete ihn vom Bett aus.

Terv spürte seine Bewunderung und grinste. »Ich gehe frühstücken«, meinte er – und mit einem Blick auf Davids zerzaustes Haar, »du kannst ruhig da liegen bleiben, bis ich wieder hier bin.« Der Gedanke, dass sein Geliebter in dem wuscheligen Zustand im Bett auf ihn warten würde, gefiel ihm irgendwie. David lächelte sinnlich und streckte die Arme nach ihm aus. »Nein, jetzt nicht. Ich komme sonst zu spät zu Bill.«

Er schlenderte in die Garage und nahm den BMW. Solutosans Porsche stand da, der Pick-Up, der Volvo, sowie Aidens BMW. Sie waren wahrscheinlich alle in ihren Betten. Es war ja auch noch früh.

Das Meer schäumte grau, einige Möwen zogen kreischend ihre Bahnen. Der Herbst kündigte sich an. Tervenarius dachte an Duonalia. Dort gab es keine Jahreszeiten. Das Wetter wurde von den vier Monden bestimmt.

Er machte einen kurzen Abstecher zum Gucci Shop in der West Georgia Street. David liebte die Lederwaren der Firma, und Terv hoffte, ihm dort ein kleines Geschenk kaufen zu können. Er parkte den BMW und nahm den Koffer vorsichtshalber mit. Langsam kletterte die schwache, herbstliche Sonne die Häuserwände hinauf. Auf den Straßen waren nur vereinzelte Passanten unterwegs.

Ein Mann in schlichter, dunkler Kleidung kam ihm entgegen. Als er Terv erblickte, nickte er mit dem Kopf und raunte ihm zu: »Beo menucans.« Danach ging er einfach weiter. Terv blieb stocksteif stehen. Hatte er wirklich etwas gesagt? Erstaunt wandte er sich um, aber der Mann war wie vom Erdboden verschluckt. Er musste sich verhört haben. Das gemütliche Bistro mit Bäckerei neben dem Gucci Store hatte schon geöffnet. Auf der Stufe vor dem nach Backwerk duftenden Eingang saß ein kleines Mädchen und spielte mit einer etwas demolierten Barbiepuppe. Als er vorbeiging, hob sie den Kopf. Sie lächelte, ihr fehlte ein Schneidezahn. »Beo menucans«, verkündete sie deutlich.

Jetzt war er sich sicher! Um die Kleine nicht zu erschrecken, beugte er sich lächelnd zu ihr hinunter: »Was hast du da eben gesagt?«

Das Mädchen schaute zu ihm hoch. »Nichts, ich habe mit meiner Puppe gesprochen – stimmt's, Peggy? Peggy hat nämlich ein neues ...«, aber Tervenarius nahm sie kaum noch wahr.

Plötzlich hatte er keine Lust mehr in den Gucci Shop zu gehen. Ihm war schlecht. Zurück im Auto massierte er mit beiden Händen seine Stirn. Beo menucans! – Komm nach Hause! Die Botschaft war eindeutig. Aber das war kein duonalisch! Er hatte es trotzdem verstanden. Was hatte das zu bedeuten? Wie konnte es sein, dass er auf so eine Art gerufen wurde? Oder wurde er langsam verrückt? Er ließ den Motor an. Nein, er musste das jetzt so hinnehmen. Vielleicht gab es irgendwann einmal eine Erklärung dafür. Er hasste Mysterien in seinem Leben. Grimmig gab er Gas.

Psal war leider nicht mehr dazugekommen, noch einmal mit Crazy Boy zu chatten. Aber sie hinterließ eine Nachricht in seinem Profil, dass sie sich freuen würde, wieder von ihm zu hören und gab ihm ihre Hotmail Adresse.

Bar nahm sie ununterbrochen in Beschlag. Er machte richtig Druck wegen der Bax Produktion und war unbeirrbar. Mit zwei Autos fuhren sie zu dem von Bar ausgesuchten Fest. Um diese Zeit hatten sich die Menschenmengen bereits zerstreut, aber viele wanderten noch mehr oder weniger lautstark durch die Stadt. Es wurde langsam Herbst, und bunte Blätter wehten raschelnd in den Straßen, tanzten in der Dunkelheit von den Bäumen.

Psal saß neben dem ihr zugewiesenen Bacanar und träumte. Sie hätte gern einen lieben Mann an der Hand gehabt, wie die Leute auf dem Fest. Einer, der nur ihr gehörte, der zu ihr stand, mit dem sie eng gekuschelt schlafen konnte.

Der Bacanar bewegte sich.

»Verhalte dich ruhig«, fauchte sie. »Und lass dich um der Götter willen nicht blicken.« Sie hatte ihm, wie im Internet angegeben, einen Dauerkatheter in die Arm-Vene geschoben, und ihm befohlen, Kleidung anzuziehen. Den Schwanz musste er hinten in die Hose zwängen. Er trug eine Perücke und einen Mundschutz. Psal fand das mit der Staubmaske ja reichlich affig. Besonders nachts war er damit auffälliger als alles andere. Aber Bar hatte darauf bestanden.

»Mach endlich den blöden Mundschutz ab«, befahl sie. Er gehorchte sofort.

Psal spitzte die Ohren. Da war jemand betrunken. Ein leichtes Opfer. Sie deutete dem Bacanar ihr zu folgen. Unsichtbar, immer im Schatten der Gebäude bleibend, folgten sie dem besoffenen Mann. Der versuchte in diesem Moment den Schlüssel in das Türschloss seines Hauses zu zwängen und verpasste es ständig – stach daneben. So ein Flusch, dachte Psal. Das konnte ja noch ewig dauern! Sie trat aus dem Schatten. »Kann ich dir helfen?«, fragte sie honigsüß.

»Aufmachen«, murmelte der Mann und schwankte.

Psal nahm ihm den Schlüssel aus der Hand und schloss die hässliche Haustür aus weißem Kunststoff auf. Sie drängte sich, gefolgt von dem Bacanar, in den Hausflur. Mitleidslos riss sie dem Betrunkenen mit der Kralle die Kehle auf. Der Bacanar beobachtete sie genau. Zügig rollte sie die Spiralvene aus und schob sie dem Sterbenden ins Ohr. Sie saugte nicht, aber wollte, dass der Bacanar lernte. Er führte seine Spiralvene in das andere Ohr des Mannes und sie sah, wie sich seine Augen vor Erstaunen weiteten. Er begann gierig zu saugen. Sog dem Opfer die Energie aus dem Kopf. Als dessen Blick starr wurde, holte Psal mit der Kralle sein Gehirn aus den Augenhöhlen und gab dem Bacanar die Hälfte. Gemeinsam schmatzten sie hungrig das saftige Fleisch.

Sie hatte den Auftrag, den berauschten Hybriden zum Auto zu bringen und dort auf Pok zu warten, der ebenfalls einen Bacanar-Schüler bei sich hatte. Pok war bereits von seiner Mission zurück und wartete mit seinem abgefüllten Bacanar, so dass sie sofort zu Ron in die Halle fahren konnten.

Die vier Hybriden wurden nebeneinander auf Stühle gedrückt. Bar verband ihre Katheter mit Blutbeuteln und sah erregt zu, wie sie leer liefen.

»Willst du sie nicht am leben lassen?«, fragte Psal.

»Nein, die nicht. Wir brauchen im Moment viel Blut für die Tests.« Die Wesen sanken tot in sich zusammen. Ohne das Geschehnis zu beachten, kam Ron das Blut holen und verschwand. Psal seufzte. Sie fühlte sich nicht wohl dabei das mitzuerleben. Eigentlich war ihr Bacanar gar nicht so schlecht gewesen. Er hatte gut gelernt und gehorcht.

Pok und Krran entkleideten die toten Bacanars und schmissen die Kadaver in den Van. Psal wandte sich angewidert ab. Sie hatte mit Frran so etwas wie zarte Freundschaft geschlossen. Für sie waren die Bacanars Lebewesen. Zu sehen, wie sie wie Abfall behandelt wurden, drehte ihr den Magen um. Sie fuhr zur Basis zurück. Sie wollte unbedingt auf andere Gedanken kommen, die Brutalität von Bar, Krran und Pok vergessen. Bitte lass eine Nachricht da sein, dachte sie und klickte in ihren Hotmail Account. Eine neue Mail! Psals Herz machte einen Satz vor Freunde! Er hatte an sie gedacht! Aber sie würde die Vorfreude auskosten und zuerst duschen gehen und dann die Mail in Ruhe lesen. Mit einem Handtuch um den Leib gewickelt, setzte sie sich an den

Rechner.

»Liebe unbekannte Schönheit!«, schrieb er. »Ich war gestern sehr traurig, nicht mit dir chatten zu können. Ich hoffe, dir geht es gut, und es war kein unangenehmer Zwischenfall, der dich abgehalten hat, mit mir zu kommunizieren.« Bar als „unangenehmen Zwischenfall" zu bezeichnen fand sie makaber und musste lächeln.

Weiter schrieb er: »Ich durfte wohl noch nicht oft mit dir chatten, aber habe das Gefühl, dass wir viele Gemeinsamkeiten und Interessen teilen. Ich bin oft sehr einsam, obwohl ich in einer Familie lebe. Es ist so schön deine Zeilen zu lesen und das Bewusstsein, dass du irgendwo in der gleichen Stadt bist, tröstet mein stilles Herz.«

Ein Poet, dachte sie. Wie er wohl aussah? Sollte sie ihn um ein Foto bitten? Wenn er das schickte, wollte er von ihr bestimmt auch eines haben. Sie fing an zu tippen. Es wurde eine lange Nachricht, die ihre Einsamkeit zum Ausdruck brachte, sowie ihren eben erlebten Frust, verursacht durch die toten Bacanars – aber das verschwieg sie natürlich. Sie schüttete in diesen Zeilen ihr Herz aus. Sie wollte nicht mehr allein sein – hatte das Bedürfnis einfach nur mal mit einem Menschen Hand in Hand durch das raschelnde Herbstlaub spazieren gehen. Mit jemandem reden. Crazy Boy verstand sie, das fühlte sie. »Bitte schicke mir doch einmal ein Foto von dir«, schloss sie die Mail.

Aus dem hell erleuchteten, unterirdischen Raum unter der Halle kam ein Schrei des Triumphes. Ron hielt ein Stück Bax in der Hand und schwenkte es vor Bars Nase! »Ich hab's geschafft! Ganz sicher! Ich habe die Droge extrahiert! Jetzt muss ich sie nur noch trocknen und in Würfel schneiden!«

Bar betrachtete misstrauisch den roten Klumpen in Rons Hand. Er schnupperte daran und konnte es kaum glauben. Es mussten Tests gemacht werden. Am nächsten Tag kam es drauf an. Er würde sich einen Menschen schnappen und ihn damit füttern. Er war verdammt gespannt auf die Reaktion. Bar klopfte Ron auf die Schulter. »Morgen wissen wir, ob wir bald reich sein werden«, schnarrte er.

Ron nickte. »Steinreich!«, bestätigte er.

Solutosan lag mit Aiden eng umschlungen auf dem Bett und blickte in den Sternenhimmel. Er konnte es immer noch nicht glauben, dass sie nun zu dritt waren. Solutosan überlegte und versuchte die Nacht mit der Wölfin zu rekonstruieren. Ihn hatte jemand gerufen. Aber wer? Seine ungeborene Tochter?

Er schob sich weiter an Aidens Körper nach unten und schmiegte seine Wange auf ihren Unterbauch. Aiden musste lachen und ihr Bauch zuckte. »Ich glaube nicht, dass du da schon etwas hören kannst.«

Solutosan hob den Kopf. »Aiden, wir bekommen ein Sternenkind. Es wird anders sein, als die Kinder der Erde.« Er legte sich bequem neben sie und begann zu erzählen. Er sprach duonalisch, ruhig und melodisch. Geduldig hörte Aiden ihm zu. Sein Sprechen schläferte sie ein. Langsam glitt sie in einen tiefen Schlaf.

Solutosan redete mit dem Sternenkind. Er erzählte ihm die Geschichte seines Planeten. Wie die Göttin Sanmarena sie alle geschaffen und mit zwei Gaben ausgestattet hatte. Er berichtete von den vier Monden, den Schleiern und den Windschiffen. Um Aiden nicht zu stören, wechselte er zur Telepathie. Er beschrieb das Leben auf Duonalia, wie die Einwohner dort lebten und arbeiteten, erzählte von der Dona-Pflanze und wie sie die Duonalier ernährte und kleidete. Als er die Regierung von Duonalia erklärte, fühlte er, dass auch das Baby eingeschlafen war. Er hatte vor, ihm am folgenden Tag noch mehr zu erzählen und den Tag darauf ebenfalls, bis es das Licht dieser Erde erblickte. Dann würde es schon klug sein. Solutosan kuschelte sich in Aidens Schoß an sein Kind und fiel in seinen Ruhemodus. Er schlief glücklich und fest bis zum nächsten Morgen.

Bar stieß krachend die Tür des Computerraums der Basis auf und marschierte hinein. Psal, die am Rechner saß, zuckte zusammen, und klickte genervt die Seite weg, die sie geöffnet hatte.

»Du musst mitkommen«, befahl er. »Wir zwei fahren jetzt das Bax testen. Ich brauche dich als Rückendeckung.«

»Aber anziehen darf ich mich doch vorher noch«, fauchte sie.

Bar hatte vor, sich eine Hure auf Entzug zu suchen. So eine wie die Hagere aus der Kneipe, die so schlecht geblasen hatte. Er lief ungeduldig umher, bis Psal endlich fertig angezogen war.

Sie nahmen den Ford ins Hafenviertel. Dort gab Bar Psal klare Anweisungen. Sie trennten sich und sie ging wie befohlen immer im Schatten hinter ihm her. Bar schlenderte bewusst langsam durch die Straße, in der sich die Huren positioniert hatten. Er blickte alle prüfend an, unbeeindruckt von ihren Offerten.

Ganz am Ende des Weges fand er, was er gesucht hatte. Eine Frau mit grauem Gesicht und hektisch blickenden Augen. Als sie versuchte, ihm freundlich zu winken, zitterte ihre Hand. Genau die wollte er. Sie war mehr als billig und ging sofort mit ihm durch die dunklen Seitengassen.

»Du brauchst sicher einen Schuss!«

Sie blieb abrupt stehen und zischte: »Wieso? Hast du was?« Sie kam näher an ihn heran, packte ihn am Kragen und zerrte an ihm. »Gib es mir! Ich tu alles – wirklich alles!« Sie war völlig am Ende. Er starrte sie nur kalt an. Sie ließ sich vor ihm auf die Knie fallen. »Bitte!«, flehte sie.

Vor Verachtung fuhren Bars Fangzähne aus, aber er hielt die Hand vor den Mund und zog sie beherrscht zurück. »Ist nichts zum Spritzen«, sagte er, »sondern viel besser. Nimm ein kleines Stückchen und du wirst deinen Turkey los!«

Sie hob ungläubig den Kopf. »In Seattle ist es der Renner auf dem Markt – alle sind da geil drauf«, log er.

»Gib es mir! Was soll ich tun?« Bar dachte an Psal, die im Schatten stand und sie beobachtete. Sollte er ihr eine Demonstration seiner Macht bieten? Er entschied sich dagegen. Psal hatte zu viel im Köpfchen. Es würde sie nicht beeindrucken, wenn er so ein niedriges Geschöpf missbrauchte.

»Komm, wir laufen ein Stück.« Er wollte seinen Test lieber in einer Grünanlage machen, wo freie Fläche zur Verfügung stand. Sie näherten sich Portside Park. Der war ideal. Er deutete der Frau, sich neben ihn auf eine Parkbank zu setzen und zog die Tüte mit dem Bax hervor. Er überlegte, wie viel er ihr geben sollte. Erst einmal eine massive Dosis, entschied er und reichte ihr drei kleine Stücke, die sie sofort in den Mund schob.

»Was soll ich dafür tun?«, fragte sie und nässelte an ihrer Jacke.

»Zeig mal deine Titten«, raunte er, um sie abzulenken. Das Bax sollte in Ruhe wirken.

Er erfasste grob mit beiden Händen ihre volle Brust und schaute ihr prüfend in die trüben Augen. Die Straßenlaterne neben der Bank beleuchtete ihr fahles Gesicht. Er zog an ihren Brüsten. Bisher keine Reaktion auf das Bax.

»Das machst du aber gut«, lächelte sie. Er hob erstaunt den Kopf. Ihre Stimme hatte sich verändert. Sie klang auf ein Mal sinnlich – echt verführerisch. Ihr Gesicht hatte sich gerötet, die Augen glänzten.

»Und, möchtest du jetzt einen Schuss?«, fragte er lauernd.

»Warum?«, lachte sie. »Mir geht's doch bestens!« Sie begann sich zwischen den Beinen zu streicheln, geil lächelnd – wurde immer wilder und bekam einen heftigen Orgasmus.

Jetzt trat selbst Psal interessiert gegen ihren Befehl von hinten an die Bank heran. »Wahnsinn!«, raunte sie. Die Frau merkte nicht, dass die Bacani sich ihnen genähert hatte. Sie onanierte wie eine Verrückte, bekam einen Orgasmus nach dem anderen.

Bar grinste Psal an. »Die Dosis war vielleicht doch ein wenig zu hoch!«

»Wie lange das wohl anhält?«

»Keine Ahnung – könnte eine Weile dauern. Wir müssen auf jeden Fall hier bleiben und sie beobachten. Ich will wissen, wann es aufhört zu wirken.« Psal deutete auf einen Baum in der Nähe. Der ließ sich gut besteigen.

»Prima Idee!« Sie kletterten geschickt auf die Weide und beobachteten die Frau, die sich immer noch befriedigte. Psal machte es sich auf einem dicken Ast bequem.

»Pst, schau mal!« Bar schubste sie vorsichtig an.

Drei Männer näherten sich der Bank. Sie unterhielten sich lautstark, bis sie die Frau wahrnahmen.

»Boah! Sowas hab ich ja noch nie erlebt«, brüllte einer. »Mensch, die platzt ja vor Geilheit!«

»Ja genau, die braucht uns«, krächzte der Dritte.

Psal und Bar kannten solche Bilder bereits aus dem Internet, aber hatten sie so etwas nie live gesehen. Aus der kaputten, drogensüchtigen Hure war eine sinnliche Nymphe geworden, die alle Kerle der Reihe nach befriedigte. Dann noch einmal die gleiche Runde machte.

Bar blickte zu Psal. Sie war auf ihrem Ast eingeschlafen. Sie hätte er jetzt auch gern gehabt – so wie die Typen unten die Hure nahmen. Aber sie war eine Bacani mit Fangzähnen wie Dolche und scharfen Krallen und kein dummes, weiches Fleisch wie diese da. Bar seufzte.

Es dämmerte, als die Männer von der Frau abließen und gingen. Bar betrachtete sie verblüfft. Sie hatte bereits wieder die Hand zwischen den Beinen und begann sich zu reiben, die Augen verdreht. Bax war spitze, das war schon mal klar.

Er weckte Psal. »Los, wir gehen!«

Sie glitten vom Baum. Sie blickte mit zusammengezogenen Brauen zu der Frau. »Die Hälfte hätte es auch getan, Bar«, meinte sie trocken.

Sie fuhren zurück zur Halle. Ron wartete aufgeregt. »Volltreffer! Die reinste Sexdroge! Bringt die Leute tierisch in Fahrt – die merken nichts mehr!«, verkündete Bar und Ron warf vor Begeisterung die Arme in die Luft!

»Und die Dosierung?«

»Drei Stücke sind zu viel. Ich würde sagen, eins für die Frauen wegen des geringeren Körpergewichts und zwei für die Männer wäre eine gute Dosis. Wir sollten einen Preis festlegen.«

Ron nickte. Sie schlugen sich gegenseitig auf die Schultern.

»Jetzt fehlen uns nur noch die Dealer«, meinte Ron, aber Bar grinste nur.

»Die kommen von selbst!«

Auf dem Weg zurück zur Basis blickte Psal ihn von der Seite an. »Meinst du, du kannst ihm vertrauen?«

Bar verzog den Mund zu einer faunischen Grimasse. »Das erste Bax-Geld wird in eine Überwachungsanlage für die Halle gesteckt. Was denkst du, wen ich da überwachen werde? Wir müssen versuchen, zwei Bacanars auszuwählen, die nicht ganz so dumm sind, um noch mehr Hilfe zu haben.«

»Warum zeugst du nicht für diesen Zweck mal selbst welche?« Er blickte Psal überrascht an. Das war überhaupt keine schlechte Idee. Seine eigenen Nachkommen wären unter Garantie für höhere Aufgaben geeignet, als nur als Spender. In der Basis angekommen, ging er auf direktem Weg in die Aufzucht-Station, um sich einige fähige Hündinnen auswählen.

Psal sah ihm nach. Er wurde immer mächtiger. Bald würde er ein Imperium haben. Sie wusste es. Sie wandte sich ab. Während der Zeit auf dem Baum, konfrontiert mit der rohen, berauschten Geilheit der Hure unter sich, hatte sie wehmütig an ihren romantischen Crazy Boy gedacht. Ob er ihr gemalt hatte? Sie setzte sich an den Rechner und öffnete ihren Hotmail Account. Eine erhaltene Nachricht! Mit

Anhang! Ihr Herz schlug Purzelbäume! Zitternd klickte sie auf das Anschreiben – für die Anlage fehlten ihr im Moment noch die Nerven.

»Liebe schöne Unbekannte!«, schrieb er. »Das, was du gemailt hast, hat mein Herz berührt. Auch ich empfinde wie du – oftmals habe ich das Gefühl, nicht auf diese Welt zu gehören. Sie ist so mitleidlos und brutal und manchmal bin ich des Kämpfens müde. Der Winter steht vor der Tür und ich weiß, dass mein Herz und mein Bett vielleicht wieder leer bleiben werden und ich die Kälte allein ertragen muss. Nur deine warmen Worte trösten mich. Ich bin sehr froh, dass es dich gibt. Dein dich verehrender Crazy Boy. PS: anbei ein Bild von mir.«

Psal musste sich überwinden, die Anlage zu speichern und mit ihrem Grafikprogramm zu öffnen. Sie starrte lange auf sein Foto. Er war hübscher als erwartet. Vielleicht sogar etwas zu schön für sie – fast zu attraktiv für einen Menschen. Ihr Herz schlug bis zum Hals. Sein schwarzes, halblanges Haar lag um seinen Kopf wie die glänzenden Flügel eines Raben. Wunderschöne, stahlblaue Augen, blickten sie liebenswürdig an. Wie gut konnte sie sich vorstellen mit ihm Hand in Hand zu laufen, ihm in sein freundliches Gesicht zu sehen und ihm alles zu erzählen, was sie bewegte.

Lächelnd machte sie ihre Antwort fertig und hängte ebenfalls eine Anlage an. Mutig klickte sie auf „Senden“ und ließ dann die Hände in den Schoß fallen. Vielleicht wurden Träume doch irgendwann wahr!

Es klopfte an der Tür. Laut und heftig.

Solutosan trieb langsam aus dem Ruhemodus. »Was, zum Vraan?«

Chrom riss die Tür zu seinem Zimmer auf. Solutosan bemerkte erst jetzt, in welcher Lage er eingeschlafen war. Er ruhte zwischen Aidens gespreizten Beinen. Chrom hatte ihn oft nackt gesehen, das war nicht das Problem. Spränge er auf, würde Aiden ungeschützt breitbeinig vor seinem Navigator liegen!

»Chrom! Wenn das nicht dringend ist, reiß ich dir den Kopf ab!« Mit einem Satz war Solutosan auf den Beinen und verstellte Chrom den Blick auf Aiden, die sich schlaftrunken die Augen rieb. Mit missmutig zusammengezogenen Brauen drängte er den Bacani zur Tür hinaus auf den Flur.

»Chef!« Aufgeregt und mit begeistertem Gesicht schwenkte Chrom einen Zettel. Er tat gut daran, jetzt unaufgeregt einfach nur die Fakten aufzurollen.

»Ich war auf so einer Dating-Page – du weißt schon, Partnervermittlung und so.« Solutosan knurrte. Und dafür wurde er aus Aidens Schoß gerissen?

»Halt! Warte, hör mich an!« Chrom platzte fast. »Ich habe eine Frau kennengelernt. Das hier ist sie!« Chrom gab ihm seinen ausgedruckten Zettel.

Sprachlos stierte Solutosan auf das abgebildete Porträt. Die Gestalt auf dem Foto trug eine schwarze Perücke – außer Frage. Und unter dem Haar erkannte er das eindeutig leicht faunische Gesicht eines – BACANI Weibchens!

Er starrte das Bild an. Seine Faust ballte sich. »Haben wir euch«, grunzte Solutosan durch die zusammengepressten Zähne.

Die Jagd konnte beginnen!

Pat McCraw

DUOCARNS
Schlingen der Liebe

Roman

Covergestaltung: Norbert Nagy
Korrektorat: Brigitte Mel

Alle Rechte bei:
2012 Elicit Dreams Verlag
Lieselotte Heinrich
Schieferweg 19
56727 Mayen

Was hast du dir nur dabei gedacht, Chrom?« Solutosan starrte seinen Navigator prüfend an. Chroms unkalkulierbarer Ausflug ins Internet ärgerte ihn.

Auf der anderen Seite hatten sie endlich einen handfesten Beweis für die Existenz ihrer Erzfeinde auf der Erde. Seit ihrer Strandung suchten sie nach so einem Hinweis – also würde er seine Kritik an Chrom in Grenzen halten. Das Foto der Bacani-Frau plus deren Hotmail Adresse war natürlich nur eine karge Information, an die sie anknüpfen mussten – aber immerhin, es war ein Anfang.

Er blickte in die Runde seiner Männer, die nachdenklich in dem Computerraum im Keller des Duocarns-Hauses in Seafair auf den Stühlen kauerten. Das Hecheln der Wölfin Lady und das Surren der Computer-Lüfter waren die einzig wahrnehmbaren Geräusche.

Chrom kratzte sich verlegen mit seiner Kralle am Kopf und sah zu der, ihn mit ergebenem Blick betrachtenden, Wölfin an seiner Seite. »*Ich habe wohl Lady –* «, gestand er telepathisch, »*aber ich hätte doch lieber eine zweibeinige Freundin. So jemanden findet man auf der Erde am ehesten auf einer Internet Dating-Page.*«

Tervenarius warf Chrom einen wütenden Blick zu. »*Nur warum, zum Vraan, hast du der Bacani Davids Foto geschickt?*«

»*Die Frau wollte unbedingt ein Bild von mir. Er ist der einzige männliche Mensch, den ich kenne, und dessen Fotografie ich hatte. Ich konnte ihr doch schlecht eines von mir mailen*«, verteidigte sich der Navigator.

Die Krieger starrten ihn an, als würden sie ihn zum ersten Mal sehen. In der Tat, Chrom war ein Bacani, das war nicht zu leugnen. Gleichgültig wie viele Perücken er ausprobierte und welche Kontaktlinsen er benutzte – sein langgezogenes Gesicht mit den weit auseinanderliegenden Augen erschien faunisch und man sah ihm die Zugehörigkeit zu seinem Volk an der Nasenspitze an. Eine Bacani-Frau hätte ihn selbstverständlich sofort erkannt.

Solutosan lief, die Hände auf dem Rücken verschränkt, vor der Kanadakarte auf und ab. Die Bewegung half ihm beim Nachdenken. »*Lasst uns überlegen. Die Bacani denkt, du* wärst ein Mensch und würdest aussehen wie David.« Chrom nickte. »Also werden wir David brauchen, um sie zu treffen.«

Tervenarius wollte etwas sagen, jedoch schloss dann den Mund. Es passte ihm offenbar gar nicht, dass sein Freund für solch eine Aktion eingesetzt werden sollte.

»Bitte Terv, geh David holen.« Er wählte bewusst einen seidenweichen Ton, aber sah ihn mit einem Blick an, der keinen Widerspruch duldete. Terv erhob sich schweigend und ging.

»Was hast du vor?« Meodern beugte sich mit neugierig blitzenden Augen in seine Richtung.

»David muss sie treffen, dann folgen wir ihr und räuchern die Bacanis aus. Oder habt ihr einen besseren Vorschlag?«

Herausfordernd blickte Solutosan von Meodern über Xanmeran zu Patallia, der in seinem Laborkittel mit nachdenklichem Gesicht auf einem der Drehstühle saß.

»Kann man über ihre Hotmail Adresse nichts herausfinden?«, fragte Patallia und sah von ihm zu Chrom.

Chrom schüttelte den Kopf. »Hotmail ist dicht. Da kommt selbst Pan nicht rein.«

Tervenarius betrat mit David den Raum. Der dunkelhaarige Mann nickte allen kurz zu und beide setzten sich eng nebeneinander auf einen der freien Tische. Terv legte beschützend den Arm um David, was Solutosan mit einem Stirnrunzeln quittierte, denn sie würden David brauchen, unabhängig von Tervs persönlichen Interessen. Die Duocarns hatten Priorität vor allem.

»Worum geht's?« David blickte mit seinen stahlblauen Augen neugierig in die Runde.

Solutosan setzte seine Wanderschaft vor der Kanadakarte fort. Sein langes Haar störte ihn und er drehte es mit beiden Händen genervt zu einem Bündel. Er beendete die telepathische Unterredung, damit David den Gesprächen folgen konnte. »Chrom hat einer Bacani-Frau dein Foto gemailt und sich als du ausgegeben!«

»Wie bitte?« David sah aus, als ob er nicht wüsste, ob er lachen oder weinen sollte.

»Ich hatte zu diesem Zeitpunkt keine Ahnung, dass sie

eine feindliche Bacani ist, und sie wollte unbedingt wissen, wie ich aussehe. Außerdem ist sie sehr nett!«, versuchte Chrom sich zu verteidigen.

Dieser Satz brachte bei Xanmeran das Fass zum überlaufen. Er sprang hoch und packte den Navigator mit seinen riesigen, roten Händen um den dünnen Hals. »Nett? Nett? Bist du des Teufels? Die fressen Gehirne und hinterlassen Leichenberge!« Er schüttelte Chrom.

»Xan! Lass ihn los! Das bringt doch nichts!«, herrschte Solutosan ihn an. »Wir müssen einen kühlen Kopf bewahren und nachdenken, wie wir jetzt das Beste aus der Situation machen.« Er wandte sich an David. »Würdest du dich mit dieser Frau treffen? Wir müssen wissen, wo sich die Bacanis verstecken. Sie wird uns höchstwahrscheinlich dorthin führen.«

David nickte augenblicklich. »Na klar, kein Problem.« Xanmeran ließ Chrom los, schlug sich mit den Fäusten auf seine Glatze, aber setzte sich wieder.

»Deine Stunde kommt noch, Xan. Du darfst das mordlustige Pack eigenhändig ins Jenseits schicken, wenn wir es erst einmal haben«, bemerkte Solutosan leicht genervt.

Xan nickte, löste provokativ eine seiner Dermastrien von seinem Arm, ließ sie, wie eine kleine, rote Schlange, durch die Luft wehen, und zog sie dann wieder auf sich zurück.

»Gut!« Solutosan blieb abrupt stehen. »David, lass dir von Chrom alle Mails geben, die ausgetauscht wurden. Ihr müsst im Gleichklang handeln. Chrom schreibt weiterhin in seinem Stil und du bist sein Gesicht. Ihr zwei sorgt dafür, dass sie sich mit David irgendwo im Café oder Park trifft, okay?«

Chrom und David nickten und wandten sich sofort einem der Rechner zu.

Solutosan war zufrieden. »Wir treffen uns in zwei Stunden hier wieder.«

Patallia erhob sich. »Wenn ihr mich jetzt nicht mehr braucht ...« Er rieb sich die Augen und ging zur Tür.

»Ich komme kurz mit.« Solutosan folgte Patallia in sein Labor.

»*Hör mal Pat, ich muss mit dir reden*«, hob er telepathisch an.

»*Wegen des Sternenkindes?*«

»*Nein, Pat*«, antwortete er bestimmt.

Patallia zog fragend die Augenbraue hoch.

»*Ich mache mir Sorgen um* **dich***. Ich glaube, dir geht es nicht gut, seit wir auf der Erde sind. Ich sehe dich nur selten oben im gemeinsamen Wohnzimmer und ständig wirkst du müde.*«

»*Bist du jetzt hier der Arzt, Solutosan?*« Patallia zwang sich zu einem Lächeln.

Solutosan ging auf diesen Scherz nicht ein. »*Ich bin nicht dumm – und wir kennen uns schon Äonen. Hast du ein Problem?*«

Sein Freund schüttelte langsam den Kopf. »*Ich arbeite viel. Der Planet ist völlig neu. Es gibt so eine Menge zu entdecken. Mir geht es bestens.*«

Solutosan starrte ihn an. So kam er nicht weiter. Er fühlte, dass Patallia einsam war, aber hatte keine Idee, wie er ihm helfen konnte. »*Du weißt, dass ich immer für dich da bin. Bitte komm zu mir, wenn dich etwas plagt.*«

Patallia nickte. »*Du hast genug eigene Probleme, jetzt wo die Bacanis endlich aus dem Loch gekrochen sind. Außerdem wird Aidens Schwangerschaft kein Vergnügen.*«

Solutosan schob seine Hüfte in der schwarzen Jeans auf einen der leeren Labortische. »*Rechnest du mit Komplikationen?*«

Pat wiegte bedenklich den Kopf. »*Eine Erdenfrau hat ein Sternenkind im Leib.*«

Solutosan rieb sich leicht gestresst die Stirn. »*Das war nicht geplant. Ich hätte nie gedacht, dass wir kompatibel sind. Was kann auf uns zu kommen?*«

»*Alles*«, antwortete Patallia tonlos.

David rutschte mit seinem Stuhl näher an den Rechner, in dem die Mails geöffnet lagen, und studierte sie eingehend.

»Du bist ja ein echter Dichter, Chrom«, bemerkte er ehrfürchtig. Ihm war klar, dass es sich um private Korrespondenz handelte, denn nicht nur die Bacani-Frau hatte ihr Herz ausgeschüttet, sondern Chrom hatte das Gleiche getan. Nach dem, was er dort las, war es fast schon ein Wunder, dass der kleine Navigator bereit gewesen war, die Frau an die Duocarns zu verraten. David nahm an, dass das Jagdfieber auf seine Artgenossen und seine Solidarität zu Solutosan den Ausschlag gegeben hatten.

Er schaute Chrom von der Seite an und vergewisserte sich, dass die Tür geschlossen war, denn die Duocarns besaßen alle ein sehr feines Gehör. Aber nur Tervenarius saß mit missmutigem Gesicht auf einem der weißen Drehstühle und die Wölfin Lady lag vor ihnen, mit dem Kopf auf den dicken Pfoten, und spitzte die Ohren.

David lächelte Terv zu. Erst dann fragte er leise: »Gehe ich richtig in der Annahme, dass du diese Frau schützen möchtest?«

Terv, der die Mails nicht gelesen hatte, zog scharf die Luft ein.

Chrom nickte betrübt. »Ich mag sie. Sie scheint sehr sensibel und einsam zu sein. Ich glaube, sie unterscheidet sich vom Rest ihres Rudels.«

Tervenarius war fassungslos. »Chrom, erinnerst du dich, dass wir seit Äonen Bacanis jagen? Sie sind Parasiten! Deine Freundin macht da keine Ausnahme!«

»Ich kann ihr ja das mit dem Katzenfutter erzählen!«, beharrte Chrom.

»Ach, und wie willst du ihr das mitteilen?« Terv korrigierte sich. »Wie soll David ihr das sagen? Hallo, du nettes Mädchen. Wie wäre es mit ein paar Bacani Ernährungstipps!« Seine Stimme troff vor Ironie.

»Ich weiß noch nicht«, bekannte Chrom gequält. Er tat David leid. Aber was Terv da sagte, entsprach einfach der Wahrheit!

»Tatsache ist«, nahm David das Gespräch wieder auf, »dass du ihr möglichst schnell schreiben solltest, um ihr zu bestätigen, dass sie eine attraktive Frau ist und du dich über ihr Foto freust.«

»Sie ist ja auch schön«, trotzte der kleine Navigator.

Tervenarius und David seufzten im Chor.

»Los, schreib eine dementsprechende Mail. Außerdem frage sie nach einem Treffen. Schlag ein Café oder einen Park vor.« Terv sah ihn auffordernd an.

Chrom nickte. Mit angespanntem Gesicht flogen seine Finger über die Tastatur. David sah, dass ihm die ganze Sache nahe ging.

Solutosan kam zurück in den Computerraum, die Stirn umwölkt. Sein Gespräch mit Patallia schien nicht gut gelaufen zu sein. Chrom informierte ihn über den genauen Inhalt seiner Mail.

»Du solltest auch wissen, dass Chrom die Bacani-Frau gern schützen würde«, teilte Tervenarius Solutosan mit.

»Sie ist vielleicht die einzige ihrer Art auf dem Planeten hier«, gab Chrom zu bedenken. »Soll ich wirklich für immer allein bleiben?« Seine Stimme klang trotzig.

Diese Frage richtete er natürlich genau an die beiden richtigen Männer. Solutosan hatte Aiden gefunden und sogar geschwängert und Tervenarius und er waren ein Paar. Betretene Stille folgte.

»Es gibt die minimale Möglichkeit«, begann Solutosan, »dass sie ihrem Rudel nicht ergeben ist – aber, Chrom, du weißt selbst, wie unwahrscheinlich das ist!«

»Ich werde es herausfinden, wenn ich sie treffe«, versuchte David Chrom Mut zu machen. »Ich weiß jetzt in etwa, wie sie tickt. Sie ist trotz ihres Rudels einsam und sucht Normalität bei einem Menschen.«

Er spürte den Blick seines Geliebten und wandte sich um. Tervenarius sah ihn mit seinen goldenen Löwenaugen durchdringend an. Der Missmut war verschwunden. Eine Mischung aus Erstaunen, Bewunderung, Tadel und Liebe lag in ihnen. David schluckte.

Er hatte lediglich intuitiv versucht zu helfen und sich in die Lage von Chrom und seiner Freundin hinein zu versetzen. Er spürte, dass er errötete, und versteckte verlegen seine Hände in den Taschen seines Sweatshirts, was Tervenarius mit einem breiten Lächeln quittierte.

»Wir suchen schon so lange nach den Bacanis«, fuhr Solutosan fort, der ihren Blickwechsel bemerkt hatte. »Wir haben Zeit, alles in Ruhe herauszufinden. Wir werden erst zuschlagen, wenn wir ganz sicher sind, in welche Art Nest wir da stechen. Jetzt können wir nur abwarten, bis die Frau reagiert.«

Chrom hatte die Mail fertig und las sie laut vor. Solutosan nickte und er schickte sie ab. »Ich werde mit Pan sprechen und ihm alles berichten.«

»Was willst du mir erzählen?« Pan hüpfte in einem blauen Jogginganzug durch die Tür, den langen Spiralschwanz hinten aus einem ausgefransten Loch in der Hose hängend. Die Versammlung im Computerraum überraschte ihn offensichtlich, denn er hatte etliche Milchriegel in der Hand, die er beim Anblick seines Vaters schnell hinter seinem Rücken verschwinden ließ. Seine violetten Augen blitzten und er grinste leicht verschämt.

Chrom schaute seinen Sohn an. David sah, wie Chroms Blick weich und liebevoll wurde. »Du musst wissen, was hier vor sich geht.«

»Okay, klärt mich auf! Och, menno!« Er zerrte an den Milchriegeln hinter seinem Rücken, denn Lady hatte diese mit den Zähnen ergriffen, um sie ihm abzunehmen. Milchriegel in dieser Menge waren für Pan tabu.

»Gib ihr die Süßigkeiten«, befahl Chrom streng.

»Nur einer!«

»In Ordnung, lass ihn einen behalten, Lady«, bat Chrom die Wölfin, die die zerbissenen Riegel losließ.

Er berichtete Pan in einer Kurzform, was sich ereignet hatte.

Pan staunte nicht schlecht. Er grinste und bleckte die Fangzähne. »Cool! Ich bin dabei, wenn ihr mich braucht.«

Solutosan erhob sich und nickte. »Wie lange dauert es, bis sie antworten?« Die Frage ging an Chrom.

»Völlig unterschiedlich. Manchmal einige Stunden – aber auch ein bis zwei Tage.«

»Gib sofort Bescheid, okay? Geht jemand mit frühstücken?«

Frühstück! Jetzt erst bemerkte David seinen leeren Magen richtig. Er verließ mit Tervenarius und Solutosan den Computerraum und sie stiegen die mit Teppichen belegten Treppen zu den Wohnräumen empor.

Xanmeran saß mit Meodern am Küchentisch. Beide streckten die langen Beine von sich und hielten ein riesiges Glas Kefir in der Hand. David hatte 1-Liter-Gläser angeschafft, als er verstand, welche Mengen an Nahrung die Duocarns benötigten. Tervenarius und Solutosan holten sich ebenfalls Kefir aus dem Kühlschrank.

David hingegen machte sich ein gigantisches Sandwich mit Käse, Schinken, Gurke, Tomate, Ei, Thunfisch und diversen Saucen. Die Krieger beobachteten fasziniert, wie er die Sachen aufeinander türmte und dann zum Mund balancierte. Tervenarius grinste.

»Ich sag euch mal was: Die ganze Warterei auf die Bacanis geht mir auf die Nerven!« Xanmeran schüttete unmutig den Kefir in sich hinein.

»Xan, du gehst am besten in den Kraftraum«, bemerkte Solutosan trocken.

»Noch mehr Kraft?« Xan sah auf seine roten Arme, die einem preisgekrönten Bodybuilder Konkurrenz machen konnten, und zuckte demonstrativ mit den Bizeps-Muskeln.

David hatte schon einmal mit Schaudern zugesehen, wie er seine Epidermis in einer Art Streifen komplett vom Leib gelöst und mit diesen Dermastrien im Trainingsraum eine Holzpuppe umschlungen hatte. Dabei war die unter der roten Haut liegende, schwarz-golden pulsierende Masse seines Körpers freigelegt worden, was David sehr gruselig fand.

Aber war nicht alles mehr als ungewöhnlich, seit er mit Tervenarius zusammen war? Tatsache war, dass er sich äußerst wohl und behütet im Kreis der Duocarns fühlte, unabhängig von ihren bizarren Gaben.

Er lächelte seinen Geliebten an, schob sich das letzte Stück Sandwich in den Mund und leckte sich über die Lippen.

»Geh in den Kraftraum oder lauf am Meer, Xan«, entgegnete Solutosan nochmals betont ruhig. »Ungeduld ist jetzt nicht angesagt.«

Im Computerraum hatte Pan Chrom noch ein paar Fragen gestellt. Er sah ihn mit großen Augen an. Das hörte sich ja fast so an, als wäre sein Vater verliebt. Er war offensichtlich der Meinung, in der feindlichen Bacani-Frau eine Seelen-Verwandte gefunden zu haben. Äußerst ungünstig war, dass sie zu den Feinden gehörte und bei einem Duocarns Feldzug ausradiert werden würde, ebenso wie ihr ganzes Rudel.

Pan blickte nochmals zu Chrom, der an seinem Rechner arbeitete, und schob sich den ergatterten Milchriegel in den Mund. Er kaute langsam und bedächtig. Er konnte verstehen, dass sein Vater gern ein Weibchen seiner Spezies gehabt hätte, zumal die Chance hoch war, dass sie wirklich die einzige ihrer Art auf der Erde war. Oder hatten Bacanis Horden von Weibern an Bord, wenn sie die Duonalier auf ihrem Planeten überfielen? Er konnte es sich nicht vorstellen. Weibchen saugten keine Unterleibsenergien. Das hatte er schon verstanden. Also waren die Angreifer in den meisten Fällen Männchen.

Pan kaute nachdenklich. Ob er seinem Vater, der so offen zu ihm gewesen war, sein Geheimnis gestehen sollte? Nein, er entschied sich dagegen. Das war jetzt nicht der Zeitpunkt ihm zu erzählen, dass er sich in Vancouver herumgetrieben hatte. Natürlich nachts und in dicken Klamotten.

Pan schnippte das Papier des Milchriegels in Ladys Richtung, die den Kopf hob und ihn durchdringend anblickte. Wie gut, dass sie nicht sprechen konnte. Sie hätte ihn unter Garantie an Chrom verpfiffen. Er hatte sie überlisten müssen, um sein Heim zu verlassen. Der Schießstand war ideal. Er war so stark isoliert, dass man ihr empörtes Gebell nicht im ganzen Haus hören konnte. Danach war in sein Zimmer geschlichen. Es war etwas schwierig gewesen, den langen Spiralschwanz in die Hose zu packen, aber da er ein paar Baggy-Pants trug, passte das. Handschuhe „borgte" er aus

Chroms Schrank. Auf diese Art getarnt, sah man die Klauen nicht. Er hatte geübt, die Lippen über die Fangzähne zu ziehen, was ihm schon ganz gut gelang. Anschließend war er aus dem Haus geschlichen – nicht ohne vorher noch Haare aus Chroms Haarbürste zu zupfen, denn nur mit Chroms DNA konnte er die Alarmanlage überlisten, wenn er zurückkam. Seines Vaters Tür-Code aus dem Computer zu ziehen war ein Kinderspiel für ihn.

Es war total aufregend gewesen durch Vancouver zu laufen. Einfach so. Ohne Bewacher. Er war auch in keiner Weise aufgefallen, war bis zur No.1 Road getigert und hatte in eine offene Tankstelle gespäht. Er traute sich nicht hineinzugehen, zumal er kein Geld besaß. Er war etlichen Leuten bei seinem Ausflug begegnet und niemand war schreiend weggelaufen. Der Rückweg hatte ebenfalls prima geklappt. Lady war ganz schön sauer, als er sie wieder frei ließ, und schnupperte vorwurfsvoll an ihm. Ob sie wohl noch einmal so dumm wäre, sich in den Schießraum einsperren zu lassen? Er hatte auf jeden Fall vor, seinen Ausflug zu wiederholen.

Sein Vater sagte etwas auf duonalisch. Pan war so ans Englische gewöhnt, dass er ihn zuerst überhaupt nicht verstand. »Geh mal in die Küche und sag den anderen Bescheid. Sie hat geantwortet.«

David war den Kriegern frisch gestärkt in den Keller zwischen die vielen Computer gefolgt, um die Details des Treffens zu besprechen.

»Wie ist dein Nickname in der Datingbörse?«, fragte Solutosan.

Chrom wand sich. »Crazy Boy.«

Um Solutosans Lippen zuckte es verdächtig. »Und wie heißt sie?«

»Sweet Lady«.

»Unser Chrom hat es mit den Ladys«, grinste Tervenarius.

Chrom hob gleichgültig die Achseln. Er hatte offensichtlich beschlossen eventuellen Spott, was seine Romanze anging, einfach abzublocken.

»Sie möchte mich am Eingang des Kensington-Parks im Westend treffen. Morgen Abend um acht Uhr«, verkündete Chrom.

Acht Uhr war ungünstig. Denn die Helligkeit würde eine Überwachung erschweren.

»Hör zu, David.« Solutosan wandte sich ihm zu. »Du musst versuchen, sie möglichst lange zu beschäftigen. Am besten, bis es dunkel ist. Dann können wir sie einfacher verfolgen.«

David nickte. »Okay.«

»Leg dir eine gute Geschichte zurecht, wer du bist und was du machst und bleib immer bei der Version.«

»Was mache ich denn angeblich für einen Job?« Davids Frage ging an Chrom. Der deutete mit der Klaue auf das Profil der Dating-Line: Crazy Boy, Alter: 43, wohnhaft: Vancouver, Beruf: Netzwerk Administrator.

»Alles klar.« Mit dem Alter war David nicht ganz einverstanden, aber es war jetzt nicht der richtige Zeitpunkt für Eitelkeiten.

Psal stand vor ihrem Kleiderschrank. Ihr Götter, was sollte sie nur anziehen bei ihrem ersten Date mit Crazy Boy? Sie hatte sich bereits fünf Mal umgezogen.

Es liegt am Gesicht, dachte sie. Gleichgültig welche Kleidung ich trage – Bacani ist und bleibt Bacani. Missmutig betrachtete sie ihre langgezogenen Gesichtszüge und die durch die breite Stirnplatte weit auseinanderliegenden Augen. Die Stirn kaschierte sie erfolgreich mit Perücken, deren Pony bis auf die Brauen fielen und die ihr Irokesen-Haar gut verdeckten. Allen Styling-Tricks zum Trotz, hätte niemand sie als echte Schönheit bezeichnet.

Sie verzog den Mund im Spiegel und betrachtete ihren Körper. Der war ganz okay. Schlank mit den Kurven an den richtigen Stellen, hübschen, festen Brüsten und einem knackigen Po. Leider war sie als Bacani-Frau ziemlich klein. Ob Crazy Boy das stören würde? Wie er wohl in Wirklichkeit hieß?

Seufzend zog sie ihre gewohnte Jeans und Shirt an und warf sich eine Jacke über. Bar erwartete, dass sie ihre Pflicht in der Basis tat. Es war erst zehn Uhr morgens und noch massig Zeit bis zu ihrem Date.

Sie verließ ihre kleine Wohnung in Nord-Vancouver. Sie konnte ihr Glück weiterhin kaum fassen, dass sie endlich nicht mehr zwischen den ganzen Bacanars in der Station leben musste. Sie hatte sich bei Bar durchgesetzt und er bezahlte ihre Unterkunft und die Nebenkosten. Immerhin verkaufte er jetzt wie der Teufel sein Bax und es kam genug Geld in seine Kasse. Sie stieg in ihren alten Ford und fuhr los.

Krran kam ihr in seinem Auto entgegen und nickte kurz als er sie sah. Sie parkte den Wagen im Schuppen und schloss gewissenhaft die Tür. Sie waren bisher sorgfältig vorgegangen, so dass niemand auf die außerirdischen Bewohner der ehemaligen Militär-Basis aufmerksam geworden war.

Psal schlenderte zur Welpen-Station. Frran war dabei, die Jungen mit Schlachthausabfällen zu füttern. Das war vielleicht ein Gerangel und eine Rauferei! Psal und Frran hatten ihren Spaß an den kleinen Bacanars. Wie schade, dass sie derartig schnell groß wurden, denn dann übernahm Krran ihre Erziehung. Psal packte eines der Welpen im Genick. Es fletschte die winzigen Fangzähne. Psal fuhr eine Kralle aus und ließ es hineinbeißen.

»Das Kleine finde ich besonders süß«, vertraute Frran ihr begeistert an, »und das hier.« Sie hob einen rötlichen Welpen aus der Kiste, der gleichermaßen ungenießbar um sich schnappte. Beide Frauen lachten. Psal sah Frran von der Seite an. Sie schien ganz glücklich zu sein. Eigentlich war sie ja ebenfalls eine Hybride. Aber sie war intelligenter als die Standard-Bacanars und hatte sich als liebes und zugängliches Mädchen entpuppt.

»Wollte Bar sich nicht mit einer Hündin paaren, um sich Nachkommen zu schaffen?«, fragte Psal.

Frran nickte. »Die sind noch nicht geboren«. Sie deutete mit einer Klaue auf die Nachbarräume, die man von der Aufzuchtanlage nicht einsehen konnte.

Es war warm bei den Welpen. Psal zog ihre Jacke aus und klemmte sie unter den Arm.

»Du hast es gut«, seufzte Frran und betrachtete Psal. »Ich würde auch gern solche schönen Sachen anziehen wie du aber ...« Sie zupfte an ihrem Schwanz und blickte betrübt auf den hübschen Pelz mit den weißen Spitzen, der sie ab Hüfte zierte. Er war so dicht, dass ihr Geschlecht völlig darin verschwand.

Psal nickte. Sie kannte die Situation. Und die war unabänderlich. Die ganze Sache mit den Bacanars und der Drogenherstellung war ins Rollen gebracht und konnte nicht mehr gestoppt werden. Bar war in seinem Element. Seine Klugheit und Skrupellosigkeit machte ihn allmählich zu einem reichen und mächtigen Geschäftsmann.

Die einzigen, die Bar, außer sich selbst, noch respektierte, waren die anderen drei Stammväter und seinen Chemiker Ron – obwohl, auch den nur mit Vorbehalten. Ron und Bar trauten sich nicht über den Weg. Psal hatte erfahren, dass es meist um die chemische Gleichung ging, die gebraucht wurde, um dem Bacanar-Blut die Droge zu entziehen und verkaufsfertig zu machen. Bar besaß die Formel und Ron ebenfalls, und beide hüteten sie wie ihren Augapfel. Ron besaß den Nachteil, dass er keine Ahnung hatte, woher die Bacanars kamen. Deshalb war Bar ihm immer einen Schritt voraus. Bar wird Ron in Kürze ersetzen, dachte Psal. Er braucht ihn eigentlich nicht mehr.

Als hätte sie den Teufel gerufen, schlenderte Bar um die Ecke der Station. Er grinste, als er sie sah. Frran versank in einer Verbeugung.

»Ich wollte mal nach der Mutter meiner Welpen schauen. Es ist ja bald so weit«, teilte er ihr mit und bleckte die Fangzähne. Psal verdrehte die Augen. Der stolze Vater! Und die Mutter eine Hündin, die sowieso keine Wahl hatte. Was Kerle sich immer auf ihre dumme Potenz einbildeten. Sie musterte ihn in seinen schwarzen Lederklamotten. Irgendwie passten diese ja doch zu ihm. Bar bemerkte ihren Blick und grinste erneut.

»Na, Psal, heute Abend schon was vor? Ich bin noch frei!«

Psal schreckte wie ertappt zusammen. Sie ärgerte sich über sich selbst wegen dieser unbeherrschten Reaktion. »Ich habe am Abend garantiert anderes zu tun, als mich an deiner Gesellschaft zu erfreuen, Bar«, presste sie zwischen den Zähnen hervor und fuhr die Klauen aus. Aber Bar antwortete nicht, sondern interessierte sich nur noch für seine trächtige Hündin.

Als er sicher war, aus Psals Reichweite zu sein, zog Bar sein Handy hervor und wählte Krrans Nummer. Er gab seinem ersten Offizier den Auftrag, Psal am Abend zu verfolgen. Mit einem Klack schloss er das Telefon. Er war nicht umsonst so erfolgreich vom gestrandeten Bacani zum Drogenbaron aufgestiegen. Das hatte er zum großen Teil seiner Intuition zu verdanken. Er tätschelte die Hündin, die er geschwängert hatte. Hoffentlich kamen Männchen dabei heraus. Er hätte gern Söhne gehabt, denn die waren zur Verwirklichung seiner Pläne am besten zu gebrauchen.

Er wusste, dass er am erfolgreichsten war, wenn sein Geschäft verschiedene Arme hatte. Viele Zweige konnte man so schnell nicht nachweisen und starb wirklich einmal einer ab, existierten die anderen ja noch. Er würde seine Machenschaften nie mehr aus der menschlichen Gesellschaft aushebeln lassen. Deshalb wollte er sich wie ein Krake mit ihr verweben. Das Geschäft auszubauen bedeutete jedoch, dass er Hilfe benötigte. Die Stammväter waren gut und richtig eingesetzt. Er brauchte eigene Brut, der er vertrauen konnte.

Die Hündin leckte ihm die Hand. Er streichelte sie geistesabwesend.

Er hatte bereits von dem ersten Geld aus dem Bax-Verkauf Maßnahmen ergriffen. Er wollte in Kürze eine zweite Aufzucht-Station gründen und hatte sogar schon ein Projekt im Auge, das dafür in Frage kam. Das Ding war so groß, dass er die Bax-Produktion dort ebenfalls durchführen konnte. Er besaß die Formel für die chemische Umwandlung. Der dreiste Ron mit seinen zwanzig Prozent Beteiligung war deswegen längst überflüssig geworden. Er würde für das Projekt neue Chemiker engagieren. Er wusste auch schon, wie er korrupte, bestechliche Männer verpflichten konnte.

Das Problem der menschlichen Leichen war bereits jetzt gedämpft, da er befohlen hatte, keine Gehirne mehr zu saugen, sondern nur noch die Fortpflanzungsenergie. Jedoch mussten sie die Bacanars nach wie vor zu Orten transportieren, wo sich viele Menschen, vorzugsweise Frauen, aufhielten. Ein äußerst lästiger Zustand, denn jeder Bacanar brauchte Beaufsichtigung. Aber selbst für dieses Problem bahnte sich langsam in seinem Kopf eine Lösung an.

Was niemand wusste, auch die Stammväter nicht, war, dass er längst nicht mehr in der Aufzucht-Station wohnte. Er war in eine Penthouse Wohnung in der besten Gegend Vancouvers gezogen. Voll und elegant möbliert und ihm endlich angemessen. Drei gute, menschliche Bax-Dealer spülten ununterbrochen Geld in seine Kasse.

Zufrieden tätschelte er der Hündin den geschwollenen Leib. Es ging bergauf mit ihm.

Sie hatten nicht weiter über Tervs Widerwillen, was das Date mit der Bacani-Frau betraf, gesprochen. Erst am nächsten Morgen fühlte David, dass dieses Thema immer noch im Raum stand.

»Warum bist du denn so dagegen, dass ich zu dem Treffen gehe?«

Terv hob den Kopf. Er saß auf einem gepolsterten Stuhl vor dem kleinen Rolltisch, auf dem sein Laptop immer stand. Er hatte sich auf Google Earth genau die Umgebung des Kensington-Parks angesehen und eingeprägt.

David zog eine schwarze Jeans aus dem Kleiderschrank und betrachtete seinen Po in den gestreiften Boxershorts kritisch im Spiegel.

»Ich glaube, dir ist überhaupt nicht bewusst mit wem du es hier zu tun hast, David«, antwortete der missmutig. »Die Bacanis sind brandgefährlich – und deren Weibchen machen da keine Ausnahme. Du bist nicht ausgebildet, um auf brenzlige Situationen zu reagieren. Ich bereue, dass wir nicht früher mit deinem Nahkampf-Training angefangen haben.« Er zog die Brauen zusammen. »Chrom hat dich unüberlegt in eine Lage gebracht, die mir überhaupt nicht gefällt!«

David hatte ihm mit großen Augen, mit dem Rücken an den Kleiderschrank gelehnt, zugehört. »Du liebst mich«, flüsterte er.

Terv starrte ihn an – lange. Knurrend senkte er den Blick wieder auf seinen Bildschirm.

Ha! So kam er ihm nicht davon! Der Sache würde er nun auf den Grund gehen. Er ließ die Jeans fallen, schritt auf seinen Schatz zu, schob mit einem energischen Handgriff das Tischchen mit dem Rechner zur Seite und setzte sich auf Tervs Schoß.

»Du liebst mich und deshalb möchtest du nicht, dass ich da hingehe, weil du Angst um mich hast«, stellte er fest. »Warum kannst du das nicht einfach sagen?«

Tervenarius murrte wieder, und einen Moment dachte David, dass er ihn von sich schubsen würde. Bevor das geschah, umschlang David ihn mit seinen Armen und küsste sein Gesicht. – Er fing zärtlich bei seiner Stirn an, strich sacht mit den Lippen über die Augenlider, berührte die Nase und landete schließlich auf seinem Mund.

Tervs Knurren verwandelte sich in ein sanftes Brummen. Ja, er wusste, wie er seinen Liebsten friedlich stimmen konnte. Tervenarius war ein Schmuser und Kuschelbär. Streicheln wirkte auf ihn besänftigend.

Trotzdem schwang dessen Stimmung wieder um. Er schob David von seinem Schoß und sprang auf. »Ja, das siehst du richtig.« Er war nicht mehr zornig. David spürte, dass ihm das Ganze sogar ein wenig Spaß machte. »Ich liebe dich, David. Und deshalb will ich nicht, dass dir etwas zustößt. So, jetzt weißt du es. Soll ich es noch einmal wiederholen? Er schritt zur Tür, riss sie auf und brüllte auf den Flur: »Ich liebe David!«

Xanmeran, der in diesem Moment auf dem Gang entlang lief, zuckte erschreckt zusammen. Dann grinste er. »Das wissen wir schon.«

Tervenarius warf die Tür donnernd ins Schloss. Seine Augen funkelten, als er sich ihm näherte. Es war klar, dass diese ganze Reaktion nur dadurch verursacht worden war, weil er versucht hatte, aus Terv eine Liebeserklärung zu pressen. David sah ihm mit geweiteten Augen entgegen. Ohne Umschweife packte der ihn und warf ihn bäuchlings auf das Bett.

»So, mein Schatz«, knurrte er. »Ich werde dir jetzt zeigen, wie es jemandem ergeht, der mich zu etwas zwingen will.«

Mit einem Ruck hatte er ihm die Shorts von Po gerissen und schon saß der erste Schlag. Tervs Hand fühlte sich auf einmal überhaupt nicht mehr weich an. Mit der Linken packte Terv seine Handgelenke und hielt sie mit eiserner Stärke über Davids Kopf zusammen.

»Aua! Terv! Lass das!«

Tervenarius schaltete jedoch auf taub und versohlte ihm den Hintern, wie einem kleinen ungezogenen Jungen, bis sein Po brannte wie Feuer. Es klatschte, tat weh, aber war gleichzeitig derartig geil, dass David, während er sich unter den Schlägen wand, seinen steifen Schwanz am Bettzeug rieb.

Er ließ von ihm ab. »Ist es das, was du Liebe nennst?«, keuchte David. Terv nickte, riss sich die Kleider vom Leib, rutschte neben ihn und streichelt lächelnd seinen Po, rund um die gebrandmarkte Stelle.

»Das war so scharf. Oh Gott, war das geil«, seufzte David und drehte sich, so dass Terv sein steifer Schwanz in die Hand glitt.

»Ich weiß«, flüsterte Tervenarius, küsste ihn tief, packte sein Glied fester und rieb es in einem schnellen Rhythmus. David stöhnte laut auf. Er liebte es, so unnachgiebig in Tervs Gewalt zu sein. Der brachte ihn jedoch nicht zum Ende. »Dreh dich auf den Bauch«, raunte er und ließ seinen Schwanz entgleiten. Einfühlsam fuhr seine Hand zwischen die malträtierten Pobacken und verteilte seine Sporenflüssigkeit, strich sie mit zärtlichem Nachdruck auf seine Öffnung.

Wollte er das? Ja, mehr als das. Er gierte nach Tervenarius, wollte von ihm genommen werden, war verrückt nach ihm, hungrig, seinen weichen, starken Leib auf sich zu fühlen, der sich ohne zu zögern über ihn schob. Er entspannte die Bein- und Po-Muskeln, um ihm das Eindringen zu erleichtern.

Da war er. Sie stöhnten auf. Bei jedem Stoß spürte er seine heißen Pobacken. Er war gemaßregelt worden und wurde auf die liebevollste Art, die er sich vorstellen konnte, genommen. Sein Schatz war ausdauernd und standfest wie immer, vögelte ihn lange und ausgiebig, massierte ihn von innen, genau wissend, wo sein empfindlichster Punkt zu finden war. Der Schweiß brach David aus allen Poren. Er drehte den Kopf, um Terv zu küssen, dessen Zunge ebenfalls in ihm versank, fühlte sein Sperma aus seinem Glied erst tröpfeln und schließlich auslaufen in die weiche Unterlage des Bettes. Er klammerte sich an Tervenarius, der mit einem rauen Stöhnen in ihm kam.

Lieber Gott, dachte er, lass die Zeit stehenbleiben und mach, dass es immer so schön sein wird wie jetzt. Sein Schatz bäumte sich ein letztes Mal auf und sank dann über ihm zusammen. »Ich liebe dich, David«, flüsterte er in sein Ohr. »Wenn du es unbedingt hören willst, sage ich dir das ab heute jeden Tag.«

Psal lehnte an einem der Steinpfeiler des Kensington-Parks, die dessen Eingang säumten. Sie war vor lauter Aufregung zu früh dran und trug eine Jeans und ein Shirt, eine Jeansjacke lose über die Schultern gelegt. Sie hatte sich zu keinem Kleid entschließen können. Die dunkelbraune Kurzhaar-Perücke verdeckte ihren Bacani Haarwuchs perfekt. Sollte sie mit dem Menschen intimer werden, konnte sie ihm immer noch etwas von einem Genschaden erzählen, der ihren Irokesen erklärte. Sie hatte braune Kontaktlinsen gewählt, um die violetten Augen zu verbergen.

Crazy Boy kam auf sie zu. Er trug schwarz. Nachtschwarze Jeans, Pulli und Jacke. Dazu die rabenschwarzen Haare. Ein feingeschnittenes Gesicht mit hohen Wangenknochen. Die einzigen Farbtupfer an ihm waren seine stahlblauen Augen. Er lächelte sie an. Psals Herz hämmerte in der Brust. Verdammt, er sah einfach zu gut aus. Gegen ihn war sie ein hässliches Entlein! Sie lächelte zurück – hätte fast vor Aufregung die Fangzähne ausgefahren.

»Sweet Lady?«

Psal nickte.

»Ich finde wirklich super, dass du so mutig bist, herzukommen. Solche Blind Dates können einen ganz schön nervös machen, denkst du nicht auch?«

Psal stieß die angestaute Luft aus den Lungen. Er hatte recht, alles war total normal. Sie würden sich kennenlernen und reden. Und das ohne jeglichen Stress.

»Wie heißt du eigentlich richtig?«, fragte sie. Sie schlenderten gemächlich durch den Park.

»David.«

Der Name passte zu ihm.

»Ich heiße« – ach, du Schreck, sie konnte ihm doch nicht ihren Bacani Namen sagen – »Patty«. Etwas anderes war ihr auf die Schnelle nicht eingefallen.

Er nickte. »Kommt das von Patricia?«

»Ähm, ja.«

David sah sie von der Seite an. »Bist du in Vancouver geboren? Ich finde, du hast einen leichten Akzent.«

»Ich komme ursprünglich aus Russland«, log sie. Sie hatte das Bar schon einmal behaupten hören und fand die Ausrede glaubwürdig.

»Das ist aber weit weg«, staunte David. »Wie bist du denn nach Kanada gekommen?«

Beim Vraan, sie hatte sich in keiner Weise auf das Gespräch vorbereitet! »Wir sind Einwanderer«, stotterte sie.

»Entschuldige, ich wollte dich nicht in Verlegenheit bringen«, bekannte er.

»Nein, schon gut. Meine Familienverhältnisse sind etwas kompliziert.« Sie blickte zu Boden.

»Weißt du, ich habe dich mir fast so vorgestellt. Nur dachte ich nicht, dass du braune Augen hast.«

Sie schluckte. Bei den Göttern, sie benahm sich, als wäre sie absolut dumm. Am liebsten wäre sie in diesem Moment auf und davon gelaufen.

»Möchtest du irgendwo einen Kaffee mit mir trinken?«, fragte David.

»Nein, danke, keinen Kaffee, aber ein Wasser wäre fein.« Sie merkte, wie künstlich sie klang, und hasste sich dafür.

Sie spazierten aus dem Park, in dem in diesem Moment die Laternen aufflammten. Die Luft war immer noch sommerlich warm. Ihre Arme berührten sich beim Laufen. Ein paar Jogger trabten an ihnen vorüber.

Sie gingen langsam durch die Straßen. Psal hatte sich wieder gefangen. Sie erfand einige Geschichten, was sie beruflich machte und erzählte ihm, dass sie seit kurzem endlich eine eigene Wohnung hatte, auf die sie sehr stolz war. Sie hielt die Themen bewusst unverfänglich. – Eine Gratwanderung, wie sie fand. Aber alles war besser, als eine peinliche Stille zwischen ihnen entstehen zu lassen.

Sie fanden ein hübsches Straßencafé mit bunten Schirmen und wählten einen Tisch etwas abseits. Als er ihr Wasser aus einer Karaffe einschenkte und ihr das Glas reichte, berührten sich kurz ihre Hände. Psal zuckte zurück und errötete. David lächelte. Er verunsicherte sie wirklich. Reagierte sie so, weil er ein Mensch war? Mit den Männern ihrer eigenen Spezies hatte sie nie solche Probleme.

»Ich würde dich gerne wiedersehen, Patty«, erklärte er, als sein Handy klingelte. »Entschuldige.«

Psal nickte und schaute ihm hinterher, als er aufstand und mit dem Gerät zur Seite trat. Er hatte einen wohlgeformten Körper, schlank und athletisch. Psal sah kurz auf seinen kleinen, knackigen Po und begann zu träumen.

»Ich verstehe«, bestätigte David und beendete das Gespräch.

Augenblicklich kam sie wieder auf dem Boden der Tatsachen zurück. »Schlechte Nachrichten?«, fragte Psal und schaute zu ihm auf.

»Nein, aber ich muss noch einmal ins Büro. Bei einem Kunden hat sich der Rechner verabschiedet.« Er legte Geld auf den Tisch des Cafés. »Hättest du Lust, am Samstag mit mir ins Kino zu gehen?« Er sah sie fragend an.

Psal war sprachlos. Natürlich wollte sie! Sie strahlte. Verflixt! Sie hatte vor Freude unvorsichtigerweise die Spitzen ihrer Fangzähne entblößt. Schnell hielt sie sich die Hand vor den Mund und hüstelte.

Sie verabredeten sich zum Kino. Er würde sie den Film auswählen lassen. Sie gaben sich die Hand und lächelten sich an.

Psal war happy und lief wie im Traum zu ihrem Auto. Was für ein wahnsinnig attraktiver Mann! Und das Tollste war, dass er sie wiedersehen wollte!

Meodern hatte zusammen mit Tervenarius die Aufgabe, David beim Treffen mit der Bacani den Rücken zu decken und sie danach zu verfolgen. Er war wegen seiner Schnelligkeit auf den Dächern positioniert, während Terv das Pärchen am Boden beobachtete. Er genoss es, endlich einmal wieder im Einsatz zu sein. Sein Körper kribbelte regelrecht.

Meoderns Handy klingelte lautlos. »Ja?«

»Die beiden werden verfolgt, Meo.« Tervs Stimme klang gedämpft.

»Ich schau mir das mal an. Bleib in der Leitung.« Meodern schleuderte sich auf das nächste Hausdach. So hatte er den genauen Überblick über den Weg, den das ungleiche Pärchen unter ihm zurücklegte. Er spähte und entdeckte nach einer Weile den Mann, der den beiden folgte.

Er nahm das Handy wieder hoch. »Terv? Ich sehe ihn. Drahtiger Kerl im dunklen Trenchcoat. Moment, er scheint das Interesse zu verlieren. Er haut ab. Vielleicht war es ja gar nichts. Kümmere du dich um David – ich folge der Bacani und halte euch auf dem Laufenden. Okay?« Er legte auf.

Die Bacani-Frau stieg in einen alten Ford, der in der Nähe des Parks stand, und ließ ihn an. Wettrennen mit einem PKW?

Meo grinste in sich hinein. Er war fähig seine Vibrationen bis zur Lichtgeschwindigkeit ausdehnen. Das Auto stellte kaum eine Herausforderung dar. Er war derartig schnell, dass ihn das menschliche Auge nicht wahrnehmen konnte.

Er folgte dem Wagen auf den Hausdächern. Sie nahm die Strecke nach Nord-Vancouver und hielt vor einem etwas heruntergekommenen Wohnhaus. Die Frau schloss den Ford ab und schritt langsam ins Haus. Im zweiten Stock ging das Licht an. Jetzt erst zückte Meo sein Handy und drückte Solutosans Kurzwahl.

»Ich weiß, wo die Bacani wohnt. Soll ich warten?« Er gab Solutosan die Adresse. Er sprang nach unten und begutachtete seine schwarze, enge Kleidung. Sie hatte bei dieser Geschwindigkeit ein wenig gelitten und er fror nicht. Er blickte auf seine Hände. Kein Zittern. Bei ganz starker Beschleunigung wurde er brandheiß und schlotterte hinterher erbärmlich. Die Kleider hingen ihm dann in Fetzen vom Leib. Nein, er sah gut und unauffällig aus. Er rückte seine schwarze Mütze auf dem blonden Stachelhaar zurecht und lehnte sich an das Haus gegenüber. Solutosan hatte Xanmeran losgeschickt, der mit dem Volvo zu ihm unterwegs war. Er spürte Xan schon, bevor er ihn sah. Meodern stieg ins Auto.

»*Na, das hat ja alles gut geklappt*«, sagte Xan telepathisch zu ihm.

»*Jetzt müssen wir warten, was sie weiter unternimmt.*« Er schaute auf den Rücksitz. Dort stapelten sich ein paar Kefirtüten.

»*Verpflegung*«, grinste Xanmeran und rieb sich das kräftige Kinn. »*Ich würde vorschlagen, einer von uns geht immer in den Ruhemodus für sagen wir mal zwei Stunden. Fang du ruhig an.*«

»*Okay!*« Meodern lehnte sich bequem gegen den Sitz und schloss die Augen.

Meo war mit der Überwachung dran, als die Haustür sich am nächsten Morgen öffnete und die Bacani heraustrat.

Er schubste Xanmeran an.

»*Es geht los*«, raunte er.

Sie nahmen die Verfolgung des alten Fords auf. Die Frau fuhr zügig in die Berge im Norden.

»*Jetzt wird's interessant!*« Xan war im Jagdfieber. Seine roten Hände umkrampften das Lenkrad.

Meo nickte, aber runzelte dann die Brauen. »*Halt an!*«

Der asphaltierte Weg verengte sich zu einem weit überschaubaren Waldweg. Es wurde zu riskant, ihr mit dem Volvo zu folgen.

»*Kein Problem, Xan, lass mich aussteigen.*«

Xanmeran hielt an und Meo machte sich an die Verfolgung. Er brauchte nur eine Sekunde.

Der Ford verschwand in einer von zwei baufälligen Baracken. Die Frau schloss sorgfältig dessen hohe Türe. Außer den beiden Schuppen konnte Meo keinerlei Bauten auf dem Grundstück erkennen. Er nahm das Handy, wählte Chroms Kurzwahl und beschrieb ihm genau die Lage.

»Check das mal bitte. Womit haben wir es hier zu tun?«

Es dauerte nur wenige Augenblicke bis Chrom antwortete. »Alte militärische Station der Menschen. 1985 aufgegeben. Das Ding wird wohl größtenteils unterirdisch sein.«

Nicht übel, dachte Meo und wollte sich schon entfernen, als sich die Tür des zweiten Schuppens einen Spalt weit öffnete. Jemand reckte kurz die Nase heraus, schnupperte. Meodern warf sich auf den Bauch in Deckung. Gespannt hielt er den Atem an. Er sah einen Bacani Hybriden, der sich geduckt und suchend aus dem Tor bewegte. Eindeutig, das Wesen sah aus wie Pan. Es duckte sich in der hohen Wiese und schien etwas zu suchen – hatte es scheinbar schnell gefunden, was ein Quieken im Gras verriet. Blitzschnell war es wieder durch den Spalt des Tores geschlüpft, das sich sofort schloss. Trotzdem hatte Meo erkannt, was das Wesen in der Hand gehalten hatte: Einen kleinen, roten, zappelnden Hybrid Welpen.

Xanmeran kam zu ihm gerobbt.

»*Die Show ist schon vorbei, Xan*«, teilte Meo ihm mit. »*Du wirst nicht glauben, was ich gesehen habe. Komm, lass uns erst einmal abhauen.*«

Xan nickte leicht verärgert. Er hatte zu lange gebraucht, um Meodern zu finden. Gemeinsam traten sie den Rückzug an. Im Volvo rief Meo sofort Solutosan an und berichtete.

»Die laufen uns nicht davon«, befahl Solutosan. »Das ganze Außenteam nach Hause kommen!«

Im Computerraum in Seafair wurde der Platz knapp. Chrom und Pan hatten die Rechner in Beschlag genommen, die Krieger verteilten sich auf die Stühle – David lehnte an der Wand.

»Tja«, Solutosan rieb sich das Kinn. »Fassen wir mal zusammen: Die Bacani-Frau Patty hat eine eigene Wohnung in Nord-Vancouver und fährt wahrscheinlich zum Arbeiten in die Basis. Dort vermehren sich die Bacanis, und zwar auf die Art, die Chrom uns bereits vorgemacht hat.«

Chrom bleckte kurz die Fangzähne.

»Das an sich ist schon mehr als beunruhigend. Das einzige Gute an der Sache ist, dass sie scheinbar ebenfalls nur Hybriden hervorbringen, die sich nicht verwandeln können. Das heißt, sie müssen sie vor den Menschen verbergen.«

»Was hat es denn für einen Sinn sich zu vermehren, wenn man die Nachkommen ständig verstecken muss?«, fragte David.

»Gute Frage.« Solutosan strich sich das Haar zurück, fummelte aus der Tasche seiner Jeans ein Haargummi und band die langen Strähnen zum Pferdeschwanz zusammen.

»Sie müssen eine andere Funktion haben«, bemerkte Patallia. »Sonst würden die Bacani sie nicht "herstellen" und vor allen Dingen durchfüttern.«

»Ob sie für die Vermehrung wohl Wölfe benutzen?«, fragte Chrom mit einem Blick auf Lady, die zu seinen Füßen schlummerte.

»Eher unwahrscheinlich«, meinte Tervenarius. »Wölfe sind viel zu wild und schwer zu handhaben. Sie können auch einfach Hunde benutzen.« Alle nickten.

»Die Frage ist, wie wir weiter verfahren.« Solutosan kniff die Augen zusammen.

»Wir sprengen die Bude in die Luft!«, ließ Xanmeran vernehmen. Die anderen Krieger stöhnten.

»Xan, man kann nicht alle Probleme mit einer Sprengung lösen«, bemerkte Meodern lakonisch. »Ich denke, was ich gesehen habe, war nur die winzige Spitze eines Eisbergs.«

»Ja«, bestätigte Solutosan, »das sehe ich auch so. Ich halte es für das Beste, David bleibt jetzt erst einmal an dem Bacani-Weibchen dran.«

»Wie wäre es, wenn sich jemand, der aussieht wie die anderen Hybriden – nämlich ich – in die Basis schleicht und sie ausspioniert?«, ließ sich Pan vernehmen.

»Bist du wahnsinnig?« Chrom sprang auf. »Denkst du nicht, dass sie ihre Leute kennen – und auch die Hybriden im Griff haben?«

»War ja nur eine Idee«, maulte Pan kleinlaut.

»Nein, wir bleiben bei meinem Plan«, befahl Solutosan energisch. »David begleitet die „Dame" zunächst ins Kino.

Vielleicht führt sie uns ja danach noch woanders hin.«

Bis auf Xanmeran fanden das alle okay.

Chrom verzog das Gesicht. »Ich habe allmählich ein Problem damit, dass David zu meinen Dates geht. Ich will beim nächsten Mal mit bei der Rückendeckung sein. Ich halte mich natürlich im Hintergrund.«

Solutosan schaute Chrom prüfend an. Der Mann war wohl kein Krieger, jedoch als Bacani flink und auch gefährlich. Er überlegte kurz und suchte ein Risiko – fand aber keines.

»Okay, du kannst dann mit Terv und Meo die Deckung von David machen. Meo, du übernimmst wieder die schnellen Sachen. Das hat ja gut geklappt.« Xan wippte mit dem Fuß. »Und mit dir, Xan, möchte ich gleich allein sprechen. Versammlung beendet.«

Festen Schrittes ging Solutosan mit Xanmeran die Treppe zum Wohnzimmer hoch. Xan warf sich trotzig auf einen der Ledersessel. Solutosan baute sich vor ihm auf.

»*Jetzt hör mal gut zu, Xan. Deine Ungeduld bringt absolut nichts, sondern nervt alle nur. Die Bacanis sind ein komplexes Problem, das man nicht mit einem Schwerthieb zerschlagen kann. Ich befürchte, dass sie bereits eingehend im Untergrund verflochten sind. Selbst wenn wir den Kopf abschlagen, werden die Arme bleiben, und sich weiter vermehren! Vielleicht ist die Basis nur eine einzige von vielen. Verstehst du mich?*« Er zog die Augenbrauen bedrohlich zusammen.

Xan nickte langsam. Er schien einsichtig. »*Du hast recht, Chef.*« Er nannte Solutosan immer nur Chef, wenn etwas wirklich im Argen war. »*Ich weiß, mein verfluchtes Temperament geht manchmal mit mir durch. Ich werde mich zusammenreißen.*«

»*Genau das wollte ich hören!*« Solutosan fletschte kurz die Zähne. »*Lass jetzt erst einmal wieder unseren Romeo ran!*«

Solutosan grinste über seinen eigenen Witz, sah aber an Xans dummem Gesicht, dass dieser in der menschlichen Literatur nur wenig bewandert war.

Kurz vor der Auffahrt auf den Highway stoppte Krran seinen Wagen auf dem Seitenstreifen. Er zückte das Handy und wählte Bars Kurzwahl. Der Boss der Bacanis nahm das Telefonat an und knurrte lediglich zur Begrüßung.

»Du hattest recht, Bar. Psal trifft da einen. So einen Menschen.«

»Kennst du ihn?«

»Nein, keine Ahnung, wer das ist und wo sie den herhat. Habe nur gehört, dass die Zwei am Samstag ins Kino wollen.«

Bar schwieg einen Moment. »Beobachte sie weiterhin, Krran.«

»Warum denn noch weiter überwachen? Das ist doch nur ein dummer Humanoide.«

»Weil ich es sage! Ich habe meine Gründe, okay?«, blaffte Bar.

Krran beendete das Gespräch und bleckte die Fangzähne. Bar sah sicher Gespenster. Einen Menschen konnten sie mit einem Krallenhieb beseitigen.

Ron parkte seinen VW ein Stückchen weiter weg und lief dann eilig den Weg zur Halle. Der warme Sommerregen nieselte und er stellte fluchend den Kragen seiner Jacke auf. Seine Brille war schon völlig besprenkelt und er blinzelte. Er hatte es satt in diese stinkende Halle zu fahren und knietief im Blut zu stehen. Und noch mehr hing ihm dieser blöde Russe, Bar, zum Hals heraus – samt seinen Freunden.

Natürlich war der Job sehr lukrativ. Das hatte er bereits in seiner Geldbörse bemerkt. Aber es nervte, dass er sich die ganze Zeit in den Räumen aufhalten musste, die im Boden der Halle eingefügt und mit Metallplatten bedeckt waren. Trotz der unzähligen Lüftungsschläuche stand die Luft darin. Die arbeitenden Kompressoren verunreinigten sie viel zu schnell, so dass ihm ständig der Schweiß aus allen Poren drang und ihm sein Chemiker-Kittel am Körper klebte. Oftmals gab es auch Wartezeiten, wenn Bar nicht fähig war, genügend Blut heranzuschaffen. Dann durfte er im Labor sitzen und Däumchen drehen. Das Ganze kotzte ihn an!

Missmutig schloss Ron die Halle auf und zog die Tür wieder sorgfältig zu. Er ging den verschlungenen Weg in die unterirdischen Zimmer. Niemals hätte man diese Räume in der alten Fabrikhalle vermutet. Sie sah von oben verlassen und leer aus. Das war von Bar wirklich gut geplant und mit seinen Bacanars ausgeführt. Ron blickte in den Wartebereich. Dort saßen wieder drei Bacanars, von Bar oder seinem Kumpel Krran angekettet, alle mit Venenkathetern in den Armen, damit das Abzapfen schneller ging. Die Wesen befanden sich offensichtlich im Vollrausch.

Ron zog seinen Laborkittel an und wand den ersten Blutschlauch aus seiner Halterung. Er stöpselte ihn dem Bacanar an den Arm – stellte die Zeitschaltuhr ein. Umbringen wollte er die stinkenden Kerle ja nicht. Es waren keine Weibchen mehr unter den Bacanars, also züchtete Bar seit kurzer Zeit nur Männchen. Ron hätte sein linkes Ei dafür hergegeben, zu erfahren, wie Bar das machte.

Er sah ungerührt zu, wie das Blut in dem transparenten Schlauch langsam anzog und sich dem Sammelkompressor näherte. Nein, der Deal war in Ordnung. Bisher hatte er nicht den Eindruck, dass Bar ihn betrog, denn der hatte ihm bereits große Geldsummen zukommen lassen. Aber war das wirklich das ganze Geld? Er hatte keinerlei Kontrollmöglichkeit, was ihn entsetzlich ärgerte! Vielleicht sah er ja nur einen winzigen Bruchteil der Gewinne.

Ron strich sich über seinen roten Bart und kuppelte den ersten Bacanar ab. Er wiederholte die Prozedur beim nächsten der zusammengesunkenen Wesen.

Er besaß inzwischen natürlich eine bessere Wohnung – sogar mit Meerblick, und hochwertige Designerkleidung. Seinen Vater hatte er endlich in ein Trinkerheim bringen können, das eine Stange Geld kostete. Trotzdem kotzte ihn die ständige Arbeit im Labor an. Ron überdachte die Sache genau. Immerhin war er der Entwickler der chemischen Formel, die man brauchte, um das Blutmehl in Bax umzuwandeln. Aber die Russen waren ebenfalls in deren Besitz und hatten zudem den Joker, dass sie die Bacanars züchten konnten. Ron überlegte, während er die Bax-Gewinnung in Gang brachte. Er hatte sie inzwischen weitgehend automatisiert und konnte nun gehen. Ron nahm seinen Mantel und machte sich auf den Weg. Er stieg in sein Auto und fuhr in die Innenstadt von Vancouver. Sein Gehirn rotierte.

Er hatte die Schnauze voll! Er würde versuchen, die Formel zu verkaufen und sich danach mit einem Batzen Kohle aus dem Staub machen. Zwei Mille müsste die Formel schon wert sein, überlegte er. Er brauchte ja den Käufern nicht so detailliert schildern, welche Art Blut sie benötigten. Sollten die sich doch dann selbst darum kümmern Bacanars zu besorgen. Oder war es vorteilhafter, frech etwas von dem Bax zur Seite zu schaffen, um es zu verkaufen? Wenn Bar das mitbekäme, wäre er ein toter Mann! Er wusste, dass Bar bereits einen Leichenberg in Vancouver hinterlassen hatte. Der Kerl und seine Truppe glänzten durch Skrupellosigkeit. Nein, das wollte er nicht riskieren, entschied er.

Die Formel einfach an die Pharmaindustrie verkaufen – das war der Plan. Flott abkassieren und dann verschwinden. Immerhin war Bax ja eine Sex-Droge. Die Leute konnten auf Bax bumsen wie die Weltmeister, die Frauen wurden spitz wie Nachbars Lumpi. Dazu kam ein knallharter Rausch. Das hatte er selbst schon zur Genüge getestet. An einer derartigen Formel müsste die Industrie doch auf jeden Fall interessiert sein! Die berühmten blauen Pillen, die nur den Blutdruck hochjubelten, waren Müll dagegen.

Ron hatte, wenn im Labor nichts zu tun war, vor der Firmenzentrale des großen Konzerns Pharmcoran auf der Lauer gelegen. Ein Foto von deren Chef, Martin B. Kettlestone, hatte er aus dem Internet. An den Kerl wollte er sich heranpirschen, um ihm die Formel anzubieten. Nur war der Mann niemals zu sehen. Bestimmt besaß die Firmenzentrale einen unterirdischen Eingang mit bewachtem Parkhaus. Dann hatte er schlechte Karten. Auch gewann er den Eindruck, dass auf dem Dach des Hochhauses ein Hubschrauber-Landeplatz war. Nein, er würde über die Sekretärin gehen müssen. Er beschloss, ganz dreist bei ihr anzurufen.

In seinem Wagen vor der Firmenzentrale sitzend zückte er sein Handy. »Guten Tag, ich hätte gern das Büro Dr. Kettlestone. Ja, vielen Dank!«

Eine Frauenstimme meldete sich. »Sekretariat Dr. Kettlestone, Maureen Silverman hier.«

Ron legte auf. Aha, noch ein Name. Er parkte sein Auto, schlenderte in einen Pub in der Nähe und schob seinen Laptop auf den Tisch. Vergeblich surfte er nach Maureen Silverman. Hm, wirklich nichts zu finden? Oder doch? Auf der zehnten Googleseite fand er sie mit einem kleinen Eintrag. Sie hatte eine Facebook Page. Wie praktisch! Wunderbar, auch noch mit Fotos!

Ron betrachtete Maureen Silverman, wie sie mit ihren Freunden irgendetwas feierte und wie sie am Meer mit einem großen Hund kuschelte. Außerdem sah man sie in einer Art Karateanzug. Aha, sportlich war die kleine Blondine ebenfalls. Er studierte ihr lächelndes Gesicht und prägte es sich ein. Wollen wir doch mal sehen, ob wir dir nicht beikommen können, Kettlestone, dachte Ron.

Von Lady penetrant verfolgt, lief Pan genervt in seinem Zimmer umher. Er schlug mit dem Schwanz unwillig auf den Boden. Sie hatten ihn wieder einmal behandelt wie ein kleines Kind! Dabei war seine Idee die Basis zu infiltrieren wirklich gut – zumal durch jemanden wie ihn, der genauso aussah wie die Hybriden. Er blickte zu der lästigen Lady. Die musste er als Erstes loswerden. Leider fütterte Chrom sie immer selbst, deshalb hatte sie nie Hunger.

Pan überlegte, was sie am liebsten fraß und schlug sich mit der Hand vor den Kopf: Schinken! Sie war völlig verrückt, wenn David sich ein Schinkensandwich machte. Okay, das war schon mal gebongt. Dann musste er sich eins der Autos unter den Nagel reißen und zur Basis fahren. Wo die war, wusste er ja.

Pan verließ sein Zimmer und streifte in der Garage umher. Solutosans Porsche konnte er unmöglich nehmen. Er war ja nicht lebensmüde! Aidens und Tervs BMWs auch nicht. Also blieben der Volvo und der Pick-Up. Bei dem würde es am wenigsten auffallen, wenn dieser fort war – den benutzte kaum jemand. Er lugte ins Führerhaus des Wagens. Mist, Gangschaltung! Das erschwerte die Sache natürlich. Er lief wieder in den Computerraum, Patallia grüßend, der eben aus seinem Labor kam, und setzte sich an einen der Rechner. Die Gangschaltung müsste doch zu bewältigen sein für ein cleveres Kerlchen wie ihn. Er ließ sich Fahr-Anleitungen aufzeigen. Beim Vraan, das war kompliziert. Aber machbar. Sämtliche Duocarns hatten schließlich innerhalb kürzester Zeit Autofahren gelernt.

Im Moment stagnierte die Sache mit David. Alle warteten darauf, dass er am Samstag mit der Bacani ins Kino ging und neue Informationen ergatterte. Auf ihn achtete, außer Lady, sowieso niemand. Er beschloss, am nächsten Tag seinen Versuch zu starten, um in die Basis zu gelangen.

Pan organisierte den Schinken rechtzeitig. Auf dem Weg zum Schießstand tat er, als würde er ihn essen. Die Wölfin sprang gierig an ihm hoch. Pan nickte befriedigt. Das Haus wirkte wie ausgestorben und er begegnete niemandem. Mit Schwung schmiss er den Schinken in den langen Raum. Lady zögerte keinen Augenblick und hechtete hinterher. Bumm, Tür zu! Du bist eben doch nur ein dummer Hund, dachte Pan grinsend und ging in sein Zimmer. Viel würde er nicht brauchen. Er packte eine große, externe Festplatte in seinen Rucksack und einige flache Dosen Katzenfutter. Sein Plan stand. Glücklicherweise besaß er noch Chroms Haar vom letzten Ausflug, um die Türsicherung zu überlisten, und zog sich schnell den sich ständig aktualisierenden Tür-

Code von Chrom aus dessen Computer. Damit hoffte er, das Garagentor bedienen zu können.

Er schaffte es, das Tor zu öffnen, setzte sich in den Wagen, dessen Schlüssel steckte und ließ ihn an. Langsam und ein wenig ruckelnd fuhr er aus der Garage – betend, dass ihn niemand sah und hörte. Mit seinen Utensilien verschloss er das Tor wieder, schwang sich hinters Steuer und verschwand in die Nacht.

Den Weg zur Basis schaffte er, mit Hilfe des Navigationsgerätes, ohne Komplikationen. Er parkte in einiger Entfernung, zog sich aus und stopfte seine Kleidung in den Rucksack. In der Dämmerung schlich er durch den Wald zum Versteck der Bacanis. Seine Augen passten sich schnell an die Dunkelheit an. Scharfe Nachtaugen der Bacanis, gepaart mit dem wunderbar feinen Geruchssinn seiner Mutter! Das half ihm jetzt. Er sah sofort die beiden Baracken, von denen Meodern gesprochen hatte. Geduckt huschte er an eines der Gebäude heran und versuchte die Tür zu öffnen. Verschlossen. Er schlich zum nächsten Schuppen. Verdammt, ebenfalls dicht! Suchend umrundete er das kleine Haus. Aha, es hatte ein niedrig liegendes Kellerfenster. Mit der Kralle zerschnitt Pan das Glas, betete, dass es nicht nach innen fiel, sondern nach außen ins Gras. Bingo!

Er schlängelte seinen dünnen Körper durch das Fenster und landete sicher auf den Boden. Der Schuppen war, bis auf einen alten Audi, völlig leer. Wie ging es dort nur weiter? Er bemerkte am Ende des Raums eine Metalltüre mit einem verformten Loch in der Mitte und zog sie auf. Verdammt, hätte er sich mal besser durch die Öffnung gequetscht. Sein Herz machte einen Satz, als das Scharnier quietschte. Ob die Bacanis wohl eine Überwachungsanlage besaßen? Er hatte nichts entdeckt. Wenn ja, war er jetzt schon verloren! Pan schlich einen Gang entlang, öffnete leise die nächstbeste Tür und wurde von einem massiven

Gestank fast umgeworfen. Mutig ließ er das Licht aufflammen und blickte auf zwei Rollcontainer voller altem Fleisch. Er würgte. Ob das Futter für die Hybriden war? Schnell schloss er die Tür wieder und öffnete die nächste. Der Raum war dunkel, allerdings brannten dort kleine Lampen, die Pan sofort als die Leuchten von Computermäusen erkannte. Er konnte es kaum glauben. Es war fast schon zu einfach gewesen, bei den Bacanis einzudringen. Er verzichtete auf Licht und ging zum ersten Rechner, ließ den Bildschirm aufflammen. Blitzschnell prüfte er deren unverschlüsselte Daten. Ja, dort war einiges drauf, was den Duocarns vielleicht nützen konnte.

Er nahm die externe Festplatte aus dem Rucksack und stöpselte sie in den USB-Port. Fing an zu kopieren. Puh, fünfunddreißig Minuten. Wie sollte er die nervlich überstehen? Noch zehn, noch acht. Pan raspelte die Klauen nervös ineinander – da flammte das Licht auf!

»Was machst du da?«, fragte sie auf Englisch.

Pan fuhr herum. Vor ihm stand eine junge Hybridfrau. Er nahm auf den ersten Blick ihren wunderschönen Pelz wahr – braun mit weißen Spitzen.

»Ich frage dich noch einmal, was du hier zu suchen hast!«

Pan besann sich augenblicklich. Er sah aus wie die anderen Hybriden. »Nichts, habe mich nur verlaufen.« Er schielte auf den Download: weitere zwei Minuten.

Er ließ sich auf den Betonboden fallen.

»Meine Güte! Was hast du denn? Bist du krank?« Sie schien wirklich ernsthaft besorgt und kniete sich neben ihn. Pan war absolut kein geübter Kämpfer, aber nun musste er handeln. Er packte die Frau, warf sie bäuchlings zu Boden und drehte ihr den Arm auf den Rücken.

»Bist du verrückt?«, fauchte sie. »Bringt Krran euch so etwas bei?«

Aha, sie hielt ihn immer noch für einen der normalen Hybriden. Er setzte ihr das Knie auf den Po.

»Sei still!« Mit einer Hand angelte er nach seinem Rucksack und zerrte seinen Gürtel heraus. Zügig packte er auch den zweiten Arm und band ihre Arme zusammen. Er zog sie hoch. »Wenn du nicht ruhig bist, kann ich dich auch gerne knebeln.« Er nahm sein Shirt aus dem Rucksack und fing an es zu knäulen.

Sie schüttelte den Kopf und zeigte keinerlei Angst. »Ich verstehe nicht, was das soll.«

Pan erhob sich schnell und stöpselte die Festplatte ab.

»Ihr Götter!« Die Hybride begriff, dass er Daten klaute. »Wer, zum Vraan, bist du?«

Pan seufzte. Na toll, jetzt hatte er eine Geisel. Er sah sie an.

»Du hast violette Augen!«

»Ja und?« Er hatte wirklich andere Sorgen, als sich mit seiner Augenfarbe zu beschäftigen. Auch wurde ihm langsam unangenehm, dass sie ihn so musterte. Sie sah ihm deutlich in den Schritt – blickte schnell weg.

»Wieso klaust du diese Daten?«, wollte sie wissen.

»Weil ihr Bacanis die Pest seid, und man euch das Handwerk legen muss! Ihr mordet und bringt alle Außerirdischen, die hier in Ruhe leben wollen, in Gefahr!«

Sie blickte ihn an. »Und du willst wirklich ganz allein gegen uns brutale Bande vorgehen?« Pan nickte.

Die junge Frau lächelte. Pan sah sie verblüfft an. Was gab es denn da zu grinsen? Lachte sie ihn aus? Er bleckte die Fangzähne. Was sollte er nun mit ihr tun? Wenn er sie gefesselt im Raum zurückließ, würde man sehr schnell entdecken, was er getan hatte. Folglich musste er sie mitnehmen.

Er stöhnte genervt. »Tut mir echt leid, das war so nicht geplant. Ich werde dich wohl mitnehmen müssen.«

»Zu dir nach Hause?« Er nickte und seufzte noch einmal.

»Kann es sein«, fragte sie intuitiv, »dass deine Familie nichts von dem, was du hier tust, weiß?«

»Bitte komm freiwillig mit«, bat er und zog sie hoch. Er schulterte den Rucksack und schob sie aus dem Computerraum. Da ging auf der anderen Seite des langen Ganges die Tür auf.

»Scheiße«, flüsterte sie. »Mach mich sofort los!« Er zögerte. »So kann ich dir nicht helfen – du bist sonst tot«, zischte sie.

Kurz entschlossen löste er den Gürtel, der ihre Arme zusammenhielt. Sie riss die nächste Tür zu dem Futter-Lager auf, schubste ihn in einen der ekeligen Container und begrub ihn unter einem Berg stinkendem Fleisch.

Nur undeutlich konnte Pan in dem Fleischberg eine Männerstimme hören. »Was ist das denn? Nächtliche Fütterungszeit?«

Er hörte die Frau antworten. »Ähm ja, habe da einen Welpen, dem geht's nicht so gut. Für den wollte ich extra Futter holen.«

Wieder der Mann: »Gut, dass du dich so aufopfernd um die Kleinen kümmerst. Besonders meine Nachfahren solltest du gut versorgen. Ich glaube, sie werden heute Nacht geboren. Ich muss mal nach der Hündin sehen.«

»Okay«, hörte er sie antworten, dann wurde es still um ihn. Waren sie weg? Pan wagte nicht, sich zu rühren. Er bohrte ein Luftloch in den Fleischberg über sich, das sich sofort wieder durch das Gewicht der glibberigen Masse verschloss. Er versuchte, sich nochmals Sauerstoff zu verschaffen, aber was, wenn sie sich noch im Raum aufhielten, er sie nur nicht hören konnte? Jetzt kam durch eine kleine Ritze minimal Luft. Er hielt still und wartete.

Er wusste nicht, wie lange er gewartet hatte. Plötzlich kam Bewegung in das ekelige Gekröse und er spürte Hände nach ihm tasten, um seinen Hals und um die Schulter packen und ziehen. Er strampelte und begann sich zu befreien, klatschte stinkend und um Atem ringend auf den Betonboden vor dem Container. Er hörte die Frau vor Anstrengung keuchen.

»Ihr Götter!« Sie versuchte ihn zu stützen, aber ihm knickten kraftlos die Beine weg. Er fühlte, wie sie ihn auf eine Plane rollte und einen Gang entlang zerrte. In einem Zimmer vor einem schmalen Bett traute er sich dann endlich zu keuchen und zu husten.

»Pan ist weg!« Chrom stürzte in die Küche, in der sich Solutosan in diesem Moment einen Kefir einschenken wollte. Es war Morgen, die Sonne schien strahlend durch das Küchenfenster und ließ Solutosans goldenes Haar aufleuchten wie einen Heiligenschein.

Der sah ihn verblüfft an. *»Was soll das heißen? Weg?«*

»Was ich sage! – Er ist verschwunden! Mitsamt dem Pick-Up!« Chrom raufte sich sein Irokesenhaar mit den Krallen. *»Er hat Lady eingesperrt, damit sie ihm nicht folgen konnte!«*

»Beim Vraan! Was fällt dem ein?«, brüllte Solutosan so laut, dass sämtliches Geschirr in den Schränken bebte.

»Wo könnte er hin sein?«

»Ich habe keine Ahnung«, bekannte Chrom. *»Er kennt niemanden in Vancouver.«*

Solutosans Augen blitzten. *»Ob er so wahnsinnig war, auf eigene Faust zur Bacani-Basis zu fahren?«*

»Alleine? Nein, so dumm ist er nicht«, antwortete Chrom. In dem Moment klingelte sein Handy. *»Pan! Wo bist du?«*, schnauzte Chrom in das Gerät.

»Och, Paps, ich mache nur einen kleinen Ausflug«, informierte ihn Pan. »Mach dir keine Sorgen, bin bald wieder da!«

»Pan!«, brüllte er ins Telefon, aber Pan hatte schon aufgelegt.

»Na, wenigstens scheint er nicht in der Basis zu sein«, meinte Solutosan, der sich sofort beruhigt hatte. Mit seinem feinen Gehör hatte er das Telefonat verstanden. *»Wie alt ist er, Chrom? Ich finde es nicht richtig, dass er einfach abgehauen ist, aber du hättest ihn ja sonst nicht gehenlassen. Er kennt die Risiken hier auf der Erde. Ich denke, es ist Zeit, ihm zu vertrauen.«* Solutosan schüttete sich den Kefir mit einem Schwups in den Mund.

Chrom starrte ihn an. Das hatte er jetzt nicht erwartet. Aber irgendwie hatte Solutosan recht. Er behandelte den Kleinen immer noch wie ein Baby. Immerhin hatte Pan angerufen und Bescheid gesagt. Chrom beruhigte sich halbwegs und gab Lady etwas Katzenfutter in ihren Napf und sich selbst auf einen Teller. Dann frühstückten sie erst einmal.

Pan ließ sein Handy sinken, dankbar, dass Chrom ihn nicht hatte sehen können – und vor allen Dingen riechen. Die Hybridin, auf ihrem Bett sitzend, starrte ihn an.

»Wenn du existierst, gibt es also noch mehr Bacani-Stammväter auf der Erde«, stellte sie fest.

»Einen«, nickte Pan. »Sag mal, kann ich mich hier irgendwo waschen?« Dann besann er sich und fragte: »Warum hast du mir eigentlich geholfen?«

Die junge Frau runzelte die Stirn. »Ich habe dir geholfen, weil wir vom gleichen Volk sind. Wir sind schließlich Bacanars.«

»Was sind wir?«, fragte Pan, der dieses Wort noch nie gehört hatte.

»Bacanars. Das ist der Name unseres Hybridenvolkes. Wieso weißt du das nicht?«

»Ich denke mal, weil ich ein Zufallsprodukt bin. Mein Vater konnte damals einer Wölfin nicht widerstehen.«

»Ein Stammvater und eine Wölfin«, wiederholte sie. Sie versuchte, die Zusammenhänge zu verstehen. »Und wo ist dein Vater hergekommen? Wieso war er nicht bei den Bacanis auf dem Raumschiff?«

Pan blinzelte. Er fand sie wohl supersympathisch, aber alles brauchte sie nicht zu wissen.

»Soweit ich weiß, kam er auf einem anderen Schiff her.«

»Verrückt!«, stieß die Hybridfrau hervor und kam auf seine erste Frage zurück. »Wir haben hier eine Dusche. Ihr Götter, wie spät ist es? Sag mal, wie heißt du eigentlich?«

»Ich heiße Pan«, lächelte er und ließ seine Fangzähne blitzen. »Und du?«

»Ich bin Frran, die einzige Tochter von Krran.«

»Wie viele Bacanis sind denn hier?«, staunte Pan. »Haben die Bacanars nicht alle den gleichen Stammvater?«

Frran dachte kurz nach. »Auf der Basis sind drei männliche Bacanis und ein Weibchen – aber nur einer ist für die Zeugung zuständig.« Sie rümpfte die kleine Nase. »Er heißt Pok und ist ein echter Primitivling. Deshalb sind die meisten Bacanars auch so dämlich.«

»Ich bin nicht dumm«, erklärte Pan mit Nachdruck.

»Nein, wir beide scheinbar nicht.«

»Sag mal, bist du glücklich hier?«, fragte Pan neugierig. Er hatte sich in der Dusche mit dem kalten Wasser den schlimmsten Fleischgestank vom Pelz geschrubbt. Er suchte seinen Lendenschurz in seinem Rucksack und stieß dabei auf das Katzenfutter. Er wand sich den Stoff um den Leib und öffnete eine Dose Kitekat mit Thunfisch – seine Lieblingssorte. »Möchtest du?«

Frran schüttelte den Kopf. »Ich bin hier nicht glücklich und nein, ich esse nur das Fleisch aus den Containern oder bekomme manchmal ein frisches Gehirn.«

»Bäh!« Pan schaufelte mit zwei Krallen das Katzenfutter in den Mund. »Die Fleischabfälle stinken und für die Gehirne müssen Menschen sterben. Das hier ist viel besser! Kann man in jedem Supermarkt kaufen.«

»Wo?«, fragte Frran.

Pan sah sie verblüfft an. »Sag mal, bist du hier noch nie raus gewesen?«

Frran schüttelte den Kopf. »Darf ich nicht. Psal verbietet es mir.«

»Die Bacani-Frau?« Pan kaute langsam.

Frran nickte und schnupperte nun doch.

Pan reichte ihr die halbvolle Dose und sie roch daran. Neugierig tauchte sie die Kralle in das Futter und leckte sie ab.

»Hm, du hast recht. Das schmeckt ja lecker! Vertragen Bacanars das denn?«

»Na klar«, schmatzte Pan, »und es ist auch Bacani kompatibel.«

»Was?«, Frran verschluckte sich und hustete. »Die können doch nur Gehirne fressen.«

»Quatsch! Mein Vater ernährt sich ebenfalls von Katzenfutter – und das sogar gut.«

Frran starrte in ihre Dose und stocherte darin herum. Pan musterte sie nachdenklich von der Seite. Er fand sie total süß. Was sie wohl dachte? Ob sie ihn auch mochte?

»Hör mal, du musst bis um acht Uhr weg sein. Dann kommt Psal. Die kennt alle Bacanars genau und wird nicht begeistert sein, noch einen mehr hier zu finden.«

»Ist mir klar«, nickte Pan. Er wollte sie nur so ungern allein in der Basis zurücklassen. »Ich würde dich ja gern mitnehmen, aber ... «

Frran winkte ab. »Ich denke nicht, dass dein Vater begeistert davon wäre.«

Pan schob die Unterlippe vor und seufzte. »Wie kann ich dich denn noch mal erreichen?«

Ihm fiel etwas ein. Er nahm sein Handy und löschte schnell alle Nummern. »Nimm das!« Er reichte ihr das Gerät. »Wenn ich anrufe, dann brummt es und du musst auf diesen Knopf draufdrücken. Zum Auflegen hier drauf.«

Frran starrte ihn an. Sie wurde rot und senkte den Kopf. »Danke.«

Pan schaute sie genau an, wie sie da auf dem Bett hockte. Die Beine mit dem wunderschönen Pelz unter den Bauch gezogen, die Arme um die hübschen Brüste geschlungen, das Handy an sich gedrückt. Er prägte sich das Bild ein. Er schluckte. »Ich muss jetzt los. Ich melde mich, ja? Versteck das Telefon gut. Wann bist du denn in deinem Zimmer? Nachts?« Frran nickte. »Also ruf ich nur nachts an, okay?«

Er schnappte seinen Rucksack und zog seine Kleider heraus. Frran beobachtete genau, wie er sich tarnte. Er stand da fertig angezogen, bereit zu gehen. Frran schlang die Arme um ihn, griff unter die hochgezogene Kapuze seines Pullis und zauste sein struppiges Haar mit den Krallen. Er nutzte seine Chance! Pan holte tief Luft und beugte sich zu ihr hinunter. Berührte kurz mit seinen Lippen ihren weichen Mund. Rieb sich ein bisschen an ihr.

Frran hielt erschreckt den Atem an! Schloss dann jedoch genießerisch die Augen. Schnell zog sie die Hände aus seiner Kapuze. »Du musst los!«

Er nickte. Jetzt wäre er am liebsten in der Basis geblieben

– komme wer oder was da wolle.

Sie schlichen gemeinsam zum Ausgang. Die Luft war rein.

Ihm fiel noch etwas Wichtiges ein. »Ich habe die Glasscheibe vom Fenster des Schuppens kaputtgemacht, als ich kam. Kannst du sie reparieren?« Frran nickte. Blitzschnell verschwand Pan im hohen Gras und wieselte zum Auto. Es stand da wie am Abend zuvor. Er beeilte sich einzusteigen, ließ den Motor an und fuhr los. Ein Fahrzeug kam ihm entgegen, als er vom Feldweg auf die Straße abbiegen wollte. Rasch drehte er den Kopf zur Seite, um nicht gesehen zu werden und gab Gas. Er hatte kurz ein Bacani-Gesicht in dem Wagen wahrgenommen und sein Blut rauschte vor Angst. Hoffentlich war er unbemerkt geblieben! Er schaltete das Navi ein und gab einen Umweg nach Seafair ein. Man konnte ja nie wissen ...

Zu Hause angekommen fuhr er den Pick-Up in die Garage und verschloss das Tor. Unschlüssig raufte Pan sich das Haar. Er hatte ein Bündel Informationen, aber er wollte Frran nicht verraten. Er dachte noch nach, als ihm Lady an den Hals sprang. Sie packte ihn am Handgelenk und zerrte ihn zu Chroms Zimmer. Entkommen unmöglich!

Chrom saß auf seinem großen Bett, das er mit der Wölfin teilte, und sah ihn starr an. Er musterte ihn von oben bis unten und zog die Brauen zusammen.

»Habe mir deine Tarnung schlimmer vorgestellt«, begann er.

»Paps, ich muss dringend mit dir reden!« Pan setzte sich auf das Bett. »Du möchtest doch gern, dass der Bacani-Frau nichts geschieht, stimmt's?«

Chrom runzelte die Stirn. Was hatte das mit Pans „Ausflug" zu tun?

»Ich habe ein Mädchen kennengelernt, das ich auch beschützen will. Sie ist eine Bacanar.«

»Eine was?«, erkundigte Chrom sich.

»Sie ist eine Bacanar, wie ich. Unsere Hybridform heißt so.«

Chrom blieb der Mund vor Erstaunen offen stehen. »Ihr Götter! Wo warst du?«

Pan berichtete haargenau, was sich ereignet hatte. Er betonte, wie hilfsbereit Frran gewesen war. Zum Schluss legte er Chrom die externe Festplatte in den Schoss. Chrom war sprachlos.

Er nahm Pan in die Arme und drückte ihn fest an sich. »Ich sollte jetzt sauer sein, aber bin trotzdem einfach nur froh, dass du wieder da bist. Das war eine Heldentat, jedoch hättest du dabei den Tod finden können.« Er ließ ihn los. »Wir informieren die Duocarns«, beschloss er. »Solutosan bekommt die Daten nur, wenn er verspricht, die beiden Frauen zu verschonen.«

Gemeinsam liefen sie los, um Solutosan zu suchen – und fanden ihn sofort, denn er stand vor ihnen.

»Ah! Der verlorene Sohn?« Solutosan kniff die Augen zusammen.

»Wir müssen mit dir sprechen. Es ist wichtig!« Sie gingen hinunter in den Computerraum. Chrom erzählte im Detail, was passiert war.

Solutosan staunte nicht schlecht – blickte auf die externe Festplatte in Chroms Hand. »Ihr wollt, dass die beiden Bacani-Frauen in deren Basis verschont bleiben, wenn wir den Laden ausräumen. Wie soll ich das versprechen? Niemand weiß, was bei dem Angriff geschieht. Wir können es nur versuchen.« Chrom und Pan nickten.

»Frran hat mein Handy«, sagte Pan. »Ich kann sie warnen, bevor ihr zuschlagt, und sie dann wegbringen.«

Solutosan legte den Kopf schief. »Okay, das könnte klappen. Heute Abend ist erst mal Zeit fürs Kino. Wir werden sehen, was das bringt.«

Um David beim Kinobesuch zu beobachten, und die Bacani-

Frau danach verfolgen zu können, hatten Meo, Terv und Chrom sich dem Pärchen an die Fersen geheftet.

Terv und Chrom liefen auf der Straße, während Meodern ihnen auf den nächtlichen, noch von der Sonne gewärmten, Hausdächern folgte. Er trug wieder die dunkle Baumwollhose, ein langärmeliges Shirt, dünne Lederhandschuhe und hatte sein blondes, auffälliges Stachelhaar mit einer schwarzen Kappe bedeckt. Er liebte diese Einsätze und spähte neugierig nach unten. Er blinzelte. Da hatten die beiden doch tatsächlich den gleichen Verfolger wie beim letzten Treffen. Wiederum der drahtige Kerl im Trenchcoat, der verdächtig nach Bacani aussah.

Meo zückte das Handy. »Terv? Hier schleicht wieder einer hinter den beiden her. Sieht aus wie ein Bacani.«

Tervenarius knurrte. »Nicht nur einer! Dieses Mal ist ihnen auch noch jemand in einem PKW auf den Fersen. Er parkt direkt vor dem Kino. Ein grüner VW.«

»Ich übernehme den im Auto. Okay!« Er legte auf.

Meo sprang und spähte nach unten – suchte den Wagen. Er stand tatsächlich vor dem Kino, in dem die beiden gewesen waren. Er sah den Verfolger ausscheren. Nun konnte er ebenfalls beschleunigen. Mit seiner blitzartigen Geschwindigkeit verfolgte er den Wagen bis ins Westend. Ein schmächtiger Mann in schwarzer Lederkleidung stieg aus. Jetzt wollte er es doch genau wissen. Meodern schwang sich näher heran und witterte. Sein Verdacht bestätigte sich. Ein Bacani! Er spürte ein Kribbeln in den Händen. Was hätte er darum gegeben, sich auf den Kerl stürzen zu können, um ihm den Garaus zu machen! Aber das war unklug. Meo rieb die Fingerspitzen aneinander, um sich zu beruhigen.

Der Bacani betrat eine Kneipe. Er kam heraus und spazierte zur nächsten – um zum Schluss in einer ganz üblen Spelunke zu verschwinden, vor der sich etliche, zwielichtige Gestalten herumtrieben. Meodern beobachtete, wie sich einige der Menschen gegenseitig etwas unter der Hand zuschoben. Irgendetwas wurde da verkauft. Der Bacani schien das zu wissen und kannte sich offensichtlich gut aus.

Er schlenderte durch das Westend und stieg wieder in

seinen Wagen. Die Sache wurde immer interessanter. Er nahm den Weg Richtung Trans-Canada Highway und Meo folgte ihm bis Harbourview Park. Dort parkte der Kerl und verschwand in einer verlassenen Industriehalle.

Meo wartete. Er hatte sich auf das Dach der gegenüberliegenden Lagerhalle katapultiert. Der Bacani verließ das Gebäude und fuhr weg. Meodern zögerte – weiter beschatten oder in die Halle schauen? Das Nummernschild des Bacani-Wagens hatte er sich gemerkt. Er entschied, das Gebäude zu überprüfen. Die Türen waren abgeschlossen. Er würde auf keinen Fall die Schlösser zerstören. Also sprang er fast geräuschlos auf das Hallendach. Von oben konnte er durch ein verschmutztes Oberlicht schauen. Der Innenraum war leer und verlassen. Was hatte der Bacani dort gewollt? Vielleicht hätte er ihn doch besser weiter verfolgt. Aber nun war es zu spät. Meo machte sich auf den Heimweg.

Die Bacani-Frau Patty hatte nach dem Kino noch überhaupt keine Lust nach Hause zu gehen. Sie war aufgekratzt und übermütig, hatte sich bei ihm eingehakt und redete dummes Zeug. Also wanderte David brav und auftragsgemäß neben ihr her. Sie zog ihn von einem Boutique-Schaufenster zum nächsten und ließ auch die Schuhläden nicht aus.

David bemühte sich, freundlich auf ihre Kommentare zu den vielfältigen Waren zu antworten. Tervenarius und er bevorzugten elegante Herrengeschäfte. Er fand die ganze Frauenkleidung, für die sie sich begeisterte, völlig uninteressant. Tervenarius. Sein Herz schlug schneller wenn er an ihn dachte. Nein, er musste sich nun auf seinen Auftrag konzentrieren. Er lächelte die Bacani an, die ihn auf ein paar besonders hübsche Schuhe hinwies.

Er war heilfroh, als die Frau einen kleinen Pub entdeckte. Sofort stimmte er zu, dort etwas zu trinken. Er hatte sie richtig eingeschätzt, was ihre Einsamkeit anging. Sie war aufgedreht und genoss ihr Treffen in vollen Zügen. Sie hatte das Bedürfnis nach Normalität mit einem netten Mann. David plagte inzwischen sein schlechtes Gewissen. Was er da machte, war eindeutig Betrug und sie tat ihm leid. Sie hatte bestimmt Besseres verdient. Er wunderte sich ein wenig, dass sie ein Glas Wein bestellte – wusste er doch von Solutosan, dass Bacanis nur Wasser tranken. Aber okay, vielleicht löste das ihre Zunge und würde sie dazu bringen, endlich ein paar brauchbare Informationen von sich geben.

»Ich freue mich auch über den schönen Abend«, antwortete er und reichte ihr das Weinglas. Ihre Hände berührten sich kurz und Patty errötete. Ja, seine Einschätzung war richtig gewesen. Sie trank das Glas in einem Zug leer und lachte David beschwingt an. Das ging nun in eine Richtung, die er absolut nicht wollte. Er wusste, dass Terv und Chrom ihnen wie die Schatten folgten. Wie wurde er sie jetzt nur los?

Er winkte dem Kellner und bezahlte – lotste sie langsam aus dem Lokal. Sie bummelten, wieder eingehakt, in Richtung ihres geparkten Autos. Ihr alter Ford stand in einer kleinen, engen Sackgasse.

»So«, kicherte die Bacani leicht angeheitert und öffnete die Beifahrertür. »Ich denke, ich muss nun nach Hause.«

David nickte. Die Frau kam lächelnd auf ihn zu. David wich automatisch ein wenig zurück. Aber zu spät! Sie hatte bereits ihre Arme um seinen Hals geschlungen und ihre Lippen auf seinen Mund gepresst.

David wollte sie wegdrücken, um sie abzuwehren – nahm jäh aus den Augenwinkeln einen sich rasch nähernden Schatten wahr. Eine schwarze Gestalt sprang sie mit einem Fauchen an, schleuderte die Frau mit dem Rücken gegen die rote Ziegelsteinwand, die hart aufschlug. Gleichzeitig erwischte das Wesen ihn und riss ihm mit einem scharfen Gegenstand den Hals auf!

Schrill zischte der Schmerz durch seinen ganzen Körper! Völlig überrascht presste er die Hand gegen die pulsierende Wunde. Das Blut quoll warm zwischen seinen Fingern hervor. Seine Knie schwankten. Während er zu Boden ging, sah er mit aufgerissenen Augen Chrom, der sich auf den wütenden Angreifer stürzte. Dieser holte aus und traf Chrom mit der Faust knallend unter dem Kinn. Chrom warf der Schlag augenblicklich um.

Wie aus dem Asphalt gewachsen stand Tervenarius da, und schoss zielstrebig eine Wolke Sporen in die Richtung des Kerls. Terv war da! Jetzt war alles gut! David fielen ermattet die Augen zu.

Tervenarius war unglaublich wütend! Er hatte sich beeilt, aber Chrom war schneller und erreichte die Sackgasse vor ihm. Der Scheißkerl, der die beiden angegriffen hatte, floh vor seiner tödlichen Sporen-Wolke. Voller Hass wollte er ihm nachsetzen, als er Davids Röcheln hörte. Er lag zusammengekrümmt auf dem Boden. Ihr Götter! Blut strömte aus einer Wunde an seinem Hals. Die Bacani-Frau lag bewusstlos vor der Mauer. Chrom war nicht zu sehen. Die Aktion war schief gegangen. Sein zorniges Jagdfieber erlosch schlagartig. Sein Verstand wurde kristallklar.

»David, halte durch, ich hole Hilfe!« Er wählte Patallias Kurzwahl, der augenblicklich abnahm. »David hat eine Halsverletzung und blutet stark!«

»Mach sofort eine Aderpresse mit einem Pulli oder Shirt und bring ihn auf der Stelle her!«

Jetzt zählte jede Sekunde! Tervenarius riss sich den Pullover vom Leib und wickelte ihn David straff um den Hals, nahm ihn zügig aber vorsichtig auf die Arme.

Der Ford der Bacani stand mit offener Tür da. Sollte er den nehmen? Nein, er wollte keine Zeit vergeuden zu überprüfen, ob dessen Schlüssel steckte. Sein BMW war schneller und parkte eine Straßenecke weiter. Er rannte so rasch er konnte zum Wagen, bemüht, David beim Laufen möglichst wenig zu erschüttern. Er setzte ihn vorsichtig auf den Beifahrersitz und gab Gas. Jetzt waren ihm sämtliche Geschwindigkeitsregeln gleichgültig.

Psal kam langsam zu sich. Sie lag vor der Mauer in der Sackgasse. Was war passiert? Jemand hatte sie angegriffen. Sie hatte David geküsst und in diesem Moment hatte der Mann sich auf sie gestürzt. Wo war David nur? Sie hatte das Gefühl, dass er sich gegen ihren Kuss wehren wollte. Benommen rappelte sie sich hoch. Unverschämtheit, dachte sie. So schlecht küsse ich ja nun bestimmt nicht! Sie hatte es bisher nie probiert, aber schon oft im Internet gesehen. Jetzt war David einfach fort – und der Angreifer auch.

Ihr Auto stand immer noch da mit der offenen Beifahrertür. Missmutig kickte sie diese mit dem Fuß zu und schob sich auf den Fahrersitz. Psal fuhr zusammen. Was war denn das für ein Stöhnen? Jemand war in ihrem Wagen, der gerade das Zeitliche segnete! Diese Geräusche kannte sie bestens. Alarmiert fuhr sie die Klauen aus und schaltete flink die Innenraumbeleuchtung an.

Im Fußraum vor dem Rücksitz klemmte verrenkt ein dünner Mann. Er röchelte. Psal holte aus, um ihn mit einem Schlag auf den Hals zu töten, da öffnete er flatternd die Lider. Psal bremste den Arm im Flug und schlug auf die Kopfstütze des Wagens, die sofort aufplatzte.

Sie erstarrte, denn es war als blickte sie in ihre eigenen Augen. Sie waren violett und das Schönste, das sie jemals gesehen hatte. Schade nur, dass sie nicht ganz zu dem schmerzverzerrten Gesicht des verletzten, unbekannten Bacani-Mannes in ihrem Wagen passen wollten.

Ein Bacani! Psal schlug die Hand vor den Mund. Sie begann zu zittern. Ihr Götter, nun musste sie die Nerven behalten! Er konnte nicht sprechen. Röchelte nur. Was sollte sie tun? Er war ein Mann ihres Volkes! Auf der Erde! Geistesgegenwärtig drehte sie sich auf dem Fahrersitz um, schnallte sich panisch an und gab Gas.

Wohin mit ihm? In die Station? Nein, natürlich nicht. Bar würde ihn töten. Er gehörte nicht zu ihnen. Blieb nur ihre

Wohnung. Psal fuhr wie der Teufel, denn er stöhnte noch immer.

»Halte durch«, presste sie auf bacanisch hervor. Er nickte – hatte sie verstanden. Wahnsinn! Wie konnte es sein, dass ein weiterer Bacani auf der Erde war? Ihre Gedanken überschlugen sich. Glücklicherweise fand sie einen Parkplatz vor ihrem Haus.

Vorsichtig zog sie ihn aus dem Wagen. Er hustete. Sie schlang seinen Arm um ihre Schultern und zerrte ihn die beiden Treppen hinauf zu ihrer Wohnung. Er war ganz schön schwer! Psal keuchte. Sie war bekleidet und konnte sich nicht verwandeln, ohne die guten Sachen zu zerstören. In der zweibeinigen Form war sie wesentlich schwächer. Sie versuchte, ihn an die Wand zu lehnen, um die Tür aufzuschließen. Seine Knie gaben nach. Psal handelte nur noch instinktiv. Sie fing ihn auf und schleifte ihn zu ihrem Bett. Er hielt sich de Kehle. Rollte mit den Augen.

Psal schaute sich den Hals genau an. Er hatte eine blaue Quetschung.

»Mach den Mund auf!«, befahl sie. Mit Mühe gelang es ihm. Jetzt verstand sie es. Die Spiralvene war gequetscht. Ein kleines Stück von ihr war noch ausgefahren und er konnte diese nicht zurückziehen, weil sie geschwollen war. Das musste sehr schmerzhaft sein.

Psal warf ihre Jacke auf den Boden und rannte in die Küche um etwas Eis zu holen. Sie füllte es in einen Plastikbeutel und presste ihm diesen auf die Kehle. Er seufzte dankbar und drückte die Hand auf den Beutel. Sie sank auf den Sessel neben dem Bett. Jetzt erst hatte sie Zeit ihn zu betrachten. Ein reinrassiger Bacani-Mann in dunkler Jeans, weißem Shirt und schwarzer Jeansjacke. Seine braune Perücke war verrutscht. Sie zog ihm das Ding vom Kopf. – Nun wollte sie alles wissen. Ja, sein Irokese war da und verschwand im Kragen. Psal starrte ihn an. Er lag auf dem Bett und erwiderte ihren Blick.

»Wieso hat sie solche Augen?«, fragte er – stellte sich diese Frage offensichtlich selbst.

»Wie kommst du zu deinen violetten Augen?«, antwortete sie

auf die gleiche Art. Der Schreck fuhr ihr erneut in die Glieder. Hatte sie das eben gedacht? Hatte er etwas gesagt?

»Ich habe nicht gesprochen«, dachte sie.

»Doch, hast du«, entgegnete der Mann.

»Du kannst mich hören, wenn ich **denke***?«* Psal war fassungslos.

»Das sind keine Gedanken, sondern du benutzt Telepathie«, klärte er sie auf.

»Aber ich beherrsche das doch überhaupt nicht!«

Der Bacani wollte lachen, es kam jedoch nur ein Husten. *»Jetzt schon. Bin ja ganz froh, dass ich so mit dir reden kann – ich glaube meine Kehle ist für immer demoliert. Dieser verdammte Scheißkerl!«*

»Von wem sprichst du?«

»Na, von dem Bacani, der dich und David angegriffen hat! Er hat dich gegen die Wand geschleudert und ihn verletzt.«

»Was? Ein Bacani?« Verdammt! Waren Bar, Krran oder Pok ihr gefolgt? *»Beim Vraan, wo ist David jetzt? Wieso kennst du ihn überhaupt?«*

Der Mann blickte sie mit seinen wunderschönen Augen an und sie würde nie vergessen, was er dann sagte: *»Weil David zu meinem Date gegangen ist, Sweet Lady. Ich bin Crazy Boy.«*

Psal sah ihn gebannt an. Eben hatte sie erfahren, dass sie der Telepathie mächtig war. Jetzt begriff sie, dass der, den sie als seelenverwandt eingestuft hatte, es auch mehr als das war – er war ein Ebenbürtiger der gleichen Rasse.

Der Mann stöhnte und versuchte zu schlucken. Er holte sein Handy aus der Hosentasche und tippte schnell eine SMS. *»Entschuldige, ich muss Bescheid sagen, dass ich noch lebe.«*

Psal beobachtete ihn, wie er die SMS abschickte. Ihre Gedanken überschlugen sich. Wem simste er denn? Wie konnte es überhaupt sein, dass er auf der Erde war?

Er presste wieder mit unglücklichem Gesicht das Eis an

die Kehle und sah sie an. »*Du hast bestimmt eine Menge Fragen.*« Psal nickte langsam. »*Darf ich dich trotzdem zuerst etwas für mich sehr Wichtiges fragen?*« Psal hob den Kopf. »*Wie stehst du dazu, was die Bacanis auf der Erde treiben?*«

Sie runzelte die Stirn. »*Du meinst, dass wir hier zur Ernährung die Gehirne der Menschen benutzen? Es bleibt uns nicht viel anderes übrig – sonst verhungern wir.*«

»*Das stimmt so nicht. – Ich habe unhöflicherweise vergessen mich vorzustellen. Ich bin Chrom.*« Er neigte den Kopf.

Psal blickte ihm fest in die Augen. »*Ich bin Psal.*«

»*Gut, Psal*«, fuhr er fort. »*Wie du siehst, gibt es mich auch auf der Erde. Ich esse keine Gehirne und hinterlasse keine Leichenberge von leer gefressenen und tot gesaugten Einheimischen.*«

Psal staunte. »*Und was ist mit den Energien? Was isst du?*«

»*Ich sauge keine Lebensenergien und ernähre mich von Katzenfutter.*«

Psal blieb der Mund vor Erstaunen offen stehen. Sie strich sich durch das Haar und bemerkte, dass sie die Perücke noch trug. Sie zog sie vom Kopf. Zufrieden blickte Chrom auf ihr Irokesenhaar.

Psal hatte sich wieder gefasst. »*Du bist hier auf der Erde und lebst von Katzenfutter? Wie bist du denn hierher gekommen?*«

»*Bitte beantworte zuerst meine Frage, Psal.*« Er sah ihr fest in die Augen. Sein Blick strahlte hell-violett.

Sie zögerte einen Moment. »*Ich will dir die Wahrheit sagen. Unser Chef, Bar, ist selbstsüchtig und brutal. Er beutet alle aus. Doch haben wir dank seiner Klugheit überlebt. Ich mag die Gehirne nicht sonderlich, sah sie jedoch bisher als unvermeidlich an. Ich sauge keine Energien.*« Sie überlegte kurz. »*Ich halte das, was die Stammväter mit den Hybrid-Nachkommen machen, für falsch. Sie sind wohl nicht reinrassig, aber sie sind Lebewesen. Genau wie die Menschen. Ich finde, dass man alles Leben achten sollte.*«

Chrom nickte langsam. »*Danke für deine Offenheit. Ich glaube dir.*«

Er stand vorsichtig auf und verbeugte sich vor ihr. »*Ich bin Chrom, der Navigator der Duocarns.*«

Psal griff sich an die Brust. Schlug ihr Herz noch? Er war ihr Gegenspieler! Die Krieger hatten einen Bacani an Bord gehabt!

Sie erhob sich ebenfalls. »*Ich bin Psal, die Navigatorin der Bacanis.*«

Jetzt war es heraus! Sie standen sich gegenüber und stierten sich an. Beide mit gefletschten Fangzähnen und ausgefahrenen Krallen. Psals Gedanken überschlugen sich. Sollten sie ihre Feindschaft auf der Erde fortsetzen?

Chrom zog als Erster die Klauen ein und setzte sich auf ihr Bett. Mit tief-violetten Augen sah er sie an. Ein Navigator ihrer Spezies. Ihr Herz schlug bis zum Hals. Sie gab ihre Kampfhaltung ebenfalls auf und schob sich neben ihn.

»*Kein Wunder, dass wir uns sofort als seelenverwandt empfunden haben*«, bemerkte sie leise. Er nickte. »*Die Duocarns sind auf der Erde?*«

Er bejahte erneut.

»*Wie viele?*«

»*Fünf Krieger.*«

Das waren ungeheuerliche Nachrichten!

»*Das heißt, Duonalia ist völlig ungeschützt, weil die Männer hier sind?*«

Chrom hob den Kopf. »*Ja. So ist das wohl.*«

»*Wieso arbeitest du für unsere Feinde?*«

Das war eine gute Frage. Und es war der Knackpunkt in seinem Leben.

»*Der Chef der Duocarns hat mich nach einem Kampf im Larnsektor vor langer Zeit halbtot gefunden. Er wollte mir den Gnadenstoß geben. Da bemerkte er, dass ich Telepath bin. Deswegen hat er mich nicht getötet und mitgenommen. Ich arbeite schon eine halbe Ewigkeit für die Duocarns. Sie sind meine Familie.*«

Psal hatte ihm konzentriert zugehört. »*Und ich war lediglich für einen Flug gebucht. Ich sollte die Männer abholen und auf den nächsten Mond fliegen. Dann warst du hinter uns her, und hast uns in die Anomalie getrieben!*«

»*Wie du siehst, hat es uns auch erwischt.*«

Sie nickte. Man konnte es betrachten, wie man wollte: Sie waren alle Schiffbrüchige. »*Gibt es euren Kreuzer noch?*«

Chrom schüttelte traurig den Kopf. »*Nein, wir sitzen hier fest.*«

Psal sah ihn an und schluckte. Die Götter hatten sie zusammengeführt. Es gab keine Zufälle. Es stellte sich jetzt allerdings für sie die Frage, in wieweit sie die Geheimnisse der Stammväter verraten sollte. Auf wessen Seite stand sie nun? Sie blickte auf Chrom, der seinen Eisbeutel drehte.

»*Ich werde wohl nie wieder Opern singen können*«, verkündete er mit komisch verdrehten Augen.

Psal lachte. Egal welche Partei sie ergriff – sie würde Chrom nicht schaden wollen.

Sie musste die bedrückende Situation auflösen. »*Ich habe Hunger*«, teilte sie ihm fröhlich mit. »*Wie wäre es, wenn wir zusammen einkaufen gingen? Hier um die Ecke ist ein Supermarkt, der nachts geöffnet hat.*«

Chrom hob den Kopf, sah sie an und strahlte. »*Nur einen Moment. Vorher ich muss noch meinem Sohn eine SMS schicken.*«

»*Du hast einen Hybrid-Sohn?*«

Chrom nickte. Er tippte eine Nachricht an Pan in sein Handy. »*Ja, ich habe hier auf dem Planeten am ersten Tag eine Wölfin gefunden. Sie ist die Mutter.*«

Psal bemerkte, dass ihm das Thema peinlich war.

»*Und wo ist dein Sohn jetzt? Bei den Duocarns?*«

Chrom nickte. »*Wir müssen ihn verstecken – du weißt ja ... Ach so, er war übrigens bei euch in der Basis.*«

Psal hielt die Luft an. Wahnsinn! Das war der Tag der Offenbarungen.

»*Er hat eine, wie er sie nennt, Bacanar dort kennengelernt. Ich glaube, er ist verliebt.*«

»*Frran*«, flüsterte Psal tonlos. Die Basis war entdeckt worden und in Gefahr. »*Planen die Duocarns uns anzugreifen?*«

»*Früher oder später sicherlich. Aber Frran hat das Handy meines Sohnes und wird vorher gewarnt werden. Niemand will die Bacanars verletzten. Die Duocarns sind scharf auf die Stammväter, besonders auf euren Führer.*«

Nachdenklich sah Psal ihn an. Das war verständlich, nach dem Blutbad, das Bar und Krran angerichtet hatten. Aber sie war ebenfalls nicht ganz unschuldig. Das wusste Chrom gewiss.

»*Komm, lass uns einkaufen gehen*«, sagte sie und stülpte sich die Perücke über den Kopf. »*Ich muss morgen früh in die Basis, sonst bekomme ich Ärger.*« Sie streckte Chrom die Hand hin, die er ergriff. Sie zog ihn hoch. Er war größer als sie. Er lächelte. Seine Augen sind der violette Wahnsinn, dachte Psal. Er reichte ihr seine Perücke, die sie ihm sorgfältig aufsetzte. Hand in Hand sprangen sie die Treppenstufen hinunter.

Bar hatte im Westend bei den Dealern Geld eingesammelt und fuhr anschließend zur Halle, aber Ron war schon weg. Wütend knallte er die Hallentür zu und schwang sich in sein Auto. Er hatte die Schnauze voll von dem Kerl! Er würde ihm in Kürze ein feuchtes Grab bescheren. Ron hatte einiges an Bax auf Vorrat produziert, so dass der Geldstrom vorerst nicht abriss. Das konnte Bar sich im Moment nicht erlauben, denn der Kauf des Firmengrundstücks in Nord-Vancouver war fast unter Dach und Fach. Am Montag würde er den Kaufvertrag für das Anwesen unterschreiben. Die Anzahlung lag bereits in seinem Penthouse. Er hatte sich einen guten Namen für seine neue Firma ausgedacht: Finalmedicals. Sein Bauch sagte ihm, dass es Zeit war, die Aufzucht-Station samt der Produktionshalle zu schließen und Ron zu liquidieren.

Was ihn ständig nervte, war die offensichtliche Unfähigkeit von Krran und Pok. Krran war gut als Ausbilder. Er hatte es drauf die Bacanars zum Saugen in die Menschenmengen zu führen und wieder hinaus zu bringen, aber das war auch schon alles. Er war ungeeignet mit den Menschen zu kommunizieren und zum Beispiel die Dealer zu überwachen und abzukassieren. Bar musste das allein machen und war sich der Gefahr durch die menschliche Polizei bewusst. Pok war eine lebendige Zeugungsmaschine. Damit hatte er seinen Zweck erfüllt.

Bar dachte daran Psal besser einzusetzen. Ihre Talente waren in der Welpenstation vergeudet. Aber er fühlte, dass sie seine Machenschaften mit Distanz betrachtete. Sie war kaum bestechlich. Ihm war noch nicht ganz klar, wie er sie für sich gewinnen konnte. Am liebsten hätte er sich mit Psal vereinigt. Seine Krallen in ihr Fleisch geschlagen und sich mit seinem Glied in sie verhakt. Ihre Kälte machte ihn allmählich wütend.

Er fuhr zu seinem Penthouse, parkte in der Tiefgarage und nahm den Lift in die oberste Etage. Missmutig warf er seine Lederjacke in die Ecke des ausladenden Wohnzimmers, schritt zu den großzügigen Fenstern und starrte hinaus. Vancouver lag blinkend zu seinen Füßen – vielversprechend und lockend. Er würde seinen Weg in dieser Stadt gehen. Nur brauchte er Hilfe, so viel war klar. Als Erstes wollte er sich einen Bodyguard zulegen – oder zwei. Die müsste er sorgfältig aussuchen. Danach waren die Chemiker dran. Bar hatte vor sie direkt von der Uni zu holen. Um Männer zu finden, die bereits ein bisschen Dreck am Stecken hatten, hatte er einen Privatdetektiv beauftragt. Natürlich ahnte dieser nicht, was Bar mit den Informationen vorhatte. Niemand wusste etwas von Finalmedicals. Bar trank ein Glas Wasser in seiner kahlen Küche. Seine Pläne standen fest und waren exzellent ausgearbeitet. Er hielt alle Karten in seiner Hand.

Es war die reinste Gourmet-Schlacht. Chrom stand mit Psal in ihrer winzigen Küche vor einem Berg Katzenfutter der unterschiedlichsten Fabrikate. Sie hatten etliche Dosen geöffnet und schaufelten sich lachend mit den Krallen kleine Häppchen in den Mund. Whiskas mit Huhn war Psals Lieblingssorte, während Chrom nach wie vor Kitekat mit Thunfisch bevorzugte. Psal verstaute die angebrochenen Dosen im Kühlschrank und sie ließen sich satt in ihrem gemütlichen Wohnzimmer auf die Couch fallen. Inzwischen konnte Chrom wenigstens krächzen – das Futter hatte seine Kehle geschmiert. Aber sie blieben bei der telepathischen

Konversation, um ihn noch zu schonen. Es war drei Uhr nachts und Psal musste ein wenig schlafen, bevor sie in die Station fuhr.

»Komm mit ins Bett«, lud sie Chrom ein, der erstaunt den Kopf hob. *»Nicht was du vielleicht denkst - lass uns einfach ruhen.«*

Augenblicklich erhob er sich und streifte seine Kleider ab. Sie legten sich ins Bett, eng aneinander gekuschelt. Endlich bekam er, was er so lange vermisst hatte: den körperlichen Kontakt zum Rudel. Er schmiegte sich von hinten an Psals Irokesen-Haar. Sie war verführerisch weich. Wann hatte er das letzte Mal mit einem Bacani so gelegen?

Die Zeit bei den Duocarns war er allein gewesen. Auf der Erde hatte er zumindest mit Lady geschlafen, die sich immer gern an ihn schmiegte. Psal atmete tief und ruhig.

Er bewegte sich leicht und seine Hand stieß gegen eine ihrer festen Brüste. Sofort bemerkte er wie sein Glied schwoll. Sie erregte ihn. Er schob seinen Unterkörper ein wenig zurück. Falls sie durch Zufall aufwachte, sollte sie seine Geilheit nicht bemerken. Sie ist die Richtige, dachte er. Und das nicht nur, weil sie das einzige Weibchen seiner Rasse auf der Erde ist.

Ihm gefiel alles an ihr. Er hatte sich im Internet nicht getäuscht. Er würde es jedoch langsam angehen lassen, bevor er sich, wie bei den Bacanis üblich, lebenslang band. Sie kannten sich viel zu wenig.

Chrom schätzte Psal als recht jung ein. Ob sie wohl Veranlagung zur Nahrungsmutter hatte? Der Gedanke zu seiner ihm von der Natur bestimmten Ernährung zurückzukehren, war Chrom sehr angenehm. Die Milch der Nahrungsmütter war so auf das Rudel eingestellt, dass ihnen weder körperlich noch geistig etwas fehlte. Die Gemeinschaft war durch die Nahrung im Gleichgewicht.

Psal drehte sich im Schlaf, legte einen Arm auf seine Brust. Chrom schloss die Augen. Er fühlte sich in seine Kindheit zurückversetzt, als sein Rudel für ihn da war. Mit einem Glücksgefühl schlief er ein.

Chrom erwachte durch ein ungewohntes Geräusch. Psal stand vor dem Bett und zog ihre Jeans an. Sie besaß einen tadellosen Körper. Er betrachtete ihren strammen, kleinen Po mit einem geöffneten Auge.

»Bleibst du hier?«, fragte sie telepathisch.

»Möchtest du, dass ich auf dich warte?« Er öffnete das zweite Auge ebenfalls.

Sie sah ihn an und strahlte. »Hast du denn noch Zeit?«

Chrom nickte. »Ich nehme sie mir einfach«, lächelte er.

Psals Strahlen breitete sich über ihr ganzes Gesicht aus. Sie zog ihren Anorak an. »Ich versuche mich früher zu verdrücken, okay?«

Ohne zu antworten, schloss er wieder die Augen und kuschelte sich in das Kissen, das noch nach ihr duftete.

Psal zog leise die Wohnungstür zu. Sie sprang die Treppen hinunter. Er würde in ihrem Bett auf sie warten. Sie hätte die Welt umarmen können! Wie konnte sie jemals mit dem Gedanken spielen, sich an einen Menschen zu binden. Chrom war ein Stückchen Heimat.

Gutgelaunt bog sie in den Holzschuppen der Aufzucht-Station ein. Sie runzelte die Stirn. Was machte Frran da draußen? Und das bei Tageslicht! Psal stieg aus dem Ford und ging zu der jungen Bacanar, die an der niedrigen Fensteröffnung des Schuppens herumwerkelte. Sie war gerade dabei es zu schließen.

Psal bemerkte, dass das Fenster nun statt Glas eine Holzplatte hatte. »Wieso war das kaputt?«

Frran richtete sich auf und wurde rot. »Einer der Welpen ist dagegen gekracht.«

»Soso!« Psal kniff die Lippen zusammen. Es war klar, dass Frran log, aber wollte warten bis sich die Gelegenheit ergab, um sie zur Rede zu stellen.

Sie schwiegen, bis sie den Flur entlang zum Computerraum gelaufen waren. Krran saß an einem der Rechner und studierte die Trainingspläne der Bacanars. Er musterte Psal von oben bis unten. In einem seiner Nasenlöcher steckte eine Art Tampon. Sofort war ihr klar, wer sie angegriffen hatte!

Psal zog die Augenbrauen zusammen. »Hast du mir etwas zu sagen, Krran?« Der bleckte die Fangzähne.

Psal holte tief Luft: »Du verdammter Warrantz! Du spinnst wohl meinen Freund anzugreifen?«, brüllte sie und fuhr die Krallen aus. Frran ging in Deckung.

»Du hast einen Menschen geküsst!«, antwortete Krran unbeeindruckt und verächtlich. »Wie tief willst du noch sinken? Sind wir dir nicht gut genug?«

Psal schnappte nach Luft. »Bevor ich mich mit einem wie dir verbinde, ficke ich lieber mit einem ... «, jetzt fiel ihr vor Empörung nichts ein – »mit einem der Bacanars!«

Krran drehte ihr den Rücken zu. »Dann mach das«, erwiderte er kalt.

Psal stapfte wütend aus dem Raum.

»Frran!«, befahl sie. »Komm mit!« Die Bacanar gehorchte. »Dieser eingebildete Scheißkerl!« Frran nickte. »Los, wir gehen in dein Zimmer!«

»Ich muss mit dir reden«, flüsterte Psal, schloss die Zimmertür und lehnte sich von innen dagegen. »Ich weiß das von Pan.« Frran erbleichte. Sie begann am ganzen Leib zu zittern.

»Beruhige dich! Hör mal zu, wir sind in einer ähnlichen Situation. Ich habe Pans Vater kennengelernt.« Frran ließ sich mit entsetztem Gesicht auf den Boden vor ihr schmales Bett sinken.

»Frran, hörst du mich? Ich finde, wir sollten von hier fliehen.«

»Was? Abhauen? Wohin denn? So wie ich aussehe?«

»Willst du lieber bei Bar, Krran und Pok bleiben? Du weißt, die Station wird bald hochgehen.«

Frran nickte. »Wann?«

»Ich weiß es nicht genau. Sie wollen die männlichen

Stammväter.«

»Wer?«

»Chrom und die Seinen. Sie werden dem Morden ein Ende bereiten!«

»Und du hältst zu denen?«, fragte Frran atemlos. »Das hätte ich dir niemals zugetraut!«

Psal sah sie einen Moment an. Ja, sie hatte sich entschieden. Sie schluckte. Sich auf Seiten der Duocarns zu schlagen war hart, aber notwendig. Sie wollte nicht mit Bar untergehen, und wollte auch Chrom nicht mehr verlieren. Frran würde sie mitnehmen – ihr sollte kein Leid geschehen. Psal nickte.

Frran stürzte auf sie zu und warf sich vor ihr auf die Knie »Danke! Danke!«

Psal zog sie hoch. »Hör zu, wir müssen jetzt unbedingt cool bleiben. Alles ist wie immer, okay? Wir machen unsere Arbeit. Ich gebe dir Bescheid, wenn wir abhauen.« Sie stupste Frran kurz freundschaftlich gegen die Stirn.

Ihre Mittagspause hatte sich weit über die Mittagszeit hinausgeschoben, da ihr Chef, Martin B. Kettlestone, wieder einmal mit seinen unmäßig vielen Aufträgen an sie nervte. Maureen fühlte durch ihren leeren Magen echte Übellaunigkeit in sich aufsteigen. Hungrig war sie schlichtweg ungenießbar. Sie blickte kurz in den Spiegel im Waschraum bei Pharmcoran und zauste sich durch die blonde Mähne. Sie musste zum Friseur. Es war gar nicht so einfach, bei diesem anspruchsvollen Chef einen machbaren Termin dafür zu finden. Sie seufzte und schnappte ihre Tasche. So spät konnte sie nur noch in dem kleinen Bistro, einige Häuserblocks von der Firma entfernt, einen Snack zu sich nehmen. Mit Grauen dachte sie an das Sandwich mit dem Analogkäse, der garantiert keinen Tropfen Milch in seinem Leben gesehen hatte, während sie den kurzen Weg zu dem Lokal hinüberlief.

Sie strich ihr dunkelblaues Business-Kostüm glatt und betrat das Bistro. Der Inhaber erkannte sie und winkte ihr zu. Seufzend ließ sie sich an eins der kleinen Tischchen nieder und angelte nach der Karte, die sie eigentlich auswendig kannte. Sie fühlte sich plötzlich unwohl. Jemand beobachtete sie. Der rothaarige Mann mit Brille an der Bar. Er lächelte ihr zu.

Maureen schloss kurz die Augen. Auch das noch auf nüchternen Magen. Der Inhaber brachte ein Sandwich. Na ja, wenigstens hatte er Salat und eine Tomatenscheibe darauf getan. Sie schnupperte an der undefinierbaren Sauce.

Prompt stand der Rothaarige vor ihr am Tisch und lächelte. »Ungenießbar, nicht wahr?«

Sie nickte und biss stoisch in das gummiartige Brot.

»Darf ich mich setzen?«

»Nein«, kaute sie.

Er schrak zurück. »Oh, Entschuldigung!« Er schien ehrlich bestürzt zu sein.

Blöd, sie hatte sich benommen wie ein ungehobelter Klotz. »Na meinetwegen.« Sie schluckte die zähe Masse.

»Ich bin Ron Bauer.« Na ja, zumindest war er höflich.

»Maureen«, stellte sie sich vor. Ihr Nachname ging ihn nichts an. Das war Small Talk mit einer Kneipenbekanntschaft, die man sowieso nie wieder sah. Außerdem war er überhaupt nicht ihr Typ, mit seinem rotblonden Schnurrbart.

Ron betrachtete sie mit Interesse. »Ich bin neu in Vancouver und hatte keine Ahnung, wo ich um diese Uhrzeit noch etwas zu essen herbekomme.«

»Das Problem kenne ich«, antwortete sie. »Was machen Sie hier in der Stadt?« So ganz verkehrt schien er ja doch nicht zu sein.

»Ich versuche, Geschäftskontakte zu knüpfen.«

Nun, das konnte alles und nichts heißen. Sie nickte höflich.

»Ich bin Vertreter und arbeite in der chemischen Industrie«, fuhr er fort.

Soso, war das ein Zufall? Sie war besser vorsichtig. Mau-

reen legte einige Dollar auf den Tisch und erhob sich.
»Wie auch immer – war nett Sie getroffen zu haben,
Ron.«

»Kommen Sie öfter hierher?«

»Nur wenn ich es nicht vermeiden kann«. Sie grinste.

»Darf ich Sie vielleicht in einer anderen Mittagspause in
ein ordentliches Restaurant einladen?«

»Nein, danke«, beeilte sie sich zu sagen. »Ich habe einen
Freund, wissen Sie.« Er schaute zerknirscht. Maureen lachte. »Na okay – bye-bye!«

Sie verließ das Bistro. Nein, sie hatte keinen Freund, seit
ihr ehemaliger Geliebter, Marc, sie betrogen hatte. Das war
bereits ein Jahr her. Seitdem kümmerte sie sich um ihre
Karriere und abends um ihren Sport.

Sie eilte ins Büro, um die Unmenge an Arbeit noch zu
schaffen. Sie wollte auf jeden Fall pünktlich Feierabend
machen. Die Kleinen warteten nie gern und stellten dann
allen möglichen Unfug an.

Die Nachmittagsarbeit zog sich endlos.

»Mr. Kettlestone, könnten wir das auf Morgen verschieben?«, fragte Maureen. »Ich muss jetzt wirklich los.

Kettlestone nickte. Scheinbar hatte er endlich verstanden, wie wichtig ihr das abendliche Training war. »Bis morgen früh dann.«

Maureen eilte ins Dojo. Wie zu erwarten, tobten die kleinen Schüler schon durch die Halle. Sie winkte ihnen kurz zu
und ging sich umziehen. Sie band sich den strubbeligen
Haarschopf zusammen, zog ihren Karateanzug an und
knüpfte ihren schwarzen Gürtel. Voller Elan schob sie die
Ärmel hoch.

»So, ihr Lieben, dann lasst uns mal loslegen! Mike, verbeugen nicht vergessen.«

Als Maureen einige Tage später die Gruppe der Jugendlichen von fünfzehn bis zwanzig Jahren trainiert hatte und

aus der Dusche des Dojos trat, klingelte ihr Handy. Nass und fluchend machte sie sich in ihrer Handtasche auf der Suche danach.

»Hey Dana!«, rief sie erfreut. Ihre Freundin Dana war aus Seattle bei ihren Eltern in Vancouver zu Besuch und lud sie zu einem Drink ein. »Wunderbar! Freu mich! Bye!« Sie legte auf. Mit Dana im Legends etwas zu trinken, würde ihren Abend abrunden. Eilig zog sie wieder ihr Business Kostüm an und düste in freudiger Erwartung mit ihrem roten VW Cabrio ins Legends. Dana war noch nicht da.

Maureen bestellte einen Manhattan und wartete. Einige Männer musterten sie. Jaja, denkt, was ihr wollt – ich bin garantiert nicht hier um einen von euch aufzureißen, dachte sie trotzig. Maureen nahm einen kräftigen Schluck. Jemand schob sich auf den benachbarten Barhocker.

»Also Dana – «, hob sie an und stutzte. Neben ihr saß der rothaarige Ron und lächelte sie an. »Wie kommen Sie denn hierher?«, stieß sie verblüfft hervor.

Er grinste breit. »Mit dem Auto?«

Jetzt kam Maureen sich blöd vor. »Sorry, ich dachte Sie wären jemand anders.«

Ron sah auf ihren halb getrunkenen Manhattan. »Was ist denn das?«

»Manhattan!«

»Und der schmeckt hier?«

Maureen nickte. »Klar, sonst würde ich ihn nicht trinken.«

Ron grinste wie ein Honigkuchenpferd. »Ich frage deshalb, weil ich Sie ja auch schon ein Sandwich essen sah, das aus einer Gummimasse bestand.«

Maureen stutzte. Dann platzte sie heraus vor Lachen. Dana war wohl nicht gekommen, aber es schien, als wäre der Abend gerettet.

Ron gab sich redlich Mühe charmant zu sein. Mit Wohlgefallen ließ er immer wieder seinen Blick über ihre schlanke, sportliche Figur schweifen. Sie unterhielten sich angeregt und bestellten einige Drinks.

»So, ich glaube, ich werde nun langsam schlafen gehen«,

bemerkte er nach einer Weile. »Morgen muss ich noch ein paar Pharmafirmen abklappern.«

»Was vertreiben Sie denn?«, fragte Maureen harmlos.

»Ich bin freier Chemiker und habe etwas entwickelt, das ich den Firmen anbieten will.« Das war für Maureen nichts Neues. »Und was wäre das?«

»Eine brandneue Formel für ein Potenzmittel, das alles Bisherige in den Schatten stellen wird.«

»Oh!«

»Ich bin überzeugt von dem Produkt. Aber ich kann es natürlich nicht allein auf den Markt bringen.«

»Verstehe«, meinte Maureen leicht beschwipst. »Ich kann ihnen vielleicht weiterhelfen – beziehungsweise mein Boss könnte es.«

»Ich habe durch Zufall noch eine Probe davon in der Tasche.« Ron griff in seine Jackentasche und holte ein Päckchen hervor. Es enthielt kleine, rote Portionen, die luftdicht verschweißt waren. Das Zeug besaß eine merkwürdige Form.

»Zufall?« Maureen lachte.

»Wenn Sie das verwenden könnten – ihre Firma kann es gern analysieren lassen.« Er steckte ihr seine Visitenkarte zu. »Ich freue mich auf Ihren Anruf.« Er lächelte und zwinkerte ihr zu.

Als Maureen am nächsten Morgen etwas verkatert erwachte, weil das Handy klingelte, hatte sie Ron schon fast vergessen. Sie wühlte schlaftrunken in ihrer Handtasche, dabei fiel das rote Zeug heraus. Ah, das Handy! Danas Nummer auf dem Display. Na, die konnte was erleben! Sie so zu versetzen!

»Hör mal, Mäuschen«, Danas Stimme klang gehetzt. »Bevor du jetzt etwas sagst: Es tut mir sooo leid! Aber stell dir vor, der Mietwagen ist auf dem Weg ins Legends mitten auf einer Kreuzung stehen geblieben. Das war ja sowas von peinlich! Alle dachten natürlich nur wieder „Frau am Steuer", dabei war die Karre wirklich kaputt. Ich musste dann auf den Hilfsdienst warten und in dieser Zeit versuchten einige Männer mein Auto wegzuschieben. Das war vielleicht ein Theater, sag ich dir. Na ja, kurz und gut. Nachdem der Hilfsdienst endlich gekommen war, habe ich alles Mögliche regeln müssen und darüber habe ich vergessen, dir abzusagen. Bist du mir böse?«

Maureen, völlig geplättet von dem auf sie einströmenden Wortschwall, war kaum fähig zu antworten. »Nein, lass mal«, brachte sie letztendlich hervor. »Wir sehen uns dann beim nächsten Mal.«

Dana stieß noch einige Beteuerungen aus und Maureen legte seufzend auf. Na ja, diese Entschuldigung war akzeptabel. Der letzte Abend war ja trotzdem ganz lustig gewesen. Sie schob das Telefon zurück in die Tasche.

Da war auch noch das seltsame Medikament von diesem Ron. Maureen nahm das Tütchen und drehte es in der Hand. Das war also ein revolutionäres Potenzmittel. Es sah etwas ekelhaft aus. Sie holte ihr Handy nochmals hervor und wählte eine Kurzwahl.

»Hey Smu, altes Haus!«

Seine Stimme klang total verschlafen: »Bist du das, Maureen? Weißt du eigentlich wie spät es ist?« Er gähnte lautstark.

»Ja, das weiß ich! Spitz mal die Ohren. Du musst mir bei etwas helfen. Am besten erzähle ich dir das persönlich.«

»Jaja!« Sie hörte, wie er den Kopf ins Kissen fallenließ. »Bin bis morgen Abend wieder fit«, grunzte er schläfrig.

»Morgen Abend? Wunderbar! Ich habe sonntags frei. Wir sehen uns. Bye Sweety!«

Sie nannte ihren alten Freund Smu immer Sweety, Honey oder Baby, um ihn zu ärgern. Sie hatte natürlich nicht vor, ihrem Chef das geheimnisvolle Zeug zu geben. Nur der Teufel wusste, was das war. Sie nahm die Visitenkarte in die Hand. „Ron Bauer – Medicals" stand da in goldenen Lettern. Wie auch immer. Aber sie würde mit Smus Hilfe der Sache hinterher forschen. Ihr Freund Smu – Abkürzung für Samuel, war ein wirklich guter Privatdetektiv.

Psal schmiss ihren Autoschlüssel auf das Tischchen in der Diele und spähte ins Bett. Es war leer. Schade. Wo war er denn? Chrom stand vor dem Sofa im Wohnzimmer und hatte ihre gerollte Sofadecke unter dem Arm und eine kleine Plastiktüte mit diversen Dosen in der Hand. Er strahlte sie an. Bumm, bumm! Schon hämmerte Psals Herz wie wild in ihrer Brust.

»Lust auf Picknick?« Er blinzelte lächelnd.

»Super Idee! Hast du alles?«

»Na, viel brauchen wir ja nicht für ein Picknick.« Er schwenkte die Tüte und Psal musste lachen. Was für eine Erleichterung. Sie brauchte keine bluttriefenden Menschenteile mehr essen.

Sie fuhren mit ihrem alten Ford in Richtung der Bacani-Basis, weil das die einzige Gegend war, in der Psal sich einigermaßen auskannte, und von der sie wusste, dass sie waldreiche und hübsche Plätze besaß. Sie stiegen auf einem höher gelegenen, kleinen Parkplatz aus und nahmen ihre Sachen. Es war noch warm, aber man konnte den Herbst schon riechen. Chrom schnupperte in die Luft.

Psal schnappte seine Hand und zog ihn in den Wald. Sie wanderten eine ganze Weile bergauf. Die Tannen wichen einer zerklüfteten Gebirgslandschaft mit stacheligen Büschen, weiten Flächen wilder Blumen und wogenden Wiesen. Dort breitete Chrom die Decke aus und zog sich aus. Psal zögerte zunächst. Sie war durch ihren Aufenthalt auf der Erde inzwischen so an Kleidung gewöhnt. Aber bei einer Verwandlung konnten sie hinderlich sein, Chrom hatte recht. Sie tat es ihm gleich und warf ebenfalls ihre Kleider ins Gras.

Sie legten sich hin und blickten in den blauen Himmel. Nur das Summen der Insekten und das Zirpen der Grillen umgab sie. Chrom tastete nach ihrer Hand, streichelte zart jeden ihrer Finger.

Psal schloss die Augen und genoss seine Berührung. Warme Wellen durchliefen ihre Hand und ihren Arm, breiteten sich in ihrer Brust aus. Er hatte sehr geschickte Hände – liebkoste ihre empfindsame Handfläche. Das angenehme Gefühl verstärkte sich. Sie spürte es durch ihren ganzen Körper fließen. Er war der für sie bestimmte Partner. Das wusste sie inzwischen mit Gewissheit.

Psal richtete sich auf, stützte den Kopf auf die Hand und betrachtete ihn. Seine scharf geschnittenen Züge mit den geschlossenen Lidern sahen in diesem Licht ausgesprochen sinnlich aus. Die Perücke hatte er abgenommen. Ihr Herz klopfte. Sie rutschte näher an ihn heran, berührte seinen weichen Mund mit ihren Lippen, streichelte zart sein haarloses Gesicht. Er hielt die Augen weiterhin genussvoll geschlossen.

Was war es doch für ein himmelweiter Unterschied zwischen den Bacani-Stammvätern und ihm. Er war anschmiegsam und feinfühlig. Bar oder Krran hätten garantiert längst versucht sie zu besteigen, grinsend überzeugt von ihrer Männlichkeit.

Von Chrom wünschte sie sich sehnsüchtig Nähe und Zärtlichkeit und, wenn sie ehrlich zu sich selbst war, auch mehr. Er wird meine Gedanken gelesen haben, dachte sie, denn er nahm ihr Gesicht in beide Hände und küsste sie innig. Seine Zunge streichelte ihre, verschlang sich mit ihr. Psal knabberte mit den Fangzähnen zart an seiner Lippe. Er öffnete die Augen und ließ sie in seine violetten Seen eintauchen. Jetzt wusste sie, wo sie diesen Farbton schon einmal gesehen hatte. Einer der wenigen Seen auf Duonalia besaß diese Farbe. Meist konnte man das Wasser nicht erkennen, weil Schleier die Wasserfläche bedeckten. Aber sie hatte den See ein Mal besucht, als der Wind sanft den Dunst weggeblasen hatte. Psal versank in seinen Augen.

Während sie noch abglitt, verwandelte er sich. Sein pelziger gelb-grau gestromter, drahtiger Körper lag augenblicklich neben ihr. Er fuhr die Zunge aus der spitzen Schnauze und leckte ihr zärtlich das Gesicht – hielt sie weiterhin unverwandt mit dem Blick aus den eindrucksvollen Augen fest. Sein Spiralschwanz umschlang sie. Deutlicher konnte die Aufforderung nicht sein.

Psal zeigte sich ihm ebenfalls in Sekundenschnelle in ihrer vierfüßigen Gestalt – präsentierte ihm ihr wunderschönes grau-violettes Fell. Neckisch fuhr sie ihm mit den Krallen in seinen dicken Brustpelz und kratzte ihn. Ein weiches Brummen entfuhr seiner Brust. Er sprang auf. Seine Augen lachten. Er lief los. Rannte übermütig um sie herum. Sein langer Schwanz peitschte. Psal ging das Herz über. Ein wunderschöner Artgenosse! Sie machte einen Satz auf ihn zu, aber er war schon ausgewichen.

Sie begannen ein atemberaubend schnelles Spiel. Verfolgten sich durch die wogenden Gräser. Verbissen sich ineinander. Rauften. Die wilde Hatz führte sie in ein kleines Wäldchen. Sie fetzten mit den Krallen der Hinterläufe den Waldboden in Stücke. Sie rannte vorne weg. Wo blieb er? Leise und auf den Boden gedrückt schlich sie den Weg durch die Bäume zurück.

Er war auf einen Baum geklettert und ließ sich von oben auf sie fallen. Riss sie atemlos mit sich. Sie kauerte auf der weichen Erde. Da war er hinter ihr. Sie fühlte seinen heißen Leib über sich – spürte seine Fangzähne in ihrem Nacken und ergab sich. Erregt drückte er sein hartes Glied an ihren Unterleib. Die Wollust fuhr ihr in den Körper wie ein rauschender Strom. Sie nahm ihn tief auf. Hielt ihn fest. Sie würde ihn nie wieder loslassen wollen – zuckte unter seinen Stößen.

Ihr heiseres Kreischen suchte sich ihren Weg zwischen den Bäumen und drangen durch den kleinen, herbstlich-roten Wald.

Smu lehnte neben der Tür des Dojos, als Maureen nach dem Training heraustrat und sich die Kapuze ihres Regenmantels über den Kopf zog.

»Hey!«, grüßte er.

»Hey, Honey!«

Smu schob die Unterlippe vor. Maureen grinste breit. Wieso schaffte sie es immer noch, ihn damit zu ärgern?

Sie studierte ihn von oben bis unten und stellte fest, dass es definitiv viel zu sehen gab: Er trug halb geschnürte Springerstiefel zu engen, zerrissenen Jeans, die eines seiner nackten Knie zeigten. Oberhalb der drei verschiedenen Gürtel hatte er seinen muskulösen, schlanken Körper in eine hellbraune, knallenge Wildlederjacke gequetscht, die am Hals mit orangenfarbenen Hahnenfedern besetzt war. Diese Federn gingen nahtlos in seine wilde orange, rot und gelb gefärbte Löwenmähne über, die bis an seine Schultern wallte. Sein hübsches, schmales Gesicht war mit etlichen Piercings verziert – davon zwölf allein in den Ohren. Seine grünen Augen musterten sie lächelnd.

»Hey«, lachte Maureen. »Dezentes Outfit heute.«

Smu entblößte seine regelmäßigen Beißer und züngelte mit seiner gespalteten Zunge.

»Uh! Uh!« Maureen kicherte, als er sie mit einem Arm herzhaft an seine Brust drückte.

Sie hatten sich vom ersten Augenblick an gemocht. Damals im Kinderheim. Zur damaligen Zeit war er ein kleiner blonder, dünner Junge gewesen. Die Freundschaft zu Smu war über all die Jahre erhalten geblieben.

Sie hakten sich unter und spazierten gemächlich zu Maureens Cabrio. Smu schwang sich mit frech blitzenden Augen über die Autotür und ließ sich auf den Beifahrersitz fallen. In Maureens Appartement angekommen, inspizierte er sofort die Küche, beziehungsweise ihren Kühlschrank. Mit enttäuschtem Gesicht kam er in ihr kleines Wohnzimmer zurück und setzte sich auf ihre Couch.

»Sag mal, ernährst du dich nur von Naturjoghurt und Kefir?«

»Solltest du auch tun«, strahlte sie. »Das ist gut für die Haut.«

»Meine Haut ist okay«, grinste er.

Sie musterte seinen Teint. Na, das stimmte wohl.

»Jetzt hör mal zu, was ich dir zu erzählen habe.« Maureen ließ sich auf einen Sessel fallen, wühlte in ihrer Handtasche und schmiss das Päckchen mit dem roten Zeug auf den Wohnzimmertisch.

Smu stutzte, nahm die verschweißte Packung und drehte sie langsam. Dann pfiff er durch die Zähne. »Wo hast du das her?«

»Weißt du, was das ist?«

»Nicht genau, aber ich ahne es. Es soll eine neue Designerdroge auf dem Markt geben – eine rote.« Er hielt das Päckchen gegen die helle, geflochtene Siebziger-Jahre-Lampe über ihrem Esstisch.

Maureen berichtete ihm von Ron und von dem Angebot, die Formel für das seltsame Zeug zu verhökern. Smu kratzte sich mit seinen farbig lackierten Fingernägeln in der bunten Mähne. Er kniff die Augen zusammen, nahm das Päckchen und löste einen der roten Klumpen heraus. Maureen stieß einen Schrei aus und stürzte sich auf ihn, aber er hatte den Brocken bereits heruntergeschluckt.

»Bist du wahnsinnig?«, brüllte sie. »Wer weiß, was das ist!«

Er grinste. »Gleich weiß ich es.«

Maureen raufte sich die Haare. »Komm, kotz es wieder aus!«

»Nö! Jetzt will ich es wissen.«

Maureen schnaufte. Wie wirkte das Zeug? Konnte es sein, dass er in Kürze in ihrer Wohnung durchdrehte? Gott sei Dank besaß sie ihre Kampfkünste. Hatte sie Skrupel diese gegen Smu einzusetzen? Sie schaute ihn an. – Eindeutig nein. Im Notfall würde sie ihn damit gnadenlos schachmatt setzen.

Offenbar ahnte er ihre Gedanken, denn er grinste wieder. Sein Grinsen wurde breiter. Er erhob sich und schritt gemächlich auf sie zu.

»Smu!«

Er kam näher. Sie starrte ihn an, kam dann auf die Idee den Blick tiefer schweifen zu lassen und erstarrte. Die Beule in seiner Hose hatte die Größe eines Baseballschlägers.

»Au Scheiße«, stammelte Maureen. Sie blickte sich hilfe-suchend um. Da war der riesige, massive Eichenkleider-schrank, ein Erbstück von ihrer Oma. Der war vielleicht ihre Rettung.

Sie erhob sich aufreizend. »Komm, Smu«, lockte sie und bewegte sich langsam in Richtung des Kleiderschranks. Entsetzt sah sie, dass Smu der Speichel aus dem Mundwin-kel tropfte. Himmel! Geistesgegenwärtig riss sie die Kleider-schranktür auf. In dem Schrank verwahrte sie nur ihre Abendkleider. Die Hauptmenge ihrer Kleidung befand sich glücklicherweise in ihrem Einbauschrank im Schlafzimmer. Sie packte ihn mit einem ihrer Karategriffe und warf ihn in den Schrank. Hastig knallte sie die Tür zu und drehte den Schlüssel. Er brüllte! Das war nicht seine Stimme. Es war die eines wilden Tieres!

Er hämmerte mit aller Kraft gegen die Tür. Was, wenn sie nachgab? Maureen schob ächzend eine schwere Kommode vor die Schranktür. Er tobte. Maureen ließ sich aufs Sofa fallen und sah auf die Uhr. Er randalierte noch eine Stunde. Eine der Türen hatte einen kleinen Riss bekommen, aber ansonsten hielt der Schrank stand. Dann war es still. Nur ein ununterbrochenes Keuchen und schweres Atmen war zu vernehmen. Maureen zog eine Wolldecke über sich und schloss die Augen. Sein Schnaufen wirkte langsam einschlä-fernd. Sie fiel in einen unruhigen Schlaf.

Warum hatte sie auf dem Sofa geschlafen? Maureen öffnete die Augen. Ach du meine Güte! Sie erinnerte sich. SMU! Sie sprang auf. Vorsichtig klopfte sie gegen den Schrank.

»Smu? Lebst du noch?« Ein leises Stöhnen antwortete ihr. Sie schob so schnell es ging die Kommode zur Seite und riss die Schranktür auf.

»Das darf nicht wahr sein!«

Smu hockte mit heruntergezogener Hose auf dem Boden des Kleiderschranks, in ihre schönen Abendkleider verwi-

ckelt, über und über mit seinem Sperma besudelt. Die Kleider waren hin. Er blickte mit trüben Augen zu ihr hoch.
»Mensch Smu, mach keinen Scheiß! Geht's dir gut?« Er nickte. Sie griff unter die Achseln und zog ihn aus dem Schrank. Seine Beine knickten weg. Sie zerrte ihn auf das Sofa. Sein rechter Arm hing herunter. Er hob ihn langsam und blickte in seine Hand. Sie war voller Blasen. Er neigte den Kopf und spähte zu seinem Schwanz. Der war knallrot und völlig geschwollen – teilweise fehlte die Haut.
»Au Mann«, stöhnte er. Wurde sich dann Maureens Anwesenheit bewusst und zog einen Zipfel ihrer Sofadecke über sein Glied. Er zuckte zusammen.
»Smu, du musst in ein Krankenhaus.« Er schüttelte langsam den Kopf.
»Das wird schon wieder«, krächzte er. Maureen gab ihm ein Glas Wasser, das er mit der linken Hand nahm. Er trank gierig.
»Verdammte Scheiße, Maureen«, flüsterte er. »Was für ein Teufelszeug! Gott sei Dank, habe ich bisher nur das Frenum Piercing. Himmel, wo ist der Ring?« Er spähte unter sein Glied. »Raus gerissen! Oh nein!« Seine Stimme jammerte verzweifelt.
Maureen eilte zuerst in die Küche um Eis zu holen, hastete dann ins Bad und schnappte sich den Verbandkasten. »Hör zu, ich werde dich jetzt verarzten. Keine Widerrede! Leg dich hin! Oder soll ich dich erst verprügeln?«
Er schüttelte den Kopf und lehnte sich zurück. Sie holte frisches Verbandzeug und schmierte ihm die Handfläche mit Wund- und Heilsalbe ein. Danach verband sie ihm die Verletzung.
Er zuckte vor Schmerz, als sie ihn berührte und sein Glied ebenfalls mit Salbe und Verband behandelte. Energisch gab sie ihm einen Beutel zerstoßenes Eis in die linke Hand. »Drück das auf dein bestes Stück!«
Er nickte gehorsam und drückte sich den Eisbeutel zwischen die Beine. »Hör mal, Maureen«, stellte er fest, »das Zeug ist hochgradig gefährlich! Ich hatte vielleicht einen Monster-Rausch. Ich habe noch nicht einmal mitbekom-

men, dass ich mich so zugerichtet habe. Das macht aus jedem Winzling einen Potenzbären! – Nicht, dass ich winzig wäre«, fügte er hinzu. Sein alter Charme kroch langsam ans Tageslicht.

Maureen atmete auf. Er war wieder im Normalzustand.

»Und der Typ will die Formel für dieses Zeug verkaufen? Weißt du, was das wert ist? Unermesslich viel!«

Maureen schnaufte. Das war ihr jetzt auch klar. Sie stand auf und betrachtete ihre ramponierten Kleider.

»Ich bezahle die Reinigung«, versuchte Smu sie zu trösten.

»Ich glaube nicht, dass ich sie noch einmal tragen will.«

»Maureen, das ist doch nur pures Eiweiß!«

Typisch Mann! Das nun so darzustellen, als hätte sie sich ein Ei über den Rock gekippt! Sie stopfte die Kleider in eine große Tüte und beschloss, zunächst nicht darüber nachzudenken.

Smu war erst einmal schachmatt. Aber sie brauchte ihn. Dieser Sache würde sie nachgehen! Sie wollte sich gar nicht vorstellen, was passiert wäre, wenn sie sich nicht gewehrt hätte. Und er selbst hatte schwer gelitten. In ihr stieg der dringende Wunsch auf, sich diesen Ron zur Brust nehmen.

»Du bleibst erst mal hier«, entschied sie. »Ich gehe jetzt etwas einkaufen.«

Smu nickte ergeben. »Ich hab totale Lust auf ein Thunfisch Sandwich mit Ei und Schinken und Tomate und ...«

»Röstzwiebeln, ich weiß«, beendete sie seinen Satz. Sie kannte seine Vorlieben. »Bis gleich!« Sie schnappte sich ihre Handtasche, den Autoschlüssel und verließ das Appartement.

Smu lag auf Maureens Sofa und dachte nach. Er betrachtete seine verbundene Hand. Aus dem Verband schauten seine bunt lackierten Fingernägel hervor, wie Puppen in einem Kasperletheater. Jetzt musste er natürlich über sein Erlebnis grinsen. Allerdings verging ihm der Humor, wenn er die Tragweite des Ganzen betrachtete. Das rote Zeug war gefährlich. Er besaß gewiss keine Ambitionen den Polizisten oder Retter der Menschheit zu spielen – dafür hatte er selbst zu viel Dreck am Stecken – aber vor dem, was ihnen fast widerfahren wäre, mussten die Leute bewahrt werden. Nicht auszudenken, wenn diese Formel in falsche Hände geriet!

Er beschloss, nach dem Futterfassen in seine Wohnung zu fahren. Dort hatte er die Möglichkeit das GPS-Signal von Handys auszuspähen. Außerdem, er schaute auf seinen Schwanz, war es in der nächsten Zeit wohl angesagt, einen Rock zu tragen. Er hatte genügend Gothic-Röcke mit Ringen und Schnallen im Schrank, die er sogar sehr gerne trug.

Er hörte Maureen mit dem Essen zurückkommen und nahm dankbar sein Lieblings-Sandwich entgegen.

»Könntest du mich in meine Wohnung fahren? Ich muss mich umziehen. Außerdem können wir von da versuchen, das Handy des Scheißkerls auszumachen.«

»Smu! Das ist verdammt illegal!«

»Ist es?« Er kaute grinsend und zuckte die Achseln.

Nachdem sie satt waren, machte er sich mit Maureen auf den Weg. Smu wohnte in der Nähe des Hafens. Sie hielten vor seinem kleinen Haus, das schien, als beabsichtigten die mächtigen Wohnblocks zu seinen Seiten, es zu zerquetschen. Er schritt so vorsichtig, als würde er Eier auf Löffeln balancieren. Die enge Jeans, die er ja wieder hatte anziehen müssen, machte ihm schwer zu schaffen. Er öffnete die Haustür und ließ Maureen eintreten. Sie blinzelte.

»Hier wohnst du?« Sie lief in seiner ordentlichen Wohnung umher, blieb vor einer blühenden Topfpflanze stehen. Sie blickte die Blume erstaunt an.

»Das ist Melissa«, nickte Smu. Er riss seinen riesigen Einbau-Kleiderschrank auf. Auch die Kleidung darin war ordentlich sortiert. Er zog einen seiner Röcke an. Schwarz, mit etlichen Ringen und seitlichen Schnallen. Dann erst streifte er schamhaft die Jeans nach unten. Maureen grinste. Sie hatte recht. Jetzt hatte sie ihn in seiner Nacktheit gesehen – und sogar in der Hand gehalten.

Er lächelte schief. »Tut mir echt leid, das Ganze«, schnaufte er.

»Nee, lass mal«, sie winkte ab. »Ohne deinen Selbstversuch wüssten wir nicht, womit wir es hier zu tun haben.«

Eine Ecke seines Wohnzimmers war mit technischem Equipment vollgestellt. Smu setzte sich vorsichtig auf einen Drehstuhl und rollte sich zum Rechner. »So! Gib mir mal die Handynummer.«

Maureen reichte ihm Rons Visitenkarte. Er öffnete ein Dutzend Browserfenster, gab etliche Passwörter ein und hatte dann schließlich ein kleines Fenster vor sich, in das er Rons Nummer tippte. Enter.

»Hm«, Smu zupfte an einem seiner Ohr-Piercings, das aussah wie ein Stück Wasserrohr. »Nichts.« Entweder hat er es ausgeschaltet oder er ist nicht mehr in Kanada.«

»Du kannst sicher sein, der ist noch hier! Der Kerl will die Formel loswerden!«

»Okay, dann können wir nur warten, bis er es wieder anschaltet.«

»Sollten wir ihn auf diese Art nicht finden, rufe ich ihn eiskalt an und locke ihn aus seiner Deckung.«

Smu nickte. »Das machen wir aber erst, wenn es nicht anders geht. Ich glaube, der Typ ist gefährlich!«

»Das bin ich auch, Smu!«

Er grinste und dachte an den Schrank. »Stimmt!«

Sie verbrachten den Sonntag gemütlich in seiner Wohnung, während Smu immer wieder versuchte den Handy-Standort zu finden.

»Was machen wir, wenn wir ihn gefunden haben?«, fragte Maureen, die aus Smus Dusche kam und sich die Haare trockenrieb.

»Ich fahre hin, Maureen.«

»Allein?«

»Auf jeden Fall! Versuche mich bitte nicht vom Gegenteil zu überzeugen. Ich mache nichts, sondern checke nur und halte dich ständig auf dem Laufenden. Mich kennt er nicht.«

»Nur bist du so verdammt auffällig.«

»Bin ich das? Maureen, Schätzchen, ich kann auch anders, glaub mir.«

Sie sah ihm forschend in die Augen. »Okay, machen wir es so. – Sollten wir ...«. Sie kam nicht dazu den Satz auszusprechen.

»Bingo!«, brüllte Smu und sprang auf, was er sofort bereute. »Kann ich deine Karre nehmen?«

»Ja, aber mach das Verdeck zu.«

Smu ging zu seinem Kleiderschrank. Als er fertig umgezogen war, sah er in den Spiegel. Er wirkte unscheinbar – wie ein ausländischer Gastarbeiter. Nur, dass der Gothic-Rock nicht so recht dazu passen wollte und auch nicht das Schulterhalfter mit der Smith & Wesson, die er unter der grauen Jacke trug. Er grinste sich ermutigend zu.

»Maureen, der Kerl ist nicht weit weg – Hafenviertel auf der anderen Seite. Bis gleich!« Die Wohnungstür klappte hinter ihm zu.

Die Koordinaten stimmten. Smu stand vor einer alten Fabrikhalle in der Nähe von Harbourview Park und spähte durch die verschmutzten Fenster. Es war nichts zu sehen. Die Halle schien seit ewigen Zeiten verlassen.

Smu schlenderte um die nächste Ecke, so dass er den Bereich der beiden Eingangstüren überblicken konnte, und drückte sich in eine Nische an einer Art Pförtnerhäuschen.

Laut Maureen war Ron ein großer, rothaariger Kerl mit

Brille und einem rotblonden Bart. Der Typ, der da die Halle verließ, war jedoch klein, dunkelhaarig und drahtig. Er schloss die Hallentür sorgfältig ab. Smu überlegte, ob er dem Mann folgen sollte. Er war im Moment sein einziger Hinweis, also heftete er sich an dessen Fersen.

Der Kerl hatte sein Auto nicht weit von Maureens Cabrio geparkt. Smu beeilte sich selbst zum Fahrzeug zu kommen und nahm die Beschattung auf.

Der Mann fuhr auf den Upper Level Highway und dann Richtung Upper Lyn. Smu überlegte die Verfolgung aufzugeben, denn es konnte ja sein, dass der Kerl bis Anchorage düste. Urplötzlich bog dieser in einen Waldweg ein. Mit ausreichendem Abstand folgte Smu ihm. Er beobachtete, wie der Mann in einen von zwei Schuppen fuhr. Smu runzelte die Stirn. Der Weg bis zu den Holzschuppen bot kaum Deckung, denn es wogte lediglich hohes Gras um die Gebäude.

Während er noch nachdachte, wurde die Tür seines Autos fast aus der Verankerung gerissen, und ein großer, blonder Kerl mit Stachelhaaren presste ihm einen Dolch an die Kehle.

»Raus aus der Kiste«, zischte der. Er machte nicht den Eindruck, als ob mit ihm zu spaßen wäre. Smu gehorchte.

»Was treibst du hier? Wieso bist du dem Mann gefolgt?« Smu schaute den Blonden stumm an. Er war ja selbst auch kein Kleiner, aber dieser Kerl war ihm kräftemäßig überlegen. Daran gab es keinen Zweifel.

Mit einem Ruck zog der Blonde ihm die Arme auf den Rücken, wobei er den Verband an seiner rechten Hand empfindlich quetschte. Er hörte Handschellen klicken.

Verflucht! Der Blondschopf durchsuchte ihn und nahm sein Handy, seinen Führerschein und die Smith & Wesson an sich – betrachtete sie genau und nickte.

Es raschelte kurz im Gebüsch. Smu traute seinen Augen nicht. Ein monströser Indianer trat hervor. Er maß garantiert zwei Meter und besaß gigantische Muskelpakete. Jetzt kam Smu sich tatsächlich klein vor und die Angst kroch in sein Herz.

Die beiden Männer sahen sich an und Smu hatte den Eindruck, dass sie sich wortlos unterhielten. Der Indianer hob ihn am Kragen hoch und trug ihn wie ein erlegtes Karnickel zu einem Volvo, während sich der Blonde in Maureens Cabrio schwang und damit fortfuhr.

Verdammt, dachte Smu, Maureen wird mich lynchen! Aber er hatte im Moment wahrlich andere Sorgen.

Der Indianer wickelte ihm ein altes Hemd um den Kopf. Die Seitentür öffnete und schloss sich. Dann fuhren sie los.

Kidnapping. Na toll. Wo war er da nur hineingeraten? Sie hatten kein Wort mehr an ihn gerichtet. Allerdings, selbst wenn – er hätte ihnen sowieso nicht geantwortet. Vielleicht ahnten die beiden Kerle das ja.

Smu überlegte fieberhaft. Ohne Waffe und Handy konnte er nur auf einen Zufall hoffen, um seine Freiheit wieder zu bekommen. Sie fuhren eine Weile. Die Männer forderten ihn mit einem groben Stoß dazu auf auszusteigen. Smu horchte. Er hörte kurz das Meer rauschen. Das hieß in Vancouver leider nicht viel.

Jemand packte ihn hart am Arm und führte ihn einige mit Teppich belegte Treppen hinunter. Als man ihm endlich das Hemd vom Kopf wickelte, staunte Smu nicht schlecht.

Er war in einem Labor. Das Ganze entwickelte sich offensichtlich zu einer Art Chemie-Krimi. Er blickte um sich – verstand nicht, was sich da in den Regalen stapelte und in den Reagenzgläsern regte.

Vor ihm auf einem Drehstuhl saß ein Mann in einem Laborkittel und musterte ihn interessiert, als sei er eine neue Laborratte. Neugierig betrachtete Smu diesen ebenfalls und vergaß dabei beinahe in welch prekären Lage er sich befand: Der Mann besaß eine Glatze und intensive Augen in einem fein geschnittenen Gesicht. Das an sich wäre nicht auffällig gewesen, hätte er nicht eine halb durchsichtige, weiße Haut gehabt. Fast meinte Smu, sich unter ihr etwas bewegen zu sehen. Das war sehr unheimlich. Smu zerrte testweise an den Handschellen.

Die Tür schwang auf und zusammen mit den beiden Kerlen, die er bereits kannte, trat ein dritter Riese in den Raum.

Smu hielt den Atem an. Er hatte ja schon viel gesehen, aber das, was der Mann auf dem Kopf hatte, toppte alles. Goldene Haare hingen ihm bis auf die Hüften. Wäre die Situation nicht derartig bizarr gewesen, er hätte einen Anflug von Neid gespürt. Die Kerle sprachen nicht. Gelegentlich blickte einer zum anderen. Eine stumme Unterhaltung. Smu lief eine Gänsehaut über die Arme und dann den Rücken hinunter.

»Okay«, sagte der mit den goldenen Haaren und sah ihn durchdringend an. »Was hast du da draußen gemacht? Wieso bist du dem Mann gefolgt?« Wieder die gleichen Fragen.

Smu sah den Goldenen nur stumm an. Dieser blickte zu dem Weißhäutigen. Der stand auf. Diese Bewegung allein wirkte schon bedrohlich. Der Indianer hob Smu am Kragen hoch und stellte ihn auf die Füße, zog ihm die alte Mütze vom Kopf. Smus bunte Haare fielen bis auf seine Schultern.

Er fühlte, wie der Weiße ihm von hinten den Verband von der Hand wickelte und die Handfläche begutachtete. Er gab dem Blonden ein Zeichen. Der nahm seinen Dolch und schlitzte Smu kurzerhand die Kleider vom Leib. Verdammt, verdammt, dachte Smu. Die Männer betrachteten interessiert den Verband um seinen Penis. Den entpackte der Weiße ebenfalls. Er hörte, wie alle Kerle kurz scharf die Luft anzogen. Na, immerhin hatte er Eindruck gemacht! Die Frischluft am Schwanz tat richtig gut und kühlte – wenigstens ein angenehmer Nebeneffekt.

Smu hoffte nur, dass jetzt nicht noch die ganzen Frauen der Kerle zur Tür hinein kämen – aber niemand kam.

»Das sind ja interessante Verletzungen«, ließ sich der Goldene wieder vernehmen. »Erzähl doch mal etwas darüber. Und vor allen Dingen sag uns, wieso du dem Mann gefolgt bist.«

Smu starrte ihn an. Der Indianer rieb sich die Hände. Der Goldene nickte. Scheiße! Eine dicke Backpfeife schlug ihm den Kopf auf die andere Seite. Trotzdem hatte er das Gefühl, dass der Schlag der Kraft der Rothaut in keiner Weise gerecht wurde. Der Kerl war 100-prozentig fähig, ihm mit einem Finger das Genick zu brechen. Die Männer sahen sich an.

Der Weiße umfasste von hinten seinen Schädel und Smu fühlte etwas sanft durch dessen Hände in seinen Kopf strömen. Es war nicht unangenehm. Er entspannte sich. Er kam sich vor wie in einem Traum. Ein Tagtraum, der ihn auf Watte schweben ließ. Oder war das die Nachwirkung von dem roten Zeug? Die Finger des Weißen verwoben sich mit seinen Schläfen.

Smu schloss die Augen und spürte einen scharfen Schmerz zwischen den Beinen. Sein demolierter Schwanz war dabei sich aufzurichten. Er zuckte. Im gleichen Moment ließ der Weiße die Hände fallen. Smus Glied beruhigte sich augenblicklich.

»Du hast illegale Drogen in dir«, bemerkte Solutosan, aber der bunte Kerl blieb stumm.

»*Aus dem bekommen wir nichts heraus*«, stellte Patallia fest.

»*Wir werden ihn weichklopfen müssen –* «, grinste Xanmeran. Er blickte auf den Führerschein, » – *den Samuel Goldstein.*«

»*Warte!*« Solutosan bremste sie. »*Der Typ ist zäh. Wenn der nichts sagen will, zieht der das durch. Ich habe eine Idee. Meo, hattest du ihm nicht das Handy abgenommen?*« Meodern nickte.

»*Du wirst es in seine Reichweite legen und wir werden alle bis auf Pat den Raum verlassen. Mal sehen, was dann passiert.*«

»*Er hat äußerst seltsame Wunden*«, stellte Patallia fest. »*Ich möchte sie gern behandeln.*«

»*Hast du eine Idee, wie er dazu gekommen sein könnte?*«, fragte Solutosan den Mediziner.

»*Du wirst mich wahrscheinlich auslachen, aber ich würde fast sagen, dass das nach exzessiver Onanie aussieht.*« Alle Krieger stutzten.

»*Kein Mann, egal auf welchem Planeten, verletzt sich freiwillig auf so eine Art*«, meinte Meodern gedehnt.

»*Es muss ja nicht aus freien Stücken geschehen sein*«, bemerkte Pat.

»*Du darfst ihn behandeln*«, entschied Solutosan. »*Es macht für uns keinen Unterschied. Vielleicht ist er im Nachhinein sogar dankbar und spuckt eher etwas aus.*«

Der Blonde mit den Stachelhaaren zog Smus Handy samt der Smith & Wesson aus der Tasche und zeigte sie den anderen Kerlen. Er checkte dessen Display kurz, zuckte mit den Achseln und legte es auf einen der Labortische. Der Indianer steckte die Pistole ein. Die drei großen Männer verließen den Raum. Er war mit dem Weißen alleine. Smu blickte zu seinem Handy auf dem Tisch. Wie konnte er nur an es herankommen? Der Weißhäutige schien der Friedlichste von den Kerlen zu sein. Vielleicht ließ er sich ablenken.

Dieser trat hinter ihn und nahm seine rechte, von der Handschelle umklammerte, Hand, legte seine eigene kühle Hand in Smus Handfläche. Smu stöhnte. Der Schmerz hörte auf. Wie hatte er das angestellt? Er machte eine Faust und öffnete sie wieder. Alles schien intakt.

Der Mann ging um ihn herum. »Entschuldige«, sagte er, nahm wie selbstverständlich sein Glied und umfasste es. Oh Gott, was kam jetzt? Smu schloss die Augen. Es war für ihn nicht neu, so von einem Mann berührt zu werden – aber das hier war anders. Alle Qual hörte auf. Die Hände des Weißen brachten ihm Linderung.

Smu blickte an sich hinab. Sein Schwanz sah aus wie immer – völlig geheilt. Der Weißhäutige ließ ihn los und sah ihm durchdringend in die Augen. Smu vergaß den Bruchteil einer Sekunde, warum er überhaupt in diesem Raum saß. Der grau-violette Blick des Mannes besaß eine Tiefe, in die er hätte versinken mögen. Er kam jedoch prompt zu sich. Das hier war eine Prüfung! Der Kerl berührte flüchtig, aber bestimmt, seine Armbeuge. Smu traute seinen Augen kaum. Er hatte kurz Blut in dessen Handfläche gesehen, das jedoch sofort verschwunden war. Der Weiße setzte sich auf einen Drehstuhl und schloss konzentriert die fast durchsichtigen Lider.

Patallia kontaktierte Solutosan telepathisch im Computerraum nebenan. »*Der Junge hat eine außergewöhnliche Droge in sich. Zumindest Reste davon.*«
»*Was soll das für ein Rauschgift sein?*«, fragte Solutosan.
»*Ich weiß nicht*«, gab Patallia zu. »*Ich habe sie nicht analysieren können. Es scheint eine Art Energiedroge zu sein. Die Basis ist offenbar Blut. Aber kein Menschenblut. Gib mir noch eine Minute.*«
»*Okay*«, bestätigte Solutosan. »*Ich bin sofort da.*«
Er verließ den Computerraum, schlich das kurze Stück den Gang entlang und spähte durch den Türspalt der Labortür.

Der bunte Kerl hatte sich von dem Schock seiner Spontanheilung schnell erholt. Er nutzte aus, dass Patallia die Augen geschlossen hielt, und pirschte sich an sein Handy heran.

Er hielt einen Kugelschreiber im Mund, den er nur von einem der Tische geholt haben konnte. Konzentriert tippte er auf dem Display eine Nummer und eine kurze SMS. Mit einem Seitenblick wollte er auf Absenden gehen, als Solutosan ihm blitzschnell das Telefon vor der Nase wegnahm.

»Da ist jemand auf den ältesten Trick der Welt hereingefallen«, stellte Solutosan fest, grinste breit und reichte das Handy an Xanmeran weiter, der hinter ihm durch die Tür kam.

Patallia beendete seine Analyse. »*Das Blut ist wie das von Pan. Das ist der Grundstoff. Restliche Komponenten unbekannt. Eine spezielle Art von konzentrierter Energie. Da er nur noch eine geringe Menge davon in sich hat, ist das kaum genau festzustellen. Die Art von Droge würde aber vielleicht seine Verletzungen erklären.*«
Solutosan überlegte. Da verfolgte ein Mann einen der Ba-

cani-Stammväter. Dieser Kerl hatte den Schwanz wund gewichst und Spuren von Hybriden-Blut in sich. Wie passte das alles zusammen? Handelten die Bacanis nun mit Drogen? Und war der Kerl deswegen hinter ihnen her?

Der Bunte blickte erwartungsvoll mit seinen grünen Augen zu ihm hoch. Sie waren fast wie Meoderns Augen, dachte Solutosan einen Augenblick. Dazu dieser bizarre Schmuck im Gesicht. Der Mann sah ihn an und fuhr sich mit der Zunge über die trockenen Lippen. Die Spitze war gespalten.

Solutosan runzelte die Stirn. Dieser Samuel war außergewöhnlich für einen Menschen.

Xanmeran gab ihm einen Zettel mit einer Telefonnummer und einem Text: »Bin kidnapped. Orte mich GPS.«

Solutosan grinste. Clever, das Kerlchen.

Der starrte ihn an.

»*Eigentlich brauchen wir ihn nicht mehr*«, befahl Solutosan telepathisch. »*Xan, sorge dafür, dass er verschwindet - mindestens für einen Tag.*«

»*Ist mir ein Vergnügen.*« Xanmeran packte den splitterfasernackten Mann und warf ihn sich über die Schulter.

Patallia reichte ihm eine Tüte mit dessen zerschnittener Kleidung. Xan grinste und ging zur Tür.

Sie saßen im Computerraum. Nun wieder zu viert, denn Tervenarius wachte weiterhin an Davids Bett. Das war Solutosan recht. Er wusste, dass sein Freund ihm sofort zur Verfügung stand, sollte er gebraucht werden. Davids Verletzung war schwer und er hatte Glück gehabt noch zu leben. Patallia hatte den tiefen Schnitt in dessen Hals nähen können, aber es waren zwei Bluttransfusionen nötig gewesen, um ihn zu retten. Er bereute, den unbedarften David eingesetzt zu haben. War ihm dieser Fehler unterlaufen, weil er gewohnt war die unsterblichen Duocarns zu koordinieren? Nein, Chrom war in die Sache hineingerutscht. David hatte gewusst, worauf er sich einließ. Tervenarius hatte ihn mit einem vorwurfsvollen Blick bedacht, aber nun war nichts mehr zu ändern.

»So, was haben wir?« Er musste die Ergebnisse zusammenfassen.

»Wir haben die Telefonnummer, an die Goldstein sich in seiner Not gewandt hat«, antwortete Meo. »Der Besitzer dieser Nummer muss folglich wissen, was Samuel treibt.«

»Okay«, beschloss Solutosan. »Gehen wir es von dieser Seite an. Wir schreiben eine SMS wie in etwa „Muss dich sehen, dringend.“«

Pat, Meo und Xan nickten.

»Dann marschieren wir zum Treffen. Mal schauen, wer uns da erwartet. Das sollten wir sofort morgen früh machen. Wie lang braucht Samuel wohl, bis er aus dem Gebirge zurück ist?«

»Och«, Xanmeran grinste breit. »Der hat eine weite Wanderung vor sich. Denke nicht, dass er die in einem Tag schafft.«

Solutosan nickte. »Gut. Also erst mal alle ab in den Ruhemodus. Wir sehen uns in drei Stunden hier.«

Nachdenklich lief Solutosan in sein und Aidens gemeinsames Zimmer. Er war froh, sich in Geduld gefasst und die Basis der Bacanis noch nicht hochgenommen zu haben. Dort gingen zu viele interessante Dinge vor sich. Zumal sie in der von Meo beschriebenen Halle nicht fündig geworden waren. Diese war mit einer Staubschicht bedeckt und unberührt gewesen.

Aiden war noch wach und las in einem Buch. Sie sah ihm zu, wie er sich langsam und nachdenklich die Schuhe abstreifte und auf das Bett neben sie legte.

»Willst du dich nicht ausziehen?«

»Nein, Aiden, das lohnt sich nicht. Ich muss in drei Stunden wieder fit sein. Wir haben neue Informationen, die wir verfolgen müssen. Du solltest wirklich schlafen.«

»Ich kann nicht. Die Kleine bewegt sich so wild!« Sie streichelte ihren Bauch, der sich wie eine Halbkugel wölbte. Sie angelte mit beiden Armen nach Solutosan – zog seinen Kopf an ihre vollen Brüste. Sie vergrub die Finger in seinem Haar.

»Ich vermisse dich so, Solutosan«, klagte sie.

Er hob verwundert den Kopf. »Aber ich bin doch hier.«

»Das meine ich nicht.« Sie griff nach seiner Hand und legte sie zwischen ihre Beine.

Solutosan schluckte, blieb regungslos. Die Erdenfrauen waren unglaublich. Niemals hätte er ...

In diesem Moment meldete sich das Sternenkind. »*Daddy?*«

Solutosan riss sich zusammen. »*Ja, Liebes? Geht es dir gut?*«

Die Kleine drehte sich ein wenig in Aidens Bauch. »*Ich schwimme hier wunderbar.*«

»*Bekommst du genügend Nahrung?*« Er zog seine Hand zwischen ihren Schenkeln fort und begann Aidens Babybauch sanft zu massieren.

»*Ja, Dad! Es ist alles gut. Bitte noch mehr streicheln!*«

»Solutosan?«, fragte Aiden.

»Einen Moment bitte.«

Das Sternenkind wand sich kichernd und genoss seine liebkosende Hand. »*Wann darf ich hinaus?*«

»*Wenn du groß genug bist, um hier auf dem Planeten alleine atmen zu können, Kleine.*«

»*Dauert das noch lange?*«

Solutosan zögerte. »*Ich weiß es, ehrlich gesagt, nicht. Möchtest du gerne mit Patallia über die medizinischen Aspekte sprechen?*«

»*Du meinst den Mann mit den sanften Händen?*«

»*Genau den.*«

»*Ja, bitte.*« Seine Tochter gähnte.

»*Das machen wir dann aber morgen, okay?*«

Sie gab keine Antwort – war wieder eingeschlafen. Die meiste Zeit schlief sie und wuchs nur. Das war richtig so.

Solutosan wandte sich zu Aiden. Er musste unbedingt mit ihr sprechen. »Aiden, ich kann nicht ...« – er schaute sie an, aber sie war ebenfalls eingeschlummert. Er seufzte. Sie konnte nicht wissen, dass er seit einiger Zeit mit dem Kind sprach und es auch antwortete.

Er würde mit ihr, während sie schwanger war, nicht kopulieren können – das Sternenkind nicht mit ihrer Lust konfrontieren. Der Kleinen vielleicht sogar noch erklären zu müssen, was er da tat. Davor grauste ihm.

Er nahm sich vor, bei nächster Gelegenheit mit Aiden zu sprechen, verschränkte die Arme hinter dem Kopf und starrte durch das große Fenster über dem Bett in den Sternenhimmel.

Bis auf Meo waren am nächsten Morgen alle pünktlich, was Solutosan etwas ärgerlich bemerkte. Der stürmte einige Minuten zu spät mit seinem Kefirglas noch in der Hand in den Computerraum.

»Wenn das Chrom sähe – der würde dich killen«, belehrte Xan ihn auf das Glas deutend.

»Aber Chrom ist nicht da, oder?«, antwortete Meo angriffslustig. *»Über die externe Festplatte, die Pan mitgebracht hat, könnte ich sowieso Kefir kippen – die war ja wohl ein Flop.«*

Da hatte er leider recht. Die Daten auf der Platte waren wertlos gewesen. Sie hatte lediglich einige Sprachkurse für Kinder enthalten.

Solutosan stiefelte im Computerraum auf und ab. Er konnte sich besser konzentrieren, wenn er in Bewegung war.

»Meo, das ist doch jetzt völlig unwichtig. Xan, schick die SMS ab!« Xanmeran tat, wie ihm befohlen.

Es dauerte keine zehn Minuten, bis die Antwort eintraf: »Bin am Arbeiten - kann unmöglich weg. Treffe dich um acht am Dojo!«

Solutosan hechtete an Chroms Arbeitsplatz und öffnete ein Browserfenster. *»Was, zum Vraan, ist ein Dojo?«* Wikipedia erklärte es ihm.

»Und?«, fragte Xan.

»Dojo ist eine Art Trainingszentrum, in dem hauptsächlich eine Kampfsportart namens Karate gelehrt wird.«

Solutosan öffnete YouTube und ließ sich Videos mit Karate-Clips anzeigen. Gemeinsam sahen sie sich die Filme an.

»*Die Menschen haben manchmal erstaunliche Dinge drauf!*«
Xan war begeistert. »*Und wie viele Dojos gibt es in Vancouver?*«
Solutosan surfte weiter. »*Zwei.*«
Er schrieb die Adressen auf kleine Zettel und gab Xanme-
ran und Meodern jeweils einen. Die zogen sofort ihre Han-
dys hervor und ließen sich die Standorte anzeigen.
»*Also haben wir Pause bis heute Abend. Jeder geht zu einem der
Dojos und schaut, wer davor wartet. Bringt die Person her zum
Verhör. Keine Alleingänge. Verstanden?*« Er blickte Xanmeran
durchdringend und warnend an.
Er selbst schrieb noch rasch eine SMS an Chrom. »Wo,
zum Vraan, steckst du? Wir brauchen dich hier!« Er schickte die SMS ab.
Sein Navigator hätte die Informationen über das Dojo
sehr viel schneller verfügbar machen können als er – das
ärgerte ihn.
Die Antwort von Chrom kam flotter als erwartet. »Bin in
zehn Minuten zu Hause. Bringe einen Gast mit.«
»*Besuch?*«, staunte Meodern. »*Wen bringt er wohl mit? Und
dann noch hierher?*«
Solutosan zuckte mit den Achseln. Chrom wusste immer
genau was er tat. Da jeder der Männer neugierig auf den
Besucher war, lösten sie ihre Versammlung nicht auf, sondern verlagerten sie nach oben in die Küche zum gemeinsamen Frühstück.
Die Eingangstür fiel ins Schloss, sie blickten von ihren
Kefirgläsern hoch. Vor ihnen stand Chrom und an seiner
Seite: das Bacani-Weibchen. Xans Glas krachte auf den Boden, zerbrach nicht, aber verteilte seinen Inhalt auf den
weißen Fußboden-Fliesen.
»*Hi Jungs*«, grüßte Chrom gedehnt. »*Darf ich euch vorstellen
– das ist Psal!*«

»*Hallo!*« Psal lächelte die Krieger verlegen an. Solutosan
starrte die beiden verblüfft an. Hallo zu sagen war ja eigent-

lich nichts Ungewöhnliches, aber das Bacani-Weibchen hatte es **telepathisch** gesagt!

Solutosan reagierte augenblicklich. *»Bring deinen Gast bitte ins Wohnzimmer. Ich muss mit dir sprechen! Sofort!«*

Chrom nickte, geleitete Psal in den Wohnraum und kam zurück in die Küche. Solutosan sah Meo und Xan an, die mit finsteren Mienen seinen Blick erwiderten.

»Du schuldest uns eine Erklärung«, donnerte Solutosan.

»Ihr wisst doch, dass sie die Sweet Lady ist, die ich im Internet kennengelernt habe. Krran hatte mich bewusstlos geschlagen und sie hat mich gefunden.« Nun war klar, wieso niemand ihn hatte finden können.

Solutosan seufzte. *»Krran ist einer der Bacanis?«*

Chrom nickte. *»Es sind vier von ihnen auf der Erde: Bar ist der Chef, Krran der erste Offizier, Pok ist Soldat und Psal die Navigatorin.«*

»Und wie kommt es, dass du einen unserer Feinde so einfach mit ins Hauptquartier schleppst – ohne ihr die Augen zu verbinden?«, fragte Xanmeran mit einem ätzenden Unterton.

»Sie ist mein Weibchen. Ich habe mich mit ihr verbunden. Sie steht auf meiner Seite.«

»Und das glaubst du?«, wollte Meodern mit schief gelegtem Kopf wissen. Chrom nickte.

Chrom richtet seinen Blick fest auf Solutosan. *»Ich möchte dich bitten, Psal hier Gastfreundschaft zu gewähren. Sie gefährdet niemanden. Im Gegenteil – sie wird uns helfen.«*

Solutosan zog die Brauen zusammen und schwieg. Das alles passte ihm absolut nicht. *»Wieso beherrscht sie Telepathie? Keiner der Bacanis kann das!«*

Chrom wagte ein Grinsen. *»Doch, ich.«*

Solutosans Miene blieb auf Gewitter. *»Hast du eine Erklärung für ihre Gabe?«*

»Ich bin mir nicht sicher – aber ich denke, es hat mit den violetten Augen zu tun. Normalerweise haben Bacanis ja schwarze Augen.« Das stimmte.

»Ich will selbst mit ihr sprechen.« Solutosan marschierte ins Wohnzimmer. Pan mit Lady an seiner Seite hatte Psal auf der Couch entdeckt. Die Zwei unterhielten sich angeregt,

als Solutosan mit Chrom im Schlepptau den Raum betrat.

»Pan, mach die Mücke!«, befahl sein Vater. Pan schob die Unterlippe vor.

»Ich möchte mit ihr sprechen – allein!« Die ganze Situation ging Solutosan auf die Nerven.

Chrom nahm Pan an die Hand und zog ihn vom Sofa hoch. Gemeinsam verließen sie den Raum. Lady trottete hinter ihnen her.

Solutosan beugte sich zu ihr hinab und betrachtete sie durchdringend. Psal starrte ihn ängstlich an, sie zitterte wie ein Lämmchen, das von einem Löwen beäugt wird.

»Ich fresse dich schon nicht«, bemerkte er sarkastisch auf Englisch und richtete sich auf. »Beantworte mir folgende Frage: Warum verrätst du deine eigenen Leute an uns?«

Psal dachte nach. »Chrom ist auch Bacani. Er ist anders als die Bacanis, auf deren Schiff ich Dienst getan habe. Ich hatte lediglich den Auftrag, sie in der Duonalier-Siedlung abzuholen und auf den nächsten Mond zu bringen.«

»Ich erinnere mich«, zischte Solutosan. »Ich war schließlich im Raumschiff hinter euch!«

Psal ließ sich nicht irritieren. »Ich unterscheide zwischen einzelnen Individuen, unabhängig von ihrer Rasse. Es gibt Gute und Schlechte in jedem Volk. Ich mag die Brutalität nicht, mit der Bar sich hier auf der Erde den Weg bahnt. Er ist machtgierig, besessen und geht über Leichen.«

Solutosan blickte sie aufmerksam an.

Psal fuhr fort. »Wir sind alle Gestrandete auf einem fremden Planeten. Auf Duonalia haben wir uns bekriegt.«

»Bekriegt nennst du das?« Solutosan knirschte mit den Zähnen. »Ihr seid Parasiten, die mein Volk aussaugen. Nicht, weil ihr es für euren Fortbestand braucht, sondern weil es für euch Spaß und Droge ist! Unsere gesamte Spezies ist durch die Bacanis bedroht!«

»Ich weiß«, bekannte Psal kleinlaut. »Ich selbst finde das

mit den Fortpflanzungsenergien entsetzlich und habe erst ein Mal bei einer Duonalierin gesaugt, was mir schlecht bekam.«

Solutosan fühlte, dass das die reine Wahrheit war.

Psal war noch nicht fertig. »Was wird nun aus den Duonaliern, da ihr auf der Erde gestrandet seid? Können die Bacanis jetzt nicht auf Duonalia machen was sie wollen? Wer sagt dir, dass in dem Moment, in dem wir hier sprechen, überhaupt noch Duonalier auf dem Planeten existieren? Die Bacanis könnten sie längst ausgerottet haben.«

Die Bacani-Frau wagte sich ganz schön weit vor! Solutosan starrte sie an. Das wusste er alles. Aber niemand hatte es bisher derartig auf einen Punkt gebracht.

Er riss sich zusammen. »Und was willst du damit sagen?«

»Ich will damit sagen, dass wir auf der Erde von jedem Volk nur eine Handvoll sind. Okay, jetzt sind die Bacanars noch dazu gekommen, aber deren Vermehrung haben die Stammväter in der Hand.«

Psal machte eine Pause. »Wir sind hier auf einem Gast-Planeten. Jeder sollte versuchen, sich einzuleben, ohne den Menschen zu schaden, denn voraussichtlich werden wir für immer auf der Erde bleiben.«

Solutosan nickte. Er verstand jetzt, was Chrom an Psal fand. Sie war hübsch, soweit er das beurteilen konnte – und hatte ein kluges Köpfchen.

Aber das Gespräch war für ihn noch nicht beendet. »Für mich besteht, was ~~das~~ den Schaden hier auf der Erde angeht, ein ungeklärter Punkt: Kann es sein, dass Bar aus dem Blut der Bacanars eine Art Droge herstellt und damit die Menschheit verpestet?«

Psal schluckte.

»Bar produziert eine Droge namens Bax, das stimmt.«

»Die Frage ist, wo er das macht.«

»Er hat eine Fabrikhalle in der Nähe von Harbourview Park.«

»Die kennen wir – die ist leer.«

»Das scheint nur so.«

Solutosan schritt mit den Händen auf dem Rücken vor

Psal auf und ab. Wenn er die Basis und die Halle reinigte, wäre dann der Spuk der Bacanis auf der Erde vorüber?

»Hat er noch andere Produktionsstätten?«

»Keine, von denen ich wüsste. – Ich habe nur die eine Bitte: Im Stützpunkt ist meine Assistentin Frran. Ich möchte sie herausholen, bevor ihr zuschlagt.«

Solutosan nickte. »Ich weiß von Frran. Pan hat mich schon um das Gleiche gebeten.«

Er hatte jetzt also zwei Fährten zu verfolgen. Die von Samuel Goldstein und die alte Spur, die in die Basis und die Halle führte. Er konnte beides nicht von Xanmeran sprengen oder durch Meodern pulverisieren lassen. Die Bacanars dort waren unschuldige Lebewesen. Außerdem existierten noch die Menschen mit ihrer Polizei, FBI und anderen Behörden. Die ließen sich nicht einfach mitten in Vancouver ein außerirdisches Feuerwerk gefallen.

Solutosan wandte sich telepathisch an Psal. »*Ich möchte dich hiermit bei den Duocarns willkommen heißen und gewähre dir Gastfreundschaft.*«

Mit diesen Worten verbeugte er sich höflich vor ihr.

Es war kurz vor acht, als sich Maureen dem Eingang des Dojos näherte und missmutig ihren nassen Regenschirm schüttelte. Sie spritzte die Wildlederhose des Mannes neben der Tür des Trainingszentrums mit den sprühenden Tropfen voll.

»Oh! Entschuldigung«, stieß sie hervor, ohne aufzublicken. Wo blieb Smu nur? Sie stellte sich auf die andere Seite der Tür und wartete. Ihr Blick schweifte zu dem Gegenüber. Herrje, wer war denn das?

Ein riesiger Indianer lugte sie unter seinem Cowboyhut an. Er bemerkte ihren Blick und zog den Hut mit einem spöttischen Lächeln. Rote Haut und eine rote Glatze.

Ungewöhnlich, dachte Maureen. Sie trat von einem Fuß auf den anderen. Ich bringe Smu noch mal um, überlegte sie. Wenn der nicht bald mein Auto zurückbringt, mache ich ihn kalt. Sie bemerkte wieder die Blicke des Indianers.

»Warten Sie auf jemanden?«, fragte er mit einem harten Akzent.

»Was geht Sie das an?« Sie war etwas ungehalten.

»Wenn Sie auf Samuel warten, dann wird das vergeblich sein«, teilte er ihr lächelnd mit.

»Was?« Sie hatte wohl nicht richtig gehört. Er lächelte immer noch. Wahnsinn, dachte Maureen, was hat der für absolut schöne Zähne. Sie bildeten einen hellen Kontrast zu all dem Rot.

»Ich habe mich bestimmt verhört?«

»Nein«, antwortete er. »Samuel ist in meinem Gewahrsam.«

Maureen verschlug es kurz die Sprache. »Was soll das denn heißen?«

»Das soll heißen, dass er sich etwas zu weit vorgewagt hat in Angelegenheiten, die ihn nichts angehen.«

Scheiße, dachte Maureen.

»Sie haben ihn gekidnappt!«, stieß sie hervor.

»Nein, er besucht mich freiwillig.« Der Indianer grinste auf sie herunter.

»Wenn Smu etwas passiert dann, dann ...!«

»Dann?«, fragte er lauernd und zog die Brauen über seiner scharf geschnittenen Adlernase zusammen.

»Mache ich dich fertig!«, drohte sie mutig.

Erst zuckte es um den Mund des Indianers, was sie ja schon sehr dreist fand, dann platzte er heraus vor Lachen.

»Ein Püppchen wie du?«

Sie baute sich vor ihm auf und drohte mit dem Regenschirm. »Ja, genau!«

Der Kerl schaute auf den Schirm. »Jetzt fühle ich mich wirklich bedroht«, keuchte er, wurde jedoch sofort wieder ernst. »Möchtest du denn nicht wissen, wo er ist?«

»Natürlich!«, geiferte Maureen. »Und vor allen Dingen würde mich interessieren, wo mein Auto ist!«

Der Indianer dachte einen Moment nach. Japsend sah sie zu, wie er in aller Ruhe ein Handy zückte und eine Nummer drückte. »Meo, erinnerst du dich an das Cabrio, in dem der bunte Kerl saß? Wo ist das? Ah, okay.« Er legte auf. »Der Wagen steht in Nord-Vancouver und braucht nur abgeholt zu werden.«

»Und wo ist Smu?« Sie brüllte ihn an.

»Wandern«, antwortete er, immer noch seelenruhig.

Maureen ließ ihren Schirm fallen und stürzte wie eine Furie auf ihn los. Sie trommelte mit den Fäusten auf seiner Brust herum. »Ihr Schweine!", schrie sie. »Lasst ihn sofort frei!«

Sie erregte zu viel Aufsehen. Xan schob sie durch die Tür des Dojos in einen kleinen Vorraum.

»Nur die Ruhe«, versuchte er sie zu beruhigen. »Dem passiert schon nichts.«

Maureen schüttelte seine riesigen, roten Hände ab – hatte plötzlich eine Idee. »Lass uns einen Deal machen«, flüsterte sie heiser. »Wir kämpfen darum.« In seinen dunklen Augen flackerte Interesse. »Wenn ich gewinne, lasst ihr Smu frei.«

»Und wenn du verlierst?«

»Dann zahle ich Lösegeld oder was auch immer.«

»Du bist ganz schön mutig, Frau«, antwortete er gedehnt. »Wie soll so ein Kampf denn aussehen?«

»Keine Waffen!«

Er musterte sie kopfschüttelnd. »Nein, abgelehnt. Bei einem Faustkampf wirst du richtig einstecken müssen.«

»Feigling!«, keuchte sie. »Elender Feigling!«

Er holte tief Luft. »Okay, du hast es so gewollt. Wo und wann?«

»Jetzt und hier!«

Er zuckte die Achseln. »Gut.«

Er folgte ihr ins Dojo. Maureen zeigte ihm die Herren-Umkleidekabinen und den großen, komplett mit Matten ausgelegen Trainingsraum. Sie war fest entschlossen Smu zu retten und ging sich umziehen.

Sie kam in die Halle zurück. Barfuß in einem weiten, weißen Anzug, der mit einem schwarzen Gürtel zugebunden war. Ob der Kerl wohl wusste, was die Farbe ihres Stoffgürtels bedeutete?

Er hatte die Umkleide nicht benutzt, sondern sich in der Halle bis auf seine Wildlederhose und sein dunkles Muskel-Shirt ausgezogen.

»Ich heiße übrigens Maureen«, bemerkte sie schlicht und verbeugte sich. Sie musste sich nun stark konzentrieren, denn sie hatte vor zu gewinnen.

»Ich bin Xanmeran«, knurrte er und verneigte sich ebenfalls.

Ohne weitere Worte rannte er auf sie zu. Sie wich aus. Er versuchte sie zu packen – sie drehte sich gekonnt aus seinem Griff. Er preschte wieder vor und verfehlte sie, dafür schlug er hart auf der Matte auf, denn sie hatte ihm ein Bein gestellt. Mit verdutzter Miene rappelte er sich hoch. Aber Maureen hatte keine Zeit darüber zu lachen. Sie kniff die Augen zusammen. Inzwischen war ihr klar, wie sie ihn flachlegen konnte. Er war unbeherrscht, seine Attacken gingen alle daneben. Er umkreiste sie fortwährend, um einen Angriffspunkt zu erhalten – sie gab ihm keinen. Stürmte er ohne Plan vor, schlug sie ihm ins Gesicht oder traf ihn mit dem Ellenbogen.

Bei seiner nächsten Attacke bekam er nur ein Büschel Haare von ihr zu fassen und riss es ihr aus. Den Bruchteil einer Sekunde starrte er auf das Haarbüschel, als sie ihn mit beiden Füßen im Gesicht traf. Das hatte weh getan! Er hielt sich die Nase.

Jede kleinste Unachtsamkeit seinerseits bestrafte sie mit einem Tritt oder Schlag. Er startete einen weiteren Angriff und sie sah an seiner angestrengten Miene, dass er versuchte im Voraus zu berechnen, wohin sie ausweichen würde. Aber das hatte er falsch kalkuliert. Sie sprang ihm mit beiden Füßen auf den muskulösen Nacken – und war schon wieder weg.

Mit der Zeit merkte Maureen, dass er langsamer wurde und seine Angriffe weniger heftig. Sie sah mit einem Seitenblick auf die große Wanduhr. Sie kämpften bereits seit zwei Stunden. Draußen war es dunkel geworden. Sein Blick zu den Fenstern brachte ihm einen kräftigen Schlag aufs

Nasenbein ein.

Maureen überlegte. Es war Zeit, dem Spuk ein Ende zu bereiten. Normalerweise kämpfte sie fair, aber mit einem solchen Gegner ... Sie würde nun einen unschönen Trick anwenden. Xan rannte eben wieder einmal erfolglos an ihr vorbei. Sie benutzte seine eigene Wucht, schnappte sich seinen Arm, stemmte ihr ganzes Gewicht dagegen und warf ihn über die Schulter auf die Matte, wobei sie mit den Füßen hinterher setzte und ihn in die Nieren traf. Das hatte gesessen. Der riesige Indianer keuchte. Sie nutzte die Gelegenheit, flog auf seine Brust und hieb ihm mit dem Ellenbogen mehrmals ins Gesicht. Eine Augenbraue platzte, aber er blutete nicht. Die aufgeplatzte Haut zeigte eine schwarze Unterschicht. Schnell sprang Maureen wieder zurück. Der Mann blieb liegen.

»Ist der Kampf nicht vorbei, wenn einer auf dem Rücken liegt?«, stöhnte er. Maureen setzte noch einmal nach, auf seinen Brustkorb, der sich pfeifend leerte. Sie saß auf seiner Brust.

»Sag mal, was machst du da eigentlich?«, fragte Smu hinter ihr.

»Smu!« Maureen sprang hoch, ohne zu beachten, dass sie dem roten Mann damit noch einen Tritt in den Magen verpasste, rannte zu Smu und klammerte sich an seinen Hals. »Da bist du ja! Ich dachte ich müsste deinen Aufenthaltsort aus dem Kerl herausprügeln!« Der „Kerl" hatte sich inzwischen stöhnend aufgesetzt.

»Na dann ist ja alles bestens«, grunzte er. »Freund wieder da und Auto ebenfalls.«

»Nö«, protestierte Smu. »So einfach ist es nun auch nicht! Wegen dir Arschloch habe ich jetzt eine monströse Wanderung hinter mir. Außerdem sind meine Klamotten völlig demoliert!«

Maureen staunte. »Was? Du warst wirklich wandern?«

Xanmeran saß auf dem Boden der Halle und schmiss sich weg vor Lachen.

»Immerhin hat dein onanierender Freund eine wundersame Heilung erfahren, stimmt´s Smu? Und dann war er wandern!« Er schlug sich lachend auf die Schenkel.

»Sag mal, hat der sie noch alle?«, fragte Maureen.

»Kennst du den?«

Smu nickte. »Das ist eine lange Geschichte.«

Maureen baute sich vor Smu auf. »Ich hab Zeit!«

»Au ja, ich auch«, ließ sich Xanmeran von der Matte vernehmen. Er tastete nach seiner Augenbraue.

»Ach, Scheiße.« Maureen ging das Theater mit den beiden auf die Nerven. Jetzt würde sie zuerst dem Indianer die Braue verarzten.

»Setz dich da hin!«, befahl sie Xanmeran und deutete auf eine schmale Holzbank. Tatsächlich gehorchte er. Maureen lief, um den Verbandkasten zu holen.

Als sie zurückkam, saßen Smu und Xanmeran nebeneinander auf der Bank wie zwei arme Sünder. Maureen musste bei dem Anblick lachen. Smu hatte seine Stiefel ausgezogen. An den Zehen prangten drei dicke Blasen.

»Worum geht es hier eigentlich?«, fragte Smu Xanmeran. »Ihr habt mir ständig die Frage nach dem dürren Kerl gestellt, den ich verfolgt habe.«

Xan schaute ihn einen Moment nachdenklich an. Sie sah ihm an, dass er mit sich rang, was er antworten sollte. Maureen wollte ihm ein Pflaster quer über die Verletzung kleben, hielt aber inne und blinzelte. Unter der aufgeplatzten Hautschicht blitzte etwas schwarz und golden. Sie wollte schon mit dem Finger darauf drücken, als Xan rasch ihre Hand festhielt. Die Wunde war geschlossen.

»Siehst du, nichts passiert«, beeilte er sich zu sagen. Maureen betrachtete die Braue. Seltsam, das Loch war tatsächlich weg.

»Was war das vorhin mit der wundersamen Heilung?«, fragte sie irritiert.

Smu nickte. »Bei mir ist wieder alles in Ordnung.«

»Ich dachte du wärst hinter dem Kerl mit der Droge her!« Verflixt! Maureen schlug sich mit der Hand vor den Mund. Nun hatte sie sich verquatscht. Und Xan hatte es gehört.

»Droge?«, fragte Xanmeran. Er seufzte. »Wie wäre es, wenn wir jetzt alle auspacken würden?«

Maureen stöhnte. Der Mann war Teil dieser Geschichte. So viel war offensichtlich. Warum also nicht Informationen austauschen? »Erzähl es ihm, Smu. Er wird sowieso erst Ruhe geben, wenn er es weiß!«

»Unsere Story ist easy«, begann Smu. »Maureen hat von einem Typen, Ron, die Formel für so ein rotes Zeug angeboten bekommen. Sie sollte den Deal ihrem Chef bei Pharmcoran vermitteln. Hat sie aber nicht gemacht. Ich habe einen Eigenversuch mit der Droge gestartet, was echt in die Hose ging.« Smu betrachtete seine rechte Hand und Xan grinste breit. »Ich konnte das Handy von diesem Ron bis in die leere Halle verfolgen. Dann kam das drahtige Kerlchen raus und ich bin dem hinterher – bis ihr mich geschnappt habt.« Er sah Xan an.

»Wir suchen die ganze Zeit die Kerle, die die Droge herstellen und stießen auf die Basis, vor der wir dich ertappt haben«, antwortete er.

»Wer ist wir?«, fragte Maureen. »Bist du von der Polizei oder FBI?«

Xan schüttelte bedächtig den Kopf. »Wir sind eine Art Spezialeinheit.«

Smu nickte. »Das kann ich bestätigen.«

»Und wie geht's jetzt weiter?«, erkundigte sich Maureen.

»Wir haben diesen Ron mit seiner Formel ja noch nicht aufstöbern können. Den sollten wir weiter suchen«, meinte Smu.

Xanmeran kratzte sich am Kinn. »Ich habe eine bessere Idee. Wie wäre es, wenn Maureen Ron anruft und ihm mitteilt, dass ihr Boss interessiert ist, die Formel aufzukaufen. Wir gehen dann hin und kaufen sie.«

»Der Kerl will zwei Millionen Dollar«, gab Smu zu bedenken.

»Ich muss das mit meinem Chef absprechen.« Xan überlegte.

»Dem Typ mit den goldenen Haaren?«

Xanmeran nickte. Er musterte Maureen von der Seite, stupste ihr mit dem Zeigefinger in die Rippen. »Würdest du mir Karate beibringen?«

Maureen wandte sich ihm zu. Sie zögerte. Ein Muskelmann wie er, der zusätzlich Kampfkunst beherrschte, war enorm gefährlich. Aber das war er vermutlich auch ohne dieses Wissen.

»Leute, macht das unter euch aus«, stöhnte Smu. »Ich für meinen Teil fahre jetzt nach Hause. Haltet mich auf dem Laufenden.« Ächzend zog er seine zerfledderte Kleidung über dem Leib zusammen, stieg in seine Stiefel und humpelte zur Tür.

»Und mein Auto?«, fragte Maureen.

»Hol das mit Xanmeran.« Er winkte kurz und war weg.

»Na, wirklich toll! Dem habe ich meine Karre das letzte Mal geliehen!« Sie schaute Xan an. »Würdest du mich vielleicht fahren, um den Wagen zu holen? Du weißt doch, wo es steht. Ich gehe mich nur schnell umziehen.«

Wenig später stand Maureen vor ihm in ihrem hautengen Business-Kostüm. Er musterte ungeniert die Details ihres Körpers von oben bis unten.

»Bist du fertig mit deiner Fleischbeschau?« Maureen errötete. Am liebsten hätte sie ihn sofort wieder verprügelt. Xanmeran grinste und entblößte dabei erneut sein perfektes Gebiss. Ach Scheiße, dachte sie und ging ihren Mantel holen.

Sie fuhren in seinem Volvo Richtung Nord-Vancouver. Sie betrachtete seine Hände auf dem Lenkrad.

»Wieso bist du eigentlich so rot? Bist du wirklich ein Indianer?«

»So was in der Art«, gab er zurück. »Bringst du mir Karate bei?« Er hatte verstanden, dass sie im Dojo unterrichtete.

»Ich weiß nicht recht«, antwortete Maureen zögernd.

»Ich glaube nicht, dass du zu deiner Stärke noch eine asiatische Kampfkunst brauchst. Du kannst dich sicher gut verteidigen.«

»Du hast gesehen, wie weit mich diese Kraft beim Kampf

mit dir gebracht hat. Sie war nichts wert.« Das stimmte. Sie hatte seine eigene Stärke dazu benutzt, ihn fertigzumachen. Sein Gesicht verfinsterte sich.

»Bist du sauer, weil ich ablehne?«

»Nein.« Er blickte geradeaus auf die schwach beleuchtete Straße. Was er jetzt wohl dachte?

Nun tat Maureen ihre Absage leid. »Okay, ich gebe dir einige Stunden und erkläre dir zumindest etwas über die Ausgewogenheit von Kräften.«

Er lächelte. »Super! Wann fangen wir an? Morgen?«

Er war auf ein Mal wie die kleinen Jungs in ihrem Dojo.

»Ich muss morgen arbeiten, aber habe am Abend den Anfängerkurs. Da darfst du gern mitmachen.« Dass es sich bei dem Kurs um einen Kinderkurs handelte, verschwieg sie lieber.

Xan hielt neben ihrem Cabrio und sie stieg aus. »Ich habe vorhin mit meinem Boss gesprochen. Er möchte dich gleich am Strand treffen. Ist das okay? Ich fahre voraus.«

Maureen nickte, und bedauerte ein bisschen, nun selbst fahren zu müssen. Sie war müde und es war auf irgendeine Art angenehm, wenn er bei ihr war.

In seinem Penthouse rannte Bar wie ein Besessener hin und her. Wo war Psal? Warum ging Ron nicht ans Telefon? Er schmiss sein Handy in die Ecke, bereute es augenblicklich und hechtete hinterher. Es war glücklicherweise noch intakt. Zusammen mit seinem Laptop, den er ständig mit sich führte, war das Handy sein wichtigster Besitz.

Bar fühlte, dass die Stille um ihn herum oberfaul war. Er musste dringend reagieren. Als Erstes würde er sofort den längst überfälligen Stützpunkt auflösen. Er hatte Pok mit einem Transporter zur Aufzucht-Station bestellt und Krran ebenfalls befohlen, sich dort einzufinden. Aufgewühlt fuhr er in die Basis. Die beiden erwarteten ihn im Computerraum.

Er vergeudete keine Zeit mit Informationen. »Pok, lade die Bacanars und die Welpen in den Transporter. Frran soll dir helfen. Lass die Hündinnen frei.« Er wandte sich zu Krran. »Weißt du, wo Psal ist?«

»Nein«, knurrte Krran. »Ich habe sie nur noch ein Mal nach dem Zwischenfall mit dem Menschen gesehen. Danach nicht mehr.«

Bar nickte. Das hatte er vermutet. »Krran, du hilfst mir, den Computerraum leerzuräumen. Lade alles, was Wert hat, in mein Auto und den Transporter.«

»Was ist los?«, wollte Krran wissen.

»Wenn mich mein Bauchgefühl nicht trügt, ist Psal zu den Menschen übergelaufen, und wir werden hier bald Besuch bekommen.«

»Warum sollte sie das tun?«

»Keine Ahnung«, brüllte Bar. »Liebe oder so eine Scheiße! Ich weiß nur, dass sie nicht mehr bei uns ist – verstehst du das?« Er packte Krran hart an den Schultern. »Und jetzt mach was ich gesagt habe!«

Viel hatte er ja nicht in der Basis. Die wichtigsten Dinge waren schnell eingepackt. Ihm bereitete die Halle mehr Kopfzerbrechen, denn Ron war nicht dort. In dem Gebäude standen größere Werte. Aber zuerst würde er die Bacanars in Sicherheit bringen.

Pok kam angerannt. »Bar!« Er klang total aufgelöst. »Als ich Frran gesagt habe, dass wir umziehen, ist sie einfach so abgehauen und in den Wald gerannt!«

»Ich fass es nicht! Sind die Weiber alle vom Warrantz gebissen?« Wie sollte er jetzt die Bacanar in dem Waldgebiet finden? Die Gegend um die Aufzucht-Station war viel zu weitläufig. »Scheiße!«, brüllte er. Sein Verdacht, dass etwas nicht mit rechten Dingen zuging, wurde durch Frrans Verhalten bestätigt. Er warf die Türen des Transporters zu. »Lasst uns fahren. Soll sie doch im Wald verhungern!«

Sie machten sich nicht die Mühe, die Schuppen noch einmal abzuschließen – ließen die Tore offen und waren aus Nord-Vancouver verschwunden.

Frran hockte zitternd vor Angst und Kälte im Dickicht, Pans Handy an sich gepresst. Ob er irgendwann anrufen würde? Hatte sie das Richtige getan? Wäre sie nicht abgehauen, hätte sie weiterhin den Bacanis dienen müssen. Ob das Telefon in den Wäldern überhaupt Empfang hatte? Musste man Handys nicht aufladen, damit sie funktionierten? Frran wusste es nicht. Und besaß keinerlei Orientierung mehr. Sie war kopflos losgerannt und hatte sich völlig verlaufen. Es dämmerte schon. Sie war gezwungen draußen zu übernachten.

Frran kletterte auf einen Baum und legte sich auf einen dicken Ast. Nur keine Panik, sagte sie zu sich selbst. Morgen, bei Tageslicht, wollte sie versuchen aus dem Wald zu kommen. Vielleicht würde sie die Station ja wiederfinden und das Handy irgendwie laden können. Sie zitterte und schloss die Augen.

Jemand hatte am Strand ein Lagerfeuer aus Treibholz angezündet, das leicht bläulich brannte. Xan sprang aus dem Volvo und öffnete Maureen, die hinter ihm zum Halten gekommen war, zuvorkommend die Tür ihres Cabrios.

Sie zog die Schuhe aus, um im Sand besser laufen zu können und ging dann dem Mann entgegen, der an dem Feuer auf sie und Xanmeran wartete. Er stand auf. Sein langes Haar wehte im Feuerschein. Sein muskulöser Körper in der engen, schwarzen Kleidung wurde eindrucksvoll von den zuckenden Flammen beleuchtet.

Maureen hielt den Atem an. Das war also Xanmerans Chef. Solch ein Wesen hatte sie noch nie gesehen.

Der Eindruck verflüchtigte sich, als er ihre Hand ergriff und sie mit dunkler, melodischer Stimme begrüßte: »Sie sind bestimmt Maureen. Ich danke Ihnen für Ihr Kommen. Ich bin Solutosan.«

Maureen konnte seine Augen nicht sehen, da sie im Schatten lagen. Sie war, entgegen ihrem Wesen, eingeschüchtert.

Sie setzten sich in den Sand. »Es tut mir leid, dass wir einen etwas schweren Start hatten. Uns war unklar, wer Samuel Goldstein ist, und deshalb haben wir ihn zu unsanft behandelt.«

Sie nickte. Die Entschuldigung war fällig gewesen und so akzeptabel.

Er fuhr fort. »Xanmeran hat mir erzählt, dass Sie von einem Mann namens Ron angesprochen wurden, der Ihnen die Formel für die rote Droge angeboten hat. Er sagte mir, dass Sie im Besitz seiner Visitenkarte sind.«

»Ja«, hauchte Maureen. Fast hätte sie »Sir« dazu gesetzt. Solutosan war beeindruckend. Sie schaute hilfesuchend zu Xanmeran, der neben ihr im Sand saß und mit einem Stock im Feuer stocherte.

»Wie Sie vielleicht bemerkt haben, ist diese ganze Sache brandgefährlich.«

»Ich kann Karate«, entgegnete Maureen mit fester Stimme. Xan nickte und bleckte die Zähne.

Solutosan lächelte. Maureens Herz schlug bis zum Hals. Ach du meine Güte! Der Mann war Sex pur. Sie legte die zitternden Hände schnell auf ihre Knie.

»Ich weiß nicht, ob eine Sportart im Kampf gegen diese Leute ausreichen wird – ich befürchte, nein.« Sein Lächeln verschwand.

Solutosan setzte sich ebenfalls ans Feuer und zog die Beine unter den Leib. Nun wurde sein markantes Gesicht mit der geraden Nase und dem sinnlichen Mund voll vom Schein der Flammen beleuchtet.

Maureen hielt kurz den Atem an. Seine Augen funkelten. Sie schluckte und riss sich zusammen. »Ich denke, ich sollte diesen Ron anrufen und ihn aus der Reserve locken.«

»Er will zwei Millionen für das Rezept?«, fragte er.

»Soweit ich weiß ja.«

»Gut, ich werde Ihnen jemanden zur Seite stellen, der als Ihr Chef fungieren und die Formel kaufen wird.« Es schien für den außergewöhnlichen Mann normal zu sein, Dinge schnell und präzise zu entscheiden.

»Ich sehe da ein Problem«, merkte Maureen an. »Fotos meines Chefs sind auf der Homepage von Pharmcoran.«

»Gut zu wissen. Also stellen wir ihre Begleitung als den Anwalt des Unternehmens vor.«

»Haben Sie denn zwei Millionen?«, fragte Maureen atemlos.

»Geld spielt keine Rolle«, antwortete er gelassen.

»Oh!« Nun war Maureen klar, dass nur der kanadische Staat hinter der Spezialeinheit stehen konnte. Sie würde selbstverständlich mithelfen den Fall zu klären.

»Wann soll ich den Mann anrufen? Wo und wann mich mit ihm treffen?«, fragte sie gespannt. Sie kam sich nun selbst fast schon vor wie eine Geheimagentin.

»Soweit ich weiß, sind Sie berufstätig. Bitte rufen Sie ihn im Laufe des morgigen Vormittags an und verabreden sich am Abend mit ihm. Den Ort soll er wählen. Ich möchte Sie bitten, uns dann so schnell wie möglich die Treffpunkt-Daten mitzuteilen. Xanmeran gibt ihnen die Nummer.«

»Okay! Abgemacht! Eine Frage noch: Was machen Sie mit der Formel, wenn Sie sie haben?«

Solutosan sah von den Flammen hoch. »Sie wird vernichtet.«

Maureen glaubte ihm. »In Ordnung.«

Der Chef des Geheimdienstes erhob sich. »Vielen Dank für Ihre Hilfe«, sagte er höflich. Er nickte ihr zu und blickte Xanmeran kurz an. »Und noch einen schönen Abend.« Er entfernte sich in die Dunkelheit.

Maureen starrte auf den Platz, an dem er gesessen hatte. War da ein Flimmern in der Luft? Sie schüttelte irritiert den Kopf. Nein, Blödsinn.

»Er kann ganz schön beeindruckend sein, was?«, stellte Xanmeran fest. Er hatte sich neben ihr auf den Rücken in den Sand gelegt und starrte in den Sternenhimmel.

Was war mit diesen Geheimdienstlern? Maureen betrachtete den roten Mann neben sich prüfend. Sie fühlte etwas, jedoch konnte es nicht greifen. Sie hatte mit ihm gekämpft. Er war aus Fleisch und Blut aber ... Moment, aus Blut? Eigentlich hätte die Platzwunde an seiner Augenbraue bluten müssen wie verrückt. Maureen wusste aus langer Erfahrung, dass besonders diese Verletzungen oftmals gefährlicher anmuteten, nur durch ihre Eigenschaft so heftig zu bluten.

Sie starrte Xanmeran an. »Warum hat deine Wunde an der Braue nicht geblutet?«

Xan kam hoch, stützte den Glatzkopf in eine seiner starken Hände und richtete den schwarzen Blick auf sie. Im Schein des Feuers sah er ganz schön gefährlich aus. »Die Wunde war nicht tief.« Er legte sich wieder hin. Der Wind blies mit einem Stoß in die Glut und ließ blaue Funken stieben – er erfasste Maureens Haar und wehte es zum dunklen Himmel.

Das war eine Ausrede, das fühlte sie. Maureen kniff die Augen zusammen. Sie rutschte näher an ihn heran. Sie nahm seine Hand, die neben ihm im Sand lag. Augenblicklich zog er sie zurück. Hier stimmte etwas nicht.

Maureen blickte in die Flammen. Das würde sie noch herausfinden. Der Moment war einfach zu schön, um ihn mit Grübeleien zu verderben. Wann hatte sie das letzte Mal an einem Strandfeuer gesessen? In ihrer Kindheit mit ihrem Paps, der dann früh verstarb und sie allein zurückließ. Sie erinnerte sich an seine braunen Augen und sein freundliches Lächeln, wenn er ihr Marshmellows über dem Feuer röstete.

Maureen umfasste ihre Knie und fröstelte. Der Wind blies unter den Rock, denn sie trug immer noch das Business-Kostüm mit dem kurzen Mantel. Xanmeran legte ihr seine Jacke um die Schultern. Sie roch gut, nach Leder und Mann. Irgendwie war sie tröstlich.

Sie dachte an die vielen einsamen Tage und Nächte im Waisenhaus. Sie hatte schwer gekämpft, um aus diesem Sumpf herauszukommen. Ihr Sport hatte ihr sehr geholfen, hatte ihr Mut gegeben. Der riesige Mann neben ihr bewegte sich. Ob sie ihm wirklich etwas davon beibringen sollte?

Als hätte er ihre Gedanken gelesen, sagte er leise: »Ich glaube, wir müssen den Start meines Trainings um einen Tag verschieben. Morgen werden wir erst einmal dem Schwein die Formel abknöpfen.«

Maureen sah ihn an. Auch er hatte die Schuhe ausgezogen und seine Füße waren im Sand vergraben. Er saß neben ihr, den Kopf in die Hände auf die Knie gestützt und starrte in die Flammen, die in seinen schwarzen Augen flackerten. Mit einem Mal dachte sie, dass er sehr alt wirkte.

»Wie alt bist du?« Sie konnte ihn seltsamerweise nicht mehr einschätzen.

Xan lächelte sie an. Die weißen Zähne blitzten. »Fünfunddreißig«, antwortete er langsam. Maureen hatte sein Zögern bemerkt. Wenn das mal stimmte.

»Und du?«, erkundigte er sich sanft.

»Siebenundzwanzig«.

»Hast du einen Mann?«, fragte er unvermittelt.

Maureen errötete. »Nein.«

»Und Smu?«, bohrte er weiter.

»Smu ist nur ein Freund.«

Darauf sagte er nichts mehr. Wieso hatte sie den Eindruck, dass er sich darüber freute?

Xan erhob sich geschmeidig. »Ich finde, es ist langsam zu kalt. Und du musst gewiss bald schlafen. Morgen wird ein anstrengender Tag.« Er streckte ihr eine seiner großen Pranken hin, die sie ergriff. Er half ihr aufzustehen.

»Danke.« Sie sah zu ihm hoch.

»Du darfst meine Hand jetzt loslassen«, bemerkte er grinsend. Verflixt. Sie führte sich wirklich zu dämlich auf und lächelte entschuldigend. Zusammen gingen sie durch den kühlen Sand zu den Autos zurück. Xan reichte ihr seine Handynummer.

Schweren Herzens gab sie ihm die Jacke wieder, stieg ins

Auto und fuhr los. Als sie auf den Highway rollte, schüttelte sie irritiert den Kopf. Die ganze Geschichte war bizarr und aufregend. Sie hatte sich in eine Geheimdienstsache verstrickt. War Teil eines Plans geworden. Aber mit Xanmeran und ihr ... Irgendetwas war geschehen.

»Bitte Paps«, drängelte Pan. »Lass uns zur Basis fahren und nachschauen! Ich mache mir solche Sorgen um Frran! Ich kann seit Tagen mein Handy nicht mehr erreichen.«

Chrom, der damit beschäftigt war die Sicherheitssysteme des Hauptquartiers neu zu programmieren, blickte genervt hoch.

»Fahr mit Psal, Pan!«

»Aber das ist doch viel zu gefährlich! Was ist, wenn einer der Stammväter sie da sieht? Was soll sie dann sagen?«

Chrom seufzte: »Xanmeran ist mit dem Volvo unterwegs und den Porsche nehme ich nicht. Also schau nach, ob der Pick-Up in der Garage steht.«

»Danke, Paps! Ich wäre ja auch alleine gef ...«

Chrom bleckte die Fangzähne. »Pan, wir haben eine Abmachung. Keine Alleingänge mehr!«

Es dauerte nur zwei Minuten bis Pan wieder in den Computerraum hopste. »Die Kiste steht da. Los, komm!«

Seufzend erhob Chrom sich. Lady sprang ebenfalls auf. Er kontaktierte Patallia im Labor nebenan. »*Pat, ich fahre mit Pan raus zu der Bacani-Basis und schaue nach Frran. Wir haben nichts mehr von ihr gehört.*«

»*Okay. Passt auf euch auf*«, bestätigte Patallia.

»Paps, schau mal, die Türen stehen offen!«, brüllte Pan aufgeregt, als sie den Stützpunkt erreichten. Er wollte sich aus dem Wagen stürzen.

»Ihr Götter! Hiergeblieben!« Chrom zückte sein Handy

und wählte Meoderns Nummer. »Meo, hier ist was faul mit der Bacani-Basis. Es scheint, die Vögel sind alle ausgeflogen. Brauche dich zur Unterstützung.«

Sie hatten nur wenige Minuten gewartet. Der Wald rauschte kurz und Meo stand wie aus dem Boden gewachsen grinsend da. Er deutete ihnen leise zu sein und zurückzubleiben, huschte so schnell fort, dass sie es nicht wahrnehmen konnten.

Einige Sekunden später war Meo wieder zurück. Er nickte und zückte sein Handy. »Boss? Die Bacani-Basis ist leer. Ja, keine Spur von ihnen. Alles geräumt.« Er hielt das Telefon ein Stückchen vom Ohr weg, um Solutosans krachende Stimme nicht unmittelbar abzubekommen.

Pan stand mit riesigen, violetten Augen da, die sich langsam mit schwarzen Tränen füllten. »Ob sie Frran auch mitgenommen haben?«

»Es scheint so, Pan«, antwortete Chrom nachdenklich. »Selbst wenn sie abhauen konnte, werden wir sie heute Nacht im Wald nicht aufspüren.«

»Bitte Paps! Lass es uns wenigstens versuchen. Vielleicht finden wir ja irgendwo ihre Witterung.«

Er sah seinen Sohn an. Pan würde keine Ruhe geben, bevor sie es nicht versucht hätten.

Meo kratzte sich am Kopf. »Mir soll's recht sein. Ich sage Bescheid, dass ihr noch länger hier seid. Habt ihr die Handys mit?«

»Ich gebe Pan meins. Aber wir kommen schon klar.« In seiner verwandelten Gestalt konnte er sowieso nicht sprechen.

»Okay!« Meo verschwand.

»Wir brauchen ihren Duft«, stellte Chrom fest.

Kaum hatte er das gesagt, war Pan schon in Richtung der Basis gerannt und winkte ihm. »Ich zeige dir ihr Zimmer.«

Gefolgt von der Wölfin liefen sie durch die stillen unterirdischen Räume zu Frrans Unterkunft. Dort entkleidete und verwandelte Chrom sich. Er schüttelte kurz sein Fell. Sie rochen an Frrans Bett, um ihre Witterung aufzunehmen. Er rannte los, Lady nah bei sich, Pan, mit seiner Kleidung unter dem Arm, hinterher.

Es gab vielfältige Spuren. Viele von Hunden. Er zog mit Lady draußen schnüffelnd Kreise. Da war die Fährte! Er hob den dicken Kopf mit der kräftigen Schnauze.

»Hast du was?«, fragte Pan aufgeregt.

Chrom nickte und zeigte mit der Klaue in nördlicher Richtung.

»Na dann mal los!«

Als Nachtjäger machte es ihnen keine Schwierigkeiten im Dunkeln den Wald zu durchstreifen. Sie verfolgten die Fährte eine ganze Stunde. Chrom immer mit der Schnauze am Boden – Lady neben sich. Er blieb abrupt stehen und lief im Kreis.

Augenblicklich verwandelte er sich zurück. »Hier hört die Spur auf!«

Pan blickte aufgeregt um sich. »Frran«, flüsterte er. »Frran!«

Zuerst fiel das funktionsuntüchtige Handy vom Baum und dann Frran hinterher. Sie stürzte in Pans Arme und schluchzte. Dicke schwarze Tränen sprangen aus ihren Augen.

Pan streichelte ihren Kopf. »Schon gut! Paps hat dich gefunden.«

Chrom sah sich die Szene gerührt an, während er sich ankleidete. Er konnte es nicht abstreiten – aus seinem Sohn war ein junger Mann geworden. Er war ein toller Junge, mutig und warmherzig. Chrom streichelte Ladys dicken grauen Kopf und blickte in ihre gelben Augen. »Das haben wir gut gemacht, Lady«, flüsterte er. »Lasst uns nach Hause gehen«, verkündete er laut.

Frran warf sich vor ihm auf die Knie. »Vater von Pan, ich möchte mich bedanken! Du hast mich gerettet. Ich hätte nicht zurückgefunden. Die Bacanis und Bacanars haben den Ort verlassen und ich konnte nur fliehen.« Sie drückte ihre Stirn auf den Boden.

»Schon okay«, entgegnete Chrom heiser. Er hatte lange kein devotes Rudelverhalten mehr erlebt. »Lasst uns gehen.«

Pan betrachtete Frran mit offenem Mund, als sie aus der Dusche kam und in sein Zimmer schritt. In ihrem Fell mit den weißen Spitzen glitzerten kleine Wassertröpfchen. Sie war wunderschön. Sie lächelte. Etwas rührte sich unter seinem Lendenschurz. Au weia. Er schlug rasch die pelzigen Beine übereinander.

»Komm, lass uns anhören, was dein Vater zu sagen hat«, forderte Frran ihn auf. Sie liefen zu Chroms Zimmer und klopften an. Psal öffnete die Tür – freundlich lächelnd.

Chrom hockte mit angezogenen Beinen auf einer schwarzen Ledercouch in der Ecke des Raumes und winkte ihnen. »Ich möchte mich kurz fassen. Ich mache mir schon seit einiger Zeit Gedanken um unsere Zukunft. Jetzt ist Frran zu uns gestoßen und wir sind zu viert.« Pan strahlte. Chrom hatte Frran akzeptiert.

»Wir werden etwas Neues beginnen. Aber das sollten wir unabhängig von den Duocarns tun.«

Pan staunte. »Du willst ausziehen?«

Chrom nickte. »Solutosan braucht uns nicht, um den restlichen Stammvätern hinterherzujagen. Das Kräfteverhältnis steht sowieso schon mit fünf Kriegern zu drei Bacanis zugunsten der Duocarns. Außerdem sind Aiden und David noch bei ihnen. Ich finde, es ist an der Zeit, dass wir etwas Eigenes schaffen.«

»Und was schwebt dir vor?« Psal setzte sich auf die Lehne von Chroms Sofa und schmiegte sich an ihn.

»Lacht mich bitte nicht aus, aber ich dachte an eine Art Tierklinik oder Tierheim. Je mehr Tiere umso besser. Zwischen ihnen werden unsere beiden Bacanars und auch Lady kaum auffallen«, lächelte Chrom. Was für eine Idee!

»Hast du schon mit Solutosan darüber gesprochen?«

»Nein«, Chroms Miene verfinsterte sich. »Ich hatte den Einfall erst im Auto auf der Rückfahrt. Ich muss es ihm darlegen.«

Pan sah an seinem Gesicht, wie schwer ihm das fallen würde.

Solutosan schlug die Augen auf. Das Morgenlicht strahlte golden in ihr Bett. Irgendetwas stimmte nicht. Er blickte zu Aiden, die noch tief schlief, und nahm sofort zu dem Sternenkind Verbindung auf. Sein Eindruck hatte ihn nicht getäuscht. Es weinte.

»*Was hast du denn?*« Sie hörte ihn nicht oder wollte nicht hören. Prompt begann sie zu strampeln und weckte damit Aiden.

»Was ist los?«, fragte sie schlaftrunken.

»Der Kleinen geht es scheinbar nicht gut.«

»Woher weißt du das?«

Er schluckte. Irgendwann musste sie es sowieso erfahren.

»Weil ich mit ihr spreche.«

Aiden nickte. »Das weiß ich.«

»Aiden, sie antwortet auch seit einiger Zeit.«

Aidens Augen weiteten sich erstaunt. Nun war sie völlig wach. »Was?«

»Wir haben eine telepathische Verbindung.«

Sie blickte in sein besorgtes Gesicht. »Was sagt die Kleine?«

»Sie weint – ich weiß noch nicht warum.«

Solutosan richtete seine Worte wieder an das Sternenkind: »*Nur wenn du mir sagst, warum du weinst, kann ich dir helfen.*«

»*Daddy! Ich habe solches Bauchweh!*«

»Sie hat Bauchweh«, übersetzte Solutosan. »Was hast du gestern gegessen, Aiden?«

Seine Frau dachte nach: »Chinesisch, und sonst eigentlich nur Wasser.« Das Sternenkind strampelte.

»Lass uns zu Patallia gehen.« Er kontaktierte den Mediziner in seinem Zimmer »*Bist du wach, Pat?*«

»*Was gibt's? Schon Zeit für das Treffen?*«

Beim Vraan, den Termin wegen der Formel hatte er völlig vergessen. Erst die Aufregung die leere Basis betreffend, dann Frrans Verschwinden und nun das.

»Nein, Pat, das Sternenkind hat Bauchweh.«

»Was hat Aiden gegessen?«

»Chinesisch.«

Von Pat kam keine Antwort mehr.

»Patallia?«

»Ich dachte, sie hätte ihre Ernährung umgestellt.«

»Sie mag den Kefir nicht.«

»Sie sollte an das Kind denken.«

Solutosan seufzte. Aiden blickte ihn mit gerunzelter Stirn von der Seite an. »Solutosan, ich höre nicht was Patallia und die Kleine sagen. Können wir nicht vielleicht zu ihm gehen?«, erinnerte sie ihn.

»Entschuldige«, beeilte sich Solutosan zu antworten. *»Danke, Pat, ich versuche noch einmal mit ihr zu reden.«* Das Sternenkind weinte weiterhin leise. »Wir brauchen nicht zu Patallia, Aiden. Er sagt, du solltest deine Ernährung auf Kefir umstellen, dann wäre alles in Ordnung.«

Aiden zog die Nase kraus. »Das Zeug ist mir so ekelig. Es kommt mir immer wieder hoch.« Sie streichelte ihren Bauch. »Aber ich kann es ja noch einmal probieren.«

Solutosan zog einen grauen Trainingsanzug an, Aiden ihren Morgenrock und sie liefen Hand in Hand in die Küche. Er schüttete ein Glas Kefir ein und reichte es ihr. Aiden trank tapfer. Sie verzog das Gesicht und presste die Hand auf den rebellierenden Magen.

Voll Mitleid sah er, wie sie würgte und den Kefir ins Spülbecken erbrach. Solutosan kontaktierte Patallia erneut. *»Entschuldige die nochmalige Störung, aber Aiden behält den Kefir nicht bei sich.«*

Pat überlegte. *»Kann nur mit den Enzymen zu tun haben. Ich müsste neue entwickeln. Das wird eine Weile dauern.«*

»Danke Pat, gib mir Bescheid, wenn du etwas erreichen konntest.«

Xanmerans Stimme kam in seinen Kopf. *»Solutosan? Du denkst noch an das Treffen?«* Ach ja, die Formel!

»Schafft ihr das auch ohne mich? Ich will bei Aiden bleiben.«
»Kein Problem, Chef.«
Solutosan sah fast, wie Xan grinste.
»Geht hier ja um einen Menschen. Wenn Pat, Meo und ich bei Maureen sind, ist das sowieso schon, wie mit Kanonen auf Spatzen zu schießen.« Das stimmte allerdings.
»Okay, haltet mich auf dem Laufenden.«
Aiden klammerte sich weiterhin ans Spülbecken.
Solutosan nahm sie in seine Arme. Das Sternenkind in ihrem Leib weinte leise. Es tat ihm weh, seine beiden Frauen nicht beschützen zu können. *»Pat entwickelt Enzyme, die dir helfen den Kefir zu verdauen. Das dauert nur eine Weile.«* Er streichelte ihren runden Bauch. *»Halte durch, Kleines!«*

Ron fuhr völlig verkatert auf der langen, bewaldeten Straße von Nord-Vancouver Richtung City, als sein Handy klingelte. Umständlich fummelte er es aus seiner Tasche.
»Ja?«, krächzte er in den Hörer.
»Ron? Hier ist Maureen Silverman!«
Sofort war Ron hellwach! »Hallo Maureen! Schön, dass Sie anrufen. Was kann ich für Sie tun?«
Maureen holte tief Luft. »Sie baten mich, mit meinem Boss über Ihr Medikament zu sprechen.«
»Ja?« Wahnsinn, sie hatten doch noch angebissen! Damit hatte er so schnell nicht gerechnet!
»Ich habe ihm sofort die Probe gegeben und er ist sehr interessiert.«
»Okay«, entgegnete er bedächtig. »Ihr Boss kennt den Preis?«
»Selbstverständlich! Er bittet Sie, einen Termin für abends zu machen. Er schickt dann seinen Anwalt, Dr. Martin, mit den Vertragsunterlagen.«
Ron schluckte. Eigentlich hätte ihm klar sein müssen, dass es einen Vertrag geben würde. Auf der anderen Seite –

was interessierten ihn Vereinbarungen, wenn er auf den Bermudas saß? »Selbstverständlich«, antwortete er schnell. Er überlegte verzweifelt, wo er den Mann hin bestellen konnte. Ihm fiel nur die Halle ein. Er fluchte innerlich, denn das war keine seriöse Adresse. Ihm blieb nichts anderes übrig als zu antworten: «Ich beabsichtige, einen Firmensitz zu gründen und sehe mir deshalb heute Abend eine Fabrikhalle an. Würde es Herrn Martin etwas ausmachen, wenn wir uns zum Gespräch dort träfen?« Er gab Maureen die Anschrift. »Neunzehn Uhr?«

»Fein«, bestätigte Maureen. »Ich sehe sie dann da, denn ich werde Dr. Martin begleiten.«

Das war Ron recht. Er mochte die süße Blondine. Vielleicht konnte er sie ja hinterher noch zu einem Drink einladen.

Ron verabschiedete sich und legte auf. Schweiß stand ihm auf der Stirn. Seine Hände zitterten. Er war für das Telefonat glücklicherweise an den Straßenrand gefahren. Er riss die Autotür auf und übergab sich.

Inzwischen war er selbst sein bester Bax-Kunde. Die Nacht zuvor war der Hammer gewesen! Er hatte dieses Bordell besucht, in dem man ein Mal achtzig Dollar bezahlte und dann den ganzen Abend so oft ficken durfte, wie man konnte. Ron grinste in sich hinein. Er hatte die Damen alle gehabt. Einige sogar mehrfach. So einen Hengst wie ihn hatten sie dort noch nie erlebt.

Jedoch, so geil die Nacht gewesen war, so bitter war nun der Morgen: Entzugserscheinungen, Schüttelfrost, Erbrechen. Er fühlte sich wie durch die Mangel gedreht.

Ron suchte mit zitternden Fingern nach dem Bax in seiner Tasche. Er würde nur einen winzigen Krümel nehmen, um den Entzug zu dämpfen. In einer absolut minimalen Menge machte das Zeug auch nicht derartig scharf. Okay, mit einem Ständer musste er rechnen, aber das nahm er hin. Er schob sich einen kleinen Brocken Bax in den Mund, legte den Kopf auf das Lenkrad und wartete.

Als sein Schwanz erigierte, verzog sich der Dunst in seinem Schädel und der Brechreiz verschwand. Bald würde er

Geld haben und die Russen für immer los sein. Was für herrliche Aussichten! Er ließ den Motor an und fuhr in seine Wohnung um zu duschen.

Ron war zu früh in der Halle. Er nahm den verschlungenen Weg zu den unterirdischen Räumen und öffnete den Wandtresor. Er überlegte kurz, ob er die Formel kopieren sollte, aber entschied sich dagegen. Was wollte er mit dem Rezept ohne die Bacanars? Er musste sich auf sein Verhandlungsgeschick verlassen. Scheinbar hatte Pharmcoran seine Probe durchleuchtet und für tauglich befunden. Immerhin waren sie auf dem Weg zu ihm. Ron überlegte, welche Komponente sie wohl für lohnend hielten. Ach verdammt, was interessierte ihn das jetzt noch? Sie sollten zahlen! Und das war das Wichtigste.

Ron entfernte alle Verbindungen zwischen den Kompressoren, zog die Schläuche ab, so dass nur die einzelnen Geräte im Labor verblieben, denen kein offensichtlicher Zweck zugeordnet werden konnte. Sämtliche Kleinteile entsorgte er in den Müllcontainer des Nachbarbetriebes, nicht ohne vorher zu prüfen, ob ihn jemand beobachtete.

Bar saß mit Pok angespannt in dem kleinen Pförtnerhäuschen vor der Fabrikhalle, dessen Fenster sie mit Pappe und schwarzen Folien zugeklebt hatten. Eigentlich wollte er die am Tag zuvor installierten Kameras testen. Was er nun sah, erstaunte ihn.

»Jetzt schau dir das mal an, Pok«, grunzte Bar auf bacanisch. »Der Scheißkerl bricht die Zelte ab.«

Pok nickte. So viel verstand sogar er.

»Na, wollen wir mal sehen, wie die Show weitergeht.« Gebannt blickte Bar auf den Bildschirm, der acht Kamerabilder in kleinen Ausschnitten wiedergab.

Ein dunkler Volvo fuhr vor. Ihm entstiegen eine hübsche Blondine, ein bleicher Mann im Maßanzug und ein riesiger Kerl, ganz in hellem Wildleder. Bar runzelte die Stirn, als er diese Drei in das Gebäude kommen sah. Seine inneren Alarmglocken schrillten. Was waren das für Leute? Ein seltsames Gefühl machte sich in seinem Magen breit.

Leider hatte er auf die Überwachung des oberen Hallentrakts wenig Wert gelegt, und deshalb nur eine einzige Kamera dort installiert. Er sah nur Ausschnitte von dem, was sich nun darin abspielte.

»Verdammt! Pok, die Halle hat im Dach Oberlichter. Sieh zu, dass du da oben rauf kommst und die Sache beobachtest. Nimm dein Handy mit für eventuelle Fotos.«

»Warum denn ich?«, motzte Pok. »Geh doch selbst.«

Bar fletschte die Zähne und fuhr die Krallen aus. Pok fauchte unwillig, lief aber los.

Meodern, der das Treffen mit dem Bax-Dealer von oben absicherte, hatte recht bequem auf dem Hallendach gesessen. Er horchte. Irgendetwas tat sich am seitlichen Regenrohr der Halle. Das Rohr bebte und er hörte Kratz-Geräusche auf dem Metall. Da wollte jemand an dem Ding hochklettern! Und das war bestimmt keiner von ihnen!

Meo erhob sich leise und schlich an den Rand, wobei er die Oberlichter tunlichst mied. Bingo! Erst krallte sich eine klauenbewehrte Hand an die alte Dachpappe, dann folgte das gespannte Gesicht eines Bacanis, der sich auf das Hallendach schwingen wollte. Er schaffte es nicht einmal einen Blick auf das Dach zu erhaschen, da hatte Meodern ihn am Hals gepackt.

Meo fackelte nicht lange. Es durfte in der Situation keine Störung geben. Augenblicklich versetzte er seine Hand in Vibration und trennte das Haupt des Bacanis von seinem Körper. Das Blut spritzte, Meo wich ihm geschickt aus. Bevor der Kopf auf dem Dach aufschlagen konnte, hatte Meodern ihn mit der anderen Hand gepackt und aufgefangen. Leise legte er den Leichnam auf das Hallendach und ging sofort zurück auf seinen Beobachtungsposten. Ungeziefer brauchte eben einen tüchtigen Kammerjäger. Endlich konnte er wieder seinen Job machen.

Er beobachtete vorsichtig durch ein Oberlicht, wie sich Maureen, Patallia und der rothaarige Dealer in der Halle gegenüberstanden. Xanmeran hatte sich in den Hintergrund zurückgezogen.

Patallias Schrank gab nur wenig her, als er darin ein geeignetes Outfit für das Treffen suchte. Glücklicherweise hatte Aiden ihm seinerzeit einen langweiligen, aber für diese Gelegenheit passenden, Armani-Anzug gekauft. Er schritt, einen Metallkoffer in der Hand, in die Halle. Maureen war an seiner Seite. Xanmeran folgte ihnen in einigem Abstand – wie es sich für einen Leibwächter gehörte. In dem großen, verschmutzen Raum hatte der Bax-Produzent einen improvisierten Tisch aus zwei Holzböcken und einer Spanplatte aufgestellt.

Der rothaarige Kerl musterte den Koffer mit Wohlgefallen. Ein gutes Zeichen. Die Geldgeilheit stand ihm ins Gesicht geschrieben. Er schien einfach gestrickt und leicht zu durchschauen. Er reichte zuerst Maureen und dann ihm höflich die Hand. »Mister Martin?« Patallia nickte.

»Danke für Ihr Kommen. Wie ich sehe, hat Miss Silverman meine Grüße und die Probe überreicht.«

Patallia sah ihm forschend ins Gesicht. »Die Firma Pharmcoran hat mich dazu ermächtigt, mit Ihnen einen Handel wegen der Medikamentenformel abzuschließen. Allerdings sind noch einige Fragen offen. Zum Beispiel ob Sie Ihrerseits überhaupt autorisiert sind, die Formel zu verkaufen, Mister Bauer.«

»Natürlich«, beeilte sich der Mann zu sagen. »Ich bin derjenige, der sie entwickelt hat.«

»Können Sie das beweisen?«

Der Rothaarige zögerte und überlegte.

»Sie werden verstehen«, sagte Patallia sanft, »dass meine Zeit begrenzt ist. Haben Sie nun einen Nachweis oder nicht?«

Dem Kerl stand sein Unmut ins Gesicht geschrieben. »Wenn ich Ihnen mein Labor zeige, wird das als Beweis reichen?«

Patallia nickte. Das war sehr gut, denn er wollte so viel wie möglich erfahren.

Der Mann führte ihn und Maureen einen verschlungenen Weg in einige tiefer liegende Räume – Xanmeran folgte ihnen gemächlich.

»Hier haben Sie die Formel entwickelt?«, fragte Patallia und betrachtete das Bax-Labor. Er verstand genau, was sich ihm da präsentierte – bemerkte allerdings auch die fehlenden Verbindungsstücke zwischen den Geräten. »Wie ich sehe, bauen Sie bereits das Labor ab.«

Ron Bauer zog die buschigen Brauen zusammen. Xanmeran hinter ihm hatte die Wildlederjacke ausgezogen und ordentlich auf einen der Kompressoren gelegt. Er trug ein Muskelshirt darunter.

Der Bax-Dealer blickte irritiert zur Seite. »Sind Sie zufrieden?«

»Noch nicht ganz«, antwortete Patallia. »Wo ist Ihr Kompagnon?«

»Sie denken, ich habe einen Teilhaber? Wie kommen Sie denn auf so etwas?« Im selben Moment war Xanmeran bei ihm und setzte ihm ein Messer an die Kehle. Der Rothaarige erbleichte, wehrte sich aber nicht.

»Wir wissen«, sagte Patallia langsam, »dass Sie einen Partner haben. Die Formel ist nur ein Bruchteil des Ganzen.«

Der Drogenproduzent wurde noch bleicher. Pat sah ihm an, dass er panikartig überlegte, wie er der Situation entkommen konnte.

»*Durchsuche ihn nach Waffen, Xan!*« Patallias Instinkte schrien Alarm.

Ron Bauer machte eine Bewegung nach links. Ein Fehler! Xans Dermastrien umschlangen blitzschnell seine Hand, seinen Arm und seinen Hals. Xan hatte nur die Dermastrien der Arme benutzt, die nun unbedeckt schwarz-golden schillerten. Der Dealer keuchte und riss die Augen auf.

»Wo ist Ihr Partner?«, fragte Patallia eindringlich. »*Keine Säure, Xan!*« Er warf Xanmeran einen warnenden Blick zu.

»Ich weiß nicht was ...« Der Mann verdrehte die Augäpfel.

»Xan!«, brüllte Pat. Ron Bauer sank zuckend zu Boden.

Xanmeran zog blitzschnell die Dermastrien zurück. Seine Arme waren sofort wieder intakt. Rons Hals hatte lediglich eine zarte rosa Farbtönung.

»Ihr Götter!« Patallia stürzte zu dem Bax-Produzenten und riss ihm Jacke und Hemd vom Leib. Der Kerl hatte wirklich eine Waffe in einem Schulterhalfter getragen. Patallia legte seine Hände auf Rons Brustkorb und massierte sein Herz. »Herzinfarkt, Xan!«

Xan stand bestürzt und regungslos neben ihm.

»*Meo, hier läuft was schief!*« Während er Ron Luft in die Lungen blies und seinen Brustkorb rhythmisch presste, kontaktierte er Meodern telepathisch.

»*Allerdings! Habe hier oben eine Bacani-Leiche, Pat!*«

»*Was?*«, brüllten Patallia und Xanmeran gleichzeitig.

»*Komm auf keinen Fall mit dem Bacani in die Halle*«, zischte Xan.

Er gab seine Wiederbelebungsversuche auf. »*Er ist tot. Ich glaube, der Kerl hat etliches von der Droge intus. Scheint ein Abhängiger zu sein. Das plus Xans Angriff hat er nicht ausgehalten.*«

»*Pat, kümmere dich um Maureen, die bricht gleich zusammen.*« Xanmeran wollte auf sie zugehen, aber sie wich mit aufgerissenen Augen zurück an die Wand.

»*Nein, Xan!*«, blaffte Patallia. »*Ich bringe sie hier heraus. Meo, wo bist du?*«

»*Über dir auf der Halle.*«

»*Verschwinde und verdampfe den Bacani – komm dann sofort zurück.*«

»*Okay!*«

»Xan, kümmere dich um die Leiche des Dealers. Gib sie Meo, wenn er wieder hier ist. Durchsuche sie nach der Formel.«

Xanmeran nickte. »Mensch Pat, das tut mir so ...«

»Keine Zeit jetzt!« Patallia blickte die erstarrte Maureen an. »Das war natürlich nicht geplant. Der Mann ist ein Süchtiger und hat wahrscheinlich die Belastung nicht ausgehalten.«

Maureen deutete mit dem Finger auf Xanmeran. »Mörder!«, keuchte sie. »Elender Mörder!«

»Nein«, versuchte Pat sie zu beschwichtigen. »Er hatte einen Infarkt. Lassen Sie uns gehen, Maureen. Wir erledigen das hier.« Er näherte sich ihr langsam. Maureen sah ihn in Panik an. Das hatte so keinen Zweck. Sanft lächelnd legte Patallia eine Hand auf ihren Handrücken und verabreichte ihr ein Beruhigungsmittel. Augenblicklich verschleierten sich Maureens Augen.

»So ist es schon besser. Lassen Sie uns nun gehen.« Er legte einen Arm um sie und führte sie aus dem Labor.

Bar saß in dem Pförtnerhäuschen, starrte auf den Bildschirm – unfähig sich zu rühren. Alles, was er wusste, war, dass er soeben seinen Chemiker, sein Labor und auch die Bax-Formel an die Duocarns verloren hatte.

Ihr Götter, dachte er, die Krieger sind auf der Erde!

Trianora zog ihren Schleier tiefer, als sie das Windschiff bestieg, um ins Silentium zurückzufahren. Sie hatte ihren alten Vater auf dem östlichen Mond besucht. Er würde nicht mehr lange leben, das fühlte sie.

Nun war es höchste Zeit ins Silentium zurückzukehren. Immer wenn Ulquiorra allein im Labor war, machte sie sich Sorgen. Er war fanatisch geworden, seit Marschall Folderan ihrer Forschung seine Unterstützung zugesagt hatte. Das war nun schon eine ganze Weile her. Inzwischen hatte sich die politische Situation geändert und sie bekamen keine Förderung mehr, was Ulquiorras Eifer die Anomalie zu rekonstruieren, nicht geschmälert hatte. Folderan war offiziell weiterhin der Marschall von Duonalia. Trianora hatte den Eindruck, dass er nur noch die vorgeschobene Puppe der Bacanis war, die inzwischen die Regentschaft an sich gerissen hatten. Die Bacanis legten keinerlei Wert auf Ulquiorras Forschung – im Gegenteil. Die verhassten Parasiten wollten ihre Erzfeinde nicht wieder auf den Planeten haben. Würden sie von Ulquiorras Bemühungen erfahren, gerieten sie beide in Gefahr.

Trianora kümmerte sich aufopfernd um Ulquiorra. Hätte sie nicht die ganze Zeit darauf geachtet, dass er wenigstens gelegentlich etwas aß – da war sie sich sicher – er wäre bereits verhungert.

Trianora seufzte und musterte unter ihrem Schleier die Mitfahrenden. So viele Bacanis! Früher sah man kaum welche auf den Windschiffen. Inzwischen breiteten sie sich aus wie ein Virus. Nur wenige Duonalier wohnten weiterhin auf dem Land. Dort war nun das Revier der Bacani-Rudel. Die Duonalier hatten sich fast völlig von den Monden zurückgezogen und produzierten nur noch so viel Dona wie unbedingt nötig. Unzählige Nahrungskondensatoren waren der Zerstörungswut der Bacanis zum Opfer gefallen, die ihnen so die Lebensgrundlage nehmen wollten. Zusätzlich dezimierten sie die kampfunfähigen Einheimischen weiter, indem sie diese ihrer Energien beraubten.

Mit den Duocarns waren alle ihre kriegerischen Gene vom Planeten verschwunden. Nur Ulquiorra besaß, als Sohn des Kriegers Xanmeran, noch einige davon. Diesen Kampfgeist setzte er zu einem alleinigen Ziel ein: seinen Vater zu finden.

Trianora glitt vom Windschiff. Sie nahm ein Transportband zum Silentium. Man hatte sie in die hinterste Ecke des großen Bauwerks verbannt, worüber Trianora gar nicht böse war, hieß es doch, dass sie unbehelligt blieben. Sie schritt durch die langen, weißen Flure des Silentiums und öffnete die Tür zum Labor. Irgendetwas stimmte nicht. Das Surren und Brummen der üblichen Geräte war verstummt. Totenstille herrschte.

»Ulquiorra?« Beunruhigt drückte sie die Tür zum Hauptlabor auf. Der größere Laborbereich hatte eine abgeteilte Isolationsecke mit dicker, durchscheinender Materialpolsterung. Dort konnte sie schemenhaft Ulquiorras Gestalt erkennen. Er stand an einen der Simulationscomputer gelehnt. »Ulquiorra?« Sie war nicht fähig, die Angst in ihrer Stimme zu dämpfen.

»Triasan?«, fragte er undeutlich. »Triasan, ich habe es geschafft!« Sie sah seinen schlanken, verschwommenen Leib beben.

»Was ist passiert?«

»Ich habe die Anomalie rekonstruiert. Ich weiß jetzt, was gefehlt hat: meine Energie, Trianora! Meine eigene Kraft!«

»Ihr Götter! Was hast du getan?«

Schleppend kam er aus dem Isolationsbereich. »Ich habe die Anomalie geschaffen. Sie war nur groß wie ein Kindskopf, aber sie war da.« Er trat vor – die bleiche Brust entblößt, der Oberkörper golden strahlend.

Trianora starrte ihn fassungslos an.

»Die Anomalie ist gewaltig, Triasan«, flüsterte er leise und wankte. »Ich wusste nicht **wie** mächtig und habe sie leider zu früh berührt.« Er ging langsam zu Boden – wollte sich an einem Labortisch festhalten, aber konnte es nicht.

Trianora stieß einen schrillen Schreckensschrei aus. Ulquiorra besaß am linken Arm nur noch einen Stumpf. Die Anomalie hatte ihm die Hand fortgerissen ins Universum.

Aidens Zustand war unverändert. Das Kind wimmerte und Solutosan war hilflos. Auch Streicheln nützte nichts. Er überlegte fieberhaft. Was tat ihm gut, wenn es ihm schlecht ging? Er sah auf die langsam im Meer untergehende Sonne. »Ich glaube, ich weiß, wie ich der Kleinen helfen kann.

Komm mit!« Solutosan half Aiden aufzustehen. »Zieh einen Badeanzug an.«

»Baden? Jetzt?« Aiden blickte entsetzt auf das graue Meer. »Das hat höchstens fünfzehn Grad.«

»Du musst dich warm schwimmen, Aiden. Lass es uns doch wenigstens versuchen.«

Die Frau nickte tapfer. Sie streifte einen Badeanzug über, der sich über ihrem Bauch enorm dehnte, und zog dann einen dicken Bademantel darüber. Sie lief an Solutosans Hand aus dem Haus und zum Strand. Die rote Sonne war soeben hinter den grauen Horizont getaucht und hatte die wenige, verbliebene Wärme des Sandes mitgenommen. Fröstelnd tauchte Aiden einen Fuß in die kleinen Brandungswellen.

Solutosan hatte sich seiner Kleidung entledigt und die Sternenstaub-Schicht verdickt. Er half ihr aus dem Bademantel und führte sie vorsichtig weiter ins Meer. Das Wasser stieg ihr bis an den Bauchnabel.

»Ich glaube, es hilft«, flüsterte sie tapfer, aber ihre Zähne klapperten aufeinander.

Solutosan nahm sie auf die Arme und trug sie langsam tiefer in die schäumende Flut. Sie entspannte sich in seinem Arm, ließ sich treiben. Löste sich von ihm und schwamm, um sich aufzuwärmen.

»Daddy?«

»Ja, Kleines?«

»Was macht Mama da?«

»Sie badet im Meerwasser.«

»So fühlt sich das Meer an?« Die Kleine staunte. »Das ist wunderbar!« Sie lachte und Solutosan merkte, wie sich das Sternenkind entkrampfte. Sein Handy, das er am Ufer gelassen hatte, klingelte. Er spürte, dass es dringend war. Langsam stapfte er Richtung Strand zurück, ließ jedoch Aiden nicht aus den Augen.

Er nahm das Handy und sah auf das Display. Meo. »Ja?«

»Wir haben die Formel und das Labor, Solutosan, aber leider ist der Bax-Dealer tot und Maureen hat Xanmerans Dermastrien in Aktion gesehen. Auch wollte uns ein Bacani bei dem Treffen überraschen. Ich habe ihn erledigt. Was sollen wir mit dem Zeug aus der Halle machen?«

Solutosan hörte konzentriert zu. »Beim Vraan! Nein, erzähle die Details nachher. Werdet die Leichen los! Meo, komm den Pick-Up holen und ladet sofort das ganze Equipment auf. Wenn wir es nicht machen, tun es die Bacanis. Xan hilft dir. Soll ich euch noch Terv schicken?«

»Nein, das wird nicht nötig sein. Das schaffen wir alleine.«

»Okay. Bis nachher.« Er beendete das Gespräch, warf das Handy auf seine Kleider und raufte sich mit beiden Händen das Haar. Sie hatten den Bacanis eine empfindliche Schlappe verpasst, aber zum einen war der Chemiker tot und zum anderen war ein Mensch Zeuge von Xanmerans Aktion geworden. Der tote Bacani interessierte ihn nicht weiter.

Er sah zu Aiden, die noch glücklich im Wasser schwamm, und kontaktierte das Sternenkind. Keine Antwort. Das war gut – es war eingeschlafen. »Du kannst herauskommen. Die Kleine schläft.« Er nahm den Bademantel, half der zitternden Aiden aus dem Fluten und wickelte sie warm ein. Erst Aidens Blick in seine tieferen Regionen brachte ihm zu Bewusstsein, dass er selbst immer noch nackt war. Er versuchte ihren Blick zu deuten. Sie sollte ihn nicht so ansehen. Sein sexuelles Interesse war komplett erloschen. Er machte sich nur Sorgen um sie und das Sternenkind.

Aiden sah die letzten Wochen ständig müde aus. Sie war im sechsten Monat. Für ein humanoides Kind allemal zu früh, um auf die Welt zu kommen. Aber das Baby war nur zur Hälfte menschlich. Was, wenn es Aiden schaden würde? Er überlegte, während er mit ihr ins Haus zurückging. Die Kleine besaß Sternenstaub. Und sie hatte voraussichtlich keine Kontrolle über ihn. War es möglich, dem Kind den Umgang mit dieser Waffe beizubringen? Nein, dachte er, denn sie konnte im ungeborenen Zustand keinerlei Versuche machen. Er wollte überhaupt nicht daran denken. Solutosan brachte Aiden in ihr Zimmer, zog sich an und ging ins Labor, um auf Patallia zu warten.

Der kam mit der etwas schläfrig wirkenden Maureen im

Schlepptau.

»Hallo Maureen«, grüßte Solutosan freundlich. »Erinnern Sie sich noch an mich?«

»Natürlich«, nuschelte Maureen, »der sexy Chef.«

»Ich hoffe, Sie haben sich nicht erschreckt. Wie ich hörte, hatte der Mann mit der Formel einen Herzinfarkt.«

Die blonde Frau hob den Kopf. »Nein!« Sie schrie es fast. »Es war der mit der Peitsche! Mit der roten Peitsche! Der Indianer! Xanmeran!«

Ihr Götter, dachte Solutosan. Immerhin hatte sie seine Dermastrien als Schlagwerkzeuge wahrgenommen – etwas sehr irdisches. Es bestand noch Hoffnung.

»Ist das in Ordnung, wenn **ich** das mit Xan kläre?«

Maureen blickte starr vor sich hin. Dann nickte sie. »Ich will jetzt nach Hause.«

»Ich fahre sie.« Patallia erhob sich.

»*Okay, bitte nimm den Porsche und komm sofort wieder*«, befahl Solutosan telepathisch. »*Die Jungs räumen mit dem Volvo und dem Pick-Up bereits die Halle.*« Irgendwie war das ein beschissener Tag – daran änderte auch der Sieg über die Bacanis nichts.

Pat und Maureen waren mit dem Porsche verschwunden, als Meo und Xanmeran mit den ersten Laborteilen ankamen und in die Garage fuhren. Sie stapelten die Sachen in eine Ecke. Solutosan hatte sich inzwischen beruhigt und gesammelt.

»*Tja*«, grinste Meo. »*Jetzt können wir auch Bax herstellen.*«

»*Den Teufel werden wir*«, blaffte Solutosan.

Meo kicherte. Genau diese Antwort hatte er offensichtlich erwartet.

Solutosan wandte sich an Xan. »*Muss mit dir reden, wenn ihr gleich wieder da seid. Räumt erst mal die Halle ganz leer.*« Xanmeran nickte mit zerknirschter Miene.

Pat fuhr den Porsche in die Garage und folgte ihm ins Labor.

»*Alles in allem gute Arbeit*«, lobte Solutosan ihn.

Patallia wiegte leicht zweifelnd den Kopf. »*Na ja, bis auf den kleinen Unfall. Meiner Meinung nach war der Typ ein Bax-Süchtiger. Er hatte sein Herz offensichtlich etwas zu viel mit dem Zeug strapaziert. Dazu kam, dass er eine Waffe ziehen wollte. Xan musste ihn bremsen. Er hatte nur zwei Möglichkeiten: die Kehle durchschneiden oder die Dermastrien. Wie ich an der Hautfärbung gesehen habe, hat er nur wenig Säure eingesetzt. Es muss dem Kerl nur ein bisschen am Hals gebrannt haben. Ich für meinen Teil war froh, dass er das gemacht hat.*«

Solutosan nickte. »*Ich denke, wir haben Glück. Maureen erzählt etwas von einer roten Peitsche. Lassen wir sie in dem Glauben.*« Er räusperte sich, erhob sich von dem niedrigen Drehstuhl, auf dem er gesessen hatte, und begann im Raum umherzuwandern.

»*Was ist noch?*« Patallia schaute interessiert.

»*Aiden!*«

Pats Gesicht verfinsterte sich augenblicklich. »*Hast du inzwischen verstanden, was auf uns zukommt? Der Sternenstaub wird ein riesiges Problem sein. Ich kann ihn der Kleinen bis zu einem gewissen Prozentsatz herausziehen, aber sie bildet ihn ja sofort neu. Unter Garantie hat sie das Fruchtwasser bereits damit überschwemmt. Ich weiß nicht, was passiert, wenn sie sich zu sehr eingeengt fühlt.*«

»*Können wir ihren Geist auf irgendeine Weise bis zur Geburt ruhigstellen?*«

»*Ihr Götter! Solutosan! Dann fehlt ihr massig geistige Entwicklung! Was möchtest du für eine Tochter haben?*«

»*Eine Lebendige*«, knirschte Solutosan. »*Und eine lebende Frau.*« Sie starrten sich an.

Meo und Xan traten ins Labor. »*Alles erledigt. Die Halle ist jungfräulich und die organische Masse atomisiert.*«

»*Danke, Freunde.*« Solutosan wandte sich an Xanmeran. »*Habe eben von Patallia gehört, wie die Geschichte abgelaufen ist. Du hast richtig reagiert. Maureen denkt, du hättest eine rote Peitsche.*«

Meo wieherte.

»Da gibt es nichts zu lachen«, grollte Xan. »Ich habe sie zu Tode erschreckt. Ich werde das wieder gutmachen.«

»Okay, mach das.« Solutosan erhob sich. »Ich muss jetzt allein sein.« Er verließ das Labor. Er spürte die verblüfften Blicke der anderen Männer in seinem Rücken. Diesen Satz hatte er in all den gemeinsamen Äonen noch nie zu ihnen gesagt.

Solutosan lief wie betäubt aus dem Haus und zurück zum dunklen Strand. Er zog die Schuhe aus, setzte sich und grub die Füße in den kalten Sand. Sein Gehirn arbeitete auf Hochtouren. Er überlegte, wie er das fast Unabänderliche doch noch abwenden konnte.

Patallia musste die Kleine aus Aidens Bauch holen, bevor sie diese verletzten konnte, denn inzwischen war sich Solutosan sicher, sie würde es tun. Besonders Patallias Verhalten machte ihn nachdenklich. Der Mediziner war normalerweise immer positiv und zuversichtlich. Was das Sternenkind anging, war er es nicht.

Wie hatte ihm ein solcher Fehler passieren können? Er hatte sein Sperma überprüft und als harmlos eingestuft – aber jeder Bauer wusste, dass aus einer Kopulation Nachwuchs entstehen konnte. Eine Kompatibilität zwischen Mensch und Duonalier war ihm einfach als absolut unwahrscheinlich erschienen.

Er hatte die unbekannte Größe der göttlichen Fügung nicht mit einkalkuliert, die Aiden und ihm eine Seele geschickt hatte. Solutosan dachte an die Nacht in Vancouver mit Lady am Meer. Dass er sich nicht mehr richtig im Detail an diesen Abend erinnern konnte, verunsicherte ihn. In dieser Nacht war das Sternenkind entstanden. Sollte Aiden nun etwas aus seinem Versäumnis zustoßen – er würde es sich nie verzeihen. Was konnte er in dieser Situation überhaupt noch tun?

Ich werde ihr einen Namen geben, dachte Solutosan.

Dann kann ich sie besser ansprechen, wenn es so weit ist. Ihm gefiel Halia. Ob seinen beiden Frauen der Name gefallen würde? Er stützte den Kopf in die Hände. Er war ein Versager. Es war so armselig, dass er nichts anderes tun konnte.

Solutosan nahm ihn wahr, noch bevor Chrom das Wort an ihn richten konnte. »Setz dich«, bat er leise. Der Bacani hockte sich neben ihn in den Sand. »*Was gibt's?*« Er fühlte, dass Chroms Anliegen wichtig war.

»*Wir werden ausziehen*«, sagte Chrom offen. »*Psal, Frran, Pan und ich. Wir möchten gern eine Tierklinik oder Tierheim eröffnen.*«

»*Wollt ihr in Vancouver bleiben?*«

»*Ja, uns gefällt es hier.*«

»*Ich verstehe dich. Dieser Kampf ist nicht mehr der Deine. Viel wichtiger ist, dass du jetzt dein Rudel schützt und ernährst.*«

Chrom blickte ihn erstaunt von der Seite an. Er hatte offensichtlich nicht mit so wenig Widerstand gerechnet, aber Solutosan war zu frustriert, um seinem Navigator den Entschluss auszureden. Dass die befreundeten Bacanis das Weite suchten, passte zu der verfahrenen Situation. »*Wenn du mich brauchst, bin ich sofort da*«, versprach Chrom.

»*Komm morgen zu mir. Der nächste Platin-Deal ist sowieso fällig. Mach ihn und behalte das Geld.*«

Chrom schluckte. »*Das ist sehr großzügig! Ich danke dir*«, stieß er hervor.

Solutosan stand auf. »*Lass uns gehen.*«

Xan konnte nicht schlafen. Immer wieder dämmerte er sanft ein und erwachte mit einem Ruck. Unruhe plagte ihn. Er blickte auf sein Handy. Beim Vraan, sechs Uhr! Er reckte die steifen Glieder, streifte einen Jogginganzug über und tigerte zum Garagentor, in das er seinen Code eingab. Obwohl Sommer, empfing ihn das Meer mit einem kalten, grauen Atem. Das war ihm recht.

Er lief zum Strand, kurz bis vor die Dünung und dann an ihr entlang. Er rannte am Country-Club vorbei bis hin zur Spitze der Landzunge. Schwer atmend ließ er sich in den Sand fallen.

Für Meodern wäre die Strecke nur ein Augenzwinkern gewesen. Er hatte nie hinterfragt, wie dieser sich eigentlich auf der Erde fühlte. Als seltene Hybriden waren sie durch ihre Unsterblichkeit immer auf sich allein gestellt – es sei denn, sie schlossen sich zusammen, wie bei den Duocarns. Niemals wäre einer der Krieger auf den Gedanken gekommen, sich innerhalb dieser Gemeinschaft einen Partner zu suchen. Am wenigsten die Hetero-Männer.

Xanmeran dachte an Maureen. Er fand sie anziehend. Eine Kämpferin auf der einen, aber ein schwaches Weib auf der anderen Seite. Er wollte gern noch mehr von der sensiblen Frau sehen – so wie letztens an dem Lagerfeuer am Strand. Da war sie nachdenklich und besinnlich gewesen.

Na super, tadelte seine innere Stimme ihn. Hattest du das Thema schwache Frau nicht schon mal? Und was ist daraus geworden?

Wie immer versuchte er den Namen Tarania in seinem Kopf zu verdrängen. Seine Ehefrau auf Duonalia, die er so schwer verletzt hatte. Seit so langer Zeit lebte er bereits mit dieser Schuld.

Xan erhob sich und rannte zurück Richtung Seafair. Er hatte alles versucht, um diesen Schmerz in den Griff zu bekommen – hatte gehungert, gekämpft, bis ihm die Dermastrien vom Leib hingen und sich fast nicht mehr fügen wollten, hatte seinerseits Blutbäder verursacht. Er konnte nicht sterben und Schuld und Pein waren geblieben.

Er dachte wieder an Maureen. Jetzt fürchtete sie sich vor ihm, hielt ihn für einen Mörder. Ihr Götter, er war ja auch einer. Und er war jemand, der unschuldige Frauen verletzte. Ob Maureen sich denn überhaupt zu ihm hingezogen fühlte? Sie hatte Solutosan angehimmelt.

Xanmeran kam vor dem Hauptquartier an, riss sich den Jogginganzug vom Leib und rannte ins Meer. Die Gischt spritzte. Vielleicht konnte er versuchen sich zu ertränken? Er tauchte ab, atmete das salzige Wasser ein. Er wartete. Nichts passierte. Es war nur ein bisschen ungewohnt, Flüssigkeit in den Lungen zu haben. Er stieg den Strand hinauf, mit der Ausatmung kam das Salzwasser aus seinem Mund und das Organ füllte sich ganz normal mit Luft. Er musste lediglich ein wenig husten. Beim Vraan, das klappte auch nicht. Xan beschloss, sich der Problematik mit Maureen zu stellen. Am Abend würde er erst einmal ins Dojo gehen um an dem Anfängerkurs teilzunehmen.

Der dünne, blonde Junge nickte. »Klar, ich bin auch im Anfängerkurs!« Stolz sah der Kleine an seinem weißen, aus einer weiten Hose und Jacke bestehenden, Karateanzug herunter. »Suchst du Maureen? Die ist noch nicht da!«

»Nein, ich will bei dem Kurs mitmachen.«

»Du?!« Der Junge lachte ungläubig und zeigte seine riesige Zahnlücke.

Er packte Xans große, rote Hand und zog ihn in den Trainingsraum, den Xan ja schon sehr gut kannte. »Hey Leute«, brüllte er. »Ich hab hier noch einen Anfänger für unseren Kurs!« Die raufende und balgende Horde Kinder hielt inne – dann lachten alle laut.

»Hey, hey«, beschwichtigte Xanmeran sie. »Jeder hat mal angefangen!« Die Kids hörten auf zu lachen. Das stimmte wohl.

Es war offensichtlich selten, dass sich ein Erwachsener dem Kinderkurs anschloss. Xanmeran setzte sich auf eine der schmalen Bänke, die die Halle säumten.

Der Blonde blieb mit seiner Fragerei am Ball. Er hüpfte auf die Bank und betrachtete Xans massive Halsmuskulatur unter seinem engen Shirt. »Bist du ein Bodybuilder?«

Xan nickte. »Aber Stärke allein hat mich bisher noch

nicht weiter gebracht. Mit Karate kann man mich fertigmachen.«

»Boah!« Der Junge staunte. »Echt?« Er sah wohl plötzlich ungeahnte Möglichkeiten in seinem Sport. Die anderen Kids kamen neugierig näher.

»Den kann man mit Karate flach legen«, prahlte der kleine Blonde mit seinem Wissen. Allgemeines Erstaunen spiegelte sich in den kugelrunden Kinderaugen. Der nächste Junge hüpfte auf seine Bank, dann noch einer. Alle wollten ihn betrachten. Einer hatte sogar den Mut seinen Halsmuskel anzufassen. Xan knurrte. Das fanden die Kinder herrlich.

Als Maureen in ihrem Karateanzug die Halle betrat, betrachtete sie mit großen, verwunderten Augen die sich ihr bietende Szene: Der komplette Anfängerkurs turnte auf Xanmeran herum, während er ruhig und gelassen auf der Bank saß.

»Was machst du hier?«, fuhr Maureen ihn an. Sie hatte ihr hartes Urteil über ihn offenbar noch nicht revidiert.

»Du hattest versprochen mir Karate beizubringen – schon vergessen?« Er blickte sie von unten an und lächelte spitzbübisch.

»Au ja! Au ja!«, schrien die Kids und erwarteten eine ungeheuer aufregende Unterrichtsstunde.

»Nichts da!«, brüllte Maureen. »Aufstellen, wie immer!« Die Kinder gehorchten.

Xan stand ebenfalls auf und stellte sich ans Ende der Reihe. »Zieh dir wenigstens einen Anzug an«, knurrte Maureen.

Er nickte und verschwand. Er würde sich nicht abschütteln lassen. Jetzt war er bockig. Glücklicherweise fand er in einer Holzkiste einen Karateanzug in seiner Größe. Er zog ihn an und kehrte in die Halle zurück.

Da er mit den Kleinen keine Übungen machen konnte,

saß er die meiste Zeit im Schneidersitz auf der Matte und prägte sich ein, was Maureen den Kids erzählte. Er beschloss, die Bewegungsabläufe zu Hause mit Meo auszuprobieren. Xan betrachtete Maureen, deren hübsches Gesicht vor Konzentration glühte. Gelegentlich richtete sie ihre braunen Augen auf ihn, ignorierte ihn aber die meiste Zeit. Die Stunde war vorüber. Alle, auch Xanmeran, verbeugten sich. Maureen ließ ihn einfach stehen und ging sich umziehen. Sie hatte ihn also auf „ignore" gesetzt. Das wird ihr nichts nützen, dachte er trotzig.

Die Wochen vergingen und Xan erschien immer pünktlich ein Mal wöchentlich zum Kinderkurs. Die Jungs hatten sich inzwischen an ihn gewöhnt.

Maureen stand in der Hallenmitte und versuchte einen Schulterwurf zu erklären. Die Kids kapierten es einfach nicht. Maureen verzweifelte allmählich. Zum ersten Mal richtete sie das Wort an Xan. »Hast du das verstanden?« Xanmeran nickte. »Dann komm her und zeige es.« Sie winkte ungeduldig mit der Hand. »Aber langsam, damit sie es sehen können.«

Sie baute sich vor ihm auf und verbeugte sich. Er tat es ihr gleich. Die Kinder waren augenblicklich mucksmäuschenstill und hielten die Luft an. Er trat näher an sie heran, schnappte sie und warf sie, wie von ihr gefordert, über die Schulter auf die Matte. Maureen sprang hoch. »Du hast die Schulter zu weit gedreht! Noch einmal!« Er umkreiste sie federnd, packte sie wieder und schleuderte sie auf den Rücken. »Genau so!«

Die Kinder jubelten. Ihre Lehrerin auf dem Rücken liegen zu sehen, war doch mal etwas ganz Neues.

Xan verbeugte sich mit regungslosem Gesicht und nahm wieder Platz. Er war zu viel Profi, um sich anmerken zu lassen, wie ihn diese Übung mit ihr gefreut hatte. Maureen setzte den Unterricht unbeeindruckt fort.

Der Herbst hatte inzwischen Einzug in Vancouver gehalten. Die Bäume flammten in allen Farben und die fahle Sonne verabschiedete sich früh.

Maureen betrat das Dojo. Sie hatte sich daran gewöhnt, Xan an diesem Tag in der Woche dort vorzufinden. Sie sah kurz in die Halle und stutzte. Xanmeran, in seinem weißen Karateanzug, putzte die Hallenfenster, während der kleine Steven ihm den Eimer hinterher trug. Maureen fiel die Kinnlade herunter. Sie war sprachlos.

Er sah ihren Blick und grinste. »Bin da nicht sonderlich gut drin«, meinte er, »aber langsam wird die Schmutz-schicht zu dick.« Er schwenkte einen fast schwarzen Lappen.

Es zuckte um Maureens Mundwinkel, dann musste sie laut lachen. Ob er doch kein Mörder war, und es stimmte, was Patallia vom Geheimdienst ihr gesagt hatte? Vielleicht sollte sie einmal mit ihm über die Sache sprechen.

Am Ende des Unterrichts rief sie ihn zu sich. »Ich glaube, wir haben Redebedarf.«

Xanmeran nickte. »Jederzeit. – Beim Abendessen?«

Maureen ging im Geist die ihr bekannten Restaurants durch. Sie zögerte. »Picknick am Strand? Oder zu kalt?« Nein, das war eine gute Lösung. »Okay, treffen wir uns an der alten Stelle in Seafair um acht.«

Er nickte wieder und lief in den Umkleideraum um sich umzuziehen.

Sie war pünktlich. Xan hatte einen Wall aus Sand geschau-felt, um den starken Wind zu brechen und das Feuer zu schützen. Er sah ihr entgegen. Maureen hatte sich in einem Parka gut vermummt und stapfte in Gummistiefeln auf ihn zu. Sie entdeckte das auf einer Decke angeordnete Essen.

»Himmel! Hast du das Restaurant leer gekauft?«

»Ich wusste nicht, was du magst«, bekannte er.

Maureen kniete sich auf die Unterlage und schaute in jede der Warmhaltetüten und roch daran. »Alles!«, meinte sie und lächelte.

»Gut!« Er setzte sich im Schneidersitz auf die Decke. Sein rotes Gesicht mit den scharf geschnittenen Wangenknochen leuchtete im Feuerschein wie das eines Teufels. Er schlug die Augen nieder, was den Eindruck entschärfte.

»Du willst bestimmt mit mir über den Vorfall in der Halle sprechen.« Maureen schluckte und griff nach einer Tüte. Sie nahm sich ein Paar Ess-Stäbchen, die sie auseinanderbrach.

»Ich höre.« Sie begann zu essen.

»Ich war an dem Tag euer Leibwächter und musste so agieren. Ron hatte in der linken Tasche eine Smith & Wesson. Ich musste ihn daran hindern, sie zu ziehen.«

»Und deshalb hast du eine Peitsche benutzt?«

Er nickte. »Damit konnte ich ihn festhalten. Patallia hat ihn untersucht – er ist definitiv an einem Herzinfarkt gestorben.«

»Ich dachte, er wäre Anwalt«, warf sie ein.

»Nein, Patallia ist Mediziner. Er war wegen seines Aussehens für den Job am besten geeignet. – Mir hätte man den Juristen ja wohl kaum abgekauft.« Xanmeran grinste schief. Er fuhr fort. »Patallia hat festgestellt, dass der Kerl von der roten Droge selbst etliches intus hatte.«

Maureen schaute ihn bestürzt an. »Ach du meine Güte! Smu hat es genommen. Es ist ein Teufelszeug!«

»Patallia nimmt an, dass sein Herz die Belastung nicht ausgehalten hat. Tatsache ist, dass ich ihn nicht umgebracht habe.«

»Ich habe das geglaubt«, stieß sie hervor. »Es tut mir leid.«

Xanmeran nahm seinen Becher und schob den Strohhalm zwischen die Zähne. »Möchtest du nichts essen?« Er schüttelte den Kopf.

Maureen betrachtete die vielen Tüten »Puh!« Sie war

eigentlich schon satt. »Was ist denn in deinem Becher?«

»Kefir.«

»Hast du noch mehr davon?«

Xan riss die Augen auf. »Jetzt sag nicht, du magst den?«

»Na klar, strahlte sie, »Kefir und Joghurt sind meine Grundnahrungsmittel!«

Xanmeran klappte den Mund wieder zu. »Cool!« Er reichte ihr seinen Pappbecher. »Ich habe für dich Cola und Wein gekauft. Sorry, ich lag wohl völlig daneben.« Er legte sich auf die Decke und stürzte den blanken Schädel in seine rote Hand. »Danke noch mal, dass du mir trotz deines Verdachts Unterricht gegeben hast. Ich habe schon einiges mit meinem Freund geübt. Es hat uns wirklich etwas gebracht.«

Sie sah ihn nachdenklich an, nahm nach einem kurzen Zögern den Strohhalm ebenfalls in den Mund und trank einen Schluck Kefir. Er hatte das, was sie ihm beigebracht hatte, zu Hause umgesetzt.

»Ich würde das gern sehen.«

»Jetzt?« Er überlegte. »Ich weiß nicht, ob mein Sparringspartner im Moment fit dafür ist, aber ich kann ihn fragen.« Er hielt einen Augenblick inne. »Das geht klar«, bestätigte er. Sie runzelte die Stirn. Wie hatte er das denn so schnell gecheckt?

»Ich wohne dort drüben«. Er zeigte auf ein großes, langgestrecktes Gebäude nahe am Strand.

»Oh! Geniale Lage!«

»Ja.« Er federte hoch und streckte ihr die Hand hin. Maureen ignorierte sie. Das mit der Hand kannte sie nun schon. Im Dämmerlicht lief er vor ihr her zum Haus.

Verdammt, er war wirklich beeindruckend. Die breiten Schultern, die schmalen Lenden und kein Gramm Fett zu viel. Reiß dich zusammen, Maureen, dachte sie.

Er gab an der Garage einen Code ein, und das Tor schwang auf. In dem großen Raum parkte eine beachtliche Autoflotte.

»Sind das deine?«

»Nein. Ich benutze meistens den Volvo.« Er führte sie einen Gang entlang, von dem mehrere Türen abzweigten, und öffnete eine Flügeltür. Die Trainingshalle bot alles, was ein Sportlerherz begehrte. Von den neusten Geräten bis zu einem mit Matten ausgelegten Bereich.

»Ich habe meinem Freund Bescheid gesagt. Er kommt gleich.«

Seinem Freund, dachte Maureen. Mit dem lebt er wohl zusammen. Ob er schwul ist?

Ein großer, blonder Mann betrat den Raum. Er trug bereits einen Karateanzug. »Wir kennen uns noch nicht«, informierte er sie zur Begrüßung. »Ich bin Meodern. Ich war der zweite Bodyguard letztens bei dem Hallen-Event.« Er sagte das so, als hätten sie das Konzert einer Boy-Band besucht.

Sein Anblick verschlug Maureen die Sprache. Wieso sahen diese ganzen Geheimdienst-Typen aus wie Models? Seine Haut leuchtete zart golden. Seine grünen Augen glitzerten herausfordernd. Wohl nicht so riesig wie Xanmeran, war sein Körper doch ebenfalls sportlich und trainiert.

Er grinste, sich seiner Ausstrahlung voll bewusst. »Na, dann wollen wir mal deiner Lehrerin zeigen, was wir bereits gelernt haben.«

Xan hatte sich inzwischen umgezogen. Die beiden verbeugten sich voreinander und begannen sich zu umkreisen. Maureen lehnte sich an eine Wand und schaute gebannt zu. Zum ersten Mal sah sie einen Kampf wie diesen – ihr geliebter Kampfsport ausgeführt von brachialer Männlichkeit. Die Männer führten die Bewegungen weitgehend fehlerfrei aus. Xan hatte in Meodern einen gleichwertigen Gegner, den er richtig heftig auf die Matte krachen lassen konnte. Sie bewegten sich fließend wie Raubtiere – wie ein roter Panther und ein goldener Leopard. Sie schenkten sich nichts.

Maureen starrte, begriff aber sehr schnell, wo es bei den beiden noch haperte. Etliche wichtige Karategriffe fehlten. Ein bisschen bereute Maureen es nun doch, Xan in die Kindergruppe gesteckt zu haben. Xan und Meodern verneigten sich wieder und sahen sie erwartungsvoll an. Maureen nickte anerkennend.

Aus den Augenwinkeln sah sie, dass sich die Hallentür geöffnet hatte und zwei fremde Männer an der Wand lehnten. Sie hatten den Kampf ebenfalls gespannt beobachtet.

»Wir wollten nicht stören«, lächelte einer der beiden. Maureen blieb der Mund offen stehen. In was für ein Haus war sie da geraten? Auch er war atemberaubend schön mit sanfter, milchweißer Haut und einer weiß-silbernen Löwenmähne. Der dunkelhaarige, blauäugige Mann an seiner Seite lächelte freundlich.

»Wir wollten eine Kleinigkeit essen gehen. Kommt jemand mit?« Jetzt erst fiel sein Blick auf sie. »Hallo, ich bin Tervenarius – das ist David«, stellte er den Mann neben sich vor.

»Ich komme mit«, ließ Meodern vernehmen. »Lass dir noch mehr erklären, Xan.« Er zwinkerte Maureen zu. Gemeinsam verließen die Drei den Trainingsraum.

»Und?«, fragte Xan. »Viele Fehler?«

»Nein.« Sie legte den Parka ab und strich ihren dicken Pulli glatt. »Wenn du hier diese Bewegung machst«, sie hob den Arm. »Ach, verdammt, ich zeige es dir!« Sie zog den Pullover aus und stand in ihrem schwarzen Shirt vor ihm.

Er griff zu, nahm ihren Arm und drehte ihn über seine massive Schulter.

»Ah! Zu fest!« Maureen hielt sich das schmerzende Schultergelenk. Sie versuchte den Arm zu bewegen, was nur mit Mühe gelang. »Verdammt, musst du so grob zupacken?«

Die Bestürzung stand ihm ins Gesicht geschrieben. »Beim Vraan! Das tut mir wirklich leid. Du musst das untersuchen lassen. Wir haben doch Patallia im Haus.«

Maureen erinnerte sich, dass der Weißhäutige ja kein Anwalt, sondern Mediziner war. »Um diese Uhrzeit?«

»Er arbeitet gern nachts. Komm mit!« Er nahm sie an der Hand des unverletzten Armes.

Xanmeran führte sie zwei Türen weiter. Er klopfte und trat ein. Patallia begrüßte sie. Etwas irritiert sah sie in seine silbern-violetten Augen. Hatte er nicht blaue gehabt? Aber der Schmerz hatte nun Vorrang.

»Ähm, ihre Schulter«, gestand Xan.

Patallia betastete sie. »Ausgekugelt! Xanmeran, du Flusch!«

Maureen kannte den Ausdruck wohl nicht, fand ihn aber passend. Sie hatten die Labortür nur angelehnt gelassen.

Solutosan kam den Gang entlang und streckte seinen Kopf ins Labor. Er erkannte sie und trat ein. Ihr rationaler Verstand verabschiedete sich, als sie ihn ganz zu Gesicht bekam. Sie sah ihn mit offenem Mund fasziniert an. Er hatte das lange goldene Haar mit einem Lederband im Nacken zusammengebunden, trug nur eine schwarze, enganliegende, Lederhose, den muskulösen Oberkörper nackt. Sein Leib glitzerte leicht. Er blickte sie mit seinen Sternenaugen an und sein Mund zuckte ein wenig spöttisch, als er ihren Gesichtsausdruck bemerkte. »Jemand verletzt? Hallo Maureen!« Zu allem Überfluss entblößte er noch seine blitzenden Zähne.

»Nichts, was wir nicht in Griff bekommen würden«, meinte Xan schnell und schob Solutosan energisch aus dem Labor.

»Okay!«, grinste der und ließ sich von Xanmeran hinauskomplimentieren. »Bye Maureen!«

Sie war durch Solutosans Erscheinen regelrecht hypnotisiert. Sie nahm erst jetzt wahr, dass Patallia ihr die Schulter wieder eingerenkt hatte. Sie bewegte den Arm. Es tat noch ein bisschen weh. Der Mediziner legte ihr lächelnd die Hand auf den Unterarm. Der Schmerz verschwand.

»Oh!« Sie drehte versuchsweise die Schulter. »Klasse! Alles in Ordnung! Vielen Dank!« Patallia setzte sich zurück an seinen Labortisch und vertiefte sich in die Formeln auf dem Bildschirm. Es sah so aus, als hätte er sie sofort vergessen.

Sie verließ mit Xanmeran das Labor.

Vor der Tür holte er tief Luft. Er war total wütend. »Sag mal, starrst du alle Männer so an?« Sie kamen im Trainingsraum an. Diese Zurechtweisung war eine Frechheit!

»Und du? Bist du zu allen Frauen derartig grob?« Sie funkelten sich an.

Er trat die Tür hinter sich ins Schloss, jetzt richtig wütend. »Du hättest Solutosan ja eben fast angesprungen!«

Maureen schnappte nach Luft. »Und wenn? Was ginge dich das an?«

»Der Mann hat schon eine Partnerin – und wird bald Vater!«

Okay, das war ein Argument. Aber das dämpfte nicht ihren Unmut. »Zum einen geht dich das nichts an, zum anderen kann ich mir nicht vorstellen, dass ein Mann wie er zu Frauen genauso brutal ist wie du.«

Xanmeran schnaufte. »Du hast dich benommen wie eine läufige Hündin!«

Maureen überlegte nicht lange. Sie schlug ihm mit dem Ellenbogen ins Gesicht und trat ihn mit den Füßen sofort von den Beinen. Saß blitzschnell auf seiner Brust und holte nochmals mit dem Ellenbogen aus. Knallte ihm eins vor die Schläfe. Die Haut platzte auf, zeigte eine schwarze Unterschicht. Er blutete wieder nicht.

Xan schloss die Augen. »Läufige Hündin!«, wiederholte er. Er wollte es wohl so! Der nächste Schlag ging voll auf die Nase.

Sie sah, wie es in ihm arbeitete. »Notgeil!«, stieß er hervor. Ihr Ellenbogen krachte auf seinen Wangenknochen.

Schwer atmend saß sie über ihm, blickte ihm in die Augen. In ihnen war ein ungeheurer Schmerz. Auf einmal verstand sie das Spiel. Dieses Leid saß tief in seiner Seele. Er provozierte sie, ihn zu schlagen.

»Schlag mich«, flüsterte er. »Bitte!« Sie starrte ihn weiter an. »Es tut dann nicht mehr so weh.« Was er sagte, bestätigte ihr Gefühl.

Xanmeran fasste sie an den Oberarmen. »Ich meine es ernst. Du kannst alles von mir haben – aber bitte schlag mich!«

Maureen traten die Tränen in die Augen. Was musste er erlebt haben, dass ein solcher Satz aus ihm herausbrach? Sie fühlte eine Träne ihre Wange hinablaufen. Er streckte die Hand aus, um sie zu fangen, zog sie aber sofort, wie erschreckt, zurück. Maureen beugte sich zu ihm herunter. Ihr Mund schwebte über seinem. Er drehte den Kopf zur Seite.

So war das also! Maureen sprang auf die Füße. Sie kniff die Augen zusammen. Er wollte sich nicht küssen lassen. Aber er wollte Schmerzen.

»Du bekommst deine Schläge«, verkündete sie und der Teufel ritt sie, als sie fortfuhr, »und dafür kriege ich einen Kuss!«

Xanmeran schluckte. »Wann? Wo?«

Sie zog sich den Pulli vorsichtig an. Er war schon auf den Beinen und half ihr in den Parka.

»Ich rufe dich an. Bring die rote Peitsche mit!«

Er begleitete sie zu ihrem Cabrio. Wortlos stieg sie ein und fuhr los. Sie schaute in den Rückspiegel. Einsam stand er im hellen Karateanzug auf der menschenleeren Straße und sah ihr mit starrem, schwarzem Blick nach.

Was für eine Schlappe! Was für eine verfluchte Scheiße! Wie lange waren seine Erzfeinde schon hinter ihm her? Aufgebracht lief Bar in seinem Penthouse auf und ab – trat auf ein quiekendes Spielzeug der Welpen und kickte es mit dem Fuß wütend zur Seite. Und Pok? Der war nicht wiedergekommen. Inzwischen war Bar sicher, ihn verloren zu haben. Die Duocarns hinterließen keine Spuren.

Er zog Bilanz. Er hatte immerhin die Firma auf die Beine gestellt. Die Bacanars waren dort untergebracht, die er zwischenzeitlich mit Dosenfutter ernährte. In den Dosen war ja nichts anderes als Schlachtabfälle. Darauf hätte er auch schon früher kommen können! Er hatte das Zeug selbst probiert, bevorzugte jedoch die blutwarmen Gehirne der

Menschen.

Krran war ebenfalls zur Dosennahrung gewechselt und lebte scheinbar ganz gut damit. Das war Bar nur recht – je weniger menschliche Verluste, umso besser. Der von ihm engagierte Privatdetektiv war fündig geworden und hatte zwei Männer aufgetan, die mit gefälschten Papieren und unter anderen Namen Chemie studiert hatten. Die würde er sich zur Brust nehmen.

Die Bax-Produktion musste dringend weiterlaufen. Das neue Equipment war bestellt. Er fluchte laut. Die Duocarns hatten ihn schlappe einhunderttausend Dollar gekostet!

Krran fütterte in der Küche die Welpen. Die kleinen Scheißer waren nun bereits ganz schön mobil. Er hatte sie glücklicherweise an den Fernseher gewöhnt, wo sie meist ihre Kindersendungen anschauten. Er fand das lehrreich.

Bar schnappte sich seine Lederjacke und verließ die Wohnung. Er würde im Westend schnüffeln. Vielleicht taten sich ja neue Chancen auf. Er hatte schon am Tag zuvor bei seinen Dealern abkassiert. Aber er suchte weitere Abnehmer. Er hatte den Drogenmarkt an den Schulen und Hochschulen im Auge, denn auf Dauer konnte es im Westend mit der russischen Mafia Ärger geben. Er musste auf der Hut sein. Die ließen sich nicht gern das Wasser abgraben.

Bar drückte die demolierte, schwarze Tür der Pussybar auf. Er zog seinen knochigen Po auf einen Barhocker. Hier wusste man schon, dass er nur Wasser trank und dafür so viel bezahlte wie für Whiskey – also war das in Ordnung.

An der Theke saß – Bar blinzelte – die Tussi kannte er doch! Das war die Hure, an der er das Bax getestet hatte. Wie sah die denn aus? Er musterte sie. Sie machte nicht mehr den Anschein einer Süchtigen. Mit ihrer aufgetürmten, dunklen Hochfrisur, den stark geschminkten Augen und den dunkelroten Lippen wirkte sie wie ein Vamp aus einem alten Stumm-Film. Ihre tadellose, schlanke Figur hatte sie in ein nachtschwarzes Lederkorsett gezwängt, was Bar anerkennend zur Kenntnis nahm. Ihre monströsen Brüste quollen daraus hervor. Schwarze Nylons und Heels komplettierten ihr Outfit. Wirklich lecker, fand Bar.

Er zwinkerte ihr zu. Sie stutzte, lächelte dann. Natürlich wusste sie, wer er war. Er war inzwischen ein großer Fisch im Teich. Sie erhob sich lasziv und stöckelte zu ihm herüber.

»Na, du hast dich aber gemacht«, bemerkte er. »Wo sind denn deine ganzen Scheiß-Drogen?«

»Hier«, grinste sie und zeigte auf ihren Ausschnitt, in dem sie das Bax aufbewahrte. »Der Müll ist nur für diese Trottel. Ich nehme das Zeug nicht mehr.«

»Wenn du klug bist«, meinte er und legte den Kopf schief.

»Ich heiße übrigens Daisy.«

»Hi Daisy, ich bin Bar.« Er spendierte ihr eine Cola und staunte über ihre Art. Daisy war nicht dumm – im Gegenteil. Sie war auf dem aufsteigenden Ast.

»Ich habe bald die Kohle zusammen und mache mich selbständig«, meinte sie in diesem Moment.

»Und womit?«

»Ein Bordell«, lachte sie. »Das ist das Einzige, wovon ich etwas verstehe.«

Ein Puff, soso. Bar betrachtete sie. Nicht schlecht. Er hatte eine kurze Vision.

»Lass mich eine Minute nachdenken.« Versonnen nippte er an seinem Wasserglas. Ihn plagte weiterhin das Problem, die Bacanars zu den Menschenfrauen bringen zu müssen, um die Energien zu saugen. In ein Bordell kamen nur wechselnde Männer, das war ungeeignet. Aber Swingerclubs wurden auch von Frauen besucht, geilen Frauen.

Geld hatte er genug für so ein Projekt – jedoch hatte er, verdammt noch mal, keine Leute.

»Was hältst du davon, statt einem Bordell einen exklusiven Swingerclub aufzumachen? Ich würde ihn finanzieren. Aber ich brauche eine tüchtige Geschäftsführerin, die Ahnung vom Fach hat. Auf prozentualer Gewinnbasis versteht sich. Deine sauer verdienten Kröten kannst du behalten und auf die hohe Kante legen fürs Alter.« Er grinste.

Daisy überlegte und musterte ihn eingehender.

»Ich weiß in etwa, was du so treibst. Du solltest dir einen Bodyguard zulegen.«

»Kenne keinen Geeigneten.«

»Aber ich! Er heißt Buddy. Ich gebe dir mal seine Nummer.« Sie kritzelte etwas auf eine Serviette und reichte sie ihm. »Was dein Angebot angeht – das muss ich überschlafen. Außerdem will ich den Laden einmal sehen.«

»Ganz klar.« Natürlich sagte er ihr nicht, dass diese Idee eben erst geboren war. »Gib mir deine Nummer, ich rufe dich an, wenn ich Genaues weiß.«

Sie nahm ihm die Serviette aus der Hand und schrieb eine weitere Info darauf. Dann blickte sie sich um. In den Ecken der Kneipe lungerten einige Huren. Sie winkte eine von ihnen heran. »Hey Rosi! Der Mann hier ist heute mein Gast. Du weißt schon. Mach, was er dir sagt, okay?«

Rosi poppte eine dicke rosa Kaugummiblase vor ihren aufgespritzten Lippen. »Alles klar, Daisy.« Sie lächelte Bar an.

Er musterte sie kritisch. Die Hure hatte nicht annähernd die Klasse von Daisy. Aber für einen kurzen Energiestoß und einen Fick würde sie reichen.

Er klopfte auf das klebrige Holz der Bar und nickte Daisy zu. Die zeigte ihm grinsend den Mittelfinger.

Er verließ mit Rosi die Kneipe. »Na, du bist ja ein hübsches Geschenk«, meinte er, legte die Hand auf ihren wackelnden Po und fuhr in Vorfreude die Krallen aus.

»In den Park?«

Er nickte. In den Parkanlagen war man nachts weitgehend ungestört. Die herumlungernden Schwulen interessierten ihn nicht.

Er suchte eine Bank in einer dunklen Ecke aus. »Nun zeig mal, was du zu bieten hast!«

Rosi klebte ihren Kaugummi unter die Parkbank und zog den Ausschnitt ihres Shirts herunter. Ihre Brüste sprangen hervor. Sie wollte ihren Rock nur hochziehen.

»Nein, zieh ihn ganz aus!« Sie tat wie befohlen und legte sich, nur mit dem Shirt bekleidet, rücklings auf die Bank.

Bar agierte wie immer blitzschnell. Bevor sie überhaupt verstand, was er machte, hatte er ihr mit einem Fangzahn den Unterleibschnitt verpasst. Um sie von dem geringen Schmerz abzulenken, packte er brutal ihre Brüste. Sie stöhnte. Oha, eine kleine Maso-Hure! Er bearbeitete ihre Titten, gleichzeitig fuhr er die Spiralvene aus und führte sie durch den Schnitt ein. Er achtete darauf, dass sie seinen Mund nicht sehen konnte, während er saugte. Er zog an den Warzen und kniff sie. Ihre Energie schmeckte lecker. Sanft zog er die Spiralvene aus ihrem Bauch und ließ sie verschwinden. Er richtete sich auf.

»Komm, piss mich an! Da steh ich total drauf«, keuchte sie. Sie räkelte sich, fasste sich an ihr Geschlecht.

Bar zuckte die Achseln. Das hatte er noch nie gemacht, aber warum nicht? Er öffnete die Hose – fing oben an. Spülte ihren geöffneten Mund, gab ihr einen Strahl auf die Brüste, auf den Bauch und zwischen die Beine. Rosi krampfte orgiastisch, rieb dabei wild mit einem Finger ihre glänzende Öffnung.

Bar betrachtete sie. Es hatte ihn kalt gelassen. »Okay, nun lutsche ihn ab!«

Sie hob gehorsam den Kopf.

Er stand breitbeinig vor der Bank. Das konnte sie, das musste man ihr lassen. Auf Bacani Art ringelte sich sein Schwanz vor Erregung und hakte sich in ihrer Kehle fest. »Nur ruhig«, keuchte er. »Das geht gleich vorbei.« Sie röchelte. Er wusste, dass sie noch genügend Luft bekam. Sein Unterleib spannte sich und er ergoss sich in ihren Hals. Bar stand zuckend da. Mit dem Erguss verschwand auch der ganze Stress der letzten Tage. Er schwemmte einfach alles fort. Er legte beruhigend die Hand mit den ausgefahrenen

Krallen auf Rosis Kopf. Sein Glied wurde wieder gerade und er konnte es aus ihrem Schlund ziehen.

»Verdammte Scheiße! Was für ein Pimmel!« Rosi wischte sich den Mund mit dem Handrücken. »Junge, du bist stahlhart!«

Bar nickte. – Das wusste er bereits.

Es geschah plötzlich in der Nacht. Solutosan riss den Kopf hoch. Ein durchdringender Schrei hatte ihn geweckt. Halia schrie! Kurz darauf kam ein röchelndes Stöhnen von Aiden. Bei Solutosan schrillten sämtliche Alarmglocken. Sie befand sich im achten Monat – ihr Leib war stark geschwollen. Er nahm sich nicht die Zeit, telepathisch bei ihm anzuklopfen – er sprengte Patallia regelrecht aus seinem Ruhemodus.

»Bin sofort im Labor«, antwortete Pat kurz.

Solutosan packte Aiden in eine Decke und trug sie hinunter. Er ließ sie sanft auf einen der Labortische gleiten. Sie stöhnte laut.

Halia schrie schrill und voller Panik!

»Halia, beruhige dich! Sofort!«, donnerte Solutosan. Patallia stand neben ihm, entblößte Aidens Bauch und legte seine Hände darauf. Das Sternenkind beruhigte sich.

»Daddy«, jammerte sie. »Bitte, darf ich raus?«

Patallia schüttelte langsam den Kopf. Er antwortete ihr: »Halia, jede Sekunde, die du länger in deiner Mutter verbringst, ist gut und heilsam für dich!«

»Patallia«, heulte sie. »Du weißt nicht, was du da verlangst! Bitte befreie mich. Ich kann mich nicht mehr bewegen. Ich bin eingesperrt. Es ist dunkel!«

Solutosan starrte Pat an. Dessen weiße Hand war mit Aidens Unterleib verschmolzen. Solutosan fühlte, wie Halia sich entspannte.

Aidens angestrengtes Gesicht löste sich ebenfalls. Sie ergriff Solutosans Hand.

»Es kann sein, dass ich das nicht überlebe, Solutosan«,

flüsterte sie.

»Wir beruhigen sie – du wirst sehen«, beschwor er sie.

»Kümmere dich gut um sie«, hauchte Aiden. »Und wirf ihr das um Gottes Willen niemals vor.«

»Aiden!«

Die Frau erbleichte.

»*Halia! Was tust du?*«

»*Sie sondert Sternenstaub ab*«, presste Patallia hervor. »*Eine große Menge!*«

»*Halia!*«, ermahnte Solutosan das Sternenkind. »*Lass das sein!*« Sie hörte nicht.

»*Halia!*«

Aiden stöhnte tief in der Brust.

»*Ihr Götter!*« Patallia legte seine Hände auf Aidens Herz. »*Sie pumpt den Sternenstaub in die Venen!*«

»*Halia! Hör auf damit! Oder wandle den Staub um!*«, schrie Solutosan.

Jetzt war Halias Stimme wieder leise zu vernehmen. »*Wie denn, Daddy?*«

Das war die Situation, vor der er sich am meisten gefürchtet hatte. Er konnte es ihr nicht erklären.

»Schneide sie heraus, Pat!«, brüllte er.

Patallia, die Hände weiterhin auf Aidens Brustkorb, zitterte am ganzen Leib. »*Zu spät! Das Herz steht!*«

Mit schierem Entsetzen stand er neben Patallia und betrachtete Aidens Leib, dessen Bauchdecke immer dünner wurde und mit einem trockenen Laut riss – wie Papier.

Das Sternenkind hatte sich befreit.

»Maman?« Ihre zittrige Stimme klang hoch im Raum. Sie hob das Köpfchen mit den rotgoldenen Locken. »Maman?« Sie schaute ihm in die Augen. Der Blick war grün, seegrün mit Sternen. Sie streckte ihm die Ärmchen entgegen.

Solutosan wich zurück. Bebend betrachtete er das Sternenkind in dem zerstörten Leib seiner Mutter. Er war nicht fähig sich zu rühren.

»Solutosan!« Noch nie hatte er Patallia derartig brüllen hören. »Reiß dich zusammen! Sofort!«

Mit zitternden Händen trat Solutosan an den Tisch und

nahm Halia aus dem Leib ihrer Mutter.

Klein und nackt schmiegte sie sich an ihn. »Daddy!«

Er war fassungslos. Sein schlimmster Alptraum war Wirklichkeit geworden! Aiden lag in einer sich ausbreitenden Blutlache, bleich und tot. Das Sternenkind lebte. Er hatte es im Arm. Seine Knie wurden weich, so dass er sich gegen den Tisch lehnen musste. Er versuchte, einen klaren Gedanken zu fassen.

»Halia.« Seine telepathische Stimme bebte. »Patallia durchtrennt nun die Verbindung zu deiner Mutter. Er wird sich um dich kümmern. Versprich mir, ganz lieb zu sein und zu tun, was er dir sagt.«

Halia nickte. Ihr Kopf mit den feuchten Locken schmiegte sich kurz an seine Brust. Er übergab Patallia das Sternenkind, der die Kleine abnabelte und sie liebevoll in ein sauberes Tuch wickelte.

»Hast du Hunger?«

»Oh ja!«, strahlte das Kind.

Ohne sich weiter um Solutosan oder Aiden zu kümmern, verließ Patallia den Raum. Sein Rücken war ein einziger Vorwurf. Pat hatte recht ihn jetzt allein zu lassen. Was da auf dem Tisch lag, war das Ergebnis von dem, was er verursacht hatte. Seine Frau war tot!

Wie betäubt bewegte sich Solutosan hoch in ihr Schlafzimmer und zog das Laken vom Bett. Zurück im Labor wickelte er Aidens Leichnam sorgfältig darin ein. Er trug sie aus dem Haus Richtung Strand. Steif lief er durch die Brandung ins Wasser. Schritt weiter, noch tiefer. Atmete das eisige Meerwasser ein. Ging vorwärts in die Dunkelheit. Jegliches Gefühl war in ihm gestorben.

In der Tiefe, wo der Sog der Meeresströmung am stärksten war, gab er Aiden frei. Der kalte Strom trug ihren Leib davon und mit ihr seine drei Herzen.

Er ließ sich in den Abgrund sinken, in die Schwärze weit

unten auf dem Meeresgrund. Dort blieb er reglos liegen. Er erstarrte. Mit offenen Augen blickte er in die Dunkelheit – und so verharrte er.

Xanmeran war gutgelaunt, als er mit Meo ins Haus zurückkam. Die Bacanis und Bacanars samt der Wölfin waren gut untergebracht. Die von Aiden besorgten Papiere hatten sich zum ersten Mal bewährt. Chrom war es doch tatsächlich gelungen, dem kanadischen Militär für einen winzigen Preis den alten Stützpunkt abzukaufen. Er plante, vorläufig in den unterirdischen Räumen zu kampieren, um danach ein schönes Haus auf dem weitläufigen Gelände zu errichten. Das Tierheim in Vancouver war überfüllt. Deshalb hatten die Behörden ihm sehr gerne die Erlaubnis gegeben, ein Tierasyl einzurichten.

Tervenarius und David machten Urlaub auf den Bahamas. Also halfen Meo und er, die Sachen von Chroms kleiner Familie in der Basis unterzubringen. Die Zuversicht und Fröhlichkeit in den Gesichtern ihrer Freunde nach dem Umzug hatte richtig ansteckend gewirkt.

Meo runzelte die Stirn, als sie mit dem Volvo vor dem Duocarns-Anwesen vorfuhren. Das Garagentor stand weit offen. Das war mehr als ungewöhnlich.

»Xan! Da ist etwas passiert!«

Sie rannten ins Haus. Aus der Küche hörten sie Patallias sanfte Stimme und ein hohes Stimmchen, das ihm antwortete. Sie stürzten in den Raum.

Patallia saß fast durchsichtig auf einem der Küchenstühle, ein kleines in ein Tuch gehülltes Wesen auf dem Schoß, dem er aus einem Glas Kefir einflößte.

Das Kind strahlte Meo und ihn mit grünen Sternenaugen an. Rotgoldene Locken ringelten sich um sein Köpfchen.

Xanmeran hielt sich überrascht an der Küchentür fest.

Meo stand zur Salzsäule erstarrt.

Das Sternenkind war geboren!

»Schau, da sind Meodern und Xanmeran, deine Onkel«, klärte Patallia das Kind auf.

Halias Strahlen verstärkte sich. »*Hallo Onkel*«, grüßte sie telepathisch.

Xans Überraschung wich. »*Wo sind Aiden und Solutosan?*« Patallia schüttelte traurig den Kopf.

»*Ihr Götter!*« Jetzt verstand Xan, was das offene Garagentor zu bedeuten hatte! Er rannte ins Labor. Auf einem der Labortische schwamm eine enorme Blutlache. Er stürmte zurück.

»*Meo!*« Der stand immer noch wie angewurzelt in der Küche. »*Komm mit!*«

Meodern nickte wie gelähmt – ließ Halia nicht aus den Augen.

»*Los!*«

Xan rannte zum Strand. Meo war sofort an seiner Seite.

»*Wir müssen sie suchen!*«

»*Aber wo denn?*«

Das Meer schäumte mit vielen kleinen, weißen Krönchen. Er hatte recht. Wo sollten sie suchen? Wo war Solutosan nur mit Aidens Leichnam hingegangen? Den Strand entlang? Ins Wasser?

Xan spurtete das kurze Stück zur Garage zurück. Der Porsche stand darin. Meo war sofort neben ihm. Hatte es einen Sinn Solutosan telepathisch zu rufen? Nein.

Langsam ging Xan wieder in die Küche und ließ sich auf einen Stuhl fallen. Meo folgte ihm und schüttete sich erst einmal eine riesige Menge Kefir aus seinem Glas in den Mund. »*Was hat Onkel Xanmeran denn?*«, erkundigte sich Halia. »*Bist du traurig?*«

Xan hob den Kopf. »*Weißt du, wo dein Daddy ist?*«, fragte er intuitiv.

»*Ja.*« Halia nickte. »*Er ist im Meer.*«

Xan sprang auf. »*Bist du sicher? Und deine Mami auch?*«

»*Ich glaube*«, flüsterte Halia. »*Sie kann ich nicht fühlen.*« Sie verzog das kleine Gesicht zu einem Weinen. Riesige, glitzernde Tränen strömten über ihre Wangen.

»*Deiner Mami geht es ganz gut*«, beruhigte Patallia sie. »*Die*

ist nur weiter weggefahren, um sich zu erholen.«
»*Wirklich?*« Halia schnüffelte.
»Ja«, bestätigte Pat seine Lüge.
»*Halia!*« Xanmeran beugte sich näher zu ihr. »*Wie genau
kannst du ihn spüren?*«
»*Ganz viel!*«
»*Könntest du mich zu ihm führen, wenn wir an den Strand ge-
hen?*«
Halia nickte.
»*Kannst du mich auch auf irgendeine Weise fühlen?*«
»*Ja, Onkel Xanmeran!*«
Xan rannte ins Wohnzimmer und holte eine Felldecke.
»*Patallia, hilf mir! Wir müssen zum Meer!*«
Sie wickelten die Kleine dick in die Decke und Patallia
trug sie zum Strand. Es war dunkel geworden und der Ster-
nenhimmel breitete sich über ihnen aus. Halia lachte und
streckte die Händchen nach den Sternen aus.
»*Schätzchen*«, beschwor Xan sie. »*Ich gehe jetzt ins Wasser.
Bitte führe mich zu deinem Daddy.*«
»*Das mache ich, Onkel Xanmeran.*«
Xan nahm sich nicht die Zeit sich auszuziehen. Er wusste,
Solutosan war nicht fähig zu sterben – ebenso wie er sich
nicht hatte ertränken können. Ihm war jedoch klar, dass es
tief unten im Meer eisig kalt sein würde. Solutosan konnte
erstarren und abtreiben. Dann war er für immer im Ozean
verschollen.
Halia leitete ihn gut. Xan atmete das Meerwasser ein und
schritt den Meeresgrund hinab.
»*Jetzt links! Weiter hinunter! Jetzt rechts!*« Er hörte die Stimme der Kleinen deutlich. Er war nun sehr tief. Ihr Stimmchen wurde leiser.
Xanmeran versuchte die Dunkelheit zu durchdringen. Er
sah nichts mehr. Er zerrte sich die vollgesogene Kleidung
vom Leib – ließ sie los. Er löste seine Dermastrien vom ganzen Körper und schickte sie im Wasser umher. Lang wehten
sie in der Strömung. Er ging weiter. Der Boden war zerklüf-
tet. Halias Stimme war nur noch ein Hauch. Er streckte die
Dermastrien weiter aus – so lang wie möglich. Berührte

eine organische Masse. Ein Fisch?

Langsam näherte er sich. Nein, er hatte ihn gefunden. Solutosan trieb bewegungslos dahin. Xanmeran umschlang ihn fest mit seinen Dermastrien und versuchte Wärme in sie zu pumpen. Aber er war selbst schon viel zu weit abgekühlt. Er musste dringend aus dem Wasser, sonst waren sie beide verloren!

Mühsam und schleppend schritt er den Meeresboden hinauf, zog Solutosan in seinen Dermastrien hinter sich her. Halias Stimme wurde wieder lauter. Er war auf dem richtigen Weg. Instinktiv sprach sie weiter. Führte ihn. Er trug Solutosan auf den Armen durch die Brandung und brach im Sand zusammen.

Sofort war Meo bei ihm und wärmte sie mit seinen Vibrationen. Er breitete das strahlende Feld um ihre beiden Körper aus. Erst jetzt konnte er die unterkühlten Dermastrien wieder zurückziehen.

Solutosan fiel in den Sand. Er zitterte. Meodern verstärkte seine wärmende Kraft.

Patallia saß erstarrt daneben, das Sternenkind auf dem Arm.

Solutosan erbrach Wasser und hustete. Er schlug die Augen auf. »Warum habt ihr mich nicht sterben lassen?«

Xanmeran sah ihn durchdringend an. »Weil du nicht sterben kannst, Solutosan.«

»Und weil dich hier jemand braucht!« Patallia drückte ihm mit eisiger Miene das Fellbündel mit dem Sternenkind in den Arm.

Solutosan blickte wie betäubt auf das Kind, musterte seine Freunde einen nach dem andern mit verwirrtem Gesicht. Xan sah, wie seine Benommenheit allmählich wich. »Ich danke euch.« Seine Zunge lallte schwer. »Ich bin entgleist und fast wäre ich desertiert. Dabei ist der Kampf noch nicht vorbei. Das wird nie wieder vorkommen.« Er musterte die vor Erschöpfung eingeschlafene Halia. »Ich danke euch von Herzen.«

Solutosan erhob sich schwerfällig und trug das schlafende Kind ins Haus.

Bar blickte über den Küchentisch und staunte. Daisy sah auch ohne das viele Make-up ansehnlich aus – und wesentlich jünger. Der weiße Satin-Morgenrock spannte sich über ihren schweren Brüsten. Sie hatte sich zum Frühstück ein Steak gebraten, das nun halb blutig auf ihrem Teller lag.

Sie schnitt ein Stück davon ab. »Möchtest du?«

Bar überlegte kurz. Warum eigentlich nicht? Vielleicht war er ja auch mit dem Fleisch der hiesigen Kühe kompatibel, solange es roh war. Er öffnete den Mund und ließ sich von Daisy füttern, kaute. Nicht übel. Nur den angebotenen Kaffee lehnte er ab. So etwas bekam ihm nicht. Daisy schenkte ihm ein Glas Wasser ein. Er betrachtete mit Vergnügen ihr pralles Hinterteil, als sie zur Spüle ging, um den Teller wegzubringen.

In der vergangenen Nacht hatte er mordsmäßig viel Spaß mit diesem Arsch gehabt. Sie hatten sich regelrecht im Bett geprügelt, aber er hatte dann doch ihre sämtlichen Öffnungen lustvoll erkundet.

Daisy war eine stahlharte Gegnerin und er musste ständig aufpassen, dass sie ihm nicht etwas abriss oder abbiss. Sie war abgekocht durch ihren Nutten-Job. Sie war so tolerant, dass sie sogar sein Irokesen-Haar bis zum Steiß als Gen-Defekt akzeptiert hatte und seine Fangzähne und Krallen als Bereicherung empfand. Dass eine Menschenfrau ihn so nehmen würde wie er war, hatte Bar niemals erwartet.

Er tätschelte ihr den Po, nahm sein Handy und ging nackt ins Wohnzimmer. Er wollte seinen Leibwächter Buddy direkt an der neuen Baustelle treffen. Bar hatte in der Nähe seiner alten Produktionshalle, eine weitaus interessantere Immobilie gefunden, die er im Moment zum Swingerclub der gehobenen Art ausbauen ließ. In seiner Firma Finalmedicals ging es ebenfalls voran. Das Equipment war da und am Nachmittag würde er die beiden Chemiker Juan und Leon treffen.

Er wählte Buddys Nummer: »Hey, Buddy! Termin um elf

Uhr im neuen Club. Adresse kommt per SMS. Alles klar, bis nachher!« Zufrieden legte er auf. Bar hörte Daisy mit dem Geschirr in der Küche klappern. Er hatte Krran befohlen, nicht ins Penthouse zu kommen, wenn Daisy da war. Krran konnte sich einfach nicht benehmen. Sein zweiter Offizier hatte den Befehl mit den Welpen bei den Bacanars in der Firma zu bleiben.

Bar ging ins Schlafzimmer um sich anzuziehen. Daisy hatte ihn überredet, doch auch mal andere Kleidung zu tragen – nicht immer nur Leder. Also war er zu Hugo Boss marschiert und hatte sich drei Anzüge gekauft. Er blickte in den Spiegel und zog das Sakko vorne etwas herunter. Er sah wirklich gut darin aus. Diese Bekleidung war passend für einen Geschäftsmann. Inzwischen ging er nicht mehr in die schmuddeligen Bars zum Abkassieren. Das machte Buddy für ihn. Er musste jetzt nur zusehen, die Bax-Produktion wieder zum Laufen zu bringen, denn die Vorräte würden in Kürze aufgebraucht sein.

Daisy zwängte sich in eines ihrer Latexkorsetts, was er mit Wohlgefallen bemerkte. Er küsste sie auf den Ansatz ihrer Brüste und fuhr mit dem Lift in die Tiefgarage. Sein schwarzer VW-Passat CC, mit dem er in letzter Zeit fuhr, war unauffällig und trotzdem zweihundertzehn PS stark.

Buddy, wie immer in dunklem Boss Anzug, erwartete ihn bereits vor der Tür des neuen Swingerclubs. »Tach, Chef!« Er grinste von oben auf Bar herab. Mit seinen fast zwei Metern Körpergröße, zweihundertachtzig Pfund Gewicht und seinen enormen Schaufelhänden, wirkte er ganz schön imposant.

Bar fand die Diskrepanz zwischen seinem mächtigen Körper und seinem Vogelgehirn immer wieder faszinierend. Daisy hatte ihn mit Buddy gut beraten. Er war treu wie ein Hund und gutmütig, bis Bar ihm befahl zu beißen.

Da Bar den Schlüssel zu dem geplanten Etablissement hatte, konnten sie die Räume ungehindert betreten. Er zeichnete mit Kreide weitere Mauern auf den Fußboden und plante im Geist schon die vielen Spiegelwände. Er würde ein Vermögen für Spiegel ausgeben müssen. Das ganze

Ding sollte MIRRORCLUB heißen und seinem Namen alle Ehre machen. Zusätzlich zeichnete Bar seine Änderungen in die vorliegenden Pläne. Der Bauunternehmer musste seine Wünsche dann umsetzen. Zufrieden verließ er mit Buddy den Club, um sich mit den Chemikern zu treffen.

Sie hatten sich in einem Pub am Westend verabredet. Bar gab Buddy vor der Tür knappe Verhaltensmaßregeln. Die beiden Chemiker saßen abseits in einer abgetrennten Ecke und unterhielten sich leise.

Bar legte den Kopf schief und lauschte. Sie sprachen spanisch – wie erwartet. Er klopfte kurz auf den Tisch, stellte sich vor und setzte sich. »Meine Herren, ich will es kurz machen. Ich möchte ihnen ein lukratives Angebot unterbreiten. Meine Firma produziert ein Potenzmittel, das den blauen Pillen scharfe Konkurrenz machen wird. Ich würde Sie gern als Chemiker in meinem Unternehmen begrüßen.«

Die beiden Mexikaner wirkten interessiert und ließen sich die Details darlegen. Bar beschrieb den Job als eine normale Tätigkeit mit Festgehalt. Nie wieder würde er jemanden prozentual an seinen Bax-Geschäften beteiligen. Die Einzige, die, wie versprochen, Prozente am Swingerclub bekommen sollte, war Daisy.

»Selbstverständlich werden Sie einen Vertrag unterschreiben müssen und sich zum Schweigen verpflichten – wie in unserer Branche üblich.« Die beiden nickten. »Ich gebe Ihnen einen Tag Bedenkzeit und bitte um Ihren Anruf.«

Natürlich war Bar nicht so dumm, genaue Details zu nennen, und den Männern zu offenbaren, dass er sie in der Hand hatte. Das würden die beiden noch früh genug erfahren, sollten sie jemals auf die Idee kommen, sich Gedanken über die Verwendung des Produkts zu machen oder höhere Gehälter zu fordern. Jetzt ging es erst einmal darum, sie vertraglich festzunageln.

Buddy, der sich während der Verhandlungen mit sternernem Gesicht im Hintergrund gehalten hatte, trat zu Bar. Wie vereinbart flüsterte er ihm etwas ins Ohr. Dann musterte er die beiden Männer bedrohlich.

Juan und Leon betrachteten den menschlichen Kleiderschrank ängstlich und konnten es nicht erwarten, sich zu verabschieden. Sie würden zustimmen, da war Bar sich sicher.

Gemächlich schlenderte er aus dem Pub. Buddy folgte ihm mit einigen Schritten Abstand. Nun wollte er Daisy im Sadomaso-Studio besuchen, in dem sie an diesem Tag als Gast-Domina arbeitete. Buddy hielt ihm die Autotür auf und chauffierte ihn durch Vancouver. Das war genau das Leben nach Bars Geschmack. In der Nacht würde er für einen kleinen Jagdausflug kurz nach Seattle fliegen und sich ein saftiges Gehirn suchen.

»Ihr Götter!« Trianora stand einen Moment fassungslos da und starrte auf Ulquiorras blutenden Armstumpf. Die Hand war nicht sauber abgeschnitten, sondern wirkte eher wie abgequetscht. Das Blut pulsierte aus mehreren kleinen Öffnungen. Ulquiorra schwankte bleich. Er musste sich hinsetzen, sonst fiel er um. Sie drückte ihn auf einen der Laborstühle, rannte los um einen Verbandkasten zu holen und überlegte fieberhaft, ob ihre Telepathie bis in die medizinische Abteilung reichen würde.

»Hilfe! Ich bin Trianora in Labor 8! Hier ist ein Unfall passiert! Ich brauche Hilfe!« Sie riss den Kasten auf und fand glücklicherweise sofort den Blut-Stiller, den sie auf die Verletzung träufelte. Während sie die sterile Kompresse auf die Wunde drückte, wickelte sie einen Verband dick um den Stumpf.

Ulquiorra stöhnte. Seine Brust strahlte immer noch.

»Bring es dazu aufzuhören«, flüsterte Trianora. »Dämme es ein.« Ulquiorra hob schwerfällig die Lider. »Hast du mich verstanden? Zieh deine Energie zurück!«

Bebend legte er die intakte Hand auf seine Brust, die sich normalisierte.

»Gleich kommt Hilfe.«

Trianora stellte sich hinter ihn, um seinen Kopf zu stützen. Sie streichelte sein dunkles, glattes Haar. Er lehnte sich an sie, vertrauensvoll und erschöpft.

»Sie war da, Triasan! Ich muss sie nur noch vergrößern. Dann kann ich die genetische Suche starten.« Er drehte den Kopf zu ihr hoch und blickte sie mit seinen schwarzen Augen an. Zitternd fielen ihm die Lider zu.

Trianora streichelte seine Wange. Ihre Brust füllte sich mit unendlicher Zärtlichkeit. Er war so schön, so talentiert und er brauchte sie. Gerne hätte sie in diesem Moment ihr Gesicht an seines geschmiegt. Und hätte ... Was dachte sie denn da? Sie zog die Hand rasch fort. Er war doch wie ihr Bruder! *Ach wirklich?*, meldete sich eine Stimme in ihr. *Solche Gefühle für einen Bruder?* Sie bemerkte, dass sie ihre Scham an seine Schulter gepresst hielt, mochte sich aber nicht lösen. Wollte ihn stützen bis Hilfe kam. Ihr Götter, hoffentlich hatte man ihren Hilferuf gehört!

Maureen zog eins der dicken Gummibärchen zwischen ihren Zehen hervor und steckte es in den Mund. Dann betrachtete sie ihre frisch lackierten Fußnägel. Schwarz, sie hatte sie schwarzglänzend lackiert – passend zum Anlass. An diesem Tag wollte sie es stilecht angehen lassen.

Die Rachegefühle brodelten bereits viele Tage in ihr. Endlich hatte sie sich den Ruck gegeben und Xanmeran angerufen. Sie hatte schon vor einiger Zeit den riesigen Dachboden des Dojos entdeckt. Er war ebenso groß wie die darunter liegende Trainingshalle. In dem Raum türmte sich etliches Gerümpel, das dem Besitzer des Dojos, Chen, gehörte. Mit Entzücken hatte sie die starken, rohen Dachbalken des Speichers registriert. Maureen fand, dass dies genau der richtige Ort war, um Xanmeran einen Denkzettel zu erteilen.

Sie hatte ihn für den Abend dorthin bestellt und kräftige Seile, Eisenketten, Karabinerhaken und Kerzen besorgt. Er wollte Schläge? Die würde er bekommen!

Sadistische Gelüste waren schon immer ein kleiner Teil von ihr. Bisher hatte sie ihnen in ihrem Leben noch keinen Raum gegeben. Xanmeran war genau der richtige Kandidat, um auszuprobieren, was in ihr steckte. Er hätte sie besser nicht provoziert!

Xanmeran legte den Hörer auf. Er kaute auf seiner Lippe. Was hatte er da angezettelt? Seine Bitte an Maureen war aus der Situation heraus entstanden. Wollte er wirklich für eine Sache bestraft werden, die vor Äonen auf einem anderen Planeten geschehen war? Er rieb sich die samtige Glatze und dachte an ihre Schläge mit den Ellenbogen. Das war angenehm gewesen, schmerzhaft und klar. Damit konnte er umgehen. Vielleicht würde es ihm helfen. An den Kuss wollte er im Moment nicht denken. Er hatte noch nie geküsst – hatte auch keine Vorstellung, was die Menschen an dieser Praktik fanden. Er zog seinen Lammfellmantel an und lief kurz durch die Küche.

Solutosan und Halia machten Kefir-Wettlöffeln. Grinsend sah er zu, wie Solutosan die Kleine gewinnen ließ und dann als Verlierer irgendeinen Quatsch machen musste. Dieses Mal sollte er grunzen wie ein Warrantz.

Halia amüsierte sich königlich. Ihre rotblonden Locken waren enorm gewachsen. Xan legte den Kopf schief – das ganze Kind war größer geworden. Solutosan brachte ihr viel bei. Oftmals stand sie mit ihm in dem Isolationsraum, den er immer benutzte, um sein Platin zu filtern, und lehrte sie, ihren Sternenstaub zu beherrschen. Niemand hatte je wieder seine Kurzschlussreaktion nach Aidens Tod erwähnt. Halia hatte die dauernde Abwesenheit ihrer Mutter scheinbar akzeptiert.

Xanmeran nahm den Volvo. Der Winter hatte Vancouver inzwischen wieder voll im Griff. Der Wind trieb Eiskristalle von den kahlen Bäumen und der schaukelnden Straßenbeleuchtung, als Xan zum Dojo fuhr. Auf dem Beifahrersitz lag in einem Karton eine rote Peitsche aus Leder, die er in einem Erotikshop besorgt hatte.

Xanmeran stieß die Tür des Dojos auf. An der Tür hing ein Schild: »Bitte abschließen«. Er tat wie gefordert. Die große Trainingshalle lag im Dunkeln, aber der schmale Treppenaufstieg nach oben auf den Dachboden war erleuchtet.

Xan stieg die Treppen empor. Bei jedem Schritt schlug sein Herz heftiger. Er ging durch das sich stapelnde Gerümpel in Richtung des Flammenscheins. Maureen hatte Kerzen angezündet. Viele Kerzen. In der Mitte der flackernden Beleuchtung saß sie in einem alten Ohrensessel. Xan stutzte. War das wirklich Maureen?

In ihrem hautengen, schwarzen, knöchellangen Kleid mit ihrer blonden Hochsteckfrisur wirkte sie elegant und unnahbar. Die tief ausgeschnittene Robe ließ den Ansatz ihrer vollen Brüste erkennen. Nachtschwarze, lange Handschuhe betonten die weiße Haut ihrer Schultern. Ihre Beine waren ausgesprochen sexy in den hohen Schuhen mit gefährlich wirkenden Absätzen. Xanmeran schluckte trocken.

»Du brauchst nichts zu sagen«, zischte sie zur Begrüßung. »Ich denke, zwischen uns ist alles klar.«

Xan nickte.

»Zieh dich aus!«

Xanmeran blickte prüfend in ihr Gesicht mit den blutrot geschminkten Lippen. Sie meinte es ernst. Er gehorchte. Aber er würde es ihr nicht ganz so einfach machen.

Langsam zog er den Lammfellmantel von den Schultern und ließ ihn auf den Boden gleiten. Er entledigte sich der Stiefel und der Strümpfe und zog betont zögernd den braunen Pullover aus. Er drehte ihr den Rücken zu und streifte sein Muskel-Shirt gemächlich über den Kopf. Sorgsam achtete er darauf, im Licht der vielen Kerzen die starken Rücken- und Armmuskeln zu bewegen und zu präsentieren. Er hörte, wie Maureen die Luft anzog.

Lasziv drehte er sich wieder zu ihr und öffnete die Front-Schnürung der Wildlederhose. Er blickte sie fragend an. Sie nickte. Erneut wandte er sich von ihr ab und zog geruhsam die Stoffhose über die Lenden – entblößte sein strammes, rotes Hinterteil. Er stieg aus der Hose. Nicht ohne bei dieser Bewegung auch auf ein Spiel seiner ausgeprägten Muskulatur geachtet zu haben. Nun trug er lediglich einen Lendenschurz wie ein Indianer. Er drehte sich zu Maureen um und erhaschte schnell noch einen Blick auf sie, wie sie die zitternden Hände hinter ihrem Rücken verschwinden ließ. Dem Zittern zum Trotz blickte sie ihn fest an.

Xanmeran bückte sich und holte das Päckchen mit der Peitsche aus seiner Manteltasche. Er wandte sich ihr wieder zu und öffnete es langsam – entnahm gemächlich die rote Lederpeitsche.

Xan kniete sich vor ihr in den Staub und senkten den Kopf. Das Kerzenlicht verzerrte seinen Schatten auf dem Fußboden. Er reichte ihr mit beiden Händen die Peitsche.

Maureen, der bei Xanmerans Striptease immer heißer geworden war, schlug das Herz bis zum Hals. Haltung bewahren, Maureen, sagte sie zu sich. Sie nahm das Schlagwerkzeug entgegen. Er hatte glücklicherweise keine schwer zu handhabende Bullen-Peitsche mitgebracht, sondern eine etwa sechzig Zentimeter lange, neunschwänzige Geisel.

Fachmännisch strich sie über den glatten Griff mit der Schlaufe und prüfte die Lederriemen. Diese fühlten sich stabil und leicht scharfkantig an. Damit würde sie klarkommen.

»Steh auf!«

Er tat wie ihm befohlen.

Maureen nahm seine Hand und führte ihn zu dem Balken, an dem sie bereits Ketten befestigt hatte. Auch in den Holzfußboden hatte sie ebenfalls Haken gedreht. Sie legte ihm Handfesseln aus Leder an und gab ihm lederne Fußfesseln, die er selbst festschnallen musste. Sämtliche Lederfesseln waren mit stabilen Ringen versehen. Maureen verband die Ketten und die Fesseln mit den Karabinerhaken. Er war nun mit erhobenen Armen und gegrätschten Beinen in dem Gebälk gefangen. Bereit für sie.

Sie setzte sich wieder auf den Sessel und schlug die Beine übereinander. Diesen Anblick wollte sie nun erst einmal entspannt genießen. Außerdem sollte er ruhig noch etwas auf seine Folter warten. Sie blickte auf die Uhr. Maureen, reiß dich zusammen, versuchte sie sich zu beruhigen. Sie zitterte vor Ungeduld. Du gehst jetzt nicht sofort zu ihm! Er stand still und bewegte sich nicht. Nur die starken Muskeln seiner Lenden strafften sich kurz und entspannten sich wieder. Allein sein Anblick in den Fesseln machte sie heiß!

Sie schaffte es, ganze fünf Minuten sitzenzubleiben, erhob sich dann doch, schneller als geplant, mit der Peitsche in der Hand. Die Gier ihn zu berühren und zu quälen trieb sie mit Macht zu ihm hin.

Sie ließ ihm von hinten die Lederriemen von der Schulter bis zu den Schenkeln rieseln. Ganz sacht. Augenblicklich riss sie ihm mit einem Ruck ihre langen Nägel über die Wirbelsäule, fügte ihm genussvoll tiefe Spuren zu. Er zitterte kurz.

Mit den Händen fuhr sie sanft streichelnd über seine schmalen, harten Lenden. Kaum geschehen, schlug sie ihm fest den Griff der Peitsche zwischen die Schulterblätter.

Xan stieß den Atem aus.

Sie schaltete ihren Verstand völlig ab. Instinkt und Begierde soufflierten ihr genau, was sie zu tun hatte. Sie wollte ihn quälen, das ja, aber gleichzeitig auch Lust entfachen.

Geschickt tauchte sie unter seinem Arm durch und kam von vorne. Er hielt die Augen geschlossen. Mit der einen Hand streichelte sie seine Wange – mit der anderen riss sie die Nägel über seine Brust, verschonte nicht die Brustwarzen.

Sie blickte tiefer an ihm hinab. Ihre Behandlung zeigte Wirkung. Sein Lendenschurz hatte sich gehoben.

»Zu viel Freude«, zischte sie und schritt wieder hinter ihn. Sie schwang die Peitsche. Der erste Schlag traf ihn auf die Schultern. Er zuckte kaum. Maureen strich die Peitschenriemen glatt und holte erneut aus. Sie schlug ihn mit all ihrer Kraft. Die Geisel hagelte auf seine rote Haut: auf Schultern, Rücken, Hinterteil und Oberschenkel.

Xanmeran stöhnte. Was für ein angenehmer Schmerz! Er zerrte an den Ketten vor Wohlbehagen. Maureen schlug ihn mit all ihrer Kraft. Er betete, sie möge niemals aufhören.

Plötzlich befand er sich wieder auf Duonalia. Tarania stand vor ihm, blond und schön. Sie lächelte ihn liebevoll an, bereit sich mit ihm zu vereinigen. Er umfasste sie. Nicht nur mit seinen Armen. Er war ein Hybrid. Er löste die Dermastrien von seinem Körper und hüllte seine geliebte Frau damit ein. Drang in sie ein. Umschlang sie in Ekstase. Hörte sie schreien. Sie schrie entsetzlich in seinen Armen. Er zog die Dermastrien zurück. Betrachtete zitternd ihre verätzte Haut. Er hatte sie mit Säure übergossen.

Die Schläge prasselten weiter auf ihn nieder.

»Bitte Maureen, hör nicht auf«, stöhnte er. Wieso hatte er Tarania damals verletzt? Warum hatte er nicht eins seiner Aphrodisiaka gewählt und sie damit befeuchtet?

Maureens Hiebe ließen nach, wurden schwächer. Ihre Kraft war verbraucht.

Sie kam von vorne. Hob mit der Hand seinen Kopf und schlug ihm heftig ins Gesicht.

Schneller als sein eigener Verstand reagieren konnte, hatte er die Dermastrien gelöst, Maureen umschlungen und an seinen Körper gezogen. Nein, nein, es durfte sich nicht wiederholen! Er schloss die Augen und konzentrierte sich.

Er dachte an Maureen, wie sie ihn am Feuer angesehen hatte. Wie sie auf ihm gesessen hatte in ihrem Kampfanzug. Er floss. Er hielt sie umschlungen, gab ihr Wärme und Liebe. Sein geschundener Leib verströmte ein starkes Liebeselixier – er hielt sie in seinem erotischen Kokon gefangen.

Maureen schrie nicht. Sie seufzte und klammerte sich an ihn. Ihre Hände, die ihn eben noch geschlagen hatten, umfassten seinen Kopf und bogen ihn zu ihr hinunter. Er spürte ihre warmen Lippen auf seinen, gab ihr nach, löste auch die Dermastrien aus seinem Gesicht und umhüllte ihres, streichelte sie unendlich sanft. Xanmeran stand in den Ketten, entblößte seine wahre Haut, schwarz und golden schillernd. Er hielt Maureen in seinem roten Kokon vor sich und verschmolz mit ihr in einem grenzenlos langen Kuss.

Wo war sie? Was war geschehen? Xanmeran hielt sie umfangen. Maureen zitterte vor Lust und Verlangen nach ihm. Alles war rot. Es gab nur ihn. Sie schlang die Arme um ihn. Sie wollte ihren Kuss – die Belohnung für ihre Mühe. War das ein Kuss? Sie fühlte etwas unter ihr Kleid kriechen, sanft. Das war er. Aber wie konnte das sein? Er war doch gefesselt. Er umfasste ihre nackte Haut, schob sich unter den Stoff, streichelte sie überall. Sie spürte ihn zwischen ihren Beinen. Sie versuchte die Augen zu öffnen. Es gelang nicht. Sie holte tief Luft. Das ging ihr zu schnell.

»Nein!«, stieß sie hervor. Alles löste sich. Das Kleid lag wieder auf ihrer Haut. Seine angenehme, warme Zunge war aus ihrem Mund verschwunden. Er hing vor ihr: gefesselt, zerschlagen, den Kopf gesenkt. Wie in Trance nahm sie sein Kinn und zwang ihn sie anzusehen. In seinen schwarzen Augen tanzten goldene Funken.

Erschreckt ließ sie die Hand fallen. »Was bist du?«

Xanmeran löste die Dermastrien an den Hand- und Fußgelenken und glitt aus den Lederfesseln. Er stand vor ihr und schüttelte bedächtig den Kopf. Ebenso ruhig lief er zu seinen Kleidern.

Maureen starrte ihm ungläubig hinterher, ging die paar Schritte zum Sessel und sank hinein. Sie sah ihm wortlos beim Anziehen zu. Er schwang sich den Lammfellmantel über die Schultern und kam zu ihr. Kniete sich vor den Sessel und neigte ergeben den Kopf.

»Danke. Danke, Maureen.« Er kam näher, hob ihr Gesicht mit zwei Fingern und küsste sie zärtlich auf die Lippen. Sein Mund war hart und verführerisch und Maureen dachte einen Moment, sie würde in dem Sessel versinken. Er stand auf – die Kerzen flackerten kurz, als er vorbeiging.

Chrom stand im fahlen Morgenlicht auf der gefrorenen Wiese vor der Basis. Er zog seine Jacke enger um sich, denn der Wind pfiff bis auf die Knochen. Trotzdem wollte er nicht ins Warme gehen. Im Kopf plante er schon, wo das neue Haus stehen würde und die Ställe für die Tiere. Die Tür des alten Schuppens wurde langsam aufgedrückt und Ladys dicker Schädel erschien in der Öffnung. Sie erspähte ihn, kam näher, setzte sich vor ihn hin und schaute ihn mit schief gelegtem Kopf fragend an.

»Lady, mein Mädchen, das wird alles spitze. Sobald der Boden aufgetaut ist, fangen wir an! Wir müssen uns nur noch nach einer guten Tierärztin umsehen.« Lady blickte verständnislos mit ihren gelben Augen. Chrom kraulte ihr liebevoll mit zwei Krallen den dicken Pelz am Hals.

Neben den Schuppen knackte etwas. Ein Tier? Chrom ging ein paar Schritte und sah neugierig um die Ecke. Es knisterte in der Luft, eine atmosphärische Verdichtung. Das Knistern verstärkte sich. Chrom wich zurück. Die Luft verdichtete sich kreisförmig. Das Innere der Erscheinung füllte sich mit Nebel.

Chrom trat vorsichtshalber noch weiter nach hinten. Lady an seiner Seite knurrte. Der Kreis stabilisierte sich. Jetzt konnte er sehen, dass der Ring golden war und sich in einer wahnsinnigen Geschwindigkeit drehte. Er erreichte fast den Durchmesser der Schuppentür.

»Ihr Götter!« Chrom hatte so etwas schon einmal gesehen, auf Bildern, während seiner Ausbildung als Navigator auf Duonalia. Er starrte auf die rasende Erscheinung. Es war der Ring eines Energetikers. Auf der Erde? Lady sprang wie verrückt und bellte das Gebilde hysterisch an.

Der Nebel im goldenen Kreis verdichtete sich weiter, von weiß zu grau – zu schwarz. Die Anomalie! Fast so hatte die Anomalie ausgesehen. Chrom machte einen Schritt auf den Ring zu. Sein Herz raste! Die Anomalie vor seinen Augen! Aus dem Dunkel in der Mitte trat ein Wesen. Ein Mann! Seine Brust strahlte in einem goldenen Licht. Arme hielten ihn umfasst. Er war nicht allein. Jemand klammerte sich an seinen Rücken. Der Mann machte einen Schritt nach vorne, fiel aus dem Ring – riss die an ihn geklammerte Gestalt mit – stürzte auf das gefrorene Gras. Er wollte sich mit den Händen abstützen. Nein, auf der linken Seite war keine Hand, sondern nur ein Stumpf. Die intakte Hand sowie der Stumpf erstrahlten in goldenem Licht. Der blendende Schein verblich langsam und erstarb dann ganz. Der Ring hinter ihm fiel zusammen, als hätte es ihn nie gegeben.

Lady bellte immer noch hysterisch. Chrom legte ihr wie betäubt die Hand auf den dicken Kopf. Sie hörte auf zu bellen, stand aber bebend neben ihm, die Lefzen gehoben. Beide Gestalten lagen vor ihm, in zerfetzte Gewänder gehüllt. Chrom erkannte sofort aus welcher Faser sie hergestellt waren. Die Kleidung bestand aus Donafaser. Dona! Allmählich kam sein Gehirn in Bewegung. Ihr Götter! Zwei Duonalier, hingestreckt zu seinen Füßen – schwer atmend. Ein Mann und eine Frau!

Chrom näherte sich ihnen langsam. »Geht es euch gut?«, fragte er auf duonalisch. Seine Stimme hörte sich fremd an. Der dunkelhaarige, schlanke Ankömmling hob den Kopf.

»Wo sind wir?«, antwortete er auf duonalisch.

Chroms Hände zitterten. »Ihr seid auf der Erde!« Er konnte vor Aufregung kaum sprechen. Die Frau strich ihr langes, blondes Haar aus dem weißen Gesicht und blickte ihn mit silbernen Augen an.

»Ein Bacani!« stieß sie hervor. »Ulquiorra! Ein Bacani! Wo sind wir?«

Chrom fasste sich als Erster. Er verbeugte sich und grüßte langsam und klar: »Willkommen auf der Erde! Ich bin Chrom, der Navigator der Duocarns.« Er wechselte zur Telepathie. »*Ihr habt einen langen Weg hinter euch.*«

Der Energetiker rappelte sich hoch und half der Frau auf die Beine. Er verbeugte sich ebenfalls. »*Ich bin Ulquiorra und das ist Trianora. Wir haben die Duocarns gefunden?*« Er schwankte, griff sich an die Brust und begann zu zittern.

Jetzt wurde Chrom erst klar, wie kalt den beiden sein musste. »*Entschuldigt meine Unhöflichkeit. Darf ich euch in mein Haus einladen?*« Er zeigte auf einen der Schuppen. »*Das hier ist übrigens eine Freundin von mir*«, er deutete auf die Wölfin. »*Sie heißt Lady.*«

Ulquiorra und Trianora verneigten sich vor dem Tier.

»*Wir freuen uns dich kennenzulernen.*«

»*Sie kann nicht sprechen*«, erklärte Chrom. »*Bitte folgt mir.*«

Er ging voran durch den Schuppen, in dem Psals und sein Auto parkten, passierte die demolierte Stahltür. Die beiden Duonalier folgten ihm in die Basis, aus der ihnen wohlige Wärme entgegenschlug.

Chrom und Psal hatte sich in einem der Räume ein improvisiertes Wohnzimmer mit einer Küche eingerichtet. Dorthin führte er die Fremdlinge. Psal, Frran und Pan saßen in der Essecke und frühstückten Katzenfutter. Pan erklärte Frran, warum sie für die kommenden Tiere in Zukunft kein Dosenfutter mehr benutzen würden, als sie die beiden Duonalier hinter ihm bemerkten.

Einen Augenblick lang herrschte Totenstille.

Psal verstand als Erste, wen sie da vor sich hatte. Sie stand auf und lächelte den beiden zu. »*Willkommen!*«

Verblüfft sah Chrom sie an und bewunderte gleichzeitig, wie schon so oft, ihre Klugheit.

Rasch stellte er die duonalischen Gäste vor. »*Das sind Ul-quiorra und Trianora. Sie haben es geschafft, die Anomalie herzu-stellen und sind durch ein energetisches Tor zur Erde gekommen.*«
Frran und Pan waren sprachlos.

Psal sprang auf, lief um eine Decke vom Sofa holen und umhüllte Trianoras zitterte Schultern. »*Bitte setzt euch! Ihr müsst viel durchgemacht haben!*« Sie benutzte automatisch Telepathie.

»Wir verstehen nichts!« Endlich bekam Pan den Mund auf.

Chrom und Psal blickten sich an. »Leider ist mein Sohn Pan der Telepathie nicht mächtig und auch seine Freundin Frran nicht. Die beiden sind Bacanars. Wir möchten euch bitten, in ihrer Anwesenheit laut zu sprechen.«

Ulquiorra musterte Pans Gestalt erstaunt. »Bacanars?«, fragte er auf duonalisch.

»Ja, die Mischlinge von Bacanis und den hiesigen Säuge-tieren nennen sich so«, antwortete Chrom.

Psal hatte Trianora zum Sofa geführt. Sie ließ sich er-schöpft in die Polster gleiten. Ulquiorra hatte sich bereits wieder im Griff. Er stand aufrecht, fast zwei Meter groß, schlank mit lang auf den Rücken herabfallendem Haar. Er blickte sich mit seinen schwarzen Augen aufmerksam in dem Wohnzimmer um.

Er wandte sich an Trianora. »Bitte Triasan, geh in den Ruhemodus. Wir haben die Reise überstanden. Ich werde ohne dich nichts Wichtiges besprechen. In Ordnung?«

Trianora nickte und schloss erschöpft die Augen. Ihr Ge-sicht wurde ruhig. Sie war eingeschlafen.

Ulquiorra wandte sich wieder zu ihm. »Wo sind die Duo-carns?«

»Nicht weit von hier.« Chrom versuchte die Fragen, die in seinen Kopf umherschossen, zu ordnen. »Wie habt ihr uns gefunden? Die Anomalie war riesig und hätte uns über-all ausspucken können.«

»Ich habe mich auf deine Bacani DNA verlassen, die ich in den Unterlagen über dich in der Raumbasis fand. Sie diente als Grundlage für die Suche. Deswegen sind wir bei dir gelandet.«

Ulquiorra ließ sich nun ebenfalls auf einen Sessel sinken. »Es liegen Äonen Forschung hinter uns. Wir haben schon fast nicht mehr daran geglaubt.« Er bebte. Auch ihm war die vergangene Anstrengung anzumerken.

»Ich würde vorschlagen, dass du auch in den Ruhemodus gehst, Ulquiorra. Ich werde Solutosan kontaktieren. Wenn du wieder aufwachst, wird er hier sein.« Ulquiorra fiel der Kopf auf die Brust. Er konnte nur noch schwach nicken und blieb dann ebenfalls reglos sitzen.

Chrom holte sein Handy und wählte Solutosans Kurzwahl.

»Solutosan? Bitte sag jetzt nichts, sondern höre mir einfach zu. Es ist etwas Unglaubliches passiert! Wir haben Besuch aus Duonalia! Ein duonalischer Energetiker hat offensichtlich die Anomalie rekonstruiert und hat es geschafft, ein Tor zur Erde zu öffnen. Sie sind zu zweit. Beide befinden sich im Moment im Ruhemodus. Also lass dir Zeit. Ich denke, sie schlafen jetzt einige Stunden.« Er wartete Solutosans Antwort nicht ab, sondern legte auf. Er war komplett aufgewühlt. Die Gedanken rotierten ungeordnet in seinem Kopf.

Er starrte Psal an, im Moment völlig unfähig zu begreifen, was dieser Besuch für Folgen hatte. Konnten sie nun alle heimkehren? Würden sie das überhaupt wollen? Chrom sah zu Pan und Frran. Wohl eher nicht. Er war darauf vorbereitet, sich auf der Erde eine Existenz zu schaffen – war auf dem Weg. Das wollte er nicht einfach loslassen. Duonalier standen Hybriden kritisch gegenüber. Ein Problem für die Bacanars.

Er nahm Psal in den Arm. »Es hat sich nichts geändert«, flüsterte er. »Ich liebe dich und gemeinsam werden wir alles schaffen.« Psal sah ihn mit riesigen Augen vertrauensvoll an und nickte.

Maureen schlief kaum in dieser Nacht – warf sich in den Kissen umher, bis sie völlig in ihr Bettzeug verstrickt war. Sie war mächtig wütend auf Xanmeran! Sie hasste es, wenn er immer so geheimnisvoll tat. Und es ärgerte sie maßlos, dass es sie störte, wie er sich verhielt. Er war ihr ein Rätsel. Was war das mit ihm? Er zog sie magnetisch an und stieß sie in fast dem gleichen Maß ab. Es hatte sie so heiß gemacht ihn zu schlagen. Aber fühlte sich dann plötzlich ausgeliefert. Er hatte sie auf eine spezielle Art in Besitz genommen, die sie im Nachhinein nicht einmal mehr nachvollziehen konnte.

Sie strampelte ihre Decke weg und starrte auf die Uhr. Sechs Uhr morgens. Sie musste eigentlich später am Tag arbeiten, aber wusste schon, dass sie dazu nicht fähig war. Sie schnappte ihr Handy vom Nachttisch und sprach ihrem Chef auf die Mailbox. Es ginge ihr ja so schlecht. Sie würde zum Arzt gehen und am nächsten Tag wieder in der Firma sein. Fast war es ihr egal, ob er das glaubte.

Wütend starrte sie auf das Display des Handys und dachte an Xans gestrigen Abgang. So kam er ihr nicht davon! Er würde endlich alles auspacken und wenn sie ihn zu Brei schlagen musste! Kurz entschlossen rief sie ihn an. Es war ihr egal, wie spät es war. Sollte er aufwachen. Aber es schien, als hätte auch er nicht geschlafen.

Seine Stimme klang hellwach. »Ja? Maureen?«

Sie schloss die Augen, ihr Herz schlug bis zum Hals.

»Wir haben zu reden«, presste sie hervor.

»Ja?«

»Ja!«

»Dann sprich!«

»Nein, nicht am Telefon – ich komme vorbei! Jetzt!«

»Maureen, ich ...« Sie hatte schon aufgelegt. Hatte keine Lust, sich Ausreden anzuhören.

Sie zog sich Jeans, Shirt und Pulli an und warf sich ihren Parka über. Die Straßen waren stark gefroren und noch nicht gestreut. Aber auch das war ihr im Moment egal.

Sie fuhr zum Haus am Strand.

Er stand in seinem Lammfellmantel vor der Haustür.

»Maureen, ich weiß nicht, ob das eine gute Idee ist.«
»Ist es! Ich kann so nicht weitermachen!«
Er führte Maureen ins Wohnzimmer.
»Hast du kein eigenes Zimmer?«
Er wand sich, nahm ihr den Parka ab, als wolle er Zeit gewinnen.
»Doch.«
»Ich will es sehen!«
»Es steht nicht viel darin, Maureen.«
»Mir egal!« Sie wollte nicht, dass einer seiner Mitbewohner vielleicht in ihr Gespräch platzte.
Er zog seinen Mantel aus. Darunter trug er eine weite Jogginghose und ein dunkelblaues Shirt.
Wortlos ging er voran. Er öffnete eine Tür im ersten Stock. Zuerst dachte sie, er hätte sich vertan. Das Zimmer war kahl. Weiß gestrichen mit grauem Teppichboden ausgelegt. In der Mitte des Raumes stand ein kleiner Tisch mit einem Laptop, einer Tischlampe und ein Stuhl. Der Raum besaß einen eingebauten Kleiderschrank.
Das verschlug ihr die Sprache. Sie ging zu dem Schrank und öffnete dessen Türen. Ja, eindeutig, das waren seine Indianer Sachen. Er hatte nicht viel.
»Kein Bett? Ist das alles?«
Er nickte. Er schien auf dem Boden zu schlafen.
Maureen seufzte. An dem Mann war alles ungewöhnlich.
Sie ließ sich auf den Teppichboden sinken.
»Maureen«, begann er sanft. »Wo soll das hinführen?«
»Zu einer Art Verständnis?«, zischte sie.
Xan setzte sich ihr im Schneidersitz gegenüber mit dem Rücken an die Wand gelehnt. »Dann frag.« Sein rotes Gesicht erschien steinern.
»Warum bist du rot?«
»Ich bin so geboren.«
»Wann bist du geboren?«
»Ich weiß es nicht.«
»Wo wurdest du geboren?«
»Auf Duonalia.«
Der Name sagte Maureen nichts. »Wo ist das?«

»Weit weg.«

»Was machst du hier?«

»Ich wohne hier.«

So kam sie nicht weiter. Sie rutschte näher an ihn heran.

»Magst du mich, Xan?«

Er nickte.

»Sehr?«

Er hob den roten Kopf und blickte sie nachdenklich an.

»Der letzte Abend hat mich irritiert«.

Ach wirklich? Na, da war er ja nicht der Einzige.

»Inwiefern?«

»Ich habe mich gehenlassen. Das tut mir leid.«

Maureen starrte ihn sprachlos an. Sie hatte ihn mit der Peitsche verdroschen und er sagte, dass **er** sich hatte gehenlassen?

»Maureen, ich bin so müde.« Er blickte sie gequält an.

Was sollte sie jetzt noch sagen? War es sinnvoll weiter in ihn zu dringen?

Sie selbst war nach der schlaflosen Nacht auch todmüde. Sie seufzte.

Xan zog ihren Parka und seinen Fellmantel, die er auf den Fußboden hatte fallenlassen, näher. Dann legte er sich mit dem Rücken auf den Boden und streckte die Hand nach ihr aus.

Seufzend ließ sie sich neben ihn gleiten und legte den Kopf auf seine breite Brust. Er zog die Kleidungsstücke über sie beide und schlang den Arm um sie. Mit der anderen Hand streichelte er sanft ihr Haar. Es war einfach wunderschön seine Wärme zu spüren, seine Berührung zu fühlen. Die Müdigkeit überwältigte sie.

Jetzt konnte sie schlafen. Er war da und das war gut.

Wenn Solutosan es nicht mit eigenen Augen gesehen hätte, er hätte Chrom für verrückt erklärt. In der ehemaligen Bacani-Basis saßen zwei Duonalier im Ruhemodus. Der Mann, den Chrom Ulquiorra nannte, hatte feingeschnittene, aristokratische Gesichtszüge, rabenschwarzes, hüftlanges Haar, war sehnig und schlank. Seine Begleiterin, eine zierliche Blondine mit einem langen Zopf bis auf die Hüfte, hatte ebenfalls die milchweiße, auf Duonalia übliche, Haut und sanfte Züge mit vollen Lippen. Chrom hatte ihren Namen mit Trianora angegeben. Die Gewänder aus Donafaser hingen ihnen in Fetzen am Leib. Besonders das des Mannes, das seinen glatten, weißhäutigen Oberkörper freigab.

»Ein Energetiker«, flüsterte Patallia neben ihm ehrfürchtig. »Ich wusste nicht, dass es auf Duonalia noch welche gibt.«

»Sie haben nach uns gefragt?« Solutosan stellte Chrom die gleiche Frage nun zum dritten Mal.

»Ja, nach den Duocarns.«

»Warum sollte sich jemand aus Duonalia die Mühe machen, die Anomalie zu rekonstruieren, um die Duocarns zu finden?«, fragte Solutosan leise.

»Weil wir ohne euch verloren sind«, antwortete der Mann. Er blickte Solutosan fest an, erhob sich steif und verbeugte sich. Sanft weckte er seine blonde Begleiterin. Die blinzelte.

Solutosan vergaß seine gute Erziehung und verneigte sich nicht. Das alles brachte ihn aus dem Konzept. »Ich bin Solutosan«, grunzte er. »Was ist auf Duonalia passiert?« Er straffte den Körper und ballte die Fäuste. Jetzt kam nichts Positives, das ahnte er.

»Die Bacanis haben uns verdrängt und die Bevölkerung reduziert. Es ist schwer die Menge der verbliebenen Duonalier zu benennen, da viele im Verborgenen leben. – Ich schätze ihre Anzahl auf zwanzigtausend.«

»Was?«, riefen Chrom, Psal, Solutosan und Patallia aus einem Mund.

»Es lebten einhundertfünfzigtausend Duonalier dort!«, keuchte Patallia.

Das waren entsetzliche Neuigkeiten! Solutosan lief im Raum auf und ab, die Fäuste weiterhin geballt und lauschte dem Bericht des Duonaliers.

Ulquiorra nickte. »Ich bekam vor langer Zeit von Marschall Folderan den Auftrag euch zu suchen. Inzwischen ist dieser nur noch die Puppe der vier herrschenden Bacani-Rudel. Die Duonalier wurden gesiebt und nur die klügsten Köpfe behalten. Am Wichtigsten scheinen den Bacanis Raumfahrt-Spezialisten zu sein, denn sie haben die Raumfahrt enorm vorangetrieben. Soweit ich informiert bin, haben etliche Schiffe mit Bacanis bereits Duonalia verlassen. Sie versuchen, sich auch auf anderen Planeten niederzulassen. Aus sicherer Quelle weiß ich, dass sie Massenvernichtungswaffen entwickeln.« Ulquiorra holte Luft. »Wir hatten mit euch unsere einzige Abwehr verloren. Nur ich besitze noch einige Duocarns-Gene.«

»Wie kommt das?« Solutosan blieb verblüfft stehen.

»Ich bin der Sohn Xanmerans.«

Stille. Nur das Hecheln der Wölfin war zu vernehmen.

»Xanmeran hat ein Kind?«, erkundigte sich Solutosan gedehnt. Das war ihm neu.

»Ja«, bestätigte Ulquiorra. »Meine Mutter hieß Tarania.«

»Weiß Xan das?«, fragte Patallia gespannt.

»Ich denke nicht.« Ulquiorra strich sich verlegen durchs Haar.

Solutosan verspürte keine Ambitionen dieses private Thema weiter zu verfolgen. »Die Frage ist«, er begann erneut im Zimmer auf und ab zu laufen, »wie wir in so einer Situation überhaupt noch helfen können? Wie hoch schätzt du die Bevölkerungsdichte der Bacanis?«

Diese Frage ging an Ulquiorra. »Das ist sehr schwer zu berechnen, da viele verstreute Rudel auf dem Land leben. Sie haben die Duonalier aus den Dörfern vertrieben. Ich schätze die Bacanis inzwischen auf etwa zweihunderttausend.«

Solutosan ließ sich auf einen Sessel fallen und stützte den Kopf in die Hände, vergrub die Finger im Haar.

»Zuerst müssen alle hier sein«, stellte er nach einigem Nachdenken fest, zog sein Handy hervor und wählte. Tervenarius machte mit David einen Badeurlaub auf den Bahamas. Sein Freund nahm sofort ab. »Terv, es ist etwas passiert, dass deine unverzügliche Anwesenheit in Vancouver erfordert. Bitte komm nach Hause! Es ist wirklich dringend!«

Tervenarius schwieg einen Moment. »David wird nicht

begeistert sein«, antwortete er schließlich, »aber wir nehmen das nächste, verfügbare Flugzeug.«

»Danke, Terv.« Solutosan legte auf und wandte sich an Ulquiorra. »*Ist es möglich, dass wir dein Tor benutzen, um nach Duonalia zurückzukehren?*«

Der Duonalier nickte. »*Ja, aber es können immer nur zwei Lebewesen gleichzeitig reisen. – Das nehme ich zumindest an. Meine Erfahrungen sind noch begrenzt.*«

Solutosan sah ihn nachdenklich an. »*Ich kann in diesem Fall nicht für die anderen entscheiden. Einige sind zweifellos des Kämpfens müde und wollen hierbleiben. Bevor wir weitersprechen, müssen wir auf Tervenarius und seinen Partner David, einen Menschen, warten.*«

Ulquiorra zog die Augenbrauen hoch.

»*Auf der Erde sind die Gegebenheiten anders*«, bemerkte Solutosan leicht missmutig. »*Die Partnerschaften haben sich hier nicht nach duonalischen Moralvorstellungen entwickelt*«.

»*Ich verstehe*«, presste Ulquiorra hervor. »*Ich wollte nicht unhöflich sein.*«

»*Ihr habt bestimmt Hunger*«, lenkte Patallia ein. Er hatte in weiser Voraussicht eine Thermoskanne voller Kefir mitgebracht.

Chrom holte Gläser für alle. Trianora und Ulquiorra staunten nicht schlecht über das Getränk. Es schien ihnen zu schmecken. Patallia hatte eine Unmenge Fragen an die Besucher. Aber Solutosan hörte seine Worte kaum noch. Auch die Antworten der beiden Duonalier kamen nur verschwommen bei ihm an. Gedankenvoll umklammerte er sein Glas. Jetzt würde sich alles verändern, so viel war klar. Zunächst wollte er Ulquiorra und Trianora mitnehmen nach Seafair, wo sie sich in den Gästezimmern ausruhen konnten. Von dort aus war eine Zukunftsplanung einfacher.

Maureen schlug die Augen auf. Zuerst wusste sie nicht, wo sie sich befand. Sie drehte den Kopf und sah Xanmeran. Er lag neben ihr, den Arm fest um sie geschlungen. Er atmete nicht.

Maureen fuhr der Schreck in die Glieder. War er einfach so gestorben?

Sie setzte sich schnell auf und rüttelte an seinem Arm. »Xan!«

Er schlug die schwarzen Augen auf – kam von weit her.

»Gott sei Dank! Ich dachte, du wärst tot!«

»Warum sollte ich tot sein?« Er reckte die Glieder.

»Du hast nicht geatmet.«

Xanmeran seufzte, drehte sich zu ihr um und stützte den Kopf in die Hand. »Ja, weil ich in meinem Ruhemodus nur ein Mal pro Minute atme.«

»Ruhemodus?« Sie sah ihn verblüfft an.

»Ja, Maureen. Verstehst du es denn nicht? Ich bin kein Mensch.«

Mit offenem Mund starrte sie ihn an. So langsam kam die Bedeutung seiner Worte bei ihr an.

»Ich habe dir bereits gesagt, dass ich Duonalier bin.«

Stimmt, das hatte er.

»Ihr seid überhaupt nicht vom Geheimdienst?«, fragte sie und kam sich sofort dumm bei der Frage vor.

»Nein, wir sind Duonalier.«

»Aber was macht ihr hier?«

»Maureen, das ist eine lange Geschichte – kurz, wir sind auf der Erde gestrandet.«

»Also ging es bei der Sache mit der Droge um eine duonalische Angelegenheit?«, fragte sie weiter.

»Nicht nur, da ja auch Menschen durch sie gefährdet waren.«

Ach ja, stimmte ja – er war kein Mensch. Er war ein Alien! Oh Gott! Sie hatte mit ihm gekämpft, auf seiner Brust geschlafen! Und das war so unendlich behaglich gewesen. – Himmel, und dann die Sache auf dem Dachboden! »Lassen sich alle Duonalier gern schlagen?«

Er lächelte und entblößte seine schönen Zähne. »Nein.«

»Warum du?«

Sein Lächeln erlosch. »Ich hatte die Idee, damit eines

meiner Probleme lösen zu können.«

»Willst du mir davon erzählen?«

»Vielleicht später.«

Sie rutschte näher an ihn heran – wollte wieder seine Wärme spüren.

»Hast du jetzt keine Angst vor mir?«

»Nein, warum sollte ich? Mein Karate ist immer noch allemal besser als deins«, lächelte sie.

»Stimmt!« Er zog sie erneut an seine Brust.

»Was hast du gestern mit mir gemacht?«

Er streichelte zärtlich ihre Wange. »Ich habe dich auf meine Art geliebt.«

»Und deswegen hattest du dich bei mir entschuldigt?«

Er nickte. »Ich wusste nicht, ob das von dir gewünscht war.«

Maureen hob den Kopf. Lieber Gott, dachte sie, mir ist es egal, wo er herkommt. Er ist menschlich genug. Die gemeinsamen Monate reichen mir, um das zu wissen: Den will ich und keinen anderen! Bitte lass ihn jetzt nicht zurückzucken. Sie schob sich an ihm höher und umfasste mit beiden Händen sein Gesicht. Dann küsste sie ihn auf die Lippen. Sein Mund war hart und männlich. Nein, er drehte sich nicht weg. Er erwiderte ihren Kuss, erst zurückhaltend, allmählich immer fordernder.

»Zeig mir, wie du mich auf deine Art liebst«, flüsterte sie.

Er ließ von ihr ab. »Maureen, es gab da mal einen Unfall vor langer Zeit, bei dem ich eine Frau verletzt habe.«

»Aber du hast mir gestern nicht weh getan – im Gegenteil.« Jetzt war ihr eindeutig klar – sie wollte ihn und wollte mehr!

»Zeig es mir«, bat sie mutig. »Ich vertraue dir.«

»Dafür müssen wir uns ausziehen.«

Es war draußen hell geworden und fahles Winterlicht drang durch die Schlitze der halb geschlossenen Jalousien. Sie stand auf und begann sich zu entkleiden. Stellte sich mutig nackt in den Raum.

Er erhob sich geschmeidig und zog die Jogginghose und das Shirt aus.

»Bist du sicher?«, fragte er sie. »Bitte erschrecke dich nicht. Ich bin einfach so.«

Mit diesen Worten begann er seine Haut vom Körper zu lösen. Fasziniert sah Maureen, wie die zarten Hautstreifen auf sie zuschwebten. Sie hatte keine Angst. Sie berührten sanft ihre Haut, streichelten sie und legten sich ganz vorsichtig wie ein rotes Gewebe auf ihren Leib – zogen sie näher. An den Stellen, an denen sich die Dermastrien abgelöst hatten, sah sie seinen wirklichen Körper: schwarz mit Gold durchwirkt. Die Materie bewegte sich langsam und schillerte. Er hielt sie in einem losen, aber stützenden, Kokon umfangen. Er fühlte sich wunderbar an, angenehm samtig weich. Sein Glied war stark erigiert.

Eine warme Woge floss durch die Hautstreifen. Maureen stöhnte erregt und klammerte sich an ihn. Öffnete die Schenkel. Sie spürte ihn zwischen ihren Beinen, streichelnd und langsam. Er senkte den Kopf zum Kuss und löste zuletzt die Streifen des Gesichts. Maureen schwebte hinweg. Fühlte seine starken Hände unter ihrem Po. Er hob sie ohne Mühe an und drang vorsichtig in sie ein. Sie hielt kurz den Atem an. Sein Glied war mächtig und füllte sie aus. Er dehnte sie mit langsamem Druck. Sie wollte ihn so sehr! Ja, sie gierte nach ihm! Sie gab ihm erregt nach und vereinigte sich mit ihm, jede Faser mit seinem Leib verwoben. Es gab sie nicht mehr. Sie verschmolzen zu einem Körper, der erst im Feuer der Leidenschaft zitterte und dann in der Ekstase explodierte.

Sie hatten das Klopfen nicht gehört. Patallia wollte Xanmeran rufen, hatte vor, ihm die wunderbaren Neuigkeiten zu überbringen. Ulquiorra stand neben ihm.

Er öffnete die Tür, als er keine Antwort bekam. Gebannt starrte er auf die beiden verwobenen Körper vor sich. Er wusste natürlich, wie Xanmeran beschaffen war, hatte ihn aber nie im Zustand der kompletten Ablösung der Dermastrien gesehen.

Ulquiorra war zu Stein erstarrt. Wortlos drehte er sich um und ging die Treppen hinunter ins Wohnzimmer.

Nachdem Xanmeran sich von der völlig verschwitzten Maureen gelöst hatte, schlugen die telepathischen Gedanken im Haus über ihm zusammen. Etwas stimmte nicht bei den Duocarns.

Er saß mit Maureen auf seinem Schoß, die er zärtlich neckte und kontaktierte Solutosan.

»Gut, dass du dich meldest. – Ich habe Patallia schon geschickt, um dich zu holen.«

»Tut mir leid, ich habe Besuch und war beschäftigt.«

»Darf ich fragen, wer bei dir ist?«

»Maureen.«

Solutosan schwieg kurz. *»Du und eine Menschenfrau?«*

Jetzt war es an Xanmeran zu schweigen.

»Nun gut«, hob Solutosan erneut an. *»Du musst selbst entscheiden, inwiefern sie das hier betrifft. Ich würde vorschlagen, du kommst erst mal ohne sie ins Wohnzimmer und hörst dir alles an.«*

»Okay, bin gleich da.« Er schaute Maureen an, die fragend zu ihm hochblickte. »Wir haben hier im Haus interne Dinge zu regeln. Bist du mir böse, wenn ich dich eine halbe Stunde allein lasse?«

Sie schüttelte den Kopf. »Kann es sein, dass du dich mit deinen Leuten unhörbar unterhältst?« Sie war dabei, ein feines Gespür für ihn zu entwickeln.

»Ja, wir sind Telepathen.«

»Oh! – Wie praktisch.«

»Maureen, es tut mir leid, dass ich kein Bett besitze. Jetzt kannst du dich noch nicht einmal ausruhen.«

»Warum hast du denn kein Bett?«

»Ich brauche es nicht für meinen Ruhemodus und habe deshalb immer versäumt mir eins zuzulegen.«

Maureen war splitterfasernackt zu seinem Lammfellmantel und ihrem Parka in der Ecke gekrochen und hatte sich eingemummelt. »Ist nicht so schlimm«, wisperte sie und schnupperte wohlig an seinem Mantel. »Komm bald wieder.«

Xanmeran erhob sich und zog sich an. Er wählte eine schwarze Hose und ein weißes, weites Hemd von Versace. Auf Schuhe verzichtete er.

Im ersten Moment verstand er kaum, wer alles im Wohnzimmer versammelt war. Die Bacanis Chrom und Psal, Solutosan, Meodern, Patallia mit dem Sternenkind auf dem Schoß und zwei unbekannte – Xanmeran stutzte – Duonalier. Er stand wie angewurzelt da.

»*Tervenarius und David sind auf dem Weg*«, teilte Solutosan ihm zur Begrüßung mit. »*Darf ich dir Trianora und Ulquiorra vorstellen.*«

Xanmeran verzog keine Miene und verneigte sich. Er blickte fragend zu Solutosan, der ihm kurz telepathisch die neue Situation erklärte. Xanmeran lehnte sich gegen die Wand. Er würde nach Duonalia zurückkehren können! Und Maureen? Ihr Götter!

Ulquiorra kam auf ihn zu. Beide waren gleich groß.

Der Mann blickte ihn mit seinen schwarzen Augen durchdringend an. Seinen Augen.

Xanmeran erstarrte.

»*Du ahnst, wer ich bin?*«, fragte Ulquiorra bedeutungsvoll.

Xan schüttelte den Kopf.

»*Ich bin Taranias Sohn.*«

»*Nein!*« Xanmeran blickte zu Boden, seine Kiefer mahlten. Konnte das sein? Ja, es war möglich. Er hatte die verletzte Frau auch noch geschwängert. Er merkte kaum, wie sich seine Fingernägel in die Wand hinter ihm bohrten und Furchen zogen.

Ulquiorra sah ihn weiterhin prüfend an.

In seiner Fassungslosigkeit fehlten Xan die Worte. Er stieß sich von der Wand ab und verbeugte sich. »*Willkommen, Sohn.*«

Zu mehr war er nicht fähig. Das musste er erst einmal verarbeiten.

Ulquiorra wandte sich ab und setzte sich wieder zu Trianora, die inzwischen von Meodern in Beschlag genommen worden war. Meo ließ seinen ganzen Charme spielen und Trianoras glockenhelles Lachen klang einige Male durch den Raum.

Xanmeran ging langsam zu einem der großen Fenster und blickte in den winterlichen Garten. Es hatte angefangen zu schneien. Leise segelten dicke Flocken aus dem grauen Himmel und setzten sich wollig weiß auf die Gartenmauer und das gefrorene Gras.

Er hatte einen Sohn. Ulquiorra war offensichtlich derjenige, der das Tor geöffnet hatte. Xan drehte sich um und blickte zu ihm. Nun sah er, dass Ulquiorra nur eine Hand besaß. Was hatte ihn die Hand gekostet? Seine Suche nach der Anomalie? Aus den Gesprächen entnahm er, dass es nicht gut um Duonalia stand. Die Bacanis hatten sich ausgebreitet wie die Pest. War er deshalb auf die Suche nach den Duocarns gegangen? Oder war der Plan ihn, seinen Vater, zu finden? Ob Tarania noch lebte?

Xanmeran hatte viele Fragen. Aber er fühlte die Abneigung seines Sohnes ihm gegenüber. War jetzt der richtige Zeitpunkt ihn zu befragen? Was sollte er Maureen erzählen? Ihr Götter. Maureen war noch in seinem Zimmer!

Er drehte sich wieder zum Fenster und schloss die Augen. Liebte er sie? Wie alle Duonalier hatte er eher ein kühles Temperament – obwohl er bei ihr beileibe nicht unterkühlt agiert hatte. Es gab keine Fremdlinge auf Duonalia – schon gar keine Erdlinge. Sollte er sich dafür entscheiden zurückzukehren und sie mitzunehmen, würde sie denn überhaupt ohne ihre Mitmenschen leben können?

Mischungen zwischen Völkern waren auf seiner Heimatwelt verpönt. Mit Maureen an seiner Seite stellten sie ein Außenseiter-Pärchen dar. Das war ihm gleichgültig, entschied er. Außerdem hatten die Duonalier bestimmt im Moment anderes zu tun, als sich um Rassenreinheit zu kümmern.

Xanmeran wandte sich an Solutosan. »*Hast du eine Idee, wie man die Bacanis auf Duonalia aufhalten könnte?*«

Solutosan drehte den Kopf und blickte ihn ernst an. Die Sterne in seinen Augen waren fast verschwunden. »*Die Bacanis sind so vielzählig, die Duonalier nur noch etwa zwanzigtausend. Die Duocarns sind eine Handvoll. Das heißt, selbst wenn wir zurückkehren, müssen wir es unbemerkt tun und im Untergrund agieren.*«

Ulquiorra trat zu ihnen. Xanmeran blickte ihm fest in die Augen.

Sein Sohn besaß seine kämpferischen Gene, das zeigte sein Gesichtsausdruck. »*Wir werden kämpfen müssen*«, sagte er, »*aber es kann kein offener Krieg sein.*«

Xan und Solutosan nickten.

»*Wenn die Duonalier sich nicht wehren können, bringen wir ihnen das eben bei*«, beschloss Solutosan. »*Die Frage ist wie.*«

Karate, dachte Xanmeran, wäre ein guter Anfang. Es würde von seiner Philosophie und auch von seiner Technik dem Gemüt der Duonalier entsprechen. Er wandte sich an seinen Sohn: »*Wie oft kannst du das Tor aktivieren, um jemanden zu transportieren?*«

»*Ich glaube schon, dass es öfter machbar ist. Jede Öffnung wird mir mehr Erfahrung bringen*«, antwortete Ulquiorra.

Xanmeran blickte zu Solutosan. »*Wir würden von einem der Monde agieren müssen. Am besten vom östlichen. Wir müssten langsam beginnen und die Duonalier ausbilden – ihnen beibringen, sich zu wehren. Ich könnte Maureen überreden, sie im Kampf zu trainieren.*«

»Maureen?«, fragte Ulquiorra.

»Ja, meine Partnerin. Sie ist ein Mensch und beherrscht eine waffenlose Kampfkunst.«

Ulquiorra runzelte nachdenklich die Stirn.

Halia kam zu ihnen getapst. Die Kleine konnte inzwischen schon gut laufen, trug eine Latz-Jeans und ein Star-Wars-Shirt. Sie hob die Ärmchen zu Solutosan, der sie hoch nahm. Halia schlang die Arme um seinen Hals und schaute Ulquiorra mit ihren grünen Sternen-Augen prüfend an.

»Warum hast du nur eine Hand?«, fragte sie.

Ulquiorra betrachtete sie. Er lächelte und nun bemerkte Xanmeran die Ähnlichkeit mit Tarania. »Ich war leider etwas leichtsinnig und habe sie in eine unfertige Raum-Anomalie gehalten.«

»Oh!« Halia schob ihren Daumen in den Mund und sah ihn weiter interessiert an.

Solutosan nahm ihr den Finger wieder heraus. »Nein, Halia. Du bist schon viel zu groß für so etwas.«

Sie nickte tapfer.

Tervenarius betrat den Raum.

Halia strampelte sofort ungeduldig. Solutosan setzte sie auf den Boden und sah lächelnd, wie sie auf den weißen, großen Krieger zu rannte. Tervenarius war mit Abstand ihr Lieblings-Onkel.

Terv strahlte und hob sie auf den Arm. Er trat zu ihnen und ließ sich Ulquiorra vorstellen. Er staunte nicht schlecht, als er die Geschichte der beiden Duonalier vernahm. »Bitte entschuldigt mich, ich werde das David alles erklären.« Er nahm Halia mit zu seinem Freund, der in diesem Moment durch die Tür kam.

»Kampfsport?«, setzte Solutosan ihr unterbrochenes Gespräch fort und sah ihn nachdenklich an.

»Na ja, Karate hat auch viel Mentales und würde dem duonalischen Charakter entgegen kommen. Es wäre ein Anfang.« Xan machte eine Pause. »Ich müsste Maureen aufklären und fragen.«

Solutosan nickte. »Sie steckt sowieso schon tief in unseren Angelegenheiten. Die Frage ist nur, was machen wir mit dem

Kampf hier auf der Erde? Vor einigen Tagen ist wieder ein Mensch mit ausgefressenem Gehirn in Seattle gefunden worden. Das heißt, einer der Stammväter lebt und ernährt sich.« Nachdenklich strich er das lange Haar zurück.

»Ich gehe zu Maureen und spreche mit ihr«. Xanmeran drehte sich um und verließ den Raum. Er spürte noch Solutosans prüfenden Blick im Rücken.

Maureen lag, wie er sie verlassen hatte, nackt eingekuschelt in seinen Mantel. Er setzte sich neben sie und strich ihr das wirre Haar aus der Stirn. Ja, er hatte sich in sie verliebt. Er wollte, dass sie bei ihm blieb.

Maureen schlug die Augen auf.

»Würdest du mit mir kommen, wenn ich die Erde verlasse?«

Maureens Augen weiteten sich. »Was?« Das war eine ungeheuerliche Frage.

Er legte sich neben sie und zog sie auf seine Brust, erzählte ihr, was sich zugetragen hatte.

»Ich soll Duonalier ausbilden?«

»Eine der Schwierigkeiten wird sein, dass du dich dort von Dona ernähren musst, denn wir haben nichts anderes.«

»Wie schmeckt Dona?«

»Wie Kefir!«

Maureen lachte. Xan erinnerte sich an das Gespräch am Feuer und musste ebenfalls lachen. Die Ernährungsfrage war also geklärt.

»Würdest du mitkommen?«

Sie richtete sich auf und begann sein Hemd aufzuknöpfen. »Nur wenn ich die Peitsche mitnehmen darf und du noch mal, so wie vorhin, mit mir schläfst.«

Er nickte. – Das war das geringste Problem.

Solutosan hatte Ulquiorra zu einem Spaziergang eingeladen, was sein Gast gerne annahm. Der Energetiker stand ehrfürchtig vor dem Ozean, näherte sich ihm und tauchte seine Hand in die eisige Brandung. Solutosan hatte Trianora und ihm Übersetzermikroben gegeben, so dass sich die beiden Duonalier nun auch in Englisch verständigen konnten, was die Kommunikation mit David und den Bacanars erleichterte. Waren sie unter sich, benutzten sie weiterhin Telepathie.

»Ich muss mit dir sprechen«, hatte Solutosan gebeten. Nun standen sie am Strand, dick eingepackt gegen den schneidenden Wind. Er musterte Ulquiorra eindringlich, dessen Nase sich bereits von der Kälte rötete.

»Ich will dich fragen, was du in Zukunft vorhast. Du bist Wissenschaftler. Ich halte es nicht für selbstverständlich, dass du dein Leben dem Kampf gegen die Bacanis opferst. Aber wollen die Duocarns ihren Krieg fortsetzen, brauchen sie dich. Ich möchte deshalb wissen, wie du zu dem Ganzen stehst.«

Ulquiorra richtete den Blick auf die rauschende Brandung und dachte nach. »Ich habe so viel Zeit damit verbracht euch zu finden – sicherlich nicht, um mich danach umzudrehen und meiner Wege zu gehen. Selbstverständlich werde ich dich und die Deinen unterstützen. Außerdem gedenke ich nicht mich abzuwenden, wenn es meinem Planeten schlecht geht.«

»Das heißt, dass du der Torwächter bleibst? Wir werden uns zwischen der Erde und Duonalia bewegen müssen. Die zweite Frage, die sich stellt, ist, wie wir dich in diesem Fall kontaktieren können.«

»Darüber habe ich mir bereits Gedanken gemacht – aber nur du wirst fähig sein mich zu rufen, so dass ich kommen und es öffnen kann.«

»Wie?«

Fasziniert beobachtete Solutosan, wie aus Ulquiorras Hand goldene Energie floss, die sich zu einem handtellergroßen Ring verdichtete. Ulquiorra nahm ihn und materialisierte ihn zu Solutosans Erstaunen in einen festen, goldglänzenden Reif. »Entblöße deine Brust.«

Solutosan tat wie ihm geheißen.

Ulquiorra drückte ihm den Ring in die Mitte der Brust. Der Schmerz war heftig, heiß und brennend. Er zischte vor Qual und schloss die Augen.

»*Rufe mich*«, befahl Ulquiorra.

Solutosan, rollte seinen Pullover nach unten, zog den Reißverschluss der Daunenjacke rasch zu. Er konzentrierte sich, nahm die Kraft des Rings und schickte sie zu dem Energetiker.

Den schlug es von den Füßen! Er saß im Sand und lachte. »*An der Dosierung musst du noch ein wenig arbeiten*«, lächelte er. Er stand, behindert durch die ungewohnte, dicke Kleidung, auf und blickte Solutosan in die Augen. »*Sehr gut, nun ist der Ring auch in der Iris und unsere Verbindung ist da.*" Ulquiorra nickte. »*Du bist talentiert.*«

Gemächlich wanderten sie zum Haus zurück. Der eisige Winterwind riss an ihrer Kleidung. Das Meer schäumte.

Solutosan öffnete die Garage. »*Tervenarius hat mich gebeten, ihm zu erlauben, als Erster nach Duonalia zu gehen. Er hat Bekannte auf dem östlichen Mond und kann mit ihrer Hilfe eine Unterkunft für die Duocarns finden. Außerdem möchte er seine Forschungsergebnisse holen. Er hat lange an ihnen gearbeitet und glaubt, zusammen mit Patallia erfolgreiche Medikamente gegen etliche menschliche Krankheiten entwickeln zu können. Würdest du mit ihm zuerst reisen?*«

Ulquiorra nickte zustimmend. »*Ich werde ihm helfen und ihn dann zurückbringen.*«

Nachdenklich schloss Solutosan das Garagentor. Sollte er es erwähnen? »*Noch etwas anderes.*«

»*Ja?*« Ulquiorra entledigte sich seiner Jacke.

»*Wenn du Hilfe mit deinem Vater brauchst, bin ich für dich da.*«

Ulquiorra runzelte die Stirn.

Solutosan hob beschwichtigend die Hand. »*Es ist nur ein Angebot, da ich ihn gut kenne. Ich werde mich natürlich nie ungefragt in deine Privatangelegenheiten mischen.*«

Ulquiorras schmales Gesicht entspannte sich. »*Ich denke, ich kann mein Verhältnis zu meinem Vater beizeiten ins Lot bringen. Aber ich danke dir. Das war sehr aufmerksam.*" Er verneigte sich leicht.

Chrom und Psal verabschiedeten sich von allen, um zum Tierheim zurückzufahren. Tervenarius und David waren entschlossen auf der Erde zu bleiben und mit Patallia den Kampf gegen Bar fortzusetzen.

Xanmeran und Maureen hatten vor, mit Trianora nach Duonalia zu gehen, um die Möglichkeiten einer Kampfausbildung der Duonalier zu prüfen.

Solutosan beobachtete, wie Meodern ununterbrochen um Trianora herumschwänzelte, unfähig sich zu entscheiden. Eine Duonalierin zu erobern erforderte Taktgefühl, Beharrlichkeit und sehr viel Zeit. Solutosan bezweifelte, dass der schöne Meo diese Ausdauer besaß.

Nachdenklich ging er in Halias Zimmer, setzte sich auf den Bettrand und streichelte ihr kleines Gesichtchen. Sie schlief bereits tief und fest.

»Jetzt teilen sich die Duocarns, meine Süße«, flüsterte er. »Ist das gut oder schlecht für uns?« Er wusste es nicht. Er streute ihr ein wenig Sternenstaub auf die Lider für schöne Träume. Halia lächelte im Schlaf.

Er stützte das Kinn in die Hand. Er wollte mit ihr auf der Erde bleiben, bis Tervenarius zurück war und berichten konnte. Am nächsten Morgen würden Ulquiorra und Terv sie verlassen. Eine neue Zeit brach an. Einen Moment lang fühlte sich Solutosan genau so alt wie er war.

»Du kannst überhaupt nichts mitnehmen?«, fragte David entsetzt.

Tervenarius nickte. »Ich werde froh sein, wenn meine Kleider heil bleiben.«

»Oh Gott!«

Terv saß an seinem Rechner und schloss das Browserfenster seines Computers. Er grinste zu David, der sich in Bluejeans und weißem, ärmellosen Shirt auf ihrem Bett räkelte. David war ein Körperpflege-Fanatiker und ohne Zahnbürste und Hautcremes hätte er niemals eine Reise angetreten. Er beneidete Tervenarius um seine weiche Pilzhaut, die er nur mit seinem Kefir-Konsum pflegte. Seine Verletzung war nun bereits einige Wochen her. Von ihr war nur eine schmale, rote Narbe am Hals geblieben.

»Weißt du schon, wie lange du fort sein wirst?«

»Nein, David – diese Art von Reise lässt sich nicht mit menschlichen Maßstäben messen. Zeit und Raum verschieben sich ständig.«

David erbleichte. »Ich vergesse immer, dass du kein Mensch bist«, flüsterte er. »Eine Reise zu deinem Heimatplaneten, der so wahnsinnig weit weg ist, dass es außerhalb meiner Vorstellungskraft liegt, macht mir einfach Angst.«

»Ach, David! Ich habe doch auch keine Angst. Du wirst sehen, ich bin in einem Augenblick wieder hier. Freu dich, dann kannst du den BMW fahren, ohne dass ich herummeckere.«

Aufgeregt sprang David vom Bett und beugte sich über ihn, drückte ihn mit beiden Händen gegen die Lehne seines Stuhls. Die Muskeln seiner nackten Oberarme spannten sich an. Terv betrachtete sie mit Wohlgefallen und einer zart steigenden Erregung. Er hatte sich an David gewöhnt, der auf der einen Seite stark und maskulin, andererseits jedoch weich und anschmiegsam war. Diese Kombination faszinierte ihn und ihm war klar, dass sie noch viele weitere Jahre anhalten würde. David erschien ihm wie eine seltene Blume, die in seinen Händen wunderschöne, aber gelegentlich auch bizarre Blüten trieb, die ihn immer wieder staunen machten. Ja, das war wohl das, was man Liebe nannte.

Sein Geliebter blickte ihm in die Augen, die vor lauter Sorge dunkelblau schimmerten, statt wie sonst in einem ruhigen Stahlblau.

»Ich will den BMW nicht, Terv. Ich will dich und möchte, dass du heil zurückkommst!«

David ließ sich vor ihn auf den Boden sinken und legte

seinen Kopf auf seine Knie. Er streichelte versonnen Davids glattes, schwarzes Haar, kraulte mit den Fingerspitzen den zarten Haaransatz im Nacken. Er fürchtete sich nicht. Er war zu alt um Angst zu haben. Seine Aufgaben auf Duonalia waren klar – die Duocarns hatten Priorität vor allem. Er würde David wiedersehen, das fühlte er. Aber es tat ihm weh, ihn so sorgenvoll zu sehen.

Terv beugte sich vor und suchte Davids Mund mit seinem, versank in einem innigen Kuss.

»Lass mir etwas von dir hier«, flüsterte David. Er hatte bereits Tervs Jeans geöffnet und blickte mit bittenden Augen zu ihm hoch. Tervenarius lächelte und hob die Hüften, damit David die Jeans über seine Lenden streifen konnte.

»Schon wieder kein Slip«, flüsterte David.

Seit sie ein Paar waren, hatte sein Geliebter ihm etliche Kollektionen diverser Slips gekauft, aber er hatte sie immer achtlos im Schrank gelassen. Er, der den größten Teil seines Lebens Gewänder getragen hatte, empfand sie als unnützes Kleidungsstück.

David betrachtete seinen marmorweißen Schwanz, der sich in Erwartung erregt bewegte. Er griff nach seinen beiden Händen und senkte den Kopf in seinen Schoß, liebkoste die weiche Haut seines Gliedes, das er an seiner Wange vorbeistreifen ließ, bedachte die Spitze mit einem liebevollen Kuss. Tervenarius schloss die Augen und genoss diese zarten Berührungen.

Zärtlich leckte David über die glatte Eichel, knabberte sanft mit den Zähnen den ganzen Schaft entlang.

Ein Schauer lief durch seinen Körper, er versteifte sich, ihre Hände verkrampften sich ineinander. David biss in die Haut seiner Hoden, zupfte daran. Das war schiere Folter!

»Du willst mich zum Abschied quälen«, stieß Tervenarius hervor. David schüttelte den Kopf und nahm seinen Schwanz in den Mund. Er packte Tervs Hände fester.

Er wusste, David liebte es Lust mit einer winzigen Portion Schmerz zu paaren und genoss es, wenn Terv ihm gelegentlich die Nägel ins Fleisch bohrte – manchmal, bis er blutete.

David verwöhnte langsam seinen harten Penis mit den

Lippen und der Zunge. Er ließ sich viel Zeit. Als ob er ihn von seiner Reise zurückhalten, sich einfach an ihm festsaugen wollte, damit er nicht mehr fortkam.

Aber nun spürte Terv doch Davids Gier, die ihn zu einem schnelleren Tempo antrieb. Das hungrige Verlangen seines Geliebten fegte im fieberhaften Rhythmus sämtliche Gedanken fort. Den Kopf in den Nacken gelegt, vollends der über seinen Verstand schwappenden Lustwelle ausgeliefert, strafften sich seine Schenkel und Lenden eisenhart. Er bäumte sich stöhnend auf, seine Nägel tief in Davids Handflächen vergraben, als er sich in den Mund seines Geliebten ergoss.

David trank wie ein Verdurstender. Hätte Tervenarius seine Liebe verflüssigen können, er hätte es in diesem Moment getan. Aber so blieben ihm nur seine Pilzsporen, die er mit seinem Sperma mischte. Er wählte Davids Lieblingssporen wie Marzipan und Veilchen und verströmte sich keuchend.

David legte den Kopf in seinen Schoß. Er schmiegte sich an sein weicher werdendes Glied. Seine Schultern und der Rücken bebten.

Wie sollte er ihn nur trösten? Terv betete einen Moment, dass er nicht weinen möge. Er hatte die verkrampften Hände gelöst und streichelte sein Haar. »Nicht traurig sein, David! Bitte versprich mir das! Es ist möglich, dass meine Reise drei Monate dauert, die aber hier auf der Erde nur fünf Minuten sind.« David nickte tapfer und sah ihn nicht an.

Solutosan hatte Tervenarius zum Abschied noch freundschaftlich auf die Schulter geklopft. Ulquiorra schien sich seiner Sache sicher, also würde er in Kürze wieder mit Nachrichten von ihrem Heimatplaneten zurück sein.

Interessiert beobachtete Solutosan, wie Ulquiorra die Hände auf seine Brust drückte, die golden erstrahlte. Er legte die Arme des hinter ihm stehenden Tervenarius um seine Hüfte. »Auf keinen Fall loslassen«, instruierte er Terv. Der nickte und warf David einen langen Blick zu.

Ulquiorras Gesicht war konzentriert. Sein goldener Schein löste sich allmählich, formte einen Kreis und schob sich vor die beiden. Die Erscheinung vergrößerte sich und rotierte erst langsam, begann zu wirbeln. Sie bildete in ihrer Mitte einen weißen Nebel. Drehte schneller, bis nur noch ein Blitzen zu sehen war. Die Nebelwand verschwand, machte einer grauen Masse und darauf einer schwarz flirrenden Materie Platz. Die beiden Männer traten gemeinsam nach vorne in den Ring, der sie verschluckte, als wären sie nie da gewesen. Der goldene Reif rotierte weitere Sekunden und fiel dann in sich zusammen.

Gebannt blickte Solutosan auf die Stelle, an der sie verschwunden waren. Die verbliebenen Duocarns, Trianora und David standen geblendet im Wohnzimmer in Vancouver. David hielt die Hand noch nach Tervenarius ausgestreckt.

»Puh«, ließ sich Meodern vernehmen, und nahm ihm so den Satz aus dem Mund. »Wenn das nicht mal eine irre Art ist zu reisen!«

Eben wollten sich alle wieder in Bewegung setzen, als der Ring erneut aufflammte. Solutosan, der ihm am nächsten stand, machte einen Sprung zurück.

Die schwarze Materie spie Ulquiorra aus, die Kleidung in Fetzen, die Brust strahlend hell. Er war allein. Er zitterte bis auf die Knochen. »Ist er hier?«

»Wer?«, fragte David, Unheil ahnend.

»Tervenarius!«

»Nein!«, stieß Solutosan hervor.

Ulquiorra sank zu Boden. »Auf Duonalia ist er auch nicht! Ich habe ihn verloren! Wir waren in der Anomalie. Ich spürte ihn noch hinter mir. Dann flüsterte er mir etwas ins Ohr und ließ los.« Ulquiorra wand sich verzweifelt.

»Was hat er gesagt?« Solutosan ging entsetzt neben ihm auf die Knie. »Was?«

Der Duonalier blickte ihn erschrocken an und schluckte.

»Er flüsterte: Ulquiorra, der Ruf! Der Ruf! Beo menucans! Dann ließ er los!«

»Was heißt das? Bitte sagt mir, was das bedeutet!«, schrie David verzweifelt.

Solutosan kniete auf dem Wohnzimmerteppich und starrte ins Leere. Schlagartig kam seine Erinnerung an die Nacht mit der Wölfin am Strand zurück. »Beo menucans heißt: Komm nach Hause!«

Pat McCraw

DUOCARNS
Die drei Könige

Roman

Covergestaltung: Norbert Nagy
Korrektorat: Brigitte Mel

Alle Rechte bei:
2012 Elicit Dreams Verlag
Lieselotte Heinrich
Schieferweg 19
56727 Mayen

Der energetische Ring verblasste und erlosch.

Solutosan war in die Knie gebrochen und starrte fassungslos auf Ulquiorra, der in seinem von der Anomalie zerfetzten Gewand, zitternd und stöhnend vor ihm auf dem Boden lag. David, die Hände vors Gesicht geschlagen, sank in sich zusammen.

Ulquiorra hatte Tervenarius auf dem Transport verloren. Eine Katastrophe!

Patallia stürzte sofort zu Ulquiorra, kniete sich neben ihn und ergriff mit besorgter Miene dessen Handgelenk. Er maß den Puls und nahm mit der Handfläche eine kleine Blutprobe, die er in seinen Körper einspeiste und analysierte.

Er hob den blanken, kahlen Kopf. Seine tiefgründigen Augen blickten ernst. *»Er ist total erschöpft, Solutosan«*, sagte er telepathisch zu ihm. *»Hilf mir bitte, ihn hinzulegen.«*

Direkt angesprochen löste Solutosan sich aus seiner Erstarrung und erhob sich schleppend. Er fühlte sich völlig überrumpelt, wusste nur, dass er einen seiner besten Freunde verloren hatte, und war Patallia dankbar, dass er in diesem Moment die Anweisungen gab.

Gemeinsam stützten sie Ulquiorra und brachten ihn in einem der Gästezimmer zu Bett. Patallia breitete eine leichte Decke bis über seine Mitte und betrachtete den Torwächter sorgenvoll, dessen schwarzes, langes Haar einen starken Gegensatz zu seinem leichenblassem Gesicht bildete.

»Tervenarius hat einfach losgelassen«, flüsterte Ulquiorra immer wieder. *»Er ist einem Ruf gefolgt.«*

Solutosan nickte wie betäubt. Der Ruf! *»Ich kenne diesen Satz. Ich bin vor etwa einem Jahr mit den gleichen Worten gerufen worden.«*

»Beo menucans«, zitierte Patallia mit gerunzelter Stirn, *»ist kein duonalisch, Solutosan. Ist dir denn nicht aufgefallen, dass du eine fremde Sprache verstanden hast?«*

»Nein«, Solutosan fuhr sich irritiert durchs Haar. *»Nein, es war mir völlig klar, was es heißt. – Es war so vertraut.«*

»Lassen wir Ulquiorra ausruhen, Solutosan.«

Er erhob sich von der Bettkante – betrachtete Xanmerans bleichen Sohn, der seinen linken Armstumpf immer noch auf die Energiequelle in seiner Brust drückte. Erschöpft war er übergangslos in seinen Ruhemodus geglitten.

Solutosan war klar, dass Ulquiorra keine Schuld an dem Zwischenfall trug. Wer mit ihm durch das Tor reiste, durfte die körperliche Verbindung zu dem Torwächter keinesfalls unterbrechen. Und Tervenarius hatte einfach losgelassen.

Seine Gedanken überschlugen sich, während er mit Patallia zurück ins Wohnzimmer ging. Sie hatten einen Duocarn verloren. Einen Unsterblichen. Was bedeutete es für so ein Wesen, auf dem Transport auf einen anderen Planeten verlorenzugehen? Ewige Verdammnis? Der Gedanke schnürte ihm den Hals zu.

Im Wohnzimmer lehnte Xanmeran steif an der Wand. Trianora versuchte, den völlig aufgelösten David zu trösten. Meodern saß auf dem Sofa, den Kopf in beide Hände gestützt und starrte vor sich hin. Xan blickte Patallia fragend an.

»*Deinem Sohn geht es gut. Er wird sich wieder erholen.*«

»*Gut.*« Xan schob sich mit steinerner Miene von der Wand. »*Bin im Fitness-Raum.*« Das war seine Art mit dem Problem umzugehen.

Solutosan schüttelte leicht enttäuscht den Kopf. Xanmeran hatte kein Wort der Besorgnis wegen Tervenarius geäußert. Seine Distanz gegenüber Ulquiorra entfernte ihn nun sogar von den anderen Duocarns.

»*Patallia, bitte hilf David*«, bat Trianora.

Der Mediziner trat zu Tervenarius' Gefährten, blickte David prüfend an und legte ihm die Hand auf den Unterarm. »*Komm, David*«, sagte er leise. »*Du musst dich ausruhen.*« Davids stahlblauer Blick verschwamm. Patallia hatte ihm offensichtlich ein starkes Beruhigungsmittel verabreicht.

Solutosan starrte den beiden hinterher, als sie den Raum verließen. Er war mit den Gedanken bereits woanders.

»*Beo menucans! Ihr Götter! Wo kommt das her? Wieso hat Terv es ebenfalls verstanden?*« Solutosan stiefelte vor dem breiten Fenster des Wohnzimmers auf und ab. Der großflockige Schnee hatte den kleinen Garten inzwischen mit einer dicken Watteschicht bedeckt. Nur Trianora und Meodern saßen noch auf der großen Ledercouch in der Mitte des Raumes.

Trianora strich ihren langen, blonden Zopf zurück. Sie trug nun Menschenkleidung, da ihr duonalisches Gewand bei der Reise zur Erde zerfetzt worden war. Sie sah in Jeans und dem dicken, grauen Strickpulli richtig menschlich aus. Nur die silbernen Augen verrieten ihre Herkunft.

»Er hat sich entschieden, Solutosan«, sagte sie ruhig. *»Wir werden es irgendwann erfahren, das fühle ich. Tervenarius ist unsterblich, vergiss das nicht.«*

Er stierte sie an. Ja genau, das war doch das Problem! Einen Sterblichen hätte die Anomalie in tausend Stücke gerissen – so wie es mit Ulquiorras Hand geschehen war. Aber einen Duocarn? Wollte er jetzt mit Trianora darüber diskutieren? Er entschied sich dagegen, drehte sich abrupt um und starrte aus dem Fenster auf die treibenden Schneeflocken.

Meo hatte noch etwas auf dem Herzen. *»Was ich dich die ganze Zeit fragen wollte, Trianora. Was ist aus dem Sternentor geworden unter der Herrschaft der Bacanis?«* Seine Stimme tönte rauchig-sanft – wie immer wenn er mit Trianora sprach.

»Mein Vater, der auf dem gleichen Mond lebt, hat mir erzählt, dass die Bacanis es benutzen wollten. Da es jedoch nur auf die duonalische Genetik reagiert, war das sinnlos. Danach haben die Bacanis scheinbar wutentbrannt versucht es zu zerstören«, antwortete sie.

»Was?« Solutosan fuhr herum. Den Bacanis war aber auch nichts heilig!

Trianora nickte. *»Es ist unzerstörbar. Es wird also weiterhin für die auserwählten Duonalier möglich sein, Unsterblichkeit zu erlangen.«*

»Unsterblichkeit!«, zischte Solutosan. Er dachte an all die Wesen, die er schon zu Staub hatte zerfallen sehen, während er und seine Duocarns in ihren unzerstörbaren Körpern die Ewigkeit überdauerten. Seine geliebte Frau, Aiden, war erst vor kurzem gestorben. Nur das gemeinsame Kind war ihm geblieben. Halia, das Sternenkind, das als Halb-

Duonalierin sehr alt werden würde.

Solutosan zügelte seinen Unmut und seufzte, denn in diesem Moment kam Halia ins Wohnzimmer. Er blickte liebevoll zu der Kleinen hinab, die angelaufen kam und nun vor ihm stand.

Halia, in einer blauen Latzhose und einem weißen Pulli mit roten Herzchen, reichte ihm mit ernstem Gesichtchen ein Glas Kefir. Ihre dunkelgrünen Sternenaugen blickten vertrauensvoll zu ihm auf.

»Daddy, warum ist Onkel Terv weg?«, fragte sie.

Solutosan nahm ihr das Glas ab und lächelte schwach. Er hob sie hoch und streichelte ihre rotgoldenen Locken. *»Er wurde gerufen, Halia. Von wem wissen wir nicht.«*

Halia schob trotzig die Unterlippe vor, ihre Augen füllten sich mit Tränen.

»Ich weiß, er ist dein Lieblings-Onkel, Halia. Wir werden ihn bestimmt wiedersehen. Das ist einfach nur eine Frage der Zeit.«

Zeit hatten er und seine Krieger mehr als genug, dachte Solutosan. Trotz seiner eigenen, tröstenden Worte musste auch er in diesem Moment blinzeln, um die Tränen zurückzuhalten.

»Mehr links!«, brüllte Bar. Sein massiger Leibwächter Buddy stand auf einer etwas schwankenden Stehleiter und hielt zusammen mit dem Schreiner das neue Hinweisschild seines Clubs an die Hauswand. Natürlich bestand das kleine, elegante Schild für den Mirrorclub aus reflektierenden Spiegeln.

Bars Swingerclub hatte sich verkehrsgünstig, aber diskret, in einem wenig belebten Viertel von Vancouver etabliert. Man konnte von außen seine enorme Größe nicht erkennen. Er würde ein Geheimtipp sein.

»So ist gut!« Bar drehte sich zufrieden um und schritt die Treppen zum Vordereingang hinauf.

Daisy war innen im Empfang schon am Werk. Sie trug ein

hautenges Paillettenkleid, eine üppige Hochsteckfrisur und dekorierte ihren polierten Empfangstresen mit geschmackvollen Figuren nackter Frauen.

»Ich sage dir, der Club wird der Renner, Schätzchen«, schnurrte sie bei Bars Anblick. Bar nickte. Er würde Erfolg haben. Er war es langsam gewöhnt, dass sich alles, das er anfasste, in Gold verwandelte.

Den Rückschlag durch die Duocarns hatte er längst verschmerzt. Er war wieder im Geschäft. Seine Bax-Produktion lief, und der Swingerclub würde der Erste einer ganzen Firmengruppe sein.

Mit Daisy an der Hand kontrollierte er nochmals die Räume, die er abends zur Eröffnung freigeben wollte. Er hatte keine Kosten gespart und fast alle Wände verspiegelt, so dass die geile Kundschaft sich bei ihren Aktionen beobachten konnte. Sei es in der Bar, dem ägyptischen Zimmer, dem Plüschraum, dem SM-Studio, dem Whirlpool-Bereich oder einem der vielen anderen Themenzimmer. Alles war nur für die Lust und das Wohlergehen der Besucher eingerichtet worden.

Im SM-Raum blieb Daisy stehen und betastete die verschiedenen Schlagwerkzeuge. Mit einem Quieken nahm sie eine Stachelrolle mit spitzen Metalldornen von der Wand. Sie zog sich das Kleid von den üppigen Brüsten und rollte sich damit probeweise mit verzücktem Gesicht über ihre weiße Haut.

Bar grinste, nahm ihr die Rolle aus der Hand und hängte sie ordentlich zurück. Er packte sie und zog ganz langsam, statt der Stachelwalze, seine Klauen über die Brüste – hinterließ so schöne rote Spuren.

Daisy keuchte. »Okay, das ist besser, ich gebs zu«, lächelte sie schelmisch und küsste ihn, genoss seine kleine Misshandlung. Bar zog ihr das Kleid wieder über den Busen. Den Teufel würde er tun, mit Daisy zwischen den Spiegeln intimer zu werden, beobachtet von seinen Bacanars, die dahinter lauerten. Er war schließlich der Chef.

Zufrieden entließ er Daisy mit einem Klaps auf den Po. Sie wollte sich noch um die Getränke kümmern. Nachdem sie verschwunden war, öffnete er die kleine, geheime Tür in der Wand und verschwand im Inneren. Er hatte den Club so gestaltet, dass die Bacanars sich hinter fast allen Spiegeln bewegen konnten. Da deren Rückseiten aus Glas bestanden, ermöglichten sie einen ungehinderten Blick auf die kopulierenden Gäste. So waren die Bacanars fähig, ihre Angriffs-Chancen genau zu erfassen. In unaufmerksamen Momenten würden sie die geile, natürliche Öffnung der Frauen benutzen, um deren Energien aus den Unterleibern zu saugen. Zu diesem Zweck besaßen die Spiegel im unteren Rahmen kleine, unscheinbare Durchschlupfe, durch die sie ihre Spiralvenen schieben konnten. Krran hatte die acht Bacanars trainiert, für diesen Akt nur noch zwei Minuten zu brauchen.

Bars Handy brummte leise. Er zog es aus der Innentasche seines Maßanzugs, verließ das Spiegelkabinett und meldete sich. »Paps, sag Skar er darf nicht immer unsere Playstation benutzen und meine Spielstände überspeichern!«

»Und deswegen rufst du mich an?« Bar krächzte vor Wut.

»Entschuldige Paps«, ließ sich Ptars Stimme vernehmen. »Nein, nicht nur – ich soll dir von Mister Patterson bestellen, du sollst ihn anrufen.«

Bar grummelte immer noch. »Okay. – Und sag Skar selbst, was du mit ihm zu klären hast.« Er legte auf.

Seine Söhne hatten weniger Klasse, als von ihm erhofft. Sie waren nun mal die Kinder, mit einer Erdlings-Hündin gezeugt, und Bacanars. Als Hybriden konnten sie nicht den Intellekt eines reinrassigen Bacani haben. Er plante, sie zukünftig für den Bax-Verkauf an den Schulen einzusetzen. Er hatte vor, ihre Schwänze amputieren und die Fangzähne abschleifen zu lassen, damit sie sich besser unter den Menschen bewegen konnten. Die Krallen sollten sie behalten, die waren wichtige Waffen.

Bar schlenderte gemächlich aus dem Club und wählte Marcel Pattersons Nummer, einem Börsenhändler, mit dem er seit einiger Zeit gut zusammenarbeitete. Er war ja nicht dumm. Die Erträge aus seinem Geschäft mit der Droge steckte er natürlich in seriöse, kanadische Unternehmen.

Außerdem hatte er ein Bankkonto in der Schweiz. Nicht schlecht für einen kleinen Außerirdischen, dachte Bar und instruierte Patterson bezüglich seiner neusten Geldanlagen.

Xanmeran stand mit Maureen Hand in Hand auf einem der Windschiffe, das sie auf den östlichen Mond bringen sollte. Ja, sie waren auf Duonalia. Und er freute sich so darüber, dass er jeden der Passagiere auf dem Schiff hätte umarmen mögen. So viele Jahre dachten sie, für immer auf der Erde bleiben zu müssen. Und nun diese Heimkehr!

Der Transport durch Ulquiorra hatte perfekt geklappt. Allerdings hatte er sich so fest an die Schultern seines Sohnes geklammert, dass Ulquiorra sich diese, an der Kaimauer von Duonalia-Stadt gelehnt, mit schmerzverzerrtem Gesicht gerieben hatte. Xanmeran genoss es, wieder in seiner Heimat zu sein, reckte die Nase in die Luft und atmete tief ein. Er würde den Duocarns den Weg nach Hause ebnen.

Auch Maureen hatte den Sprung auf seinen Heimatplaneten gut überstanden. Sie stand sprachlos und mit offenem Mund neben ihm und bestaunte Duonalias Schönheit. »Wie ein buntes Mobile«, hauchte sie und beobachtete die Monde, die die zartbunten Energieschleier zwischen sich verschoben. Durch diese vielfarbigen Schleier schwebten all die Windschiffe in ihren atmosphärischen Blasen, lautlos, mit sich blähenden, metallisch wirkenden Segeln.

»Hier ist es so still«, flüsterte Maureen ihm ins Ohr. Xanmeran lauschte den Gesprächen der Passagiere. Für die Erdenfrau Maureen musste die Ruhe bestimmt bedrückend wirken, da sie keine Telepathin war.

»Na ja, ganz so leise, wie du meinst, ist es nicht«, antwortete er mit gedämpfter Stimme und zwinkerte zu ihr hinunter. Wie hübsch sie war mit ihren weit aufgerissenen, erstaunten Augen. Am liebsten hätte er sie sofort gepackt und geküsst. Aber zum einen war er ein duonalischer Krieger, zum anderen war ein solches Benehmen auf einem

Windschiff ein Ding der Unmöglichkeit. Also verhielt er sich diskret und leise.

Xan hatte sich angewöhnt, mit Maureen in der Öffentlichkeit zu flüstern. In ein Dona-Gewand gekleidet mit einem Schleier über dem blonden Haarschopf, klammerte sie sich an seine Hand. Er hatte sich ebenfalls den duonalischen Sitten angepasst, trug ein weites Gewand aus Donafaser und hatte sich auf dem Markt in Duonalia-Stadt ein Herrenbarrett besorgt, um seinen auffälligen Glatzkopf zu bedecken. Mit seiner roten Haut und seinen fast zwei Metern Körpergröße war er sowieso schon eine unübersehbare Erscheinung und wurde von einigen Passagieren unverhohlen angestarrt. Ulquiorra hatte ihnen glücklicherweise genügend getrocknetes Dona überlassen, so dass sie die Kleidung eintauschen konnten und noch ein kleines Kapital besaßen.

Maureen umklammerte Xanmerans große Hand fester, als sie das Windschiff verließen und eins der verschlungenen, weißen Transportbänder des Mondes betraten.

»Womit werden die betrieben?« Maureen versuchte vorsichtig, ihre Fußspitze in das Band zu bohren.

»Wie alles auf Duonalia, Maureen – mit Vis. Wir verdanken unsere Energie den Schleiern. Durch die Mondbewegungen geraten sie unter Druck und erzeugen Energie. Jeder Mond hat am unteren Pol eine Energiestation, die den Planeten versorgt. Zwischen den Monden sind nur die Windschiffe fähig, diese Kraft zu nutzen.«

Maureen sah ihn mit offenem Mund an. »Wahnsinn!«

Sie stiegen vom Transportband. Er war stolz Maureen seine Heimat zeigen zu können, erklärte ihr geduldig alle für sie neuen Dinge und beantwortete ihre Fragen.

Blendendes Weiß war die dominante Farbe des östlichen Mondes. Maureen bestaunte die schlichten Domizile der Duonalier. Aus lichthellem, glänzendem Stein gebaut waren sie von außen nur mit gerundeten Eingangstüren versehen, denn die duonalischen Häuser hatten ihre Fenster in Richtung der lichten Innenhöfe und besaßen zusätzlich lichtdurchlässige Dächer.

Der östliche Mond war der fruchtbarste der vier Monde. Xanmeran zeigte ihr die Donafelder, grub für sie eine der mandelförmigen Donanüsse aus und erzählte von Duonalia, bis ihm der Hals vor lauter Reden trocken wurde. Liebevoll betrachtete er Maureen, deren Schleier, vom ständigen duonalischen Wind gezaust, um ihr rosiges Gesicht wehte. Er hatte sie tatsächlich mitgenommen in eine ihr völlig fremde Welt. Das war mutig. Aber er wusste, wie stark sie war und welcher Kampfgeist in ihrem Körper wohnte. Sie würde bestimmt schnell lernen und sich durchsetzen, das fühlte er. Zärtlich strich er über ihren Kopf und glättete den Schleier.

Sie wanderten noch eine Weile auf den knirschenden Steinwegen entlang. Er hielt vor einem der Häuser und klopfte an dessen verwitterte Eingangstür. Sie warteten geduldig. Langsam näherten sich Schritte von innen und die Tür öffnete sich zögernd.

Seine Schwiegermutter Lana, mit hüftlangem, weißem Haar, blinzelte gegen das Tageslicht – hob die faltige Hand um die alten Augen abzuschirmen und blieb starr stehen, als sie ihn ganz erblickte. »Xanmeran?«, flüsterte sie. »Ihr Götter!« Sie streckte die Hände aus und zog ihn ins Haus – winkte auch Maureen einzutreten.

Sie schloss schnell die Tür. Das Gebäude war angenehm kühl und spartanisch eingerichtet.

Lana betrachtete ihn von oben bis unten. Verlegen zog er das Barrett vom Kopf. »Du bist es wirklich!« Mit dem Lächeln erschienen tausende kleine Fältchen in ihrem Gesicht. Xan zog seine, zerbrechlich wirkende und knochige, Schwiegermutter an seine breite Brust. Er war froh. Sie schien sich ehrlich zu freuen. Er stellte ihr Maureen vor, die sich höflich verbeugte. Ich habe mich in ihr nicht getäuscht, dachte er kurz. Sie hat sich sofort den duonalischen Sitten angepasst. Sie wird auch alles Weitere schaffen. Er lächelte ihr aufmunternd zu.

Lana zog sie an den Händen in einen weniger karg eingerichteten Raum, der mit seinen vielen, verstreuten Sitzkissen und niedrigen Tischchen augenscheinlich als eine Art

Wohnzimmer diente.

„Bitte setzt euch doch! Ich kann kaum glauben, dass du wirklich hier bist! Alle haben gesagt, dass die Duocarns verschollen sind! Ich bin ja so glücklich!" Sie strahlte ihn an, holte einen Krug und drei irdene Becher und stellte sie auf einen der Tische. Sie stöhnte leise, als sie sich auf eines der flachen Kissen sinken ließ. Ihr Alter machte ihr offensichtlich zu schaffen.

Er setzte sich in die Mitte zwischen Maureen und Lana. »Ich möchte dich bitten, laut zu sprechen, da Maureen keine Telepathin ist. Aber sie versteht dich, dank der Übersetzer-Mikroben«, klärte er Lana auf. Die alte Frau musterte Maureen erstaunt.

»Sie kommt von dem Planeten, auf dem ich während der vergangenen Terzien gewesen bin«, erklärte er.

Lana ergriff den Krug. Mit zitternden Händen schenkte sie Wasser in die Becher. »Es ist so lange her, dass ich das letzte Mal Besuch hatte. Seit Taranias Tod und Ulquiorras Weggang hat sich niemand mehr um mich gekümmert.«

Xanmeran nahm ihre filigrane, weiße Rechte und drückte sie sanft. »Maureen und ich sind jetzt hier. Und wir werden eine Weile bleiben.«

»Ist das denn nicht zu gefährlich für dich? Die Duocarns sind doch die Jäger der Bacanis! Sie sind ganz gewiss nicht erfreut, einen von ihnen zu sehen. In unserem Dorf leben wohl keine dieser Plagen, aber außerhalb halten sich zwei starke Rudel auf.«

»Mach dir darüber keine Sorgen, Framaman«, antwortete er leise.

Lana liefen ein paar glitzernde Tränen über ihre schmalen Wangen, als sie dieses Kosewort vernahm. »Die Zeiten sind so hart geworden. Die Bacanis haben nur noch einen Dona-Kondensator für das ganze Dorf übriggelassen. Wir müssen oft hungern. Sie tun das aus lauter Gemeinheit. Auch Kleidung ist inzwischen schwer zu bekommen.« Sie blickte zu ihrem mehrfach geflickten Gewand aus Dona-Faser hinab.

»Aus diesem Grund sind wie hier«, sagte Xanmeran bestimmt. »Wir wollen helfen, diesen Zustand zu beenden.«

»Aber wie?«, fragte Lana mutlos.

»Wir möchten den Duonaliern beibringen, sich zu wehren.« Seine Schwiegermutter blickte ihn zweifelnd an.

»Natürlich haben wir hier im Dorf Bewohner, die die Zustände ändern wollen – wenn sie wüssten, wie.«

»Glaubst du, wir können diese Leute zusammenrufen?«

»Das brauchen wir gar nicht«, erklärte Lana. »Hast du schon vergessen, dass wir uns alle drei Lunaren zum Gebet treffen?«

Er wurde verlegen. Er hatte anderes zu tun gehabt, als zu beten. »Ist es dir möglich, uns zu beherbergen?«

»Natürlich!«, strahlte Lana hocherfreut. »Taranias Zimmer steht immer noch leer. Geht und erholt euch – ich werde das Gleiche tun. Ich rufe dann später zum Essen.«

Xanmeran nahm Lanas Hände in seine – sie verschwanden völlig darin. »Ich danke dir, Framaman!«

Das Bett war so schmal, dass Maureen fast auf Xan liegen musste. Aber sie wollte nicht, dass er in seinen Ruhemodus ging und dabei auf dem Boden lag oder stand. Sie brauchte dringend seine Nähe und seinen Trost, so weit weg von der Erde. Das hatte er verstanden, sie deshalb an seinen nackten, roten Leib gezogen und zart einige Dermastrien um sie gewunden. So konnte sie nicht herunterfallen.

Maureen schaute auf seine schwarz-goldene Haut, deren goldene Schlieren sich an den entblößten Stellen langsam bewegten. Sie staunte über ihren eigenen Mut. Sie lag doch wirklich und wahrhaftig mit einem Außerirdischen in dessen Armen auf seinem Heimatplaneten!

Sie konnte vor Aufregung, trotz ihrer Müdigkeit, kein Auge zu tun. Für diesen irrsinnigen Trip hatte sie alles auf der Erde aufgegeben. Kettlestone war völlig überrascht gewesen, und hatte versucht, sie von ihrer „Weltreise" zurückzuhalten. Die Kids im Dojo hatten sich an sie geklammert. Dort auf Wiedersehn zu sagen war ihr besonders schwer gefallen. Aber als sie dann auf Xanmeran blickte, der riesig und lächelnd in der Ecke des Dojos lehnte, wusste sie, dass ihre Entscheidung richtig war. Er war der Mann ihrer Wahl und sie würde alle nötigen Konsequenzen tragen, um mit ihm zusammen zu sein.

Er konnte so frech sein, kämpferisch und halsstarrig, aber war dann doch von einem Feingefühl und einer Zärtlichkeit erfüllt, die sie immer wieder neu überraschte. Zart strich sie über die schwarze, entblößte Haut. Sie war fest und weich zugleich.

»Das kitzelt«, brummte er, ohne die Lider zu öffnen. »Kannst du nicht schlafen?« Er schlug die Augen auf, betrachtete sie mit seinem prüfenden Blick. »Bereust du etwas?« Er sprach duonalisch und nicht mehr englisch. Das ließ ihn endgültig fremdartig wirken.

Maureens Herz klopfte heftig. Sie liebte ihn wie verrückt. Da sie nicht wusste, wie hellhörig die duonalischen Häuser waren, wollte sie aus Rücksicht auf ihre nette Gastgeberin die Ruhe dort nicht durch lustvolle Geräusche stören. Obwohl – sie hätte ihn verschlingen können, als er sie so ansah.

»Nein, ich bereue nichts, Xanmeran«, lächelte sie.

»*Warte auf mich, Halia. Ich muss noch kurz mit Meo sprechen.*« Halia, in ihrem grünen Parka mit Pelzbesatz, sah zu Solutosan hoch und nickte ergeben. Der Parka hatte genau die Farbe ihrer Augen, in denen einige Sterne erwartungsvoll blitzten.

Er wusste, wie ungeduldig sie wartete, um Bill Bohlen ihr erstes eigenes Platin zu bringen. Er hatte ihr lang und breit erklären müssen, warum es nicht ging, dass sie in dem von ihrem Sternenstaub getrennten Platin nicht ihren kleinen Handabdruck verewigen durfte, sondern es noch von Meo in Barren gepresst werden musste. Sie hatte ihm allerdings das Versprechen abgeluchst, ihn zu Bill Bohlen begleiten zu dürfen, um das Platin zu veräußern.

Solutosan ging in die Küche, um mit Meo zu sprechen. Meodern hatte sich die Haut mit Make-up getarnt, blaue Kontaktlinsen eingelegt und eine schwarze Mütze über sein blondes Stoppelhaar gezogen. Er saß Kefir trinkend am Küchentisch. Solutosan schob sich auf einen der mit rotem Plastik bezogenen Küchenstühle. *»Bist du auf dem Weg ins Westend?«*

Meo nickte. *»Werde mal ein bisschen im Touristenviertel schnüffeln gehen. Als ich das letzte Mal dort war, sah es so aus, als ob wieder Bax im Umlauf ist. Ich habe einen Typen verfolgt, der in der verlotterten Kneipe war, in der Bar sich immer herumgetrieben hat. Er scheint dort etwas gekauft zu haben und hat prompt eine Ecke weiter in einem Hauseingang mit seiner Freundin heftigst kopuliert.«* Meo schob die Mütze am Rand hoch und kratzte sich die Stirn.

»Das riecht in der Tat verdächtig nach Bax«, nickte Solutosan bestätigend und erhob sich. *»Halte mich auf dem Laufenden!«*

Er brauchte Meo nicht zu sagen, dass er vorsichtig sein sollte. Es gab kein schnelleres Wesen auf den ihm bekannten Planeten als Meodern. Der Duocarn würde allein ausgezeichnet zurechtkommen.

Solutosan nahm die zappelnde Halia an die Hand und schnappte den Platinkoffer. Sie fuhren mit dem Porsche. Meo stieg in den Volvo, öffnete mit seinem Gencode das Garagentor und sie verließen bei strahlendem Sonnenschein das Duocarns-Hauptquartier.

Der hellblaue Porsche kam ihm auf einer kleinen Seitenstraße entgegen. Der Fahrer beachtete ihn nicht. Ha!, dachte Smu, hab ich euch! Diese Art Wagen waren selbst in einer Metropole wie Vancouver eine Seltenheit.

Durch einen Tipp seiner besten Freundin Maureen hatte er von dem Porsche erfahren. So war es für ihn ein Leichtes gewesen, die Spezialeinheit aufzustöbern, der dieser riesige

Indianer Xanmeran angehörte. Smu war sauer, denn der Kerl hatte ihm seine Waffe abgenommen und nicht wiedergegeben. Nach der ganzen mysteriösen Sache mit der roten Droge, die Smu fast seinen Schwanz gekostet hatte, war Maureen verschwunden. Sie hatte ihm gesimst, dass sie eine Weile aus Vancouver weg wäre, und hatte auch ordentlich ihren Job gekündigt, aber Smu fühlte, dass da noch mehr war. Diese Vorfälle reizten seine Neugierde. Deshalb würde er nun dem Ganzen auf den Grund gehen.

Er hielt an dem Haus am Meer, aus dessen Garage er den Wagen hatte kommen sehen. Neugierig begutachtete er Wände und Fenster des Gebäudes. Es wirkte unauffällig, aber sein Bauchgefühl sagte ihm, dass er eine Festung vor sich hatte.

Mit den Händen in den Taschen spazierte er langsam an den Hauswänden entlang. Ohne zu zögern, sprang Smu über eine schmale Gartenmauer und stand vor einer großen Fensterfront. Er betrachtete die Fensterrahmen. Er konnte keine Kabel entdecken, aber hätte sein rechtes Ei verwettet, dass die Fenster Teil der Alarmanlage waren.

Während er noch prüfte, fühlte er einen Blick auf sich. Im Inneren des Hauses saß ein Mann auf dem Ledersofa des Wohnzimmers mit einem Glas in der Hand und starrte ihn an. Hoppla, den kannte er. Das war der weiße Arzt!

Der Mediziner erhob sich, kam zum Fenster und öffnete es. »Besuch?«, fragte er freundlich. Smu hatte ja mit allem gerechnet, nur nicht damit zuvorkommend empfangen zu werden. »Komm rein!«

Das ließ er sich nicht zwei Mal sagen. Er setzte sich auf die Fensterbank und schwang die Beine ins Zimmer. Als er loslief, sah er, dass seine Springerstiefel schwarze Tapsen auf dem grauen Teppichboden hinterließen.

»Ups! Die ziehe ich mal besser aus.«

Der Mann nickte gleichgültig und ließ sich wieder auf dem Sofa nieder. »Setz dich.«

Smu sah ihn von der Seite an. Das weiße Gesicht des Mediziners wirkte müde. Jetzt erinnerte sich Smu an seine violetten Augen mit silbernen Sprenkeln, die ihn schon einmal fast hypnotisiert hatten. Der Mann drehte den kahlen Kopf, musterte ihn von oben bis unten. Smu fühlte sich unter diesem Blick wie ausgezogen, aber seine Verlegenheit wich bei dem Gedanken, dass der Mann ihn ja schon nackt gesehen und sogar seinen Schwanz in der Hand gehalten hatte. Bei dieser Erinnerung spürte Smu, wie sich sein Glied straffte. Hm, ja ...

»Ich wollte zu Xanmeran«, begann er.

Der Arzt stand auf, zog seinen Mediziner-Kittel aus und hängte ihn über das Sofa. Darunter trug er eine schwarze Stoffhose und ein enganliegendes, weißes Hemd. Ohne zu antworten ging er zu der offenen Verbindungstür und verschwand in der Küche. Smu verlor einen Moment den Faden. Der Mann war schlank und wohlgeformt, mit breiten Schultern und schmalen Hüften. Er bewegte sich fließend.

Was hatte er eigentlich gewollt? Ach ja, die Waffe. »Xanmeran hat noch meine Smith & Wesson – die brauche ich.« Hatte der Mann ihn überhaupt gehört?

Sein Gastgeber kam wieder und drückte ihm ein Glas mit weißer Flüssigkeit in die Hand.

»Kefir. Wir haben nur das. Es sei denn, du möchtest Wasser.« Er ließ sich auf das Sofa gleiten und streckte die Beine lang aus. »Ich weiß leider nicht, wo Xanmeran deine Waffe aufbewahrt, aber ich kann dir eine andere holen, wenn du willst.«

Smu nickte und strich sich durch seine knallbunte Mähne. Dieses Mal hatte er sie violett, orange und rosa gefärbt – passend zu den Fingernägeln.

Sein Gegenüber musterte ihn. »Wieso hast du eigentlich die Zunge gespalten?«, wollte er wissen. »Ein Unfall?«

»Nö«, erwiderte Smu. «Das habe ich machen lassen. Gefällt mir so. Ist genial beim Küssen.« Der Mann wich ein Stückchen zurück und runzelte die Brauen. »Ist das genau so etwas Geniales wie dein verstümmeltes Geschlecht?«

»Hä?« Smu versuchte sich zu erinnern, was an seinem Schwanz nicht in Ordnung war. Ihm fiel nichts ein. »Ich weiß nicht, was du meinst.« Was für ein blödes Thema! Na ja, der Mann war Mediziner. Ärzte fanden nichts dabei, intime Fragen zu stellen. Verlegen betrachtete er seine blauen Socken und wackelte mit den Zehen.

»Bei deinem Penis fehlte ein Stück, als ich ihn das letzte Mal sah«, stellte der Weiße fest.

Jetzt dämmerte Smu endlich, worauf dieser anspielte. »Verstehe«, meinte er gedehnt. »Du sprichst von meiner Beschneidung. Das ist bei uns so üblich. Ich bin Jude«, fügte er hinzu. Seinem Gastgeber schien das nichts zu sagen.

»Judentum ist eine Religion, wie zum Beispiel das Christentum. Juden werden schon als kleine Jungen beschnitten, weil das hygienischer ist«, klärte Smu ihn auf. Wieso wusste der Mediziner das nicht? Smu betrachtete ihn von der Seite.

Der Mann hatte die Augen geschlossen.

»Du siehst ganz schön müde aus.« Smu kam nicht umhin, das zu bemerken.

Der Arzt blickte ihn an. »In letzter Zeit ist sehr viel passiert. Ehrlich gesagt habe ich im Moment den Eindruck, meine Energie nur zu verlieren und nicht mehr ersetzen zu können. Nein, eigentlich habe ich das Gefühl schon seit Äonen.«

»Äonen?« Smu lachte. »Wie alt bist du denn?«

»Ich weiß es nicht, Samuel.« Er hatte sich seinen Namen gemerkt.

»Wie heißt du überhaupt?«, wollte Smu wissen.

»Patallia.«

Was für ein merkwürdiger Name. – Aber der Mann war ebenfalls eigentümlich und der Name passte.

Smu war leicht irritiert. Weswegen war er noch mal da? Ach ja, die Waffe und Maureen.

»Patallia, was weißt du über Maureen?«

»Ich verstehe nicht, was du meinst, Samuel.«

»Smu«, verbesserte Smu ihn.

»Okay, Smu. Was soll mit ihr sein?«

»Sie ist weg.«

»Ja«, nickte Patallia. »Sie ist mit Xanmeran unterwegs.«

»Wohin denn?«

»Sie haben einen Außentermin.«

Na klar, Außentermin. Smu grinste grimmig und fummelte an einem seiner vielen Ohr-Piercings.

»Smu, die beiden sind ein Pärchen. Du solltest sie ganz einfach in Ruhe lassen«, empfahl Patallia ihm.

Hoppla! Maureen hatte sich mit dem monströsen Indianer zusammengetan? Smu dachte einen Moment daran, wie sie auf Xanmerans Brust im Dojo gesessen hatte. Da war also mehr daraus geworden. Er schaute Patallia prüfend an. Vielleicht hatte der ja recht und er sah Gespenster. Maureen konnte selbst auf sich aufpassen und Xanmeran war irgendwie cool.

»Soll ich dir die Waffe holen?«, bot Patallia an und erhob sich. »Willst du mitkommen?«

Smu nickte. Er folgte Patallia in den Keller in einen isolierten Raum mit Schießstand. »Wow!« Smu staunte nicht schlecht.

Patallia öffnete eine Schublade am Stand und enthüllte eine Reihe Handfeuerwaffen. »Such dir eine aus.«

Smu prüfte die Waffen, nahm eine Smith & Wesson und steckte sie sich hinten in den Hosenbund. »Danke!« Sie liefen wieder die Treppen hoch, der Mediziner voraus.

Im Hinaufgehen betrachtete Smu nachdenklich Patallias kleinen, knackigen Po vor sich. »Ich sag dir was. Du solltest mal unter Leute gehen. Ich habe das Gefühl, du verkümmerst hier.«

»Ich bin hier unter Leuten.«

»Das meine ich nicht. Geh ab und zu in ein Restaurant, Kneipe oder auf eine Party. Trink was. Rede einfach mal dummes Zeug. Schalte ab.«

»Ich bin mit Alkohol nicht kompatibel«, meinte Patallia sanft. »Und wie sollte es mir helfen, Dummheiten von mir zu geben?«

Smu heftete seinen Blick auf ihn. »Wer nicht wagt, gewinnt auch nicht, mein Freund.« Er hatte sowieso vor, sich einen bunten Abend zu machen. Er würde Pat mitnehmen. »Komm doch heute Abend einfach mit mir.«

Patallia strich sich nachdenklich über die Schläfen.

»In Ordnung«, nickte er. »Was soll ich anziehen?«

»Zeig mal, was du hast.«

Er folgte Pat in sein Zimmer. Was für eine traurige Bude! Kein Wunder, dass der Mann Depressionen hatte. Einrichtung konnte man das schmale Bett, den Schrank und den Stuhl kaum nennen. Dazu schmucklose, kahle Wände. Smu zog die Schultern zusammen. Da war echt Handlungsbedarf. Er durchforstete Pats Kleiderschrank. Schwarze Hosen, weiße Hemden, Kittel, ein Mantel.

»Gruselig«, stieß Smu hervor. Er sah auf die Uhr seines Handys. »Hast du Kohle?«

Pat überlegte kurz. «Wenn Kohle Geld ist – ja, habe ich.«

»Wir gehen vorher einkaufen«, entschied Smu. Er drückte Patallia den Mantel in die Hand.

»Reichen zehntausend?«

Er grinste. Sie würden Designer shoppen gehen. Smus Leidenschaft!

Smu fuhr ohne Umwege mit Patallia zu Boboli in der Granwill Street. Sie schlenderten durch den Laden und wühlten in den Auslagen. Smu setzte sich in einen der bequemen Plüschsessel, nippte an einem Glas Sekt und ließ Patallia Hosen, Hemden, Jacken und Mäntel anprobieren, was dieser auch geduldig tat. Er war der vornehme Typ, beschloss Smu. Daran würde er nichts ändern. Er entschied, dass Pat drei Kombinationen brauchte: eine legere, eine sportliche und eine elegante. Dementsprechend suchte er die Sachen aus.

Patallia strich sich ratlos über die Glatze und vertraute dann auf Smus Begeisterung. Einzig, was die Kopfbedeckung anging, konnten sie sich nicht einigen. Pat wollte einen Zylinder, was Smu augenrollend ablehnte. Zum Schluss einigten sie sich auf einen dunklen Humphrey Bogart Hut, der Pats Augen ausgezeichnet zur Geltung brachte. Mit Tüten beladen gingen sie zu Smus Auto, um alles einzuladen.

Pat hatte eine graue Jeans, den blauen Armani-Pulli und

die schwarze, körperbetonte, neue Jacke im Laden direkt anbehalten. Er lehnte an Smus alter Karre.

»Danke, Smu.« Patallia lächelte.

Das war das erste Lächeln des Abends. Smu stand still und betrachtete ihn. Unglaublich, wie dieses Lächeln den Mann veränderte. Auf einmal war er richtig schön und Smu wünschte, er könnte dieses Lächeln öfter herbeizaubern. Sein Herz klopfte hart. Doch Pat drehte sich weg und stieg in den Wagen. Scheiße! War er dabei, sich in den Mann zu verlieben? Er schluckte.

»Und nun?« Pat blickte ihn im Auto erwartungsvoll an. Sollte er wirklich mit Patallia in einen seiner lauten, kochend heißen Schwulenclubs gehen? Er beschloss, zum Chinatown Night-Market zu fahren und dort herumzubummeln. Auf dem chinesischen Markt gab es viel zu sehen und zu riechen. Gelegentlich wurde eine kunterbunte Show gezeigt. Da würde sein Gast sich bestimmt amüsieren.

Smu merkte rasch, dass dies die richtige Wahl war.

Patallia genoss es, sich in dem bunten Allerlei aus Menschen, Händlern, quiekender, asiatischer Musik und aromatischen Gerüchen zu bewegen. Sie schlenderten durch die Straßen und sahen sich alles in Ruhe an. Aber es war lediglich ein Spaziergang.

»Und wo gehst du normalerweise hin?«, fragte Pat, als sie wieder im Auto saßen. Er hatte offensichtlich bemerkt, dass die Sightseeing-Tour bisher nur für ihn war. »Ich will es sehen.«

Okay, er wollte es so. Sie standen vor dem Türsteher des Barcleys, der mit Argusaugen, ganz in schwarzem Leder und mit Leder-Schirmmütze, die Eingangstür kontrollierte, um Spinner und Heteros wegzuscheuchen. Der grinste Smu an und winkte sie beide hinein.

Smu fühlte sich sofort auf vertrautem Parkett. Er kannte diesen Club mit dem schummrigen Licht, seinen schwarz lackierten Wänden und der langen Bar samt dem Barmann mit dem dicken Schnurrbart, bereits seit seiner Jugend. Der Schuppen hatte sich in all den Jahren nicht verändert. Die stampfenden Beats hämmerten gnadenlos in den Ohren. Der ganze Raum war erfüllt mit dem scharfen Geruch von Leder und Schweiß. Die Kerle tanzten ungehemmt halbnackt zu hammerharter Musik und begafften oder begrapschten sich ungeniert. Viele trugen Hankycodes.

Smu schleuste Patallia in eine der geschützteren Ecken. Pat verzog keine Miene, sah sich das Treiben nur genau an. Beruhigt, dass sein Gast so gut klarkam, ließ Smu ihn kurz allein, kämpfte sich durch die tanzende Menge und holte zwei Gläser Bier vom Tablett des schweißtriefenden Kellners. Er drückte es Patallia in die Hand, der es aber sofort kopfschüttelnd wegstellte.

Einer der Leder-Gays kam halbnackt mit Ketten behängt auf die beiden zu. »Keine Codes?«, blaffte er.

»Heute Abend nicht«, entgegnete Smu. Er hatte wenig übrig für dicke, verschwitzte Lederkerls.

»Wollt wohl unter euch sein, ihr Süßen«, grinste der Lederne.

Smu nickte.

»Keinen Bock auf 'nen Dreier?«

»Nee, sorry!«

»Na kommt schon«, drängelte der Kerl.

Patallia legte ihm die Hand auf den Arm und sah ihn freundlich an. »Heute nicht«, erklärte er sanft.

Des Mannes Gesicht veränderte sich, nahm einen gutmütigen Ausdruck an. »Ihr habt recht«, meinte er. »Ich bin auf einmal total müde. Ich glaub, ich geh jetzt heim.« Er stampfte zur Tür und verschwand.

»Wie hast du das denn gemacht?«, staunte Smu.

»Nur ein wenig beruhigt. – Was hat das mit den Codes auf sich?«

Smu hatte ihn mitgenommen, um ihm zu zeigen, wie man sich in Vancouver amüsieren konnte. Das schloss wohl auch eine Beantwortung seiner Fragen mit ein. Trotzdem wand er sich ein bisschen. Hankycodes waren nun wirklich nichts, womit man bei Heteromännern angeben konnte. Aber war Pat überhaupt straight? Smu war sich nicht sicher. »Es geht um sexuelle Praktiken unter Männern, die mit einfachen Codes und farbigen Taschentüchern geregelt sind. Warte mal.« Er kämpfte sich durch das Gewühl zur Bar und ließ sich vom Barkeeper einen Zettel geben.

»Lass uns gehen – ich finde es zu laut!« Smu sah, dass Pat sich nicht mehr wohl fühlte, nahm ihn an die Hand und zog ihn hinaus.

Draußen vor der Tür studierte Patallia im Schein der Straßenlaterne den Zettel, auf dem die Codes und ihre Bedeutung aufgeführt waren.

»Und, was meinst du?«, fragte Smu gespannt.

Patallia würde ihm jetzt garantiert einen Vortrag über Moral halten.

Der betrachtete den Zettel, wie eine Speisekarte in einem Restaurant. »Darf ich mir etwas aussuchen?«

Smu schluckte. Damit hatte er überhaupt nicht gerechnet! »W ... wenn du willst«, stammelte er. »Wohin soll ich fahren?«

Patallia sah ihn mit seinen ungewöhnlichen Augen an. »Zeig mir, wie du wohnst.«

Smu gehorchte. Er konnte Pat nicht einschätzen. Normalerweise wäre klar gewesen, dass sie für ein erotisches Abenteuer zu ihm nach Hause fuhren. Aber mit Pat? Patallia verhielt sich bisher anders, als er erwartet hatte. Er hatte ihn für etwas bürgerlich und konservativ gehalten. Vielleicht durch seinen Beruf? Patallia war gerade heraus und natürlich. Was kam da auf ihn zu? Smu war verunsichert.

Sie parkten vor seinem kleinen Häuschen, das zwischen zwei gigantischen Wohnblocks wirkte, als würde es von den großen Bauten regelrecht zerquetscht. Er hatte es von seiner Oma geerbt und sich jahrelang einem drängenden Verkauf und Abriss widersetzt. Deshalb hatte man seine winzige Bleibe einfach zwischen den Betonklötzen eingemauert. Smu war das egal. Er schloss die hellblau gestrichene Haustür auf. Er war stolz auf sein Häuschen, das er liebevoll eingerichtet hatte und peinlich sauber hielt. Er hasste Dreck und Unordnung, erlebte jedoch immer wieder, dass er damit seine Besucher verblüffte. So war es auch dieses Mal.

»Hier wohnst du?«, staunte Pat. »Das ist ja wunderschön!« Er betrachtete alle Bilder, bewunderte die einzige Topfpflanze und die gemütlichen Möbel. »Ich sollte in meinem Zimmer ebenfalls etwas verändern.«

Sein Besucher setzte sich in einen der kuscheligen Plüschsessel, streifte die Schuhe ab und zog die Beine unter sich. Dann kramte er erneut den Zettel aus der Tasche und studierte ihn mit gerunzelter Stirn. »Ich verstehe leider einiges nicht. Was ist ein Bärchen?«

Smu musste lachen und setzte sich vor Patallia auf den Boden. »Genau das Gegenteil von dir. So ein behaarter, bäriger Kerl.«

»Was mich etwas irritiert«, meinte Patallia nach einer Weile, »ist, dass küssen nicht auf der Liste steht. Ich dachte, das ist eine sexuelle Praktik.« Er legte das Papier weg. »Ich glaube, das hätte ich gewählt. Aber dafür gibt es keinen Code.«

Smu lächelte und erhob sich. Jetzt wusste er genau, wohin das alles führen würde. Er schob sich auf die Lehne des Sessels, beugte sich zu Patallia hinab und nahm sein Gesicht in beide Hände. »Ich glaube, wir brauchen dafür auch keinen Code, Pat«, flüsterte er und küsste Patallia liebevoll.

Die Lippen des Mannes waren warm und weich. Smu öffnete vorsichtig seinen Mund und erkundete ihn mit seinen Zungenspitzen.

Patallia keuchte erstaunt auf und drückte ihm sanft gegen seine Brust, damit er aufhörte. »Ich hatte noch nie einen Partner, Smu«, bekannte er leise.

Ups! Smu kniff die Augen zusammen. Patallia erregte ihn. Das mit dem Partner würde sich jetzt ändern.

Er stand auf, streifte die Jacke von den Schultern und schmiss die Stiefel von sich – zog gemächlich Pulli, Shirt und Jeans aus. Dieses Mal braucht mir niemand die Klamotten vom Leib schneiden, dachte er. Er genoss es, sich langsam für Pat auszuziehen.

Patallia beobachtete ihn. Smu schälte sich betont gelassen aus seinem Slip, stand nackt und erregt vor ihm und ließ sich betrachten. Nun war Pat dran. Smu zog ihn hoch und fing an, ihn ebenfalls zu entkleiden. Es war spannend, diesen attraktiven, ungewöhnlichen Mann zu entblößen. Smu fuhr dabei mit den Fingerspitzen ruhig und genussvoll über dessen Haut.

Als Patallia nackt vor ihm stand, fiel ihm die Kinnlade vor Erstaunen herunter. So etwas hatte er noch nie gesehen!

»Was zum Teufel! – Deine Haut ist ...«, stieß Smu hervor.

»Tut mir leid, ich bin so«, Patallia wollte sich nach seinen Kleidern bücken.

»Nein!« Smu fasste ihn vorsichtig an. Die fast durchsichtige Haut war fest, glatt und völlig haarlos. Unter ihr bewegten sich verschiedene, farbige Organe. Smu verstand nicht viel von Anatomie, aber eines war ihm klar – in Patallia waren nicht der übliche Magen, eine Milz oder Leber. Patallias Körper war erfüllt von fremdartigen, ungewöhnlich geformten Eingeweiden. Lediglich seine äußere Körperform war menschlich.

Er beugte sich zu Pats Glied und beäugte es. Das sah normal aus.

»Du bist kein Mensch«, stellte Smu sachlich fest. Seltsamerweise beunruhigte ihn diese Feststellung nicht eine Sekunde.

»Es war ein Fehler, verzeih mir«, gestand Pat leise und bückte sich wieder nach seinen Kleidern.

»Nein!« Smu nahm ihn an der Hand und führte ihn ins Schlafzimmer. Er wollte ihn nicht einfach so gehenlassen. Er war selbst nicht normal und würde Patallia nicht wegen seiner Andersartigkeit verstoßen.

Patallia ließ sich von Smu auf dessen weiß bezogenes Bett ziehen. Aneinander geschmiegt versanken sie in einem tiefen Kuss.

Pat erkundete mit den Händen Smus Körper. Natürlich

kam er nicht umhin, ihn dabei ganz genau zu untersuchen und zu analysieren. Alles, was er anfasste, war gesund und normal. Okay, für Smus Leberwerte hätte er nicht die Hand ins Feuer gelegt, aber er fand es unpassend, eine Blutprobe zu nehmen, um diese zu überprüfen.

Patallia sah irritiert auf seine Hände. Es konnte nicht sein, dass er nur der Arzt war und kein eigenes Leben und keine Sexualität hatte.

»Ich fange noch einmal an«, flüsterte er und Smu nickte. Er begann seine Erkundungsreise erneut und verdrängte seinen analytischen Zwang – konzentrierte sich nur auf die Weichheit von Smus Haut, auf das Schaudern, das durch dessen Körper rann. Er erforschte Smus Leib genussvoll mit der Zunge, was sich wunderschön und erregend anfühlte.

Der küsste ihn wild, drehte ihn sanft auf den Rücken und kniete sich dann verkehrt herum über ihn. Patallias analytischer Verstand verabschiedete sich bei dem nahen Anblick, Geruch und Geschmack von Smus erregtem Genital endgültig.

Patallia entspannte sich, ließ sich von Smus Leidenschaft entflammen und verwöhnte dessen harten Schwanz mit den Lippen. Smus erfahrener Mund auf seinem eigenen Geschlecht entfachte zu seiner Verwunderung eine Art Rauschzustand. Patallia handelte nur noch instinktiv. Er gab Smu, was er sich selbst wünschte, leckte den Schaft und die glatte Eichel, verschlang Smus Glied tief, um es dann saugend und lutschend wieder zu entlassen. Das wollüstige Stöhnen seines Partners bestätigte, dass er das Richtige tat. Mit der Rechten umfasste er fest den Schaft. Auf sein Gefühl vertrauend nahm er Smus linke Hand in seine und verfloss mit ihr – stellte so eine weitere Verbindung her.

Sein höchst erregter Leib machte sich selbständig. Ohne sein willentliches Zutun, fühlte er ein starkes Aphrodisiakum durch seine Handfläche fließen. Smu keuchte überrascht. Die hitzige Leidenschaft schlug wie eine riesige Woge über ihnen zusammen. Die Körper aneinander gepresst, festgesogen, ließen sie ihrer blinden Gier freien Lauf, die sie im immer schnelleren Rhythmus zum Gipfel trieb. Mit Lauten der Ekstase tief aus beider Brust, verströmten sie sich gleichzeitig ineinander. Zuckend und verebbend lagen sie durch Smus Schweiß aneinander geklebt da.

Patallia kam wieder zu Atem. Er konnte sein Glück kaum fassen. Zum ersten Mal in seinem langen Leben hatte er, er als Mann, etwas gegeben und etwas bekommen. Smu löste sich von ihm und drehte sich, um ihm ins Gesicht zu schauen. Pat lächelte und strich Smu das verschwitzte Haar aus der Stirn. »Kann es sein, dass das Code hellblau war?«, fragte er.

Was war das für ein Krach? Ein Hämmern und Klopfen schallte durch das Haus der Duocarns. Meo beendete seinen Ruhemodus, ging dem Lärm nach und staunte nicht schlecht. Patallia war damit beschäftigt in seinem Zimmer Bilder an die Wände zu hängen und ein bequemes, großes Bett im Raum umherzuschieben. Und das Außergewöhnlichste war – er hatte Hilfe dabei.

Meodern blinzelte. War das nicht dieser knallbunte Vogel, den er vor einiger Zeit an der Bacani-Basis aus dem Auto gezerrt hatte? Der mit dem demolierten Schwanz?

»Ähm«, räusperte er sich und die beiden fuhren herum. »Habe ich etwas verpasst?« Die zwei grinsten ihn an.

Patallia entschied sich als Erster zu einer Reaktion. »Smu hilft mir mein Zimmer gemütlicher einzurichten, Meo.« Mit diesen Worten schob Pat ihn aus dem Raum und schloss die Tür hinter ihnen beiden.

»Sag mal, wo hast du den denn wieder aufgegabelt?«, wollte Meodern telepathisch wissen und sah auf Patallia herunter, der einen Kopf kleiner war als er selbst.

Pat wurde verlegen.

Was? Pat wurde verlegen? Das war kaum zu glauben! Noch nie hatte er den ruhigen Mediziner peinlich berührt gesehen – dabei hatten sie wirklich schon die bizarrsten Situationen zusammen erlebt. »Jetzt sag nicht, dass du und er

...?«

»*Meodern*«, Patallia straffte die Schultern und blickte ihm mit entschlossener Miene ins Gesicht. »*Es sollte dich eigentlich nichts angehen, was ich in meiner privaten Zeit mache.*«

Jetzt war Meo noch verblüffter, hatte der Arzt doch seit Äonen ununterbrochen den Duocarns zur Verfügung gestanden, ohne sich jemals über fehlendes oder gestörtes Privatleben beklagt zu haben. »*Ist ja schon gut, Pat*«, meinte Meo beschwichtigend. »*War ja nur eine Frage.*«

Patallia nickte. »*Gut, und wenn du es genau wissen willst – ja, es kann sein, dass du ihn jetzt öfter hier sehen wirst.*«

Meo musterte Pat. Nun fiel ihm auf, dass er eine blaue True-Religion Jeans trug und einen Armani Pullover. Sehr ungewöhnlich. Meodern grinste. Er hatte keine Vorurteile intime Männerfreundschaften betreffend. Er klopfte Pat freundschaftlich auf die Schulter, ließ ihn im Flur stehen und schlenderte die Treppe hinunter in die Küche.

Trianora und Halia tranken ihren Frühstücks-Kefir. Die Kleine verputzte dazu genussvoll einen Milchriegel. Trianora trug ein wallendes Gewand aus Baumwolle, denn sie würde an diesem Tag nach Duonalia abreisen. Sie lächelte Meo an. Er nahm Kefir aus dem Kühlschrank, schenkte sich ein Glas ein und erwärmte das Ganze kurz mit seiner vibrierenden Hand.

»*Wow!*« Halia machte runde Augen. »*Das ist aber praktisch! Mach meinen auch warm!*« Sie hielt ihm ihren Becher hin.

Meo benötigte nur den Bruchteil einer Sekunde, um das Getränk auf Temperatur zu bringen.

»*Wer mich im Haus hat, braucht keine Mikrowelle*«, grinste er. Mit einem Seitenblick musterte er Trianora. Die lächelte nur sanft und wenig beeindruckt.

Duonalierfrauen sind harte Nüsse, dachte Meodern. Denen muss man richtig den Hof machen, ständig und dauernd. Selbst dann waren sie nur unter Einsatz des Rituals dazu zu bewegen zu kopulieren. Ich bin offensichtlich schon zu lange auf der Erde. Die menschlichen Sitten haben mich verdorben. Aber bereits auf Duonalia hätte ich mir nicht vorstellen können, dieses affige Ritual zu vollziehen, nur um eine Duonalierin zu begatten. Ein Teil der Zeremonie war zum Beispiel, dass der Mann eine Stunde lang eine Trommel schlagend und singend um die Frau kreisen musste.

Meo kratzte sich in seinem stacheligen Blondhaar. Wie die duonalischen Männer bei diesem Quatsch einen hochbekamen, war ihm ein Rätsel. Kurz hatte er die Idee, dass sie vielleicht überhaupt keinen steifen Schwanz bekamen und die Duonalier aus diesem Grund am Aussterben waren. *»Eine Dosis Bax würde Duonalia bestimmt helfen.«*

»Was hast du gesagt, Meodern?« Trianora lächelte freundlich.

Hatte er das jetzt telepathisch gesagt? *»Nichts«*, beeilte er sich zu antworten. *»Entschuldige.«* Er würde wohl trotz allem nicht aufhören, Trianora anzuhimmeln.

Er wechselte schnell das Thema. *»Wann kommt Ulquiorra denn heute? Wirst du mit ihm im Silentium wohnen oder bei Xanmeran und Maureen?«*

Er wusste, dass Xanmeran, mit Hilfe seiner Schwiegermutter, in deren Heimatdorf gut hatte Fuß fassen können. Sie hatten eine leerstehende, ehemalige Donafaser-Fabrik bezogen und sogar bereits angefangen, einige einheimische Männer in Karate auszubilden.

»Ich weiß nicht, wann Ulquiorra kommt. Ich denke, ich werde wieder ins Silentium gehen, Meodern«, antwortete sie freundlich. *»Ich bin von Haus aus Genetikerin und habe mich mit bacanischer Physiognomie beschäftigt. Vielleicht finde ich aus genetischer Sicht einen Weg, um gegen die Bacanis anzugehen. Ich werde weiter forschen.«* Sie blickte ihn mit ihren silbernen Augen ruhig an und sein Herz sank.

Halia rutschte mit einem Ruck von ihrem Stuhl – ihre rotgoldenen Locken hüpften. *»Ich will auch nach Duonalia! Alle gehen da hin! Ich will auch!«* Sie drehte sich zur Tür und sprang Solutosan an den Hals, der ebenfalls frühstücken wollte. *»Daddy? Wann reisen wir nach Duonalia?«*

»Schätzchen, zuerst Trianora und dann eventuell Meo. Wir beide machen das Schlusslicht.« Er blickte mit seinen funkelnden Sternenaugen zu Meo, der langsam nickte.

Ihm war immer noch nicht klar, ob er auf der Erde bleiben sollte. Es kam darauf an, wo er letztendlich gebraucht wurde. Im Moment war es ihm wichtig Solutosan über ihren Besucher zu informieren.

»Kann ich kurz mit dir sprechen?«

Solutosan löste Halias Arme von seinem Hals. *»Ich komme gleich wieder.«* Er griff sich ein Glas Kefir und folgte Meo ins Wohnzimmer.

»Ich glaube, es hat sich etwas verändert. Wir haben Zuwachs bekommen.«

Solutosan sah ihn fragend an.

»Dieser Privatdetektiv, Samuel Goldstein, ist bei uns im Haus.«

In dem Moment traten Patallia mit seinem neuen Freund ins Wohnzimmer und Meo seufzte erleichtert. Es war ihm zuwider, solche Dinge über den Kopf anderer zu besprechen – sollte Pat das selber mit Solutosan regeln. Der Chef der Duocarns betrachtete den bunten Kerl von oben bis unten. Meo grinste.

Patallia hatte Smu eingeschärft, höflich zu sein. Dann war eine ausführliche Predigt erfolgt, warum und wieso es üblich war, sich bei der »Spezialeinheit« zu verbeugen. Oha, der goldene Chef! Smu hatte Solutosan noch sehr gut in Erinnerung. Ihm war nun klar, wer da vor ihm stand. Ihn beeindruckten die Persönlichkeiten der Duocarns und weniger die Tatsache, dass sie von einem anderen Planeten stammten. Er grinste verlegen. Wahnsinn, er hatte fast das Gefühl, bei Solutosan um Patallias Hand anzuhalten. Was für eine bizarre Situation!

»Ich freue mich, dich wiederzusehen«, stieß er hervor und verbeugte sich. Er konnte seine aufsteigende Heiterkeit kaum beherrschen.

Solutosan knurrte tief in der breiten Brust. Er würde sich garantiert nicht verarschen lassen. Auch hörte sich dieses Grollen außerordentlich gefährlich an.

Smu fasste sich augenblicklich. Wie sollte er das jetzt sagen?

»Ich hatte durch Zufall ein Gespräch mit Patallia, bei dem ich erfuhr, dass der Kampf der Spezialeinheit gegen die Verbreitung von Bax noch nicht zu Ende ist. Da ich selbst einigen Schaden davon getragen habe, ist es mir ebenfalls wichtig, den Handel zu blockieren. Ich habe deshalb Patallia meine Hilfe angeboten, und möchte das bei dir in gleicher Weise tun.« Das hörte sich gut an, fand Smu.

»Gegen einen entsprechenden Scheck?«, fragte Solutosan lauernd.

Scheiße, das hatte er nicht mit Pat besprochen. Smu schaute zu ihm hinüber. Der schüttelte langsam den Kopf.

»Äh, nicht zwingend. Es geht ja schließlich auch darum, die Menschen vor dem Zeug zu bewahren.«

Diese Antwort war für Solutosan zufriedenstellend. Er setzte sich – ein gutes Zeichen – und schob sich mit gespreizten Fingern die goldene Mähne auf den Rücken. Er blickte Smu mit den blitzenden, dunkelblauen Augen an. Dann sah er zu Patallia.

»Ich bin nicht blöd, Jungs«, bemerkte er und rieb sich das Kinn. »Wie ich das so sehe, wirst du in Zukunft eng mit Patallia zusammenarbeiten.« Er betonte das Wort „eng". Pat schaute verlegen zu Boden.

»Ich möchte nicht«, fuhr Solutosan fort, »dass du dich umsonst für unsere Sache bemühst, und will dich deshalb offiziell engagieren.« Er hob die Hand, als Smu etwas einwerfen wollte.

»Du wirst einen Vertrag unterschrieben, der dich zu absolutem Schweigen verpflichtet, denn hier geht es um Größeres als nur um einen kleinen Drogendeal.«

Smu nickte. Das hatte er bereits kapiert.

»Du kannst deinen üblichen Satz als Detektiv abrechnen und bekommst einen monatlichen Scheck. Solltest du von hier aus agieren wollen, nimm eines der Gästezimmer.« Er fuhr fort. »Außer dem Porsche kannst du den Fuhrpark benutzen.«

»Auch den BMW?«, fragte Smu atemlos.

»Auch den.«

Smu strahlte. Das BMW Coupé M6 war sein Traumauto.

»Patallia wird dich weiter einweihen. Bist du damit einverstanden?« Smu nickte und streckte ihm die Hand entgegen, die Solutosan nahm und drückte – fest, schmerzhaft fest. Smu verzog keine Miene. Die Warnung war eindeutig. Er war entlassen.

Zufrieden warf Smu sich auf Patallias breites Bett. Das war gut gelaufen. Er hatte nicht nur einen wahnsinnig geilen, neuen Freund, sondern einen richtig guten Job.

Er zog Patallia, der vor dem Bett gestanden und ihn betrachtet hatte, zu sich herunter. »Findest du es okay, wie sich das alles jetzt entwickelt hat?«

In Patallias Blick breitete sich Zärtlichkeit aus. Er griff in Smus Nacken, zog ihn näher zu sich und küsste ihn sanft, die weißen Lider geschlossen. »Ich bin froh, dass du dich so entschieden hast. Unsere Einheit ist dabei, sich zu spalten. Ich bin nicht der Typ, der in den Gassen herumschleicht, um Bax-Dealer zu finden – aber du bist es. Ich denke, wir werden gut zusammenarbeiten.«

»Meinst du, ich muss den Vertrag mit Blut unterschreiben?«, flachste Smu.

Patallia blickte ihn ernst an. »Du solltest das nicht auf die leichte Schulter nehmen, Smu. Solutosan ist gefährlicher, als man ihm auf den ersten Blick ansieht – so wie wir alle.«

Smu nahm nachdenklich eine von Pats weißen Händen und betrachtete sie. »Du könntest also statt Beruhigungsmittel auch ein Gift durch deine Hand schicken?«

»Ich kann Giftstoffe, sowie sämtliche benötigten Medikamente herstellen, Smu.«

Smu schluckte trocken. »Wie praktisch.« Er legte den Kopf auf das Kissen. »Mein eigener, außerirdischer Arzt«, sinnierte er. »Mit dir an meiner Seite bin ich ja fast unsterblich«, grinste er dann.

Patallia lächelte vielsagend und küsste ihn.

Der kleine Hausflur war unauffällig und hatte eine schlichte Tür aus Milchglas. Niemand hätte erwartet, in dem Gang dahinter noch eine weitere Tür vorzufinden, die Durchlass zur Rückseite der Spiegel seines Clubs gewährte. Durch diesen Hintereingang schleuste Bar heimlich die Bacanars. Er hatte darauf geachtet, den Zugang so zu gestalten, dass Krran mit dem Van rückwärts bis unmittelbar davor setzen konnte. Niemand konnte die auffälligen Außerirdischen sehen, wenn sie in den Mirrorclub kamen.

Selbst Daisy war nicht über diesen Eingang zum Club informiert. Wozu auch? Sie war taff, das war Bar klar, aber wo letztendlich ihre moralischen Grenzen waren – da war Bar sich nicht sicher. Er hielt die Bacanars und seine Bax-Produktion vor ihr verborgen.

Sie wusste inzwischen, dass sie gewisse Dinge nicht zu interessieren hatte und sie der Tod erwartete, sollte sie sein Handy oder seinen Laptop anrühren.

Bar verschloss die Tür zum hinteren Eingang sorgfältig und trat zu den Spiegeln. Sie hatte es nur ein Mal versucht, als sie vermutete, dass er schlief. Den Laptop hatte er mit einem Passwort gesichert, deshalb hatte sie sein Handy unter seinem Kopfkissen ertastet, um in ihm ein bisschen zu spionieren.

Bar schlief nie sonderlich fest, wenn ein anderes Lebewesen außer seinem Rudel in seiner Nähe war. Er hatte ihr Tun mit einem halb geöffneten Auge beobachtet. Bevor sie fähig war, wertvolle Informationen zu lesen, hatte er mit beiden Händen die Handgelenke umfasst und die Krallen tief in ihr Fleisch gebohrt. Erschreckt hatte sie das Handy auf das Bett fallenlassen.

Es lag ihm nicht daran ihren Körper zu verletzen, aber sie brauchte eine dringende Warnung und Abreibung. Deshalb hatte er die Klauen eingezogen und sie bedrohlich schweigend angeblickt.

»Ich werde es nicht wieder tun«, stammelte Daisy. »Wirklich, Bar, ich war nur neugierig.« Er verzichtete sogar darauf die Fangzähne auszufahren – seine Miene war eindeutig genug.

»Bitte Bar, tu jetzt nichts Unüberlegtes«, beschwor ihn Daisy zitternd vor Angst.

Nackt, wie er war, fasste Bar den auf dem Bettvorleger liegenden Bademantel und zog den Bindegürtel aus den Schlaufen. Er wickelte den Gürtel um ihre leicht blutenden Handgelenke und zog sie über das Bett kniend zum Bettpfosten, an dem er sie festband. Sie ergab sich in die Vierfüßler-Stellung, ihren drallen Po erwartungsvoll hochgereckt. Bar grinste grimmig. Das hatte sie sich so gedacht.

Er nahm den Bademantel, hängte ihn über ihren Kopf und verknotete die Ärmel um den Hals. Dann verwandelte er sich, um in der vierfüßigen Form sein Gewicht, seine Stärke und Schnelligkeit um ein Vielfaches zu verstärken. Mit der Schnauze hob er ihr Nachthemd hinten hoch. Sieh an! Er beschnüffelte sie. Allein seine Vorbereitungen hatten sie schon erregt. Ob sie auch noch bereit für ihn wäre, würde sie ihn jetzt so sehen? Bar fletschte die Zähne. Das bezweifelte er, denn er hatte sein Glied ebenfalls um Größe, Gewicht und Schnelligkeit vervielfacht.

Ohne weiteres Zögern besprang er sie. Daisy schrie überrascht auf. Ein solcher Liebhaber war selbst für eine geübte Hure wie sie kaum zu bewältigen. Gnadenlos, brutal und hart vollzog Bar den Akt, ohne sich um ihr ersticktes Wimmern und Betteln zu kümmern. Sie musste auch noch die quälende Zeit warten, bis sich sein verhaktes Glied wieder aus ihr löste. Sie hing in ihrer Fesselung, ein zitterndes Häufchen Elend, das stöhnte und blutete. Bar verwandelte sich zurück und sah sie mitleidslos an. Wehe, sie kam seinen Geschäften noch einmal in die Quere, dann würde er ihr den Hals aufreißen.

Er hatte sie danach losgebunden und sah mit Befriedigung, wie sie ihn mit neuem Respekt betrachtete.

Diese Ehrfurcht hat sich bis zum heutigen Tag erhalten,

dachte Bar, und begutachtete sie wohlgefällig durch den Spiegel, wie sie sich in ihrem hautengen Kleid zwischen den kopulierenden Besuchern bewegte.

Die Bacanars kauerten gut verteilt dort, wo sich die meisten Gäste aufhielten. Zwei von ihnen befanden sich im Vollrausch und waren fertig zum Abtransport. Krran war nirgendwo zu sehen. Ärgerlich über das Versäumnis, packte sich Bar den ersten Bacanar und führte ihn in den Warteraum. Dort jedoch sah er, dass Krran bereits am Werk war und einen weiteren berauschten Hybriden ankettete. Sie nickten sich zu. Das lief alles reibungslos.

»Könnte Hilfe gebrauchen«, knurrte Krran.

»Nimm dir Skar und lerne ihn an. Er ist gut genug verheilt.« Bar hatte seinen Bacanar Söhnen inzwischen die langen Spiral-Schwänze bis auf kleine Stummel amputieren lassen. Ihre Fangzähne waren abgeschliffen. Die ausführenden Ärzte hatte er hinterher einfach beseitigt.

Beide Söhne konnten sich nun besser unter den Menschen bewegen, die Klauen in Handschuhen versteckt. Er hatte sie und Krran in Psals alter Wohnung einquartiert und Ptar hatte Auto fahren gelernt. So geregelt, wohnte er mit Daisy allein im Penthouse, was ihm sehr lieb war.

Zufrieden schlüpfte er aus dem Spiegelkabinett, passierte den Hintereingang und schritt durch die Vordertür auf Daisy zu, die ihm lächelnd entgegenblickte.

Smu lümmelte sich auf Patallias Bett und starrte zur Decke. Er musste nachdenken. Die vergangenen drei Tage hatte er sich im Westend herumgetrieben, die Bax-Dealer beobachtet, und einen stämmigen Kerl, der augenscheinlich bei den Dealern abkassierte, bis zu einer Adresse in Hafennähe verfolgt.

Der Mirrorclub war ein neuer Swingerclub und wurde überall als heißer Tipp gehandelt. Irgendwie hingen das Bax und das Etablissement zusammen, das sagte ihm sein

Bauchgefühl. Smu hatte nach den Eigentümern des Grundstücks geforscht. Das Haus gehörte einem Mann namens Brad Butler und der Club war auf eine Daisy Madison eingetragen. Beide waren unbedarfte Namen ohne kriminellen Hintergrund. Vielleicht war der stämmige Kerl einfach nur zum Ficken in den Mirrorclub gegangen.

Smu betrachtete einen der Bilderrahmen über dem Bett. Patallia hatte den Zettel mit den Hankycodes gerahmt und an die Wand gehängt. Smu grinste.

Aber nein, er wollte sich jetzt nicht ablenken lassen. Er hatte den Eindruck, dass ihm etliche Bausteine bei seinen Ermittlungen fehlten. Informationen, die er nur von der Spezialeinheit bekäme, wenn er sich punktgenau erkundigte. Was wusste er über die Droge – außer dass sie den Sexualtrieb steigerte und abhängig machte? Wie wurde sie hergestellt?

Smu erhob sich. Diese Fragen musste Pat ihm beantworten. Patallia hatte eine Art seinen Fragen auszuweichen, die ihn an einen Aal erinnerte, der ihm immer wieder glitschig durch die Hand schlüpfte. Das würde er dieses Mal nicht durchgehen lassen.

Barfuß, in bunter Haremshose und schwarzem Shirt sprang Smu vom Bett und lief ins Labor. Pats Bildschirm war wie immer mit für ihn unverständlichen Formeln bedeckt. Patallia blickte auf, als er Smu sah, und lächelte müde. Sofort klopfte Smus Herz bis zum Hals. Nein, er würde sich nicht ablenken lassen. Er schluckte und setzte sich auf einen der Drehstühle.

»Pat, ich brauche mehr Infos!«

»In Ordnung. Dann frag mich.«

»Weißt du wie Bax hergestellt wird?«

Patallia starrte ihn an und nickte dann bedächtig.

»Und wie?«

Patallia fing an zu sprechen. Er begann mit der Bruchlandung der Duocarns auf der Erde und endete bei den mit Spiralvenen Energie saugenden Bacanar-Hybriden.

Smu saß mit offenem Mund da, schloss ihn endlich und raufte sich die bunte Mähne. »Ach du Scheiße!«

Er war in einen außerirdischen Drogenkrieg geraten.

»Ich hätte meinen Stundenlohn verdoppeln sollen«, stöhnte er. »Du sagst, dass kaum noch Gehirnverletzungen vorgekommen sind, in den letzten Monaten?«

»Ja, das stimmt. Nur ein völlig leer gefressener Kopf in Seattle.«

»Das heißt also, dass sich Bar inzwischen mit den Energien der Frauen begnügt, die er weitaus gefahrloser gewinnen kann.« Smu gruselte es bei dem Gedanken. »Wo findet man Frauen in größeren Mengen?«

Patallia sah ihn nachdenklich an. »Auf Volksfesten? Bei Misswahlen? Im Kino? Bei Weight Watchers?«

»Wäre es denn nicht praktisch für Bar, die Damen wären schon ausgezogen und sexuell erregt?«

Allmählich verstand Patallia. »Du meinst den neuen Swingerclub.« Smu hatte ihm erzählt, dass er den Bax-Lieferanten dorthin verfolgt hatte.

Smu nickte langsam.

»Du willst in dem Club nachforschen gehen? Dürfen denn homosexuelle Männer dort überhaupt hinein?«

»Pat! Das steht mir ja nicht auf die Stirn geschrieben«, rüffelte Smu ihn. »Ich glaube, ich fahre mal Klamotten kaufen.«

»Was tragen Männer denn in solchen Clubs?«

»Lass dich überraschen.« Er grinste breit, küsste Pat kurz und war verschwunden.

Patallia sah ihm noch nach, als er die Tür längst geschlossen hatte. Smu hatte sein Leben aus dem gewohnten Trott gerissen. Er forderte Patallia ständig, ließ ihn nicht mehr los und brachte ihn auf Trab. Smu sorgte dafür, dass sie mindestens zwei Mal wöchentlich ausgingen. Nicht nur in Clubs, sondern auch zum Sport, ins Kino, zum Picknick, auf Konzerte. Inzwischen kannte sich Pat sehr gut in Vancouver aus.

Tervenarius' Partner David war zu den Bacanis in die Tierstation auf dem Land gezogen und hatte den BMW in Seafair gelassen. David war durch den Verlust seines Freundes stark traumatisiert. Ihm war das Auto gleichgültig gewesen. Also fuhr Smu meistens damit – ließ Pat aber nicht ans Steuer. Er hatte Angst, dass er das teure Stück demolierte.

Pat wandte sich wieder seinem Rechner zu. Smu hatte einfach noch nicht begriffen, dass bei den Duocarns Geld keine Rolle spielte. Er lächelte.

Patallia hatte seinen abendlichen Kefir mit aufs Zimmer genommen. Der Raum sah nun sehr viel besser aus, hatte eine bequeme Couch, ein breites Bett, Bilder und Vorhänge und natürlich einen monströsen Plasma TV, denn sie liebten beide SciFi Serien.

Smu hatte seinen Stoffhasen Bill auf die Bettdecke gesetzt – ein Zeichen dafür, dass er Patallias Bett derzeit als seine heimatliche Schlafstatt betrachtete.

Pat, nur mit einem weichen Bademantel bekleidet, setzte sich auf die Bettkante. Er tätschelte Bill die langen Ohren, als Smu ins Zimmer gestiefelt kam.

»Na Pat, was sagst du?«

Patallia starrte Smu in seinem neuen Outfit sprachlos an. Er hatte sich die wilde Mähne schwarz gefärbt, was ihm zu den grünen Augen ausgesprochen gut stand. Den größten Teil der Gesichts-Piercings hatte er, bis auf einen Nasen-Sticker, entfernt. Er trug eine enge schwarze Lederhose und eine Lederjacke. Unter der Jacke glänzten ein nachtschwarzes, brustfreies Lederkorsett und ein breites Leder-Halsband. Dazu trug er schlichte, dunkle Stiefel.

»Zieh die Jacke aus!« Patallia war sich nicht sicher, ob er in seinem langen Leben schon etwas so Erotisches gesehen hatte, wie Smu in diesem Moment.

Die unbehaarte, weiße Brust mit den goldenen Ringen in

den Brustwarzen über all dem schwarzen Leder war einfach sexy.

»Ich glaube nicht, dass ich dich so irgendwo hingehen lassen kann«, keuchte Patallia. Erregung schoss heiß durch seinen Körper und endete in seinem Geschlecht.

Smu kam mit wiegenden Schritten auf ihn zu.

»Ihr Götter!« Pat zog ihn gierig auf seinen Schoss und griff unter sein Haar, um ihn an seinem kräftigen Nacken zu sich zu ziehen. Süß! Smu schmeckte so süß. Pat spürte, wie Smus gespaltene Zunge jeden Winkel seines Mundes erforschte, was seine Erregung enorm steigerte.

Gierig öffnete Pat den Reißverschluss von Smus Hose und merkte, dass seine Handfläche ohne sein willentliches Zutun die neutrale Grundsubstanz seiner Medikamente absonderte. Erstaunt hob er die Hand und betrachtete sie. Wieso machte sein Körper sich selbständig, sobald er sexuell erregt war? Aber er hatte nun keine Zeit dieser Frage weiter nachzugehen.

Smu hatte es bemerkt, ergriff seine Hand und tippte mit dem Zeigefinger in die Substanz. „Kann ich das nehmen?"

Patallia nickte, den Hals trocken vor erwartungsvoller Geilheit.

Smus Augen glommen tiefdunkelgrün, als er den Po anhob, die Hose von den Lenden zog und Patallias Hand zwischen seine strammen Backen führte, um die Materie dort zu verteilen. Patallia hielt vor Spannung den Atem an.

Smu streifte die Stiefel ab, zog mit einem Ruck die Lederhose ganz aus und setzte sich rittlings auf seine Oberschenkel. Das Lederkorsett knarrte leise und verströmte seinen aromatischen Ledergeruch.

Smu öffnete mit einer lasziven Bewegung seinen Bademantel. Ihre beiden pochend harten Glieder trafen sich – pressten sich gegen das weiche Leder des Korsetts.

Sie hatten sich gegenseitig befriedigt, das ja – oral und mit der Hand. Was da nun auf ihn zukam, war neu. Die Erregung flutete in einem nie gekannten Maß durch seinen Leib. Er schloss die Augen und überließ sich völlig seinem erfahrenen Geliebten.

Smu küsste seine Augenlider, ließ sich mit sanftem Druck auf seinen Penis nieder und nahm ihn ganz in sich auf.

Es durchfuhr Pat wie ein Blitzschlag und ein Zittern lief durch seinen Körper. Er hatte gewusst, wie Männer Sex machen, aber hatte keine Vorstellung davon gehabt, wie es sein würde, einen anderen Mann so zu spüren.

Smu klammerte sich an ihn. Sehnig und männlich duftete er nach einem Hauch Zimt und Leder. Er nahm ihn völlig gefangen. Seine Bewegungen ließen Patallias Sinne schwinden. Smu ritt ihn, erst langsam und bedächtig, wurde nach und nach wilder und schneller.

Er umfasste Smus Glied fest, löste Grundsubstanz in die Handfläche und passte instinktiv seine Handbewegung dem Tempo an. Smus Stöße katapultierten ihn in einen Rauschzustand, dem er nichts mehr entgegenzusetzen hatte. Er floss und verströmte sich zuckend. Sein Orgasmus rollte langsam aus der Körpermitte hoch, um dann in seinem Gehirn zu explodieren. Beglückt fühlte er das warme Ejakulat seines Partners auf seinem Bauch, denn Smu erreichte gleichzeitig mit ihm zitternd und stöhnend den Höhepunkt.

Sie klammerten sich aneinander, küssten sich, die Zungen ineinander verschlungen, und genossen ihr abflauendes, leidenschaftliches Beben.

Patallia streichelte seinem Geliebten zärtlich die glatten Schultern, zupfte ein wenig an seinen Brustringen. Er betrachtete liebevoll Smus konzentriertes Gesicht. Er sah die Wollust weichen und den frechen Charme wiederkehren.

Wie alt hatte er werden müssen, um zu erfahren, wie wunderbar es war zu lieben, wie aufregend es war, Erotik in all ihren Variationen zu erforschen. Genau in diesem Punkt war Smu der ideale Partner – phantasievoll und unmoralisch.

Smu öffnete die Lider, blinzelte und glitt langsam von seinem Schoß. Seine Augen glitzerten giftgrün wie die eines Raubtiers. »Ich mach mich auf den Weg. Jetzt bin ich sicher, dass ich die ganze holde Weiblichkeit in dem Club aushalten kann, Pat.«

Für einzelne, männliche Besucher ohne Partnerin war der Eintritt in den Club unverschämt hoch. Smu grinste und buchte es in Gedanken auf sein Spesenkonto. Er baute sich an der Bar des Mirrorclubs auf und bestellte einen alkoholfreien Cocktail. Wie hübsch und freizügig all die Damen gekleidet waren! Er konnte den Blick kaum noch abwenden von den üppigen Brüsten in den roten und schwarzen Spitzen-BHs, den ausladenden mit Strapsen umrahmten Ärschen. Der Anblick drückte ihm den Hals zu. Ich bin Masochist, dachte er eine Sekunde, sonst würde ich mir das nicht angucken. Er schluckte trocken. Deshalb konzentrierte er sich auf die Netzhemden und Leder-Slips der Männer und augenblicklich ging es ihm besser.

Aus allen Ecken des Clubs begegneten ihm Blicke. Die der Frauen lächelnd – die der Kerle wenig amüsiert und grimmig. Das war in so einem Hetero-Club zu erwarten gewesen. Er stierte in sein Glas. Trotzdem nahm er die sanfte Bewegung in seiner Nähe wahr, als sich eine kleine, blonde Frau recht eng neben ihn stellte.

Smu drehte sich zu der hübschen, rotwangigen Blondine, die in der fast durchsichtigen Reizwäsche ihren schlanken, aber wohlgerundeten Körper verboten gut präsentierte. Heteros sollten auch Hankycodes haben, dachte er. Dann hätte er sofort die Codes für »Keinen Geschlechtsverkehr!« und »Nur passiv geblasen werden!« an sich befestigt. Er lächelte.

»Ich heiße Alice«, flüsterte die Blonde heiser.

»Du bist ja supersüß, Alice«, entgegnete er und nahm sie bei der Hand. »Komm, wir gehen zusammen ins Wunderland.« Nur weg von den ganzen Leuten.

Er lief mit ihr durch das Spiegelkabinett. Wo konnten diese Sauger nur sein? Er grinste und dachte an seine gelegentlichen, nervtötenden Besuche auf der Polizeiwache. Die Spiegel!

Er nötigte Alice charmant lächelnd, sich mit ihm auf

einem mit rotem Plüsch überzogenen Lager nahe einem der Spiegel niederzulassen. Nun würde er etwas mit ihr tun müssen. Möglichst nichts Intimes. Streicheln war immer gut. Sanft ließ er seine Hände über ihren Körper gleiten – vermied den Kontakt zur nackten Haut.

»Komm, entspann dich«, flüsterte er. »Ich massiere dich.« Alice lag auf dem Rücken mit geschlossenen Augen und genoss seine Berührungen. Sie spreizte die Beine und reckte ihm ihre Brüste entgegen, was er geflissentlich übersah.

Smu brauchte nicht lange zu warten. Ein langer, dünner Tentakel, wie ein rotes Kabel, schlängelte sich aus der Wand unter dem Spiegel. Es glitt unscheinbar zwischen den Kissen hindurch, drückte das Nichts von Alices Slip beiseite und verschwand in ihrem erregten Geschlecht. Sie seufzte – hielt es wahrscheinlich für einen seiner Finger.

Nach kurzer Zeit zog sich die Spiralvene zurück. Er schaute Alice prüfend an.

»Das war aber geil«, stöhnte sie. Sie wollte seine Hose öffnen.

»Heute nicht, Alice.« Er lächelte ablehnend. »Gern ein anderes Mal.«

»Och schade! Jetzt hattest du ja überhaupt nichts davon.«

»Du warst wunderbar«, log er. »Ich habe nur leider noch einen Termin.« Er hatte erfahren, was er wissen musste. Nun wollte er unbedingt weg.

Alice schmollte, ließ sich aber hochhelfen und stöckelte an seiner Seite Richtung Bar. Sie suchte in ihrem winzigen Glitzerhandtäschchen nach ihrer Visitenkarte und schob sie ihm in die Hand. Smu steckte die Karte in die Tasche der Lederhose, küsste Alice zart auf die Wange und verließ das Etablissement. Er musste sich dazu zwingen, nicht zu rennen.

Heiliges Kanonenrohr! Es hatte alles gestimmt, was Pat ihm erzählt hatte. Er schwang sich in den BMW – froh dem Mirrorclub entkommen zu sein.

Solutosan kam zu sich. Sein Körper hing schmerzhaft eingekeilt zwischen harten, aber biegsamen Ästen. Das lange Haar trieb unter ihm im Wasser. Sein schwerer Leib hatte die Zweige bis auf die Wasseroberfläche gebogen, so dass er die glatte Fläche fast mit der Nasenspitze berührte. Was war passiert? Solutosan versuchte, einen klaren Gedanken zu fassen. Er hatte Durst und tauchte die Zunge testweise in das Wasser unter sich. Es schmeckte ekelig! Sein benebeltes Gehirn reagierte zuerst nicht. Das Wasser war salzig. Auf Duonalia gab es kein Salzwasser.

Er versuchte, seine Glieder aus den Zweigen zu stemmen, suchte einen dicken Ast, der seinem Gewicht vielleicht standgehalten hätte. Fast alle Äste besaßen die gleiche Stärke. Eine ähnliche Art Gewächs hatte er schon einmal auf Bildern gesehen. Mangroven. Genau, Mangroven hießen diese Bäume, die so eng mit dem Wasser verwoben waren und ihre Zweige weit eintauchten. Solutosan fand keinen besseren Halt im Geäst. Es war sinnlos.

Er ließ sich ins Wasser fallen und blickte sich von dort aus um. Das Salzwasser war angenehm temperiert. Glücklicherweise hatte er schon als Kind schwimmen gelernt. Ob das Wasser irgendwelche Lebewesen beherbergte, die gefährlich werden konnten? Es war besser, das unbekannte Gewässer schleunigst zu verlassen. Also schwamm er zügig und versuchte ein Ende des Mangrovenwaldes zu finden, entdeckte nach einer Weile einen kleinen Strand und ließ sich in den Sand fallen.

Er hätte auf Duonalia sein müssen und nicht – er blickte zum Himmel – auf einem Planeten mit zwei Sonnen! »Beo menucans«, raunte eine Stimme leise an seinem Ohr. Er fuhr herum. Nichts. Da war nichts. Nur unscheinbare, graublaue Gewächse im Sand.

Auch er war dem Ruf in der Anomalie gefolgt, der ihn zwingend und umschlingend gezogen hatte. Der ihn dazu gebracht hatte, Ulquiorra loszulassen.

Ulquiorra! Solutosan riss sich das zerfetzte Hemd vom Körper. Der Ring! Da war der Ring in seiner Brust. Er legte die Hand auf ihn und rief Ulquiorra. Der Reif blieb still und kalt.

Der Durst quälte ihn weiter. Er musste Wasser suchen. Überall nur Mangroven, ausgedehnte Wasserflächen, kleine Strände, soweit er sehen konnte. Solutosan kniff die Augen zusammen. Ganz oben in den knorrigen Bäumen wuchs eine große Kletterpflanze mit aufgerichteten, tütenförmigen Blättern. Er wusste nicht, ob es auf dem Planeten jemals regnete. Wenn ja, war dort vielleicht die Möglichkeit Wasser zu finden.

Vorsichtig hangelte er sich an einem der Bäume hoch, versuchte sein Gewicht zu verteilen, um an eines der Gewächse zu kommen. Das Erste kippte ihm entgegen und entleerte sich. Die Flüssigkeit hatte ausgesehen wie Wasser. Behutsam streckte er die Hand nach dem nächsten Blatt aus und konnte es greifen, ohne es zu kippen. Er tauchte den Finger in das Nass und stöhnte auf. Es war wirklich Wasser! Es schmeckte leicht süßlich durch die Kelche der Blüten, aber es würde seinen schlimmsten Durst stillen. Er trank wenig, benetzte nur seine trockene Kehle. Solutosan wusste nicht, was die Blütenkelche vielleicht in ihr Wasser abgegeben hatten. Er kletterte von dem Baum, erreichte den nächsten Strand und wurde bewusstlos.

Er würgte, übergab sich. Ein leises Zischen antwortete ihm. Solutosan war nicht mehr am Strand, sondern lag auf einem groben Holzfußboden einige Handbreit über dem Wasser in einer kleinen Hütte. Der Boden bewegte sich leicht. Sein Magen rebellierte nochmals.

»Kannst du damit mal aufhören?«, zischte eine Stimme. Er drehte betäubt den Kopf.

Das Wesen betrachtete ihn mit riesigen grünen Augen.

Solutosan blinzelte. Vor ihm auf dem Fußboden hockte ein grünlich schillerndes, schuppiges Geschöpf. Es zielte mit einer gefährlich wirkenden, kleinen Armbrust auf ihn, hatte die langen, schlanken Beine unter dem Leib angezogen, zum Schuss und zum Sprung bereit. Sein breitflächiges Gesicht mit den schrägen, dunkelgrünen Augen blickte ihn misstrauisch an. Die goldenen, zu vielen, dünnen Zöpfen geflochtenen Haare hingen bis auf die schuppigen Schultern. Was Solutosan am meisten auffiel, waren die goldfarbenen Wimpern, die sich nun bei seiner intensiven Betrachtung ganz kurz senkten. Dann war der argwöhnische Blick sofort wieder da.

»Ich verstehe dich«, krächzte Solutosan. »Wieso?« Er hatte selbst duonalisch gesprochen. Keine Reaktion. Er versuchte es mit Englisch. Das Wesen blickte ihn verständnislos an.

»*Verdammt!*«, fluchte er telepathisch. Die Kreatur schrak zurück.

»Tut mir leid«, entschuldigte er sich rasch. »*Ich tu dir nichts*«. Er ließ den Kopf auf den Fußboden sinken.

»Wo kommst du her?«, fragte das Wesen in einer melodischen Sprache. Solutosan verstand, konnte jedoch nicht antworten. Er wusste nicht wie. Er hatte so einen wahnsinnigen Durst.

»Wasser«, bat er auf duonalisch. Wiederholte in Englisch. Was heißt Wasser? »*Aqua!*« Das schuppige Geschöpf verstand ihn, huschte von ihm weg und kam mit einer großen Muschel voller Süßwasser zurück, die es ihm an die Lippen hielt. Er trank gierig.

»Wo kommst du her?«, fragte das Wesen wieder. Solutosan versuchte, sich an andere Worte der in ihm verschütteten Sprache zu erinnern. Er zeigte zum Himmel.

»Fremde Welt.«

»*Ich verstehe dich besser, wenn du Telepathie benutzt*«, bemerkte das Wesen plötzlich.

Solutosan fuhr erstaunt hoch. Er war nackt.

Vena betrachtete ihn ausgiebig. Sie hatte nicht erwartet, bei ihrem Jagdausflug eine derartig fette Beute zu machen. Na ja, fett war der Mann ja nicht und bestimmt auch nicht essbar. Vena hatte sich auf die Jagd von Fischen und kleinen Vögeln spezialisiert.

Sie machte sich immer vor, dass sie die Stadt nur für einen Jagdausflug verlassen hatte. Aber, wenn sie ehrlich zu sich selbst war, dauerte dieser Ausflug nun schon sehr lange und sie lebte als Eremitin mit ihren Squali in einem aus Mangrovenzweigen geflochtenen Häuschen.

Sie hatte es in der Stadt nicht ausgehalten, obwohl dort eine Auswahl von Partnern für sie bereitstand. Sie hatte sich nicht entscheiden können, und war letztendlich vor ihnen geflüchtet.

Jetzt lag hier ein Mann vor ihr, der fremdartig war. Nicht viel, denn er hatte wie alle Auraner goldenes Haar und war kräftig und muskulös. Seine Haut war anders. Sie war nicht schuppig silbern wie bei den auranischen Männern, sondern hell und weich. Dazu diese Augen. Dunkelblau mit einzelnen silberweißen Funken.

Sie schubste ihn kurz mit dem Fuß an. Er bewegte sich nicht – schien kraftlos und völlig erschöpft.

Tan drückte den Deckel im Boden mit der Nase auf. Er war so schrecklich neugierig. Natürlich musste er als Chef ihrer Squali nach dem Rechten sehen. Im Moment waren er, zwei Weibchen und ein Jungtier bei ihr.

»Tan!« Er schob seine glatte Schnauze mit den klugen Augen durch das Loch. »Wie du siehst, ist unser Besuch völlig lädiert!«

Vena legte die Armbrust weg und streichelte seine nasse, seidige Haut, was er mit wohlig geschlossenen Augen genoss. Inzwischen war sie sich sicher, dass der Fremde keine Gefahr für sie darstellte.

Der Mann war aufgewacht und blickte irritiert. »*Ist das ein Fisch?*«, fragte er telepathisch.

»Nein, Tan ist ein Squali. Weißt du denn überhaupt nichts?«
Der unbekannte Besucher schüttelte den Kopf.
»Wir Auraner leben in Symbiose mit den Squali. Sie geben uns ihre Milch, dafür machen sie bei uns die Hautpflege.«
»Du bist ein Auraner?«
Vena ärgerte sich. »Sieht man nicht, dass ich ein Mädchen bin?« Sie fummelte an ihrem Lendenschurz aus Vogelfedern.
Der Mann betrachtete sie fragend.
»Ich habe eine **grüne** Haut, du Dummkopf«, schnarrte Vena.
»Und eure Männchen?«
»Die sind selbstverständlich silbern.«
Der Mann bemühte sich, die Augen offen zu halten.
»Wie heißt der Planet hier?«
Vena musterte ihn misstrauisch. Wollte er sie für dumm verkaufen? Nein, er lag nur erschöpft auf dem Boden. »Sublimar natürlich.«

Solutosan schlug die Hände vors Gesicht. Nun hatte ihn die Verzweiflung eiskalt gepackt. Warum geschahen die letzte Zeit solche Dinge mit ihm? Erst die Bruchlandung auf der Erde, dann die Chance wieder in die Heimat zurückkehren zu können, und nun die nächste Odyssee auf Sublimar, getrennt von Halia, die ihn gewiss schon vermisste.
»Weinst du?« Das Mädchen betrachtete ihn neugierig.
»Nein, das würde nichts ändern.« Er hob den Kopf.
»Ich bin übrigens Solutosan. Danke für deine Hilfe. Du musst mich wohl gefunden haben, nachdem ich zusammengebrochen bin.«
»Du bist ganz schön schwer. Aber Tan hat mir geholfen.«
»Tan?«
»Ich bin Vena – und das ist Tan.« Der Squali schaute immer noch neugierig aus dem Wasser.
»Lebst du hier alleine?«
»Natürlich nicht, die Squali sind doch bei mir!«

»*Entschuldige, dir kommen meine Fragen bestimmt dumm vor, Vena. Leben denn alle Auraner so wie du?*« Solutosan versuchte sich aufzusetzen, was ihm nicht gelang.

»*Ein paar. Ich bin eben Jägerin*«, zischte sie trotzig.

»*Und was ist daran Schlimmes?*«

»*Die Auraner sind der Meinung, es würde reichen sich von den Squalis zu ernähren. Sie halten Jagen für unmoralisch. Dabei schmecken meine Vögelchen und Fische richtig gut! Möchtest du probieren?*«

Vena sprang auf und holte aus ihrer winzigen, mit Kochutensilien behangenen, Küchenecke einen kleinen, gebratenen Vogel.

»*Danke, ich glaube nicht, dass ich mit so etwas kompatibel bin?*«

»*Kompawas?*«

»*Ich kann das nicht essen.*«

Vena knabberte missmutig selbst an dem Vögelchen und warf Tan dann den Rest zu, der ihn mit seiner Schnauze fing und verschluckte. Dabei sah man ein Stückchen seines Körpers und eine Flosse. So ein ähnliches Wesen hatte Solutosan schon einmal im Aquarium in Vancouver gesehen. Bis auf seine dunklen, unregelmäßigen Flecken, die seinen kräftigen Rücken bedeckten, ähnelte Tan einem Delphin.

Solutosan wurde erneut schwarz vor Augen. Er musste wieder würgen.

»*Sag mal, hast du etwas Falsches gegessen?*« Vena rutschte näher zu ihm hin.

»*Ich habe dieses Wasser aus den Blüten getrunken.*«

Vena schlug die Hände vor den Mund. »*Bist du lebensmüde? Die Tulapien sind giftig.*«

»*Ich hatte solch einen Durst, Vena*«, bekannte er kleinlaut. »*Und habe ihn immer noch.*«

Die Auranerin sprang auf und holte einen Holzeimer mit Wasser und die große Muschel. »*Hier trink.*« Sie hielt ihm die Muschelschale an den Mund.

Solutosan trank, sein Kopf sank zurück und er glitt übergangslos in seinen Ruhemodus.

Die Stimmung in der neu aufgebauten Karateschule war mehr als düster. Xanmeran konnte sich kaum erinnern, wann er das letzte Mal so auf dem Tiefpunkt war. Er blickte zu Maureen, Meodern und Halia, die mit ihm im Innenhof der alten Donafabrik in der matten, duonalischen Sonne saßen.

Er hatte gehofft, dass sich für die Duocarns alles zum Guten wenden würde, als sich durch Ulquiorras Tor der Weg nach Hause geöffnet hatte. Aber stattdessen war das Unheil über sie hereingebrochen. Tervenarius war verschollen und nun auch Solutosan.

Halia war untröstlich. Sie saß bei Meo auf dem Schoß und schluchzte, klammerte sich an seinen Hals. Er war nach Tervenarius ihr Lieblingsonkel.

»Fühlst du deinen Daddy noch?«, fragte Meo.

Halia nickte unter Tränen.

»Wo ist er?«

»Ich weiß es nicht genau, weil er so weit weg ist«, jammerte Halia. »Im Moment scheint er in seinem Ruhemodus zu sein. Dann fühle ich ihn weniger stark.«

Xanmeran und Maureen blickten sich an. Maureens liebes Gesicht wirkte wie eingefroren. Solutosan jetzt auch noch zu verlieren, kam einer Katastrophe gleich. Wie sollten sie es schaffen, ohne seine Führung die Duonalier zu motivieren sich zu wehren? Er war das Herz der Duocarns. Weder er noch Meodern fühlten sich in der Lage, ihn zu ersetzen.

Ulquiorra lag ausgelaugt und gequält von Selbstvorwürfen im Bett. Tervenarius und Solutosan in der Anomalie verloren zu haben, setzte ihm zu. Trianora hatte sich ins Silentium zurückgezogen.

»Ich werde mich um dich kümmern, solange dein Daddy weg ist und Xanmeran und Maureen sind ebenfalls für dich da, Halia«. Meo streichelte der Kleinen die Wange.

»Wir sind alle für dich da, Halia«, bestätigte Maureen

fest. »Du wirst sehen, er wird wiederkommen!«

Xanmeran öffnete das zweiflügelige Eingangstor des Innenhofs und schaute auf die Schleier zwischen den Monden. Sie bewegten sich in Schlieren, verwirbelnd und zart bunt Richtung Duonalia.

Er drehte sich zu den anderen um. »Ich denke unser Auftrag hat sich nicht geändert. Wir sind Duocarns und wir haben die Pflicht Duonalia zu beschützen. Unser Volk ist unterdrückt und in Feindeshand. Wir kämpfen weiter. Nur das würde in Solutosans Sinn sein. Patallia und Smu werden auf der Erde weiterhin die Bacani-Aktivitäten im Auge behalten. Außerdem sind da noch unsere Verbündeten in der Tierstation.«

Maureen stand auf und legte den Arm um ihn. »Genau so empfinde ich auch. Wir machen weiter!«

»Ist schon irgendwie seltsam, dass wir nun das große Haus für uns allein haben«, meinte Smu, der im Schneidersitz auf Patallias Bett saß.

Pat, der seine Jeans auszog und sich eine Jogginghose überstreifte, nickte. Sie wollten an den Strand zum joggen. »Wir halten eben die Stellung. Ich finde das okay.«

»Ich werde übrigens heute wieder in den Club gehen. Ich habe da so eine Idee, wie man die Sauger sabotieren könnte.«

»Ein erneutes Date mit Alice?« Patallia zog die Augenbrauen hoch. »Du wirst am Ende noch die Seite wechseln«, bemerkte er schief grinsend.

»Eifersüchtig?« Smu sprang vom Bett, stand vor ihm und schloss ihn in die Arme.

»Ich bemühe mich es nicht zu sein, Smu«, meinte Pat zwischen zwei Küssen. »Das ist dein Job. Ich sehe das sehr nüchtern. Was hast du denn vor?«

Smu schüttelte die Mähne. Er hatte sie inzwischen blondiert. »Ich probiere es erst aus, dann erstatte ich dem Chef

Bericht.«

Er zog Patallia mit sich. Gemeinsam traten sie aus dem Haus, liefen über die schmale Straße zum Meer und rannten los. Es war frühlingshaft mild. Die Möwen kreisten über dem flaschengrünen Wasser, das ruhig und sanft schäumend am Strand auflief.

»Hallo Alice!« Smu beugte sich zu der kleinen Frau hinunter. Alice sah zum Anbeißen aus, wie aus Marzipan. Sie hatte sich in ein rosafarbenes Satinkorsett, mit winzigen Marabu-Federchen an den Rändern, gezwängt und trug Nylons und Heels, ebenfalls in Rosa. Smu hatte in der Tat schon Hässlicheres gesehen.

Er zog die schwarze Lederjacke aus und zeigte so die Brust-Piercings, die man durch das Netzhemd gut sehen konnte. Er hatte nicht vor, mit Alice lange Konversation zu machen.

»Gehen wir heute mal in den SM-Raum?«, flüsterte Alice.

Eigentlich gehörte das nicht zu seinem Plan. Aber warum nicht? Er hatte keine Probleme mit irgendwelchen erotischen Spielarten.

In dem mit speziellen Möbeln und sadistischem Equipment ausgestatteten SM-Raum tummelten sich glücklicherweise keine Gäste. Das tat sich gut an. Der mit schwarzem Leder bezogene Domina-Thron kam ihm gerade recht.

Smu wählte eine lange Reitgerte aus den Schlagwerkzeugen, holte aus und ließ sie ein paarmal in der Luft pfeifen. Alice seufzte.

Er zerrte Latexhandschuhe aus einer Box und streifte sie über. Hoheitsvoll platzierte er sich auf den Thron, öffnete die Hose und zog ein Kondom über sein bestes Stück.

»Knie dich hier her!«, befahl er Alice. »Bediene mich!«

Alice rutschte auf Knien näher und nahm seinen Schwanz zögernd in den Mund.

Smu runzelte die Stirn. »Mit ein bisschen mehr Begeisterung«, knirschte er und schlug ihr mit der Reitgerte auf den drallen Po.

»Ja, Herr!« Sie bemühte sich um ihn.

Smu blickte auf sie hinab. So mancher Mann hätte sich wohl ein Bein ausgerissen, um an seiner Stelle zu sein. Ihm war diese Situation eher unangenehm. Sein Schwanz stand, aber er blieb, wie zu erwarten, kalt.

Smu musterte die Umgebung genau. Alice kniete mit dem runden Po zum Spiegel. Da würde doch unter Garantie gleich einer der Sauger anbeißen.

Um Alice anzufeuern, schlug er immer wieder mit der Gerte auf ihr Hinterteil.

Da kam eine! Die Spiralvene wand sich langsam auf Alice zu.

Smu hatte anfangs die Idee gehabt, ein Messer mit in den Club zu bringen, sich so eine Vene zu schnappen und einfach abzuschneiden, aber alle Gäste wurden beim Eintreten auf Waffen gecheckt. Die Spiralvene hatte sich inzwischen nah an Alices Slip getastet.

»Warte auf mich, Sklavin! Und senk gefälligst den Kopf!«

Vorsichtig zog er sein Glied aus ihrem Mund und schlich um sie herum. Er packte die rote Vene, die sich unwillig wand, und machte einen Knoten hinein. Die Vene zog sich blitzschnell zurück, war aber nun zu dick, um in ihrer Öffnung zu verschwinden.

Smu setzte sich grinsend wieder auf den Thron. Er hatte langsam und präzise gearbeitet. Alice kniete weiterhin ruhig und hatte nichts bemerkt.

Er ließ sie weiter blasen, zog die Latexhandschuhe aus und warf sie in eine Ecke. Er wartete gespannt. Was würde nun geschehen?

Die Spitze der Spiralvene zappelte in ihrem Loch, verhielt sich dann ruhig und unauffällig. Aha, da spielte jemand auf Zeit.

Es dauerte eine Weile, bis ein Angestellter des Clubs den Raum betrat. »Leider müssen wir aus sicherheitstechnischen Gründen den SM-Bereich für heute schließen«, zischte er. Smu musterte ihn. Der drahtige Kerl, dessen Gesicht einem Ziegenbock ähnelte, war ganz gewiss kein Mensch. Alice maulte.

»Ruhig, Sklavin!« Smu musste sich zusammenreißen, um nicht vor Lachen laut herauszuplatzen. Er packte sein Glied demonstrativ langsam vor der Nase des Bacani in seine Hose und zog Alice hoch. »Ortswechsel, Schätzchen.« Er blickte dem Außerirdischen fest in die dunklen Augen. Das war garantiert sein letzter Besuch in diesem Club. Nun würde er der Bande anders beikommen müssen. Er klatschte Alice mit der Hand auf den Po und schlenderte aus dem Zimmer.

Patallia sah ihn fassungslos an. Seine Augen waren vor Aufregung hellviolett. »Du hast was?«

»Einen Knoten hinein gemacht.«

Pat war zuerst sprachlos. »Jetzt hast du endgültig den Vogel abgeschossen, Smu«, krächzte er.

»Die sollen ruhig merken, dass sie nicht machen können, was sie wollen. Dadurch, dass Alice mit im Raum war, konnte der Bacani mich nicht angreifen. Außerdem hätte es ja auch ein blöder Unfall eines noch dümmeren Saugers sein können.«

»Meinst du nicht, die haben den Laden mit Kameras überwacht?«

»Und wenn schon. Dann wissen sie jetzt, mit wem sie es zu tun haben.« Smu zog seine Lederjacke aus und zerrte das Netzhemd hinterher. »Ich habe keine Lust mehr auf diesen Heten-Kram.«

»Du gehst nicht mehr hin?«, fragte Patallia lauernd.

»Nein. – Zumindest nicht durch den Vordereingang.«

Pat stieß vor Erleichterung pfeifend die Luft aus.

»*Wie lange bin ich hier?*« Er war aufgewacht und sah sich um. Vena, die in ihrer Küchenecke einige kleine Fische auf eine

Schnur fädelte, antwortete nicht. »*Vena?*«

»*Neun Muster.*« Solutosan ließ den Kopf sinken. Schon wieder eine neue Zeitrechnung. So langsam verursachte ihm das alles Kopfschmerzen.

»*Ist das lange?*«, fragte er trotzdem nach.

»*Lang genug, dass ich dich bald hinauswerfen werde.*« Vena blickte zu ihm hinüber. »*Du solltest etwas essen.*«

»*Squalimilch?*«

Vena nickte, erhob sich und schüttete für ihn aus einer Holzschüssel eine dickliche, weiße Flüssigkeit in einen grob geschnitzten Becher. »*Sie ist bereits vergoren.*«

Solutosan setzte sich mühsam auf und nahm das Gefäß. Er musste es probieren. Er hatte vor langer Zeit ein Mal versucht, sich mit Nahrungsentzug umzubringen, aber das war derartig schmerzhaft gewesen, dass er es nach einer Weile aufgegeben hatte. Tapfer trank er einen Schluck und wartete. Nichts geschah. Das Zeug schmeckte fast wie Kefir.

Er konnte noch schnell das Loch im Boden öffnen, durch das der Squali geschaut hatte, denn blitzartig schoss die Milch aus seinem Magen zurück.

Vena seufzte.

Solutosan erhob sich schwankend und holte sich stattdessen eine Muschel voll Wasser. Er hatte so viele Fragen.

»*Vena würdest du mir noch ein paar Fragen beantworten?*«

Vena schwieg und zog nur den Kopf ein.

»*Bitte! Ich brauche Antworten!*«

»*Na gut.*«

»*Habt ihr Städte auf Sublimar?*«

»*Nein!*« Venas Erwiderung kam schnell.

»*Gibt es bei euch so etwas wie Forschung, Wissenschaft oder vielleicht sogar Raumfahrt?*«

Vena dachte kurz nach. »*Ich weiß, dass die Auraner vor langer Zeit einmal den Weltraum bereist haben, aber sie tun es nicht mehr.*«

»*Warum?*«

»*Weil sie herausfanden, dass es unseren Planeten in Gefahr brachte. Es wurde, soweit ich weiß, eine schlimme Seuche von einem fremden Stern eingeschleppt.*«

Das war nicht gut. Solutosan überlegte. »*Habt ihr eine Religion und Götter, zu denen ihr betet?*«

»*Wir haben einen Gott, der der Überlieferung nach in unserem Planeten verschwunden ist.*«

»*Erzähl mir mehr davon, bitte.*«

Vena hängte die aufgereihten Fische in einer Ecke des Mangroven-Häuschens und setzte sich im Schneidersitz zu Solutosan. »*Es geht die Sage um, dass der Sternengott Pallasidus nach Sublimar kam und sich in eine Auranerin verliebte. Sie bekamen ein Kind – einen Jungen. Sublimar hat weiter im Süden eine Sumpflandschaft, die ein Fürst regierte. Dieser hatte zur gleichen Zeit ebenfalls einen neugeborenen Sohn und wurde von Pallasidus zur Geburtsfeier eingeladen. Er nahm sein eigenes Kind mit zur Feier. Was dann geschah, ist nicht vollständig überliefert. Man weiß nur, dass sich Pallasidus' Frau in den Sumpffürsten verliebte und intim mit ihm überrascht wurde. Daraufhin hat der Sternengott beide getötet und sich vor lauter Kummer in den Planeten zurückgezogen. Man sagt, dass in diesem Moment die zweite Sonne von Sublimar aufging. Seitdem ist das Klima aus dem Gleichgewicht geraten. Es ist zu heiß und das Meer verdampft zu schnell.*«

Das fand Solutosan interessant. »*Und die Kinder der beiden?*«

»*Die waren noch ein weiterer Grund für die Trauer des Sternengottes. Die Kinder verschwanden, als hätte es sie nie gegeben. Durch den Verlust seines Sohnes war sein Kummer grenzenlos.*«

Vena schaute nachdenklich. »*Man sagt, dass in dem Moment, in dem sich Pallasidus wieder aus dem Planeten erhebt, die zweite Sonne erlöschen wird. Aus diesem Grund beten viele Auraner ihn an, um ihn gnädig zu stimmen – manche bringen ihm sogar Opfergaben.*«

»*Was denn für Opfer?*«

»*Nichts Besonderes*«, antwortete Vena. »*Ein paar Haare oder Fingernägel ihrer Kinder.*«

Solutosan trank noch einen Schluck Wasser. »*Wie vermehren sich Auraner?*«

Venas Schuppen liefen am Hals violett an.

»*Darf man das auf Sublimar nicht fragen? Wenn ja, entschuldi-*

ge ich mich.«

Der violette Farbton ließ ein wenig nach.

»Kannst du diese Frage nicht jemand anderem stellen?«

Solutosan sah sich um. *»Hier ist aber niemand – außer Tan vielleicht.«* Der hob in diesem Moment wieder seine Klappe und schaute in den kleinen Raum.

Vena wand sich. *»Männchen und Weibchen vollziehen einen Akt und dann kommen eben Kinder.«*

Von dem Zeugungsakt wollte Solutosan sowieso keine Details wissen. *»Seid ihr lebendgebärend?«*

Vena nickte.

»Und warum säugt ihr euren Nachwuchs nicht?« Er blickte auf ihre Brust. Vena besaß keinen Busen und auch keine Brustwarzen.

»Warum sollten wir? Sie bekommen doch sofort nach der Geburt die Milch ihrer Squalis.«

Aha. Solutosan nahm ihren Unmut wahr und fragte nicht weiter.

Vena drückte Tans Kopf unter Wasser und ließ sich selbst in die Bodenöffnung gleiten.

»Darf ich mitkommen?«

»Du passt aber nicht durch Tans Loch.«

»Ich nehme die Tür.« Solutosan stand auf. Er musste dringend in Bewegung kommen. Er öffnete die Tür und ließ sich ins Wasser gleiten. Es war wunderbar. Sofort fühlte er, wie gut ihm das Salzwasser tat. Das war sein Element!

Er tauchte und sah Vena und Tan unter Wasser. Fasziniert bemerkte er, dass Venas Beine zu einem großen, glitzernden Fischschwanz verschmolzen waren. Sie rangelte mit Tan. Dann schwammen sie los. Solutosan fühlte sich zum ersten Mal seit seiner Ankunft entspannt und gut.

Eines der beiden Squali Weibchen kam näher. Die spitze Schnauze mit den blanken Augen wirkte, als würde es lächeln. Solutosan nahm ihre Flosse und ließ sich von ihr mitziehen. Pfeilschnell glitten sie durch das Wasser.

Die Squali führten sie zu einer weiten Wasserfläche aus denen niedrige, weiße Riffe ragten. Solutosan zog sich erholt auf einen Felsen und schaute Vena zu, die mit ihren Squali in einer kleinen, flachen Bucht dümpelte. Die Tiere kauten an ihrer Haut, lösten winzige Schuppenteilchen und verzehrten sie. Diese Prozedur war augenscheinlich angenehm für Vena. Sie hatte ihre Flosse wieder in Beine verwandelt und hielt Tan einen Fuß zum Knabbern hin. Als seine Schnauze zu weit in ihren Schritt fuhr, gab sie ihm einen freundlichen Schlag auf die nasse Nase.

Das Squali-Weibchen, das ihn begleitet hatte, stupste ihn mit glänzenden Augen an. Sie schnupperte enttäuscht an seinem Arm, da es bei ihm nichts abzunagen gab. Solutosan verdickte die Sternenstaub-Schicht auf seinem Körper, bezweifelte jedoch, dass das Weibchen diese mögen würde. Sie näherte sich erneut, zog aber die Nase sofort zurück. Sternenstaub war ihr sichtlich unangenehm.

»*Was machst du denn da?*« Vena schaute ihm interessiert zu.

»*Ich habe getestet, ob die Squali Sternenstaub mag.*«

»*Was mag?*« Vena schob den Oberkörper aus der kleinen Bucht.

»*Sternenstaub.*«

Die Auranerin starrte ihn fassungslos an. »*Zeig es mir*«, keuchte sie.

Solutosan wählte die erotische Variante, um niemanden zu verletzen und schickte den glitzernden Sternenstaub sofort auf das offene Meer. Er ließ den Staub ein bisschen über dem Wasser spielen und zog ihn dann wieder zurück.

Vena zitterte vor Aufregung. »*Was sagtest du, wo du herkommst?*«

»*Ich bin von einem Planeten namens Duonalia.*«

»*Gibt es dort noch mehr Wesen wie dich?*«

»*Nein.*« Solutosan dachte an Halia und seine Herzen wurden schwer.

»*Ist dir klar, dass du hier schon lange vermisst wirst?*«, keuchte Vena. Es gab für sie nur eine logische Schlussfolgerung.

»Du denkst, ich wäre das verschollene Kind aus deiner Ge-schichte?«

»Das ist keine Geschichte! Es ist eine Überlieferung! Wie alt bist du?«

Solutosan antwortete nicht. Er war nach Sublimar geru-fen worden. Das passte. Und Tervenarius? Solutosan blickte zu den beiden Sonnen. Tervenarius, der Sohn des Sumpf-fürsten? Er konnte es kaum glauben. Auf der anderen Seite gab es so viele Dinge im Universum, die er sich nicht an-maßte zu verstehen, geschweige denn beurteilen zu kön-nen. Stimmte das alles, war Terv dann auch auf Sublimar? Ein Märchen, dachte Solutosan, das hört sich doch an wie ein Märchen für Kinder.

Vena rückte näher an ihn heran und strich ihm über den Arm.

Solutosan blickte erstaunt auf ihre streichelnden Finger. Sie sah da wohl jetzt etwas in ihm ... Er ließ sich wieder ins Wasser gleiten, das ihn wunderbar in Empfang nahm. Das Squali-Weibchen schmiegte sich an ihn.

»Komm«, er sah aufmunternd zu Vena. »Lass uns sehen, wer zuerst die Hütte erreicht.«

Ein Geräusch weckte ihn mitten in der Nacht. Die Klappe im Boden hatte sich geöffnet und das Squali-Weibchen schaute in den Raum. Sie quiekte leise. Solutosan wachte auf und erstarrte. Die Squali sah ihn mit Sternenaugen an. Soluto-san blinzelte. Er hatte sich nicht getäuscht – sie hatte dun-kelblaue Augen mit blitzenden Sternen, so wie er. Imitierte sie ihn? Es machte den Anschein, als wäre sie sehr aufgeregt und wollte ihm etwas sagen. Ihr Kopf schlug hin und her. Die Unruhe der Squali war bestimmt nicht unbegründet. Ohne zu zögern, folgte er ihr.

Er glitt aus der Hütte in das nachtschwarze Wasser. So-fort war das Weibchen an seiner Seite und drängte ihn, ihre Flosse zu ergreifen. Sie schwamm sehr schnell und zog ihn mit. Den Weg kannte er bereits. Es war der gleiche, den er mit Vena geschwommen war. Nun sah er das weiße Riff in der Dunkelheit.

Das Weibchen schwamm in eine der flachen Buchten. Ihre Augen waren unverändert. Sie begann sich zu verwandeln. Wurde größer, mächtiger, männlicher. Vollends geformt stand er vor ihm, leuchtend, den starken, goldenen Körper in ein weißes Gewand gehüllt, wie wehende, zarte Algen. Das schöne Gesicht alterslos, das Haar silberweiß über den Rücken fließend.

Wieso überraschte ihn das nicht? Langsam setzten sich die Puzzle-Stücke zusammen. Venas Überlieferung war kein Märchen und hatte sogar sehr direkt mit ihm zu tun.

Pallasidus betrachtete Solutosan mit seinen Sternenaugen. *»Ich habe dein Zeichen erhalten.«*

»Mein Zeichen?«, entgegnete er verwundert.

»Du schicktest Sternenstaub über das Meer.«

»In der Tat. Mir war nur nicht klar, dass dies jemand wahrgenommen hat.«

Pallasidus verschränkte die Hände. *»So also siehst du aus. Ich habe nicht mehr damit gerechnet, dass du meinen Ruf hören und ihm folgen würdest.«*

Es war Solutosan, als rasteten erneut zwei Puzzlesteine ineinander. *»Ich hatte keine Wahl. Er hat mich aus der Anomalie herausgerissen. Ist Tervenarius ebenfalls hier auf Sublimar?«*

»Tervenarius?«

Solutosan spekulierte. *»Ja, der Sohn des Sumpffürsten.«*

»Der Sumpffürst ist tot«, grollte Pallasidus.

Er hob die Hand und streckte sie in seine Richtung. Sternenstaub strömte aus seinem Gewand, bewegte sich auf Solutosan zu und hüllte ihn ein. Beide standen in der glitzernd kreisenden Wolke. Pallasidus Stimme dröhnte in der goldenen Flut: *»Dein Kind! Gib mir dein Kind!«*

Sein Vater wollte Halia? Wie sollte das gehen?

»Ich kann nicht zurück. Der energetische Ring ist ohne Kraft!« Solutosan versuchte, seine Stimme entschlossen klingen zu lassen. Er war im Nachteil und wusste es.

»Ich werde seine Kraft erneuern, wenn du dich entscheidest,

mir dein Kind zu geben!«

»*Nein!*« Er schrie es heraus. Sternengott hin oder her – Halia würde er niemals hergeben.

»*Du und das Kind ihr werdet eurem Schicksal nicht entkommen!*« Pallasidus Stimme verdichtete sich zu einem Rauschen.

Er zwang sich zur Ruhe. Er musste dringend versuchen, mehr zu erfahren. »*Welchem Schicksal?*« Solutosan mischte seinen Sternenstaub mit dem seines Vaters – sandte ihn mit in die Wolke.

Die Stimme schallte: »*Höre Sohn die Prophezeiung: Der Abend wird sich senken mit Sternenstaub. Die vier Könige werden vereint. Friede und Glück werden Kampf und Krieg für immer beenden!*«

Der Sternenstaub seines Vaters löste sich langsam von dem Seinen. »*Gib mir das Kind – es wird ihm gutgehen!*«

»*Nein!*«, brüllte Solutosan nochmals, aber die Wolke bestand nur noch aus seinem eigenen Staub.

Vor ihm in der Bucht schwamm das Squali-Weibchen ruhig hin und her. Solutosan kniete nieder und betrachtete sie. Sie blickte ihn mit ihren dunklen Augen freundlich lächelnd an. Keine Spur von Pallasidus.

Solutosan wurde wieder schlecht. Wie lange war er nun schon ohne Nahrung? Er wusste es nicht. Das Weibchen leitete ihn zurück durch das nächtliche Wasser bis zu Venas Hütte. Mit letzter Kraft zog er sich durch die Tür und sank zu Boden.

Vena erwachte und sah sofort nach Solutosan. Sie machte sich Sorgen. Sie kroch näher an ihn heran. Es war in Ordnung, dass er kaum atmete. Aber seine Haut schimmerte grünlich und sein Gesicht sah ungesund aus. Sein goldenes Haar war fahl und glanzlos. Er brauchte Nahrung.

Langsam plagte Vena das schlechte Gewissen. Sie hatte ihn bereits zu lange bei sich festgehalten. Vielleicht hatte er ja in Sublimar-Stadt eine Chance Milch zu bekommen, die er vertrug. Vena betrachtete ihn und kämpfte mit sich. Sie wollte nicht wieder alleine sein. Die neue Erkenntnis, dass er wahrscheinlich der Sohn Pallasidus' war, machte ihn noch reizvoller für sie. Aber konnte sie ihn aus diesen Gründen an sich binden und riskieren, dass er dahinsiechte?

Sollte sie ihn in die Stadt begleiten, um ihn nicht zu verlieren? Sie hatte dort ihre winzige Wohnung in einem der großen Blocks, die sich zwischen den Klippen erhoben. Eines war auf jeden Fall klar. Sie würde ihm das Squali-Weibchen geben, das sich offensichtlich jetzt schon an ihn gebunden hatte.

Sie rief in ihren Gedanken nach Tan, der sofort erschien. *»Tan, du wirst dich von dem Weibchen trennen müssen. Sie hat sich entschieden, Solutosan zu begleiten.«* Tan quiekte. Sie sah in seinen Augen die Trauer um sein Weibchen. *»Du findest bestimmt ein Neues«*, flüsterte sie und streichelte seine weiche Nase.

»Was findet er Neues?« Solutosan öffnete matt die Augen.

»Das Squali-Weibchen wird bei dir bleiben. Mich wundert, dass sie sich derartig stark an dich gebunden hat. Eigentlich führen nur Männchen die Sippe. Sie hat wohl keine Milch, aber das kann sich ja ändern.«

»Ich vertrage ihre Milch sowieso nicht«, krächzte Solutosan und angelte nach der Trinkmuschel und dem Wassereimer.

Solutosan legte die geleerte Muschel auf den Boden. Vena schien verlegen und druckste herum. Warum nur?

Sie hockte sich auf die Fersen vor ihn und sah ihn ernst an. *»Ich muss dir etwas gestehen. - Ich habe gelogen, was die Stadt angeht. Wir haben eine Hauptstadt, die ebenfalls Sublimar heißt.«*

Solutosan starrte sie an. *»Warum hast du das verschwiegen?"*

Vena wand sich und antwortete nicht.

Aha, dachte Solutosan, die selbstbewusste, eigenständige Jägerin ist wohl doch nicht so gern alleine.

Er drang deswegen nicht weiter in sie. »Wo ist die Stadt?«

»Ich werde dich hinbringen.«

»Wann?«

»Heute, wenn du willst. – Ich habe da ebenfalls eine Bleibe«, flüsterte sie verschämt.

»Kann ich dort nackt herumlaufen?«

Vena lachte erleichtert. »Nein. – Du brauchst ein Gewand.«

Solutosan blickte sich zweifelnd um – musterte ihren flauschigen Lendenschurz.

»Wir Auraner stellen einen sehr schönen Stoff her, Serica, den wir auch zum Tauschen benutzen. Aus ihm sind alle Kleider gefertigt.«

»Hast du Serica?« Solutosan stemmte sich langsam ins Sitzen hoch und zog die Knie an.

»Nur mein eigenes Kleid und mein zukünftiges Brautgewand.«

»Du willst heiraten?«

»Von wollen kann gar keine Rede sein«, fauchte sie. »Ich bin jetzt in dem Alter mich zu paaren. Mir standen schon etliche Männer zur Auswahl, aber –« Venas Schuppen schillerten hellgrün.

»Aber?«

»Sie gefielen mir alle nicht«, stieß Vena hervor. »Sie haben so ein schwerfälliges, grobes Benehmen, das mich einfach abstößt.«

Solutosan stützte den Kopf in die Hand. Bindungsprobleme einer Auranerin waren genau das, was ihm noch gefehlt hatte.

»Ich heirate überhaupt nicht! Ich bringe dich in die Stadt und dann verschwinde ich wieder.«

Solutosan nickte. Das war für ihn in Ordnung.

Aber Vena schien sein Verhalten gar nicht recht zu sein. Sie blitzte ihn mit ihren grünen Augen ärgerlich an. Er schwieg und senkte den Blick. Vena seufzte.

»Kurz und gut – ich brauche kein Brautgewand.«

Vena stand auf, ging zu einer hölzernen Truhe, die an der Decke ihres Häuschens hing, und zog ein kleines Päckchen hervor. Das Gewand war mehrfach mit einer Art Wachspapier umwickelt. Sie faltete es auseinander und hielt das Kleidungsstück hoch.

Solutosan staunte. Was war das für ein Stoff? Er war seidig und glänzte in vielen verschiedenen, irisierenden Farbtönen. Seidig? Vena reichte ihm das Gewand und er strich darüber. Auf der Erde hätte er gesagt es wäre Seide. Aber die schönste Seide, die er jemals gesehen hatte.

Er war gerührt. *»Vena, betrachte es als Leihgabe. Ich werde es dir wiedergeben, sobald ich etwas anderes zum Anziehen habe. Als Geschenk kann ich es nicht annehmen.«*

Vena nickte bedrückt. Ihre riesigen Augen füllten sich mit Tränen.

Schwerfällig stand er auf und hielt sich das ärmellose Gewand an. Für Vena mochte es weit und wallend sein, aber für ihn ... Er streifte es vorsichtig über. Es passte knapp. Immerhin bedeckte es seinen Körper bis zur Mitte der Oberschenkel.

»Es ist zu klein, Vena«, stellte er fest.

»Das ist alles, was ich habe.« Aus Venas Augen tropften dicke Tränen.

Solutosan war versucht, sie in die Arme zu nehmen, um sie zu trösten, ließ es dann aber. Sie würde es sicherlich missverstehen. Er musste schnellstmöglich in die Stadt, um dort Nahrung zu finden – alles andere war unwichtig.

»Müssen wir schwimmen?«

Vena stapelte schniefend einen Haufen getrockneter Fische in einen Korb. *»Nein, ich habe ein Kanu.«* Sie wandte sich zu ihm. *»Ich werde versuchen, die Fische gegen ein Gewand für dich zu tauschen. In diesem siehst du aus wie ein Falbalan.«*

»Ein was?«

Venas Schuppen am Hals liefen erneut violett an. *»Wie ein Lustsklave!«*

Hoppla, dachte Solutosan. Es schien auf Sublimar noch viel mehr zu geben, von dem er nichts wusste.

Vena nahm einige Brustgeschirre, die an der Decke des Häuschens hingen, und tauchte durch die Squali-Öffnung ab.

Solutosan setzte sich in die Tür der Hütte, ließ seine Beine ins Wasser baumeln und schaute ihr zu, wie sie die drei größten Squalis anschirrte. Ihr Kanu hatte, mit Zweigen gut getarnt, in den Mangroven gelegen.

Ungelenk zog er das Gewand aus, faltete es und legte es sich auf den Kopf. Dann schwamm er zum Kanu, zog sich an den Ästen hoch und hockte sich ermattet im Schneidersitz in das schaukelnde, kleine Boot. Das hatte ihn bereits sämtliche Kraft gekostet. Er platzierte das kostbare Gewand neben sich. Er würde es erst anziehen, wenn die Stadt in Sicht kam.

Vena betrachtete seine Bemühungen. *»Das hättest du dir eigentlich sparen können. Serica trocknet innerhalb weniger Augenblicke.«* Sie streifte ihr eigenes, zartgelbes Gewand über, das ihr bis auf die Füße fiel, nickte und pfiff kurz. Die Squalis zogen langsam an – gewannen an Fahrt. Sie verließen den Mangrovenwald und glitten über das glitzernde Wasser dahin.

Solutosan sah sich fasziniert um. Sublimar war ein wunderschöner Planet. Weite Wasserflächen wechselten mit kleinen, begrünten Inselchen und Landzungen. Auf vielen der grünen Flächen standen knorrige Bäume.

»Das sind die Morlus-Bäume«, erklärte Vena. *»Die Spinner, die die Kokons für Serica machen, futtern nur diese Blätter.«* Von weitem sahen sie auf etlichen der mit Bäumen bewachsenen Landstriche Auraner arbeiten – Männer, deren goldenes Haar und silberne Haut im Licht der zwei Sonnen glänzte.

Sie waren schon einige Zeit unterwegs, als sich in der Ferne mächtige Felsen ins Blickfeld schoben. Die riesigen, weißen Riffe wirkten monumental. Sublimar-Stadt war in und um diese gigantischen Klippen gebaut. Nun wurde der Bootsverkehr merklich aktiver. Rund um die Stadt wimmelte es von großen und kleinen Booten. Einige besaßen Segel, andere hatten offensichtlich ebenfalls Squalis vorgespannt, die Solutosan im Wasser nicht richtig erkennen konnte.

Vena fädelte sich in einer der belebten Wasserstraßen ein.

Solutosan zog schnell das Gewand über. Alle Auraner trugen diese Art Kleidung in verschiedenen Farben, zumeist als wallendes, langes Kleid.

»*Warte hier!*« Vena lenkte die Squalis zu einem kleinen Bootssteg, schnappte sich den Korb mit den Fischen und verschwand in einer engen, belebten Straße.

Solutosan blieb gerne im Kanu. Sein Magen hatte beschlossen, sich äußerst schmerzhaft zu krümmen und sämtliche innere Organe mit sich zu ziehen. Er keuchte und hielt sich am Rand des Boots fest. Eine weiche Nase stupste gegen seine Hand. Das Squali-Weibchen. Sie blickte ihn sorgenvoll an. Solutosan streichelte sanft ihre samtige, nasse Nase. Das Tier schloss genussvoll die Augen.

Da sprang Vena wieder ins Kanu. »*Ich habe ein gutes Geschäft gemacht*«, strahlte sie. »*Schau mal!*« Sie hob ein dunkelblaues Serica-Gewand in die Höhe. Es war fast einfarbig. Nur wenn man es bewegte, changierte der Stoff leicht hellblau.

»*Wunderschön.*« Solutosan versuchte Vena seine Schmerzen nicht zu zeigen.

»*Zieh es an!*«

Er blickte um sich. Niemand zeigte Interesse an ihnen. Solutosan wechselte das Gewand. Die Falten des Serica umschmeichelten seinen Leib bis zu den Fußknöcheln, nicht warm und nicht kalt, sondern seine Temperatur ausgleichend.

»*Danke, Vena! Du bist sehr nett zu mir.*« Er krümmte sich erneut vor Schmerzen. Vena verstand sofort und setzte die Squali wieder in Bewegung.

Die Wohnung war winzig – nicht größer als ihre Hütte in den Mangroven. Sie war wie ein kleines, weißes Vogelnest zusammen mit hunderten anderen an eine Klippe gebaut.

»*Was sind dort oben für Gebäude?*« Solutosan zeigte auf die sonnenbeschienenen Bauten oberhalb der Behausungen.

»Alles Mögliche: Verwaltung, Markt, Amüsierviertel, Museum ...«

»Ihr habt ein Museum auf Sublimar? Was wird denn da ausgestellt?«

Vena wirkte beleidigt. »Na hör mal, wir haben doch Künstler. Zum Beispiel kann man dort die schönsten Sericas sehen und Artefakte aus Sublimars Vergangenheit.«

Venas Wohnung war wunderbar kühl. Solutosan ließ sich kraftlos auf den Fußboden fallen, während Vena ging, um die Squalis auszuschirren.

Solutosan überlegte noch, was als Nächstes zu tun sei, als er wieder übergangslos in seinen Ruhemodus glitt.

Wo war er? Ach ja, in Sublimar-Stadt in Venas Wohnung.

Solutosan hob den Kopf und sah zu dem einzigen Fenster. Die beiden Sonnen waren im Begriff unterzugehen. Solutosan schaute sich um. Vena war nicht da. Er erhob sich mühsam und suchte Wasser. Die winzige Behausung hatte eine Art kleines Bad mit einem verstöpselten Rohr in der Wand und einem Abfluss im Boden. Solutosan zog den Stöpsel ab und klares, kaltes Süßwasser kam ihm entgegen. Er hielt den Kopf in den Strahl und trank. Danach fühlte er sich ein wenig frischer. Er würde in das Museum gehen. Vielleicht fiel ihm ja dort etwas ein.

Er öffnete die Tür und trat hinaus auf die schmale Plattform vor Venas Wohnung. Die Wasserwege zwischen den weißen Behausungen überbrückten hölzerne Wege. Auf diesen Stegen waren einige Auraner gemächlich unterwegs. Aus einem der Fenster tönte das Wimmern eines Musikinstruments. Die Auraner pflegten offensichtlich einen beschaulichen Lebensstil, in dem Hektik und Eile unbekannt waren.

An einem Steg unterhalb kam eine ältere, türkisblau geschuppte Auranerin an Land. Sie tätschelte den Squali, der sie begleitet hatte. Vena hatte recht gehabt: Solutosan sah ihr Serica-Gewand trocknen, in dem Moment, als sie aus dem Wasser trat.

Zu seinen Füßen quiekte eine leise Stimme. Sein Squali-Weibchen sah aus den Wellen aufmerksam zu ihm hoch.

»*Sollen wir auch aufbrechen?*«

Das Weibchen verzog die Schnauze zu einem Lächeln. Solutosan glitt ins Wasser und nahm ihre Flosse. Langsam schwamm sie los. Er versuchte sich zu orientieren. Wie kam man nur zu den großen Gebäuden? Die Squali überwand einige Staustufen und bewegte sich, als hätte sie seine Gedanken geahnt, zielstrebig aufwärts. Dann ging es nicht mehr weiter. Sie paddelte zu einem kleinen Steg.

»*Warte hier auf mich.*« Ob sie ihn wohl verstand? Er beugte sich zu ihr und streichelte sie. Beim Aufrichten wurde ihm schwarz vor Augen und er taumelte. Die Squali quiekte erschrocken.

»*Ist schon gut*«, krächzte er. Er musste etwas tun – in Bewegung bleiben. Erleichtert bemerkte er, dass sein blaues Gewand bereits trocknete, als er loslief. Oberhalb war das große, weiße Gebäude, von dem er hoffte, dass es das Museum war.

Die untergehenden Sonnen leuchteten glutrot in die steilen, schmalen Straßen. Die Hitze des Tages stand noch darin. Es erforderte all seine Kraft, die grob gepflasterte Straße bergauf zu steigen. Aus Türöffnungen drang Musik. Einige Auraner schlenderten geruhsam durch die Gassen.

Solutosans Herzen setzten einen Schlag lang aus.

Da stand er in der Tür eines der Etablissements! Tervenarius trug ein enges, schenkelkurzes, buntes Gewand und hielt den Kopf mit der silberweißen Mähne gesenkt, so dass man kaum sein Gesicht sehen konnte.

»*Zu deinen Diensten, mein Herr*«, flüsterte er, starrte auf Solutosans nackte Füße.

Solutosan brachte kein Wort hervor. Sein leerer Magen krampfte. Einer seiner Krieger stand dort um – um ...

Tervenarius hob den Kopf. Seine goldenen Augen weiteten sich ungläubig. »Solutosan! – Ihr Götter!« Seine Stimme brach. Terv streckte die zitternde Hand aus und berührte seine Wange. Tränen drangen aus seinen Augen.

Ohne die Auraner um sie herum zu beachten, zog Solutosan den Duocarn in seine Arme. Er hatte ihn gefunden! Er konnte es kaum fassen! Nun würde alles gut werden. Gemeinsam waren sie stark. Tervenarius würde nicht mehr ... Nein, jetzt war er da – gleichgültig in welchem Zustand. Gerührt drückte er seinen bebenden Freund an sich. Tervs goldene Tränen kugelten über seine Schulter, klickten mit einem leisen Geräusch auf die Straße.

»Du bist es wirklich!«, flüsterte Solutosan heiser auf duonalisch. »Du bist es wirklich!«, brüllte er in Englisch hinterher.

Nun erregten sie Aufsehen. Tervenarius zog ihn in den Hauseingang hinter sich. Solutosan ging in die Knie. Das war jetzt eindeutig zu viel gewesen. Er rutschte mit dem Rücken an der glatten Wand hinab.

»*Was ist mir dir?*« Terv kniete sich neben ihn.

»*Ich verhungere.*«

Sein fungider Freund nahm seinen Kopf fest in beide Hände und schaute ihm aufmerksam ins Gesicht. »*Jetzt nicht mehr*«, sagte er bestimmt. Er ließ eine Hand los und hielt sie ihm vor die Nase.

Auf Tervs Handfläche lag ein flacher Kefirpilz. »*Mit Squalimilch kompatibel*«, lächelte er.

Solutosan schloss vor Erleichterung die Augen. Die Qual hatte ein Ende.

Arishar lag auf dem Rücken im Thronsaal seiner Burg, auf der erhöhten, grauen Steinplatte. Drei seiner Krieger hatten das Privileg seine Blutbemalung zu erneuern. Sie tränkten die Pinsel in den eigenen, offenen Wunden ihrer geritzten Arme und zeichneten sorgfältig harmonische, feine Linien auf die Haut ihres Königs.

Im Hintergrund der Halle knieten zwei junge Weibchen, die er zu benutzen gedachte. Arishar öffnete die Augen und betrachtete sie mit laszivem Blick. Sein erstgeborener Sohn lag bei seiner Frau Nala in der Wiege, aber das reichte ihm nicht. Er wollte seinen Samen verstreuen – wünschte sich weitere Nachkommen.

Er winkte die Weibchen näher heran. Sie krochen demütig zu ihm und versuchten, sich von ihrer besten Seite zu zeigen. Sie streckten ihm kniend ihre rosigen Geschlechtsteile entgegen. Er hätte nur die Hand ausstrecken brauchen, um sie zu berühren. Aber er hatte genug gesehen und drehte den schweren, gehörnten Kopf zur Seite.

Die Krieger beendeten ihre Arbeit und verneigten sich. Arishar richtete sich auf, blickte an sich herunter um das Werk zu betrachten. Stolz reckte er die Brust und nickte den wartenden Männern zu. Diese verbeugten sich nochmals mit starren Gesichtern. Ihr Herrscher würde ihren Schmuck tragen. Das war eine große Ehre.

Er setzte sich an die Kante der Plattform und winkte ein Weibchen heran sich vor ihn zu knien, um ihn zu bedienen. Das andere Geschöpf drehte sich und bot ihm die Frucht zwischen ihren Beinen an. Arishar führte die Kralle dort ein und dehnte ihr Geschlecht sanft. Das zweite Weibchen saugte an seinem Glied. Er beobachtete es mit halb geschlossenen Lidern.

Arishar spürte keine Lust. Sie vermochte ihn nicht zu entfachen. Sein Glied blieb unverändert. Das Weibchen gab sich sehr viel Mühe um ihn zu stimulieren. Auch die andere Frau versuchte mit Stöhnen und einem Winden ihres Beckens, seine Aufmerksamkeit zu erregen.

Arishar bleckte unwillig die Zähne - schüttelte seine Mähne. Die Weibchen bekamen Angst. Ärgerlich zog er die Kralle aus ihrem Geschlecht und stieß mit der linken Hand das saugende Weibchen fort. Sie krochen rückwärts aus seiner Reichweite.

Er sprang auf. Ungehalten begann er den Thronsaal abzuschreiten. Mit einer knappen Geste deutete er einem seiner Krieger, ihm beim Anziehen zu helfen: Er legte den Lendenschurz an, seine graue Lederhose, die dunklen Lederstiefel und dann den geflochtenen, breiten Waffengürtel. Der starke, blutrote Brustpanzer und der Waffenrock komplettierten seine Rüstung. Der Krieger band ihm das rote Kampftuch der Quinari um die Lenden und half ihm mit den Handschuhen und der Armpanzerung.

Grimmig packte Arishar das zweischneidige Schwert und schob es in die Scheide auf seinem Rücken. Die riesige Hieb- und Stichaxt legte er sich über die Schulter. Missmutig stapfte er aus seiner Burg zum Kampfplatz, auf dem Luzifer mit zwei seiner Männer kämpfte.

Der feurige, schwarze Luzifer benutzte seinen schweren, langen Schwanz oft während der Schlag-Abwehr als Stütze. Beim Angriff warf er dessen dornenbewehrte Spitze mit nach vorne. Einer der Krieger hatte bereits etliche Dornen in seinem Schild stecken. Luzifers muskelbepackte Schulter klaffte an zwei Stellen von schweren Schnitten, denn er trug keinen Brustpanzer. Seine rote Mähne flog und die Reißzähne blitzten, während er mit seinem flammenden Schwert zu einer erneuten Attacke ausholte. Er fauchte.

Mit einem Seitenblick entdeckte Luzifer ihn und gab den Kriegern ein Zeichen, die augenblicklich ihre Angriffe einstellten. Der Trenarde grunzte und winkte Arishar mit seiner klauenbewehrten Hand sich ihm zu nähern. Angriffslustig schürfte er mit den Füßen im Sand.

Das war Arishar nur zu recht. Er ging sofort in Angriffsstellung, umfasste Schwert und Axt fest und umkreiste den kampfbereiten Luzifer. Seine blutverzierte Brust hob und senkte sich stark, als er Atem für den Angriff sammelte.

Beide stürmten zur gleichen Zeit los. Arishar war schneller und wendiger, und es gelang ihm einen Treffer in Luzifers Schwanz zu landen, bevor dieser ihn mit seinen Dornen erreichte. Luzifer brüllte vor Zorn mit funkensprühenden Augen. Arishar umkreiste ihn, den gehörnten Kopf nach vorne geneigt, seinen Gegner fest im Blick. Seine monströsen Muskeln spielten unter der Brustpanzerung.

Luzifer stürmte vorwärts. Zusätzlich zu seinem Flammenschwert packte er den Flammenreif an seinem Gürtel, der sich fauchend entzündete. Mit aller Kraft schleuderte er den feurigen Reif, zielte auf Arishars Kopf. Er wich aus, konnte aber nicht verhindern, dass der Reif seine Wange zerschnitt. Das Flammenschwert blockte er mit der Axt ab. Beide warfen sie ihr Gewicht nach vorn in ihre Waffen.

Der Reif drehte sich und kam zu seinem Herrn zurück. Luzifer fing ihn mit der linken Hand. Diese kleine Lücke nutzte Arishar, um das Flammenschwert zurückzudrängen. Luzifer warf den Ring sofort wieder, der ihn unterhalb seines Panzers in den Arm traf. Die Flammen rissen seine graue Haut auf. Er spürte den köstlichen Schmerz und fauchte. Sein Gegner hatte den Reif gefangen und ging nun lauernd vor ihm auf und ab. Das flackernde Licht in seinen feurigen Augen erlosch allmählich. »Zeit fürs Abendessen«, grollte er. »Lass gut sein, Arishar.«

Verdammt, der Trenarde brach ab! Das war ärgerlich, entsprach jedoch den Kampfregeln. Arishar wischte nachlässig über seine blutende Wange und verzog den Mund. »Alter Fresssack!« Er bleckte die Zähne.

Gemeinsam verließen sie den Kampfplatz. Luzifers dicker Schwanz hinterließ eine Schleifspur im Sand. Sein Adjutant erwartete ihn bereits, steif und unbeweglich. Gleich würden sie die Klauen in das bereitgestellte Fleisch schlagen.

Arishar schritt mit gesenktem Kopf in die Frauengemächer. Er war ungehalten wegen des Vorfalls mit den Weibchen und über den abgebrochenen Kampf.

Zielstrebig betrat er Nalas Gemach. Sie legte ihren Sohn bei seinem Anblick rasch in sein Bettchen und musterte ihn ruhig mit ihrem sanften, braunen Blick. Das lange, schwarze Haar umspielte ihren nackten Körper. Er mochte es, dass sie, im Gegensatz zu den anderen Quinari-Weibchen, nie Angst vor ihm hatte.

Sie näherte sich ihm mit festen Schritten. Nala löste geschickt mit einigen Griffen seinen Brustpanzer, der zu Boden polterte. Sie erfasste seinen verletzten Arm und leckte ihm das Blut aus der Wunde. Arishar schloss die Augen. Er spürte ihre zarte Zunge in seinem Fleisch und fühlte, wie sich sein Glied zu einer gewaltigen Größe aufrichtete. Ein monströses Knurren entrang sich seiner Brust. Die zierliche Nala ließ sich davon nicht beeindrucken. Sie hatte die Blutung am Arm fast gestillt. Das schwere, rote Blut sickerte nur noch langsam.

Mit schiefgelegtem Kopf betrachtete sie seine Wange. Er stand still, hatte die Augen halb geöffnet und beäugte jede ihrer Bewegungen. Sie stellte sich auf die Zehenspitzen und hielt sich mit den Händen an seinen Schultern fest. So kam sie leider immer noch nicht bis an sein Gesicht. Er brummte gutmütig, umfasste ihre schlanke Mitte und hob sie höher. Sofort schmiegte sie ihren grauen Leib an ihn. Ihre kleine, spitze Zunge fuhr ihm über den tiefen Schnitt auf der Wange. Ein Gefühl, das er genoss, und das ihn erregte.

Mit einer Hand löste Arishar den steifen Waffenrock, der zu Boden glitt. Sein Geschlecht drohte inzwischen die graue Lederhose zum Bersten zu bringen. Er ließ sich auf die Kante ihres ausladenden Bettes nieder, zog Nala auf seinen Schoß. Diese hatte den Schnitt völlig ausgeleckt und rieb ihr Gesicht an seinem. Arishars Lenden zuckten. Er nahm ihren Kopf in beiden Hände und zwang seine lange Zunge zwischen ihre sich bereitwillig öffnenden Lippen.

Immer noch leicht missmutig wurde ihm klar, dass, obwohl einer der besten und stärksten Kämpfer unter der roten Sonne des Planeten Occabellar, er den Krieg gegen seine Lust nur mit ihrer Hilfe gewinnen konnte.

Luzifer war seinem Adjutanten gefolgt. Der Küchenmeister hatte einen Berg blutiges Fleisch auf den schweren Steintisch gepackt. Sie setzten sich und griffen zu.

In Arishars Land zu kämpfen mochte er allein schon wegen des ausgezeichneten Fleisches. Sein Adjutant Slarus musterte ihn über sein tropfendes Futter hinweg.

»Wohin ziehen wir als Nächstes?«, knurrte er.

»In Maurus' Reich.« Luzifer ließ die blutigen Klauen sinken und rülpste feurig.

»Das ist gut«, kaute Slarus. »Obwohl mein Bruder froh ist, wenn wir bei uns im Land streiten. Er verkauft dann immer Essen an die Neugierigen. Er sagt, dass die Landwirtschaft sich gut gemacht hat, seit wird zum Kämpfen wandern.«

Luzifer grunzte. Er wusste, dass die Bevölkerung sich erholt hatte, seit die drei Könige nicht mehr den ganzen Planeten mit Krieg überzogen. Die stärksten Jünglinge wurden natürlich nach wie vor als Kämpfer ausgebildet und reisten mit den Königen. Er selbst schleppte nur wenig Fußvolk mit sich herum. Seine zehn Männer, der Adjutant und er brachten schon genügend Unheil, Tote und Verwundete.

Luzifer stierte schmatzend zu den nahen, blauen Stoffzelten. Es waren die Unterkünfte des aquarianischen Königs und seines Harems, die man an einem der Seen in Arishars Land aufgebaut hatte. Der Aquarianer führte wie immer seine Frauen und Kinder mit sich, während er, Luzifer, noch kein einziges Weib für sich gefunden hatte. Das ärgerte ihn entsetzlich. Maurus würde er sich morgen vornehmen. Ein Übel, dass der westliche Herrscher so verdammt schwer zu besiegen war.

Wütend schlug er Slarus einen abgenagten Knochen über den Schädel und spuckte ein wenig Lava in seine Richtung. Der grinste nur, die Reißzähne gefletscht. Hätte Luzifer sich nicht so verhalten – sein Adjutant hätte sich wohl Sorgen gemacht.

Die Kerzen in Nalas Gemach waren fast heruntergebrannt. Arishar reckte sich befriedigt auf dem Bett. Nach dem nächsten Turnier würde er mit ihr und den Kriegern zu Maurus ziehen und dort kämpfen. Er kratzte sich mit der

Kralle am Haaransatz zwischen seinen mächtigen Hörnern. Der aquarianische König beherrschte ein fruchtbares Land. Arishar und Luzifer stritten sich deswegen schon ewig mit ihm. König Maurus war als Wasserwesen mehr als schwer zu bekämpfen und stellte eine immerwährende Herausforderung dar. Auch mit dem feurigen Luzifer hatte er sich hunderte Male geprügelt.

So oft schon hatte Arishar darüber nachgedacht Occabellar ganz zu verlassen, um sich in den Weiten des Weltalls neue Gegner und einen Planeten für sein Volk zu suchen. Bereits sein Vater hatte als König der Quinari Raumfahrt betrieben und Sternenschiffe gebaut.

Arishar erhob sich und betrachtete Nala, die, mit dem Kleinen an der Brust, friedlich schlief. Sie war ein gutes Weib und er wusste sie zu schätzen.

Er knüpfte seinen Lendenschurz und schritt aus ihrem Gemach. Seine aus grauem Stein gebaute Trutzburg hatte seitlich noch den Hangar aus der Regierungszeit seines Vaters. Arishar war lange nicht mehr dort gewesen. Die beiden Krieger, die vor Nalas Räumen Wache gehalten hatten, begleiteten ihn lautlos in respektvollem Abstand.

Die Türen des Hangars schwangen automatisch auf. Ja, da stand es noch, das Sternenschiff, bewacht von zwei niedrigen Kriegern ohne Hörner. Arishar betrat das Raumschiff und aktivierte die Hauptenergie. Das Schiff tat einen Ruck und seine Technik flammte auf. Es schien zu funktionieren. Arishar überprüfte den Occtan-Wert. Dieser war ebenfalls in Ordnung.

Was die anderen Könige wohl sagen würden, wären sie nur noch zu zweit. Würden sie aufhören zu kämpfen und den Planeten einfach in ein Nord- und ein Südreich teilen? Arishar legte den Hebel der Hauptenergie um und das Raumschiff erlosch.

Im Grunde wussten sie alle drei, dass der Occabellar keine Zukunft bot. Die Energie-Bohrungen mussten immer tiefer angesetzt werden, um das Occtan zu gewinnen. Der Planet war aus dem Gleichgewicht. Er war krank. – Genauso krank wie die ewig kämpfenden Könige. Arishar war zu bockig, um sich all dies offen einzugestehen. Er stapfte in seine Gemächer und legte sich auf sein hartes Holzbett. Zu viel Denken bekam ihm nicht, stellte er fest. – Am nächsten Tag würde er Luzifer mal richtig sein Schwert vor die Brust knallen.

Solutosan hatte den kleinen Anlegesteg mit dem wartenden Squali-Weibchen wiedergefunden. Tervenarius und er glitten ins Wasser und ließen sich von dem treuen Tier die Richtung zurück zu Venas Behausung weisen. Die Squali schwamm vor ihnen her. Vena war immer noch nicht zurückgekehrt. Sie war scheinbar nur mit Tan unterwegs, denn die anderen Squali dümpelten unterhalb ihrer Wohnung.

Solutosan blickte aus dem kleinen Fenster und sah, wie Tervenarius sich behutsam dem größten Weibchen näherte. Er sprach mit ihr, streichelte sie, zog sie auf den Steg und molk dann Milch in eine Holzschüssel. Die Milch vorsichtig balancierend kam er in die Wohnung zurück und raspelte etwas Kefirpilz fein von der Handfläche, mit der er die Milch versetzte. Sie hatten nicht die Zeit zu warten, bis der Kefirpilz die Milch von sich aus umgesetzt hatte. Solutosan hoffte, dass die Nahrung mit dem Pulver allein schon gut genug aufgeschlossen würde, um sie für ihn genießbar zu machen. Er trank gierig. Sie warteten gemeinsam, schweigend, einfach nur froh, sich gefunden zu haben. Solutosans Magen reagierte freundlich. Er entspannte sich langsam.

»Ich wage kaum zu fragen, wie es dir ergangen ist, Terv«, begann er leise. »Es tut mir so leid.«

»Wir sind beide mit nichts auf Sublimar angekommen, Solutosan. Und trotzdem sitzen wir jetzt hier und sind noch heil. Jedoch wird mir das Herz unglaublich schwer, wenn ich an David denke.«

»Er ist zu den Bacanis aufs Land gezogen, Terv. Dort ist er unter Freunden und wird aufgefangen.«

Er berichtete Tervenarius von der Tierstation in Vancouver. Sie blickten sich an. Vancouver! Wann war das gewesen? Wo war das gewesen? Erde – Duonalia – Sublimar. Was kam noch?

Solutosan erzählte ihm von seinem Zusammentreffen mit seinem Vater, von dessen Forderung und seiner Prophezeiung. Es gab inzwischen keinen Zweifel mehr an ihrer beider Herkunft.

»*Ich halte es für unklug, dass du Pallasidus begegnest, Terv*«, meinte Solutosan abschließend. »*Vielleicht hat er vor, den ganzen Klan des Sumpffürsten auszurotten.*«

Er sah Tervenarius an, nahm dessen trauriges Gesicht in seine Hände. In diesem Moment tat sich die Tür auf und Vena trat ein. Ihr fiel vor Entsetzen der große Korb aus den Händen, den sie getragen hatte.

»*Du, du, du –* «, sie fand keine Worte. »*Kaum bin ich fort, treibst du es mit einem Falbalan!*«

Tervenarius stand auf und verbeugte sich mit unbewegtem Gesicht.

»*Du täuschst dich, Vena*«, bemerkte Solutosan trocken. »*Das ist der Freund, von dem ich dir erzählt habe. Er ist ebenfalls Duonalier.*« Dann schwieg er. Nein, es stimmte ja nicht mehr. Sie waren Auraner, alle beide. Hybriden, aber Auraner. Es war unklar, wie sie nach Duonalia gekommen waren.

»*Ich habe bei meinem Arbeitgeber noch ein anderes Gewand*«, sagte Tervenarius gedämpft, »*und auch etwas Serica. Vielleicht können wir das gegen eine Wohnung eintauschen.*«

»*Nein*«, ließ sich Vena nun vernehmen. »*Ihr braucht nicht zu gehen. Ich werde morgen wieder in die Mangroven zurückkehren. Bleibt, solange ihr wollt.*« Sie starrte auf Tervenarius' bleiche Pilzhaut, die weiß-silberne Mähne und seine goldenen Augen.

Die Begegnung mit Tervenarius hatte ihn erschüttert. Er brauchte dringend Ruhe. Seinem Freund erging es nicht anders. Beide gingen sie an die Wand in Venas Wohnung gelehnt in den Ruhemodus. Sein Magen würde die Nahrung wahrscheinlich in einer Ruhepause besser verdauen. Erschöpft schlief er ein.

Er hatte die ganze Nacht geruht. Erst als das Tageslicht zaghaft durch das winzige Fenster schimmerte, öffnete er wieder die Augen. Er hatte sich nicht übergeben. Solutosan hob die Hand. Sie zitterte nicht mehr. Er seufzte erleichtert auf und blickte sich um.

Vena lag zusammengerollt in einer Ecke und schlief. Wie sollte er ihr nur für all ihre Hilfe und Freundlichkeit danken? Kurz dachte er an einen Kuss oder Ähnliches, aber er empfand für Vena Freundschaft und nicht mehr. Außerdem war er noch nicht bereit nach Aiden ein weibliches Wesen in sein Leben zu lassen. Aiden.

Sie war so eine wunderschöne Frau gewesen mit ihrem langen, roten Haar, den grünen Augen und der milchweißen Haut. Das Sternenkind ähnelte ihr. Halia. Ob sie wohl litt? Konnte er es verantworten, sie zu Pallasidus zu schicken? Was wollte der Sternengott von ihr? Er hatte versprochen, dass ihr kein Leid geschehen werde. Aber war ihm zu trauen? Einem Wesen, das seine eigene Frau im Affekt getötet hatte? Was war das für eine Geschichte mit irgendwelchen Königen?

Solutosan wusste, dass ihn nur seine Zustimmung Halia betreffend von Sublimar fortbringen würde. Hatte Ulquiorra erst einmal den Pfad durch die Anomalie, konnte er Terv ebenfalls zurückholen. Sein Freund hatte ihn nicht darum gebeten und Solutosan fühlte, dass er es nicht tun würde. Er betrachtete den schlafenden Tervenarius neben sich. Seine Krieger bedeuteten ein Stück Heimat für ihn. Dort wo sie waren, da war auch er zu Hause – völlig unabhängig davon, wo er geboren war. Die Milch und die Anwesenheit seines Freundes gaben ihm neue Kraft. Sie würden später Tervs Gewand holen, um sich unbehelligt in Sublimar bewegen zu können. Nach wie vor wollte Solutosan in das Museum.

Tervenarius schlug die Augen auf, bemerkte Solutosans Blick und lächelte. Der Duocarns-Chef war bei ihm und nun würde alles wieder den rechten Weg gehen. Ob er ihn liebte? Ja, er hatte Solutosan von Anfang an geliebt – als seinen Freund. Terv hatte sich immer auf ihn verlassen und ihm vertraut. Gemeinsam waren sie auch auf Sublimar stark. Allein war es ihm in der langen, zermürbenden Zeit in dem Bordell oftmals schwergefallen, weiterhin Stärke zu zeigen. Er schloss noch einmal kurz die Augen.

Seine Ankunft in Sublimar war hart gewesen. Er war dem Ruf gefolgt – hatte in der Anomalie kaum eine andere Wahl gehabt. Er war vor Sublimar-Stadt ins Meer gefallen, nackt und ohne eine Vorstellung, wo er war. Dort hatte ihn sein Arbeitgeber gefunden und aus dem Wasser gefischt. Er hatte einige Zeit gebraucht, bis er begriff, dass dieser ein Freudenhaus besaß und dass dessen Gastfreundschaft nicht umsonst war. Eigentlich war er kein duldsamer Mann, aber was hatte er damals für Alternativen? Glücklicherweise konnte er den Kefirpilz selbst erzeugen und musste so keinen Hunger leiden. Als Exot war er bei den auranischen Männern beliebt. Es war oftmals sehr demütigend gewesen ihnen zu Diensten zu sein, aber er hatte seine intime Arbeit stoisch bewältigt und seine eigenen Gefühle verdrängt. Nur manchmal, allein in stillen Stunden, hatte er an David gedacht und geweint. Er hatte diese Tränen gesammelt. Sie waren in einer Dose in seinem Quartier im Freudenhaus. Er würde seine Sachen holen gehen und nie wieder dorthin zurückkehren.

Sie hatten das Museum gefunden. Tervenarius in einem bodenlangen, weißen Gewand trug seine Habseligkeiten in einer Serica-Tasche über der Schulter. Er wusste wohl nicht, was Solutosan dort suchte, vertraute jedoch dessen Intuition. Diese hatte die Duocarns bereits in verschiedenen, kritischen Situationen gut geleitet.

Sie schritten die hellen Steinstufen zum Museum empor. Es war angenehm kühl in dem weißen Steingebäude. Sie schlossen die großen Flügeltüren und sperrten die Hitze der Sonnen aus.

Ein älterer, auranischer Museumswärter stand vor ihnen, dessen silbrig-schuppiges Gesicht vor Neugierde fast platzte. Es schien, dass kaum Fremde nach Sublimar kamen, um dessen Sehenswürdigkeiten im Museum zu bestaunen. Tervenarius beschwichtigte das Interesse des Wärters, indem er ihm ein kleines Stück Serica in die Hand gleiten ließ. Der Mann nickte, setzte sich wieder ächzend auf einen Stuhl in der Eingangshalle und starrte vor sich hin.

Gemeinsam begannen sie ihre Entdeckungsreise durch das Erdgeschoss des Gebäudes. Es zeigte die Entwicklung Sublimars seit der Entdeckung der Serica-Spinner. Sie bewunderten die schönsten Sericas des Planeten, die wie funkelnde und matt glänzende Edelstein-Flächen wirkten. Zusätzlich zu den wunderbaren Einzelstücken, waren auch ganze, prachtvolle Gewänder in den Vitrinen ausgestellt.

Die Ausstellung der zweiten Etage präsentierte Sehenswürdigkeiten aus der Vergangenheit des Planeten. Erstaunlich, die Auraner hatten einmal eine Kultur besessen, die dem Fortschritt der Menschen ähnelte. Ebenso technologisch und zerstörerisch – aber scheinbar höher entwickelt, denn sie hatten weitgehende Raumfahrt betrieben. Davon zeugten einige Gegenstände und Bildmaterial. Irgendwann musste eine Wende eingetreten sein und man hatte sich wieder auf die eigenen, ursprünglichen Werte besonnen. Im Fall Sublimars war das die reine Symbiose mit den Squali.

Tervenarius und Solutosan schlenderten weiter. Sie entdeckten Bilder von Raumkreuzern und Schaukästen mit Leibern von Lebewesen, die die Auraner offensichtlich ermordet und dann mumifiziert hatten. Sie betrachteten die Körper der fremden, unbekannten Wesen.

Solutosan stand wie angewurzelt vor einer der Vitrinen. Er trat zu ihm. Sie starrten überrascht auf den Körper eines **Bacani**. Es war ein Männchen. Es hatte den Mund weit aufgerissen und man konnte eine verkümmerte Spiralvene unter dessen Zunge erkennen. Solutosan deutete auf das Geschlechtsteil. Auch das war deformiert.

Tervenarius las die Informationen der Vitrine.

»Dieses Wesen hat scheinbar noch eine Weile auf Sublimar in Gefangenschaft gelebt und wurde von einer Krankheit befallen, die die Verkümmerungen und dann dessen Tod verursacht haben«, flüsterte Tervenarius.

Solutosan blickte ihn gebannt an. In seinen Augen funkelten wieder Sterne. »Das heißt, dass der Kadaver eine Krankheit enthält?«, fragte er leise.

Er nickte.

»Wir brauchen ein Stück davon«, raunte Solutosan. »Am besten das Stück Penis und die Spiralvene.«

Sie entfernten sich langsam von der Vitrine und schlenderten weiter.

»Sicherheitsmaßnahmen?«, fragte Solutosan leise.

Sie blickten sich beide unauffällig um. Es waren keinerlei Auffälligkeiten zu entdecken.

»Das müssen wir riskieren. Wir brauchen einen luftdichten Behälter.«

Tervenarius überlegte. Seine gesammelten Tränen hatte er in einer Büchse verwahrt, die dicht wirkte. Sie setzten sich auf eine Bank und Tervenarius öffnete seinen Beutel, entnahm die Dose und ließ die Tränen in ein Stück Serica gleiten.

Solutosan hielt den Atem kurz an, als er die Tränen erblickte. Tervenarius spürte seine Anspannung und sah, dass die Hand seines Freundes sich stark um den Behälter krampfte, den er von ihm entgegennahm. Ja, sie hatten beide harte Zeiten hinter sich gebracht.

Aber jetzt kam es drauf an! Solutosan fasste sich sofort wieder. Er schlenderte neben den Schaukasten und entfesselte seinen Sternenstaub. Diesen ließ er unter den transparenten Deckel der Vitrine gleiten und hob damit die Abdeckung gleichzeitig an allen Seiten an. Tervenarius reichte ihm zwei kleine Stücke Serica, mit denen Solutosan die Proben vom Körper des Bacani abbrach. Sofort verstaute er die beiden Teile in der Dose und schloss sie – zog den Sternenstaub zurück und setzte den Deckel lautlos auf. Gemächlich spazierten sie mit harmlosen Gesichtern, den Museumswärter noch freundlich grüßend, aus dem Gebäude.

Sie grinsten sich an, als sie wieder in der gleißenden Helligkeit vor dem Museum standen. Solutosans Haar strahlte. Tervenarius war glücklich, den Duocarns-Chef erneut an seiner Seite zu haben. Terv liebte es, freche Aktionen wie diese mit ihm durchzuführen. Er fühlte, wie sein Lebensmut zurückkehrte, und hätte Solutosan am liebsten umarmt. Das hatte richtig Spaß gemacht!

Sie hatten höchstwahrscheinlich eine Waffe gegen die Bacani-Pest auf Duonalia gefunden. Jetzt hieß es sorgsam damit umzugehen, denn die Artefakte durften auf keinen Fall nass werden. Die Frage war, ob sie überhaupt die Gelegenheit bekommen würden, diese Waffe einzusetzen. Wie standen ihre Chancen ihre Heimat wiederzusehen?

»Hast du dich entschieden, was das Angebot deines Vaters angeht?«, fragte Terv nun doch.

Der Haupt-Kampftag war mit dem Aufgehen der rotglühenden Sonne angebrochen. Die drei Könige und ihre stark gerüsteten Gefolge versammelten sich in und an der Arena. Der rote, grobe Sand des mit Holzpflöcken eingesäumten Kampfplatzes strahlte selbst in diesen frühen Morgenstunden noch leicht die Hitze des Vortages ab.

Maurus hatte seinem Harem erlaubt, verschleiert im Schatten unter einem ausladenden Baum, die Kämpfe zu beobachten. Er überzeugte sich fürsorglich, dass es allen gutging, und schritt dann gelassen auf den staubigen Kampfplatz. Seine lederharte, grauglänzende Silicium-Rüstung umgab ihn wie eine zweite Haut, die die wässrige Alginathaut schützte, aber seinem Körper noch genügend Spielraum ließ. Er hatte sein Achatschwert geschultert, den Kristallquarz-Wurfring an der Hüfte.

Er musterte seine Gegner. Luzifer in seiner dicken Leder-rüstung mit den Kettenhemd-Stücken war schon so in Feuereifer, dass er dampfte und Funken spie. Maurus lächelte nur schief. Dieses Feuer würde er löschen. Arishar machte ihm da eher Kopfzerbrechen. Der stand, den schweren Kopf hoch erhoben, ruhig im Sand. Die goldenen Beschläge an seinen weit nach hinten gebogenen Hörnern glänzten im Sonnenlicht.

Aber zuerst würden sie die Reihenfolge der Kämpfe klären. Luzifers Adjutant war schon auf dem Weg zu ihm.

Maurus sah Slarus entgegen, der plötzlich ins Wanken geriet. Die Erde unter ihnen wurde durch einen starken Stoß erschüttert. Der Harem kreischte leise. Das war keine der üblichen Eruptionen. Der Planet vibrierte und bebte. Maurus blickte zum Himmel. Eine riesige rote Spur zog sich quer über ihn Richtung Norden. Er war der Erste, der verstand, was passierte: Sie wurden attackiert – und es war ein Angriff auf den ganzen Planeten! Occabellar wankte.

Arishar konzentrierte sich. Sie hatten schon oft gekämpft und kannten sich gut. Dennoch blieb bei jedem Kampf die Gefahr einen Arm oder vielleicht sogar das Leben zu verlieren.

»Der Planet wird angegriffen!«, brüllte Maurus. Luzifer scharrte immer noch im Boden und verstand nichts. Von der Nordhalbkugel stieg eine riesige, gelbliche Nebelwand auf.

Arishar stand wie angewurzelt da. Er starrte erst Maurus und dann den gelben Nebel an. Endlich kam sein auf Nahkampf gepoltes Gehirn in Bewegung.

Er brüllte seinen ersten Offizier an: »Hol sofort Nala und das Kind und dann zum Hangar!« Er blickte seine Feinde an. Jetzt war die Gelegenheit sie loszuwerden! Aber was war er ohne sie? Der Gedanke schoss ihm blitzartig durch den Kopf.

»Zum Raumschiff!«, schrie er zu Maurus und Luzifer. Seltsamerweise brach keine Panik aus. Die Könige hatten ihre Leute im Griff. Maurus' Krieger hielten sich nicht mit Geplänkel auf, sondern jeder packte sich eine der verschleierten Frauen und schulterte sie. Zügig liefen sie zum Hangar. Arishar blickte auf die gelbe Wolke, die sich rasch immer weiter ausbreitete. Sein Volk würde verrecken. Die Leute im Norden waren schon tot.

Er wandte sich um und eilte zum Hangar, befahl seinen Kriegern sich in Sicherheit zu bringen und wartete selbst vor dem Raumschiff auf Nala und das Kind. Diese kam mit wehenden Schleiern angerannt, den Jungen fest an sich gepresst. Arishar nickte grimmig. Er konnte nicht länger warten, sonst würden sie alle sterben. Er schloss die hydraulischen Türen, stürmte in die Kommando-Zentrale und brachte die Energie in Gang. Das Dach des Hangars würde zerstört werden.

Nala sah ihn mit den braunen Augen ruhig an. Er verstand ihren Blick genau. Sie stand neben ihm, komme, was da wolle. Er aktivierte die Steuerungskonsole mit seinem genetischen Code, erinnerte sich an die Handgriffe und Computerbefehle. Das Raumschiff hob ab. Das Dach des Hangars zerbarst knirschend. Schon waren sie über Occabellar. Arishar schaltete den Hauptmonitor an und alle starrten gebannt auf das Bild der Zerstörung und auf das feindliche Raumschiff, von dem diese tödliche Verwüstung ausging.

»Hör zu Arishar«, flüsterte Nala neben ihm. »Lass mich das Schiff führen. Bitte nimm du den Kleinen.« Er blickte auf sie hinab. Es war ihr ernst. Sie hatte den Kreuzer bereits zur Regierungszeit seines Vaters navigiert. Sie würde es wieder können – besser als er. Es war jetzt nicht der Moment für männliche Geltungssucht. Er nickte und streckte die Arme aus. Sie reichte ihm das zappelnde Kind. Er trat zurück.

Das fremde Raumschiff bombardierte die Südhalbkugel gnadenlos. Auch dort stieg nun eine gelbe Wolke vom Planeten auf. Die Eindringlinge konnten sie im Moment nicht wahrnehmen – sie standen in ihrem Rücken, genau wie die rote Sonne von Occabellar.

Nala steuerte ihr Schiff vorsichtig, um aus dem Sichtfeld der Feinde zu verschwinden. Der Mond von Occabellar bot die einzige Deckung.

»Ihr Mörder!«, zischte Nala. Ihre zarten Finger fuhren über die Tastaturen. Arishar musterte sie mit einem Seitenblick, das Kind an sich gedrückt. Er war stolz auf sie. Klein, schlank und zäh mit einer enormen Willenskraft und Intelligenz ausgestattet, hatte sie sich an seiner Seite behauptet. Sie hatten den Mond erreicht.

Nala sandte eine Kontrollsonde aus, um das Raumschiff aus dem Versteck beobachten zu können. Sie brauchten nicht lange zu warten.

Sie sahen das fremde Schiff von der Oberfläche aufsteigen und Fahrt aufnehmen. Nala programmierte flink einen Kurs. »So!« Ihre Augen waren vor innerer Anspannung fast gelb. »Wir folgen nun automatisch ihrer Ionenspur in etwas größerem Abstand. Jetzt kommt es nur noch darauf an, wie weit unsere Energie reicht.«

Arishar nickte langsam. Er hätte Nala gerne gelobt, fand es aber vor Maurus unpassend. Also ergriff er ihre kleine Hand und drückte sie.

Er wandte sich an den Aquarianer. »Maurus, wir müssen Bestandsaufnahme machen. Wie viele von deinen Leuten sind an Bord?« Der aquarianische König überlegte kurz. Er war immer noch voll gerüstet.

»In meinem Harem sind sieben Frauen und Kinder. Von meinen Kriegern haben es acht geschafft.« Also sechszehn Aquarianer.

Arishar legte seinen schlafenden, in eine Decke gewickelten Sohn sicher auf den Boden zwischen zwei Konsolen und befahl seinem ersten Offizier die Quinari im Frachtraum antreten zu lassen. Er hatte fünfzehn Krieger retten können. Mit sich selbst, Nala und dem Kind waren es achtzehn Quinari.

Arishar wandte sich ab und kontrollierte alle Räume. Seine Männer hatten inzwischen sämtliche Gerettete im Schiff verteilt. Verdammt! Luzifer! Er suchte ihn und musste nicht weit laufen. Der Brandgeruch schlug ihm bereits entgegen. Luzifer hatte die Verkleidungen seiner Unterkunft verschmort.

»Kannst du dich nicht ein bisschen zusammenreißen?«, brüllte Arishar ihn an. Sie würden einen feuerfesten Raum für Luzifer finden müssen. Der einzig geeignete Ort war die Isolierstation in der medizinischen Abteilung.

»Luzifer muss in die Krankenstation«, kommandierte er zwei seiner Männer. Luzifer bleckte die Zähne.

»Luzifer!« Er senkte angriffslustig den Kopf. »Entweder das oder die Luftschleuse! Such es dir aus!«

Luzifer und sein Adjutant gingen mit den beiden Kriegern, nicht ohne mit ihren Schwänzen Schmauchspuren auf dem Boden des Schiffs zu hinterlassen. Arishar folgte ihnen. Missmutig qualmend setzte sich Luzifer in den Isolierbereich und beschimpfte seinen Adjutanten. Arishar schloss die hermetische Tür.

»Wie viele Trenarden sind an Bord?«, fragte er über das Telefon des Bereichs.

»Wen siehst du denn hier?«, blaffte Luzifer zurück. »Wo fliegen wir hin?«

»Wir verfolgen die Angreifer. Wollen mal sehen, wohin uns das führt. Nala hat eine Untersuchungssonde nach Occabellar geschickt, um Messungen zu machen. Ich hoffe, sie erreicht uns noch, bevor wir zu weit weg sind.«

Luzifer qualmte durch die Nüstern und leckte sich das Maul mit der glühenden Zunge. »Und wie willst du uns alle versorgen?«, fragte er gereizt.

»Ich werde niemanden für dich abschlachten, falls du das hoffst. Du wirst Weltraumnahrung zu dir nehmen müssen oder verhungern.« Luzifers Augen glühten. Gleichgültig hängte Arishar den Hörer wieder ein. Er nahm nicht an, dass Luzifer dem Schiff schaden würde. Er war unbeherrscht, jedoch nicht dumm.

Arishar lief nachdenklich den Weg in den Kontrollraum zurück. Sechsunddreißig Lebewesen von zwei Millionen. Wäre er dazu fähig gewesen, er hätte geweint – aber Arishar weinte nie.

Vena hatte die Squalis angespannt. Das Weibchen, das sich Solutosan angeschlossen hatte, würde ihr in die Mangroven folgen, sollte Solutosan nach Duonalia zurückkehren.

Er stand in seinem blauen Gewand neben Tervenarius. Der Abschied fiel ihm schwer. Vena war eine gute Freundin geworden – fast schon mehr als das. Die Umstände hatten ein Mehr in keiner Weise begünstigt. Solutosan sah Tränen in ihren riesigen, grünen Augen, aber sie wandte sich schnell ab und pfiff Tan einen Befehl zu. Die Squalis zogen an und bald war ihr Kanu außer Sichtweite.

»Ich werde mit der Squali zum Riff schwimmen und noch einmal mit Pallasidus sprechen, Terv.«

»Du wirst wirklich zustimmen?« Tervenarius kniff die Lippen zusammen.

»Ja, wenn er Halia will, werde ich nachgeben. Aber sie darf erst reisen, wenn sie reif genug ist. Sie soll urteilsfähig sein – gleichgültig, was er ihr anbietet. Ich kann nicht meine ganze Rasse« – und damit meinte er die Duonalier – *»ungeschützt lassen, nur weil ich Angst um meine Tochter habe. Was wir jetzt in der Hand halten, wird Duonalia retten. Ich bin mir sicher. Erinnere dich an den Eid, den wir geleistet haben.«*

Tervenarius nickte. Auch er hatte geschworen Duonalia zu beschützen, bevor er durch das Sternentor ging.

»Ich werde, sollte mein Vater sein Versprechen halten, erst wieder zurückkehren und dann den Ring aktivieren. Pallasidus soll Ulquiorra nicht zu Gesicht bekommen.«

»In Ordnung.« Terv umarmte Solutosan kurz. *»Ich warte.«*

»Wir müssen uns überlegen, wie wir die Artefakte sicher durch die Anomalie transportieren. Vielleicht reißt sie uns wieder alle Kleider vom Leib. Eventuell weiß Ulquiorra eine Lösung«, gab Solutosan zu bedenken.

Er glitt vom Steg ins Wasser und packte die Flosse der Squali. *»Komm, mein Mädchen«*, flüsterte er ihr ins Ohr. *»Lass* *uns noch einmal den Sternengott besuchen.«*

Die Squali quiekte und schwamm los. Schnell ließen sie die Stadt hinter sich. Solutosan genoss das pfeilschnelle Gleiten durch das glitzernde Wasser. Er umfasste die Squali fester und legte seine Wange an ihren Leib. Er fühlte, dass ihr das gefiel. Wie schade, dass er sie nicht mitnehmen konnte. Mit ihr in Vancouver zu tauchen, hätte ihm gut gefallen. Aber leider gehörte sie nach Sublimar – genau wie die hübsche, eigensinnige Vena.

Viel zu schnell erreichten sie das Riff und Solutosan stellte sich in eine der mit vielfarbigen Muscheln überwucherten Buchten. Er entfesselte seinen Sternenstaub und ließ ihn über die Wellen gleiten, machte sich einen Spaß daraus, ihn zu großen Wogen zu formen, in die Höhe zu schleudern und zerstieben zu lassen.

Pallasidus stand neben ihm. »Ich bedaure, deine Kindheit nicht miterlebt zu haben«, erklärte sein Vater mit schmerzvoller Stimme. »Hast du es dir überlegt?«

»Ja, ich werde dir das Kind geben – aber erst später.« Er würde versuchen Zeit zu gewinnen.

»Zeit spielt keine Rolle«, grollte Pallasidus. *»Du wirst wirkungslos sein, bis dein Versprechen erfüllt ist!«* Er legte ihm die Hand auf die Brust.

Ein Schwall Wärme strömte kraftvoll durch ihn hindurch. Pallasidus aktivierte nicht nur den Ring, sondern gab seinem ganzen Körper einen schmerzhaften Energieschub. Solutosan holte erstaunt und überwältigt Luft.

Sein Vater nahm die Hand fort und sein Bild fiel vor Solutosans Augen in sich zusammen.

Die Squali hatte das Geschehen verfolgt. Sie quiekte, erhob sich aus dem Wasser und sprang etliche hohe Sprünge in der Luft, peitschte die Gischt unter der großen Schwanzflosse auf.

Taumelnd stand er auf dem von den Wellen mit saugenden Geräuschen durchfluteten Untergrund. »Ist ja schon gut«, murmelte Solutosan. Er fühlte sich elend und kraftlos. »Er ist fort.« Mit zitternden Händen zog das Gewand hoch und betrachtete den Ring in seiner Brust. Er schimmerte und glänzte. Sein Vater hatte Wort gehalten. Das würde er ebenfalls tun.

Aber warum fühlte er sich so ausgelaugt? Was hatte es mit der Wirkungslosigkeit auf sich? Er entfesselte seinen Staub, schickte ihn aufs Meer, wählte die erotische Variante, um die Squali nicht zu verletzen. Keine Veränderung. Er versuchte den Sternenstaub zu beeinflussen in die härteste seiner Waffen – die tödliche, kristalline. Der Staub blieb unverändert. Eine einfache, glitzernde Woge.

Solutosan sank auf die Knie. Sein Vater hatte ihn entwaffnet! Eiserne Verzweiflung stieg in seiner Brust hoch. Bebend betrachtete er seine nutzlosen Hände. Niemand durfte davon erfahren! Er ließ sich in das niedrige Wasser der kleinen Bucht gleiten. Die Squali kam an seine Seite. Er umfasste ihren glatten Leib, klammerte sich an sie. »*Erzähl es keinem*«, flüsterte er ihr zu. Er lag verzweifelt und wie betäubt da. Die Wellen rissen an seinem Gewand, das sich, festgehalten durch die scharfkantigen Muscheln, immer weiter in den Untergrund verstrickte. Er spürte es kaum. Seine Gedanken kreisten. Er versuchte, sich alle möglichen Situationen auszumalen, die er nun ohne seine allumfassende Waffe meistern musste. Wie sollte er das schaffen? Er brauchte lange, um sich so weit zu fassen, damit er den Weg zurück nach Sublimar-Stadt antreten konnte.

Es war Abend geworden, als er mit der Squali an der kleinen Wohnung ankam. Tervenarius saß auf dem Steg und ließ die Füße ins Wasser baumeln. Er strahlte, als sie ihn erreichten. Solutosan sah ihn an. Ihm war nicht nach Lachen zumute.

»*Ist alles in Ordnung?*« Tervenarius sah ihn forschend mit seinen von der Abendsonne rotgolden beleuchteten Augen an.

Solutosan nickte und streichelte das Squali-Weibchen, um Tervs Blick nicht begegnen zu müssen. »*Du musst jetzt wieder zu Vena und deinem Rudel. Ich werde nicht mehr mit dir schwimmen.*«

Die Squali quiekte traurig.

»*Ich danke dir für alles.*« Er streichelte sanft den Kopf des

Tieres, das genussvoll die Augen schloss.

»*Nun geh!*« Gehorsam wandte sich die Squali um und verschwand im nächtlich tiefblauen Wasser.

Tervenarius ging an Solutosans Seite in Venas kleine Wohnung. Er hatte das Gefühl, dass bei Solutosan irgendetwas schief gelaufen war. Aber das Gesicht seines Freundes war verschlossen. Also musste es sich um etwas Privates zwischen seinem Vater und ihm handeln, das ihn nichts anging. Sie kannten sich schon so lange. Deshalb wusste er, dass Solutosan ihm alles irgendwann erzählen würde. Im Moment war es nur wichtig, Sublimar so schnell wie möglich zu verlassen.

Solutosan öffnete sein Gewand, legte die Hand auf den Ring und rief Ulquiorra. Der Reif unter seiner Hand kreiste wild und strahlte. Die Luft in Venas kleinem Zimmer bewegte sich und Ulquiorras großer Kreis erschien. Es dauerte eine Weile, bis sich das Innere so weit verdichtet hatte, dass die Anomalie sichtbar wurde.

Ulquiorra machte einen Schritt aus dem Ring. Er blieb wie angewurzelt stehen, bis er begriff, dass sie beide lächelnd vor ihm standen. Er schlug die Hand vor den Mund und stürzte dann zu Solutosan, um ihn zu umarmen. Er drehte sich, um auch ihm freudig um den Hals zu fallen.

»*Ihr seid es wirklich!*« Er konnte überhaupt nicht mehr aufhören zuzudrücken, bis Tervenarius sich lächelnd löste. »*Ich habe euch nicht verloren! Den Göttern sei Dank! Wo sind wir?*« Er blickte um sich.

»*Auf einem Planeten namens Sublimar. Bitte bring uns nach Duonalia*«, bat Solutosan.

Terv sah Solutosan an, der seinen Blick sofort verstand.

»*Nein, bitte bring Tervenarius auf die Erde und mich zu Meo und Xan. Ich habe wichtige Neuigkeiten!*« Er holte die kleine Büchse hervor und reichte sie Ulquiorra. »*Wir müssen das hier unversehrt transportieren.*«

Ulquiorra nahm die Dose. »*Das ist kein Problem mehr. Schau!*« In der Tat war seine Kleidung intakt. »*Ich weiß inzwischen, wie man unbeschadet reisen kann. Ich werde sie zur Sicherheit trotzdem selbst verwahren.*« Er schob den Behälter in die Tasche seines Gewandes.

»*Ich komme gleich wieder*«, verkündete Ulquiorra. Er nickte. Jetzt war alles gut – er wartete gerne. In wenigen Minuten würde er in Davids Armen liegen. Er konnte heimkehren. Endlich!

Der Esel stand in seiner Box und zitterte. Die Misshandlungen hatten ihm schwer zugesetzt. Die Tierärztin hatte ihn versorgt. Nun konnte man nichts mehr für ihn tun – jetzt hieß es abwarten. David gab dem Tier Wasser in seinen Behälter und Heu in seinen Trog. Dann streichelte er ihn vorsichtig.

Der Esel war eines der vielen Tiere, die die Station inzwischen aufgenommen hatte. Vor zwei Tagen hatte ihnen jemand sogar eine Boa Constrictor gebracht.

Chrom war dabei, die Glasplatten für das große Terrarium zu setzen. »Hilfst du mir mal bitte, David? Wir müssen sofort Silikon um die Kanten ziehen – sonst fällt es vielleicht wieder auseinander.«

David nickte. Seit Tervenarius Weggang sprach er nicht viel – eigentlich gar nicht mehr. Er hatte in keiner Beziehung mehr viel gemacht. Sein Haar war strähnig und es war ihm gleichgültig, ob er rasiert war oder was er anhatte. Er übernahm alle Arbeiten, die man ihm gab, schweigend. Wenn er abends mit den anderen am Tisch saß, trug er wenig zur Unterhaltung bei. Nicht, dass das sonderlich aufgefallen wäre, denn Pan und Frran waren lebhaft, zappelten und schnatterten ununterbrochen.

Er besaß noch seine Wohnung mit den Pflanzen und den Aquarien, hatte jedoch einen Bekannten gebeten, sich um die Tiere zu kümmern. Er hatte es nicht übers Herz gebracht sich ganz von ihnen zu trennen, schaffte es aber auch nicht, die Energie aufzubringen, regelmäßig nach Vancouver in die Stadt zu fahren.

Da Chrom seine Hilfe beim Terrarium nicht mehr benötigte, ging David langsam zu den Hundezwingern. Die Hunde begrüßten ihn schwanzwedelnd. Er öffnete den beiden Pudeln und dem Schäferhund die Boxen und spielte ein wenig mit ihnen.

Er ließ die Hunde im Freigehege und suchte in der Vorratskammer ein kräftiges Seil. Wie an Schnüren gezogen öffnete er die Klappe zum Dachboden, zog die schmale Leiter herunter und kletterte hinauf. Oben lehnte er sich mit der Stirn an die rau verputzte Wand. Er konnte nicht mehr. Er hatte sein Lebensziel und seine Lebensfreude verloren. Er war tot, lief nur mechanisch herum.

Fast vier Jahre waren vergangen, seit Tervenarius verschwunden war. Er hatte gedacht, dass er die Trauer überwinden würde, aber dem war nicht so. Jetzt war er einfach nur müde. Er wollte nicht mehr.

David schlang den Strick um den Dachbalken, verknotete ihn und machte an der anderen Seite eine Schlaufe. Er sah sich um. War da kein Hocker oder eine Kiste? Am Ende des schummrigen Raumes entdeckte er einen alten Stuhl und ging, um ihn zu holen. Ohne aufzublicken, zog er ihn zu dem baumelnden Strick.

»Was machst du da?«

David zuckte zusammen. Er hatte Tervenarius' Stimme gehört. Er hatte Halluzinationen. Er stellte den Stuhl in Position und schaute zu dem Seil hoch. Wie in Trance wollte er das Bein heben, um auf den Stuhl steigen, als ihn starke Arme von hinten umschlangen. Sie hielten ihn fest. Er fühlte einen Kopf auf seiner Schulter. Spürte einen Mund auf seinem Hals. David stand da und zitterte.

Kräftige Hände drehten ihn um und er blickte in ein paar goldene Augen. Tervenarius sah ernst aus, aber die Liebe strahlte aus seinem Blick. Er nahm seinen Kopf in beide Hände und küsste seine Stirn, die Lider, seine Wangen, blieb heftig und fest auf seinem Mund, streichelte mit der Zunge seine aufgesprungenen Lippen – löste langsam seine Erstarrung. Er war zurückgekommen!

David weinte. In Strömen flossen die Tränen aus seinen Augen. Tervenarius küsste sie von seinen Wangen. »Es ist gut«, flüsterte er. »Alles ist gut. Ich bin bei dir. Ich liebe dich!«

Tervenarius nahm ihn auf die Arme wie ein Kind – nein, so wie er ihn auch getragen hatte, als sie sich zum ersten Mal begegneten. Er trug ihn aus dem staubigen Dachboden nach unten. Terv lief mit ihm in den kahlen Raum, in dem er hauste, schubste mit dem Fuß die Tür hinter sich zu und setzte ihn auf dem Bett ab. David starrte ihn an. Tervenarius trug ein weißes, glänzendes Gewand wie ein Engel, der soeben aus dem Himmel zu ihm gekommen war.

Er schob sich neben David und nahm seine Hand. Sanft drehte er die Handfläche nach oben und ließ dann eine große Menge goldene Tränen in seine Hand rieseln.

»So ist es mir ergangen ohne dich«, flüsterte Terv.

David drückte verkrampft die Faust mit den Tränen an seine Brust. Er war immer noch wie versteinert.

Tervenarius begann ihn zu entkleiden. Ganz langsam und vorsichtig. David fühlte seine weichen Hände auf seinem abgemagerten Körper, auf dem eingefallenen Bauch.

Tervenarius seufzte und zog sein Gewand raschelnd über den Kopf. Er schob die Bettdecke weg und legte sich mit David auf das Bett, eng an ihn gedrückt, zog er die dünne Decke über sie beide. Er streichelte seine mageren Lenden, küsste das verschmutzte Haar, seine unrasierten Wangen. Er hielt ihn fest umschlungen.

Langsam ging seine Wärme auf David über. David taute auf und betastete ungläubig seine weiche Haut. Niemand hatte so eine unendlich zarte Pilzhaut wie Tervenarius. Er war wirklich wieder da!

David ließ die goldenen Tränen aus der Hand gleiten. – Er

wusste nicht wo er anfangen sollte Terv zu streicheln und zu fühlen. Seine Starre löste sich und wich einer warmen Flut, die sofort eine ungeheure Wollust beinhaltete. Wie lange war es her? Tervenarius war wieder da und er war so ausgehungert. Hungrig und ausgezehrt in jeder Hinsicht.

Tervenarius küsste ihn, als wolle er ihn verschlingen. Er fühlte den wahnsinnigen Drang, mit dem Terv ihn begehrte – und auch er wollte nichts anderes, als mit ihm vereinigt zu sein. David umschlang Tervenarius mit seinen Beinen und nahm ihn ganz in sich auf. Ja, er war wieder da. Jetzt spürte David ihn richtig. Terv war da und liebte ihn! Alles war wieder gut.

Eine berauschende Woge der Freude und Lust schwemmte sie mit sich fort. Das karge Zimmer duftete intensiv nach Marzipan und Veilchen.

Es war schon seltsam, dass die Zeit auf Duonalia raste, während sie auf Sublimar fast stillgestanden hatte. Solutosan hatte es aufgegeben zu versuchen, sie überhaupt noch zu messen. Wie viel Zeit auf Duonalia vergangen war, sah er an Halia. Sie hatte sich weinend auf ihn gestürzt, ihn abgeküsst und nach Kräften umarmt, aber saß nun doch wieder auf einem Stuhl neben ihm und hielt seine Hand. Die kleine Halia wäre weiterhin auf seinem Schoß herumgeklettert. Das hübsche, grünäugige Mädchen an seiner Seite nicht mehr. Er hasste es, die Jahre mit ihr verpasst zu haben.

Halia, die anfangs mit den anderen Duonaliern ins Fundamentum gegangen und dort nach kürzester Zeit unterfordert gewesen war, hatte schnell den Wechsel ins Silentium zum Studium geschafft. Sie wirkte fast schon wie eine junge Frau. Sie lächelte ihn an und sah dabei aus wie Aiden, mit dem Unterschied, dass sie einen Becher Dona in der Hand hielt. Aiden hätte zur Feier des Tages eher ein Glas Sekt getrunken und wäre dann sehr fröhlich geworden.

Selbst Xanmerans Schwiegermutter hatte es sich nicht

nehmen lassen, in die Duocarns-Karateschule zu kommen und einen Donakuchen mitzubringen. Ihre blitzenden Augen mit den winzigen Fältchen musterten Solutosan. Maureen erzählte ihm, wie viele Duonalier sie bereits im Karate ausgebildet hatte. Sie war begeistert von deren Enthusiasmus. Meodern und Xanmeran grinsten ihn nur ohne Unterlass an. Sie waren überglücklich und froh ihn wieder in ihrer Mitte zu haben – verstanden auch, dass Tervenarius auf direktem Weg zur Erde gereist war.

Am glücklichsten war Ulquiorra. Er hatte keinen seiner Reisenden verloren. Er lief ununterbrochen strahlend durch die große Gemeinschaftsküche der Karateschule und war nicht zu überreden, sich hinzusetzen.

Nachdem sich alle ein wenig beruhigt hatten, packte Solutosan die Dose auf den Tisch, zeigte die Artefakte und erklärte den anderen, wie er dazu gekommen war. »Ich weiß nicht, ob der Bacani auf Sublimar definitiv an der Krankheit gestorben ist. Tatsache ist, er hatte einen Virus, der ihn steril und seine Spiralvene unbrauchbar gemacht hat. Ich denke, ich reise morgen zur Erde und bringe Patallia die Proben. Wenn er sie genau untersucht und eventuell den Erreger herauskristallisiert hat, werden wir diesen gegen die Bacani einsetzen.«

»Es könnte sie alle umbringen, Solutosan. Bist du sicher, dass du hier auf Duonalia ein Massensterben willst?«, fragte Maureen. Mit diesem Satz brachte sie das Problem auf einen Punkt.

Ulquiorra setzte sich endlich zu ihnen an den großen, runden Küchentisch. »Ich finde, sie hat recht. Die Bacanis haben enormen Schaden angerichtet, aber es sind zu viele geworden, um sie noch aus der duonalischen Gesellschaft wegzudenken. Es sollte für sie Regeln geben, an die sie sich halten müssten, um mit ihnen leben zu können. Ein Virus wäre zumindest ein gutes Druckmittel, um diese Gesetze auf den Weg zu bringen.« Er machte eine nachdenkliche Pause. »Ich denke, ich bin fähig ein Konzept für eine gemischte Duonalier/Bacani-Gesellschaft zu entwerfen«, überlegte Ulquiorra laut. »Lasst uns erst einmal abwarten, ob das Virus hier einsetzbar wäre. Wenn ja, werde ich bei Marschall Folderan vorsprechen, beziehungsweise die vier großen Bacani-Clans mit zum Gespräch bitten.«

»Das wirst du aber nicht ohne den Schutz der Duocarns tun«, grollte Solutosan, »und zwar von allen.«

Xanmeran rieb sich die roten Hände, was ihm Maureens Seitenblick einbrachte.

»Wie wäre es mit ein bisschen Holz hacken für den Winter?«, fragte sie ironisch.

»Auf Duonalia gibt es doch gar keinen Winter«, antwortete Xanmeran verblüfft.

»Das nicht. Aber es gibt ihn in Vancouver und Patallia freut sich bestimmt über Brennholz!« Alle lachten.

Solutosan blickte in die Gesichter der Wesen, die er liebte. Was würden sie sagen, wüssten sie von seinem Zustand? Nein, er wollte sie damit nicht belasten. Sie brauchten ihn als der, der er gewesen war – vor seinem Besuch auf Sublimar.

Wieder in Kanada reichte Solutosan Patallia die Artefakte, der sie mit gespanntem Gesicht entgegennahm.

»Kranke Spiralvene und Bacani-Pimmel?« Smu rümpfte die Nase. »Wasch dich nur gut, bevor du ins Bett kommst.« Er stieß Patallia grinsend an, der fast die Dose fallengelassen hätte.

»Smu! Du führst dich auf wie eine Ehefrau!« Aber Pat musste doch lachen.

Pat und Smu erzählten ihm, dass sie im Kampf gegen die Bacanis nicht wirklich weitergekommen waren. All ihren Bemühungen zum Trotz wurde Bars Swinger-Imperium immer größer. Er hatte bereits den vierten Club eröffnet – dieses Mal in Portland. Bar war inzwischen so stark mit der menschlichen Wirtschaft verwoben, dass ihm kaum noch beizukommen war.

Solutosan vernahm nachdenklich ihren Bericht. »Zu diesem Thema wird mir garantiert etwas einfallen, Jungs«, sagte er. »Lasst mich erst einmal ankommen.«

Er lief in sein Zimmer, durchstöberte seinen Kleiderschrank und fand eine Jeans. Die sollte genügen. Er wollte ans Meer. Es rief ihn regelrecht, trotz der bitteren Kälte. Würde sein Sternenstaub reichen, um ihn davor zu schützen? Er rannte los, baute die Staubschicht um seinen Leib auf und stürzte sich in die eisigen Fluten. Ja, die Schutzschicht war da. Er atmete erleichtert auf, schwamm weit hinaus und tauchte ab. Er genoss die Stille unter Wasser. Wieso war er nicht wütend auf seinen Vater? Er ließ sich von den grauen Wellen an den Strand ziehen. Pallasidus wollte ihn ständig daran erinnern sein Versprechen zu halten, das war klar. Er war entwaffnet – auf sich selbst beschränkt – auf sich, als einfacher Mann. Und nun?

Sie hatten Glück. Sie konnten die Sonde an Bord nehmen, bevor das fremde Raumschiff auf Sol beschleunigte und sie folgen mussten. Allerdings wussten sie nun mit den Sondendaten nichts anzufangen, da keiner der Krieger etwas davon verstand.

Maurus trat zu Arishar. »Ich habe eine Frau, die Kenntnisse in Chemie und Physik besitzt. Möchtest du, dass sie hilft, die Daten der Sonde auszuwerten?«

Arishar blickte ihn an. Da standen sie nun, die hochgerüsteten Männer. Alle auf Nahkampf geschult und unfähig etwas anderes zu tun. Er nickte nur und Maurus winkte einem seiner blauen Krieger, die Frau zu bringen.

Arishar war es unangenehm, die Aquarianerin um diese Gefälligkeit zu bitten. Waren es wirklich die Frauen, die sie nun so oft aus kritischen Situationen retten mussten?

Er überwand sich und gab ihr den Datenkristall. »Könntest du ihn bitte auswerten? Da drüben steht ein geeigneter Computer.«

Die verschleierte Frau lächelte mit ihren glitzernden,

kristallinen Augen, wehte mit ihren Schleiern zu dem angewiesenen Platz.

»Sie haben beschleunigt«, keuchte Nala in diesem Moment.

»Wie schnell sind sie? Können wir ihnen folgen?«

»Ihre Spur ist deutlich – ich denke schon.« Nala programmierte den Antrieb neu und beobachtete gespannt die Anzeigen der Computer.

Sie nickte. »Sie sind auf Sol7, das schaffen wir auch.« Nala setzte das Schiff auf Autopilot.

Der kleine Junge in der Ecke war wach geworden und hatte Hunger. Nala nahm ihn auf den Arm, lächelte Arishar zu und verschwand. Er hätte nicht geduldet, dass sie sich vor den anwesenden Männern entblößte und stillte.

Arishar setzte sich zu Maurus auf einen der Drehsessel.

Der starrte vor sich hin. »Warum haben sie uns angegriffen?«

»Ich weiß es nicht, Maurus.«

»Hat dein Vater damals vielleicht mit dem Raumkreuzer eine Exkursion unternommen, die einen Gegenschlag hätte auslösen können?«

Arishar schüttelte bedächtig den Kopf. Er war inzwischen gewöhnt, sich mit seinen mächtigen Hörnern in dem Raumschiff vorsichtig zu bewegen. Dennoch – sie stellten das Zeichen seiner Königswürde dar. Quinari ohne Hörner wurden als am Rang niedrigsten angesehen. Auf Occabellar ungeheuer wichtig, waren sie auf dem engen Schiff zur Qual für ihn geworden.

»Wie sieht es mit der Verpflegung aus?«, fragte Maurus.

»Wir haben Proteinwürfel an Bord. Alle Flüssigkeiten werden ständig wieder aufbereitet.«

»Proteinwürfel, Recycling«, antwortete der Aquarianer tonlos.

Arishar verstand, was das für ihn und seine Leute bedeutete. Er war vom Wasser und den Algen abgeschnitten. Ein Dilemma. Er brauchte Kontakt mit Silizium oder Kieselsäure – einer Materie, die in keinem Raumschiff vorhanden war.

»Ich kann nur hoffen, diese Reise dauert nicht zu lange«,

seufzte Maurus. »Was ist mit Luzifer? Wird der nicht ohne frisches Fleisch durchdrehen?«

Arishar grollte tief in der Brust. Er selbst war ein Allesfresser, bevorzugte aber ebenfalls Fleisch und trank mit Vorliebe Blut. »Wir müssen uns alle einschränken. Immerhin haben wir überlebt. Es wird mir ein Vergnügen sein, ihn in seine Schranken zu weisen!«

»In einem Raumschiff?«, fragte Maurus zweifelnd.

Arishar fuhr sich mit der Klaue durch das lange, weiße Haar. Maurus hatte recht. Sie konnten sich unmöglich in dem Raumschiff prügeln.

»Ich lege mich eine Weile hin. Nala hat das Schiff auf Autopilot gestellt. Bitte wecke mich sollte irgendetwas sein.«

»Gut«. Maurus sah zu seiner Frau, die noch immer die Daten auswertete.

Arishar stapfte in eine der drei Kabinen, die er den Königen freigemacht hatte. Luzifer brauchte ja keine, also hatte er Maurus und den Harem in zweien untergebracht. Die Krieger schliefen im Frachtraum.

Nala lag bereits in einer der Kojen, das Kind in Decken auf dem Boden. Das Bett war zu schmal um nebeneinander zu liegen, deshalb zog Arishar die Frau auf seinen Bauch.

Sie hatten schon oft so gelegen und geschlafen nach ihren Vereinigungen. Damals waren sie in Sicherheit. Jetzt war alles anders. Sie waren Flüchtlinge, ohne Heimat – ein Gefühl, das er erst langsam realisieren musste.

Nala kraulte den seidigen Haaransatz zwischen seinen Hörnern. Nur ihr gestattete er eine solch intime Berührung. Arishar schloss die Augen. »Sie fliegen zu irgendeinem Planeten, das ist klar«, flüsterte sie. »Wir werden sie nicht verlieren. Wichtig ist nur, dass unsere Energie genau so lange reicht wie ihre.«

Arishar streichelte behutsam ihren schmalen Rücken und

brummte. Sie kannte ihn, seine Geräusche und Stimmungen sehr gut. Nala rutschte etwas höher und bot ihm ihren Hals dar.

Er umfasste ihre Schultern und ritzte vorsichtig ihre Halsvene mit seinen Reißzähnen. Das süße Blut strömte hervor und ein genussvolles Knurren entrang sich seiner Brust. Er legte den Mund an ihren Hals und trank. Er hielt sich zurück und nahm nur wenig. Auch sie war jetzt auf ein Minimum an Wasser und Proteinwürfel angewiesen. Er würde ihr nicht schaden. Sanft leckte er die Wunde um sie zu verschließen und glitt in den Schlaf.

Er wusste nicht, wie viel Zeit verstrichen war, bis das Hämmern an der Tür zu ihm durchdrang. Arishar hob die schlafende Nala vorsichtig neben sich und schob sich aus der Koje.

Maurus stand vor der Tür und musterte ihn kurz in seiner grauen Lederhose und dem mit Blutzeichnungen bedeckten Oberkörper. Die kristallinen Augen blitzten. Arishar konnte seinen Gesichtsausdruck nicht deuten.

»Bitte komm mit. Marana ist mit der Auswertung der Sonde fertig.«

Arishar eilte an Maurus' Seite in den Kommandoraum und ließ sich in einen Sessel fallen.

Marana trat näher und reichte ihm einen Block mit Daten.

»Was besagen diese Ergebnisse?« Arishar studierte das Datentablett. Er konnte leidlich lesen, war jedoch nicht gebildet.

»Diese Zahlen bedeuten, dass in den Bomben, die Occabellar getroffen haben, chemische sowie atomare Kampfstoffe verwendet wurden. Die chemischen Wirkstoffe haben die Bevölkerung schlagartig ausgelöscht – erstickt. Die atomaren Stoffe haben den Planeten verseucht. Das heißt, dass Occabellar in den nächsten Tarranien keinerlei Landwirtschaft betreiben kann, da Wasser und Boden verstrahlt sind«, zwitscherte Marana.

Sie neigte demütig den Kopf und wurde von einem Krieger wieder zum Harem geleitet.

Maurus und Arishar blickten sich an. Selbst Maurus hatte nun seine weißen, ebenmäßigen Zähne gefletscht. Sie konnten nicht mehr zurück. Zumindest für lange Zeit nicht. Der Drehsessel war zu klein für Arishar. Er wäre sonst in ihm zusammengesunken.

Patallia saß in der Küche, hielt ein Glas Kefir umklammert und grinste Solutosan an. »*Deine Artefakte waren ein Volltreffer. Ich möchte weitere Tierversuche durchführen, aber kann jetzt schon sagen, dass es nur die Bacani-Physiognomie angreifen wird. Gib mir noch ein paar Tage.*«

»*Glaubst du, es ist zu früh den Bacanis mit dem Virus zu drohen?*«, fragte Solutosan neugierig.

»*Nein, keinesfalls. Ich denke Ulquiorra braucht nichts zu behaupten, das nicht stimmt.*«

»*Bestens! Dann werde ich morgen Ulquiorra rufen. Heute bleibe ich noch hier und besuche Chrom.*«

Solutosan trank ein Riesenglas Kefir und machte sich auf den Weg zur ehemaligen Militärbasis.

Kaum war er aus dem Porsche gestiegen und durch das große Eingangstor getreten, löste sich ein grauer Schatten hinter einem der Gehege, sprang ihn an und warf ihn fast um. Die Wölfin Lady hatte ihn als Erste entdeckt. Solutosan lachte, die Wange an ihren dicken Kopf geschmiegt und kraulte sie.

»Na dann komm, zeig mir, wo die anderen sind!« Wedelnd rannte sie voraus.

Er staunte nicht schlecht über die vielen, neuen Gebäude auf dem sonst kargen Grundstück. Die Bacanis hatten ihre Möglichkeiten genutzt und eine Station für artgerechte Tierhaltung aufgebaut. Suchend lief er den Hauptweg entlang.

Chrom ließ seinen Futtereimer fallen und eilte ihm in einem blauen Arbeitsoverall strahlend entgegen, die Fangzähne vor Aufregung ausgefahren. Psal folgte ihm lächelnd. Sie hielt sich ihr kleines Bäuchlein, über dem eine grüne Gärtnerschürze spannte. Chrom wurde noch einmal Vater.

Es war nicht mehr so, dass er Chroms Chef war. Sie waren nun Freunde – das spürte er. Die Begrüßung war so herzlich, dass Solutosan sich sofort wie zu Hause fühlte. Stolz führten die beiden ihn herum und Solutosan musste alle Tiergehege bewundern.

Als die Aufregung sich gelegt hatte und sie am Tisch im neu gebauten Wohnhaus saßen, lächelte Chrom: »Stell dir vor, Psal ist sogar Nahrungsmutter geworden!«

Solutosan wusste, was das für die befreundeten Bacanis bedeutete. Die Eier des Rudels wurden artgerecht versorgt und das ganze Rudel nahm die Milch der Mutter zu sich, die genau auf es abgestimmt war. Selbst Pan und Frran tranken zu ihrem Katzenfutter inzwischen die Milch.

»Seitdem ist Pan viel ausgeglichener«, lächelte Psal. Die Schwangerschaft stand ihr gut.

»Und wo sind Tervenarius und David?«

Chrom grinste breit. »Tervenarius kam hier an, hat ihn gesucht und offensichtlich auch gefunden. Danach habe ich die beiden nur ein Mal gesehen – und da haben sie den Kühlschrank leergeräumt.«

Terv und David mussten seine Stimme gehört haben, denn sie kamen eng umschlungen die Treppe in die große Wohnküche hinab. Selten hatte er derartig glückliche Wesen gesehen. David war entsetzlich abgemagert, aber beide Männer strahlten. Es hatte sich gelohnt mit Pallasidus den Handel einzugehen, so schmerzhaft der für ihn auch geendet hatte. Allein dieser Anblick war das Ganze wert gewesen. Er hatte richtig gehandelt. Solutosan umarmte die beiden herzlich.

»Können wir gleich mal mit dir sprechen?«, fragte Terv.

»Natürlich.« Solutosan lächelte Chrom entschuldigend zu und verließ mit David und Terv den Raum.

Sie spazierten gemächlich zum neuen Terrarium, in dem eine monströse Boa Constrictor träge an einem Ast hing.

»Wie sollen wir anfangen?« Tervenarius blickte zu seinem Geliebten.

Solutosan schwieg.

»Wir wollen nicht, dass so etwas jemals wieder passiert«, begann Terv. »David wollte sich umbringen. Wäre ich einige Minuten später gekommen, stünde er jetzt nicht hier. Wir möchten nie mehr in so eine Lage kommen. Und wir wollen nicht noch einmal getrennt werden. Keiner soll auf den anderen verzichten müssen.«

Solutosan schwieg weiterhin.

»Ich will durch das Sternentor gehen«, führte David Tervs Rede zu Ende.

Das war ein ungeheuerliches Ansinnen – unabhängig von dem, was ihnen passiert war. Er erlebte täglich am eigenen Leib, was Unsterblichkeit bedeutete. Sie war wahrlich ein zweischneidiges Schwert. Er würde versuchen, die beiden zum Umdenken zu bewegen. Mit starrer Miene blickte er die beiden Freunde an. »Ihr wisst, dass das Sternentor nur auf die duonalische Genetik anspringt?«

Tervenarius wiegte den Kopf. »Nicht unbedingt, Solutosan. Erinnere dich, dass wir beide ursprünglich Auraner sind. Wir wissen nur, dass es nicht Bacani kompatibel ist. Wir wollen es versuchen.«

Er war nicht überzeugt. »Warum fragt ihr mich danach? Ich bin nicht der Wächter des Tores«, versuchte er nochmals mit gerunzelter Stirn den Eifer der beiden zu bremsen.

»Wir möchten, dass du dabei bist und auch die anderen Unsterblichen. Es ist ein Ritual. Nur mit allen zusammen wird es perfekt sein.« Tervenarius ergriff Davids Hand.

Das verstand er. David sollte in ihre Mitte aufgenommen werden. Aber er war ein gewöhnlicher Mensch. Auf der anderen Seite – niemand wusste, was das Sternentor aus ihm machen würde.

»Ist euch klar, dass das Sternentor David vielleicht verändert? Und ist dir auch bewusst, David, dass dich das Tor für immer an diesen Körper bindet? Weißt du was das bedeutet?«, fragte er eindringlich.

»Das wissen wir.« David nickte.

Solutosan dachte an Aiden. Wäre sie unsterblich gewesen, hätte Halia sie bei der Geburt nicht töten können und sie wäre noch an seiner Seite. Er verstand den Wunsch der beiden nach einer gemeinsamen, immerwährenden Zukunft. Tervenarius und David schienen entschlossen und waren reif genug, selbst zu entscheiden. Er nickte langsam. »Meinen Segen habt ihr. Bitte sprecht ebenfalls mit Patallia, Meodern und Xanmeran.«

»In Ordnung, das werden wir.« Sie strahlten und Tervenarius legte den Arm um Davids Schultern. Er sah die beiden Männer an. Einen kurzen Augenblick beneidete er sie um ihre Liebe.

Solutosan fuhr zurück zum Hauptquartier. Patallia und Smu hockten immer noch im Labor und diskutierten, wobei Smu in einem enganliegenden, blauen Overall auf Patallias Schoß saß – die Arme um dessen Hals geschlungen.

Solutosan setzte sich auf einen der runden Laborhocker und drehte sich spielerisch. »So, jetzt erzählt mal im Detail.«

Patallia schob Smu von seinem Schoß. Der setzte sich achselzuckend auf den nächstbesten leeren Labortisch und berichtete. Es wurmte beide ungemein, dass sie an der Bax-Front nicht weiter gekommen waren.

Solutosan saß eine Weile mit zusammengezogenen Augenbrauen und lauschte ihrem Bericht über die vergeblichen Bemühungen, Bar das Handwerk zu legen. Er grinste, als er von Smus frechem Streich hörte, eine Spiralvene mit einem simplen Knoten lahmzulegen.

»Ich sage euch mal was«, er hob den Blick. »Ich werde, was Bar angeht, einen frontalen Kurs versuchen. Ich glaube, dass der Kerl von der wirtschaftlichen Seite angreifbar ist, denn seine Bax-Produktion ist diffizil und leicht zu zerstören.«

»Was hast du vor?« Patallia blickte ihn neugierig an.

»Ich werde ihn besuchen.«

»Was?«

Solutosan nickte. »Und zwar allein. Ich möchte dich bitten«, er wandte sich an Smu, »Bar den Termin für ein Treffen mitzuteilen. Sag ihm, ich will ihn morgen um zehn Uhr abends sehen.« Er machte eine Pause und sah zu dem Mediziner. »Ich habe so die Nase voll davon. Wir haben Wichtigeres zu tun, als uns um diesen Emporkömmling zu kümmern. Patallia, ich brauche dich auf Duonalia, falls wir das Virus doch noch freisetzen müssen.« Smu schnaufte.

Solutosan drehte sich zu ihm. »Komm ruhig auch mit. Du gehörst sowieso schon zur Familie.«

Daisy staunte nicht schlecht, wer da plötzlich im Club auftauchte. Diesen Wahnsinnigen kannte sie doch.

Der gepiercte Kerl grinste sie an. »Ich habe eine Message für deinen Boss!«

Daisy verzog die Lippen. Was bildete der Typ sich ein?

Er hob den Finger. »Erst zuhören, dann urteilen, Süße. Richte ihm aus, dass der Chef der Duocarns ihn sprechen will, und zwar morgen Abend hier um zehn. Okay?«

Daisy sagte der Name nichts, aber so wie der Kerl sich aufspielte, schien es wichtig zu sein. Der war auch schon wieder zur Tür hinaus. Daisy nahm ihr Handy und wählte Bars Kurzwahl.

»Ja?«, blaffte er.

»Hier war eben so ein bunter Vogel und hat eine Nachricht für dich hinterlassen.« Sie wiederholte die Worte. Stille.

»Bist du sicher, dass er Duocarns gesagt hat?«

»Ganz sicher!« Bar legte einfach auf. Daisy betrachtete das Handy mit gerunzelter Stirn. Was kam denn da auf sie zu?

Was da auf sie zukam, sah Daisy am nächsten Abend. Er erschien allein – in unauffälliges Schwarz gekleidet, auf dem Rücken einen hüftlangen, goldenen Pferdeschwanz.

Er baute sich in eindrucksvoller Größe vor ihr auf und grinste. »Sag Bar Bescheid, dass ich da bin. – Bitte«, fügte er noch hinzu.

So jemanden wie ihn hatte sie noch nie gesehen. Wie paralysiert betrachtete sie seine blitzenden Zähne und bekam weiche Knie. Mit ihm eine Nummer zu schieben, musste das Himmelreich sein! Sie riss sich zusammen. Was waren denn das für Gedanken?

Sie setzte ihr Pokerface auf und ging mit wiegenden Hüften in Bars Büro.

»Dein Gast ist da.« Bar und Krran fuhren hoch. Buddy auf dem Bürostuhl in der Ecke rieb sich die Hände, bis Bars scharfer Seitenblick ihn traf. Der gleiche Blick galt auch Daisy, die sofort den Raum verließ.

Solutosan betrachtete die illustre Runde. »Ich bin gekommen, um endlich einmal Klartext zu sprechen«, sagte er auf Englisch. Bar deutete auf einen Stuhl. »Danke, ich stehe lieber.« Kurze Pause.

»Ich habe eine kleine Reise hinter mir, die mir etwas in die Hände gespielt hat, das den Bacanis schaden kann. Nun, ausrotten würde es wohl eher treffen. – Ich habe andere Probleme, als mich mit deiner Bax-Produktion herumzuärgern und schlage deshalb vor, dass du sie augenblicklich einstellst.«

Krran zog die Luft ein und Bar lachte keckernd. »Und wenn nicht?«

Solutosan kam Bar recht nah. Buddy in seiner Ecke brummte, aber Bar deutete ihm zu schweigen.

»Wenn nicht, werde ich als Erstes mit meinen Leuten in deine sämtlichen Läden marschieren und die Bacanars hinter ihren Spiegeln hervorzerren. Das Ganze am besten in Anwesenheit der hiesigen Presse. Sollte das nicht genügen, werden wir deinem Clan den Garaus machen. Die Erde wird nicht ausreichen, um dich zu verstecken. Aber vielleicht hast du ja eine Möglichkeit nach Duonalia zurückzukehren«, setzte er noch lauernd hinzu. »Ich sage dir wie wir das machen: Morgen kommt ein Van und holt deine ganzen Bacanars ab. Ich werde dafür sorgen, dass sie gut untergebracht sind. Hüte dich, neue zu zeugen! Das würde dann dein letzter Zeugungsakt gewesen sein!«

Bar starrte ihn mit bleichem Gesicht an. »Psal«, stieß er hervor.

»In der Tat ist deine ehemalige Navigatorin eine gute Freundin von mir«, nickte Solutosan. »Du weißt, was mit einem Spiel ist, wenn ein Spieler alle Asse hat und der andere keine.«

»Soll ich den Kerl vermöbeln?«, blaffte Buddy.

»Verschwinde, Buddy! Raus mit dir!«, zischte Bar.

Buddy fiel die Kinnlade herunter, aber er tapste zur Tür und schloss sie sogar noch leise von außen.

Bar überlegte kurz. »Willst du da wirklich drauf eingehen?«, flüsterte Krran auf bacanisch, nicht wissend, wie scharf Solutosans Gehör war und dass dieser die Bacani-Sprache verstand.

»Wir könnten die Mafia endlich los werden und die Bacanars nerven mich schon länger. Presse wäre ruinös«, zischte Bar zurück. Er wandte sich an Solutosan.

»In Ordnung«, bestätigte er zähneknirschend.

»Ach so!« Solutosan, der sich eben zum Gehen gewandt hatte, drehte sich noch einmal um. »Keine leer gefressenen Menschenköpfe mehr!«

Bar schluckte, nickte dann aber.

»Ich werde zu gegebener Zeit überprüfen, ob du dich an unsere Abmachung hältst.«

»Willst du mir wieder den bunten Vogel schicken?« Bar versuchte, das Ganze aufzulockern.

Solutosan verzog keine Miene. »Sicher nicht. Mach deine Geschäfte einfach nur legal und lass die Menschen leben. Mehr verlange ich nicht.« Er verließ den Raum, Bar und Krran blieben stumm zurück.

Solutosan stieg im Parkhaus in den Porsche und zog das Haargummi in einem Rutsch vom Pferdeschwanz. Er knurrte. Diese enervierende Sache war hoffentlich endgültig erledigt. Wie einfach es im Grunde gewesen war. Keine Toten und Verletzte – ohne Waffen! Natürlich hatte er geblufft. Niemals hätte er die menschliche Polizei oder Presse zu so einer Aktion hinzugezogen. Aber Bar hatte ihm geglaubt. Das war gut.

Er zückte sein Handy und wählte Chroms Nummer. Nur die Mailbox antwortete. »Chrom? Dein Tierasyl wird Zuwachs bekommen. Ich hoffe, du hast noch Platz für einige Bacanars. Ich habe sie endgültig aus Bars Fängen befreit. Wenn du mehr Geld brauchst, gib Bescheid. Ich danke dir.«

Solutosan fuhr ins Hauptquartier und legte sich auf sein Bett unter dem großen Fenster. Er blickte in den Sternenhimmel und hatte Bar und seine Machenschaften sofort vergessen. Er dachte an Sublimar, das warme Wasser, an Vena und die lieben Squalis und glitt langsam in seinen Ruhemodus.

»Wir wissen nicht mehr, wie wir ihn bändigen sollen!« Zwei Quinari-Krieger standen mit missmutigen Gesichtern in der Kommandozentrale. »Er tobt, weil er Fleisch will. Er würde sicherlich jeden anfallen, der kleiner und schwächer ist als er.« Die Rede war natürlich von Luzifer, der in seiner Isolierstation durchdrehte.

Arishar lief mit gesenktem Kopf auf und ab. Luzifer konnte zur Gefahr für sie alle werden.

Maurus, an die Kommunikationskonsole gelehnt, sah ihn mit nachdenklicher Miene an. »Ich spreche mit ihm«, teilte er Arishar mit.

Er sah den Aquarianer zweifelnd an. »Das Einzige, das mir zu Luzifer einfällt, wäre, ihm eventuell die Blutkonserven der Krankenstation zu überlassen. Vielleicht beruhigt ihn das.«

Maurus lächelte vielsagend.

Bei Arishar klickte es sofort. »Du meinst, die Blutkonserven mit einem Beruhigungsmittel zu versetzen, wäre eher die Lösung?«

Maurus nickte. »Ich erledige das. Ich werde sie ihm schmackhaft machen.«

Arishar betrachtete ihn. Maurus versuchte mit ihm zusammen die Probleme zu bewältigen, dabei sah er selbst nicht sonderlich gesund aus. Seine Haut war milchig und eher hellgrün anstatt des gewöhnlichen straffen, wasserblauen Aussehens. Er wusste, dass Maurus' Frauen jeden Tag von ihrem Halbedelstein-Schmuck Staub abschliffen, den Maurus und sein ganzes Volk mit ein wenig Wasser zu sich nahmen. Nach dem Schmuck musste Maurus wohl sein Achatschwert opfern. Ein toter König brauchte keine Waffen.

Arishar war nicht gläubig, aber nun betete er doch heimlich und inständig, sie mögen bald irgendwo ankommen. Die Reise wurde mehr und mehr zur Qual für alle Reisenden an Bord.

Maurus lief, begleitet von zwei Kriegern, zur Krankenstation und suchte nach den Blutkonserven und dem Beruhigungsmittel, das Arishar ihm beschrieben hatte. Er fand zehn Blutbeutel und den starken Tranquilizer. Er löste das Medikament in ein wenig Wasser auf und verteilte es gleichmäßig mit einer Spritze auf die Beutel. Einen nahm er mit zum Isolierraum, dessen transparente Scheiben inzwischen von innen fast völlig geschwärzt waren.

Luzifer saß dampfend in einer Ecke. Sein Adjutant hockte so weit weg von ihm wie möglich. Seine Augen glühten ebenfalls, aber er hatte sich im Griff.

Maurus aktivierte die Kommunikationsanlage der Isolierstation. »Luzifer, du solltest dich zusammenreißen, solange wir gezwungen sind, hier auf engem Raum zu leben.«

Luzifer fuhr hoch. Seine Rüstung hatte er in eine Ecke geschleudert. Sie musste ihm Schmerzen verursacht haben, denn seine schwarze Haut war mit roten, teilweise geplatzten, Blasen bedeckt. Er schlug wild mit dem Schwanz.

»Du hast gut reden, du Wasserfrosch! Ich werde noch wahnsinnig. Ich will hier raus!« Seine Zunge fuhr flammend aus dem Maul in Maurus Richtung.

Er zuckte nicht, sondern heftete seinen Blick fest auf den tobenden Trenarden. »Ich habe mit Arishar gesprochen. Du kannst pro Zyklus einen Beutel Blut bekommen. Mehr haben wir nicht.«

»Blut?« Luzifers Augen flammten auf. »Gib es her!«

»Nur wenn du dich bemühst, die Isolierstation nicht komplett zu zerstören!« Maurus blickte auf einige Kabel, die Luzifer vor Wut aus der Wand gerissen hatte.

Luzifer hechelte. »Einverstanden! Aber gib her!«

Maurus schob ihm den Blutbeutel durch die Klappe der Isolierstation. Luzifer krallte ihn und trank das Blut hastig aus. Natürlich hatte er nicht einen Augenblick an seinen Adjutanten gedacht, der ihn mit glühendem Blick beobachtete.

Wie ein wildes Tier, dachte Maurus und lehnte sich geschwächt an die Wand des Labors. Er betrachtete Luzifer. Der war merklich ruhiger geworden. Maurus nickte und verließ den Raum. Er wollte nach seiner jüngsten Tochter schauen, die nur noch lag und sich kaum bewegte. Eins war klar, sollte das Kind sterben, würde er sich an den Angreifern rächen – obwohl, das hatte er in jedem Fall vor.

Arishar wurde bei seinem Eintritt in ihre kleine Unterkunft von einem jämmerlichen Weinen begrüßt. Nala saß zusammengesunken mit dem Kind auf dem schmalen Bett und versuchte es zu beruhigen.

»Er hat Hunger, Arishar, aber ich habe kaum noch Milch.« Nala blickte ihn mit übergroßen Augen an. Arishar hatte sie niemals so müde und verzweifelt gesehen. Sie hielt eine Hand an die Brust, die er sanft fortnahm. Die Brustwarze war blutig und zerbissen. Er schüttelte langsam den Kopf. Auf keinen Fall durfte der Junge jetzt schon Blut trinken. Er würde sonst in einen Blutrausch verfallen.

Nala versuchte einen Proteinwürfel mit ein wenig Wasser an das Kind zu verfüttern, aber der Kleine strampelte nur und wimmerte.

Er nahm sie sanft in den Arm. »Nicht weinen, Nala«, sagte er leise. »Du darfst keine Flüssigkeit verlieren. Halte durch! Wir werden bestimmt bald landen.«

Die harte Zeit an Bord hatte sie einander näher gebracht. Er bewunderte ihre Zähigkeit und hoffte, dass sie noch durchhalten würde. Er musste sie unterstützen.

Kurz entschlossen riss er sich mit den Zähnen das Handgelenk auf und hielt es Nala an den Mund, die dankbar trank. Er nährte sie und streichelte ihr dabei zart das lange, dunkle Haar.

Wann waren ihre Angreifer endlich am Ziel? Ihre Energie war zu zwei Drittel verbraucht. Nicht mehr lange, dann würden sie todgeweiht hilflos im Weltall treiben.

Aber noch war es nicht so weit. Er biss die Zähne zusammen. Er musste kämpfen, solange ein Funken Leben in ihm war – und er wollte Nala beistehen. »Ich kümmere mich um den Kleinen. Geh in die Kommandozentrale und schau, ob es etwas Neues gibt – vielleicht eine Kursveränderung.« Er nickte ihr ermutigend zu.

Sie leckte ihm über das Handgelenk um es zu versiegeln und sah ihn dankbar an. Sie reichte ihm das unruhige Kind und verschwand durch die Tür.

Die Energie war zu fünfundneunzig Prozent verbraucht, als das fremde Schiff den Kurs änderte und langsamer wurde. Arishar, der mit dem erschöpften Knaben in der Zentrale gesessen hatte, damit Nala ein wenig schlafen konnte, ließ sie sofort durch einen Krieger wecken und schickte einen Aquarianer zu Maurus.

Der Hauptschirm zeigte ein Planetensystem. Arishar, Maurus und Nala blickten auf einen milchzarten Planeten mit einer gelben Sonne und vier fast gleich großen Monden. Zwischen den Monden schwebten vielfarbige Schleier. Sie betrachteten die Anordnung des Planetensystems genau.

Das Schiff der Angreifer flog zum westlichen Mond, auf dem man schon von Ferne eine Raumbasis erkennen konnte.

»Ich halte an«, flüsterte Nala aufgeregt. »Wir müssen ungesehen landen.«

Arishar deutete auf den nördlichen Mond.

»Genau dort«, nickte Nala und gab den Kurs ein. Dieser Planet hatte eine Atmosphäre, schien jedoch nicht so fruchtbar und belebt zu sein wie die anderen Monde.

Nala landete das Schiff in einer Steppenlandschaft auf dem sandigen Boden und machte sich an die Messungen. »Die Luft ist dünn, aber wir können atmen«, seufzte sie und stoppte die Maschinen endgültig.

Arishar sprang aus dem Raumschiff. Endlich! Er atmete die dünne, klare Luft tief ein und warf dabei den Kopf in den Nacken. Was für eine Erlösung den Schädel ungehemmt bewegen zu können! Was für eine Erleichterung wieder echten Erdboden unter den Füßen zu fühlen! Er zog die Stiefel seufzend aus und grub die Füße in das harte Gras der dürren Steppe. Seine Krieger fühlten wie er, sie schüttelten die Glieder und scharrten im Boden. Die Zeit der Unbeweglichkeit war vorbei.

Maurus und seinen drei Männern ging es weniger gut. Ihr Leid war noch nicht zu Ende. Ihre Haut hatte tiefe Risse und sie bewegten sich langsam. Sie brauchten dringend Wasser.

Arishar trat zu dem Aquarianer. »Lass uns die Männer aufteilen. Wir suchen in alle Richtungen.« Er wandte sich zu den Quinari. »Sucht nach Wasser und Fleisch!« Seine Männer nickten und liefen los. Die aquarianischen Krieger warteten auf Maurus Bestätigung, der sie mit einer müden Handbewegung entließ.

»Wir sollten warten, Maurus.« Arishar warf sich auf den trockenen Boden und stützte den Kopf in die Hand. Er atmete tief durch. Der lauwarme Wind strich ihm über die Haut, zerrte an seinem Haar. Wie sehr er den Aufenthalt in dem Raumschiff gehasst hatte! Sich nicht bewegen zu können, war die reine Folter gewesen für ihn, der sein Leben lang ununterbrochen trainiert und gekämpft hatte. Luzifer war immer noch eingesperrt. Der tobte bestimmt inzwischen wieder in seinem Gefängnis. Aber wenn sie ihn jetzt freiließen, würde er, hungrig, wie er war, zur Gefahr für alle. Zuerst musste Fleisch für ihn her. Es blieb ihnen im Moment nichts anderes übrig, als auf die Rapporte der Späher zu warten und das Schiff in den Tarnmodus zu setzen.

Der erste Krieger aus dem Westen war zurück und berichtete. Er hatte eine kleine Gruppe Einheimische beobachtet. Das Erstaunliche an diesem Bericht war, dass es in dem Rudel anscheinend zweibeinige und vierbeinige Geschöpfe gegeben hatte. Diese Wesen verhießen das erforderliche Fleisch für alle.

Arishar zog seine Stiefel wieder an und zurrte sein zweischneidiges Schwert fester. Er überprüfte seine Dolche und sah mit einem Seitenblick, dass seine beiden Männer ebenfalls ihre Waffen griffbereit schoben. Sie brachen kleine, dürre Büsche ab und befestigten sie an ihren Hörnern. Besonders Arishar musste Zweige und Gras sorgfältig um die Goldbeschläge seiner Hörner winden, um im Grasland nicht aufzufallen.

Maurus wartete auf weitere Rapporte, während Arishar

losrannte. Er lief schneller als notwendig, genoss den Lauf, füllte die Lungen endlich wieder ganz. Der Krieger in der Vorhut ging in Deckung. Arishar warf sich ebenfalls blitzschnell ins Gras. Sie robbten näher und lugten zu den Wesen, die sie noch nicht bemerkt hatten.

Das Rudel bestand aus acht Lebewesen, Männchen, Weibchen und Kindern. Sie lagerten in einer Senke, bewohnten offensichtlich ein einziges großes Zelt.

Es war klar: Diese Geschöpfe waren des Todes. Arishar blickte seine Krieger an und machte die Geste des Halsdurchschneidens. Die Männer nickten zustimmend. Ohne einen Laut stürzten sie los, die Waffen gezogen. Der Überraschungsmoment war auf ihrer Seite – die drei Männchen konnten ihnen nichts entgegensetzen. Sie töteten die ganze Herde – schnell und lautlos.

Es war so, wie der Krieger berichtet hatte. Die Einheimischen besaßen offensichtlich zwei Formen, denn sie hatten ein Männchen während seines Gestaltwandels getötet. Arishar kniete sich hin und sah sich den Leichnam genau an. Die Wesen hatten in der zweibeinigen Erscheinungsform eine glatte Haut und eine Reihe Haar, die ihnen von der Stirn bis zum Steiß lief. Bei der Verwandlung zog sich das Fell auseinander und bedeckte dann den kompletten Körper, der massiv stärker und schneller wurde. In diesem Zustand besaßen die Wesen spitze Schnauzen, lange Schwänze und Klauen. Arishar war das letztendlich gleichgültig. Er hoffte, dass ihr Fleisch genießbar war – tauchte eine Kralle in das Blut und leckte sie ab. Das Blut war in Ordnung. Es würde für Luzifer auf jeden Fall genügen.

Kurzerhand köpfte er die Wesen mit dem Schwert. Er wollte nicht weiter in deren tote Augen blicken. Zügig luden die Quinari die kopflosen Kadaver auf Zeltbahnen und zogen sie zum Schiff. Er befahl zwei Krieger zu sich, die die Leichen abziehen und grob auseinandernehmen sollten. Die Männer machten sich sofort an die Arbeit. Die Zeit drängte. Luzifer war inzwischen höchstwahrscheinlich in einem Zustand, vor Hunger das Raumschiff zu entzünden.

Arishar ging, um den Trenarden zu befreien. In der Tat

konnte er ihn kaum noch durch die rußgeschwärzten Fenster der Isolierstation sehen. Er betätigte den Türmechanismus und gab Luzifer einen heftigen Faustschlag, als dieser aus der Station stürzte. »Dein Fleisch ist draußen vor dem Schiff! Raus mit dir!« Der Trenarde blickte ihn mit irre flammendem Blick an. Arishar schubste ihn Richtung Ausgang, dankbar dafür, dass sein Adjutant Slarus über mehr Selbstkontrolle verfügte. Der folgte Luzifer in einigem Abstand, der sich wie ein Wahnsinniger auf das Fleisch stürzte. Völlig ausgehungert und gierig stopften sich die beiden Fleischfetzen ins Maul, die sie von den Knochen rissen.

Arishar sah den Widerwillen in Maurus' verhärmtem Gesicht, der das Schlachtfest betrachtete und sich dann angewidert abwandte. Der Abscheu des Aquarianers war ihm in diesem Moment gleichgültig. Sie waren am Leben. Luzifer bedeutete keine Gefahr mehr. Wenn die Wandler als Einzige diesen Mond bewohnten, würde ihre Invasion auf keinerlei Widerstände treffen. Er atmete tief durch.

Der Kundschafter aus dem Osten tauchte auf. Er berichtete ihnen von weiter Steppe, aber auch von einem kleinen See. Er brachte eine Wasserprobe mit, die Maurus unverzüglich in Augenschein nahm.

»Ich werde meine Leute sofort zu dem Wasser bringen«, erklärte der Aquarianer und mobilisierte offensichtlich seine letzten Kräfte. Er winkte seinen Kriegern, die den Harem in östliche Richtung begleiteten. Zwei verschleierte Frauen konnten schon nicht mehr alleine laufen und mussten getragen werden.

Der Späher, der in den Norden geschickt worden war, berichtete Arishar von einer kleinen Siedlung, in der weiße Wesen wohnten. Der Krieger aus dem Süden dagegen erzählte von weiteren Rudeln Wandler. Vielleicht wurden die Wandler von den weißhäutigen Dorfbewohnern als eine Art Vieh gehalten, mutmaßte Arishar. Er erkundigte sich nach der Größe der Siedlung und machte sich mit zwei Kriegern sofort auf in Richtung Norden.

Der vollgefressene und nun ruhig wirkende Luzifer schloss sich ihnen an. Zuvor befahl er dem Adjutanten die Futterreste aufzuräumen. Jetzt zeigte sich sogar bei ihm eine Art von schlechtem Gewissen.

Den Späher in der Vorhut schlichen sie sich an das Dorf heran. Die fünf kleinen Gebäude bestanden aus einem weißen Gestein. An eines der Häuser gelehnt stand ein zerborstener Behälter. Arishar beäugte ihn. Er sah aus wie eine Art Kondensator. Warum war er zerstört?

Das Dorf lag ruhig. Arishar sah zu den Monden, die in endloser Langsamkeit eine große Menge rosafarbener Schleier verschoben. Er hatte keine Ahnung, welche Tageszeit auf dem Planeten herrschte und was die Einheimischen in diesem Moment taten.

Sie schlichen geduckt an das erste der weißen Häuser heran. Arishar schmetterte mit einem Tritt die Tür auf, dicht von Luzifer gefolgt. Die alte Frau im Inneren des Hauses kam nicht dazu zu schreien. Luzifer tötete sie mit einem Schlag seines dornenbewehrten Schwanzes. Arishar hoffte, dass der Stoß gegen die Tür im Nachbarhaus nicht gehört worden war. Die fünf Männer hockten sich kurz auf den Fußboden und horchten. Nein, es war weiterhin still im Dorf.

Arishar schickte die drei Quinari zum übernächsten Haus, um die Bewohner schneller liquidieren zu können. Gefolgt von Luzifer machte er sich lautlos auf den Weg. Im nächsten Gebäude überraschten sie einen Mann und eine Frau beim Trinken einer weißen Milch. Die Milchschüssel fiel zu Boden und mischte sich mit dem Blut der Wesen.

Arishar betrachtete sie. Die Bewohner waren Zweibeiner, weißhäutig, mit langem Haupthaar und offensichtlich hilflos. Was waren das für Geschöpfe? Er riss den beiden die

Kleider vom Leib. Der Mann hatte einen Penis und die Frau eine Vagina und Brüste, was er als Zeichen für lebendgebärende Säuger deutete. Arishar kratzte sich nachdenklich mit der Kralle zwischen den Hörnern. Diese Wesen passten nicht zu den Wandlern in der Steppe. Auch schienen diese hier nicht in Rudeln zu hausen.

Er warf die Milchschüssel nach Luzifer, der begonnen hatte, der toten Frau zwischen den Schenkeln zu lecken. »Lass das sein, Luzifer!«

Der zog seine flammende Zunge ein und grinste. »Wenn sie leben, lassen sie mich ja nie«, meinte er.

Arishar schüttelte unwillig den Kopf. Luzifer war und blieb ein Problem.

Die drei Krieger hatten indessen ganze Arbeit geleistet und die restlichen Bewohner der Häuser umgebracht. Die Ausrottung war ohne einen Laut vonstatten gegangen. Aber Arishar war nicht stolz darauf – er hasste solche Aktionen. Sie waren seiner nicht würdig. Zivilisten umzubringen, Frauen und Kinder – das war keine Heldentat. Wenn es jedoch um das Überleben seines Volkes ging, fackelte er nicht lange. Sie waren Invasoren und mussten sich nehmen, was sie brauchten.

Er betrachtete seine blutverschmierten Waffen. Wasser! Irgendwo im Dorf musste Wasser sein. Er verließ das Haus. Luzifer hatte den Brunnen bereits gefunden, den Wassereimer hochgekurbelt und sich das Wasser über den schwarzen Leib gekippt. Arishar tat es ihm nach. Beim Sol, das hatte er vermisst! Er übergab den Eimer an einen der Krieger.

Sie mussten die Leichen entfernen, um die Häuser in Besitz zu nehmen. Arishar lief los um die Körper einzusammeln und stapelte sie in einem winzigen, verrotteten Schuppen, der etwas abseits lag. Er dachte nicht darüber nach, was er da tat. Luzifer und er arbeiteten Hand in Hand. Wenn der Trenarde satt war, klappte die Verständigung mit ihm ohne Worte. Blutverschmiert standen sie vor dem Stall, den Luzifer mit seiner Lava in Brand setzte.

Gemeinsam starrten sie in die Flammen. Ob Luzifer auch

so eine dumpfe Schwermut empfand? Hatte er überhaupt Gefühle? Arishar war sich nicht sicher. Er war müde und auf eine seltsame Art frustriert. Dabei gab es eigentlich keinen Grund dafür, sagte er sich. Sie hatten überlebt, was ein echtes Wunder war – aber dieses Überleben hatte einen schalen Beigeschmack.

Er befahl den Kriegern Nala und den Rest der Quinari aus dem Schiff zum Dorf zu bringen und das Schlachtfleisch nicht zu vergessen. Er durchstöberte das Domizil des Pärchens nach Essbarem, fand aber nur eine Art Milch in einer in die Hauswand eingelassenen Kühlkammer. Er schöpfte von der Milch in einen Becher und setzte sich abgekämpft auf die Bank vor dem Haus.

Luzifer schob sich neben ihn. »Schmeckt die Milch?«, fragte er. Arishar nahm einen großen Schluck und grunzte. Er würde an seine Leute Wasser und Fleisch verteilen lassen. Sie hatten es sich wahrlich verdient. Seit ihrer Flucht von Occabellar hatte keiner von ihnen auch nur ein Wort der Klage laut werden lassen. Sie hatten ihm vertraut und alles still ertragen. Er war stolz auf seine Männer. Sie mussten sich erholen. Dann würden sie sich die Mörder ihrer Rasse vornehmen.

Er blickte Nala entgegen, die mit dem wimmernden Kind auf ihn zukam, und gab ihr seinen Becher. Es tat ihm weh sie so abgezehrt zu sehen – die sonst strahlenden Augen trüb. Sie tauchte einen Zipfel ihres Gewands in die Milch und ließ das Kind daran saugen.

»Es klappt«, flüsterte sie erleichtert. Der Junge nahm die Nahrung gierig auf. »Ihr Götter! Welch ein Glück!«

Arishar legte den Arm tröstend um ihre Schulter.

Die drei Planeten warfen schwarze Schatten auf den nördlichen Mond und es wurde dunkler. Das Kind war eingeschlafen. Arishar begleitete Nala in das Haus des Pärchens, lief zurück und bestimmte die Wachposten. Einen Krieger schickte er in den Osten, um Maurus über ihren Aufenthaltsort zu informieren, den restlichen Männern befahl er, sich in die übrigen Häuser zur Ruhe zu begeben. Inzwischen war auch er am Ende seiner Kraft. Er stiefelte in das Haus, warf seine Axt und sein zweischneidiges Schwert auf den blutverschmierten Tisch, löste seinen Brustpanzer und zog sich aus bis auf seinen Lendenschurz. Dann sank er erschöpft auf das Bett des ermordeten Pärchens. Er sah Nala mit dem schlafenden Kind im Arm noch mitten im Raum stehen, bevor ihm die Augen zufielen.

Maurus lag mit seinem Harem im Wasser des kleinen Sees, als Arishars Krieger zu ihnen stieß, um sie über den Verbleib der Quinari zu informieren. Maurus nickte zufrieden und war Arishar dankbar für seine Umsicht. Sein ehemaliger Feind verhielt sich kooperativ. Ob das ein gutes Omen war?

Der Quinari-Krieger starrte auf seine Frauen, die nun unverschleiert in Wasser trieben. Maurus wusste, die Nymphen mit den weichen, filigranen Körpern und dem im Wasser wehenden Haar waren außergewöhnlich schön. Aber ihr Anblick war nicht für andere Männer bestimmt!

Er erhob sich aus dem See und legte die Hand an sein Schwert. Der Krieger bemerkte seinen Unmut, drehte sich zur Seite und zog sich, eine Entschuldigung murmelnd, zurück.

Seine vier Frauen waren wirklich bezaubernd. Er war überglücklich, sie wieder in ihrem Element zu sehen und gesellte sich erneut zu ihnen. Er würde sie an den Rand des Sees zusammenrufen und seinen acht Kriegern, die die ganze Zeit mit gesenkten Köpfen über sie gewacht hatten, gestatten, das Wasser zu betreten. Sie hatten gut durchgehalten und eine Belohnung verdient.

Maurus betrachtete sein gehärtetes Achatschwert und legte es dann zur Seite. Er hatte es nicht essen müssen –

dafür besaßen seine Frauen nun kaum noch Schmuck. Der neue Planet hatte genügend Silizium um ihn und die Seinen am Leben zu erhalten. Es sah wirklich so aus, als wäre die Glücksgöttin ihnen wohlgesonnen. Maurus streichelte seine kleine Tochter, die er auf dem Schoß hielt und die ihn vertrauensvoll mit großen, kristallinen Kinderaugen anblickte. Sein Volk hatte wieder eine Zukunft.

Es würde eine große Versammlung werden. Deshalb hatten sie das Treffen in die Trainingshalle der Karateschule verlegt. Die Übungsmatten lagen zusammengerollt verteilt und dienten als Sitzplätze. Ulquiorra lächelte, als er die ihm liebgewordenen Männer und Frauen der Reihe nach anblickte. Solutosan und Halia, Tervenarius und David, Patallia und Smu, Xanmeran und Maureen, sowie Meodern hatten sich auf den Matten verteilt und unterhielten sich leise.

Smu schien noch etwas blass um die Nase. Die Reise durch die Anomalie und die Impfung mit den Übersetzermikroben waren ihm nicht gut bekommen. Maureen hatte lachend erzählt, dass er eine Tüte Gummibärchen mitgebracht, und er ihr grinsend überreicht hatte. Ulquiorra konnte nur ahnen, was Gummibärchen waren.

Er zückte sein Datentablett. »Wenn es in Ordnung für euch ist, werde ich beginnen. Ich habe einige Gesetze ausgearbeitet, die ich für elementar halte, und die Dinge, wie Töten, Zerstören fremden Eigentums, Vergewaltigung und Folter unter Strafe stellen. Da den Duonaliern solche Verbrechen weitgehend unbekannt sind, werden sich diese Vorschriften erstrangig an die Bacanis wenden, jedoch als allgemeingültig zu betrachten sein.«

Er setzte sich auf eine der gerollten Matten und strich das dunkle Haar nach hinten. »Ich habe mich informiert. Die vier dominanten Rudel leiten im Moment unter Vorschieben von Marschall Folderan die Geschicke des Planeten. Der restliche Duonat ist längst verschollen oder ermordet. Die Rudelführer heißen Eon, Rarak, Orrk und Sarrn. Ich befürchte allerdings, wir werden vor ihren Augen ein Exempel statuieren müssen, um diese Anführer zu einer Kooperation zu bewegen.«

»Was meinst du mit Exempel?«, erkundigte sich Solutosan.

»Ich denke daran, den Häuptlingen das Virus und seine verheerende Wirkung vorzuführen.«

»Du bist also der Ansicht«, fragte Xanmeran gedehnt, »wir sollten vor ihren Augen erst einmal einen Bacani töten, um den Druck zu erhöhen?« Er streckte die langen, roten Beine unter seinem Gewand hervor.

Ulquiorra blickte ihn durchdringend an. »Es ist zu befürchten, dass das nötig sein wird, deshalb sollten wir vorbereitet sein.«

Die neben ihm sitzende Halia flüsterte kurz mit Solutosan und erhob sich. Sie nickte allen zu und verließ die Halle, hinterließ einen matten goldenen Schimmer.

Ulquiorra blickte ihr einen Augenblick lang nach und fuhr dann fort. »Die Frage, die sich stellt, ist – wer wird dafür sorgen, dass die Gesetze auch befolgt werden und eventuelle Täter bestrafen?«

»Diese Aufgabe können keinesfalls die Duonalier übernehmen, denn das wird böses Blut geben«, meinte Solutosan.

Patallia, der die ganze Zeit gebannt zugehört hatte, stimmte ihm zu. »Ich denke, das sollten die Führer der Bacanis selbst machen, allerdings immer mit ein oder zwei duonalischen Vorsitzenden in ihrem Gericht. Nicht, dass ein Mörder plötzlich mit einigen Gebeten davonkommt.«

Alle nickten.

»Ich denke«, Solutosan ergriff wieder das Wort, »das muss noch weiter ausgearbeitet werden. Dazu kommt das Wichtigste: eine neue Regierungsbildung. Erst wenn wir ein Konzept haben, können wir mit den Bacani-Rudelführern verhandeln.«

Ulquiorra steckte sein Datentablett in die Hülle. »Ich kümmere mich darum. Verbleiben wir so. Wir treffen uns in drei Tagen hier um diese Zeit wieder.« Damit war die Versammlung aufgehoben.

Nein, Politik war nichts für sie. Sie musste sich um ihr Studium kümmern. Halia war, mit ihrem Energiebrett unter dem Arm, auf dem nördlichen Mond angekommen. Die Studenten hatten die Aufgabe, ein Herbarium mit möglichst vielen verschiedenen Ödlandpflanzen zu erstellen. Halia hatte sich schlaugemacht. Auf der Steppenlandschaft des Mondes wuchsen die schönsten und seltensten Gräser.

Sie schlug ihre Schleier fest um sich und stieg auf das Brett. Es war neu und richtig schnell. Sie glitt über die Steppe – genoss den Wind, der an ihren Schleiern riss, und fuhr eine Weile einfach drauf los. Sie konnte sich nicht verirren. Das Energiebrett besaß einen eingebauten Kompass und sie hatte sich die Richtung des Hafens gemerkt.

Sie hielt an, denn in einer flachen Senke standen die Gräser besonders dicht. Halia überlegte noch, ob es sinnvoll war die Wurzeln auch mit auszugraben, als sie aus den Augenwinkeln an der Seite der Kuhle eine Gestalt rennen sah. Sie hob den Kopf. Ein Bacani war an ihr vorbeigeeilt. Er wurde verfolgt.

Halia blinzelte. Eine große, schwarze Kreatur mit einem dicken Schwanz war ihm auf den Fersen, hatte den Bacani erreicht und ihm blitzschnell mit einem Hieb seines flammenden Schwertes das Haupt abgetrennt. So entsetzlich das Geschehnis auch war, so bizarr erschien es ihr gleichzeitig. Ein brennendes Schwert, schoss es Halia durch den Kopf – so etwas gibt es doch überhaupt nicht.

Während sie noch starrte, löste sich ihr Kopfschleier und flog in Richtung des schwarzen Wesens. Das hob den Kopf und blickte sie aus glühenden Augen an.

Ein Teufel, dachte sie, oder ein Dämon. Das Herz schlug heftig bis zum Hals. Halia konnte sich vor Schreck nicht rühren.

Der Teufel stierte sie weiterhin unverwandt an und fing mit seiner Klaue ihren Schleier auf. Eine lange, feurige Zunge löste sich aus seinem Mund und leckte sich über die Lippen. Er bewegte sich auf sie zu, den Schleier in der Hand. Ein schwarzes, nacktes Muskelpaket. Lediglich zwischen seinen Beinen trug er ein Stück Kettengewebe.

Sie erwachte aus ihrer Erstarrung. Sie musste sich wehren. Halia hob die Hände und entließ eine große Menge Sternenstaub in seine Richtung. Der Staub hüllte ihn ein. Sie versuchte sich zu entsinnen, was ihr Vater ihr beigebracht hatte. Hatte er sie die tödliche Variante überhaupt gelehrt? Ja, vor langer Zeit. Sie konnte sich nicht mehr so richtig daran erinnern. Hatte sie den Sternenstaub scharfkantig genug gemacht, um ihn zu töten?

Luzifer nieste. Was war denn das für eine Wolke? Sie drang in ihn ein und versuchte sein Feuer zu löschen, aber er war durch das viele Fleisch des Planeten in Bestform. Er ließ das Schwert fallen und rieb sich die Augen. Er nahm das Mädchen mit den rotgoldenen Locken nur noch schemenhaft wahr und blinzelte. Jetzt sah er sie schon wieder klarer. Grüne Augen funkelten ihn an. Die vollen, roten Lippen glänzten halb geöffnet. Luzifer fühlte, wie sich sein Glied sofort aufrichtete. Die Schleier umwehten sie wie eine Göttin. Er stapfte noch zwei weitere Schritte auf sie zu. Sie stand erneut in einer goldenen Staubwolke. Er streckte ihr den Kopfschleier entgegen. Wie sollte er ihr klarmachen, dass er sie nicht töten wollte? Er fiel auf die Knie, den Kopf gesenkt, hielt den Schleier hoch.

Der wurde ihm aus der Klaue genommen. Er hob den Kopf und betrachtete sie. Sie war so wunderschön! Warum schaute sie ihn so entsetzt an? »Ich tue dir nichts, bitte lauf nicht weg«, stammelte er auf occabellar.

Das Mädchen holte tief Luft, drehte sich um, schnappte sich ihr Brett von der Wiese und schwang sich darauf. In hoher Geschwindigkeit floh sie vor ihm – flog eilig über die dürre Steppe. Luzifer kniete immer noch – sogar als sie längst verschwunden war.

Als Halia auf den östlichen Mond zurückkam, war sie sich fast schon nicht mehr sicher, ob sie das schwarze Wesen wirklich dort gesehen hatte. Nein, sie täuschte sich nicht. Auch das Blut war echt gewesen. Er hatte den Bacani getötet und ihr den Schleier gebracht. Sie entdeckte ein kleines Loch, wo er ihn mit seiner Kralle gefangen hatte. Außerdem würde sie seinen Blick niemals vergessen. Wieso hatte ihr Sternenstaub ihn nicht getötet? Er hatte nur geniest. Die Sprache, die er benutzte, war ihr gänzlich unbekannt. Sie suchte Solutosan.

»Er hat einen Bacani umgebracht?«, staunte Solutosan. »Bist du sicher, dass es kein Tier war?«

»Ganz sicher, Daddy, er hatte eine Art brennendes Schwert. Auch hat er mit mir gesprochen, aber ich habe ihn nicht verstanden.«

»Ich werde Meo schicken, um dem nachzugehen. Er ist am schnellsten.«

»Er soll dem Mann nichts tun, bitte.« Halias Gesicht nahm einen Ausdruck an, den Solutosan noch nie an ihr gesehen hatte.

»Nun ja, wenn er Bacanis jagt, kann uns das nur recht sein«, grinste Solutosan schief. »Aber wir müssen prüfen, womit wir es hier zu tun haben.«

Meodern war hocherfreut über den Auftrag, denn er hatte Langeweile. Er schnallte sich ein Brusthalfter um und steckte zwei Dolche in dessen Scheiden. Er hatte es geschafft, die Waffen durch die Anomalie zu bugsieren, ohne dass sie ihm weggerissen worden waren. Im Grunde brauchte er sie nicht, da er allein mit den Vibrationen seiner Hände Gliedmaßen abtrennen konnte. Auch war er zu schnell, um überhaupt wahrgenommen zu werden. Aber er liebte blitzende Metallwaffen und nahm sie zumindest gerne mit.

Er katapultierte sich zum Hafen und benutzte dann ein Windschiff. Die Schleier waren zu energiegeladen, um sie ungefährdet zu überwinden. Das war ihm zu mühsam. Er hätte sich im luftleeren Raum zwischen den Monden bewegen können, aber das Reisen auf dem atmosphärischen Schiff war weitaus komfortabler. Vom nördlichen Hafen aus konnte er seinen Vibrationen freien Lauf lassen. Er dosierte sein Tempo, um seine Kleidung nicht zu zerstören und überflog die öde Steppe des Mondes. Alles sah völlig normal aus. Einige weiße Dörfer, zwei herumstreunende Bacani-Rudel.

Er durchstreifte die Gegend um einen kleinen See und stutzte. In dem Wasser war etwas. Er konnte nicht erkennen, was es war. Er setzte in der Nähe auf und robbte auf dem Bauch über die Steppe in Sichtweite.

Im und um den See lagerten grün-blaue Lebewesen. Er konnte die größeren Männchen gut von den Weibchen unterscheiden. Auch kleine Kinder befanden sich bei den Wesen. Meo zählte acht nackte Männer, mit kurzen Schwertern bewaffnet, einen mit einer Art Gewand bekleideten schlanken Mann, dessen langes, grünes Haar auffällig um ihn wehte. Die filigranen Frauen mit den hüftlangen blauen Haaren scharten sich um ihn. Der Anführer, kein Zweifel. Die Sippe machte einen ruhigen und friedlichen Eindruck. Meo beobachtete sie eine ganze Weile. Es war kein schwarzer Teufel zu sehen. Er beschloss, Solutosan Bericht zu erstatten, kroch langsam zurück und machte sich auf den Rückweg.

»Was, zum Vraan?« Solutosan hörte sich Meos Schilderung an. Der nördliche Mond galt als tot und unbewohnbar und plötzlich tauchten dort alle möglichen Lebewesen auf? Nicht mehr lange bis zur Wende der Monde. Dann würde es auf dem Nord-Planeten dämmrig werden, wenn auch nicht ganz dunkel. Deshalb entschied er augenblicklich. »Xanmeran und Patallia, kommt bitte mit mir. Nehmt Barretts wegen der Passagiere!«

Solutosan überlegte kurz, ob er sich bewaffnen sollte. Meodern war der Einzige, der geeignete Metallwaffen besaß. Nein, er würde Meo nicht danach fragen. Sein Geheimnis sollte gewahrt bleiben. Es war das erste Mal, dass er sich unbewaffnet in eine vielleicht kritische Situation begab. Sein Staub konnte lediglich verhüllen und blenden. Er war nicht mehr wert als der Staub zu seinen Füßen. Ein schweres Gefühl legte sich auf seine Brust wie ein Stein. Nein, er wollte Halia nicht nach Sublimar schicken. Gleichgültig, was mit ihm war und was aus ihm wurde. Er dachte daran, die Führung der Duocarns einem der anderen Krieger zu übertragen, hatte jedoch noch keinen Plan, welche Begründung er dafür anführen sollte.

Er ging in das Zimmer, das er während des Aufenthalts auf Duonalia bewohnte, und betrachtete das blaue, wunderschöne Serica-Gewand an dem Wandhaken. Das würde er tragen. Wieso hatte er die Ahnung, dass es angebracht war?

Xanmeran und Patallia musterten ihn, als sie losgingen, sagten aber nichts. Kurz darauf standen sie auf dem Windschiff. Die Luft war angenehm mild. Das Schiff entzündete in der Dämmerung seine energetischen Lichter, die die metallisch wirkenden Segel auf wundersame Art beleuchteten. Solutosan, der dieses Schauspiel schon lange nicht mehr gesehen hatte, blickte gebannt. Nun wusste er, dass Duonalia nicht seine Heimatwelt war, aber die Vertrautheit dieses Anblicks rührte ihn. Versunken betrachtete er die schillernden Segel. Duonalia, die Erde, Sublimar – wo war er nun eigentlich zu Hause? Seine Gedanken wurden unterbrochen, denn das Schiff legte am Hafen des nördlichen Mondes an und sie gingen von Bord.

Es war nicht weit bis zu den Koordinaten, die Meo ihnen gegeben hatte. Da lag der kleine See in einer Senke. Einige

Wesen lagerten am Rand, andere lagen im Wasser. Es war, wie Meodern beschrieben hatte.

Die drei Duocarns gingen auf die Gruppe zu, hielten die Hände so, dass klar zu sehen war, dass sie keine Waffen trugen. Solutosan schritt voran.

Einer der grün-blauen Männer stürzte sich ohne Vorwarnung mit einem Wutschrei und gezücktem Schwert auf Solutosan. Der wich dem Schlag aus und entfesselte seinen Sternenstaub, der den Angreifer in einer Wolke einhüllte.

»Xan, nimm ihn!«, zischte Solutosan, »aber nicht töten!« Xanmeran schlang augenblicklich seine Dermastrien um den fremden Krieger, der sich nicht mehr bewegte.

Der nächste Fremdling nahte mit einem Kampfschrei, das Schwert erhoben. Ein Ruf ertönte, laut und durchdringend. Der blaue Krieger brach seine Attacke ab.

Fasziniert betrachtete Solutosan den Mann, der nun aus der Gruppe hervortrat. Schlank und hochgewachsen, mit breiten Wangenknochen, kristallinen Diamant-Augen und einer bläulich schimmernden, halbtransparenten Haut. Er war in ein dunkelblaues Gewand gehüllt, das seine nackten Füße knapp bedeckte. Langes, waldgrünes Haar reichte bis auf seine Hüften. Er trug einen blitzenden Wurfring an der Seite, wie Solutosan ihn noch nie gesehen hatte. Er musterte den Duocarns-Chef mit durchdringendem Blick und hob beschwörend beide Hände.

Es war Abend. Des Kriegers Haar war golden und aus seinen Händen löste sich Sternenstaub. Die Prophezeiung! Der vierte König war da! Maurus starrte den Mann in dem blauen, irisierenden Gewand an. Er hatte nie so recht an die alten Überlieferungen geglaubt. Jetzt stand der Fremde vor ihm. Maurus hob beschwichtigend die Hände, verbeugte sich höflich.

Der Sternenstaubkrieger musterte Maurus aus dunkelblauen, blitzenden Augen. Er ließ seinen intensiven Blick zu seinem Harem und zu den Kriegern schweifen, die sich nun langsam aus dem Wasser erhoben hatten.

Maurus sprach in der Hoffnung verstanden zu werden: »Der Abend wird sich senken mit Sternenstaub. Die vier Könige werden vereint. Friede und Glück werden Kampf und Krieg für immer beenden!«

Der goldene König wandte sich an den bleichen Gefährten neben ihm. Der glatzköpfige Mann trug ein weißes, bodenlanges Gewand mit halblangen Ärmeln. An den unbedeckten Stellen seines Leibes entdeckte Maurus mit Interesse eine fast transparente Haut, die den Blick auf pulsierende Organe in der Tiefe freigab. Der durchsichtige Besucher schien ihn als Einziger verstanden zu haben und übersetzte, was er gesagt hatte. Der Sternenkrieger wich mit einem überraschten Laut zurück und starrte Maurus an. Er fasste sich sofort wieder und gab seinem riesigen Begleiter einen kurzen Befehl. Dieser zog seine ungewöhnlichen Haut-Fesseln zurück und entließ so den aquarianischen Krieger, der sie angegriffen hatte. Innerhalb weniger Augenblicke stand der rote Mann mit intakter Haut neben dem goldhaarigen König. Er musterte Maurus weiterhin mit finsteren, schwarzen Augen.

Maurus drehte sich zu einem seiner Leute, gab per Handzeichen den Befehl, sich um den befreiten, nun geschwächten, Aquarianer zu kümmern und wandte sich wieder dem Sternenstaub-König zu.

Dieser sprach mit dem durchsichtigen Mann, der sich zu ihm umdrehte und anhob in occabellar zu sprechen. »Ich bin Patallia, der Übersetzer. Neben mir steht der Führer der Duocarns, Solutosan. Der rote Krieger ist Xanmeran. Wir möchten euch in Frieden grüßen und fragen, wieso ihr hier seid. Des Weiteren will Solutosan wissen, woher du die Prophezeiung kennst.«

Maurus atmete erleichtert auf. Eine Konversation war möglich.

»Ich bin Maurus, König von Occabellar«, stellte er sich vor. »Unsere Heimatwelt wurde bombardiert und verseucht. Wir haben die Feinde bis auf diesen Planeten verfolgt.« Er zeigte in Richtung der Raumbasis des westlichen Mondes.

Seine Krieger hatten sich im Halbkreis hinter ihn und sein Harem gestellt. Patallia übersetzte.

Der Sternenkrieger zischte etwas, offensichtlich wütend, doch Patallia erwiderte ruhig. »Eure Angreifer nennen sich Bacanis. Die Bacanis haben diesen, unseren Planeten Duonalia, besetzt und tausende unserer Landsleute abgeschlachtet. Wir sind ebenfalls hinter ihnen her.«

Als Patallia übersetzt hatte, nickte Maurus zustimmend. »In diesem Fall haben wir einen gemeinsamen Feind. Wir haben während der Reise sehr gelitten und möchten uns hier erst einmal erholen. Gibt es auf Duonalia Salzwasser?«

Solutosan verneinte, aber verbeugte sich leicht. »Seid willkommen.« Nachdem die Übersetzung bei ihnen angekommen war, entspannten sich seine Krieger merklich und auch der rote Xanmeran gab seine Kampfhaltung auf.

»Wo ist euer Schiff?« Der Sternenstaub-König blickte auf die immer dunkler werdende Steppe.

Maurus zeigte in eine unbestimmte Richtung. »Im Tarnmodus.«

»Ist es defekt?«, fragte er.

»Nein.« Er stockte kurz. »Es hat nur noch wenig Energie.«

»Du sprachst vorhin von einer Prophezeiung. Wieso glaubst du, ich sei ein König?«

Solutosan stand dem außergewöhnlichen Wassermann gespannt gegenüber. Hier war auf eine seltsame Art eine Verbindung zwischen den Welten entstanden. Wieso kannte dieses Wesen von einem fremden Planeten die Worte seines Vaters?

Maurus winkte einen seiner Krieger herbei und gab ihm halblaut einen Befehl. Sofort rannte der Mann los.

»Ich werde es euch am besten zeigen. Bitte geduldet euch

einen Moment.« Der Wassermann deutete auf den Boden und setzte sich. Seine Sippe tat es ihm nach. Sie warteten eine Weile schweigend.

Von Ferne flackerte etwas, kam langsam näher. Solutosan traute seinen Augen kaum. Zwei Männer kamen auf sie zu. Einer mit grauer Haut und Muskeln wie Xanmeran. Er hatte gewaltige nach hinten gebogene, mit Gold beschlagene Hörner sowie gelbe, durchdringende Augen. Neben ihm stapfte der Teufel, den Halia beschrieben hatte. Beide waren gerüstet, der Gehörnte mit einer mächtigen Streitaxt und einem zweischneidigen Schwert – der Schwarze mit einem Flammenschwert und einem glühenden Wurfring. Xanmeran sprang auf.

»Bitte ruhig bleiben«, bat Maurus und Pat übersetzte. »Darf ich vorstellen: König Arishar und König Luzifer von Occabellar.«

Nun bemerkte Solutosan eine große Menge gehörnter Krieger, die geräuschlos aus der Dämmerung schritten.

Solutosan erhob sich, Patallia und Xanmeran an seiner Seite. Die drei Könige aus der Prophezeiung waren da!

Maurus übernahm auch die Vorstellung der Neuankömmlinge. »Bitte bleibt ruhig«, mahnte er Luzifer und Arishar. »Darf ich bekanntmachen: der Sternenstaub-König von Duonalia.«

Die Männer musterten sich eingehend.

Luzifer spuckte ein wenig Lava auf den Boden. »Interessant«, grinste er. Als er gerufen wurde, hatte er gehofft, dass das wunderschöne Mädchen wieder da war und nach ihm verlangte. Aber wenn das der Sternenstaub-König war ... Luzifer kratzte sich am Ohr. Das Mädchen hatte goldenen Staub von sich gegeben.

»Hast du eine Tochter?«, fragte er gerade heraus.

Der durchsichtige Mann übersetzte.

Der Sternenstaub-König bleckte die Zähne. »Allerdings«,

knirschte er.

»Ich will sie heiraten«, erklärte Luzifer. Die Übersetzung erfolgte sofort.

Der goldhaarige König blickte ihn verblüfft an und begann lauthals zu lachen. Es dauerte eine Weile, bis die Übersetzung bei den Anwesenden angekommen war. Dann lachten alle Männer auf der nächtlichen Steppe, gleichgültig von welchem Planeten.

Nun war Luzifer beleidigt. Maurus hatte auf ihn eingeredet, zum nächsten Treffen zu kommen, das am darauf folgenden Tag vereinbart worden war.

Luzifer scharrte sich mit den Füßen zum Schlafen ein Loch in den Boden der Steppe. Na ja, vielleicht würde er hingehen. Allein weil er neugierig war, ob der goldene König nicht doch noch seine Tochter mitbrachte.

Er klopfte an der Tür von Tervenarius' und Davids kleinem Zimmer, in dem sie während ihres Aufenthalts auf Duonalia untergebracht waren. Nur David lag auf dem Bett.

»Darf ich reinkommen?«, fragte Solutosan.

»Sicher.« David blickte ihn erwartungsvoll an.

»Wir haben unerwartet Besuch bekommen auf Duonalia – viele Gäste.« Er berichtete David kurz von den drei Königen. »Da diese Sache dringend ist, möchte ich gern das Ritual am Sternentor verschieben.«

David schluckte, aber dann nickte er. »Was ist schon Zeit, Solutosan? Die Ewigkeit erwartet mich.«

»Hast du dir das wirklich gut überlegt? Ein unsterblicher Körper kann auch zum Gefängnis werden.«

»Ja, Solutosan.« Davids Miene war entschlossen.

»Gut, ich gehe jetzt mit den anderen auf den nördlichen Mond zu dem Treffen.«

Solutosan verließ David und stieß in der Trainingshalle zu den anderen Duocarns und Ulquiorra, die sich Karateanzüge anzogen, denn das war, außer den wallenden Gewändern, die einzig verfügbare Kleidung auf Duonalia. Maureen hatte eine Menge Anzüge aus der milchweißen Donafaser schneidern lassen. Für die Fahrt zogen alle Gewänder darüber und Baretts, um nicht allzu sehr aufzufallen, was in Xanmerans Anwesenheit schon mehr als problematisch war.

Sie nahmen das Windschiff und ließen die Gewänder und Hüte am Hafen. Der laue Wind war angenehm, drückte die losen Karateanzüge an ihre Körper, als sie durch die Weiten der kargen Steppe zu dem kleinen See wanderten.

Zufrieden betrachtete Solutosan die Männer an seiner Seite. Es war ewig her, dass sich alle fünf Duocarns das letzte Mal zu einer vereinten Aktion zusammengeschlossen hatten. Er fühlte sich so wohl wie schon lange nicht mehr. Er blickte kurz zu Ulquiorra. Für ihn gehörte der große Torwächter inzwischen ebenfalls zu den Duocarns. Ulquiorra erwiderte seinen Blick und lächelte aufmunternd. Ja, er war ein Freund geworden.

Die Quinari-Krieger sahen bei Tageslicht weitaus beindruckender aus als am Abend zuvor, denn nun konnte er die Hörner in den unterschiedlichen Längen und die roten Zeichnungen auf ihren grauen Körpern im Detail erkennen. Die Quinari-Kämpfer, ein zweiter Trenarde, sowie die aquarianischen Krieger hatten sich im Halbkreis um die Frauen und Kinder versammelt, während die drei Könige ein Stück weiter vor ihnen Platz genommen hatten.

Die Occabellarner musterten die Duocarns eingehend und Solutosan stellte alle vor. Er bot den Fremdlingen Übersetzermikroben an. Arishar winkten einen der gehörnten Krieger heran und Patallia setzte ihm die Spritze an den Hals. Der Krieger gab keinen Schmerzenslaut von sich und zuckte nicht, als er abdrückte und die Mikroben injizierte. Er sah Patallia forschend an, der ihn in duonalisch ansprach – antwortete dann in der gleichen Sprache.

Arishar nickte und ging zu Patallia, um sich die Mikroben ebenfalls verabreichen zu lassen. Selbst Luzifer hielt seinen schwarzen Hals hin, fauchte, als die Mikroben in ihn drangen.

Patallia blickte Maurus fragend an. Der zögerte.

Der Mediziner sprach leise mit ihm. Dann ließ auch er sich die Druckpistole an den Hals setzen.

»Ich danke euch für euer Vertrauen«, begann Solutosan, der den Königen am nächsten saß.

»Gewiss kocht die Rache in euren Herzen – genau wie in den unseren.« Er berichtete den Königen, was die Bacani-Pest den Duonaliern angetan hatte. »Wir sind im Besitz eines Virus', das die ganze bacanische Bevölkerung auf einen Schlag ausrotten könnte.«

»Dann solltet ihr das machen«, grunzte Luzifer.

»Die Bacani-Population beträgt schätzungsweise zweihunderttausend. Duonalier existieren nur noch in etwa zwanzigtausend«, antwortete Solutosan. »So groß unser Hass auch ist – uns ist klar, dass die meisten der Bacanis unschuldig sind. Aus diesem Grund haben wir ein Konzept mit allgemeingültigen Gesetzen für die Bacani und die Duonalier erarbeitet.«

Maurus, der aufmerksam zugehört hatte, hob den Kopf. »Euch käme ein Feldzug unsererseits ungelegen, zumal ihr eine diplomatische Lösung des Problems anstrebt.«

Solutosan blickte ihn mit gerunzelter Stirn an. »Selbst dem Dümmsten müsste einleuchten, dass eine Handvoll Krieger nichts gegen so viele Bacanis ausrichten kann. Auf der anderen Seite verstehe ich eure Wut vollkommen. Ich bin der Meinung, dass ein paar Bacani-Köpfe rollen müssen – jedoch die Richtigen. Zum Beispiel sollten wir herausfinden, wer den Angriff auf euren Planeten befohlen hat und dann ihn und die Crew bestrafen. Das wäre der erste Akt die neuen Gesetze umzusetzen, aber Ulquiorra, der sie geschrieben hat, kann euch mehr darüber sagen.«

Ulquiorra rückte näher an die Könige heran, die seine fehlende Hand musterten. »Wir wollen ein Treffen mit den Bacani-Rudelführern, da sie die duonalische Regierung infiltriert haben und diese somit handlungsunfähig geworden ist. Wir werden unsere Forderung nach den Gesetzen mit Hilfe des Virus durchdrücken. Vielleicht wird eine Machtdemonstration nötig sein. Wir dachten an einen isolierten Raum, in dem wir das Virus freisetzen. Ein Bau ist geplant.« Er musterte die Könige mit seinen ernsten, dunklen Augen. »Auch ich verstehe eure Rachegedanken. Jedoch – ich denke, ich spreche im Sinne aller hier anwesenden Duonalier, wenn ich sage, dass wir nicht dulden werden, dass unser Land durch einen Vergeltungs-Feldzug verwüstet wird. Solltet ihr verlangen, dass die Verantwortlichen für den Anschlag auf euren Planeten auszuliefern und zu bestrafen sind, sind wir damit einverstanden und werden dies mit auf die Liste unserer Bedingungen setzen.«

Die drei Könige blickten sich nachdenklich an. Solutosan wartete gespannt. Ihre Völker waren fast völlig ausgerottet worden. Selbstverständlich wollten sie zurückschlagen. Aber sie würden nun mit den Duocarns kooperieren müssen, oder sich diese zum Feind machen. Wie besonnen waren die Könige?

Arishar hatte mit gesenktem Kopf zugehört. Nun blickte er mit seinen leuchtenden Augen in die Runde. »Es wird nicht nötig sein einen Isolierraum zu bauen. Ich stelle euch den Raum in der medizinischen Abteilung meines Schiffs zur Verfügung. Er ist wohl im Moment etwas verschmutzt«, er musterte Luzifer kurz, »aber um das Virus zu demonstrieren, wird er genügen.«

Solutosan sah zu Ulquiorra, der nachdenklich nickte. »Das ist ein sehr freundliches Angebot, das wir gern, sollte es nötig sein, annehmen werden.«

»Was mich interessieren würde«, mischte sich nun Xanmeran in das Gespräch ein, »ist, was ihr in Zukunft plant. Wollt ihr auf Duonalia bleiben?«

Die Könige sahen sich an.

»Was haben wir für Alternativen?« Arishar blickte finster. »Die Quinari haben nach wie vor ein großes Ernährungsproblem. Wir essen alles, aber die Gegend hier gibt wenig her.«

»So wie ich das verstanden habe«, übernahm Solutosan wieder das Wort, »seid ihr aus unterschiedlichen Völkern mit völlig gegensätzlichen Bedürfnissen.«

Maurus lächelte kurz und deutete auf sich. »Wasser.«

Er zeigte auf Luzifer. »Feuer.« Er blickte zu Arishar. »Erde.«

Stille. Solutosan kratzte sich nachdenklich am Kopf.

»Ich bin der Meinung«, begann Ulquiorra erneut, »dass wir eins nach dem anderen regeln sollten. Im Moment sind alle einigermaßen gut untergebracht. Wir müssen das Problem mit den Bacanis zuerst lösen, um Ruhe auf Duonalia zu schaffen. Dann kann jeder entscheiden, wo er bleiben will.«

Maurus blickte zu dem Trenarden. »Luzifer frisst Bacanis. Das ist bei diesen diplomatischen Verhandlungen nicht gerade förderlich.«

Meodern ergriff das Wort. »Auf dem östlichen Mond in der Region Mala lebt ein dicker Pflanzenfresser namens Warrantz. Man kann ihn einfach züchten. Wie wäre es einige Warrantz herzubringen? Natürlich darf Luzifer die Zuchttiere nicht essen, sondern nur deren Nachkommen.«

»Warrantz?«, Luzifer züngelte mit seiner feurigen Zunge. »Hört sich lecker an.«

Die Gespräche erstarben. Bedrückende Stille machte sich im Raum breit. Jetzt kam es drauf an! Über den nach wie vor wichtigsten Punkt war noch keine Einigung erzielt worden.

Solutosan straffte den Körper und sah Xanmeran an, der seinen Blick erwiderte. Beide wussten, wie kritisch die Situation war. Die drei Könige waren Krieger durch und durch. Allerdings sah er ihnen an, dass die Flucht und der lange Flug sie geschwächt hatte. Wie stark waren ihre Rachegelüste? Wenn es sein musste, war Solutosan bereit, sich mit konventionellen Waffen auszurüsten und gegen die Könige zu kämpfen.

Gespannt sah er wie der Aquarianer sich erhob. Seine kristallinen Augen blickten klar und ernst. »Wir haben lange Zeit damit verbracht, uns gegenseitig zu bekämpfen. Nun ist nur noch eine Handvoll von jedem unserer Völker übrig. Es ist das erste Mal, dass wir gemeinsam, so wie heute, zusammengesessen haben, ohne uns die Schädel einzuschlagen. Fast glaube ich, dass wir wirklich den vierten König gefunden haben.« Maurus verneigte sich vor Solutosan. »Ich für meinen Teil werde nicht zu Felde ziehen, verlange aber, dass die Könige an dem Treffen mit den Rudelführern teilnehmen. Wir wollen die für das Massaker verantwortlichen Bacanis überstellt bekommen, um sie zu bestrafen.«

Arishar sah Maurus an. Er erhob sich ebenfalls. »Die Wut und der Hass kocht in den Herzen der Quinari, aber Maurus hat gut gesprochen. Ich will mein Volk nicht weiter durch einen Rachefeldzug reduzieren. Was die Quinari brauchen, ist Gerechtigkeit und einen Neuanfang.« Er drehte sich zu seinen Kriegern. »Und meine Männer benötigen Frauen.«

Auch Luzifer sprang auf die Beine und nickte zustimmend. Das Thema Frauen hatte ihn offensichtlich vom Gesagten überzeugt.

Die Anspannung wich aus den Gesichtern der Duocarns. Zu ihrer aller Erleichterung waren die Könige einsichtig.

Solutosan erhob sich würdevoll. »Das Treffen findet in fünf Mondzyklen im Dorf Tatra auf dem östlichen Mond statt. Die Bacani-Rudelchefs werden stark gerüstet erscheinen und Krieger mitbringen. Das Gleiche sollten wir ebenfalls tun. Wir werden ihnen keine Alternative zu unserem Vorschlag lassen.«

Damit waren alle einverstanden.

»Ich werde euch abholen und begleiten«, sagte Patallia zu Maurus. Der König nickte erfreut.

»Na dann«, beendete Luzifer das Gespräch und wandte sich zu Meodern. »Lass uns mal die Warrantz holen gehen. Ich habe Hunger! Komm, Slarus!«

Luzifer betrachtete den goldhäutigen Mann vor sich. Alle Welt interessierte sich für die verdammte Politik. Der Kerl mit dem Stachelkopf, Meodern, schien der Einzige zu sein, der verstand, dass sein Gehirn nur mit vollem Bauch funktionierte. Ob diese Warrantz besser schmeckten als die Bacanis? Die Wandler waren eher harte Kost, denn ihr Fleisch war sehnig und bitter.

»Wir müssen zum östlichen Mond«, teilte Meodern ihm mit. »Fragt sich nur wie.« Er betrachtete Luzifer, als sähe er ihn zum ersten Mal.

Der grunzte. »Da sind doch diese Schiffe.«

»Nein!« Meodern schüttelte den Kopf. »Unmöglich! Die Leute springen über Bord, wenn sie euch sehen.«

Luzifer züngelte – er wusste, wie er aussah.

Meodern sah nur einen Weg. »Ich werde Ulquiorra bitten, euch zur Kampfschule zu geleiten. Es ist wohl ungewöhnlich innerhalb der Monde, aber wird sicher möglich sein.«

Das war Luzifer recht. Er blickte Meodern hinterher, der mit dem großen, schlanken Duonalier sprach. Ulquiorra war einverstanden.

Luzifer folgte Ulquiorra eine Weile über die Steppe und staunte, als der Mann einen goldenen Ring einfach aus dem Nichts entstehen ließ. »Halte dich an mir fest, Luzifer, aber verbrenn mich nicht«, befahl er.

Mutig machte Luzifer zusammen mit dem Torwächter einen Schritt in die vor ihnen liegende Dunkelheit.

Sie traten im Hof der Kampfschule aus dem Ring auf den staubigen Boden. Luzifer war fasziniert, aber in keiner Weise geängstigt.

»Ich gehe nun Meo und Slarus holen. Bitte warte hier.« Ulquiorra verschwand.

Luzifer sah sich um. Er lief im Innenhof umher und schaute in alle Fenster. Sein Herz machte einen Satz: Da saß das Objekt seiner Begierde an einem Tisch und tippte auf eine Art Tablett. Es war, als würde ein zarter, goldener Schein um sie schweben. Luzifer presste die Nase an die leicht milchige Scheibe.

Das Mädchen blickte auf und fuhr zusammen. Luzifer grinste. Ihre Schultern fielen herunter. Wut breitete sich auf ihrem feinen Gesicht aus. Sie eilte zum Fenster und riss es auf. »Was machst du hier? Wieso glotzt du in mein Zimmer?«

»Wohnst du hier?« Luzifer sah sich neugierig im Raum um.

»Ja, was denkst du denn?«

»Ich wohne auch bald in der Karateschule«, stellte er fest.

»Das kann ich mir nicht vorstellen!« Das Mädchen löste wieder Sternenstaub aus den Händen.

»Nein! Bitte nicht! Ich sage die Wahrheit!«, flehte Luzifer. Sie zog den Staub zurück.

»Wieso kannst du neuerdings meine Sprache?«

»Dein Vater hat mir Übersetzerdinger gegeben.«

»Mikroben«, verbesserte sie ihn.

Er legte den gehörnten Kopf auf seine Unterarme auf das Fensterbrett und strahlte sie an. Was für ein tolles Weib! Seine flammende Zunge züngelte in ihre Richtung.

»Kannst du mal bitte weniger Feuer von dir geben?«, herrschte das Mädchen ihn an. »Du zündest hier noch alles an!«

Luzifer zog die Zunge in den Mund und entließ sie dann ohne Flammen.

»Was bist du überhaupt für eine Spezies?«

Er richtete sich stolz auf. »Ich bin König Luzifer vom Volk der Trenarden auf Occabellar!«

»König?« Sie lachte und zog ihr Gewand über den Brüsten zusammen. Wahnsinn, dachte Luzifer und konnte den Blick nicht abwenden.

»Weiß du nicht, dass es unhöflich ist, jemanden anzustarren?«, empörte sich das Mädchen.

»Ich bin unhöflich?«

»Ja!«, fauchte sie erbost.

»Und du willst nur einen höflichen Mann?«

»Ganz genau«, zischte sie. »Eigentlich will ich gar keinen

Mann, denn ich bin Schülerin und viel zu jung um zu ...« Sie wollte noch mehr sagen, aber wurde von Ulquiorra unterbrochen, der eben mit Meodern ankam.

Der Torwächter musterte Luzifer stirnrunzelnd. »Alles in Ordnung, Halia?«, fragte er sie.

Ihr Name war Halia! Luzifer war restlos begeistert!

Halia nickte nur. »Finger weg, sonst klemme ich sie dir ein!« Rasch zog Luzifer die Klauen vom Fensterbrett, konnte es aber nicht seinlassen, Halia mit der Zunge kurz über die Hände zu lecken.

Sie schaute auf ihre Handrücken. Er war blitzschnell gewesen. Sie schlug das Fenster zu.

»Ich bin unhöflich«, verkündete Luzifer, als er mit Meodern zu einer Lagerhalle stapfte.

»Dachte ich mir schon«, grinste Meo. »Hat sie das gesagt?« Er deutete mit dem Daumen hinter sich in Richtung von Halias Zimmer.

Luzifer nickte. Darüber musste er nachdenken. Aber zuerst die Warrantz.

Nachdem Slarus eingetroffen war, machten sie sich unter Meos Anleitung daran, aus Brettern Boxen zu bauen und diese in der leerstehenden Halle aufzustellen.

Meo grinste zufrieden. »Ich mache mich dann mal auf den Weg, um die Warrantz zu kaufen. Die werden normalerweise nicht gegessen, sondern als Streicheltiere gehalten. Ich hoffe, ich bekomme für das Dona genügend Tiere, damit wir eine Zucht beginnen können.«

»Streicheltiere?« Er stieß seinen Adjutanten heftig in die Seite. Sie lachten keckernd.

»Bin heute Abend wieder da!« Meo lud sich zwei Donasäcke auf den Rücken und ließ Slarus und Luzifer einfach stehen.

Solutosan entschied, dass Tervenarius Ulquiorra begleiten sollte, um dem Duonat die Aufforderung zu dem Treffen zu überbringen. Das war eine heikle Aufgabe. Dazu mussten sie in die Höhle des Löwen.

Ulquiorra war mit seinem Begleiter ausgesprochen zufrieden. Er kannte Tervenarius als ruhig, diplomatisch und ausgeglichen.

Sie trafen sich am Hafen. Tervenarius war pünktlich und stand bereits, in ein helles Gewand gekleidet, an der Kaimauer, das silbern-weiße Haar wallte offen über die Schultern. Sie nickten sich kurz zu. Ihre Aufgabe war klar.

Sie nahmen das Windschiff und dann das Laufband ins Duonat. Ulquiorra spekulierte darauf, dass Marschall Folderan sich daran erinnerte, ihn einmal um Hilfe gebeten zu haben. Da sie nicht angekündigt waren, mussten sie lange warten.

Endlich ließ man Tervenarius und ihn in das Besuchszimmer des Marschalls. Es hatte sich nicht verändert. Das einzige Mobiliar bestand aus einem mit wertvollen Einlegearbeiten verzierten Schreibtisch. Den großen Raum dominierten die riesigen Fenster, mit Blick auf den westlichen Mond, der in diesem Moment von türkisfarbenen Schleiern verhangen war. Angespannt, wie er war, hatte Ulquiorra in diesem Augenblick keinen Sinn für die Schönheit Duonalias.

»Ulquiorra!« Marschall Folderan eilte ihnen entgegen und streckte die Hände nach ihm aus. Entsetzt blickte er auf seinen Armstumpf. »Was ist geschehen?«

Ulquiorra sah ihn mit unbewegter Miene an. »Nichts, was jetzt von Interesse wäre.«

Im Grunde war es nicht seine Art so zu sprechen. Aber Folderan war mit verantwortlich für die Dezimierung der Duonalier. Er war die Höflichkeit nicht wert.

Allerdings setzte seine schroffe Antwort Folderan sofort in Alarmbereitschaft, was Ulquiorra an seinem Gesicht ablesen konnte. Aber auch das war ihm gleichgültig.

Der Marschall musterte Tervenarius. »Wollt Ihr mir nicht Euren Begleiter vorstellen?«

»Entschuldigt, selbstverständlich. Das ist Tervenarius, ein Krieger der Duocarns.« Tervenarius verbeugte sich höflich.

Folderan erbleichte. »Ihr habt es geschafft, die Duocarns zu-

rückzuholen?« Er schlug die Hände vor den Mund. *»Wir können hier nicht sprechen! Folgt mir bitte.«* Mit wehendem Gewand lief er voran durch etliche Gänge in eine Art Labor. *»Hier sind wir sicher.«*

»Sicher vor wem?« Ulquiorra sah ihn missbilligend an. Er musterte den älteren Mann in dem violetten Übergewand, das seiner Marschallswürde entsprach. Ihm gebührt dieses Gewand nicht, dachte er verächtlich. Ich werde versuchen, diese Begegnung abzukürzen.

Folderan starrte ihn an, fasste sich jedoch schnell wieder. *»Warum möchtet Ihr mich sprechen?«*

»Ich will Euch und Euren Bacani-Rudelführern eine Einladung zu einem Treffen mit den Duocarns und Freunden überbringen. Ein Termin, den diese nicht verpassen sollten. Im Fall des Fernbleibens werden wir alle Bacanis auf diesem Planeten vernichten.«

Marschall Folderan starrte ihn an. Dieser Satz hatte seine Wirkung nicht verfehlt. Das war eine massive und ernste Drohung. Folderan sah von ihm zu Tervenarius, der ihn abschätzend musterte.

»Bitte überbringt Eon, Rarak, Orrk und Sarrn diese Nachricht.« Ulquiorras Ton war eisig.

»Seid Ihr sicher, dass Ihr euch mit den Bacanis anlegen wollt?«, fragte der Marschall mit gerötetem Gesicht.

Ulquiorra bändigte mit Mühe seinen Groll. *»Selbstverständlich! Es ist ja wohl offensichtlich, dass unsere Führung nicht die Stärke hatte, sich der Ausrottung der eigenen Rasse entgegen zu stellen. Jemand muss etwas tun, um das zu beenden.«*

Marschall Folderan zog die Schultern ein. *»Sie haben alle Mitglieder des Duonats umgebracht. Ich musste ihren Befehlen gehorchen, sonst hätte mich dieses Schicksal ebenfalls ereilt!«*

Immer und überall hörte man die gleiche Ausrede der Schwachen und Opportunisten. Ulquiorra würdigte ihn keines Blickes mehr. Er zog einen Datenkristall aus seinem Gewand und legte ihn auf einen Tisch im Labor. Auf dem Kristall waren alle Daten für das Treffen verzeichnet.

Wortlos, mit unbewegten Gesichtern, wandten Tervenarius und er sich ab und verließen das Gebäude.

Meo hatte geplant, bis zum Abend zurück zu sein. Aber die langsame Gangart der sechsbeinigen, feisten Tiere vereitelte seine Pläne. Er fluchte und trat das vor ihm laufende Warrantz in seinen gut gepolsterten Hintern. Diese Viecher waren unglaublich störrisch und dazu noch bissig. Bei seiner Schnelligkeit hatte sie natürlich keine Chance seine Waden für einen herzhaften Biss zu erwischen.

Er hatte sich vom Verkäufer eine Pflanze ihres Lieblingsfutters mitsamt der Wurzel geben lassen. In der einen Hand ließ er diese Pflanze nun wachsen. Mit der anderen verteilte er die Blätter an die Warrantz, um sie vorwärts zu locken.

Es war schon dunkel, als er die alte Donafabrik erreichte. Er lockte die fünf Warrantz in den Innenhof und schloss schnaufend die Tür. Als er die Halle mit den geplanten Ställen betrat, musste er trotz seiner Übellaunigkeit lachen. Luzifer und Slarus saßen aneinander gelehnt in einer Ecke und schliefen. Luzifer hatte sogar noch einen Holzhammer in der Klaue, dessen Griff bereits schwarz verschmort war.

Sie hatten die Boxen tatsächlich fertigbekommen. Meo trieb die grunzenden Warrantz in eine der neuen Stallbuchten.

Luzifer schnupperte im Schlaf, schlug die glühenden Augen auf und war sofort auf den Beinen. Sein dicker Schwanz wand sich aufgeregt. »Wahnsinn!«, stieß er hervor und betrachtete die fetten, hässlichen Tiere. »Ich habe so einen Hunger!«

Slarus stand wie aus dem Boden gewachsen neben ihm. Beide sahen Meo mit flackernden Augen an.

Meodern überlegte. Er hatte zwei Männchen und drei Weibchen gekauft. »Wenn ihr eines der Männchen fresst. – Was machen wir, wenn das andere unfruchtbar ist?«

»Das und unfruchtbar?« Luzifer lachte meckernd und deutete auf die riesigen Hoden des Tieres.

»Na, meinetwegen«, seufzte Meo. »Nehmt euch das zweite Männchen.« Das war ein Satz, den er auf der Stelle bereute.

Schneller als er schauen konnte, war Luzifer in dem Koben und schlug dem Tier die Klauen in den Hals. Das Blut spritzte. Er riss es mit sich, die Reißzähne bereits in dessen Bauch verbissen. Die restlichen Warrantz stieben quiekend auseinander.

»Luzifer!« Meo schaffte es gerade noch ihn mitsamt dem Tier aus der Box zu bugsieren, und überließ die beiden Trenarden dann ihrem blutigen Festmahl.

Halia hatte gesagt Luzifer wäre unhöflich. Wenn sie das jetzt gesehen hätte! Meodern kicherte in sich hinein.

Patallia hatte mit Solutosan, Xanmeran und den beiden Königen noch lange im windgepeitschten Gras der Steppe gesessen.

Er wollte gern mehr über den Aquarianer erfahren, deshalb lud er Maurus ein, mit ihm eine kleine Runde um den See zu gehen. Er empfand den ruhigen Wassermann als seelenverwandt, ein Eindruck, der durch ihr Gespräch bestätigt wurde. Konzentriert lauschte er den Worten des außergewöhnlichen Königs, blickte tief in dessen kristalline Augen, als dieser ihm von dem Angriff auf seinen Planeten und den Strapazen der Flucht berichtete.

Maurus interessierte sich sehr für seine Forschung und hörte gebannt zu. Patallia hatte noch nie ein Wasserwesen wie ihn getroffen. Auch Maurus' Ernährung mit Silizium faszinierte ihn. Er hatte so viele Fragen. Patallia hoffte, dass die Aquarianer auf Duonalia bleiben würden, denn der Spaziergang war zu kurz um all seine Neugierde zu befriedigen. Sie waren bereits wieder am Lager der Aquarianer angekommen.

Maurus stellte ihm seine Ehefrauen vor. Patallia, der gesehen hatte, wie beschützend Maurus sein Harem behandelte, empfand dies als große Ehre. Er begrüßte die verschleierten Frauen mit freundlichen Worten, sah ihre kristallinen

Augen über den zarten Schleiern lächeln und freute sich, dass er sogar Maurus jüngste Tochter auf den Arm nehmen durfte, die ihre blauen Ärmchen um seinen Hals schlang. Maurus lächelte zufrieden – er war ein Familienwesen durch und durch. Patallia stellte die Kleine auf den Boden, die zu ihrer Mutter zurückrannte. Gemeinsam setzten sie die gemächliche Wanderung fort.

»Wie hast du es nur so lange ausgehalten mit den beiden anderen zu kämpfen?« Patallia sprach aus Höflichkeit immer noch occabellar.

»Ich hatte wenig Alternativen«, entgegnete Maurus. »Sie hätten sonst mein Land besetzt, beziehungsweise meine Wasseradern, was schlimmer gewesen wäre. Ich habe nie so recht an den vierten König geglaubt. Aber es scheint zu funktionieren. Wir kämpfen nicht mehr. Nicht einmal Luzifer.« Er lächelte. »Hast du denn auch eine Frau?«

Patallia schaute ihn an. Was sollte er jetzt sagen? »Ich habe einen Partner.«

Maurus musterte ihn mit forschenden, blitzenden Augen. »Einen Mann?«

Patallia nickte.

»Mit ihm kannst du dich doch nicht vermehren!«

»Das stimmt, aber das ist uns gleichgültig.«

Das war für Maurus schwer zu verstehen. »Dann musst du ihn sehr lieben. Stell ihn mir bei Gelegenheit vor.«

Patallia lächelte und sah mit seinem geistigen Auge Smu mit Maurus sprechen. Da stießen Welten zusammen – aber warum nicht? Das passierte in der letzten Zeit sowieso andauernd.

Solutosan saß mit Arishar und Xanmeran noch lange nach dem Treffen zusammen.

Arishar blickte von ihm zu Xanmeran. Sein goldener Ohrschmuck und die Beschläge seiner gewaltigen Hörner schimmerten in der Sonne. »Ich habe bei der Versammlung vorhin nicht viel zu dem Thema gesagt, aber die Ernährung meiner Krieger macht mir Sorge. Es geht nicht nur um Luzifers Fleischbedarf. Wir jagen und essen im Moment ebenfalls Bacanis. Ich wollte auch nicht erwähnen, dass wir uns bei unserer Ankunft mit Gewalt eines der kleinen Steppendörfer angeeignet haben. Die Milch, die wir in dem Dorf vorgefunden haben, war schnell verbraucht.«

Das war schlecht und passt in keiner Weise zu den für Duonalia geplanten Gesetzen. Solutosan runzelte die Stirn. »Hattest du nicht erwähnt, dass ihr alles essen könnt? Wie ist euch die Donamilch bekommen? Würdet ihr euch davon ernähren können?«

Arishar wiegte bedenklich den Kopf. »Eine Weile sicher. Aber ich kann nicht garantieren, dass nicht irgendwann der Jagdtrieb meiner Männer durchbrechen wird.«

Solutosan verzog den Mund. »Fleisch ist auf Duonalia ein Problem. Niemand braucht es hier. Nicht, dass ich etwas dagegen habe, wenn ihr die Bacanis reduziert.« Er grinste Arishar an, der die Zähne bleckte. »Im Moment sollte das nur möglichst nicht auffallen. Es ist allerdings keine Dauerlösung, denn auch die Quinari werden, solltet ihr auf Duonalia bleiben, den Gesetzen folgen müssen, die Tötungen verbieten. Ich werde versuchen, euch Dona schicken zu lassen, in Ordnung?« Der Quinari-König nickte.

Solutosan bemerkte, dass Xan immer unruhiger wurde. Er musterte Arishar, rieb sich die roten Hände. Solutosan kannte Xanmeran gut genug, um zu wissen, dass er in dem großen, grauen Quinari mit den vielen, vernarbten Muskelpaketen einen idealen Sparringspartner witterte.

Solutosan grinste, als Xanmeran Arishar die zu erwartende Frage stellte: »Lust auf ein kleines Training?«

Arishars Augen blitzten. Er sprang auf.

»Warte, Arishar. Ich werde mich erst verabschieden«, lächelte Solutosan. »Patallia wird euch, wie abgemacht, in vier Zyklen abholen. Nehmt ruhig die Windschiffe. Die Leute sollen sich an euren Anblick gewöhnen.«

Er bezweifelte, dass die beiden Kampfhähne ihn noch gehört hatten. Solutosan schaute nach Patallia, der mit Maurus ins Gespräch vertieft war, und machte sich auf den Weg über die Steppe zum Hafen. Der milde Wind strich durch sein Haar und drückte ihm den Karateanzug an den Körper. Er vermisste Aiden. Was hätte er ihr alles erzählen können! Sie hätte seine Hand gehalten und zu ihm aufgeblickt, während er berichtete – hätte mit ihm gelacht und geweint. Ihr hätte er sicherlich von der verhängnisvollen Begegnung mit seinem Vater erzählt. Ja, hätte …

Am Hafen angekommen, streifte er das weiße Gewand über und setzte das Barrett auf, das er am Ufer gelassen hatte. In diesem Moment schnitt das Windschiff majestätisch durch die Schleier.

David erwachte viel zu früh. Das graue Tageslicht drang nur zögernd durch das kleine Fenster ihrer Kammer auf dem östlichen Mond. Tervenarius hatte sich in die gemeinsame Decke verwickelt und sie ihm vom Leib gezogen. Aber das war ihm gleichgültig – er fror nicht. Er betrachtete seinen Geliebten, der bleich und ruhig da lag, das Gesicht entspannt und gelöst. Das silberweiße Haar verteilte sich in welligen Strähnen auf dem Kissen. Einen Moment lang hoffte David, er möge die Augen öffnen und ihn mit seinem goldenen Blick mustern. Nein, er sollte weiter schlafen. Er wollte ihn nicht mit seinen Ängsten belasten.

Der Zeitpunkt war gekommen. Sein Leben würde sich für immer verändern. Er wusste, dass auch die Möglichkeit bestand, dass ihn das Sternentor nicht akzeptieren oder vielleicht sogar töten würde.

David nahm eine Strähne von Tervenarius' weichem Haar in die Hand und streichelte sie. Er fürchtete sich nicht vor dem Tod. Er hatte lediglich Angst, seinem Geliebten Kummer zu bereiten. Er konnte sich nicht vorstellen, was das Sternentor mit ihm machen würde. Wenn es ihn tötete, wäre Tervenarius mit seiner Trauer allein. Wenn er den Durchgang nicht wagte, musste er ihn in spätestens siebzig

Jahren verlassen. Sie hatten die Möglichkeit nach Sublimar zu gehen, wo die Zeit langsamer verging, aber wäre das die Lösung?

Tervs Berichte über Sublimar hörten sich an wie ein Märchen. So lange hatte sein Liebster nichts über seine Herkunft gewusst, gedacht, er wäre ein im Labor gezeugter Hybride. Es war anzunehmen, dass er der Sohn des auranischen Sumpffürsten war, was gut zu seiner fungiden Genetik passte. David fragte sich, ob Tervenarius sich durch diese neue Erkenntnis entwurzelt fühlte. Duonalia war nicht sein Heimatplanet.

Wo war Terv zu Hause? David lächelte, als er das dachte. Er wusste, was Tervenarius ihm auf diese Frage antworten würde. Er würde ihn in seine Arme nehmen und küssen. Ja, auch David fühlte sich dort zu Hause, wo sein Geliebter war. Die Erde, Duonalia, Sublimar und die neuen Erkenntnisse über einen Planeten namens Occabellar. Es gab so viele Welten mit verschiedenen Lebewesen. Sein eigener Horizont hatte sich durch Tervenarius erweitert. Aber ging dieser nun wirklich schon so weit, die Unsterblichkeit in Erwägung zu ziehen?

David lehnte sich ins Kissen zurück. Er musste sich eingestehen – er hatte Angst. Er fürchtete sich vor seinem eigenen Mut, der ihn mit Terv den heutigen Tag hatte planen lassen. Beklommenheit und Sorge legten sich wie ein graues Gespenst über ihr Bett.

Tervenarius schlug augenblicklich die Augen auf. »David?« Er drehte sich zu ihm, musterte ihn besorgt mit dunkel-goldenem Blick. »Komm her!« Terv zog ihn nah an sich heran. »Hab keine Angst«, flüsterte er und strich ihm zärtlich über das Haar.

David schmiegte sich an ihn. »Hast du dich durch das Tor verändert? Ich meine – warst du schon so, wie du heute bist?«

Tervenarius drückte Davids Kopf an seine Brust und überlegte. »Ich habe mich körperlich und geistig gewandelt. Mein Leib ist durch das Sternentor unsterblich geworden, die Zeit wurde angehalten. Ich habe mich seitdem nicht mehr verändert. Und die Seele?« Terv streichelte ihn, ohne ihn anzublicken. »Ich habe mich weiterentwickelt, denn man lernt ja weiterhin, macht Erfahrungen. Man weiß, dass das Wissen, das man sich aneignet, für immer ist. Das ist der große Unterschied zum begrenzten Dasein. Um in einem unsterblichen Körper mit einer immerwährenden Seele die Zeit zu überdauern, muss man sehr stark sein, denn die Seele ist und bleibt verletzlich. Ich will dir nicht verschweigen, dass es auch Zeiten gab, an denen ich völlig verzweifelt war und meine Unvergänglichkeit als Fluch empfunden habe. Was mir in diesem Moment geholfen hat, war die Gemeinschaft der Duocarns. Ich war nie allein mit meinem Problem. Die anderen haben mit mir gefühlt.«

David lauschte Tervs Worten – nicht nur mit den Ohren, sondern auch mit dem Herzen. »Ich will bei dir sein und dir eine ebensolche Stütze sein wie Solutosan, Patallia, Meodern und Xan. Ich bin stark. Vielleicht sogar stärker als du denkst. Ich fürchte nur das Ungewisse der Veränderung.«

»Ja, David, alles ist möglich. Das Tor ist ein Mysterium. Du musst dir klar darüber sein, dass du ein Risiko eingehst. Möchtest du es trotzdem? Noch kannst du nein sagen.«

David schüttelte den Kopf. »Ich vertraue darauf, dass das Schicksal es gut mit mir meint. Es hat dich geschickt, als ich am Ende war. Ich werde diesen Neuanfang wagen, denn es wird eindeutig ein neues Leben sein. Auch ich bin danach nicht alleine.«

Terv schlang die Arme fester um ihn. »Ja, ich bin für dich da. Ich und die anderen Duocarns.«

David küsste Tervs weiche Haut auf dessen Brust sanft, wanderte mit den Lippen höher, seinen weißen, kräftigen Hals hinauf, beendete die Erkundung auf seinem Mund. Er fühlte, wie Erregung ihn erfasste.

»Nein, David, schau es ist schon Tag.«

Terv hatte recht. Inzwischen drangen helle Strahlen durch das Fenster. »Da du dich nun endgültig entschieden hast, lass uns aufstehen. Ich möchte dich gerne vorbereiten.«

Tervenarius packte einige Dinge in eine geflochtene Tasche und streifte sein Gewand über. Er trug mit Vorliebe immer noch das weiße Serica-Gewand, das er aus Sublimar mitgebracht hatte. Er holte zwei Becher Dona aus dem Vorratsraum und ein Stück Donakuchen für David, von dem er wusste, dass er ihn mochte. David bekam kaum einen Bissen herunter und Terv drängte ihn nicht. Er hatte inzwischen wieder zugenommen und sein Körper war wohlgeformt, wie zu der Zeit, als sie sich kennengelernt hatten.

Sie traten, ohne einem der anderen Bewohner zu begegnen, aus der alten Donafabrik und wanderten die sonnenbeschienenen Steinwege bis zu einem Transportband. Tervenarius führte ihn. Sie wechselten mehrmals das Band, nahmen den schmalen Pfad, bis zu einem der kleinen duonalischen Seen. Das Wasser lag ruhig, von bunten Schleiern bedeckt. Am Rand wucherten weiß blühende Binsen.

David sah Tervenarius forschend von der Seite an. Was hatte er vor? Der lächelte nur, das Gesicht beherrscht und konzentriert, trat zu David und zog ihm sein Gewand über den Kopf. Sicher geleitete Terv ihn durch eine schmale Lücke in den Pflanzen ins Wasser. Der Untergrund war sandig und weich. Davids Füße gruben sich leicht ein. Das kühle Nass umschmeichelte seinen Leib. Terv, immer noch in seinem Serica-Gewand, führte ihn weiter, bis der Wasserspiegel an seinen Bauchnabel reichte. Das weiche Tuch, das sein Geliebter benutzte, um ihn zu waschen, glitt über seine Haut. Langsam und konzentriert ließ er ihm das Wasser sanft über den Kopf laufen. Wie bei einer Taufe, dachte David. Tervenarius zelebrierte ein Ritual und seine feierliche Stimmung floss auch auf David über. Sein Geliebter beendete die Waschung und führte ihn aus dem See.

Tervenarius tupfte seine Haut mit einem Tuch trocken und begann, ihn mit einer weichen Substanz zu salben, die er aus einem Trinkbecher strich. Er fing beim Gesicht an und rieb mit unbewegter Miene seinen ganzen Körper ein.

David sog den Duft ein. Die Salbe roch nach Marzipan und Veilchen. Das war Tervenarius' Duft. Davids Herz schlug schneller. Er gab ihm seine Pilzsporen. Was hatte das zu bedeuten? Es konnte nur eines heißen: Tervenarius markierte ihn als sein Eigentum. David schluckte. Er würde von den Sporen seines Geliebten geschützt durch das Tor treten.

Tervenarius zog ihm ein frisches Dona-Gewand über den Kopf und ein zusätzliches, rotes, halb durchsichtiges Übergewand. Die Farben der Übergewänder auf Duonalia hatten einen Sinn, aber David kannte nicht alle. »Welche Bedeutung hat rot?«, flüsterte er.

Terv lächelte. »Rot wird bei Hochzeiten getragen, es ist, wie auf der Erde, die Farbe der Liebe.«

Die Waschung, die Sporen, die Liebeserklärung – das war alles ein bisschen viel. David wurde schwindelig, von seinen Gefühlen übermannt. Er schwankte. Tervenarius nahm ihn in die Arme und wiegte ihn, bis er sich gefasst hatte. Hand in Hand schritten sie den Weg zurück. Sie hatten eine Verabredung mit den anderen Unsterblichen – und natürlich mit dem Sternentor.

David sah es schon von weitem. Das Tor stand trutzig und stark auf seinem grauen Felsen und blickte in Richtung der Monde. Das magische, schmucklose Steintor strahlte eine erhabene Würde aus, die sämtliche Wesen um es herum verstummen ließ. Auch David schritt langsam und still an Tervenarius' Seite die Stufen der gewaltigen Steintreppe hinauf und ging mutig auf das Tor zu.

Sie hatten eine spirituelle Stunde gewählt – die, in der alle Monde Duonalias in einer Reihe standen und die Sonne verdeckten.

Tervenarius war zu seinen Freunden getreten, nachdem er ihm noch einmal aufmunternd die Hand auf den Arm gelegt hatte. Tervenarius trug weiterhin sein, inzwischen trockenes, weißglänzendes Gewand aus Serica, während die vier Duocarns sich in weite Gewänder aus Dona-Faser gehüllt hatten. David blickte in ihre feierlichen, ernsten Gesichter.

David stand alleine vor dem Tor. Gleich würde er den Schritt wagen. Tervenarius hatte sich auf der anderen Seite postiert. David konnte ihn durch den Torbogen sehen – blickte in seine Augen, die nun vor Anspannung tiefgolden schimmerten. Solutosan und Xanmeran auf der einen, Patallia und Meodern auf der gegenüberliegenden Seite, schlossen den Kreis.

Patallia erhob seinen schönen Bariton und sang das Lied von der Geschichte Duonalias – wie die Göttin Sanmarena sie alle geschaffen und mit zwei Gaben ausgestattet hatte. Es erzählte von den vier Monden, den Schleiern und den Windschiffen. Die anderen Unsterblichen stimmten mit ein. Ihre Stimmen schienen sich an der Steinfläche des Tores zu bündeln und zu vereinigen. Auch er, David, wollte nun ein Teil dieser Gemeinschaft werden.

David blickte Tervenarius in die Augen und machte einen Schritt nach vorne.

Er stand in seiner Wohnung auf der Erde, vor seinem Aquarium mit dem giftigen Steinfisch. Nein, es war ein anderer Behälter, denn dieser war gefüllt mit einer silbernen Flüssigkeit. War der Fisch darin? David beugte sich neugierig nach vorne, näher an die schimmernde Oberfläche. Er spiegelte sich in der sanft wallenden Materie. Nein, es war nicht sein Gesicht. Es war Tervenarius, den er sah. Der hielt die Augen geschlossen. David versank in seinem Anblick. Kam der Fläche näher. Tervenarius öffnete die Augen. Sie schimmerten silbern, wie die spiegelnde Fläche. David legte den Kopf schief. Warum waren seine Augen plötzlich silbern? Sein Geliebter schloss die Lider. David neigte sich weiter vor, um ihn zu erreichen. Er wollte Tervs Augenlider küssen. Wollte ihnen das Gold zurückgeben. Seine Lippen berührten die Oberfläche. Jemand sang. Das Lied erstarb. David stürzte nach vorn. In die Flüssigkeit? Nein, er lag vor dem Sternentor auf Duonalia. War er durch das Tor gegangen? Gestalten knieten neben ihm. Tervenarius? Es waren Patallia und Tervenarius. Er fühlte ihre Berührungen auf sich.

»Die Verwandlung ist durchgeführt«, stellte Patallia leise fest. »Das ist kein Blut mehr in seinen Adern. Es ist« – er stockte, als würde er seinen eigenen Worten nicht glauben – »Quecksilber!«

David hörte, wie Tervenarius neben ihm erstaunt die Luft ansog. »Schau mich an, David!« Seine Stimme war voller Sorge. »Bitte David, sieh mich an!« Mit Mühe hob David den Blick. Seine Lider fühlten sich schwer an, wie aus Blei.

»Ihr Götter!« Tervenarius klammerte sich an seine Hand. »Du hast silberblaue Augen! Wunderschön«, flüsterte Terv.

»Und einen silbernen Irisring«, bemerkte Patallia mit schief gelegtem Kopf. »Wie fühlst du dich?«

»Bin ich durch das Tor gegangen?«, fragte David. »Ich war auf der Erde.« Jetzt erschien ihm das Ganze ungeheuerlich.

Alle Duocarns knieten um ihn auf den Steinstufen.

»Ich habe Quecksilber in den Adern?«

Meodern half ihm sich aufzusetzen. Er wankte. Sein Körper fühlte sich taub und unwirklich an, als gehöre er ihm nicht. Er versuchte, die schweren Arme zu heben.

Patallia nickte. »Niemand von uns hat menschliches Blut in den Adern, David.«

»Was kann das Quecksilber für Folgen haben, Patallia?«, fragte Tervenarius immer noch besorgt.

»Gute elektrische- oder Wärme-Leitfähigkeit zum Beispiel, leichte Giftigkeit.« Stille.

»Ihr Götter – jetzt seid ihr einander ebenbürtig!« Meodern sah grinsend von David zu Tervenarius.

Solutosan half David auf die Beine. Der Chef der Duocarns legte feierlich die Hände auf seine Schultern. »Dein Name passt nun nicht mehr zu dir. Du wirst von heute an Mercuran heißen.« Er ließ die Arme sinken und lächelte.

Mercuran schwankte leicht und rang um Selbstkontrolle. Aber er bewegte sich nacheinander auf jeden einzelnen der Krieger zu, um ihn zu umarmen und zu danken. Zuletzt zog er Tervenarius nah zu sich und sie versanken in einem tiefen Kuss.

Meodern klatschte als Erster, dann folgten die anderen. Ihr Händeklatschen hallte an der Steinfläche des Tores wider.

Da Meodern die Betreuung der Trenarden begonnen hatte, fühlte er sich weiterhin ein wenig verantwortlich für Luzifer und Slarus. Er hatte den beiden vorgeschlagen, den freien Teil der Warrantz-Halle abzutrennen, um einen Wohnbereich einzurichten. Er hatte natürlich keine Ahnung gehabt, wie Trenarden normalerweise wohnten. Erst als er Luzifer und Slarus eimerweise Steine in diesen Bereich schleppen sah, fiel ihm auf, dass sich deren Wohnstil von seinen unterschied.

»Und wo schläfst du?«, erkundigte er sich bei Luzifer. Der deutete mit der Klaue auf eine Kuhle in den Steinen, die bereits geschwärzt war.

»Kleiderschrank?«, fragte Meo.

Luzifer zeigte auf ein paar Nägel, die er in die Wand geschlagen hatte und an denen seine Rüstung und seine Kettenhemdstücke hingen. Eines hatte er, wie immer, an einer Kette um die Hüften, zwischen den Beinen.

»Ah ja«, sagte Meo schwach.

»Wie ist es mit einer Art von Reinigung?«

»Och, das machen wir gegenseitig«, grinste Luzifer.

Meo war sich nicht sicher, ob er das im Detail wissen wollte, aber Slarus fuhr Luzifer mit flammender Zunge über den Rücken und lachte.

Jetzt musste Meo doch einmal nachfragen: »Und wo bleiben die Reste eurer blutigen Mahlzeiten?«

Luzifer deutete auf einige Haufen Kohle in der Ecke. »Kann man noch zum Heizen nehmen«, keckerte er.

Meo war baff. Die Trenarden hatten ihr Leben wirklich vereinfacht.

»Und wie sehen eure Weibchen aus?«

»So wie wir.«

»Genauso?«

»Nee, natürlich nicht. Zwischen den Beinen anders.«

Wunderte ihn das jetzt?

»Und ihr seid lebendgebärend?« Während er das noch fragte, fiel ihm auf, dass diese Art sich zu vermehren ja eine gewisse Fürsorge für den Nachwuchs mit einschloss.

»Nein, Eier. Die brauchen nur gelegt zu werden. Wenn der Trenarde schlüpft, ist er sofort fertig und will fressen. Ich sag dir, die Jungen futtern alles, das nicht rechtzeitig auf den Bäumen ist!«

»Wenn sie die Bäume nicht vorher abgefackelt haben«, grinste Slarus.

Meo kratzte sich am Kopf. »Aber du findest Halia offensichtlich gut. Was willst du denn mit ihr? Sie ist doch überhaupt nicht feuerfest.«

»Bist du dir da sicher?«, fragte Luzifer neugierig.

Nein, Meo wusste es nicht genau. Das Sternenkind – eigentlich war sie ja jetzt ein Sternenmädchen – konnte durch ihren Staub vielleicht tatsächlich hitzeresistent sein.

»Aber ich habe wohl bei ihr keine Chance«, bekannte Luzifer traurig. »Ich bin unhöflich.« Dieser Satz hatte ihm offensichtlich schwer zugesetzt.

»Luzifer, ich glaube, es liegt nicht nur an deiner mangelnden Höflichkeit, dass du bei ihr nicht landen kannst.«

»Wirklich?«

Meo nickte. »Halia legt garantiert Wert auf Bildung, sauberes Äußeres ...«

»Ich bin sauber«, ereiferte sich Luzifer.

»Na ja, ich meinte damit zum Beispiel auch ordentliche Tischmanieren – du benutzt ja nicht mal einen Tisch.«

Das gab Luzifer zu denken. »Kannst du mir das nicht beibringen?«

»Nee!« Meo lachte. »Da bist du bei mir völlig falsch. So etwas wissen weibliche Wesen am besten. Bitte eine Frau darum.«

Luzifer überlegte. »Ich frage Maureen«, beschloss er.

Na, die wird sich freuen, dachte Meodern.

Maureen betrachtete den schwarzen Kerl misstrauisch, der es sich auf der seitlichen Bank der Trainingshalle bequem gemacht hatte. Sie überlegte zunächst, ob sie Xanmeran zu Hilfe rufen sollte. Aber der Teufel verhielt sich ruhig und schien auf irgendetwas zu warten. Nachdem sich ihre Schüler verabschiedet hatten, schritt Maureen mutig auf ihn zu.

»Wartest du auf jemanden?«

Luzifer nickte. »Ja, auf dich. Ich wollte dich etwas fragen.« Er erhob sich und verbeugte sich höflich. »Ich bin König Luzifer vom Planeten Occabellar!«

Maureen blinzelte. Irgendwie hatte sie sich Könige anders vorgestellt.

»Glaubst du mir?«

»Nein«, antwortete Maureen ehrlich.

»Warum nicht?«

Maureen dachte kurz nach. »Von Königen erwartet man einige Dinge, wie zum Beispiel ein gewisses Alter, Ernsthaftigkeit, distinguiertes Verhalten und Würde.«

»Und du glaubst, das besitze ich nicht?«, fragte Luzifer lauernd.

Maureen zog die Brauen zusammen. Sie wollte sich diesen Flammenteufel nicht zum Feind machen. »Ich weiß es ehrlich gesagt nicht. Du entsprichst nicht der landläufigen Vorstellung.«

Luzifer überlegte. »Ich würde gerne wie ein König wirken und auch höflich sein, aber ich weiß nicht wie. Kannst du mir nicht helfen, das zu lernen?«

»Ich?« Maureen lachte. »Ich bin Karatetrainerin und keine Lehrerin für gesittete Verhaltensformen.«

»Aber du weißt, wie gutes Benehmen geht«, bohrte Luzifer weiter.

Maureen schaute ihn an. Xanmeran hatte bereits mit ihr über das Problem Luzifer gesprochen. Aufgrund seines rüden Verhaltens wusste niemand so recht wohin mit ihm. Er würde auf jedem Planeten anecken. Jetzt kam er ausgerechnet zu ihr und war lernwillig.

In Maureen meldete sich ihr soziales Herz. Er sah sie mit seinen Flammenaugen bittend an.

»Na okay«, sie konnte ihn nicht einfach so abweisen. »Ich gebe dir ab und zu Unterricht.«

»Was heißt ab und zu?«

Maureen überlegte. »Alle drei Sonnenzyklen habe ich einen Anfängerkurs in Karate. Du darfst dabei zuschauen und lernen. Danach bringe ich dir immer etwas gutes Benehmen bei.«

Luzifer sprang strahlend auf. Sein Schwanz schlug heftig und die lange Zunge züngelte feurig. Die rote Mähne flog, als er auf sie zueilte.

Maureen nahm seine eigene Wucht, packte ihn und schmiss den überraschten Trenarden auf die Matte. »So viel Dank brauche ich nicht«, stellte sie fest.

»Du wirst nicht glauben, was heute passiert ist.« Maureen saß am Abend auf einem Polster in ihrem Wohnzimmer, eng an Xanmeran gelehnt.

»Luzifer hat mich gebeten, ihm Benimm-Unterricht zu geben, denn er will lernen, sich wie ein König zu verhalten.«

Xan grinste. »Und, wirst du es tun?«

»Ich möchte ihm und vor allem uns helfen. Wenn er versteht, was von ihm gesellschaftlich erwartet wird, sollte er kein Problem mehr sein. Egal auf welchem Planeten.«

Xanmeran nickte und streichelte ihr in dem dünnen Gewand sanft über die Brustwarzen.

»Du hast mich gezähmt, warum nicht auch ihn.«

Maureen spürte, wie sich ihre Brust automatisch seiner Hand entgegen reckte.

»Seit wann habe ich dich gezähmt?«, lächelte sie. »Ich

will dich doch gar nicht zahm!«

Und schon schob sich seine große, rote Hand unter ihr Gewand und sein fordernder Mund lag auf ihrem. Das Thema Zähmung hatte sich erledigt.

Ulquiorra war zufrieden. Das Dorf Tatra, ebenfalls auf dem östlichen Mond gelegen, konnte von den Bewohnern der Duocarns-Basis leicht zu Fuß erreicht werden. Solutosan hatte diesen Treffpunkt vorausschauend gewählt. Die Duocarns bauten einen Tag vor dem Treffen ein großes, weißes Zelt in der Nähe des Dorfes auf und legten dessen Boden mit groben Donafaser-Matten aus.

Ulquiorra, die fünf Duocarns, Mercuran, Luzifer und Slarus hatten den Treffpunkt pünktlich erreicht. Ulquiorra war unabsichtlich Zeuge eines kleinen Disputs zwischen Patallia und Smu geworden. Patallia hatte den widerspenstigen Smu dazu überredet mit Maureen in der Karateschule zu bleiben. Bei dem, was nun an gigantischen Kräften versammelt war, hatte er zu Recht Angst um ihn, fand Ulquiorra. Auch ihm, dem Gelehrten, war bei einem Blick auf das Aufgebot an kampfbereiten Männern etwas unwohl.

Maurus hatte von seinen acht verbliebenen Leuten zwei an seiner Seite. Arishar war mit dreizehn seiner Krieger rund um das Zelt in Stellung gegangen. Die Quinari, wie üblich nur im Lendenschurz mit ihrer roten Körperbemalung, hielten mit finsterer Miene die Position.

Arishar, Maurus, Luzifer und Slarus waren voll und sehr eindrucksvoll gerüstet. Ihre Waffen blitzten und glänzten bei jeder ihrer Bewegungen. Die Duonalier trugen weiße Dona-Gewänder, die im Wind flatterten.

Erwartungsvoll stand Ulquiorra am Eingang des Zeltes und beobachtete die Ankunft ihrer Verhandlungspartner. Die vier Bacani-Führer erschienen, ebenfalls mit Gewändern bekleidet, in ihrer zweibeinigen Gestalt. Sie hatten um die zwanzig verwandelte, pelzige Bacani-Männer um sich geschart. Marschall Folderan, mit angespannter Miene, befand sich in ihrer Mitte.

Die Bacanis stiegen vom Transportband und musterten mit starren Gesichtern das Aufgebot an Kriegern der ihnen fremden Rassen. Gefasst schritten sie vorwärts zum Zelt. Sechs Bacanis begleiteten die Führer, während sich der Rest im weiten Kreis um das Zelt postierte. Sie betrachteten die Quinari misstrauisch.

Ulquiorra ging ihnen entgegen und geleitete sie tiefer ins Innere des Zeltes, in dem die Duocarns auf sie warteten. Eon, Rarak, Orrk und Sarrn verbeugten sich, was die Duocarns erwiderten. Eon war augenscheinlich ihr Wortführer. Er trat ein Stück nach vorne. Bevor er etwas sagen konnte, drängte sich Marschall Folderan in den Vordergrund.

»Ulquiorra, Ihr müsst uns erklären, was die vielen fremdartigen Lebewesen draußen mit unserer Sache zu tun haben.«

Eon fuhr die Krallen aus und wollte sie in Folderans Hals schlagen, als ihn Sarrn am Ärmel packte und langsam den Kopf schüttelte.

Ulquiorra tat, als hätte er ihn nicht gehört. »Ich begrüße Euch. Ich bin Ulquiorra, Atomphysiker im Silentium und Sohn des Duocarns-Kriegers Xanmeran.« Er deutete auf seinen Vater.

Jetzt erst schienen die Bacani-Rudelführer die Duocarns richtig wahrzunehmen.

»Wir haben nicht glauben können, was auf Eurer Einladung zu diesem Treffen geschrieben stand, denn allgemein gelten die Duocarns als verschollen.« Eons Stimme klang etwas unsicher.

Ulquiorra blickte ihm fest in die Augen. »Sie waren verschollen, das ist richtig, aber sind, nachdem sie von der Ausrottung ihres Volkes durch die Bacanis erfahren haben, wieder zurückgekehrt.«

Eon räusperte sich. »Ich würde es nicht als Ausrottung bezeichnen, sondern als Selektion.«

Solutosan ballte die Fäuste und mischte sich ein. »Wer hat den Bacanis die Erlaubnis gegeben, auf Duonalia ein

Volk zu „selektieren"?«

Eon blickte Solutosan kalt an. »Ich würde sagen, es war das Recht des Stärkeren.«

»Nun«, ergriff Ulquiorra wieder das Wort. Er wollte sich keinesfalls provozieren lassen. »Heute ist der Tag, an dem wir dieses Recht erneut überprüfen, denn die Bacanis werden lernen müssen, dass sie es verwirkt haben.«

Die Rudelführer wechselten bedeutsame Blicke.

Er ließ sich nicht irritieren. »Ich würde vorschlagen, dass wir uns setzen.«

Eine kurze Pause entstand, in der sich die Anwesenden auf die Matten niederließen. Die Rudelführer saßen den Duocarns, Ulquiorra in der Mitte, gegenüber. Die restlichen Bacanis mit Folderan nahmen hinter den Rudelführern Platz. Die drei fremden Könige hielten sich im Hintergrund.

Ulquiorra fuhr fort. »Wir werden einer weiteren „Selektion" unseres Volkes nicht mehr tatenlos zusehen. Wir schätzen die Bacani-Population auf zweihunderttausend, während noch etwa zwanzigtausend Duonalier am Leben sind.«

Eon wollte etwas sagen, aber Ulquiorra hob die Hand. »Wir haben ein Mittel zur Verfügung, um sämtliche Bacanis auf diesem Planeten auszulöschen. Es handelt sich um ein Virus, das die bacanische Spiralvene und die Geschlechtsorgane innerhalb kürzester Zeit mumifizieren lässt.«

Die Bacanis steckten die Köpfe zusammen und tuschelten. Eon, mit ernstem und beunruhigtem Gesicht, ergriff wieder das Wort. »Es gibt eine Überlieferung, in der von einer solchen Krankheit die Rede ist, sie gilt jedoch als ausgestorben.«

»Jetzt nicht mehr.« Ulquiorra zog die Augenbrauen zusammen. »Ihr könnt sicher sein, dass wir nicht zögern werden, das Virus einzusetzen. - Aber Massenvernichtung ist nicht, was wir wollen.«

»Was wollt Ihr?« Es war nun Orrk, der sprach.

»Gesetze! Und den Willen der bacanischen Führung, sich daran zu halten, beziehungsweise sie bei den eigenen Leuten durchzusetzen!« Die Bacanis blickten sich an.

»Wir haben eine Gesetzesvorlage erstellt, die Dinge wie Mord, Diebstahl, Entführung und Vergewaltigung unter Strafe stellt. Wir werden diese Gesetze allgemeingültig für Duonalia erlassen.« Ulquiorra sprach mit Nachdruck.

»Wagt Ihr Euch da nicht ein bisschen zu weit vor, mein Freund?«, ließ sich Folderan mit hämischer Stimme vernehmen.

Rarak drehte sich zu ihm um und zog ihm ohne Verzögerung die Klaue über den Kehlkopf. Folderan griff sich mit geweiteten Augen an die Kehle und brach zusammen. Das Ganze war in Sekundenschnelle geschehen. Keiner der Anwesenden sagte etwas – nur das verebbende Röcheln des Marschalls durchbrach die Stille. Dann war er verstummt. Ulquiorra schluckte. Er wusste, niemand würde sich für die feige Puppe der Bacanis einsetzen, geschweige denn seinen Tod verurteilen. Er selbst hätte sich allerdings gewünscht, dieser Hinrichtung nicht beiwohnen zu müssen.

Die Duocarns sahen sich an – Solutosan kratzte sich am Kopf. Die Verhandlungen wurden fortgesetzt. Zwei Bacanis schafften Folderan aus dem Zelt, hinterließen dabei eine Blutspur.

Ulquiorra stand auf und überreichte jedem der Bacani-Führer eine Ausfertigung der Gesetzesvorlage.

»Wir werden sie studieren«, nickte Eon. »Ich schlage vor, die Verhandlungen in einem viertel Zyklus fortzusetzen.«

Das war eine angemessene Zeitspanne und für die Verhandlungspartner in Ordnung.

»Bevor wir die Gesetze in Augenschein nehmen, möchte ich noch wissen, was es mit den fremden Kriegern auf sich hat«, fuhr Eon fort.

Ulquiorra erhob sich und nickte den drei Königen zu. Die marschierten waffenklirrend zu den Bacanis, die sofort aufstanden. Ulquiorra übernahm die Vorstellung der Parteien. Die Rudelführer ließen sich nieder. Die Könige hockten sich lediglich, jederzeit sprungbereit, auf die Fersen.

Arishar ergriff das Wort. »Wir sind hier um Klage zu erheben, denn Eure Leute haben unseren Planeten Occabellar angegriffen, Millionen mit Massenvernichtungswaffen getötet und den Planeten auf lange Zeit verstrahlt. Wir wollen die Verantwortlichen überstellt bekommen und über sie richten.«

Nun entstand Unruhe bei den Bacanis. »Wir müssen uns einen Moment beraten.« Sie standen auf, zogen sich in eine Ecke des Zeltes zurück, und diskutierten dort heftig aber leise.

»Nein!«, brüllte Sarrn. Die anderen Rudelführer redeten beschwörend auf ihn ein. Sarrn gestikulierte – Panik im Gesicht.

Eon winkte vier Bacanis, die Sarrn sofort flankierten. Die drei Führer kamen zur Zeltmitte zurück und nahmen Platz. Ihre Blicke irrten immer wieder zu Sarrn.

»Sarrns Sohn Pak leitet die Raumstation. Wie es aussieht, hat er sich über den Willen seines Vaters hinweg gesetzt und ist losgeflogen, um eine neu entwickelte Bombe zu testen«, klärte Eon sie auf.

»Wir wollen diesen Pak und die Raumschiff-Besatzung, samt ihren Familien«, ließ sich Arishar zähnefletschend vernehmen. Luzifer neben ihm knurrte und schlug mit dem Schwanz.

»Das werden um die einhundert Personen sein«, antwortete Eon tonlos.

»Wirklich?«, fragte Arishar sarkastisch. »Alternativ könnt ihr das Virus um die Ohren bekommen oder sofort eure Köpfe verlieren!« Seine gelben Augen funkelten bedrohlich.

»Wir werden die betreffenden Personen herbeischaffen lassen. Dafür brauchen wir einen halben Zyklus.«

»Wir haben Zeit«, zischte Arishar und Luzifer nickte. Maurus betrachtete die ganze Szene mit ungerührtem Gesicht.

Solutosan stand auf, näherte sich den Königen und setzte sich neben sie. »War in dem Orakel nicht der Rede davon, dass das Morden aufhört, wenn der vierte König zu euch stößt? Die Besatzung des Raumschiffs hat ausschließlich Befehle befolgt.«

Maurus, Arishar und Luzifer blickten sich lange an, wechselten ein paar kurze Sätze auf occabellar. »Wir verzichten auf die Familien, werden die Crew lediglich bestrafen, aber bestehen auf den Tod des Befehlshabers!« Maurus sah die Bacanis an.

Arishars Kampfbereitschaft und Ernsthaftigkeit gepaart mit der Fremdheit seines Wesens, ließ Eon schlucken. »So sei es! Wir werden den Gesetzentwurf prüfen und Pak und die Besatzung des Raumschiffs in einem halben Zyklus überstellen.«

Ulquiorra, der seine Hände um sein Datenbrett gekrampft hatte, atmete hörbar auf. Maurus drehte ihm das zartblaue Gesicht zu und nickte. Seine Kristallaugen glitzerten.

Nachdem die Bacanis sich vor das Zelt zurückgezogen hatten, um ihre Dinge zu regeln, nahm Solutosan Ulquiorra zur Seite. »Ich habe den Gesetzentwurf gelesen. Aber wie stellst du dir die zukünftige Regierung vor?«

Ulquiorra setzte sich auf die Matte. »Das Duonat sollte wieder eingesetzt werden. Dieses Mal bestehend aus drei Duonaliern und drei Bacanis. Das Duonat wird dann einen Marschall aus den eigenen Reihen für eine gewisse Amtszeit bestimmen.«

Solutosan nickte. Das hörte sich gut an.

Ulquiorra fuhr fort. »Auf irgendeine Art brauchen wir einen Neustart. Wir müssen Wahlen organisieren, um das Duonat vom Volk wählen zu lassen. Ich glaube, dass wir im Silentium genügend fähige Leute haben.«

»Das klingt nach Demokratie und einer Menge Arbeit«, gab Solutosan zu bedenken.

»Warum fragst du? Möchtest du dich mit einbringen?«

Solutosan lachte. »Nein, ich kenne meinen Platz. Die Duocarns werden dem Duonat als eine Art Krisenmanagement zur Verfügung stehen. Unser Schwur, Duonalia zu schützen, steht – auch wenn wir nicht erwartet hätten, dass Duonalia einmal hauptsächlich von Bacanis bevölkert wäre.«

Ulquiorra nickte bedächtig. »Und von Quinari – vergiss sie nicht. Da sind jetzt fünfzehn neue, unverheiratete Männer auf Duonalia.«

»Ich weiß nicht, ob sie hierbleiben werden, Ulquiorra.«

Ulquiorra strich sich mit dem Armstumpf über das lange, schwarze Haar. »Wo sollen sie denn sonst hin? Auf der Erde würde man sie höchstwahrscheinlich als Aliens sezieren. Auf Sublimar können sie nur schwer leben, denn ein Wasserplanet ist kaum das Richtige. – Nein. Ich hatte die Idee, dass man sie vielleicht als eine Art Gesetzeshüter auf Duonalia einsetzen könnte. Sie sind trainierte Kämpfer und wären gewiss, nach Einführung in die Rechtslage, fähig, diese Gesetze zu schützen.«

»Dafür müssen sie aber erst einmal ihren Hass auf die Bacanis überwinden«, gab Solutosan zu bedenken.

»Die Bestrafung der Besatzung sowie der Tod des Befehlshabers werden dazu beitragen, Solutosan.«

»Und unsere Rache? Wo bleibt die?«

Ulquiorra blickte ihn prüfend an. »Sind wir nicht eigentlich darüber hinaus, uns rächen zu wollen? Wir sind klug genug zu wissen, was Rachegefühle anrichten. Sie schaden nur der eigenen Seele.«

Das war die Antwort, die er von seinem Freund erwartet hatte. Solutosan reichte Ulquiorra die Hand und drückte sie. »Ich werde dich in das Duonat wählen.«

»Danke, Solutosan. Ich werde deine Unterstützung brauchen.« Sie lächelten sich an.

Solutosan schlenderte aus dem Zelt und gesellte sich zu Tervenarius und Mercuran, die sich nicht weit davon auf der Grasfläche niedergelassen hatten.

Solutosan setzte sich zu ihnen. Er sprach laut, damit

Mercuran ihn verstehen konnte. »Ich hätte nicht erwartet, die Bacanis so diplomatisch zu erleben. Waren sie nicht die ganze Zeit eine Energie saugende, unkontrollierbare Bande?« Interessiert beobachtete er Xanmeran und Arishar, die in einer flachen Senke die Wartezeit für einen kleinen Ringkampf nutzten.

»Ich denke, wenn sie sich auf ihre eigenen Werte besinnen«, wandte Tervenarius ein, »ist bei ihnen ebenfalls die Harmonie wiederhergestellt. Mit eigenen Werten meine ich hauptsächlich die Nahrungsmütter. Wenn ein Rudel samt der Mutter intakt ist, fehlt ihm nichts und die Ausgeglichenheit ist da. Sie werden begreifen müssen, dass sie nun mit Gesetzen leben, die ihnen verbieten den Duonaliern zu schaden und deren Energien zu saugen.«

»Und was ist, wenn sie dagegen verstoßen?«, fragte Mercuran.

»Ich kenne die Gesetzesvorlage noch nicht im Einzelnen«, antwortete Solutosan, »aber ich denke, es sind Strafen vorgesehen, die ein weiteres Saugen verhindern – wie zum Beispiel Amputation der Spiralvene.«

»Eigentlich bräuchten sie die Energien der Duonalier nicht zum Leben, oder?«, fragte Mercuran. »Sie sind also für die Bacanis eine reine Droge – ein Genussmittel.«

»Ja, sie sind ein Genussmittel, Geliebter«, antwortete Tervenarius mit einem rauen Unterton in der Stimme.

Solutosan blickte von einem Mann zum anderen. Er sah deren sehnsüchtige Blicke und war sich sicher, die beiden wünschten sich in diesem Moment allein zu sein – weit weg, wo niemand sie fände. Ewige Liebe, dachte er. Er gönnte sie seinem alten Kampfgenossen von Herzen. Ob das Schicksal auch für ihn noch einmal eine Partnerin bereithielt? Solutosan drückte Tervenarius kurz den Arm und erhob sich.

Arishar hatte sich einige Zeit im Gras liegend gelangweilt, und sich dann entschlossen, den roten Duocarn zu einem

Ringkampf herauszufordern, um so die Wartezeit zu verkürzen. Eine Herausforderung, die Xanmeran grinsend angenommen hatte. Arishar streifte die Rüstung ab und stand Xanmeran nun in seinem Lendenschurz gegenüber, der ihn mit lauerndem Blick umkreiste. Er würde dem glatzköpfigen Kämpfer sicherlich keinen Angriffspunkt geben. Der Mann, der ihn auf den Rücken werfen konnte, musste erst noch geboren werden. Nun gut, so ganz stimmte das nicht. Der Ausbilder der Quinari, Arinon, hatte ihn schon einmal besiegt. Einem fremden Krieger würde das nicht gelingen.

Er wollte Xanmeran überlisten. Eine Finte war gut. Arishar sah blitzschnell, wie unabsichtlich, für einen Sekundenbruchteil in Richtung des Zeltes. Es klappte wie erhofft. Xanmeran war kurz unaufmerksam und folgte seinem Blick. Das nutzte Arishar, um sich auf ihn zu stürzen und den rechten Arm unter seine Achsel zu schieben. Er wollte ihn ausheben. Aber Xanmeran war zu schwer und nur kurzzeitig abgelenkt. Er hielt dagegen, presste ihm den Arm mit seinem Bizeps schmerzhaft zusammen. Arishar gab all seine Kraft hinein, schob den Arm bis zur Schulter unter Xanmerans Achsel, um so einen kürzeren Hebel zu bekommen. Sinnlos.

»Es geht weiter«, keuchte der rote Krieger.

War das ebenfalls eine Ablenkung?

»Arishar, das ist kein Witz«, schnaufte der, ließ abrupt los und schubste ihn von sich.

Jetzt sah er, dass es stimmte, was Xanmeran behauptete. Die Bacanis waren zurück.

»Das setzen wir noch fort«, knurrte er.

»Jederzeit!« Xanmerans Zähne blitzten.

Arishar bückte sich um seine Rüstung aufzuheben, legte aber nur den Waffenrock wieder an und band das rote Tuch um seine Mitte. Zügig schulterte er seine Waffen und winkte den Quinari-Kriegern den schwarzen, verdorrten Baum zu umrunden, den er ausgesucht hatte. Er war der Einzige seiner Art auf dem Grasland. Mannshoch, bizarr und blattlos bildete er den idealen Ort, um die geplante Bestrafung vorzunehmen. Als er sich dem Gewächs näherte, sah er aus den Augenwinkeln, dass sich auch die anderen Männer in Bewegung setzten.

Die Duocarns, Mercuran und Ulquiorra blieben am Rand des Kreises. Maurus und Luzifer traten an seine Seite. Die pelzigen, vierbeinigen Bacani-Wächter stellten sich zwischen den Quinari auf, während die Bacani-Führer die Gefangenen in die Mitte brachten. Fünf der Männer trugen weiße Overalls, einer eine helle Uniform. Es war schon an der Kleidung ersichtlich, wer der Befehlshaber Pak war.

Eon trat vor die verhafteten Bacanis und las von einem Datentablett: »Hört nun die offizielle Anklage: Es wird euch zur Last gelegt, den Planeten Occabellar ohne ausdrücklichen Befehl des Oberkommandos überfallen und zwei Millionen Lebewesen auf dessen Oberfläche vernichtet zu haben. Da die Besatzung des Raumschiffs Befehlsempfänger sind und ein wichtiges Mitglied der duonalischen Gesellschaft für sie Fürbitte geleistet hat, werden sie lediglich von den betroffenen Königen abgestraft, aber haben ihr Leben nicht verwirkt. Kommandant Pak wird vom Oberkommandierenden Sarrn gerichtet. Beschluss Sternzeit 3.90.28Sol13.«

Das war das amtliche Urteil – und eigentlich war es Arishar gleichgültig, was der Bacani vorlas. Vor ihm standen die Mörder seiner Rasse, seiner Familie, seiner Verwandten. Er blickte Maurus an, der mit Augen wie Felsgestein die Zähne fletschte, sah kurz zu Luzifer, der verächtlich Lava auf den Boden spie. Sie empfanden genau wie er, da war er sicher. Die Rache loderte in ihnen – selbst in dem sonst so beherrschten Aquarianer.

Alle seine Krieger sahen zu. Er würde seinem Volk nun bestmögliche Genugtuung verschaffen.

Luzifer blickte ihn mit glühenden Augen an und reichte ihm seine Flammenpeitsche. Zwanzig Schläge damit waren tödlich, das wusste er.

Zwei seiner Krieger brachten den ersten Bacani zu dem Gewächs, fesselten ihm die Arme um den Stamm und rissen seinen Overall am Rücken auf.

Arishar holte aus und schlug dem Crewmitglied fünf Mal

mit aller Kraft auf den Rücken. Die Haut des Mannes platzte auf. Es war ihm egal. Leid! Er wollte, dass er litt! Der Mann brüllte. Wie würden die Männer, Frauen und Kinder seines Volkes gelitten haben, als das Giftgas der Bacanis sie erstickte!

Maurus trat vor. Er wirkte nicht mehr wie aus Wasser gemacht, sondern aus Eis. Traf ihn nicht gerade ein eiskalter Hauch, als Maurus an ihm vorüberging? Mit unbewegtem Gesicht gab dieser dem Bacani ebenfalls fünf Schläge. Der Verurteilte schrie lauter. Maurus schritt zurück und übergab Luzifer seine Peitsche, der sie durch die Luft zischen ließ. Er war eindeutig am skrupellosesten. Die Hiebe noch anzukündigen war schiere Folter. Er stützte sich auf seinem Schwanz ab und gab dem Mann die letzten fünf Schläge, dessen Gebrüll erstarb. Ohnmächtig und blutend hing er in den Fesseln.

Luzifer übergab ihm mit grimmiger Miene erneut die Peitsche. Mit eiserner Faust wiederholte er die fünf Schläge bei vier weiteren Mitgliedern der Crew. Alle hatten sie zugesehen, wie sein Planet zerstört worden war. Er hasste sie. Keiner von ihnen hatte sich den mörderischen Befehlen widersetzt. Sie hatten geduldet, dass Millionen elendig verreckten. Im Grunde war es ihm gleichgültig, ob auch die ausgepeitschten Männer starben. Arishar drehte sich zu seinen Kriegern – blickte jedem Einzelnen ins Gesicht. Deutlich war die Befriedigung in ihren Zügen abzulesen.

Er wandte sich Luzifer zu, der ihm zunickte und sich mit der erloschenen Peitsche in den Klauen neben ihn stellte. Maurus hatte sich wieder im Griff. Seine Miene war ruhig wie gewöhnlich.

Nun war der Befehlshaber an der Reihe. Wie gerne hätte Arishar ihn selbst gerichtet. Aber er hielt sich an den Hinrichtungsbefehl der Bacanis. Dieser bedeutete eine härtere Strafe.

Der weiß gekleidete Pak wehrte sich verzweifelt, als er zu dem blutbespritzten Gewächs geführt wurde. Fassungslos starrte er seinen Vater Sarrn an, der sich ihm langsam näherte. Er zerrte an den Fesseln.

»Das kannst du nicht. Das darfst du nicht«, stammelte er. Sarrn schritt weiter vor, das bleiche Antlitz wie aus Stein gehauen. »Ich habe dir das Leben gegeben – und nun werde ich dir das Leben nehmen«, stieß er heiser hervor. Schwarze Tränen strömten aus seinen Augen, als er mit der Kralle den Hals seines Sohnes aufriss. Er ging nicht zur Seite, als das Blut aus der Wunde schoss und sein Gewand befleckte. Röchelnd rutschte Pak mit klaffender Kehle zu Boden. Sarrn stand vor ihm und beobachtete, wie Pak sein Leben aushauchte. Die schwarzen Tränen liefen über sein Gesicht, mischten sich mit dem Blut auf seinem weißen Gewand.

Arishar trat vor ihn, schirmte Vater und Sohn mit seinem Rücken ab und drehte sich zu seinen Männern.

»Die uns zugefügte Ungerechtigkeit ist gesühnt worden. Unsere Völker sind und bleiben vernichtet, aber sie werden das vergossene Blut im Jenseits schmecken und wissen, dass ihnen Gerechtigkeit widerfahren ist.«

Mit diesen Worten deutete er den Quinari mit Handzeichen sich zu entfernen.

Solutosan beobachtete, wie sich die Versammlung langsam auflöste. Er sah die pelzigen Bacanis mit den gestraften Männern aufbrechen. Sarrn trug mit schleppenden Schritten den Leichnam seines Sohnes. Eon, Rarak und Orrk sprachen mit Ulquiorra. Sie würden viel zu regeln haben.

Die Duocarns waren ihren Pflichten nachgekommen. Sie hatten als gemeinsame Leistung den Frieden auf ihrem Planeten wieder hergestellt. Die Prophezeiung hatte sich erfüllt. In diesen Prozess der Friedensstiftung waren die Könige gekommen. Solutosan war sich sicher, dass deren Präsenz der Bereitwilligkeit der Rudelführer zur Kooperation nachgeholfen hatte. Der duonalische Kampf und auch die Streitigkeiten innerhalb der Könige waren beigelegt. Bar, auf der Erde, war in seine Schranken gewiesen. Ein Erfolg – ohne Zweifel.

Er betrachtete die drei Könige, die sich leise unterhielten. Sie mussten sich nun in ihrem neuen Leben zurechtfinden. Solutosan blickte auf seine Hände. Für ihn war es an der Zeit an sich selbst zu denken, und seinen zukünftigen Lebensweg zu beschreiten.

Er trat auf die Könige zu, die erwartungsvoll die Köpfe hoben. »Ich möchte gern mit dir sprechen, Arishar. Würdest du mit mir ein Stück laufen?«

Arishars Gesicht zeigte Erstaunen. »Selbstverständlich.« Er befahl den beiden Kriegern, die ihn begleiten wollten, mit einem Handzeichen zurückzubleiben. Gemeinsam mit dem Quinari lief er langsam durch die grüne Ebene. Der schwieg und wartete.

»Es ist vielleicht ungewöhnlich«, begann Solutosan, »aber ich wollte dich bitten«, er stockte, denn der Satz fiel ihm ungeheuer schwer, »mich zum Kämpfer auszubilden.«

Arishars durchdringende Augen blitzten.

»Bevor du antwortest, möchte ich dir erklären, wie ich zu dieser Bitte komme.« Solutosan schluckte trocken. Er konnte die Wahrheit nicht aussprechen! Also sagte er stattdessen: »Ich habe mich mein ganzes Leben auf meinen Sternenstaub als Waffe verlassen, und habe versäumt, mir anderes, kämpferisches Können anzueignen. Ich kann weder mit dem Dolch, noch mit der Axt oder dem Schwert umgehen. Du führst ein Volk von Kämpfern. Ich möchte dich bitten, mich in die Reihen deiner Krieger aufzunehmen, damit ich lernen kann.« Nun war es heraus!

Arishar legte den Kopf schief und sah ihn nachdenklich an. »Das ist dir ernst?«

»Ja.« Solutosan nickte. »Ich glaube, es wird für dein Volk von Vorteil sein, wenn ich in der Anfangsphase auf Duonalia bei euch bin. Durch euren Bacani-Verzehr ist der Frieden immer noch gefährdet. Ich möchte dir den Vorschlag machen, ebenfalls mit der Warrantz-Zucht zu beginnen, um euren Fleischbedarf zu decken.«

Arishar starrte ihn an.

»Ich weiß, was ich da empfehle. Bitte denke darüber nach. Was wird aus Kriegern, wenn kein Krieg ist? Entweder ziehen sie dem Krieg hinterher und werden Söldner oder sie ändern sich und werden zum Beispiel ...« Solutosan machte eine Pause.

»Sie werden Bauern«, keuchte Arishar entsetzt.

Solutosan kratzte sich am Kinn und setzte sich auf den Boden. Der Quinari-König ließ sich neben ihn fallen. »Ulquiorra plant die neue Staatsführung. Er hat mit mir gesprochen. Seine Idee ist es, einige deiner Männer als Gesetzeshüter auszubilden und einzusetzen. Sie sind respekteinflößend und bereits gut trainiert. Würdest du das bejahen?«

Arishar sah ihn mit nachdenklichem Blick an. Er verschränkte die starken, grauen Hände mit den gelblichbraunen Krallen. »Die Krieger sind nicht mein Eigentum. Sie dienen mir freiwillig. Wir müssen uns den Gegebenheiten anpassen. Siehst du noch mehr Alternativen als Söldner, Bauer oder Gesetzeshüter?«

»Nein«, antwortete Solutosan. »Söldner zu werden würde beinhalten, dass diese den Planeten mit eurem Raumschiff verlassen. Duonalia hat kein Interesse an bezahlten Soldaten. Die Erde hat dafür Verwendung, aber dagegen spricht euer Äußeres. Die Erdlinge akzeptieren keinerlei Außerirdische, im Gegenteil, sie leugnen sogar deren Existenz. Du solltest es realistisch sehen, Arishar. Was auf Duonalia für euch bleibt, ist, die neuen Gesetze zu schützen oder als Bauern Fleisch für eure Spezies zu produzieren.«

»Ich werde mit meinen Männern sprechen, Solutosan. Würdest du mir im Gegenzug für deine Ausbildung helfen, die Tierzucht zu beginnen? Ist mit Widerstand aus der Bevölkerung zu rechnen, wenn wir auf dem nördlichen Mond bleiben?«

»Der Nordmond gilt als unfruchtbare Steppe. Niemand beansprucht dieses Land. Es wird eine Herausforderung, dort geeignetes Futter für die Tiere zu produzieren.« Arishar sah zum südlichen Mond, der sich in diesem Moment über den Horizont erhob und bunte Schleier zur Seite drückte.

»Occabellar ist für Generationen unbewohnbar. Ich muss das Überleben meines Volkes sichern, Solutosan. Wenn das heißt, dass wir uns ändern müssen, dann sei es so. Mit deinem Auftauchen ist unser kämpferisches Dasein ins Wanken geraten. Ich weiß nicht, ob ich dich dafür hassen soll. Ich muss das alles überdenken.« Arishar erhob sich.

Solutosan betrachtete seine breite, graue Brust mit den kunstvollen Linien. Er war froh ihn gefragt zu haben. »Ich danke dir, Arishar. Ich werde in Kürze zu euch stoßen und nachfragen, wie du dich entschieden hast.« Der Quinari-König nickte knapp und stapfte dann zum Dorf, um seine Männer zu sammeln.

Solutosan blieb im Gras liegen. Arishar würde ihn nicht abweisen. Das wusste er bereits. Dafür war der Quinari zu klug. Das Schwerste stand ihm noch bevor. Er musste mit seinen Duocarns sprechen. Er erhob sich. Festen Schrittes ging er Richtung Transportband, das ihn zur Kampfschule bringen würde.

Tervenarius war mit Mercuran, Xan, Meo, Patallia, Luzifer und Slarus zurück zum Duocarns-Quartier gewandert. Sie hatten die Transportbänder gemieden. Wie die anderen Männer, brauchte er nach diesem intensiven Treffen Bewegung und genoss den Wind des östlichen Mondes, der ihnen bis auf die Knochen blies.

Mercuran und er zogen sich sofort nach ihrer Ankunft in ihr kleines, karges Zimmer zurück. Durch die Planung und Ausführung des Treffens hatten sie nach Mercurans Verwandlung noch keine ungestörte, gemeinsame Minute gehabt.

Tervenarius brauchte dringend Ruhe. Er fühlte sich aufgewühlt. »Morgen bitten wir Ulquiorra, uns nach Vancouver zu bringen. Ich will meine Forschungen zusammen mit Patallia vertiefen und möchte damit bald beginnen.« Tervenarius lag quer auf dem schmalen Lager und blickte Mercuran an.

Der kniete sich vor das Bett und stützte seine Arme auf

Tervs Schenkel. »Ich weiß, andere Sachen hatten Priorität, Geliebter. Wie ich zum Beispiel.« Mercuran lächelte sinnlich. »Ich finde es schlichtweg wahnsinnig, dass ich nun als Unsterblicher auf die Erde zurückkomme. Ich habe mich, ehrlich gesagt, noch nicht an den Zustand gewöhnt. Erinnerst du dich daran, als ich dachte, ich hätte schwarze Flügel?«

Tervenarius lachte. Die Wiedergutmachung der Könige und die Verhandlungen mit den Bacanis waren ein einschneidendes Erlebnis, das ihn immer noch beschäftigte. Er war froh, seinen sanften Partner in diesem Moment bei sich zu haben. »Natürlich, denn du bist ja fast in meinen Armen gelandet – aber nur fast.«

»Das Tor hat mich auf die Erde gebracht zu meinem Aquarium. Es war mit einer silbernen Masse gefüllt. Darin habe ich dich gesehen!«

»In einem Aquarium?« Tervenarius schüttelte ungläubig lachend den Kopf.

»Lach nicht, ich sah dein Gesicht in der Flüssigkeit. Du hattest silberne Augen. Aber das gefiel mir nicht und ich wollte dir die goldenen Augen zurückgeben. Also habe ich deine Lider geküsst!«

Tervenarius fuhr sich durch die Mähne. »Wahnsinn!«

»Warum habe ich wohl dieses ganze Silber bekommen, Terv?«

Tervenarius lehnte sich zurück und schloss ermattet die Augen. »Ich weiß es nicht. Nur die Götter wissen es.«

»Ist meine Temperatur nun anders?«

Terv öffnete ein Auge und sah ihn prüfend an. Dann grinste er – neigte sich zu ihm, um seine Lippen zart zu berühren. »Kühl«, meinte er und schmunzelte, »mit der Tendenz sich zu erhitzen.« Er schnupperte. »Du riechst auch anders.« Er drückte sein Gesicht in Mercurans Halsbeuge und atmete tief ein.

»Wie denn?«, fragte Mercuran neugierig.

»Du duftest wie metallischer Honig«, brummte Tervenarius. »Sehr erregend und verführerisch.« Vertieft nahm er weiter Mercurans Geruch in sich auf. Es war genau das Pheromon, das seine Säfte in Wallung brachte. Das Sternentor hatte ihm einen kleinen Streich gespielt und Mercuran als sein persönliches Lustobjekt gebrandmarkt, dachte er halb verärgert, halb belustigt. So langsam verblasste der Eindruck des Erlebten und machte lüsternen Gedanken Platz.

Mercuran, der sich mit den Händen unter seinem wallenden Gewand einen Weg gebahnt hatte, streichelte seine Oberschenkel.

Tervenarius fuhr ihm mit den Fingern durch sein halblanges Haar, das wieder glänzte wie die Flügel eines Raben. Sein verändertes Aussehen, sein Geruch ... Er war so unglaublich begehrenswert. Er wollte ihn und hätte schreien können vor Ungeduld! Aber er sagte nur leise: »Ich bin schon sehr gespannt, wie du jetzt schmeckst. – Nein, lass mich noch warten, bis wir in Vancouver sind.«

»Muss ich auch warten?« Mercuran streichelte sein inzwischen marmorhartes Glied, zwickte zart in dessen Haut.

Terv lachte. »Ich schmecke sicherlich wie immer – obwohl ...« er konnte einen neuen duonalischen Pilz herstellen, der nach Rosen roch.

Mercuran wartete keine weiteren Erklärungen ab, sondern schob sein Gewand hoch. Zärtlich küsste er seine glatte Eichel, umrundete sie mit seiner Zunge. Aus Tervenarius' Brust löste sich ein wohliges Stöhnen, als sein Geliebter den Schaft vollends in den Mund nahm und mit den Händen seine Hoden verwöhnte. Er lehnte sich zurück. Würde er davon jemals genug haben? Würde die Ewigkeit reichen? Mercurans Mund erhitzte sich. Ein Feuer, das Tervenarius mit seinem nach Rosen duftenden Saft löschte.

»Möchtest du wieder auf die Erde, Smu?«

Smu nickte. »Wenn ich noch einen einzigen Becher Dona trinken muss, werde ich verrückt. Nein, mein Magen wird wahnsinnig! Wie hält Maureen das nur schon so lange aus?«

Patallia lächelte. »Willst du ein Beruhigungsmittel,

Schätzchen?«

Smu, der damit beschäftigt war sein weißes Gewand anzuziehen, riss es sich wieder vom Leib und wollte Patallia damit fangen – versuchte, es ihm über den Kopf zu stülpen. Aber der wich ständig geschickt aus. »Ich geb's auf!« Keuchend ließ sich Smu aufs Bett fallen. »Wenn ich nur daran denke, weiterhin weiß tragen zu müssen – und wieder und wieder ... Mein optisches Gleichgewicht ist schon massiv gestört!« Er schüttelte die blonde Mähne. Sein eigenes blondes Haar war herausgewachsen und hatte eine andere Färbung, als das getönte Blond. »Außerdem muss ich zum Friseur.« Die Argumente schienen ihm nicht auszugehen.

»Ist ja schon gut, Smu. Wir gehen zurück nach Vancouver.«

Smu strahlte, seine weißen Zähne blitzten. »Hey, wir gründen mit den beiden Unentwegten eine Gay-Community!«

»Du meinst die beiden Unsterblichen«, korrigierte Pat ihn.

Smu nickte und zog das Gewand doch noch einmal an. »Unsterblich hört sich so grauenvoll ernst an.«

»Ich habe übrigens beschlossen, Chrom bei der medizinischen Betreuung seiner Tiere zu helfen, Smu.«

»Cool! Aber wir wohnen nicht in der Station?«

»Nein, ich kann zu ihnen fahren. Uns geht es doch gut in Seafair. Außerdem habe ich dort meine Forschung zusammen mit Tervenarius.«

Smu war zufrieden und streckte seine langen Beine aus, drapierte das Gewand darüber. »Irgendwie sehe ich darin aus wie Jesus – fehlt nur noch der Bart.«

Patallia lächelte. Smu würde sich nie ändern. Er war respektlos und frech. Sie waren so gegensätzlich. Ob er es wohl verschmerzen konnte, ihn irgendwann zu verlieren? Seit Davids Gang durch das Sternentor hatte Patallia öfter über ihr Verhältnis nachgedacht. Smu hatte nie den Wunsch geäußert, so zu werden wie er. Wenn er ihn gut betreute, würde er vielleicht hundert Jahre alt. Und dann erwartete Pat die Ewigkeit ohne ihn.

Aber Smu war aufmerksam. »Woran denkst du?«

»Nichts Wichtiges.«

»Wenn du lügst, wackelt deine Nase.«

»Das ist nicht wahr!«

Smu nahm ihn in die Arme. »Mach dir keine Gedanken über die Unsterblichkeit, Pat. Es kommt alles, wie es kommen muss, okay?«

Smus Feinfühligkeit war einer der vielen Gründe, warum Pat ihn liebte.

Eigentlich hatte Ulquiorra nie daran gedacht in die Politik zu gehen, aber die Ereignisse der letzten Zeit zwangen ihn regelrecht dazu. Er lehnte sich gegen die Bordwand des Windschiffs, das ihn zurück nach Duonalia-Stadt brachte. Sein Datentablett trug er in einer Umhängetasche über der Schulter.

Er hatte nicht erwartet, dass sich die Bacanis so schnell kompromissbereit zeigen würden. Vielleicht hatten sie wirklich begriffen, dass er und die Duocarns in jeder Hinsicht im Vorteil waren. Die Duocarns hatten ihm die Staatsführung quasi in die Hände gelegt, vertrauten auf ihn als Gelehrten und Mann mit scharfem Verstand.

Ihm gefiel absolut nicht, dass die Bacanis Marschall Folderan vor allen Augen exekutiert hatten. Folderan hatte langjährige Erfahrung mit der Regierung von Duonalia besessen und wäre weiterhin ein wertvolles Mitglied im neuen Duonat gewesen. Ohne ihn musste Ulquiorra alleine versuchen Mitarbeiter zu finden, um mit ihnen als ersten Schritt Neuwahlen in Angriff zu nehmen.

Ulquiorra verließ das Windschiff, das in Duonalia-Stadt anlegte, und nahm das weiße Transportband zum Silentium. Er blickte in den Himmel. An diesem Tag sah es endlich so aus, als würden sich die Schleier so weit verdichten, dass sie Regenwolken hervorbrächten. Regen war dringend notwendig. Eine Windbö trieb bereits einen sanften Nieselregen vor sich her, als Ulquiorra die weißen Steinstufen des Silentiums empor schritt.

Tadorus, einer der Biologen, kam ihm in der großen Halle entgegen, hielt ihn an und verbeugte sich kurz aber höflich. *»Ist es wahr, was die Gerüchte sagen? Marschall Folderan soll von den Bacanis ermordet worden sein! Wir sind alle in heller Aufregung. In einem Arn haben wir eine Versammlung angesetzt um Neuigkeiten auszutauschen. Weißt du mehr? Bitte komm doch und berichte!«*

Ulquiorra nickte – das traf sich gut. Er blickte nachdenklich in die weit aufgerissenen Augen des Mannes. *»Tadorus, der Wandel, in dem wir uns befinden, erfordert ruhiges Blut und besonnenes Handeln. Lass uns bitte nachher ohne Aufregung sprechen.«* Er legte die Hand beruhigend auf den Arm des Biologen.

»Gut«, Tadorus nickte. *»Bis gleich in der Aula«*.

Ulquiorra lächelte und setzte seinen Weg fort. Er wollte Trianora in ihrem Labor aufsuchen und informieren. Er brauchte sie dringend und hoffte, sie für die Regierungsbildung einsetzen zu können.

Das Silentium lag ruhig und erhaben da. Die weißen, polierten Steinfußböden spiegelten das fahle Licht, das durch die Oberlichter der Decke drang. Es hatte wirklich angefangen zu regnen, ein Laut, der durch die doppelten Lichtflächen nur als monotones, sanftes Rauschen in den stillen Gängen ankam. Er öffnete leise die letzte Tür in einem abgelegenen Flur.

Trianora saß, wie er erwartet hatte, an einem der Labortische vor etlichen Petrischalen und beträufelte diese mit einer Pipette. Über ihrem Gewand trug sie ein Überkleid aus grober Faser zum Schutz. Der lange, blonde Zopf hing ihr bis auf die Hüfte. Sie schien völlig vertieft und hob irritiert den Kopf. Dann lächelte sie und eine Röte huschte über ihre Wangen. *»Ulquiorra!«* Sie sprang auf.

»Bleib sitzen, Triasan, ich wollte dich nicht stören. Ich bin nur hier, um kurz mit dir zu sprechen«. Er legte ihr seine intakte Hand auf den Arm. *»In einem Arn ist in der Aula eine Besprechung mit allen Wissenschaftlern wegen der Geschehnisse auf dem*

östlichen Mond.«

»Warst du da?«, fragte sie. *»Ich habe so lange nichts mehr von dir gehört.«*

Ulquiorra schob sich auf den Drehstuhl neben ihrem und strich sich das Haar hinters Ohr. *»Es ist viel passiert, Triasan. Folderan ist tot. Wir haben kein Duonat mehr und müssen Neuwahlen ansetzen.«*

Trianora nickte, wenig erstaunt. Sie erhob sich, brachte die Petrischalen in den Brutschrank zurück und streifte die Schutzhandschuhe von den Händen.

Sie besaß so kleine, weiße Hände. Und trotzdem waren sie kräftig und konnten zupacken. Sie kannten sich schon so lange. Sie war die Freundin, auf die immer Verlass gewesen war. Würde er sich auch in Zukunft bei ihr anlehnen können?

»Das habe ich mir alles bereits gedacht, Ulquiorra.« Sie blickte ihn prüfend an. *»Warst du denn endlich einmal beim Prothesenmacher?«*, erinnerte sie ihn freundlich.

»Dazu hatte ich bisher keine Zeit, Triasan«, meinte er leichthin. *»Ich habe mich an diesen Zustand gewöhnt.«* Das war eine Lüge, und er hoffte, dass sie ihm diese nicht ansah. *»Lass uns lieber zu dem Treffen gehen. Das ist im Moment wichtiger.«*

Sie runzelte leicht die Stirn und er wusste, sie würde nicht lockerlassen. Sie hatte sich immer um seine Gesundheit gekümmert. Ohne sie wäre er in der Zeit, in der er nach der Anomalie geforscht hatte, wahrscheinlich verhungert.

»Na komm!« Er erhob sich und ging zur Tür.

Trianora streifte den groben Schutzkittel ab und ordnete ihr Gewand. Gemeinsam verließen sie das Labor und durchquerten das Silentium. Der Regen hatte aufgehört, die Monde hatten sich verschoben und die sanfte und gleichbleibende duonalische Sonne erhellte die Gänge des ehrwürdigen Gebäudes. Ulquiorra hielt Trianora höflich die Tür der Aula auf.

Die Männer und Frauen in weißen Dona-Gewändern unterhielten sich bereits telepathisch. Spekulationen über die Geschehnisse flogen durch den Raum. Ihr Eintreten beendete die Gespräche. Dann stürzten die Fragen auf Ulquiorra ein. Er lächelte und hob abwehrend die Arme. Der Anblick seines handlosen Stumpfes ließ die Fragen verstummen. Die Wissenschaftler setzten sich.

»Bitte fragt ruhig. Ich antworte euch gern.«

Tadorus hatte sich seine Fragen zurechtgelegt. *»Stimmt es, dass Marschall Folderan von den Bacanis getötet wurde?«*

Ulquiorra nickte. *»Er war zu deren Marionette geworden und wurde auch so behandelt. Man hat ihn vor aller Augen hingerichtet. Ein Einschreiten war nicht möglich.«*

Tadorus schluckte. *»Ist es wahr, dass die Bacanis inzwischen das gesamte Duonat ausgelöscht haben?«*

»Das stimmt«, antwortete Ulquiorra.

Wieder flogen die Stimmen der Wissenschaftler wirr durch den Raum. Nachdem sie abgeklungen waren, holte Ulquiorra sein Datentablett aus der Tasche und suchte die richtige Datei.

»Wir sind im Moment regierungslos. Wenn ich von wir spreche, meine ich - bitte jetzt nicht unterbrechen - einen derzeitigen Bevölkerungsstand von geschätzten zweihunderttausend Bacanis und etwa zwanzigtausend Duonaliern«. Die Männer und Frauen starrten ihn sprachlos an.

»Was ist aus uns geworden?«, flüsterte Dana, die Chemikerin. *»Wir haben hier im goldenen Käfig gelebt, während uns die Bacanis ausgelöscht haben?«*

Ulquiorra blickte sie ernst an. *»Das ist eine unabänderliche Tatsache. Aber eine weitere Wahrheit ist, dass die Ausrottung der Duonalier endgültig vorbei ist, weil die Duocarns wieder auf Duonalia sind und uns eine Waffe gegen die Bacanis in die Hand gelegt haben. Einen Virus, mit dem wir in deren Genetik eingreifen und sie vernichten können.«*

»Dann sollten wir das tun!« Tadorus war aufgesprungen. Die Stimmen der Wissenschaftler erhoben sich murmelnd.

Ulquiorra blickte ihn verächtlich an. *»Du meinst also eine Hand voller Duonalier sollten ein Zehnfaches an Bacani-Leichen verbrennen? Wir sollten unschuldige Wesen töten, die mit der Selektion der regierenden Stammesfürsten absolut nichts zu tun haben?«*

Die Stille, die diesen Worten folgte, hing schwer im

Raum.

»*Was hast du für Alternativen vorzuschlagen?*«, fragte Dana.

»*Die Duocarns und ich haben mit den Fürsten verhandelt und grundlegende Gesetze durchgedrückt, die allen Duonaliern Mord, Raub, Ausbeutung und Vergewaltigung unter Strafe stellen.*

Das ganze Volk wird ein neues Duonat wählen, bestehend aus drei Bacanis und drei Duonaliern. Innerhalb des Duonats wird der Marschall gewählt, wie immer. Es wird eine Gerichtsbarkeit ge-schaffen, ebenfalls aus beiden Völkergruppen. Auf den Monden werden Gesetzeshüter eingesetzt, die auch als Schlichter und Bera-ter dienen.« Ulquiorra hob beschwörend die rechte Hand. »*Ich kann jedem die genauen Daten zur Überprüfung geben. Alle werden feststellen, dass wir auf diese Weise das Morden stoppen können und beiden Völkern in Zukunft Gerechtigkeit widerfahren wird. Dazu kommt, dass sich bitte jeder von euch überlegen sollte, ob er für das Duonat kandidieren möchte.*« Er ließ die Schultern fallen. Was konnte er jetzt noch sagen? Er lud einige Daten-kristalle an seinem Datentablett und verteilte sie an die Wissenschaftler.

Tadorus erhob sich. »*Die Frage, die sich mir stellt, ist, wieso du dich selbst ermächtigt hast, mit den Fürsten zu verhandeln, ohne uns vorher zu konsultieren.*«

Ulquiorra spürte heißen Groll seinen Rücken hinauf lau-fen. Er biss die Zähne zusammen. Sein Gebiss knirschte. »*Ich werde jeden, der es wünscht, in Zukunft aus seinem geschützten Silentium holen, wenn ich wieder zwischen zwei bis an die Zähne bewaffneten Krieger-Parteien stehe.*« Es war so still im Raum, dass er eine Nadel hätte fallen hören.

»*Nun denn …*«, unterbrach Dana die Stille und räusperte sich. Sie hatte die Daten mit ihrem Datentablett kurz stu-diert. »*Ich, für meinen Teil, finde sehr vernünftig, was ich hier lese. Ich selbst hielt es nicht für notwendig, mich mit Politik zu beschäftigen und habe die Augen verschlossen, als immer mehr Duonalier verschwanden. Jemand musste aktiv werden. Wie ich das verstanden habe, hat Ulquiorra unter Einsatz seiner Gesund-heit*«, – sie blickte zu seiner Hand, – »*unsere Krieger zurückge-holt, die uns einmal mehr gerettet haben. Ich persönlich werde Neuwahlen unterstützen und selbst kandidieren.*«

Einige der Wissenschaftler nickten zustimmend. Tadorus setzte sich mit hochrotem Kopf – er hatte dem nichts hinzuzufügen.

Ulquiorra atmete tief durch. »*Ich danke euch. Ich brauche Helfer, um die Wahlen in die Wege zu leiten. Trianora, würdest du bitte die Namen festhalten?*«

»*Und?*«, fragte Tadorus lauernd. »*Wirst du selbst auch kandidieren?*«

Ulquiorra blickte ihm fest in die Augen. »*Selbstverständlich! Ich werde nicht noch einmal zusehen, wie jemand unser Volk ins Unglück stürzt. Lieber sitze ich mit drei klauenbewehrten Bacanis an einem Tisch und kämpfe um das Wohl unseres Planeten!*«

Dana begann mit den Fingerknöcheln zustimmend auf die Lehne ihres Holzsessels zu klopfen. Leise und allein. Dann stimmten die anderen Wissenschaftler mit ein und selbst Tadorus gab sich einen Ruck und klopfte kurz. Also war die Sache beschlossen.

Ulquiorra hatte noch einige detaillierte Fragen der Wissenschaftler beantwortet, als er Trianoras Hand auf der seinen spürte.

»*Du solltest Schluss machen, du siehst müde aus*«, flüsterte sie.

»*Das bin ich auch, Triasan. Es war ein harter Tag.*«

Trianora, die sich etliche Namen von Wahlhelfern und Kandidaten notiert hatte, erhob sich. »*Komm, ich bringe dich zu deinem Quartier!*« In ihrer Miene stand eindeutig, dass sie keinen Widerspruch akzeptieren würde.

Sie liefen langsam in den Wohnflügel des Silentiums bis zu seiner kleinen Unterkunft. Trianora öffnete die Tür.

Beim Eintreten sah Ulquiorra das Zimmer mit Trianoras Augen. Sein Raum sah völlig unpersönlich aus – als hätte niemals jemand dort gewohnt. Er hatte sich nie die Mühe gemacht ihn mit Gegenständen oder Bildern auszustatten. Das war ihm unwichtig erschienen. Der Raum war dementsprechend ungemütlich.

Auch Trianora schien das so zu empfinden. »*Sehnst du dich nicht manchmal nach einem Zuhause, Ulquiorra?*«, fragte sie impulsiv.

Er hatte seine Tasche mit dem Datentablett auf den Tisch gelegt und blickte erstaunt zu ihr hinunter. Er überragte sie um Längen. Ulquiorra hatte erwartet, dass sie nach Bildern fragen würde. Aber diese Frage ging tiefer, war persönlich. Er legte sein Übergewand ab, presste die Hand kontrollierend auf seine Brust, um etwas Zeit zu gewinnen. Ein kurzes, goldenes Leuchten seiner Energie antwortete ihm. »*Was meinst du mit Zuhause, Triasan?*«

»*Frau, Kinder und gemeinsames Abendessen am Tisch.*«

Er setzte sich schwerfällig auf das Bett. Seine Augenlider waren so schwer. »*Ich weiß es nicht, Triasan. Das hat sich nie ergeben. Zumal ich als Torwächter zwischen den Welten pendle. Welche Frau würde das mögen?*« Er schloss ermattet die Augen. Er war so müde.

»*Komm leg dich hin.*« Trianora drückte ihn sanft auf das Bett, nahm die Decke vom Fußende und deckte ihn zu.

Der Schlaf kam über ihn wie weiße Flügel. Was hatte sie geantwortet? Er hatte es nur halb verstanden. Er hatte sie flüstern hören. »*Ich würde das akzeptieren, denn ich liebe dich.*« Aber das konnte ja nicht sein. Warum sollte sie so etwas sagen? Und im gleichen Augenblick hatte er es schon vergessen und war eingeschlafen.

Luzifer klammerte sich an das Holz der Warrantz-Box und starrte die Tiere an. Das Weibchen hatte leider nicht geworfen. Slarus und er würden weiter auf Frischfleisch warten müssen. Der Verzehr des dicken Warrantz-Männchens war nun schon eine Weile her. So langsam nagte der Hunger wieder an ihm. Aber er wusste, dass es unklug war, die Zuchttiere zu fressen. Er musste sich gedulden.

Er hängte seine Kettenhemd-Stücke an die Nägel in der

Wand und scharrte sich in die ehemals weißen Steine, den langen Schwanz zusammengerollt. Er spuckte ein wenig Lava auf den neben ihm liegenden Slarus. Der grunzte.

»Hör mal, hast du das eigentlich mitbekommen?«

»Was denn?« Slarus öffnete ein glühendes Auge.

»Bei den Duocarns machen es die Männchen mit den Männchen! Und nicht nur die. Auf Duonalia gibt es einen Mond, wo sich Männer treffen. Du weißt schon wofür.«

Slarus öffnete auch das zweite Auge. »Ja und?«

»Fällt dir dabei nichts auf?«

»Nö!« Slarus gähnte und stieß eine Qualmwolke aus.

»Na, das geht doch gar nicht!«

»Meine Fresse, Luzifer, das soll uns doch egal sein, wie die das machen.«

Luzifer kuschelte sich in seine Steine. »Also ich finde es schöner, wenn da etwas anderes zwischen den Beinen ist ...«

Er dachte an Halia. Sie hatte wohlgeformte Brüste, volle Lippen und mit Sicherheit war ihr ganzer Körper wunderschön. Außerdem hatte sie Temperament, was er absolut klasse fand. Sie würde ihm garantiert richtig Kontra geben, ihm vielleicht sogar seine Flammenpeitsche um die Ohren hauen. Mit diesen herrlichen Gedanken schlief er ein.

Am nächsten Tag erwachte Luzifer durch ein lautes Quieken. Er wühlte sich aus seinen Steinen und machte einen Satz in den Stall nebenan. Das Warrantz-Weibchen hatte – Luzifer versuchte sie zu zählen, was bei dem Gewimmel kaum möglich war – zwölf Junge bekommen!

Luzifer jubelte und griff sich eines der Winzlinge. Es war nicht mehr als eine Handvoll Fleisch. Genau die richtige Größe für ein Frühstück.

Gierig wollte er dem winzigen Ding den Kopf abbeißen, als eine helle Stimme fragte: »Was machst du denn da?«

Luzifer fuhr zusammen. Halia stand in der Tür und ließ

den Sonnenschein in den dämmrigen Stall.

»Streicheln, was sonst«, Luzifer schluckte. »Schau mal!« Er hielt Halia den winzigen, blinden Warrantz entgegen.

»Wie süß!«, quietschte Halia und nahm das gepunktete Baby, drückte es an ihre Brust. Luzifers Zunge fuhr ein Stück hervor, aber er beherrschte sich und zog sie wieder ein.

»Ich dachte, mein Vater wäre hier.«

»Nein, Halia.«

»Gehören die alle dir?« Halia trat nun weiter in den Stall, ihr zartes Gewand schleifte am Boden.

»Du machst dich schmutzig, Halia.« Gerne hätte er mit seinem Schwanz den Saum ihres Kleides aus der Einstreu geholt, traute sich aber nicht.

Sie blickte ihn an, streichelte den kleinen Warrantz. Nun hatte sie offensichtlich keine Angst mehr vor ihm.

Unter ihrem prüfenden Blick schlug Luzifer die Augen nieder. »Ich nehme jetzt Benimm-Unterricht«, stieß er hervor, »bei Maureen.«

Halia staunte nicht schlecht. »Warum das denn?«

»Weil du mir vorgeworfen hast ich wäre unhöflich – aber ich möchte dir gefallen.«

Halia stand nur da, das Warrantz-Ferkel auf dem Arm, und starrte ihn an. Hatte er jetzt wieder etwas Falsches gesagt?

»Wie alt bist du eigentlich?«

Luzifer kratzte sich mit der Klaue hinter dem Ohr, merkte aber sofort, dass das auch unerzogen war.

»Das weiß ich nicht, Halia. Ich weiß nur, dass Slarus älter ist als ich, denn er war dabei, als meine Mutter mein Ei gelegt hat. Dann hat er das Ei bewacht.«

Halia kam aus dem Staunen nicht mehr heraus. Sie setzte das Warrantz-Baby zu den anderen in die Box.

»Werden alle eure Eier bewacht?«, fragte sie neugierig.

»Nein, nur die Königseier.«

»Du bist wirklich ein König?«

Luzifer nickte. »Aber inzwischen ohne Untertanen, denn die haben die Bacanis umgebracht.«

»Oh, ihr Götter!« Halia presste entsetzt die Hände auf den Mund. »Wie groß war dein Volk?«

Luzifer überlegte. Zählen konnte er gut. »So um die einhundert … tausend.«

Halia stand da. Fassungslos, mit hängenden Armen. Jetzt war es ihm schon fast peinlich, das Thema überhaupt erwähnt zu haben.

»Das tut mir so leid, Luzifer«, stammelte Halia.

Luzifers Augen leuchteten. Sie hatte ihn beim Namen genannt! Verdammt, was machte man mit einer Sternenstaubfrau, um ihr näher zu kommen? Er konnte sie kaum zum Essen einladen.

»Möchtest du mal zuschauen, wenn ich Benimm-Unterricht bekomme?« Er meinte es wirklich ernst. Seine Möglichkeiten waren nur sehr begrenzt.

Halia schaute ihn verdutzt an. Vor Verlegenheit wickelte er eine Strähne seiner roten Mähne um die Klaue.

»Ja sicher, warum nicht.« Sie lächelte ihn an, drehte sich um und verließ den Stall. Das Lächeln hatte ihm gegolten.

Slarus trat gähnend aus seinen Steinen an die Box.

»Wahnsinn!«, keuchte er, denn er hatte die Warrantz-Babys durchgezählt.

»Ja, finde ich auch«, schwärmte Luzifer und züngelte mit seiner Flammenzunge.

Solutosan hatte allen Männern eine Nachricht zukommen lassen, um sie am nächsten Morgen in der Küche der Karateschule zu versammeln. An Schlaf war nicht zu denken gewesen. Die Gedanken hatten ihn gequält. Er würde Halia keinesfalls nach Sublimar bringen. Er hatte beschlossen, ihr auch nichts von ihrem Großvater zu erzählen. Sie wäre vielleicht noch auf die irrwitzige Idee gekommen, zu versuchen, mit Pallasidus zu reden, um ihm seine Kräfte wiederzugeben. Nein, sie gehörte nach Duonalia. Sie war dort glücklich. Außerdem hatte er entschieden, seinem Entschluss treu zu bleiben und mit niemandem über die Sache zu sprechen. Das war eine private- und keine Angelegenheit der Duocarns.

Solutosan schritt ruhelos in seinem Zimmer umher. Er konnte es drehen und wenden, wie er wollte – ohne seinen Sternenstaub war er fast genau wie ein normaler Menschenmann, wie Smu zum Beispiel – eben nur unsterblich. Um weiterhin ein Krieger zu sein, musste er das Kriegshandwerk neu erlernen.

»Was kann er von uns wollen? Ist denn nicht alles geklärt?« Xanmeran nahm einen großen Schluck Dona und strich sich nachdenklich über die Glatze.

Tervenarius und Mercuran, die es sich in der Küche mit zwei Tellern Donakuchen gemütlich gemacht hatten, schüttelten die Köpfe.

»Keine Ahnung, Xan«, antwortete Tervenarius ratlos.

Xanmeran nickte Patallia und Smu zu, die in diesem Moment den Raum betraten. Meo folgte ihnen, steuerte sofort den kleinen Kühlraum an und holte eine Kanne Dona hervor. Er wollte sie auf den Tisch stellen, hielt jedoch inne.

Solutosan stand in der Tür. Er trug einen der Karateanzüge und hatte sein Haar kurz geschnitten. Die Kanne in Meos Hand zitterte, und er stellte sie schnell ab. Den Männern stockte der Atem. Niemand traute sich, die Stille zu durchbrechen.

Solutosan trat in den Raum und setzte sich zu ihnen an den Tisch. Das goldene Haar war kurz und strubbelig, ansonsten schien er unverändert.

Xanmeran fasste sich als Erster wieder. »Ihr Götter, Solutosan, was hat das zu bedeuten?«

Der Duocarns-Chef hob den Kopf. »Ich werde einen neuen Weg beschreiten. Die Zeit dafür ist günstig. Das Bacani-Problem ist auf dem Weg, gelöst zu werden. Duonalia ist im Moment nicht bedroht. Die Erde ebenfalls nicht. Aus diesem

Grund übergebe ich bis auf weiteres die Führung der Duocarns an Tervenarius und ziehe mich auf den nördlichen Mond zum Training zurück. Dort bleibe ich bei Arishar, bis meine Ausbildung beendet ist. Ich werde den Quinari helfen, auf Duonalia Fuß zu fassen. Sie züchten ebenfalls für ihren Fleischbedarf Warrantz. Die Idee von Meodern ist ausgezeichnet.«

»Du willst Bauer werden?« Xanmeran war fassungslos.

»Nein, ich erlerne das Kriegshandwerk bei den Quinari und helfe Arishar im Gegenzug bei der Bewältigung seiner Probleme.«

»Aber warum denn nur?« Tervenarius wirkte noch bleicher als sonst.

»Ich habe mich zu sehr auf die Macht meines Sternenstaubs verlassen und deswegen andere, wichtige Dinge vernachlässigt. Außerdem möchte ich meine unbekannte zweite Gabe erforschen.« Er fuhr sich mit der Hand durchs Haar. »Es ist Zeit für eine Veränderung. Ich lasse euch natürlich nicht im Stich, sondern bin da, wenn ihr mich braucht. Ich habe nur noch die Bitte, dass sich die Männer, die auf der Erde bleiben, wegen der Platinherstellung in Zukunft an Halia wenden.« Er lehnte sich zurück. »Terv, sprich mit Ulquiorra. Du wirst einen energetischen Ring brauchen.« Er blickte in die Runde. »Ich habe dem eigentlich nichts mehr hinzuzufügen.« Er stand auf, umarmte jeden der sprachlosen Männer und verließ den Raum.

Maureen trat in die Küche. Ihr Blick irrte zu Xanmeran. In der Hand hielt sie eine dicke, lange Strähne goldenen Haares.

Das war schlimm für ihn gewesen. Aber, er schritt durch den langen Gang der Karateschule zu Halias Zimmer, nun kam die weitaus härtere Aufgabe. Solutosan klopfte an die Tür. Ihre helle Stimme antwortete und er trat ein. Halia sah auf. Sie trug das Haar hochgesteckt, so wie Aiden es oftmals getan hatte. Solutosan schluckte. Vor ihr auf dem Tisch lag ihr Datentablett. Sie studierte. Das nahm er zufrieden zur Kenntnis.

Sie sprang auf, lief ihm entgegen und umarmte ihn strahlend. »*Daddy!*« Sie schmiegte sich an ihn. Ihr Götter! Er war so stolz auf sie. Sie war so ein wunderschönes und warmherziges Wesen.

Er sah in ihr liebes Gesicht und seine Herzen wurden warm in der Brust. Er fasste sich. »*Halia, ich muss dir etwas sagen.*«

»*Ja?*«

Das Vertrauen in ihrem Blick berührte ihn.

»*Ich werde einige Zeit fort sein.*« Sie ließ die Arme sinken. »*Ich bin nicht ganz weg, sondern bleibe auf Duonalia. Allerdings werde ich mich in Ausbildung begeben, was mich völlig beanspruchen wird. Deswegen habe ich die Leitung der Duocarns abgegeben. Ich gehe zu König Arishar auf den nördlichen Mond.*«

Halia hatte ihm regungslos zugehört. »*Darf ich dich denn besuchen?*«, fragte sie schüchtern.

»*Natürlich, Halia.*« Er nahm ihre weichen, kleinen Hände in seine.

»*Wie lang wirst du dort bleiben?*« Ihr liebes Gesicht blieb sorgenvoll, jedoch hielt sie sich tapfer.

»*Ich weiß es nicht. Bis ich gefunden habe, was ich suche.*«

Halia schluckte. »*Was suchst du denn, Daddy?*«

Er blickte ihr fest in die Augen. »*Mich, Halia, mich.*«

Arishar hatte seine Krieger antreten lassen. Dämmerung senkte sich über die Steppe. Er hatte Nala gebeten mit ihm zu kommen, denn er hatte das Gefühl, dass er bei dem was er vorhatte, Rückendeckung brauchte. Sie saß nun ein Stückchen hinter ihm auf dem Boden in dem struppigen Gras mit den Armen um die Knie geschlungen.

»Setzt euch, ich muss mit euch sprechen!« Arishar sprach occabellar und trug selbst lediglich den gleichen

Lendenschurz wie seine Leute. Die Krieger blickten ihn aufmerksam an. »Wir haben unsere Rache bekommen. Auch wenn der Zorn weiterhin in unseren Herzen kocht – Duonalia ist nun unsere Heimat und nur Dummköpfe schaden dem eigenen Planeten.« Einige der Männer nickten zustimmend.

»Wir sind Krieger, auf Nahkampf trainiert. Eine Fähigkeit, die uns in Zukunft nur noch wenig von Nutzen ist. Hier auf Duonalia wird im Moment ein Friedensvertrag geschlossen und es werden Gesetze erlassen, die diesen Frieden sichern sollen. Die duonalische Führung wird in Kürze an uns herantreten, mit der Bitte diese Ordnung zu bewachen. Das heißt, dass die Duonalier planen ein paar fähige Quinari in Staatskunde auszubilden. Diese werden dann auf den Monden stationiert, um Straftäter zu ergreifen, aber auch, um der Bevölkerung Hilfestellung zu leisten.«

Arishar holte tief Luft. Eigentlich war er kein großer Redner. Er blickte hilfesuchend zu Nala, die ermutigend lächelte.

»Nun zum zweiten Punkt. Höchstwahrscheinlich bin ich nicht der Einzige, dem die Fleischnahrung fehlt.« Die Krieger murmelten. »Wir werden in Zukunft eine Tierart züchten, die sich Warrantz nennt. Deren Haltung setzt allerdings eine landwirtschaftliche Tätigkeit voraus, denn die Tiere brauchen Nahrung. Mit anderen Worten, einige von uns werden von nun an Bauern sein.«

Das Murmeln erhob sich und wurde lauter. »Halt!« Arishar hob die Hand. »Niemandem wird eine dieser Möglichkeiten aufgezwungen. Ich werde weiterhin eine persönliche Leibgarde behalten, bestehend aus zwei Männern. Wir treffen uns morgen um die gleiche Zeit wieder hier. Ich will dann wissen, wofür sich jeder von euch entschieden hat.« Er schnaufte und erhob sich. Das war ihm schwergefallen. Er zog Nala hoch, legte den Arm um sie und führte sie langsam zu ihrem kleinen, weißen Haus.

Nala hatte das Blut der gemeuchelten Bewohner entfernt und dem Kind ein Lager vor ihrem gemeinsamen Bett gebaut. Dort schief es selig.

Arishar betrachtete seinen Sohn. Arisons schwarzes Haar ringelte sich auf dem Laken. Die kleinen Hörner lugten an der Stirn hervor. Sie würden einmal lang und groß werden, das wusste Arishar. Der Kleine hielt mit seinen Klauen ein zerdrücktes, von Nala angefertigtes Spieltier fest umklammert. Er war eine gelungene Mischung aus Nala und ihm selbst.

Arishar beugte sich über das Kind und strich ihm sanft über das Haar. Als er sich aufrichtete, fühlte er Nala nah bei sich. Sie trug ein duonalisches Gewand. Er drehte sich um und schob es hoch, um ihren nackten Leib zu genießen. Er brummte genüsslich. Er wollte viele Nachkommen. Das Haus sollte von Kindern wimmeln. Die Umstände während ihrer Flucht waren schlecht gewesen, aber nun, auf diesem Planeten, konnte und wollte er sie wieder schwängern.

Hatte Nala ähnliche Gedanken? Sie führte ihn zum Bett, streifte sich dabei das Gewand über die Schultern. Auf dem Rücken liegend, den Kopf auf den verschränkten Armen, betrachtete er sie. So mochte er sie am liebsten: Den zierlichen, grauen Körper nur in ihr langes, schwarzes Haar gehüllt, das bis zu den Kniekehlen hinabfiel. Ihre riesigen, hellbraunen Augen strahlten ihn an, die Lippen feucht und einladend. Er streckte die Arme nach ihr aus. Sie krabbelte auf seine breite Brust und begann mit dem Finger seine Blutbemalung nachzuziehen. Arishar schloss die Augen, verfolgte genießerisch die zärtliche Berührung. Nala hielt ihm ihr Handgelenk hin, in das er vorsichtig mit den Reißzähnen ritzte. Blut drang hervor. Aber sie ließ ihn nicht trinken, rutschte an ihm hinab, entfernte seinen Lendenschurz und begann seine am Bauchnabel endenden Blutzeichnungen nach unten zu vervollständigen.

Ihr blutiger Finger zeichnete Schnörkel und Kreise auf seinen Unterleib, umrundete sein hartes, graues Glied. Sie bemalte die angespannten Muskeln der Schenkel. Ein monströses Stöhnen entwich seiner Brust. Er fieberte der Berührung seines Gliedes entgegen. Aber sie ließ sich Zeit, fing bei seinen Hoden an. Arishar bemerkte, wie seine Arme zu zittern begannen. Er krallte sich in die Unterlage fest. Er wollte sie ihr Werk zu Ende bringen lassen, nicht den spannenden Moment zerstören. Endlich, endlich erhielt auch sein inzwischen pulsierendes Glied eine Zeichnung. Er spürte, wie die Matratze unter seinen Klauen zerriss. Sein ganzer Körper vibrierte. »Gnade!« Seine Stimme war nur noch ein Stöhnen.

Nala bündelte lächelnd ihr Haar. Er wusste, sie liebte es, ihn, der so viel stärker war, auf eine solche Art zu besiegen. Langsam rutschte sie wieder an ihm hoch, presste ihm das blutige Handgelenk auf den Mund und nahm gleichzeitig sein steinhartes Glied in ihrem heißen Körper auf. Er trank. Er hatte eine Belohnung verdient. Er hatte sich auf einem für ihn ungewohnten Terrain gut geschlagen. Dieses Mal nicht mit der Axt und dem Schwert, sondern mit seinem Verstand und seinem Mund, der nun durstig an ihrem zarten Handgelenk saugte, während er sich ruhig in ihr bewegte. Er leckte zärtlich über die Wunde, um sie zu verschließen und nahm ihre Hüfte fest mit beiden Händen. Führte sie hart und bestimmt, versenkte die Krallen in ihrem Fleisch. Sie war so heiß, presste ihn, pulsierte, aber er wollte weiter genießen. Er wollte, jedoch sein Körper hatte andere Pläne. Sein Leib gab ihren melkenden Bewegungen nach. Er stöhnte, seine Hände hielten sie wie in einem Schraubstock. Er überschwemmte sie, während sich eine berauschende Woge aus seiner Mitte löste, die Wirbelsäule hinauf floss und in seinem Gehirn explodierte. Nala schrie leise, wurde lauter, sie keuchte. Ihr Innerstes verkrampfte sich um sein Glied. Er spürte Blut an seinen Händen hinablaufen. Seine Klauen waren tief in ihr Fleisch gedrungen.

Vorsichtig zog er die Hände weg, nahm sie wie eine Puppe von sich und legte sie bäuchlings auf das Bett, um die Wunden zu betrachten. Er hatte ihr rechts und links jeweils fünf blutende Male zugefügt. Sanft leckte er mit der langen Zunge über ihre strammen Backen, drehte sie auf den Rücken und fuhr von vorne zwischen ihren Beinen hindurch, genoss das Aroma ihrer beider Säfte.

Der wohlige Gedanke ging ihm durch den Kopf, dass er diesen Akt von nun an so oft wiederholen würde, bis ihr Leib geschwollen war. Noch einen Sohn, und noch einen. Er würde ihnen helfen Männer zu werden.

Nala fasste zwischen seine Hörner und kraulte sanft seine weiße Mähne, dort wo das Haar am weichsten war. Er legte den schweren Kopf in ihren Schoß und genoss behaglich die Bewegungen der kleinen Finger. Der Schlaf kroch langsam in seine Glieder. So wollte er liegenbleiben – am liebsten für immer.

Hätte Ulquiorra noch mehr kämpferische Gene von Xanmeran geerbt, wären diese nun zum Einsatz gekommen. Aber statt sein gesamtes Labor vor Wut zu zertrümmern, zertrat er den Datenkristall der Bacanis knirschend auf dem Boden. Diese Halsabschneider wollten bei ihren Landsleuten keine freien Wahlen zulassen, sondern einfach die Rudel-Führer in das Duonat erheben. Für wie dumm hielten sie ihre Artgenossen? So ein Verhalten würde Unruhen in den Rudeln verursachen. Eventuell waren die gesamten Wahlen gefährdet.

Glücklicherweise hatten die vier ranghöchsten Rudel-Führer inzwischen eigene Räume im Silentium und waren erreichbar. Er öffnete die Tür seines Labors, um den Bacanis einen Besuch abzustatten, überlegte es sich dann aber anders. Er wandte sich nach links und schritt in Richtung Aula. Er rechnete damit, Xanmeran dort anzutreffen, der den ausgewählten Quinari Verhaltensregeln vermitteln sollte. Die acht Quinari, die im Silentium ausgebildet wurden, hatten leider immer noch die Angewohnheit erst zuzuschlagen und dann zu fragen. Xanmeran arbeitete nun mit ihnen daran.

Ulquiorra hatte den Eindruck, dass die Staatsbürger-

Kunde mit Trianora etwas fruchtbarer verlief als dieser Anti-Aggressions-Unterricht mit Xanmeran.

Er drückte die riesige Holztür der Aula auf. Xanmeran stand mit geballter Faust vor einem der Quinari-Krieger. Xan sah ihn in der Tür stehen, öffnete die Hand und grinste etwas schuldbewusst.

Ulquiorra fasste sich an die Stirn. Was hatte er erwartet?

»*Kann ich dich kurz entführen? Ich brauche dich für einen Besuch bei den Bacanis.*«

Xanmerans Grinsen wurde breiter. »*Aber klar!*« Er wandte sich zu den acht Männern. »Bestimmt habt ihr einige Übungen vom autogenen Training noch nicht absolviert. Bitte sucht danach in den Datentabletts und holt sie nach, während ich weg bin.« Ein einstimmiges Knurren antwortete ihm. Entspannungsübungen schienen wenig beliebt zu sein.

Ulquiorra schritt mit Xanmeran in den Flügel der Bacanis. Beide gleich groß, auf Augenhöhe. »*Du weißt, dass du mit Gewalt bei den Kriegern nicht weiterkommst?*« Ulquiorra blieb stehen.

»*Im Gegenteil, ich denke, das ist die einzige Sprache, die sie verstehen*«, entgegnete Xanmeran und hielt ebenfalls an.

Sie sahen sich in die Augen.

Ulquiorra fühlte den lange unterdrückten Groll gegen seinen Vater in sich aufsteigen. Er schluckte. »*Gewalt erzeugt nur Gegengewalt. Du sollst ihnen beibringen, aus diesem Teufelskreis auszubrechen!*« Er machte eine Pause. *Aber wie ich sehe, bist du selbst darin gefangen.*«

Xanmeran schnaufte. »*So siehst du mich? Als hitzköpfigen, hirnlosen Dummkopf?*«

Ulquiorra spürte eine kalte Woge seinen Rücken hinauf kriechen. »*Ja, in der Tat! Die Folgen deiner Unbeherrschtheit hatte ich schon als Kind vor Augen!*« Das war ein Schlag mitten in Xanmerans Gesicht. Ulquiorra holte noch weiter aus. »*Und nicht nur, dass du meine Mutter fast umgebracht hast – du verzichtest noch immer nicht auf die todbringenden Umarmungen bei deinen Partnerinnen.*«

Sein Vater erbleichte, soweit das bei seiner roten Haut

möglich war. »*Ich wüsste nicht, was dich das angeht*«, zischte er.

Die Bacanis waren vergessen. Ulquiorra und Xanmeran standen sich in dem weißen, ruhigen Gang des Silentiums gegenüber. Xanmeran neigte den Kopf, bereit zum Angriff. Sie ballten die Fäuste.

»*Ich werde mich nicht mit dir schlagen und mich auf dein Niveau begeben*«, keuchte Ulquiorra. Er zwang sich dazu, die schweißnasse Faust zu entspannen, drehte sich um und ging. Er bereute, auf die Idee gekommen zu sein, seinen Vater als Rückendeckung beim Gespräch mit den Bacanis einzusetzen. Er würde auch allein mit ihnen fertig werden!

Trianora legte die Petrischalen in den Brutschrank zurück. Das Virus war nun vollends erforscht. Es war genauso, wie Solutosan vermutet hatte. Es führte zum kompletten Flüssigkeitsverlust in der Spiralvene und im Genital der Bacanis und mumifizierte so diese Körperteile. Alle Versuche andere Zellen damit zu infizieren, waren fehlgeschlagen, was hieß, dass es wirklich die ultimative Waffe gegen die Bacanis war.

Trianora erhob sich, glättete ihr Gewand und blickte in den kleinen, runden Spiegel an der Wand. Sie sah müde aus. Kein Wunder, dass Ulquiorra sie nie richtig wahrnahm. Sie verlor immer mehr von ihrer strahlenden, jugendlichen Schönheit.

Könnte ich einfach nur vergessen, dass ich ihn liebe, dachte sie, jedoch war sie nicht fähig ihre zweite Gabe bei sich selbst anwenden. Kaum jemand wusste von ihrem Talent, andere vergessen zu lassen. Die Einzigen, die es gewusst hatten, waren ihre Eltern. Aber ihre Mutter war vor langer Zeit und ihr Vater einige Terzien danach gestorben.

Trianora seufzte. Sie blickte auf ihren Datenspeicher. Hatte sie nicht an diesem Tag Unterricht bei den Quinari? Sie war sich nicht sicher. Vorbereitet hatte sie die nächste

Stunde bereits. Sie wollte mit ihnen über Eigentum sprechen. Leicht verärgert über sich selbst schüttelte sie den Kopf und beschloss in die Aula zu gehen, um dort auf den Plan zu schauen.

Wie immer um die Mittagszeit war das Silentium ausgestorben. Draußen mussten sich die Monde eben auf den weitesten Punkt zur Sonne entfernt haben, denn das gelbe Licht strahlte warm und stark durch die sonnendurchfluteten Gänge und Hallen. Trianora genoss ihren langsamen Spaziergang auf den reflektierenden, weißen Böden, die sie zusätzlich in Licht badeten. Leise öffnete sie die Tür der Aula. Nein, es war keiner der Quinari im Raum.

Sie trat ein und schaute auf das kleine Brett neben der Tür. Dort hing ein weiterer Lehrplan. Sie studierte ihn und fühlte plötzlich, dass sie nicht alleine war. Dann sah sie ihn. Zusammengesunken saß er auf dem Fußboden vor der Bühne der Aula, den glänzenden, roten Schädel in die Hände gestützt.

»*Xanmeran!*« Sie eilte zu ihm. »*Alles in Ordnung mit dir?*«

Er hob den Kopf und sah sie an, als erkenne er sie nicht. Dann kam Leben in seine schwarzen Augen. »*Trianora!*«

Er blickte zu Boden. »*Ja, mir geht es gut.*«

»*Aber warum sitzt du denn so hier?*« Trianora spürte, dass etwas geschehen war. Sie setzte sich auf einen Stuhl in seiner direkten Nähe, beugte sich vor. Sein Kummer war fast greifbar. »*Ulquiorra*«, sagte sie instinktiv.

Xanmeran hob den Kopf. Sein Blick war gequält. »*Ich habe gedacht, ich hätte es überwunden*«, flüsterte er.

Trianora rutschte mit dem Stuhl näher an ihn heran und nahm seine Hände in ihre. »*Wovon sprichst du nur?*«

»*Ich habe seine Mutter vor langer Zeit verletzt. Das wird er mir nie verzeihen*«. Er senkte wieder den Kopf. Trianora streichelte unbewusst mit dem Daumen seinen Handrücken. »*Er hält mich für ein unbeherrschtes Ungeheuer. Ich werde für ihn nie etwas anderes sein.*« Xanmeran legte den Kopf auf ihre Knie, die Hände immer noch in ihren.

»*Ihr müsst nochmals miteinander sprechen*«, versuchte Trianora ihn zu trösten. Das Gewicht seines Kopfes auf ihren

Knien begann sie zu irritieren. Sie blickte auf ihn hinab. Er war traurig. Wie von selbst hob sich ihre Hand und streichelte seinen glatten Kopf. Die rote Haut war samtig, warm und angenehm. Er schmiegte sich an ihre Knie.

Noch nie war ihr ein Mann so nah gekommen. Trianoras Mund wurde trocken. Wie behaglich sich das anfühlte. Sie streichelte ihn weiter, bemerkte kaum, dass er seine Hände von ihrem Schoß gezogen hatte, die nun langsam unter dem Gewand die Beine hoch glitten. Seine Berührung war zart und sanft. Sie sollte sich dagegen wehren. Aber warum wehren, wenn etwas so angenehm war?

Seine Hände waren an ihren Schenkeln angekommen. Trianora seufzte. Mit geschlossenen Augen schmiegte er den Kopf in ihren Schoß, genoss ihre Berührung. Das ist Xanmeran, versuchte eine innere Stimme in ihren eingelullten Verstand vorzudringen. Ja, dachte sie, Xanmeran. Männlich durch und durch, zärtlich, einfühlsam und ... Seine Hände hatten ihr Gewand hochgeschoben. Sein Kopf lag inzwischen auf ihren nackten Beinen. Er küsste zart ihre Oberschenkel. Trianora!, rief eine Stimme in ihr. Das ist Xanmeran!

Sein Mund war so angenehm. Bei jedem seiner Küsse liefen ihr kleine Schauer über den Rücken. Sanft drückten seine Hände ihre Beine auseinander. Ihr war gleichgültig, was die Stimme in ihr rief. Sollte sie Amok laufen. Niemand hatte sie bisher berührt, kein Mann um sie gefreit. Nun kniete einer der Alpha-Männer vor ihr, um sie zu verwöhnen. Sie war kein Kind mehr!

Trianora öffnete die Schenkel, spürte seinen Mund, nein, seine Zunge auf ihrer Scham. Sie zitterte vor Erregung. Langsam und genüsslich erkundete er ihr Geschlecht. Seine Zunge teilte ihre Frucht. Sie fühlte seine starken Hände an ihren Schenkeln verkrampfen.

»Gut, dass ich dich hier finde«, sagte eine Stimme neben ihr. Trianoras Herz tat einen gewaltigen Schlag, sie fuhr zusammen. *»Ich soll dir von Ulquiorra ...«* Jetzt nahm Meodern wahr, dass sie nicht allein war, sondern jemand vor ihr kniete. Er starrte fassungslos auf Xanmeran, der den Kopf

benommen aus ihrem Schoß hob.

Trianora reagierte augenblicklich. Sie schob Xanmerans Haupt von sich fort und zog ihr Gewand nach unten.

»*Ich komme lieber später wieder!*« Meo verhaspelte sich, war schon an der Tür. Xanmeran kniete immer noch, aber Trianora war auf die Füße gesprungen und Meodern hinterher geeilt.

Sie packte ihn am Ärmel. »*Meo, lass dir erklären ...*«

»*Bitte lass mich los, Trianora.*« Meo zog an dem Gewand, das mit einem unschönen Laut riss. Dieses Geräusch brachte sie endgültig auf den Boden der Tatsachen zurück. Meo verschwand durch die große Tür, ohne sie zu schließen. Trianora starrte wie gelähmt auf das kleine Stück Stoff in ihrer Hand.

»*Ähm*«, seine Stimme räusperte sich hinter ihr. »*Ich gehe dann besser.*« Xanmeran blickte verlegen zu ihr hinunter. Trianora nickte nur, unfähig etwas zu sagen. Flugs war auch er zur Tür hinaus.

Den Rest des Tages lief Trianora wie ein Geist im Silentium umher. Sie beantwortete automatisch lächelnd alle Fragen, aß sogar ein Stück Donakuchen. Wie an Schnüren gezogen räumte sie ihr Labor auf. Sie ging wie in Trance zu ihrem Zimmer im Wohnflügel, entzündete ein kleines Energiefeuer im Kamin. Frustriert ließ sie sich auf einen Sessel fallen und suchte in der Tasche ihres Gewands nach dem Stück des Ärmels. Wenn Meo das Gesehene irgendwo erzählte, war ihr Ruf dahin! Kein duonalischer Mann würde ihr eine Samenspende bereitstellen, geschweige denn sie um das Ritual bitten.

Sie nahm den Stoff zwischen ihre Handflächen – konzentrierte sich. Schaute auf ihre Hände, aus denen erst zart, dann immer stärker werdend, blaues Licht floss. Es hüllte den Stoff ein. »*Oblivisci facta*«, flüsterte sie und ließ den Stofffetzen los, der in Flammen aufging und verglühend zu Boden sank.

Personenliste:

Die Duocarns:

Solutosan – der Sternenkrieger (verbittet sich Abkürzungen und Nicknames) ehemaliger Chef der Duocarns, hüftlanges, goldenes Haar, sternenäugig, bisexuell, dominant, humorvoll, sensibel, Waffe aber auch Aphrodisiakum: Sternenstaub. Kanadischer Name: Bruce Farner

Xanmeran – der Ätzende (Spitzname Xan)
Krieger, heterosexuell, zwei Meter groß, Bodybuilder, schwarzäugig, wild, Glatze, rote Hautstreifen (Dermastrien), die er als Waffe und beim Liebesspiel benutzt. Experte für Sprengungen. Kanadischer Name: Bill Angels

Meodern – der Schnelle (Spitzname Meo)
Krieger, heterosexuell, blonde, stachelige Haare, grünäugig, goldhäutig, Frauenheld, kann seinen Körper zum Vibrieren bringen, Schnelligkeit bis Lichtgeschwindigkeit. Meoderns zweite Gabe ist seine tiefe Verbindung zu Pflanzen. Kanadischer Name: Pierre Malcolm

Tervenarius – der Giftige (Spitzname: Terv)
Krieger, Chef der Duocarns, homosexuell, goldene Augen, silbern-weiße Mähne, fungider Hybride. Er simuliert fast alle Pilzarten. Kanadischer Name: Philipp McNamarra

Patallia – der Heiler (Spitzname Pat)
Mediziner, homosexuell, grau/violette Augen, Glatze, weißhäutig bis durchsichtig je nach Emotion. Er kann sämtliche Medikamente in seinem Körper herstellen und per Hand verabreichen und hat ein Sprachtalent. Kanadischer Name: Patrick Mulhern

Die Erdlinge:

David Martinal/Mercuran – schlanker, dunkelhaariger Häusermakler mit Hang zu exotischen Fischen und Pflanzen, stahlblaue Augen, hartnäckig, sensibel, homosexuell.

Maureen Silverman - klein, blonde Haare, Karatetrainerin, mutig, selbstbewusst, zielstrebig.

Samuel Goldstein – (Spitzname Smu), Jude, Privatdetektiv, blond (wenn nicht gerade verrückt gefärbt), grüne Augen, gepierct, frech und unkonventionell.

Daisy Madison - Prostituierte und Partnerin von Bar. Dunkelhaarig, vollbusig, clever, zielstrebig

Die Bacanis:
Bar – Chef einer Unternehmensgruppe und Kopf der Bacanis auf der Erde, intelligent, brutal, korrupt, nervenstark, nach Verwandlung graublaues, dickes Fell, mit spitzer Schnauze und langem Schwanz. Alias Brad Butler.

Krran – Bars rechte Hand, verschlagen, obrigkeitshörig, gierig, nach Verwandlung rotbraunes hartes Fell, kurze, kraftvolle Schnauze, langer Spiralschwanz. Alias Wesley Trum.

Psal – Frau von Chrom, schlank, beweglich, intelligent, humorvoll, violette Augen (Telepathin), sehr schnell, nach Verwandlung grau-violett meliert, spitze Schnauze.

Chrom – Bacani, violette Augen, Telepath, Pelz gelb-grau gestromt, arbeitet auf Seiten der Duocarns, blitzschnell, intelligent, warmherzig, Computerfreak, Navigator. Alias Ted Grummart.

Die Duonalier:
Ulquiorra – Sohn von Xanmeran, Atomphysiker am Silentium, groß, schlank, dunkles Haar, schwarze Augen, Energetiker, ruhig, ausgeglichen, zielstrebig, stark.

Trianora – Genetikerin am Silentium, zierlich, blond, zurückhaltend, silberne Augen, kameradschaftlich, selbstbewusst, Assistentin von Ulquiorra, beherrscht „Das Vergessen".

Halia – Tochter von Solutosan und Aiden, grüne Sternenaugen, rot-goldene Locken, temperamentvoll, intelligent, studiert Medizin und Philosophie, beherrscht Sternenstaub, kann Dinge vereisen.

Die Auraner
Vena – Jägerin, grüne, schuppige Haut, riesige grüne Augen, goldenes Haar, meist zu Zöpfchen geflochten. Freiheitsliebend, stolze aber gutherzige Bewohnerin Sublimars

Die Occabellarner
Arishar - König der Quinaris, grauhäutig, stark gehörnt, ungeheuer stark, Schwertkämpfer, Erdwesen, gerecht, trotzig, feinfühlig, Waffe: zweischneidiges Schwert und Kampfaxt

Maurus – König der Aquarianer, durchscheinende Alginat-Haut, Wasserwesen, langes, blaues Haar, guter und starker Kämpfer, familiär, aristokratisch und edel, Waffen: Achatschwert und Kristallquarz-Wurfring

Luzifer – König der Trenarden, schwarzhäutig, rote Mähne, kurze Hörner, glühende Augen, flammende Zunge, Feuerwesen, wild, ungebändigt, dauergeil, lieb, Waffen: Flammenschwert und flammender Wurfring

Leseprobe aus Duocarns 4 – Adam, der Ägypter

»Entschuldige, ich stehe heute etwas neben mir«, stammelte Ulquiorra. Er hatte ihn nicht, wie üblich, im Wohnzimmer des Hauses in Seafair abgesetzt, sondern vor dem Hauseingang.

»Das ist nicht schlimm, Ulquiorra«, antwortete Meodern lächelnd.

Er wollte noch etwas sagen, aber da war der Torwächter schon wieder verschwunden.

Mit wem habe ich da eben gesprochen?, dachte er verwirrt. Er stand vor einem schlichten, hellen Haus. Abgetrennt durch eine schmale Uferstraße donnerten die Wellen des Ozeans und liefen schäumend an den Strand. Er blickte an sich hinab. Warum hatte er ein weißes Kleid an? Er zog das Kleidungsstück hoch. Darunter war er nackt. Nun ja, das würde wohl so seine Richtigkeit haben. Es war sommerlich warm, die geeignete Temperatur für ein luftiges Gewand.

Guten Mutes lief er los und wanderte ziellos durch die Straßen. Wohin ging er überhaupt? Er schaute wieder an sich hinunter. Wer war er eigentlich? Ach, war das nicht gleichgültig? Wo war er? Er erreichte eine etwas belebtere Gegend. An einer Straßenkreuzung stand eine Glaskiste mit Zeitungen. »Vancouver Sun«, las er. Aha, er war offensichtlich in Vancouver. Schöne Stadt. Er grinste und ging weiter. Solange das Wetter gut war, machte es Spaß so herumzulaufen. Er sah zum Himmel. Der war strahlend blau! Na, wer sagt's denn! Die Leute, denen er begegnete, schauten ihn ein bisschen seltsam an, einige lachten. Aber er lächelte zurück und gelegentlich grüßte er einen von ihnen freundlich. So, viele Straßen! Er würde Stunden, vielleicht Tage, brauchen, um sie sich anzusehen.

Da standen etliche Leute vor einem Haus mit einer großen Glasfront. Warum warteten sie da? Es waren Männer – hübsche Männer. Er blieb stehen, um sie zu betrachten.

Eine ältere, rothaarige Frau trat durch die Glastür und winkte ihm. »Hey, du da!«

Er drehte sich um. Aber da war niemand. Sie meinte wohl wirklich ihn.

»Komm mal bitte her!« Er ging zögernd näher.

»Na, wenn das mal nichts ist«, sagte die Frau zu sich selbst und nahm ihn an die Hand.

Sie führte ihn wenige graue Steinstufen hinauf, an den wartenden Männern vorbei, die ihn mit seltsamen Blicken anstarrten. Warum hatten sie auf einmal alle so ärgerliche Mienen?

Er lief an der Hand der Frau durch einige lichtdurchflutete Räume voller Grünpflanzen. Er wollte gerne die Bilder der Menschen an den Wänden ansehen, aber sie zog ihn weiter.

Sie stieß eine große Flügeltür auf. Auch der nächste Raum war hell und freundlich. In der Mitte thronte ein weißer Schreibtisch, an dem eine zierliche, dunkelhaarige Frau genervt den Kopf hob. Sie fühlte sich gestört, das sah er sofort. Er betrachtete interessiert das zu einem strengen Knoten gewundene Haar und die ärgerlich zusammengekniffenen Brauen.

»Terzia! Jetzt sieh dir das mal an. Ich glaube, ich habe ihn gefunden!«

Solutosan war mit dem Windschiff zum nördlichen Mond übergesetzt. Seine wenigen Habseligkeiten trug er in einem Dona-Sack auf dem Rücken. Nun stand er am Hafen und blickte auf die vor ihm liegende karge Steppe. Die Hose seines Karateanzugs flatterte. Der Wind wehte weiße Graspollen heran. Sie schwirrten kreisend durch die dürren Halme, verwirbelten sich vor seinen Füßen. Er würde nachsehen, wie es Maurus an seinem kleinen See ging, bevor er zu Arishar stieß. Beschwingt lief er los.

Solutosan fühlte sich entspannt und ausgeglichen. Seine Zeit als Duocarns-Führer war vorbei. Er hatte Tervenarius zwar gesagt, dass er irgendwann wieder da wäre, wusste aber insgeheim, dass er die Leitung für immer abgegeben hatte. Über Äonen hatte er den Duocarns gedient – nun ließ er alles hinter sich. Die Ausbildung bei den kämpferischen Quinari würde für ihn garantiert nicht leicht werden, trotzdem freute er sich darauf.

Er lief schneller, fühlte den lauwarmen Wind im Gesicht in dem kurzgeschorenen Haar. Wie seltsam – zum ersten Mal seit langem erschien ihm seine Zukunft wieder verheißungsvoll und vielversprechend.

Der kleine, blaugrüne See lag in einer Senke. Die Windböen kräuselten sanft seine Oberfläche. Die Aquarianer lagerten am Ufer, einige schliefen. Ein friedliches Bild.

Zwei der blauen Krieger sprangen alarmiert auf, als sie ihn erblickten, beruhigten sich allerdings sofort, als sie sahen, wer sich da ihrem Lager näherte. Sie schauten ihm interessiert entgegen. Ihr sonst zu kunstvollen Frisuren aufgetürmtes, dunkelblaues Haar trugen nun alle offen, bis zu den Lenden wallend. Maurus, der bei seinem Harem ruhte, wurde von einer seiner Frauen sanft geweckt. Er richtete seinen Körper mit einer geschmeidigen Bewegung auf, erkannte ihn und lächelte – Freude in seinen Kristallaugen.

Er deutete Solutosan sich zu setzen. *»Ich freue mich dich zu sehen«*, sagte er mit seiner wohlklingenden, telepathischen Stimme. Er streckte die zartblaue Hand nach Solutosan aus, die dieser gern nahm. Er mochte Maurus, dessen Hand sich kühl und glatt anfühlte.

»Ich wollte nur schauen, wie es euch geht, mein König«, antwortete Solutosan auf die gleiche Art.

Der Wassermann neigte den Kopf. *»Danke, den Umständen entsprechend gut.«*

Solutosan legte den Kopf schief. *»Ja, die Umstände. Ich nehme an, ihr braucht mehr Wasser, und vor allem Salzwasser. Ich kann dich gut verstehen, denn das Meer ist ebenfalls mein Element. Warum siedelt ihr euch nicht auf Sublimar an?«*

Maurus erhob sich. Sein nackter, tiefgründig blau schimmernder Körper dehnte sich, schlank und doch kraftvoll. Eine der verschleierten Frauen half ihm, sein tiefblaues Gewand überzustreifen. Solutosan saß still und betrachtete ihn beeindruckt. Er hatte Maurus noch nie unbekleidet gesehen und war fasziniert von dessen fremdartiger und eleganter Schönheit.

Der Aquarianer nahm wieder Platz. *»Wären wir denn dort willkommen? Arishars Raumschiff hat zu wenig Energie, um noch einmal abzuheben. Wie sollen wir Sublimar erreichen?«*

»Wir haben ein Tor zwischen den Planeten erschaffen, das ihr benutzen könnt, Maurus. Ich werde den Torwächter für euch rufen.« Solutosan öffnete das weite Hemd der Karatejacke und legte seine Hand auf den Reifen in seiner Brust, der sanft zu kreisen begann. Nicht lange und Ulquiorras goldene Rotation erschien flirrend in der Luft über dem dürren Steppengras. Der Energetiker trat mit einem langen Schritt aus dem Tor. Ein erstauntes Raunen ging durch die Reihen der Aquarianer.

»Solutosan!« Wie alle Duonalier benutzte er Telepathie. Er lächelte, jedoch bemerkte Solutosan einige Veränderungen an ihm. Das lange Haar umrahmte stumpf und glanzlos sein schmales Gesicht. Ulquiorras Augen wirkten fahl und leblos.

Solutosan reagierte sofort. *»Ich möchte dich gern sprechen.«* Eigentlich hatte er ja vorgehabt, Ulquiorra um den Transport der Aquarianer zu bitten, aber er fühlte, dass es etwas Dringlicheres zu klären gab.

»Entschuldige uns«, nickte er zu Maurus und nahm Ulquiorra zur Seite. Hatte er nicht beschlossen, sich in der nächsten Zeit nur um seine eigenen Angelegenheiten zu kümmern? Er seufzte innerlich. Ulquiorras Sorgen hatten Vorrang vor dieser Art Entscheidung. Er blickte den bleichen Duonalier an. Der Mann brauchte Beistand. Er war ein guter Freund und ihm lieb und teuer. *»Du siehst nicht gut aus. Hast du ein Problem bei dem ich dir helfen kann?«*

Ulquiorra starrte ihn an. *»Bemerkt man das so stark?«*

»Ja, Ulquiorra.«

Der Energetiker betrachtete seine Hand als gehöre sie ihm nicht. *»Ich hätte fast meinen Vater geschlagen.«*

Solutosan schwieg und sah ihn nur an.

»Ich hasse ihn, Solutosan. Ich kann einfach nicht anders! Er ist so unglaublich unbeherrscht, rücksichtslos und von sich einge-

nommen. *Statt sich zurückzuhalten, ist er ständig auf Konfronta-tionskurs. Auch bei seinen Frauen. Wahrscheinlich haben diese Eigenschaften dazu geführt, dass er meine Mutter so stark verletzt hat. Aber er lernt nicht – er macht einfach weiter, als wäre nichts geschehen!«* Ulquiorra fuhr sich mit dem Armstumpf durch das schwarze Haar, an dem der Wind zerrte. *»Natürlich weiß ich, dass es völlig sinnlos ist, sich mit ihm zu schlagen – zumal ich sowieso keine Chance gegen ihn habe. Doch das ist nicht das, was mich so wütend macht. Es ist die Hilflosigkeit.«*

Solutosan blickte ihn schweigend an. Der Vater-Sohn-Konflikt hatte sich zugespitzt, was er bereits erwartet hatte. Jetzt war für ihn der richtige Zeitpunkt, um zu schlichten. *»Den einzigen Rat, den ich dir geben kann, ist, dich von ihm fern-zuhalten, Ulquiorra, um die schlechten Gefühle nicht noch zu nähren. Ich weiß, wie stark Xanmeran unter dem Unfall gelitten hat. Du solltest auch nicht daran zweifeln, dass es einer war, denn er wollte deiner Mutter ganz gewiss nicht schaden. Oder glaubst du das?«*

Ulquiorra spielte mit den Falten seines Dona-Gewandes. *»Nein, ich denke, sie liebten sich.«*

Solutosan legte ihm die Hand auf den Arm. *»Du solltest verstehen, dass seine Dermastrien ein Teil von ihm sind. Er **muss** sie weiter einsetzen und darf nicht verzagen, obwohl das damals geschehen ist.«* Solutosan machte eine Pause. *»Er ist ein Hitz-kopf, ich weiß, und er prügelt sich gern, versucht die Dinge mit Gewalt zu lösen. – Aber er lernt. Er hat die Ewigkeit auf seiner Seite. Gib ihm die Zeit, sein Gleichgewicht in Frieden zu finden.«*

Ulquiorra schnaufte. *»Wahrscheinlich hast du recht. Ich nehme mir das alles zu sehr zu Herzen. Ich sollte mich anderen, positiven Dingen, zuwenden und ihn einfach leben lassen, wie es ihm gefällt. Ich habe ihn als Knabe vergöttert. Er war mein Held. Aber die Erkenntnis, dass er in keiner Weise heldenhaft ist, macht mir doch zu schaffen.«*

Solutosan schüttelte den Kopf. *»Du täuschst dich, was sein Heldentum angeht. Ich verdanke Xanmeran viel. Nicht ein Mal, sondern etliche Male. Er brachte sich selbst in Gefahr, um mich in den eisigen Tiefen des Ozeans zu suchen und zurückzubringen. Ich kann mir keinen selbstloseren Freund vorstellen. Kein Wesen hat* *nur schlechte Seiten.«*

Ulquiorra betrachtete ihn nachdenklich. *»Du kennst ihn besser als ich.«*

»Ja, Ulquiorra, verurteile ihn nicht so schnell. Gib ihm Zeit – nein, gib euch Zeit einander kennenzulernen. Kein Mann ist als perfekter Vater einfach vom Himmel gefallen – ich weiß, wovon ich spreche.« Er lächelte und machte eine bedeutsame Pause. *»Jetzt noch etwas ganz anderes. Würdest du vielleicht Maurus und seine Leute nach Sublimar bringen? Sie brauchen das Meer. In Sublimar können sie in Ruhe leben.«*

»Selbstverständlich, Solutosan.« Gemeinsam liefen sie zurück zu dem kleinen See, dessen Wasser nun von den stärker werdenden Windböen in schnellen, gekräuselten Wellen gegen das Ufer schwappte.

Das Duocarns-Universum:
Alle Bücher sind als Taschenbücher u. E-Books erhältlich.

Band 1 - "**Duocarns – Die Ankunft**"
ISBN: 978-3-943764-05-5 – 218 Seiten

Band 2 - "**Duocarns - Schlingen der Liebe**"
ISBN: 978-3-943764-00-0 – 198 Seiten

Band 3 - "**Duocarns - Die Drei Könige**"
ISBN: 978-3-943764-10-9 – 212 Seiten

Band 4 - "**Duocarns - Adam, der Ägypter**"
ISBN: 978-3-943764-02-4 – 204 Seiten

Band 5 - "**Duocarns - Liebe hat Klauen**"
ISBN: 978-3-943764-13-0 – 216 Seiten

Band 6 - "**Duocarns – Ewige Liebe**"
ISBN: 978-3-943764-14-7 – 228 Seiten

Band 7 - "**Duocarns - Alien War Planet**"
ISBN: 978-3-943764-17-8 – 288 Seiten

Band 8 - "**Duocarns – Nice Game**"
ISBN: 978-3-943764-49-9 – 204 Seiten

Band 9 - "**Duocarns – Edoculus**"
erscheint im Sommer 2014

Eigenständiges Buch:
"**Duocarns – David & Tervenarius**"
ISBN: 978-3-943764-42-0 – 240 Seiten

Die Kurzgeschichten zu den Duocarns:
"**Duocarns – Suspiricons**"
ISBN: 978-3-943764-43-7 – 116 Seiten

Weitere Bücher von Pat McCraw:

Der schwarze Fürst der Liebe
Mittelalterlicher Liebesroman über eine Magierin, Zauber-
bücher, zwei Männer, Freundschaft, Liebe und Gewalt

ISBN 9783943764291 – 356 Seiten
als eBook und Taschenbuch

Leseprobe:
Matthias wollte losrennen in Richtung des Jahrmarktes,
zwang sich dann aber gemäßigt zu gehen – er war schließlich kein Kind mehr. Mortiferius schritt neben ihm in seiner
gewohnt schwarzen Kleidung, mit der warmen Schlaffellja-
cke, das Haar zu einem Zopf geflochten. Der Schnee hatte in
der Zwischenzeit eine dünne, weiße Schicht auf die Stadt
gestreut. Mortiferius' Stiefel hallten auf dem Pflaster. Wegen des schlechten Wetters hatte kaum eine Attraktion des
Jahrmarkts geöffnet. Matthias war enttäuscht. Lediglich ein
paar Buden boten Süßigkeiten aus Honig und kandierte

Früchte feil. Mortiferius kaufte Honigkuchen. Die dickste Frau der Welt wollte keiner von ihnen beiden sehen.

Es machte wenig Spaß weiterhin in den Straßen herumzulaufen, deshalb kehrten sie in ein Gasthaus ein. So kurz nach der Mittagszeit war es recht ruhig in der Gaststube. Nur zwei junge Huren lümmelten sich auf den Bänken. Mortiferius bestellte Apfelsaft und nickte den Dirnen zu. Die kamen wie von Schnüren gezogen sofort an ihren Tisch. Matthias zuckte zusammen.

»Na ihr Süßen!« Die beiden lächelten geschäftstüchtig. Angeekelt blickte Matthias auf die zerstörten, braunen Zähne der einen Frau. Warum hatte der Herr sie zu sich geholt? Eine grauenvolle Vorahnung kroch schleichend wie eine kalte Hand über seinen Rücken.

»Möchtest du?« Mortiferius schaute ihn fragend an. Langsam schüttelte Matthias den Kopf. Es würgte ihn im Hals.

Mortiferius steckte der Hure einige Münzen zu und erhob sich. »Ich komme gleich wieder.«

Matthias zitterte. »Na, na«, versuchte ihn die Dirne mit den schlechten Zähnen zu beruhigen. »Sie wird ihn schon nicht fressen!« Dann kicherte sie über ihren eigenen Witz.

Matthias wartete. Seine Kehle fühlte sich an wie zugeschnürt. Die Zeit verrann. Er hielt es nicht mehr aus, sprang auf, lief durch den Gastraum und öffnete die Tür zum Seitenausgang, den Mortiferius genommen hatte. Er erstarrte bei dem Anblick, der sich ihm bot.

In dem schmalen Hinterhof stand Mortiferius mit geschlossenen Augen an die Wand gelehnt. Die Frau kniete vor ihm und saugte an seinem Glied. In dem Moment als Matthias die Tür aufdrückte, ergoss Mortiferius sich in den Schlund der Hure, den Mund zu einem lautlosen Schrei geöffnet. Dabei schlug er die Augen auf und blickte Matthias mit eisgrauem Blick direkt ins Gesicht.

Matthias' Herz machte einen schmerzhaften Satz in der Brust, so dass es ihm den Atem raubte. Er hätte niemals gedacht, dass etwas so weh tun konnte. Er drehte sich um und lief los. Knallte die Tür zum Gasthaus zu und rannte tränenblind die Straßen entlang. Er hatte es verdient. Seine Liebe zu Mortiferius war unrecht. Das war seine Strafe.

Zitternd kam er in der Herberge an und verkroch sich im Stall zwischen den Strohballen. Er wollte sterben, wollte keine Last mehr für seinen Herrn sein. Unfähig zu denken blieb er bebend liegen. Immer wieder strömten die Tränen aus seinen Augen.

Irgendwann näherten sich Schritte. Mortiferius blickte mit unbewegter Miene auf ihn herab. Mit tränenfeuchtem Gesicht sah Matthias zu ihm hoch. Kam nun eine wütende Ansprache, dass er indiskret gewesen war – ihn in einem intimen Moment gestört hatte?

Sein Herr schüttelte gedankenverloren den Kopf und ließ sich auf einem der Strohballen nieder, stützte das Haupt mit den Händen auf die Knie. Kein Wort von ihm.

Matthias konnte nicht aufhören zu weinen. Aufgelöst blickte er ihn an. Warum hatte Mortiferius ihm auf so eine harte Weise gezeigt, was er von ihm hielt? War es überhaupt Absicht gewesen?

»Komm.« Mortiferius war aufgestanden und streckte ihm seine Hand hin. Noch nie hatte er dessen Gesicht so weich und liebevoll gesehen. Er zog ihn hoch, schlang die starken Arme um ihn und drückte Matthias an sich.

»Es tut mir leid«, flüsterte der Herr. »Ich hätte das nicht tun sollen.«

Ja, das war die Bestätigung. Mortiferius hatte seine Gefühle bemerkt und ihnen einen Dämpfer geben wollen. Das war ihm in diesem Augenblick gleichgültig.

Mortiferius war eine Handbreit größer als Matthias. Der Junge legte den Kopf auf seine Schulter seines Herrn und schmiegte die Wange an das weiche Schaffell. Das war mehr als er jemals zu hoffen gewagt hatte. Er lag im Arm seines Herrn, spürte seine Wärme. Aber er durfte sich keinen Illusionen hingeben. Die Umarmung hatte etwas Väterliches – es war nicht die Berührung eines Geliebten.

»Es ist in Ordnung«, sagte er tapfer und löste sich von Mortiferius. »Wirklich!« Er stockte. »Ich hatte so etwas nur noch nie gesehen.« Das stimmte.

Mortiferius nickte und ließ ihn los, strich ihm kurz über die blonden Locken. »Nun lass uns schlafen gehen. Morgen werden wir den König besuchen.«

»Darf ich mit bei dem Essen sein?«

»Ja, als mein Knappe wirst du mich bedienen.«

Strahlend lief Matthias neben Mortiferius her in ihr Zimmer und half seinem Herrn aus der Jacke.

»Bitte Herr, Ihr müsst die Bettstatt nehmen.«

Mortiferius fiel aufs Bett und Matthias beeilte sich, ihm aus den Stiefeln zu helfen. Er stellte sie ordentlich in die Zimmerecke. Als er sich wieder umdrehte, sah er, dass Mortiferius eingeschlafen war.

Liebevoll betrachtete Matthias ihn. Es war nun klar. Er liebte seinen Herr mehr als es ihm gemäß war. Mortiferius hatte sich gegen diese Liebe zur Wehr gesetzt. Das verstand er.

Matthias warf die dünne Decke auf dem Boden und streckte sich darauf aus. Er versuchte zu schlafen. Aber das Bild von dem Hinterhof schob sich immer wieder in seinen Kopf. Wie sein Herr ausgesehen hatte in seiner lautlosen Ekstase. Sein Gesicht, der Mund. Wenn er ehrlich zu sich war, wäre er am liebsten in der Lage der Hure gewesen – hätte seinem geliebten Herrn mit Freude Lust bereitet. Wie von selbst legte sich seine Hand auf sein Geschlecht. Ein Seitenblick auf Mortiferius sagte ihm, dass dieser wie ein Toter schlief. Er begann sich zu streicheln. Wie gern wollte er derjenige sein! Er stellte sich die zarte Haut seines harten Gliedes vor, das seinen Mund penetrierte, schmeckte in seiner Vorstellung den salzig-herben Geschmack seines Ejakulats. Mit Wonne hätte er seinen Herrn in sich aufgenommen. Matthias biss sich auf die Hand als er kam.

www.ingramcontent.com/pod-product-compliance
Lightning Source LLC
Chambersburg PA
CBHW032251020726
47495CB00001B/53